Mansfield Park

by Jane Austen

曼斯菲爾德莊園

珍・奧斯汀◎著　　高子梅◎譯

好讀出版

第一章 Mansfield Park

話說大約三十年前，杭汀頓的瑪莉雅．華德小姐雖僅有七千英鎊的嫁妝，卻幸運擄獲北安普頓郡曼斯菲爾德莊園湯瑪斯．柏特倫爵士的心，從此晉身爲男爵夫人，坐擁豪宅與財富，享盡榮華富貴。杭汀頓的人都嚷著這門親事攀得好，連她那位當律師的舅舅都承認至少陪嫁得再多三千英鎊，才有資格嫁入這等豪門。當時她還有兩個姐妹等著沾光，而她們的舊識也都認爲姐姐華德小姐和妹妹法蘭西絲小姐的容貌絲毫不遜於瑪莉雅小姐，於是大膽預測她們也會跟著嫁入豪門。只不過天底下有資格嫁入豪門的美女終究多過於腰纏萬貫的男士。五、六年過後，華德小姐發現自己只能喜歡她妹夫的朋友——幾無家產的諾利斯先生，至於法蘭西絲小姐的境遇就更糟了。其實說得直接點，華德小姐的這門婚事並不算寒傖，因爲湯瑪斯爵士很樂於提供友人一份俸祿，供他們夫婦住在曼斯菲爾德，於是諾利斯先生和太太憑著每年近千英鎊的收入，從此展開幸福美滿的婚姻生活。至於法蘭西絲小姐嫁的人，講白點則是令娘家很不諒解，因爲對方是個既沒受過教育，又無家產和門第的海軍陸戰隊中尉，眞是丟盡她們娘家的臉。不管她選誰，都比這個人強。湯瑪斯．柏特倫爵士是個講究原則又愛面子的人，他自許行事公正，總是希望與他沾親帶故的人都能生活得體面，所以樂於爲小姨子盡點力，只可惜妹夫的職業和他八竿子打不著，而且在他想出別的辦法來幫他們忙之前，這幾個姐妹已徹底撕破臉。這是雙方行爲的必然結果，也是輕率的婚事難免會有的下場。當初普萊斯太太爲了避開家人對她婚事的阻撓，先斬後奏地等到結了婚後才寫信通知娘家。柏特倫夫人是個恬靜隨和、個性懶散的人，遇到這種事只會懶得理睬，置之腦後。

諾利斯太太卻愛管閒事，她總覺得不稱心，最後怒氣沖沖地寫了封長信給小妹芬妮（譯註：法蘭西絲的暱稱），指出她的愚蠢，還警告她這種行爲會有的必然惡果。收到信的普萊斯太太自然覺得心靈受創，遂生氣地回了封信把兩位姐姐痛罵一頓，也不客氣地指責湯瑪斯爵士姿態傲慢。諾利斯太太收到這種回信，怎麼可能不轉述給湯瑪斯夫婦知道，於是好長一段歲月姐妹之間不相來往。

他們住的地方相隔甚遠，活動圈也各自不同，十一年來幾乎無從得知對方消息。至少對湯瑪斯爵士而言，他實在納悶諾利斯太太怎有辦法每隔一陣子便氣呼呼地告訴他們，芬妮又生了一個孩子。至於十一年後的普萊斯太太，早被苦日子給磨光了原有的孤傲與嫉世態度，不想再失去這門可能幫她一把的親戚。她生養了一大堆孩子，且數量持續增加中，已成殘廢的丈夫沒法再服役，豬朋狗友和美酒佳釀卻仍不可少，一家人的吃穿全靠那份微薄收入，這使她不得不急著找回那些曾棄如敝屣的親友們。她寫了封信給柏特倫夫人，言語悽惻、滿紙悔恨，訴說自己幾乎一無所有，唯獨孩子太多，因此必須與他們握手言和。第九胎即將臨盆的她哭訴目前困境，祈求他們同意當未出世孩子的教父、教母，並毫不掩飾地說，現在這八個孩子，未來恐怕也得仰仗他們。老大是個十歲的男孩，個性活潑，渴望出國探索世界，可是她能怎麼辦？湯瑪斯爵士在西印度群島有份產業，不知道能否考慮讓這孩子到那裡幫忙？要他做什麼都行——或者湯瑪斯爵士覺得伍利奇軍校如何？還有要怎麼把一個男孩送到東方去？

這封信沒有白寫，大夥兒又重修舊好，開始關心她。湯瑪斯爵士提供了一些友善的建議和出路，柏特倫夫人寄了些錢和嬰兒服過去。諾利斯太太則負責寫信。

對普萊斯太太來說，那封信除了得到這些立竿見影的幫助之外，一年不到，竟然又有另一樁好事上門。原來諾利斯太太經常對人提起自個兒老放心不下可憐的妹妹及那一大群孩子，儘管已爲妹妹做了許多，但總想再爲她多做一點，後來忍不住說出心中想法，提議從普萊斯太太的孩子裡頭挑一個來撫養，幫忙減輕負擔。「要不，就挑大女兒好了，已經九歲，也到了該調教的年齡，可是她那可憐的母親哪有時間管她？當然調教這種事，是得費點周章和花點錢，不過這是做好事嘛，所以算不了什麼的。」柏特倫夫人立刻同意地說：「這樣也好，就把那孩子帶來吧。」

可是湯瑪斯爵士未立刻點頭，他還在盤算猶豫，畢竟這是重責大任，把一個女孩從家人身邊帶走，代爲撫養長大，就得保證未來能讓她過好日子才行，否則就失卻了行善的意義。此外，他還想到自己的四個孩子，尤其那兩個兒子，萬一表兄妹談起戀愛該如何是好。不過他才委婉地提出反對的理由，就被諾利斯太太不管三七二十一地打斷，逐一反駁。

「我親愛的湯瑪斯爵士，你的意思我都明白，你的顧慮多周全，就像你平常的爲人一樣。我也完全贊同你說的，把別人孩子領養過來，便得讓她過好日子，我相信在這件事情上，我一定會盡自己的一點棉薄之力。再說，我又沒小孩，不幫自己妹妹的孩子，要去幫誰呢？更何況諾利斯先生也是個正直的人……不過你知道我這人不愛多話，又不擅表達，所以我們千萬別被這點小小的困難給嚇得不敢做好事。其實只要讓她受點良好教育，再得體地將她引進社交界，保證她將來能尋得好人家安定下來，其他的自然不用費心。湯瑪斯爵士，如果我們的外甥女——或者說你的外甥女——是在這樣的環境下長大，我相信對她絕對有諸多好處。我的意思並不是她會像兩個表姐一樣漂亮，那是不可能的，不過在這麼好的環境下長大，再被引進這兒的社交界，包准能找到一戶體面人家。你顧慮到那兩個兒子，不過你可能不知，他們要是像兄妹般一塊兒長大，那種事反倒不太可能發生。在道德上是不可能的。我從沒聽過有此等例子，事實上，這或許是防範他們產生戀情的最好方法。假若她七年後女大十八變，成了漂亮姑娘，才被湯姆或艾德蒙第一次瞧見，我敢說，那才眞的麻煩呢！這兩個男孩心腸那麼好，一想到窮苦的表妹從小在窮鄉僻壤長大，肯定會出於同情而愛上她。但如果他們從現在起就像青梅竹馬般玩在一塊，就算她將來出落得美如天仙，對他們兩個來說，也就只是姐妹而已。」

「妳的話確實有理，」湯瑪斯爵士回答：「我也不是故意找些無聊的理由來阻礙這個兩全其美的領養計畫。只是我認爲這事不能草率，非要眞能幫到普萊斯太太，而我們自己也問心無愧才行。萬一這小女孩最後沒能嫁到好人家，我們也必須向那孩子保證，或者說，我們有義務幫忙那孩子後半生生活無虞。」

「我完全懂你的想法，」諾利斯太太喊說：「你爲人眞是慷慨大方又體貼。對於這一點，我相信你我的看法一致無落差。你也知道我的爲人，只要是疼愛的對象，我向來會盡全力照顧。即使對這小女孩的感情不若對你那幾個孩子的感情那麼深，也不可能像對待你的孩子那樣地視如己出，但如果扔下她不聞不問，我一定會恨自己的。畢竟她是我妹妹的孩子，不是嗎？假如我能給她一口飯吃，怎能忍心看她挨餓？我親愛的湯瑪斯爵士，我這人缺點是多，心腸卻好得很。雖然家裡沒幾個錢，不過我寧可省吃儉用些，也不願對人小氣。所以你要是不反對，我明天就寫信給我那可憐的妹妹，把這想法告訴她，待事情一談妥，我會負責去把那孩子接過來，你就省得操心了。對我來說，這事雖然略嫌麻煩，但你也知道，我這人向來不在乎這點麻煩。我會派南妮到倫敦去把事情辦妥，她表哥在那裡開了一家馬具店，或許她可以在那兒留宿，再叫孩子到馬具店找她。從普茲茅斯坐馬車到倫敦應該不難，只消能找到個信得過的同車乘客，沿路照顧一下她就行了，我相信總會有誰正巧要上倫敦吧，也許是某個殷實的商人，他的老婆剛好要上倫敦。」

湯瑪斯爵士不再提出任何異議，只是對南妮的表哥這事頗不放心，於是決定換個較妥當但花費較高的方法。最後一切安排就緒，大家都對這善舉感到滿意，只是嚴格說來，每個人的滿意程度不盡相同。對湯瑪斯爵士來說，他是下定決心要成為這孩子名副其實的永久撫養人，而諾利斯太太則根本沒打算在這方面為這孩子花上半毛錢。如果只是跑跑腿、耍耍嘴皮、出出主意，這些事她倒是挺樂意的，尤其在教別人如何大方的這一點上，更是無人出其左右。不過她愛錢的程度可不亞於她愛指揮別人的程度，而且很懂得怎麼慷他人之慨，看緊自己的荷包。以前她一直想嫁個有錢人，沒想到嫁的人收入不豐，於是開始厲行節約，起初會這麼做，純粹出於多慮謹慎的心理，後來成了習慣，老掛在心上，所幸她膝下沒有子女要養，若真要養一大家子，諾利斯太太是不可能攢得了什麼錢的。但這方面她真的完全不用操心，因為根本沒有什麼事情需要她多花錢，每年的收入從來沒花完過，錢自然越存越多，日子也過得越來越寬裕。而生性如守財奴的她，對妹妹既然沒什麼感情，怎麼可能為這項所費不貲的善舉掏出錢來呢？頂多只是出個主意，動手安排一下。她本人可能也缺乏自知之明，所以才會在談完事情回牧師公館的路上，沾沾自喜地以為自己是天底下最慷慨大方的姐姐和姨媽。

這件事後來再被提起時，她更加清楚表達了自己的立場，柏特倫夫人只是平心靜氣地問了一句：

「姐姐，這孩子來了之後，是先住妳家還是我家呢？」諾利斯太太竟然回答她沒辦法分擔照顧這孩子的責任。湯瑪斯爵士聽了大吃一驚，他本來篤定這對牧師夫婦會很歡迎這孩子入住，畢竟諾利斯太太無兒無女，一定希望外甥女作伴，沒想到他大錯特錯了。諾利斯太太用抱歉的口吻說，以目前的情況來看，小女孩不可能住在他們家，因為可憐的諾利斯先生身體不好，根本受不了家裡有個孩子吵吵鬧鬧的，等他的痛風毛病好一點，那就另當別論了，到時她一定很樂於接待這孩子，就算有任何的不便也沒關係，可是現在可憐的諾利斯先生無時無刻都需要她的照顧，所以如果跟他提起孩子的事，她相信一定會惹他心煩。

「那就讓她跟我們一起住吧。」柏特倫夫人平靜地說。過了一會兒，柏特倫爵士跟著鄭重其事地說：「是啊，就讓她把這兒當成自己的家吧，我們會盡力履行撫養的義務，住在這裡也有好處，至少她有同齡的孩子作伴，也有正規的老師教她。」

「沒錯，」諾利斯太太喊道：「這兩點非常重要。對李小姐來說，教三個女孩還是兩個女孩，反正都沒差。我只希望我能多幫點忙，不過你們也看得出來我已經盡全力了，我不是那種怕麻煩的人，雖然我的管家南妮出外三天，會造成我很大的不便，我還是派她去接那女孩。妹妹啊，我想妳應該會把那孩子安置在離舊育兒室較近的白色小閣樓裡吧！那裡最適合讓她住了，因爲那地方離李小姐的房間和兩位小姐的閨房很近，離女僕們也不遠，隨便誰都可以過去幫忙她穿戴打扮，整理她的衣物。我想妳一定也覺得要艾莉絲伺候兩位小姐之外，還得伺候她，對艾莉絲來說恐怕會很不公平。不過我實在看不出來還有什麼地方更適合安置她。」

柏特倫夫人沒反對。

「我希望這女孩的性情夠好，」諾利斯太太繼續說：「知道自己很幸運，能有這麼好的親戚撫養她。」

「萬一她性情不好，」湯瑪斯爵士說：「那麼爲了我們的孩子著想，絕對不能讓她住在家裡，不過也沒有必要現在就認定她有多邪惡。也許我們眞的會在她身上看到一些必須改掉的毛病。對於她可能有的無知、膚淺和粗俗，我們也要有心理準備，不過這些都不算是什麼改不掉的壞毛病……相信這對她的玩伴亦不致有什麼不好的影響。因爲如果我的兩個女兒年紀比她小，我就會擔心該不該讓她們互相作伴，但既然她們都比她大，就沒什麼好擔心了，反而對她會有好處。」

「我也是這麼想，」諾利斯太太喊道：「我今天早上才對我丈夫說，那孩子能和兩位表姐一起生活，對她來說也是種觀摩教育，就算李小姐什麼都不教，光看著表姐們的榜樣也會學好，變得聰明點。」

「希望她別去逗我那可憐的哈巴狗，」柏特倫夫人說：「我才剛說服茱莉雅別再去逗牠。」

湯瑪斯爵士說：「不過諾利斯太太，在這成長的過程中，如何爲這幾個女孩訂一套妥當的行爲應對分際，恐怕有點難。譬如要怎麼讓我的女兒們知道自己的身分和她不同，但又不會太看不起自己的表妹；又譬如怎麼讓那女孩記住她到底不是柏特倫家的小姐，但又不會太傷她的心。我希望她們能夠成爲很好的朋友，絕不允許我的兩個女兒盛氣凌人地對待自己的親戚，不過她們終究不是同階級的人，她們的身分、財產、權利和前途也都永遠不同。這是個敏感棘手的問題，妳一定要幫我們想想，找出正確的行爲分際。」

諾利斯太太表示很樂於爲他效力，雖然她完全同意這的確是最棘手的事，不過還是慫恿他相信這種事很容易處理。

果不其然，諾利斯太太給她妹妹的信沒有白寫。只是普萊斯太太似乎很驚訝她有這麼多好兒子，而他們竟然挑了個女孩，但她還是萬分感謝，接受了好意，並向他們保證她的女兒性情和脾氣都很好，他們一定會喜歡她的。她又提到這孩子身子有點單薄瘦小，不過她相信只要換個環境，身體就會好很多了。可憐的女人！她八成覺得她的每個孩子都需要換換環境吧。

第二章 Mansfield Park

小女孩經過長途旅行，終於平安抵達北安普頓，見到了諾利斯太太。諾利斯太太覺得自己功勞厥偉，因爲是第一個前來歡迎她的人，而且還帶著她去見別人，讓她受到這麼多人的幫助，心裡自然是得意洋洋。

芬妮・普萊斯才剛滿十歲，乍看之下頗是平凡，但至少不讓人討厭。她比實際年齡看起來小，臉上沒什麼神采，也不漂亮。她害羞膽小，深怕被人注意到，舉止有點笨拙，卻不流於粗俗，聲音倒是很甜美，當她說話時，表情也挺好看的。湯瑪斯爵士和柏特倫夫人都很親切地招呼她。湯瑪斯爵士看得出來她十分需要別人的鼓勵，於是語調盡量和氣，但這畢竟有違他不苟言笑的個性，所以有點困難；至於柏特倫夫人，則根本不必擔心，她沒有湯瑪斯爵士那麼令人生畏，所以就算湯瑪斯爵士連說了十句，而她只要說一句，再溫柔地笑一笑，便立刻能讓那孩子感受到她的溫暖。

柏特倫家的孩子們都在，介紹的時候，個個表現得相當得體，表情和悅，一點也不彆扭，至少那兩個男孩是如此。他們一個十七歲，一個十六歲，比實際年齡來得高大。在小表妹的眼裡，兩個表哥看起來儼如大人。另外兩個女孩可能是因爲年紀較小，再加上父親一向對她們嚴厲，所以有點畏懼自己的父親，以至於不像哥哥們那麼泰然自若。可是因爲她們常應對客人，聽慣了別人的讚美，倒不至於害羞。新來的表妹一直怯生生的，相形之下，她們反而顯得自信許多，過了沒一會兒，便開始從容地打量起小表妹的面貌和衣著來了。

這一家人外表出眾，兩個兒子十分英俊，兩個女兒也漂亮迷人。他們都發育得很好，看起來比實際年齡成熟一點，因爲受過教育的關係，談吐明顯和小表妹不同，沒人猜得到這三個表姐妹的年齡幾乎相仿。事實上，小表姐茱莉雅．柏特倫只有十二歲，僅比芬妮大兩歲而已，瑪莉雅也只比茱莉雅大一歲。這位小訪客的心裡說有難過就有多難過，因爲每個人都令她害怕。她自慚形穢，想念家人，甚至不敢抬頭看人，也不敢大聲說話，再不然就是一說話便哭。從北安普頓來的路上，諾利斯太太一再叮嚀，說芬妮有多幸運，一定要心懷感恩，拿出好的表現，結果她現在動不動就哭，害身爲大姨媽的她覺得自己很對不起人家。芬妮於是愈加傷心了，再加上旅途勞頓，更是身心俱疲。雖然湯瑪斯爵士好心地屈尊與她交談，諾利斯太太也殷勤誇讚她是個好孩子，柏特倫夫人更是笑容可掬地要她陪著自己跟哈巴狗一起坐在沙發上，甚至還拿鵝莓餡餅請她吃，但都無濟於事，她才沒吃兩口，又淚眼汪汪了起來，看來睡神才是她想交的朋友，他們只好早早送她上床，免得她再繼續難過下去。

「這不是一個好的開始，」芬妮一離開房間，諾利斯太太便這樣說道：「這一路上我千交代萬交代，還以爲她會表現得好一點呢。我跟她說，一開始的表現非常重要。只希望她的脾氣別太壞——她那可憐的媽媽脾氣可壞得很。不過我們也得體諒一下這孩子。我不知道離開家會害她這麼難過，她家再怎麼不好，終究是自己的窩，更何況她到現在還沒弄清楚她以後的日子會比以前好過很多，相信過一陣子，她就不會這麼難過了。」

可是芬妮的適應時間似乎比諾利斯太太預期的來得長，畢竟她得適應曼斯菲爾德莊園這個全新的環境，還得克服與親人別離的悲傷情緒。她的心情盪到谷底，旁人無從理解，不知該如何關心她。沒有人對她不好，但也沒有人特別去安慰她。

第二天，柏特倫家讓兩位小姐放了假，好讓她們有時間陪小表妹玩，彼此熟稔一下，做個好朋友。結果她們發現她只有兩條飾帶，又沒學過法語，於是很看不起她。就連她們表演拿手的二重唱，她也沒多大反應，她們只好把不喜歡玩的玩具大方地送給她，要她自己玩，兩個姐妹則自顧自地玩起當時最時興的假日遊戲——做假花，又或者說是浪費金箔紙。

不管表姐們在不在身邊，也不管她是在教室、客廳還是灌木林裡，芬妮都覺得自己好孤單，這裡的每個人、每個地方都令她害怕。柏特倫夫人的沉默寡言令她氣餒，湯瑪斯爵士的嚴肅面孔令她畏懼，諾利斯太太的諄諄告誡令她惶恐。兩位表姐對她個子的指指點點，害她羞愧，還說她很膽小，害她心跳臉紅。李小姐嫌她什麼都不懂，就連女僕也譏笑她的衣服寒酸。她懷念以前和親兄弟姐妹玩耍的時光，至少他們看重她，她是他們的玩伴，也是他們的老師兼保母。想到這裡，她幼小的心靈更加沮喪。

這裡的宅第雖然富麗堂皇，卻安慰不了她受創的心。每間房間都大到害她走得戰戰兢兢的，生怕碰壞什麼東西。她躡手躡腳，時時戒愼恐懼，常常躲在房裡暗自飲泣。有天晚上，小女孩離開客廳後，大家都說她應該已如眾人所願地終於明白自己有多幸運，哪裡曉得那晚她還是哭著進入夢鄉，結束悲慘的一天。這樣的日子過了一個星期，誰也看不出來她那文靜的外表下其實是悲傷的，直到有天早上，她的二表哥艾德蒙發現她獨坐在閣樓的樓梯上哭泣。

「親愛的表妹，」本性善良的他親切地問：「妳怎麼啦？」他在她旁邊坐下，鼓勵她把心事說出來，不希望因爲有人發現她在哭而自覺不好意思。「妳生病了嗎？誰對妳發火了？還是妳跟瑪莉雅或茱莉雅吵架了？是不是有功課不懂？我可以教妳。反正妳需要什麼，儘管說出來，我會想辦法幫妳忙的。」他問了很久，她都不回答，只說：「沒有，絕對沒有……謝謝你。」可是他還是堅持問個清楚。

他一提到她的老家，她更加泣不成聲，他這才明白她傷心的原因，於是想辦法安慰她。

「我親愛的小芬妮，妳是因爲離開媽媽才難過吧，」他說：「這證明妳是個好女孩，可是妳千萬要記住，妳現在是和親戚住在一起，他們都很愛妳，希望妳快樂。我們一起到花園散散步吧，妳可以跟我說說妳其他的兄弟姐妹。」

再三追問之下，他才知道她雖然和所有兄弟姐妹的關係都不錯，但最想念的還是比她大一歲的哥哥威廉。她和他最有話聊，也最想見他，他是她形影不離的夥伴兼朋友，每次她闖禍後遭媽媽責怪，他都會護著她（媽媽最疼他）。「威廉不希望我離開家，他說他會非常想念我。」「我敢說威廉一定會寫信給妳。」「是啊，他答應我會寫，可是他要我先寫給他。」「那妳什麼時候要寫呢？」她低下頭，有點遲疑：「我不知道，我沒有信紙。」

「如果妳是因爲這樣才難過，我可以給妳信紙和其他需要的東西。妳想什麼時候寫就什麼時候寫。寫信給威廉，會讓妳開心嗎？」

「嗯，非常開心。」

「那現在就寫吧。跟我去早餐室，那兒什麼東西都有，而且現在一定沒人在那裡。」

「可是表哥，這信會送到郵局嗎？」

「會啊，包在我身上，它一定會和別的信一起寄出去的，妳的姨丈會蓋上免費郵遞的郵戳，威廉就一毛錢也不用花了。」

「我姨丈！」芬妮惶恐地重複道。

「是啊，妳把信寫好，我就把它拿去我父親那兒蓋郵戳。」

芬妮覺得這樣做有點冒失，但也沒反對，於是他們一起到早餐室去。艾德蒙幫她準備信紙，還幫她劃了橫格線，簡直跟親哥哥一樣好，做事態度甚至比她哥哥還要認眞。她寫信的時候，他一直在旁邊陪她，不是拿小刀幫她削筆，便是改正她的錯字，更令她窩心的是，他也對她哥哥很友好，還親自寫了封信向威廉表弟問好，並隨信附上半個畿尼金幣①。芬妮感激在心，不知如何表達，但其實她的表情和那不矯飾的言語早已充分說明了她的感激之情與喜悅之心，她的表哥開始看出她是個很可愛的女孩。他又陪她聊了一會兒，從她的言語中更確定她有顆善良溫柔的心，一心想在大家面前表現出得體的舉止。他意識到她對自己的處境很敏感，再加上因爲害羞的關係，所以特別需要別人多加關心。他雖然不曾惹她難過，卻也發現到她其實需要的是更多的正面關懷。所以結論就是先消除她對眾人的懼怕心理，於是他勸她要常找瑪莉雅和茱莉雅一起玩，讓自己盡量快活起來。

從這天起，芬妮漸漸覺得自在多了。她相信自己交到了一個朋友。艾德蒙表哥的示好，鼓舞她產生自信去和別人相處。這地方不再陌生，這裡的人也不再可怕，就算還是多少畏懼其中某些人，至少會開始去摸熟他們的脾性，學著盡量迎合。至於以前那些曾令眾人不安，也害自己心慌的粗野習性和笨拙舉止，跟著漸漸消失了。她現在不再害怕見到二姨丈，就算聽見諾利斯姨媽的聲音也不會再膽顫心驚。對她的表姐們來說，她成了一個可以偶爾玩在一塊的玩伴。雖然她年紀小、體力弱，當不成她們形影不離的玩伴，但她們有時還是會玩那種必須三人行的遊戲，這時就尤其需要一個脾氣好又順從的第三者。每當大姨媽來向她們打聽芬妮有什麼缺點，或者她們的二哥艾德蒙交代她們要好好照顧她時，她們都坦然承認：「芬妮的性情眞的很好。」

艾德蒙持續關心她，湯姆也沒欺負過她，頂多像個十七歲的年輕男孩逗弄十歲孩子那樣尋她開心，而這也不爲過。湯姆才剛踏入社會，胸懷大志，頗有長子的大器，自覺生來就該花錢和享樂。他對小表妹的好，還算符合自己的身分和該有的分際，他會送她一些漂亮的禮物，但也會取笑她。

她的心情逐漸開朗，笑顏重現，湯瑪斯爵士和諾利斯太太對自己的善舉益發得意起來，他們很快有了一致的看法，認爲這女孩雖然不聰明，但性情溫和，不太可能給他們惹出什麼麻煩。其實有這種看法的人不只他們兩個。芬妮會讀會寫，會做針線活兒，不過也僅止於此而已。她的表姐們發現好多她們早已熟稔的東西，芬妮竟一無所知，覺得她眞是笨得離譜。起初那兩三個星期，她們老愛把這方面的新發現彙報給客廳裡的大人聽。「親愛的媽媽，您知道嗎，我們的表妹竟然連歐洲地圖都拼不起來，我們的表妹完全不知道俄國有哪幾條主要河川，她連小亞細亞都沒聽過，她分不清楚水彩和蠟筆有什麼不同，好奇怪哦！您有聽過這麼笨的事情嗎？」

「親愛的，」她們那位善體人意的大姨媽這時就會說：「這眞是太糟了，不過妳們想想，怎麼可能每個人都像妳們一樣既聰明又懂事呢！」

「可是，姨媽，她眞的很無知耶！您知道嗎，我們昨天晚上問她，如果去愛爾蘭島，要走哪一條路，她竟然說她會渡海到懷特島，她就只知道懷特島而已，還說就是那個島啊，好像這世上除了懷特島，再沒別的島了。我在比她還小的時候，就懂得比她多了，如果我是她，一定覺得丟臉死了。我不記得自己在多大的時候已經知道她現在還不懂的事。姨媽，我們很小的時候就會背出歷代的英國國王還有他們登基的日期，以及他們在位時所發生的大事。」

「是啊，」另一位小姐接著說：「還背了羅馬帝國歷代皇帝的名字，一直背到塞維魯②，除此之外，還要背一大堆異教的神話故事，所有金屬、半金屬和行星的名稱，以及傑出的哲學家名字。」

「親愛的，妳們說得的確沒錯，不過那是因爲妳們的記憶力好，至於妳們那可憐的表妹，恐怕就沒有妳們這種天賦。記憶力就像其他本事一樣也是有優劣之分的，所以妳們一定要體諒表妹，多包涵她的缺點。千萬記住，雖然妳們比較聰明懂事，但還是要謙虛，因爲就算妳們已經懂了很多事情，要學習的地方還很多。」

「是啊，我知道我在十七歲以前要學的東西還很多，可是我一定要告訴您另一件有關芬妮的事，那實在太奇怪又太愚蠢了。您知道嗎，她竟然說她不想學音樂，也不想學繪畫。」

「沒錯，親愛的，的確很愚蠢，這也證明了她既沒天分，又沒上進心。不過整體來說，或許這也算是如我們當初所願，因爲妳們也知道，雖然妳們的爸媽是聽了我的話才收養她，可也沒必要把她栽培得跟妳們一樣那麼有才華啊……還是得有點差別較好。」

這就是諾利斯太太對她那兩個外甥女的教育方式。也難怪兩位小姐儘管天資聰穎，才小小年紀便懂了很多事情，但在自覺性、度量和謙虛等這類罕見珍貴的特質上，卻是付之闕如。她們在各方面都受過良好教育，唯獨在性情上乏人教導。

湯瑪斯爵士根本不知道自己的女兒缺少什麼。他雖然很關心她們，態度上卻不夠慈愛，他過於嚴肅和保守，害她們在他面前不敢造次。

對於兩個女兒的教育問題，柏特倫夫人完全不聞不問。她沒閒工夫管她們，只會一天到晚穿戴美美地坐在沙發上，忙著做些既沒用處又不漂亮的針線活兒，對孩子的關心還不如對她那隻哈巴狗來得多，只要她們不來找她麻煩，她就不管她們。反正大事都由湯瑪斯爵士處理，小事就交給她姐姐發落。即便有多餘的時間，也覺得沒必要去管那兩個女兒，因爲有家庭女教師在料理，還有各科合格的老師在教，根本不勞她多費心。至於芬妮笨拙的學習能力，她也只是說：「我只能說這眞是不幸，有些人天生就比較笨，芬妮這方面得再下點苦功，我也不知道該拿她怎麼辦，不過這可憐的小東西雖然笨，其他方面倒還好。要她送個信或拿個什麼的，倒還挺俐落的。」

縱然改不了無知和害羞的毛病，芬妮還是在曼斯菲爾德莊園長住了下來，並慢慢學著把對老家的依戀轉移到這裡來。伴著兩位表姐一起長大，這種日子也算快活。畢竟瑪莉雅和茱莉雅的本性不壞，所以即便芬妮常被她們在態度上羞辱，但一想到自己的身分，也就不那麼難過了。

往年每逢春天柏特倫夫人都會到倫敦住一陣子，可是自從芬妮來到他們家之後，由於柏特倫夫人身體微恙，再加上懶得活動，便一直待在鄉下，沒再去過倫敦，湯瑪斯爵士只好獨自前往倫敦履行國會的義務；妻子不在身邊的丈夫過得好不好，她則從來不去多想。兩位柏特倫小姐於是被留在鄉下繼續上課，練習二重唱。她們出落得越來越亭亭玉立，湯瑪斯爵士看見女兒們的舉止、才藝均表現得可圈可點，感到十分滿意，但大兒子的一無所成和揮霍無度則令他傷透腦筋。所幸其他三個孩子看起來都不錯，將來應該會有出息。他相信他的女兒們出嫁前定能爲柏特倫家族掙足面子，日後也都會嫁入體面人家。艾德蒙則是人品出眾，是非分明，行事光明磊落，將來必會有所作爲，光宗耀祖；他的志向是要當牧師。

湯瑪斯爵士操煩自己的兒女之餘，也沒忘記行有餘力時幫幫普萊斯太太的那幾個孩子。他慷慨解囊，資助男孩們上學唸書，等到他們到了適當年齡，再想辦法安排工作。芬妮雖然離家，與家人幾乎斷絕聯繫，但每回聽說姨丈給了她家人很多幫助，又聽說他們的處境或品行有了長足的進步和改善，她都由衷感激。這麼多年來，她只見過哥哥威廉一次面，其他家人則一次也沒有。大家似乎都認爲她不會再回去了，連回去作客也不可能，所以好像都把她給忘了。而威廉在她離家不久之後，便決定上船去當水手，出海前，曾受邀到北安普頓郡與她小聚一個星期。兄妹相會，自然是喜悅無比，他們時而歡笑，時而面色凝重地交談，不難想像，到了最後，男孩一定是對未來懷抱希望，充滿憧憬，女孩在分手時，則是離愁依依。好在那次相聚是聖誕假期，她可以去找艾德蒙表哥談心。他不斷開導她，告訴她威廉這工作在做什麼，將來會有什麼發展，使她逐漸相信，他們短暫別離是有好處的。艾德蒙一直對她很好，他離開伊頓中學，到牛津大學深造，體貼人的個性從未改變過，甚至利用各種機會來證明這一點。他比其他人都來得關心她，卻從不炫耀這一點，也不擔心自己是否關心過了頭。他照顧她，體恤她，想辦法讓大家看見她的優點，幫她克服害羞的毛病，給她出主意，不時安慰鼓勵她。

她向來習慣被人壓在底下，艾德蒙對她的支持顯得勢單力薄，但由於他的鼓勵，使她的想法起了很大的改變，心情也變得開朗許多。他知道她很聰明、領悟力強，有自己的見地，喜愛閱讀，只要適當指點，就會有長足的進步。平時李小姐會教她法文，要她每天讀一段歷史。艾德蒙則推薦了一些有趣的讀物供她在課餘時間閱讀，培養她的鑑賞力，適時糾正她的觀念，趁著討論書中內容時，教她瞭解閱讀的好處，要她提出自己的想法，領略書的魅力。這種種的好，使得芬妮除威廉之外，最愛的人就數他了，她的心如今只分屬這兩人。

譯註：

①畿尼（Guinea）是一六六三年至一八一三年間鑄造發行的英國貨幣，為首款以機器鑄造的金幣，原等值一英鎊，在一七一七年至一八一六年間其價值約等於二十一先令（一點零五英鎊）。一八一六年後年漸被英鎊所取代，並成為貴族的象徵與收藏。

②塞維魯（Lucius Septimius Severus，一四五至二一一），羅馬帝國皇帝。

第三章 Mansfield Park

芬妮十五歲那年，柏特倫家首度遭逢大事，諾利斯先生去世了，這件事爲家裡帶來了一些改變。諾利斯太太離開了牧師公館，先是搬進曼斯菲爾德莊園，後來又搬到湯瑪斯爵士一幢位在村子裡的小宅邸。她安慰自己，雖然丈夫死了，收入減少了，但只要厲行節約，還是可以過得不錯。

本來這個牧師職務是要交給艾德蒙接任的，即便大姨丈死得早，也只需交給某位親友暫代，等到艾德蒙的年齡大到足以擔任聖職時再接手。但問題是姨丈過世之前，湯姆便揮霍無度，以至於這職務必須轉讓給別人，換言之，哥哥過度玩樂的後果竟得靠犧牲弟弟的權益來償還。雖然家裡仍保留了另一份工作等艾德蒙來接手，這多少讓湯姆斯爵士在良心上覺得好過一點，不過他還是認爲對艾德蒙不盡公平。他希望趁著這機會，讓大兒子知錯能改，因爲以前不管他怎麼教訓都沒用，只希望這次眞能收效。

「湯姆，我爲你感到汗顏，」他嚴厲地斥責：「都是你害我不得不採取這種應急的措施，你這樣做人家兄長，不覺得慚愧嗎？我都覺得不好意思了。你把本屬於艾德蒙這十年、二十年、三十年……甚至一輩子的收入給剝奪了一半。未來或許我們還有能力爲他在教會裡謀個更好的差事，但願我們眞有能力。即便如此，我們也不能忘記自己根本沒有善盡父兄的責任。這次爲了盡快償還你的債務，你弟弟必須被迫放棄那份上好的差事，而這是我們再怎麼做都無法彌補的遺憾。」

湯姆聽見父親這麼說，覺得既慚愧又難過，可是沒多久就忘了，還私心地認定，第一，他在外頭欠的債務尙不及他某些朋友的一半多；第二，他父親對這件事實在夠囉嗦的了；第三，不管誰來接下一任牧師，一定很快就蒙主寵召了。

結果前來接任聖職的是一位叫葛蘭特的博士，隨即在曼斯菲爾德莊園定居下來。此人是個四十五歲的壯漢，這一點似乎在柏特倫先生的如意算盤之外，不過他旋即又想：「沒關係，這人的脖子很短，容易中風，只要吃得好、喝得多，很快就會投入上帝懷抱了。」

新任牧師有個小他十五歲的老婆，兩人膝下無子。像往常一樣，剛搬進來時，別人都會說這家人既親切又體面。

湯瑪斯爵士覺得現在該是他大姨子分擔芬妮撫養義務的時候了，因爲諾利斯太太的處境和以前不一樣，再加上芬妮也大了，以前那些反對的理由不復存在，現在讓她們兩人住在一起再適合不過，更何況湯瑪斯爵士在西印度群島的種植園近來屢有虧損，收入大不如前，再加上他大兒子的揮霍無度，於是想順水推舟地卸下撫養外甥女的責任和未來供養的負擔。他深信這事應該這麼辦，於是向妻子提了一下。結果有一天他妻子湊巧想起此事，正巧芬妮也在，於是平靜地對外甥女說：「芬妮，看來妳得離開我們，去陪我姐姐住了。妳覺得怎麼樣？」

芬妮大吃一驚，只顧著重複她姨媽的話：「離開你們？」

「是啊，親愛的，妳爲什麼那麼驚訝呢？妳已經和我們住了五年。自從諾利斯先生過世後，我姐姐就一直希望妳能搬過去住，不過妳可要記得常回來，像以前一樣陪我繡花哦。」

這消息不只令芬妮驚訝，也令她不安。她的諾利斯姨媽從來不曾對她和顏悅色過，遑論付出關愛。

「離開這裡，我會很傷心的。」她聲音顫抖地說。

「妳一定會傷心，這是很自然的，不過我想自從妳來我們家之後，應該就再沒什麼煩惱了吧。」

「姨媽，您不會認爲我不懂感恩吧。」芬妮謙卑地說道。
「不會的，親愛的，我一向認爲妳是個好女孩。」
「我以後再也不能住在這裡了嗎？」
「是的，親愛的，可是妳一定會有個舒適的家，不管是住這裡還是別的地方，都沒什麼差別。」
芬妮心情沉重地走出房間，她覺得差別很大，她無法想像和大姨媽住會有什麼好事發生。她一遇見艾德蒙，便立刻把煩惱告訴他。
「表哥，」她說：「我碰到了一件很討厭的事，以前我只要遇見不開心的事，被你一勸，就想開了，但這次恐怕連你也沒辦法了。我就要搬去和諾利斯姨媽住了。」
「眞的嗎？」
「是啊，柏特倫姨媽告訴我事情已經決定好了。我想一等諾利斯姨媽搬進那棟白屋子裡，我就得離開曼斯菲爾德莊園，搬過去跟她住。」
「那很好啊，雖然妳不覺得這計畫有多好，我倒覺得挺不錯的。」
「噢，表哥！」
「從各方面來看，這的確是個很好的安排。大姨媽希望妳搬去住，這表示她通情達理，頗有眼光，選對了室友和女伴。我很高興她沒有因爲愛錢而不選妳。妳應該去陪她的，芬妮，希望妳別爲了這件事感到太難過。」
「我確實很難過，我不喜歡跟她住，我喜歡這裡以及這裡的一切。我不會喜歡那裡的。你也知道我和她在一起有多不自在。」

「妳小的時候，她對待妳的態度，的確令人無法苟同，但她對我們也一樣，幾乎一樣。她從來不曉得怎麼帶小孩，不過妳現在長大了，她對待妳的態度應該比較好一點，我相信她的行爲已經改變，等妳成了她唯一的女伴，她就會覺得妳很重要。」

「才不會有人覺得我很重要呢。」

「妳爲什麼這麼說？」

「原因太多啦……我的處境、我的愚蠢和笨拙。」

「相信我，親愛的芬妮，妳哪來的愚蠢和笨拙，這些形容詞太不恰當了，這世上不管是誰，只要眞正瞭解妳，就會看重妳。你做人向來通情達理，個性又好，而且我知道妳總是抱著一顆感恩圖報的心，只要受人些許好處，一定回報人家。我看不出來還有誰比妳更適合當人家的室友和女伴。」

「你人太好了，」芬妮聽到讚美，臉都紅了。「總是把我說得這麼好，我都不知道要怎麼謝你了。噢，表哥，如果我離開這裡，我一定會記得你對我的好，直到我生命的最後一刻爲止。」

「眞是的，芬妮，爲什麼要這麼說呢，妳只是搬到白屋子裡，當然不會忘記我。看妳說得好像要搬到兩百哩外的地方去似的，明明只是莊園的另一頭。雖然妳住到那邊去，還是跟以前一樣是我們家的一分子啊，我們兩家人一年到頭都在見面，唯一的差別僅在於妳改住到大姨媽家。不過妳也會因此變得成熟一點，畢竟這兒有太多人幫妳擋在前面，可是和大姨媽在一起，妳就得自己面對了。」

「噢，不要這樣說嘛。」

「我一定要說，而且是很開心地說。現在諾利斯太太比我母親更適合照顧妳。依她的脾氣，只要是她眞正在乎的人，就會把對方照顧得十分周全，還會逼妳發揮出自我本領。」

芬妮嘆口氣說：「我的想法和你不一樣，不過我應該相信你，我眞的很感激你在這件事情上對我的開導。我在想如果大姨媽眞的關心我，我當然也會很開心能受到重視！我知道自己在這裡無足輕重，但我眞的很喜歡這兒。」

「芬妮，妳離開的是這棟屋子，不是這個家，妳還是可以像以前一樣自在地進出這裡的花園。這只是名義上的改變，妳犯不著害怕。妳還是可以像以前一樣去同樣的地方散步，在同樣的圖書室裡挑選書籍，探望同樣的人，騎同樣一匹馬。」

「是啊，你說得很對，可愛的小灰馬。啊，表哥，我記得我以前好怕騎馬，每次聽見人家說騎馬對我有多大的好處，我都嚇得半死。噢，提到馬的時候，我只要看見姨丈開口，就會開始發抖。我還記得你曾好心勸我不要怕，要我相信只要騎上一會兒，就會喜歡牠了。現在回想起來，你當時說得一點也沒錯。只希望你的預言永遠都是那麼準。」

「我相信妳和諾利斯太太住在一塊兒，一定有助於啓發妳的智慧，就像騎馬對健康有益一樣，對妳的未來福祉也會很有幫助。」

他們的談話就此結束，但不管這番話對芬妮到底有無幫助，其實只是多此一舉，因爲諾利斯太太根本沒打算接她去住。不僅目前沒考慮，甚至還刻意迴避。原來諾利斯太太爲了防範別人打這主意，早在曼斯菲爾德教區的眾多建物裡找到一棟空間雖小、但還算能維持上流社會體面生活的房舍，那棟白色小屋小到僅夠她和僕人居住，只留了一間空房要給朋友住，這也是她一再強調的一點；以前住在牧師公館時，她倒從不曾爲朋友特地留間空房，現在卻反覆強調有必要留間空房招待朋友。然而不管她如何小心防範，大家還是對她有了錯誤的期待，也許是因爲她老在強調留間空房的重要性，結果反倒誤導湯瑪斯

芬妮剛學騎馬時非常害怕，
多虧有艾德蒙表哥在旁不斷鼓勵她。

插畫／Hugh Thomson（1860 - 1920）
1884年移居倫敦，開始執筆爲雜誌刊物繪製插畫，簡單線條勾勒出十九世紀鄉紳、貴族社會的人物姿態，使其作品漸受歡迎。1894年到1898年間，他爲珍·奧斯汀六部小說繪製百餘幅精美插畫，留傳至今。

爵士以爲那是專爲芬妮準備的。沒多久，柏特倫夫人就把這問題明確地點了出來，她漫不經心地對諾利斯太太開口。

「姐姐，我想芬妮和妳同住之後，我們就不再需要僱用李小姐了吧？」

諾利斯太太嚇了一跳。

「跟我住？親愛的柏特倫夫人，妳這話什麼意思？」

「她不是要跟妳住嗎？我還以爲妳和湯瑪斯爵士已經談妥了？」

「我？沒有啊，我從來沒跟湯瑪斯爵士談過，他根本隻字未提啊。芬妮跟我住！這事我從來沒考慮過。誰會這麼想呢？瞭解我們兩個的人都不會這麼想的。我的老天，我跟芬妮要怎麼過日子啊？我不過是個孤苦無依的窮寡婦，什麼事也做不了，精神都快崩潰了，怎麼能帶得了一個十五歲的女孩？偏偏她現在又正是最需要人家關心和照顧的年紀，恐怕連精力最旺盛的人都應付不來這般年紀的孩子。相信湯瑪斯爵士不會當眞要我這麼做吧！湯瑪斯爵士是我很好的朋友，他不會這麼對我的。我相信眞正爲我著想的人是不會作出如此提議的。湯瑪斯爵士怎麼會跟妳提這種事呢？」

「是嗎，我不知道耶，我還以爲他覺得這樣比較好。」

「他是怎麼說的？他不可能說他希望我把芬妮接過去住吧？我相信他心裡不希望我這麼做。」

「沒有，他只是說他覺得這事很可行，我也這麼認爲。我們都覺得有芬妮陪妳，多少是個安慰，可是如果妳不願意，當然就不用再說什麼了，反正她住在我們這兒，也沒什麼妨礙。」

「親愛的妹妹，妳爲我著想一下吧，我天生歹命，芬妮怎麼可能給我帶來安慰呢？我現在是個孤零零的窮寡婦，失去了全世界最好的丈夫。爲了伺候生病的丈夫，我把自己的身體也弄垮了，到現在精神狀態還是不好，我的人生全毀了，只能勉強維持住還算體面的生活，而這也只是爲了不讓我那地下有知的丈夫感到丟臉。若再要我承擔照顧芬妮的責任，我哪裡應付得來？就算不爲我自己想，也要爲那可憐的女孩想想。她是在好人家裡長大的，相信未來也會前途無量，我卻是在悲傷和艱苦中掙扎。」

「所以妳不介意一個人孤零零的生活？」

「親愛的柏特倫夫人，除了孤老以終，我還能怎麼樣呢？我只希望能有朋友偶爾到我那棟小屋子裡住個幾天，我會永遠爲朋友留個床位；至於未來的大半日子，我是注定得一個人過了。只要能維持住基本的生活所需，也就別無所求了。」

「姐姐，我想妳的情況不至於那麼糟吧，湯瑪斯爵士說妳每年都還有六百英鎊的收入。」

「柏特倫夫人，不是我在叫苦，我知道我不能再過從前那樣的生活，我必須撙節開支，學著理財，以前我是粗枝大葉地持家，但現在能省就省，哪怕別人會笑話我。我的處境就跟我的收入一樣不同以往。以前諾利斯先生還在當牧師時可以做的事，現在我都不能做了。以前我們家裡客人來來去去，不知道吃掉廚房裡多少東西，如今搬到白屋子裡，我可得好好打算，量入爲出，免得將來日子難過。我承認如果我多省一點，每年年底就能存點積蓄，這讓我很開心。」

「我敢說妳一定做得到，妳不是一直都在儲蓄嗎？」

「柏特倫夫人，我這麼做全是爲了下一代啊，我想多存點錢，也是爲你們家的孩子著想。我又沒有親人需要我多費心照顧，只希望將來能給妳的孩子都留份像樣的財產。」

「妳人眞好，但別爲他們操心了，湯瑪斯爵士會處理的，我相信他們將來都會衣食無缺。」

「可是妳知道嗎，如果安第瓜①種植園那邊收入還是不好的話，湯瑪斯爵士的手頭就會很緊。」

「噢，那個問題很快就會解決的，湯瑪斯爵士好像正在籌劃什麼。」

「好吧，柏特倫夫人，」諾利斯太太正準備離開。「我只想說我目前唯一的心願就是身後能留點好處給你們家的孩子，所以湯瑪斯爵士要是再提起要芬妮和我一起住，妳就告訴他，我的身體和精神狀況都不允許我這麼做，更何況我那裡真的沒有睡覺的地方給她，那房間是爲我朋友準備的。」

柏特倫夫人將這次的談話內容轉述給她丈夫聽，他才知道他以前完全會錯意了。自此，諾利斯太太再也不用擔心大家對她會有什麼指望，更不必緊張湯瑪斯爵士會再提起這事。只不過湯瑪斯爵士也不免奇怪，當初是她力勸他們去領養這個外甥女，現在卻一點忙也不肯幫。不過由於她搶先一步安撫了他和柏特倫夫人，說什麼她以後的財產都要留給他們家的孩子，他才不想再追究，畢竟他們將來也會分到好處，堪稱一番美意。只是這樣一來，撫養芬妮的責任就全落在他身上了。

芬妮沒多久便得知她的顧慮是多餘的。至於艾德蒙，由於認爲芬妮搬去跟大姨媽住，對她來說是好事，所以得知結果之後，難免感到失望，可是看見芬妮那副喜不自勝的模樣，心裡還是覺得寬慰。諾利斯太太搬進了白屋子。葛蘭特夫婦也住進了牧師公館，兩件大事都算塵埃落定，於是有好一陣子曼斯菲爾德又像以前如常作息。

葛蘭特夫婦待人親切，喜歡結交朋友，初識的朋友都很喜歡他們。不過他們也有缺點，而且很快就被諾利斯太太發現。原來葛蘭特博士對吃相當講究，每天晚餐都要準備得很豐盛。可是葛蘭特太太並無費心以最省錢的方式來滿足她丈夫的需求，反而給廚師幾乎等同於曼斯菲爾德莊園一樣高的工錢，且很少親自到廚房和儲藏室查看。諾利斯太太一提到那家人平常消耗掉的雞蛋和奶油，就忍不住動氣。「我比誰都大方好客，也比誰都討厭小氣，以前我在牧師公館當家的時候，該享受的東西從沒少過，但從來沒有人說過我們的不是。可是像他們現在這般鋪張浪費，我實在無法理解。在鄉下的牧師公館裡擺闊太太的架子，實在太失分寸了。我覺得我以前那間儲藏室很棒，就算勞駕葛蘭特太太進去一趟，也不會降低她多少身分吧。我打聽過了，葛蘭特太太的財產根本不到五千英鎊。」

柏特倫夫人漫不經心地聽她姐姐道人長短。老實說，她對別人是否持家無方沒啥意見，只是覺得葛蘭特太太長得平凡無奇，命卻這麼好，對漂亮的人來說實在是種侮辱，因此聽到這件事時也常表示驚訝，不過不像諾利斯太太那樣說個沒完。

這事就這樣議論紛紛了將近一年，家裡又發生了一件大事，大到連太太、小姐們都難掩擔心，而且老掛在嘴上。原來湯瑪斯爵士爲了妥善解決安第瓜種植園那邊的問題，決定親自前往，順便把大兒子也帶去，好讓他遠離那幫豬朋狗友。不過他們這一走，可能會待上一年。

湯瑪斯爵士本來不想離開家人，尤其不想把兩個正值妙齡的女兒交給別人來管，但從財務管理來考量，他勢必得這麼做，更何況他也希望這對大兒子能多少有點鞭策，於是打定主意。他不認爲柏特倫夫人可以代他教養女兒，因爲她恐怕連自己都照顧不好，但有諾利斯太太代爲小心管教，再加上艾德蒙的冷靜判斷力，他相信他可以放心離家，不用爲女兒們擔心。

柏特倫夫人極不願意丈夫離開她，不過不是因爲擔心他的安危，也不是怕他過得不好，而是怕自己太累，也怕會碰上什麼難題或危險，總之是從沒爲別人著想過。

這次的遠行，令人不由得同情起兩位柏特倫小姐，不是同情她們的傷心難過，而是她們的無動於衷。她們並不愛父親，因爲她們喜歡從事的消遣活動向來得不到父親的贊同，所以他這次的遠行很遺憾地竟然大受她們的歡迎。她們終於可以擺脫束縛，隨心所欲地進行自己想做的事，不必再怕父親攔阻。

芬妮也跟她們一樣心情頓時放鬆許多，但因爲她心地善良，馬上想到自己未免太忘恩負義，於是很難過自己怎麼一點都不傷心。「湯瑪斯爵士幫了我和兄弟們這麼多忙，而且此去可能再也回不來，我卻沒有爲他掉下一滴眼淚，眞是無情無義呀。」更何況臨別前的那天早上，他還告訴她，希望她今年冬天就能再見到威廉，並囑咐她，只要一聽到威廉所屬的中隊回到英格蘭的消息，便立刻寫信邀請他來曼斯菲爾德作客。「他眞是體貼，心腸又好。」其實他在說這些話的時候，只要對她溫柔地笑一笑，喚她一聲「我親愛的芬妮」，就能讓她立刻忘掉他那冷漠和不苟言笑的外表，沒想到他話快說完時，竟又多加了一句話，傷到了她的心，令她覺得自己很丟臉。他說：「要是威廉眞的能來曼斯菲爾德，我希望妳能證明給他看，分別了這麼多年，妳並非毫無長進。只是我有點擔心他會發現他妹妹雖然十六歲了，但在某方面仍像個十歲小孩一樣。」姨丈離開那天，她一想到他說的這番話便不禁哭了出來。兩位表姐看見她兩眼通紅，都以爲她在裝模作樣。

譯註：

①安第瓜（Antigua），中美洲國家瓜地馬拉的重要城市，一五四三年建城後，為西班牙殖民地。

湯姆・柏特倫從以前就很少待在家裡，所以這次遠行充其量只能算是名義上的正式離家遠遊而已。父子倆才離開沒多久，柏特倫夫人便驚訝地發現，就算家裡沒有男主人在，大家還是過得挺好的。艾德蒙擔起一家之主的責任，代表父親爲家裡的大小事情拿決定，與管家會商，寫信給代理人，結算工錢給僕人，等於幫柏特倫夫人代爲處理了所有煩人的工作，只不過家書還是得靠她自己寫。

兩位前往安第瓜的家人，終於寄來了第一封報平安的信，不久之前，諾利斯太太本來還在擔心他們遭逢意外，所以每當沒有旁人在時，都會把她的擔憂說給艾德蒙聽，但就在她做好心理準備要當家裡第一個堅強承受噩耗的人，甚至還想好該怎麼向大家宣布這不幸消息時，湯瑪斯爵士報平安的信竟然就到了。於是她只好收起早已蘊釀成熟的激動心情，先將感性的開場白暫擱一旁。

冬天來了又去，家裡全然不需要他們操心，有關他們的海外消息也都還算平安。諾利斯太太不再把心思拿去擔心那兩位遠行的家人，她除了料理自己的家務，過問一下妹妹家裡的事情，以及監督葛蘭特太太的浪費行徑之外，淨在忙著替兩個外甥女出主意，讓她們玩得開心，她幫忙她們梳妝打扮，誇獎她們多才多藝，爲她們物色未來夫婿。

兩位柏特倫小姐現已擠進當地美女之林。她們容貌美麗，才華出眾，態度隨和，又刻意表現得彬彬有禮、和善可親，因此人緣極佳，頗受仰慕。這兩姐妹雖然虛榮，但因行爲表現得體，以至於旁人根本察覺不出來她們其實是在裝腔作勢。她們的舉止表現得到了眾多讚美，姨媽將這些讚美轉述給本人聽，更讓她們以爲自己十全十美。

柏特倫夫人從不和她的女兒們一同出外社交。本來作母親的應會樂於出席，瞧瞧自己的女兒在社交圈裡多受歡迎，她卻懶到連這種時間都不肯挪出來，反而全權交由她姐姐處理，諾利斯太太自然是求之不得這種體面的差事，盡量花用妹夫家所提供的一切方便，出入各種社交場合，自己完全不必花錢租馬車。

社交季的活動通常沒有芬妮的份，不過因爲大家都出門去了，只剩她在家陪二姨媽，讓她頓時覺得自己還滿有用的，所以也很開心，再加上李小姐已經離開曼斯菲爾德，每當夜裡有舞會或宴會時，柏特倫夫人更是寸步離不開她。她陪姨媽聊天，聽她說話，朗讀給她聽。在這樣寧靜的夜晚，徒有兩人促膝交談，完全聽不到其他不順耳的聲音，對一個經常處於惶恐又害怕難堪的人來說，這樣的夜晚很有安全感，她的快樂無以言傳。至於表姐們那些值得高興的事，她倒也樂於傾聽，尤其想知道舞會上艾德蒙和誰跳了舞，不過她知道自己的身分低下，從不敢奢望能參加那樣的舞會，所以聽的時候並不是頂在意。總之她這個冬天過得還算愜意，雖然威廉沒有回英國，她心裡依然盼念著他回來，這種永遠抱著希望的感覺也挺不錯的。

春天隨之到來，帶走了她心愛的朋友老灰馬，這打擊有段時間對她來說，不僅是情感上的失落，更有礙她的健康。因爲儘管姨媽們都知道騎馬對她的健康有益，卻遲遲不肯想辦法再給她一匹馬騎。她的姨媽們說：「表姐們不騎馬的時候，妳隨時可以借她們的馬騎。」可是只要天氣放晴，兩位柏特倫小姐一定會騎馬出去，她們雖然表現得熱心熱腸，卻從來不肯犧牲自己的一點享樂時間，故芬妮總是沒能有機會出去騎馬。四、五月的早晨風和日麗，兩位柏特倫小姐歡快地外出騎馬去了，而芬妮不是成天坐在家裡陪著其中一位姨媽，就是在另一位姨媽的使喚下，在外頭走得精疲力竭。柏特倫夫人不喜歡運動，自然也認爲大家都沒必要運動，而諾利斯太太成天在外頭走來走去，所以也認爲每個人都該像她一樣走很多路。那時艾德蒙正巧不在家，不然早就能制止這種情況了。等他回到家，得知芬妮的處境，意識到這事再拖下去對芬妮的健康定會造成不良影響，於是不顧懶散成性的母親和精打細算的大姨媽的反對，執意宣布：「芬妮非得要有一匹自己的馬。」他認爲這才是解決問題的唯一方法。諾利斯太太倒是覺得只要從莊園裡找出一匹穩當的老馬給芬妮騎就夠了，再不然也可以向管家借，或者偶爾向葛蘭特博士借騎一下那匹常去驛站取郵件的小馬便行。她堅決反對讓芬妮像兩位表姐一樣擁有一匹淑女專用的馬，她覺得這樣不成體統，也相信湯瑪斯爵士絕不會允許這麼做，而且她必須說，湯瑪斯爵士的收入目前正遭逢一些瓶頸，如果還趁他不在家的時候給芬妮買馬，一定會給家裡多添額外開支，在她看來非常不妥當。但艾德蒙還是說：「芬妮必須要有一匹自己的馬。」諾利斯太太完全無法接受，柏特倫夫人倒不反對，她贊同兒子的看法，認爲芬妮必須有一匹馬，而且相信他父親也會認同。只不過她覺得這事不必急，她要求艾德蒙等湯瑪斯爵士回來後再決定，他九月就到家了，只不過等到九月而已，不急於一時。

艾德蒙爲此生起母親的氣，也很氣他姨媽，認爲她們一點都不關心自己的外甥女，可是他不能置之不理母親的意見，又不忍看見芬妮無馬可騎，最後他想出一個折衷辦法，既不會讓父親覺得他做得太過分，也能讓芬妮立刻有馬騎。他自己有三匹馬，但都不是給女士騎的，其中兩匹用於狩獵，另一匹用來拉車，他決定用拉車的那匹馬拿去換一匹可以讓表妹騎的馬。他知道在哪裡可以找到這樣的馬，於是打定主意，快快辦妥了這件事。新換來的母馬很不錯，稍加馴養，便能乖乖聽從芬妮的指令，成了她專屬的馬。芬妮從來以爲只有老灰馬最適合她，如今騎上艾德蒙送給她的母馬，自然非常高興。她一想到這一切快樂都是表哥賜給她的，心上的喜悅無以復加，對他的感激更是無法用言語來表達。她覺得她的表哥是世界上集所有善良與偉大的人物，他的高尚品格只有她最瞭解，她對他的感激之情非世上任何情感足以比擬，裡頭有尊敬、有感激、有信任，也有似水柔情。

由於這匹馬在名義上和事實上皆屬艾德蒙所有，諾利斯太太便無立場阻止芬妮去騎那匹馬，至於柏特倫夫人就算曾想起當初的反對理由，也不會責怪艾德蒙沒等到九月湯瑪斯爵士回來就擅自作主，因爲到了九月，湯瑪斯爵士仍留在海外未歸，且近期內也可能回不來，因爲事情還沒辦完。他本來要回英國了，沒想到突然出現棘手狀況，事情變得難以預料，他只好先要兒子回家，自己留下來處理。湯姆平安歸抵家門，帶回父親一切平安的消息，不過諾利斯太太總是不太相信，她覺得湯瑪斯爵士可能是預料到自己即將大禍臨頭，基於愛子心切，才會先送兒子回家。她胡思亂想出一堆可怕的理由。秋夜越來越長，諾利斯太太獨自坐在寂寞凄涼的小屋子裡，老是東想西想，成天膽顫心驚的，只好藉故每天躲到莊園的餐廳裡避難。不過冬季的各式社交應酬倒是幫了她不少忙，在這些場合裡，她總是快活地幫忙大外甥女盤算仰慕者的財產，心神不再焦慮不安。只要和有錢的男士在一起聚會，特別是若有人介紹她們認識剛繼承一大筆產業或謀得佳職的年輕人時，她就會在心裡想：「萬一可憐的湯瑪斯爵士注定再也回不來，那麼讓他看見可愛的瑪莉雅嫁到富貴人家，也能讓他聊以安慰了。」

盧斯沃先生第一次見到柏特倫小姐，就被她的美貌打動，他一心想成家，很快認定自己墜入情網。他是個壯碩的年輕人，資質平庸，唯其外表和言談並不惹人討厭，所以令這位年輕小姐很是洋洋得意自個兒的魅力。瑪莉雅．柏特倫已經二十一歲，自覺到了適婚年齡。如果能嫁給盧斯沃先生，她的收入就會比她父親還多，而且再附帶一棟倫敦的宅第，這可是她目前的首要目標，基於這個原則，她認爲自己應該嫁給盧斯沃先生。諾利斯太太也很想促成這門親事，於是費盡脣舌，使盡伎倆，讓他們相信彼此多麼般配，除此之外，她還刻意親近那位先生的老母親，甚至逼著柏特倫夫人一大早趕十哩的路去拜訪對方，尤其那路還顛簸得很。果眞沒多久便收到成效，雙方家長十分投緣。盧斯沃老太太說，她承認自己非常希望兒子早日成家，也說目前在所有年輕小姐當中，柏特倫小姐是她所見過最適合她兒子的女孩，相信將來兩人一定會幸福，因爲柏特倫小姐溫柔嫻淑又多才多藝。諾利斯太太聽了這番誇獎，很表認同，也反過來誇獎對方有眼光，看人神準，瑪莉雅的確是柏特倫家的開心果，也是他們的驕傲……百分之百完美，像個天使，當然身邊也不乏眾多追求者，又不知道該怎麼挑。不過如果肯讓她諾利斯太太來做決定，她認爲只有盧斯沃先生最配得上她，也最令她中意。

經過了幾次共舞的經驗，這對年輕人果如兩位太太所料地投契。於是在向海外的湯瑪斯爵士告知後，兩人就訂婚了，雙方家長都對這門親事十分滿意，附近鄰里也紛紛稱許，又過了幾個星期，大家普遍認定盧斯沃先生和柏特倫小姐是天作之合。

雖然湯瑪斯爵士的同意信還要幾個月才能收到，但大家都認爲他鐵定會同意這門婚事，於是這兩家人就毫無忌憚地交往起來，誰也無意保密，諾利斯太太更是逢人便說，說完之後竟還要別人不要張揚。

艾德蒙是家裡唯一不看好這門親事的人，不管大姨媽如何百般稱許，他仍然認爲盧斯沃先生不是個理想伴侶。他同意只有妹妹知道自己想要什麼樣的幸福，但他無法認同她所謂的幸福就是大筆收入，每當他遇見盧斯沃先生，都忍不住會想：「他要不是有一萬兩千英鎊的年俸，恐怕也只是個傻人而已。」

湯瑪斯爵士卻很滿意這門親事，因爲這樁婚姻對他們家來說是有好處的，再加上他在信上讀到的俱是好話佳言，更何況他們門當戶對，兩家人都住在同一個郡，而且還是同行，於是湯瑪斯爵士很快回了信，表示贊同，唯一的要求是婚禮必須等他回來再舉行，並期盼自己能早點回家。這封信是在四月寫的，他希望能在夏天結束前辦妥安第瓜的事情，打道回府。

到了七月，芬妮才剛滿十八歲，村裡的社交圈又多了葛蘭特太太的弟弟和妹妹——克勞佛先生和克勞佛小姐這兩位人物，他們是葛蘭特太太的母親再婚時所生的孩子，兩個年輕人身家可觀，男的在諾福克有筆不錯的地產，女的財產多達兩萬英鎊。打從孩提時起，做姐姐的就很疼他們兩個，可是她才剛出嫁沒多久，他們共同的親生母親就過世了，於是改由男方那邊的一位弟弟來照顧她同母異父的弟妹。葛蘭特太太和他們的叔叔不太熟，從此之後鮮少見面。克勞佛兩兄妹在叔叔家裡找到了屬於家的溫暖。克勞佛將軍和克勞佛將軍夫人在別的事情上或許意見不合，但對這兩孩子的疼愛倒是有志一同，若說眞有什麼差異的話，也只是他們各疼愛一個。將軍疼的是男孩，將軍夫人則疼女孩。然而後來這位夫人過世後，向來受她保護的克勞佛小姐試住了叔叔家幾個月之後，便決定還是另覓住處。原來克勞佛將軍行爲不檢，想把情婦帶回家住，克勞佛小姐只得提出投奔姐姐葛蘭特太太的想法，這想法不僅便宜了克勞佛將軍，也正合葛蘭特太太的意，因爲無兒無女的她這陣子在鄉下和太太、小姐們交往，不時採買漂亮的傢俱布置客廳，種植奇花異草，還豢養了一些名禽，如今早就膩了，正想有點變化，而向來疼愛妹妹的她，早就期盼妹妹來家裡住，甚至希望妹妹能住到出嫁爲止，她唯一擔心的是，妹妹住慣了倫敦，不知道能不能適應曼斯菲爾德的生活。

克勞佛小姐對這件事也一樣有顧慮，只不過主要是擔心她姐姐的日子不夠體面，還有那裡的社交氛圍。她實在是因爲勸不動哥哥陪她一起住在他鄉下的宅第，才硬起頭皮決心投奔別的親戚。這眞的很不幸，因爲亨利·克勞佛平生最討厭的就是一輩子都待在同一個住所，面對同一個社交圈，所以對於這件事，他是不可能對妹妹讓步的，但他還是以最大的誠意護送她到北安普頓郡，而且痛快答應，只要她覺得那地方無聊，他一定在半個鐘頭內帶她走人。

會面後，雙方都很滿意。克勞佛小姐發現姐姐並不古板也不土氣，姐夫看起來像個紳士，房子夠寬敞，陳設齊全。葛蘭特太太熱忱接待弟弟、妹妹，很是疼愛這兩個外表討人喜歡的年輕人。瑪麗・克勞佛人長得很漂亮，亨利雖稱不上英俊，但也風度翩翩，兩人的言談都很活潑風趣，葛蘭特太太覺得他們樣樣出色，非常喜歡這兩兄妹，尤其是瑪麗。葛蘭特太太向來對自己的容貌不甚滿意，如今看見自己的妹妹這麼漂亮，由衷而生一股驕傲。她等不及要幫妹妹物色好對象，她看中的是湯姆・柏特倫。在她看來，妹妹擁有兩萬英鎊的財產，舉止優雅又多才多藝，男爵的大兒子和瑪麗，再適合不過了。於是瑪麗才來這裡不到三小時，個性直爽、熱心熱腸的葛蘭特太太就把這主意告訴了瑪麗。

有這麼體面的人家住在附近，克勞佛小姐自然很高興，一點也不介意她姐姐的如意算盤。只要嫁得體面，婚姻本來就是她的目標。她曾在倫敦見過柏特倫先生，清楚他的外表和家世均無可挑剔。儘管表面上她把它當笑話來看，其實已牢記在心裡。不久，葛蘭特太太也把這主意告訴了亨利。

葛蘭特太太甚至說：「我想到一個辦法可以讓這件事更完美，我希望你們兩個都能在這裡住下，這樣一來，亨利就能娶到柏特倫家的二小姐。二小姐可愛又漂亮，脾氣也好，而且多才多藝，你能娶到她，是你的福氣哦。」

亨利向她鞠個躬，表示謝意。

「我親愛的姐姐，」瑪麗說：「如果妳能勸得動他，讓我和這麼聰明的小姐作姑嫂，對我來說，的確是件快事，但遺憾的是，妳這裡沒有五、六位待嫁女孩讓他挑。因爲如果妳想說服亨利結婚，一定要有法國女人的口才、英國人的通天本領。不過我們以前都試過了。我有三個要好的朋友曾先後迷上他，但不管她們本人或她們的母親（她們都是很聰明的女士哪），還有我親愛的嬸嬸以及我自己如何勸他、哄他、誘他結婚，他全無動於衷，妳永遠也想不到我們費盡了多少脣舌！他是標準的花蝴蝶，要是妳不想讓兩位柏特倫小姐心碎，最好還是讓她們離亨利遠一點。」

「我親愛的弟弟，我不相信你是這種人。」

「是啊，妳人這麼好，哪會聽信這些。妳比瑪麗厚道多了，一定懂年輕人行事總是多點顧慮。我天生個性謹慎，不喜歡草率行事，貿然拿自己的幸福作賭注，我比誰都重視婚姻，我認為結婚是件有福氣的事，就像詩人寫的，是上天賜與的最後一份好禮。」

「葛蘭特太太，妳看看，他多會玩弄字眼，妳只要看看他嘻皮笑臉的樣子，就知道他有多討人厭了，都怪將軍把他寵壞啦。」

「對於婚姻這種事，我才不管你們年輕人怎麼說呢，」葛蘭特太太說：「雖然口口聲聲說不想結婚，那是因為他們還沒找到合適的對象。」

葛蘭特博士笑呵呵地稱許克勞佛小姐對婚姻的正面態度。

「是啊，我不覺得結婚有什麼不好，只要安排得當，我會希望每個人都能結婚，只是不喜歡草率行事，可是如果結婚是件好事，當然就該結婚啊。」

幾個年輕人打從一開始便互有好感，彼此吸引，只是礙於禮教，先矜持了一陣子，後來很快就要好起來。克勞佛小姐的美貌並未威脅到兩位柏特倫小姐，因爲她們本身就長得很漂亮，所以不會去討厭其他漂亮的女人。她們也和哥哥們一樣都被瑪麗那雙活潑的黑眸、光滑的古銅色肌膚和秀麗的外貌給吸引。如果她再高一點、再豐腴一點、再豔麗一點，雙方才有可能彼此較量，但她頂多只是個甜美可人的女孩，而她們才是這地方上豔冠群芳的姐妹花。

她的哥哥也不夠英俊。不，應該說當她們頭一次見到他的時候，總覺得他又黑又醜，實在難看，但仍是位君子，談吐頗討人喜歡。到了第二次見面，她們就不再覺得他難看，不過也稱不上好看，只是他態度相當自若，再加上一口漂亮的牙齒，身材又相當勻稱，於是她們很快就忘了他長得不瀟灑這件事。等到第三次碰面，在牧師公館共進晚餐之後，便再也沒有人說他難看了，事實上，他已經成了這兩姐妹見過的年輕人裡頭最討她們歡心的一個。她們都很喜歡他，因爲柏特倫家的大小姐已經訂婚，所以便天經地義地把他和茱莉雅湊成一對，茱莉雅也十分清楚這一點，因此他來曼斯菲爾德還不到一個星期，她就打算要跟他談戀愛。

瑪莉雅對這問題則顯得有點迷惑，不願正視它。「喜歡一個彬彬有禮的人，沒什麼壞處吧？大家都知道我訂婚了，克勞佛先生應該把持得住自己。」克勞佛先生也不是有意要走這條險路，只是兩位柏特倫小姐都令他想討好，也樂於被他討好，於是他隨性地下了點工夫，讓她們青睞他。他不要她們立刻愛上他，不過因爲他有冷靜的頭腦可以判斷和調適，所以給了自己很大的迴旋空間。

「姐姐，我非常喜歡那兩位柏特倫小姐，」那次宴會結束後，他把兩位小姐送上馬車，回來後，對葛蘭特太太這樣說。「她們兩位都相當端莊，頗討人喜歡。」

「的確是，聽你這麼說，我很高興。可是你最中意的是茱莉雅吧！」

「是啊，我最中意茱莉雅。」

「眞的嗎？可是一般人都認爲柏特倫家的大小姐最漂亮。」

「我也這麼認爲。她的五官很美，就外貌來說，我較爲欣賞，不過我最中意的還是茱莉雅。柏特倫家的大小姐的確長得最美，也最有人緣，可是因爲妳交代過我，所以我最中意的還是茱莉雅。」

「亨利，我不會勸阻你什麼，不過我知道你最後會把茱莉雅放在首位的。」

「我不是已經跟妳說過，我一開始就最喜歡她嗎？」

「親愛的弟弟，再怎麼說，柏特倫家的大小姐已經訂婚啦，千萬別忘了，她是名花有主的。」

「是啊，就因爲這樣，我才喜歡她啊。訂了婚的女人總是比沒訂婚的女人可愛點，因爲她已經了卻自己的心事，不必再操什麼心，所以敢毫無忌憚地使出所有本領去取悅別人。訂了婚的小姐無論做什麼事都很心安理得，不怕犯錯。」

「說到盧斯沃先生，他是位好好先生，和她很登對。」

「可是柏特倫小姐根本沒把他放在心上，那只是妳對手帕交的個人看法而已，我就不這麼認爲。我相信柏特倫小姐很喜歡盧斯沃先生，每次提到他，從她眼神裡就看得出來。柏特倫小姐人眞的太好了，好到我弄不懂既然她對他無心，爲何還要答應人家的求婚。」

亨利·克劳佛彬彬有禮地攙扶兩位柏特倫小姐登上馬車。

「瑪麗，我們該拿他怎麼辦呢？」

「別管他吧，反正多說無益，他最後一定會受騙上當的。」

「我不希望他受騙上當，也不希望他被人愚弄，我希望一切都光明磊落、清清楚楚。」

「噢，親愛的，就由他去吧，就讓他被人家騙一次也好。每個人一生中都會被人家騙個一、兩次，只是早晚問題罷了。」

「親愛的瑪麗，婚姻可不行。」

「尤其是婚姻，更容易受騙上當。雖然現在大家都是先交往一陣子之後才結婚，可是我親愛的葛蘭特太太，不管是男是女，不是被騙進婚姻裡的人，一百個人裡頭可能只有一個。反正我怎麼看，都是這樣，不過我覺得這是理所當然的，因爲在我看來，所有的交易裡頭，只有在婚姻交易裡會向對方要求最多，自己卻不誠實回報。」

「唉，看來妳是在希爾街住久了，受到別人的不良影響，才會對婚姻持有這種看法。」

「我那可憐的嬸嬸對自己的婚姻肯定沒什麼好話，不過據我觀察，婚姻是需要玩心機的。我知道很多人婚前抱著很大的希望，以爲結了婚就會撈到哪些好處，或者認定對方多有才或多有德，結果到頭來發現自己被騙了，只好繼續忍受下去，妳說這不是受騙上當，是什麼？」

「我親愛的妹妹，妳太有想像力，不過對不起，我不太同意。我敢說妳只是看到事情的一面而已。妳看見婚姻的壞處，卻沒看見它所帶來的快樂。這世上不如意的事本來就十之八九，難免會有衝突摩擦，再加上我們的要求又很高，不過話說回來，如果追求幸福的計畫失敗了，當然要另作打算，第一個主意不好，第二個主意就會好一點，一定可以在別處找到幸福的。只是親愛的瑪麗，我不懂怎麼會有人居心不良地說婚姻只是受騙上當，其實和結過婚的人比起來，他們上過的當才多呢。」

「說得好，姐姐，我非常佩服妳對婚姻的信仰，等我結了婚之後，一定會忠於原來的自我，也希望我的朋友們婚後都如此，這樣我就不會老覺得心裡不舒服了。」

「妳跟妳哥哥一樣壞，不過我們會幫你們兩個把毛病治好的。曼斯菲爾德會治好你們，讓你們不會再受騙上當，只要跟我們在一起，就會被治好的。」

克勞佛兄妹不想被治好，但倒是很願意留下來。瑪麗樂於將牧師公館當成自己的家，亨利也打算待久一點。他原本只想小住幾天而已，可是發現曼斯菲爾德這樣有意思，反正現下又沒有別的親友邀他去玩，索性就多住幾天。葛蘭特太太很高興能把他們留下來，葛蘭特博士也很滿意，因爲能有一個像克勞佛小姐這麼伶牙俐齒的漂亮小姐住在家裡，對一個懶惰成性、不喜出門的男主人來說，自然是件愉快的事。再說有克勞佛先生在此客居，他就更有理由每天喝紅葡萄酒了。

柏特倫家的兩位小姐都很仰慕克勞佛先生，這令克勞佛小姐尤其開心。不過她也承認兩位柏特倫先生長得很英俊，即便在倫敦，亦少有機會可同時見到兩個這麼英俊的人，大公子風度翩翩，據說在倫敦長住過一段時日，個性比艾德蒙活潑，較懂得討女人歡心，因此決定以他爲目標。再說他又是家裡長子，條件當然比較好。她已經有預感，她會最中意大兒子，她知道她做的選擇是對的。

的確，不管如何，她都該會偏愛湯姆．柏特倫。他是個很討人喜歡的年輕人，而他的那種討喜比某些等而上之的個人特質更貼合她意。他舉止瀟灑，風度翩翩，交遊廣闊，口才便給，至於曼斯菲爾德莊園和男爵的繼承權，更是爲他的魅力加分。克勞佛小姐不久便發現無論是他本人還是財富條件，均令她十分滿意。她四處探聽了一下，發現幾乎所有財產以後盡屬於他，包括一座方圓五哩的莊園……那可是座貨眞價實的莊園，還有一棟新近蓋好的大宅，地點適中，掩映在蓊鬱林木之間，風景優美到足以被仕紳們放進私人收藏的畫冊裡，唯一美中不足的是傢俱需要全部換新。他有兩個可愛的妹妹、一個不多言的母親，而他本人也很和善可親，現在又再加上另外兩項有利條件，一是他答應他父親不再賭博，二是他將來會成爲新任的湯瑪斯爵士。這一切都太完美了，她認爲她應該接受他，因此對他那匹即將到B城參加比賽的賽馬開始有了點興趣。

可是兩人才結識沒多久，湯姆就去參加賽馬會了，他的家人似乎都認爲這一去恐怕要好幾個星期才回來，這是依據以往經驗作出的判斷。所以如果他對她眞的有意，應會提前表白。可是他嘴裡老掛著賽馬會，勸她一塊兒去玩，還說想幫他們辦場大型舞會，反正說得天花亂墜，但一切僅止於說說而已。

至於芬妮這陣子都在做什麼和想什麼呢？她對這兩個新來的外地人有什麼看法？天底下很少有十八歲女孩像芬妮這樣乏人在乎。畢竟她說話總是輕聲細語，不太引人注意。她欣賞克勞佛小姐美麗的外貌，至於克勞佛先生，雖然兩位表姐一再稱讚他的外表，她卻認爲他其貌不揚，所以絕口不提。也因此大家對芬妮的印象普遍如下。「我現在已經比較瞭解你們每一個人了，只有普萊斯小姐除外，」有一天克勞佛小姐陪兩位柏特倫先生一起散步時，這樣說道：「拜託你們告訴我，她到底進入社交圈了沒？我都被弄糊塗了。她都跟著你們一起去牧師公館赴宴，好像參加了社交活動，但是她又不太說話，害我覺得她也不像是在社交。」

這話主要是說給艾德蒙聽的，於是他回答：「我懂妳的意思，不過這問題不該由我來回答，因爲表妹已經長大了，在年齡和見識上都算是個大人，至於有沒有正式進入社交圈，我恐怕無法回答。」

「一般說來，這種事相當容易看得出來，因爲這中間的差別很大。從言談舉止到外表，都有截然的改變。目前爲止，這種判斷法還不曾讓我誤判過。譬如還沒進入社交圈的女孩，總是做同樣打扮，老戴著一頂繫帶的小圓帽，看起來很害羞，幾乎不開口——你也許想笑，不過相信我，眞的是這樣——只是有時候顯得太做作了一點，不然其實也算得體，女孩子家本來就應該恬靜端莊。最令人看不慣的是有些女孩剛踏進社交圈，便立刻有了一百八十度的大轉變，馬上從保守變得肆無忌憚，這也正是現行禮俗的缺失所在。有誰能想像到一個十八、九歲的女孩突然變得什麼事都敢做，但一年前的她，卻還怯生生不敢多說話。柏特倫先生，我相信你一定見過這類例子吧。」

「我相信我見過，不過這樣說也不盡公平，而且我知道妳的用意，妳是在挖苦我和安德森小姐。」

「才不是呢，什麼安德森小姐？你這話什麼意思？我完全聽不懂。你最好把話說清楚，不然我倒是很樂意常拿你來挖苦哦。」

「啊，妳眞會僞裝，不過我不會上當的，妳剛剛說年輕女孩突然變了個人，分明就是指安德森小姐啊。妳的形容實在太像她了，不可能弄錯，妳指的一定就是她，貝克街的安德森家。我們前幾天還談到他們呢。艾德蒙，我不是跟你說過查爾斯・安德森嗎？那情況的確就像這位小姐方才描述的例子。大約兩年前，安德森初次介紹我認識他的家人，那時他妹妹還沒有進入社交圈，所以她怎麼樣都不肯跟我說話。有天早上我坐在他們家等了安德森一個鐘頭，房裡只有她和一兩個小女孩在，她們的家庭女教師好像生病還是跑了？只記得她母親每隔一陣子就拿著信進出房間，而在那段期間，那女孩一句話也不肯跟我說，看都不看我一眼，連打個招呼都沒有……她緊閉嘴巴，神情高傲地背對著我。後來我有一年的時間沒再見到她。等到她進入社交圈，我在霍爾夫特太太的家中遇見她。那時我已經完全不記得她了，結果她走到我面前，說她認識我，兩眼直盯著我看，看得我都不好意思，她邊說邊笑，害我不知道眼睛該往哪兒擺。我相信我當時一定成了全屋子的笑柄。顯然，克勞佛小姐也聽說了這件事吧。」

「這故事的確有意思，不過我覺得這種事相當普遍，絕非只發生在安德森小姐身上。這是頗爲常見的通病。做母親的對女兒顯然管教不當，我不知道錯出在哪裡，也沒資格去糾正人家，只是我看得出來她們不時在犯錯。」

「看來有人正在向世人示範何謂淑女的舉止，」柏特倫先生殷勤地說：「努力地導正這些人。」

「這事錯在哪裡其實相當明顯。」不太懂得獻殷勤的艾德蒙說：「她們缺乏涵養，從一開始就被灌輸了錯誤的觀念，一舉一動全是爲了自我虛榮——進入社交圈之前的那些行爲舉止，並不算是眞正的端莊。」

「這很難說耶，」克勞佛小姐遲疑地回應：「不，我不同意你的說法，那時的舉止當然是最端莊的。如果一個女孩還沒進社交圈之前，就表現得像進了社交圈般神氣活現，舉止隨便，那才眞的糟糕呢！我以前就見過這種人，那實在糟糕透了，讓人覺得打從心底生厭。」

「沒錯，的確惹人嫌，」柏特倫先生附和道：「會害她走偏了路，別人也會不知該怎麼對待她。妳用繫帶的小圓帽和害羞的表情來形容，眞是太妙、太傳神了，一看就知道對方是什麼身分。可是去年就有個女孩因少了這兩樣特徵，害我落得狼狽不堪。去年九月，我剛從西印度群島回來，跟一個朋友到拉姆斯蓋特①待了一星期，我朋友叫史奈德。艾德蒙，你應該聽我提過他吧。他的父母和妹妹都在那裡，我是頭一次和他的家人見面。我們抵達阿爾賓的時候，他的家人恰巧出門了，於是我們到外頭找人，最後在碼頭那裡找到。史奈德太太和兩位史奈德小姐還有她們的朋友都在。我照規矩鞠個躬，但由於史奈德太太身邊圍了一圈男士，我只好走到她其中一個女兒的身邊，陪她走回家，一路上盡量討好她。這位小姐的態度隨和，不光只聽我說話，人也很健談，我完全沒察覺自己哪裡做錯。因為兩位小姐看起來一般無二，皆是盛裝打扮，也都像別的女孩一樣戴著面紗，拿著陽傘。可是後來我才得知被我大獻殷勤的那位小姐竟然是小女兒，還沒正式進入社交圈，所以我等於惹火了另一位大女兒。安古絲塔小姐還得再等六個月，才能踏進社交圈，至於史奈德家的大小姐，我想這輩子恐怕都不會原諒我了。」

「眞是糟糕。可憐的史奈德小姐！雖然我沒妹妹，不過我能體會她的心情，年紀輕輕就讓人看不上眼，心裡一定很沮喪。但這全是她母親的錯。安古絲塔小姐應要有家庭女教師作陪才對。姐妹倆不分年齡地做一樣的打扮，這種作法絕對不可行。不過現在，我只想先弄清楚普萊斯小姐的狀況，她參加舞會了嗎？除了到我姐姐家之外，她也會去別的地方赴宴嗎？」

「沒有，」艾德蒙回答：「我想她沒參加過舞會，我母親很少出外應酬，只去葛蘭特太太家赴宴，其他時間都是芬妮陪她待在家裡。」

「喔，那我懂了，普萊斯小姐還沒踏進社交圈。」

譯註：

①拉姆斯蓋特（Ramsgate），英國肯特郡（Kent）東岸漁港，是十九世紀的觀光重鎮。

柏特倫先生出發前往B城去了。克勞佛小姐早就料到他這一去，此處的社交圈一定會像少了什麼似的。如今這兩家人幾乎天天碰面，她對他尤其想念。他走了沒多久，有一天大家齊聚莊園用餐，她還是坐在以前常坐的桌尾處，心想這裡換了男主人之後，聚餐氣氛八成會很沉悶，於是早有心理準備。艾德蒙和他哥哥比起來，顯得沉默多了，他神情漠然地爲大家分湯，連喝酒時也難得展現笑容，遑論逗大家開心；切鹿肉時，不懂得適時說點和鹿腿有關的笑話，更不會搬出「我朋友怎樣又怎樣」這類好笑的小故事。她只好自找樂子地去聽桌首處傳來的笑語，並觀察盧斯沃先生的一舉一動。自克勞佛兄妹來到這裡之後，這還是盧斯沃先生頭一次露面。前些時候他到鄰郡訪友，那位朋友最近找了一位專家幫忙整修園子，盧斯沃先生回來後，滿腦子淨想著這件事，有意把自家莊園也做番整修。他這人說話老抓不到重點，卻又偏偏愛閒聊，在客廳裡已提過的話題，進了餐廳又再重提一次，這麼做的目的無非是想引起柏特倫小姐的注意，希望她出點意見，但後者的神情卻有些不屑一顧，不肯對他曲意逢迎。不過當他提到索瑟頓莊園的整修計畫時，還是感覺得出來她略顯得意，因此對待盧斯沃先生的態度，仍算有分寸。

「我眞希望你們能到康普頓看看，」他說：「眞是太完美了，我這輩子從沒看過有哪個地方能在短短時間內變得如此煥然一新。我跟史密斯說，這裡變得快讓人認不出來了。那條入口通道現在成了鄉下最氣派的一段路程，連屋子也令人驚豔！昨天我回到索瑟頓時，怎麼看都覺得自家屋子像座監牢，很古老陰森的那種監牢。」

「胡說！」諾利斯太太嚷道：「什麼監牢啊！索瑟頓莊園是這世上最壯觀宏偉的古宅。」

「不，太太，它一定得整修才行。我這輩子還沒見過這麼需要整修的地方，破爛到我都快拿它沒轍了。」

「難怪盧斯沃先生這麼急著想整修，」葛蘭特太太笑著對諾利斯太太說：「不過我敢說，在盧斯沃先生的費心下，索瑟頓一定能整修到令人非常滿意的程度。」

「我一定要試看看，」盧斯沃先生說：「只是不知道從何著手，眞希望能有個好朋友來幫我。」

「我想在這方面，雷普頓先生應該是你最好的朋友。」柏特倫小姐冷靜地說。

「我也是這麼想，妳瞧他把史密斯他們家整修得多漂亮啊，我想我最好還是立刻請他來，他的收費是每天五畿尼。」

「那算什麼，哪怕是每天十畿尼，我想你也不該在意的。」諾利斯太太嚷道：「如果我是你，才不去考慮錢的問題，我會要求方方面面都要做到最好，要盡量講究。像索瑟頓這種地方，一定要用最有品味的東西，花再多錢都值得。有那麼大的空間可以讓你整修，成果一定會包你滿意的。拿我來說好了，如果我有一塊地，哪怕只有索瑟頓的五十分之一，我也會在裡頭多植些花草、做點整修，我天生就愛忙這種事。不過要是在我現在住的地方做這些事，那就太可笑了，會丟臉的，我那裡的空間僅僅半英畝。要是地方再大一點，我一定要多種點花草，以前我們住在牧師公館時，可是整修了不少地方，如今跟我們剛住進去時比起來，就像改頭換面似的。你們年輕人也許不記得它過去的模樣，不過如果親愛的湯瑪斯爵士在這裡，就會告訴你我們整修了哪些地方。要不是可憐的諾利斯先生身體欠安，我們本來還要修繕更多地方的。我跟湯瑪斯爵士原本商量好要整修哪邊，只是可憐的諾利斯先生根本病到走不出房門去欣賞，害我也無心繼續下去。若非如此，我們也會像葛蘭特博士現在這樣繼續修繕花園裡的牆，在教堂庭園四周種滿樹木。其實我們還是按原計畫進行了一點改變，譬如諾利斯先生去世的前一年春天，我們在馬廄的牆邊種下一棵杏樹，現在已經長大了，而且越來越茂密，是不是啊，閣下？」諾利斯太太對葛蘭特博士說道。

「太太，那棵樹的確長得很茂密。」葛蘭特博士說：「因爲那裡的土壤很肥沃，只是樹上的果實不值得一摘，每次我從樹下經過，總覺得好可惜。」

「閣下，那可是摩爾莊園的杏樹耶，我們是按摩爾莊園的杏樹價格買下來的，它花了我們……噢，那是湯瑪斯爵士送給我們的禮物，不過我看過帳單，是花了七先令買來的，按摩爾莊園的價格購得。」

「那你們就上當了，太太，」葛蘭特博士回答：「那棵樹上結出來的摩爾莊園杏果，嚐起來就跟這些馬鈴薯差不多，說它沒味道已算客氣了，好的杏果可食用，我園子裡的杏果卻一顆也吃不得。」

「太太，」葛蘭特太太隔著桌子，假裝對諾利斯太太竊竊私語：「其實葛蘭特博士並不知道我們園子裡的杏果是什麼味道，他連吃都沒吃過。其實這種杏果只要加點工，就能變成美味的點心，我們家的杏果是那種又大又漂亮的品種，往往還沒成熟，就被廚子全摘下做成餡餅和水果蜜餞了。」

諾利斯太太本來被葛蘭特博士說得有點臉紅，這下才又多少找回了面子。過了一會兒，大夥兒又談起索瑟頓莊園的整修計畫。葛蘭特博士和諾利斯太太向來不投契，他們剛認識就發生了點齟齬，兩人的作風習慣完全不同。

盧斯沃先生的話被人短暫打斷之後，又再舊話重提：「史密斯那塊地還沒讓雷普頓整修之前，一點也不起眼，現在卻成了當地人人稱羨的風景，我想我是非得找雷普頓來不可了。」

「盧斯沃先生，」柏特倫夫人說：「如果我是你，我會種一片美觀的灌木林，因爲風和日麗之時，大家都喜歡到灌木林裡走走。」

盧斯沃先生本想要向夫人保證他一定會遵照指示，再趁機恭維她幾句，但又猶豫起來，不知該說他會完全遵照夫人的意思，還是回應說他原有此打算，再加上他也想博得在場所有女士的好感，尤其其中一位還是他急欲討好的未婚妻，結果反而弄得自己進對失措。艾德蒙及時舉起酒杯祝賀，趁機結束對方那沒完沒了的話題，怎料平常木訥的盧斯沃先生一旦聊起他關心的話題，竟就不肯罷休。「史密斯的土地總共不過一百多英畝，卻可整修得那麼漂亮，我們的索瑟頓足足有七百英畝，還不包括那些水草沼地，所以我認爲如果他們在康普頓能做得這麼妥善，我們這裡就更沒問題了。我是覺得有兩三棵老樹離屋子太近了，可以砍掉，這樣視野會變得開闊許多，我想不管是雷普頓或哪位整修專家來，都會想砍掉索瑟頓林蔭道上的樹木，你們知道吧，就是房子西側通到山頂的那條林蔭道。」他說這話時，臉轉向了柏特倫小姐。只是柏特倫小姐還是這樣虛應。

「喔，那條林蔭道啊，我不記得了，我對索瑟頓眞的不太熟。」

坐在艾德蒙另一邊的芬妮，正好對著克勞佛小姐，她一直專心聽他們談話。這時她看看艾德蒙，用很低的聲音說：「砍掉林蔭道的樹！好可惜哦！這會讓人想到考柏①的詩句：『汝等倒下的林蔭大樹，我將爲你們的悲慘命運再次哀悼。』」

他笑著回答：「芬妮，這些樹恐怕眞的要遭殃了。」

「我眞想在沒砍樹之前，到索瑟頓觀賞它現在的樣子，欣賞一下它古老的原貌，不過恐怕是看不到了。」

「妳從沒去過那裡嗎?是啊,妳沒去過,可惜騎馬去嫌太遠了,希望我們能想出個辦法來。」

「喔,沒關係,下次有機會拜訪的話,你再告訴我哪些地方整修過就行了。」

「我記起來了,」克勞佛小姐說:「索瑟頓是幢相當氣派的古宅。它的建築風格是什麼?」

「那房子是在伊麗莎白時代建造的,是一棟高大的磚砌建築,相當厚實,看起來壯觀雄偉,裡頭有很多氣派房間。不過地點不太好,剛好坐落在莊園裡地勢最低的地方,就這一點來說,不太有利於整修。不過那裡的林相很美,有條河,我想應該可以好好利用那條河。盧斯沃先生想賦予它全新的風貌,我認爲的確有必要,也相信他可以整修得出色。」

克勞佛小姐恭敬地聽著,心裡想:「他眞是有教養,這番話說得眞好。」

「我並不想左右盧斯沃先生,」他繼續說:「不過如果我有一座待翻新的莊園,絕對不會全權交給整修專家來處理,我情願在美觀上差一點,也堅決要自己作主,一步步完成。我寧願承擔自己決策錯誤的結果,而不是他人的錯誤。」

「你當然知道要怎麼做囉!換作是我就不行了。我對這種事一點想法和創意都沒有,但如果我在鄉下有座自己的莊園,不管是雷普頓先生還是誰,只要願意幫我忙,我都萬分感激,所謂一分錢一分貨。不過我會等完工後,再來驗收。」

「我倒是很想看看整修的過程。」芬妮說。

「唉,這方面你比較有素養,我倒是從沒學過。而唯一的一次經驗也害我從此對整修這種事敬而遠之,不過那次並沒有找最受歡迎的整修專家來處理就是了。三年前海軍上將,也就是我那受人尊敬的叔叔,在特威肯翰買了一棟別墅要我們夏季時去住,我嬸嬸和我歡天喜地地去了,那兒眞的很漂亮,只不過我們很快就發現，它必須做點修繕，結果接下來那三個月，塵土到處飛揚，環境亂七八糟的，連條可以散步的路都沒有，連張可以坐的椅子也沒有。我當然希望鄉下裡最好什麼都有，灌木林、花園加上數不清的鄉村式椅子，但一定要在不勞我費心的情況下全部完成。不過亨利和我不一樣，他喜歡凡事親自動手。」

艾德蒙本來想讚美克勞佛小姐幾句，但聽見她這麼肆無忌憚地諷刺她叔叔，不免遺憾。他總覺得這不太得體，於是保持緘默，直到再度被她活潑的態度和笑容給感染，才暫時忘卻她的不是。

「柏特倫先生，」她說：「我終於打聽到我那把豎琴的消息了，他們向我保證它就在北安普頓，而且完好無缺，不過放在那裡恐怕已經有十天了。之前老是聽到有人緊張地告訴我們還沒找到。」艾德蒙面露訝色，表情欣喜。「事實上，是我們先前的打聽方式太直接了，我們派僕人去找，還親自跑一趟，但那裡離倫敦有七十英里，根本沒用。不過今天早上我們透過正當管道打探到了消息，據說是個農夫先看到它，然後告訴磨坊主人，磨坊主人又告訴屠夫，屠夫的女婿再留話在店舖裡。」

「我眞爲妳感到高興，不管怎麼樣，妳終於打聽到它的消息。希望妳能早日拿回來。」

「我明天就能拿到了，可是要怎麼運送呢？沒有馬車耶……眞是的，村裡竟然租不到馬車，我還不如去僱腳夫和手推車算了。」

「今年牧草收割得晚，現在正是農忙的時候，妳很難僱到馬車的。」

「這件事眞難辦，我實在很驚訝！我還以爲鄉下不可能沒有馬車，所以才喚女僕去幫我租一輛。我每次從化妝間望出去，便看到很多農家院落，走在灌木林裡也常看到，所以心想只要開口一定租得到，還很難過沒辦法讓每戶農家都賺到我的錢。哪裡知道我這要求竟成了這世上最不合理又最不可能辦到的事情，而且還惹惱了這個教區裡的所有農夫、工人和教友。至於葛蘭特博士的那位管家，我想我最好別再去打攪他。就連我那一向和藹可親的姐夫，一聽到我要租馬車，也立刻板起臉來。」

「妳之前並不曉得這裡的狀況，自然不會考慮太多，不過現在妳知道了，應該就能瞭解到收割牧草的重要性了。其實不管什麼時候，這裡要租馬車，都不像妳想的那麼容易。我們這兒的農夫沒有出租馬車的習慣，到了農忙時節，更加不可能出租馬匹。」

「我會漸漸瞭解你們這裡的風俗習慣的，只是剛來時，總以為有錢好辦事呀，這是倫敦奉行的金科玉律。沒想到被這裡的鄉民當場拒絕，害我一開始好尷尬。不過我明天就能把豎琴取回了。好心的亨利提議要駕他的四輪馬車去幫我拿，這種運送方式也未免太給我面子了吧？」

艾德蒙說豎琴是他最喜歡的樂器，希望再過不久能一飽耳福。芬妮倒是從沒聽過豎琴演奏，所以也非常想聽。

「能彈給你們兩位聽，是我的榮幸，」克勞佛小姐說：「你們想聽多久，我就彈多久，說不定會彈得比你們想像的久，因為我熱愛音樂，能遇到知音是何其難得的事，我很樂意為你們多彈幾遍。對了，柏特倫先生，如果你要寫信給令兄，請你轉告他，我的豎琴已經送到了，先前我老是拿這件事向他吐苦水。如果可以的話，也請告訴他，我料定他的賽馬會輸，為了表示同情，我會特地準備幾首悲傷的曲子迎接他回來。」

「如果我有寫信，一定把妳的意思轉告給他。可惜我目前不覺得有必要寫信。」

「是啊，我敢說就算他離家一年，你也不會寫信給他，他也一樣不會寫信給你，就算可能對你有幫助，也還是不寫，反正你們就是看不出來寫信有何必要。真是奇怪的兄弟！你們不肯寫信給彼此，除非發生要緊事，就算其中一方被迫提筆寫信告知對方有匹馬生病了或哪位親戚死了，也是寥寥數語帶過，你們這些人淨是這樣，我太瞭解了。亨利在各方面來說都算是個好哥哥，他很疼我，凡事皆會找我商量，非常信賴我，我們有時一聊就一個鐘頭，但寫起信來，卻從來寫不滿一張紙，常常都是寥寥幾句：『親愛的瑪麗，我剛剛抵達，浴缸裡的水好像滿了，一切如常，祝好。』這就是不折不扣的男性寫法，也是哥哥寫給妹妹的標準寫法。」

「如果他們離家人很遠，」芬妮想到自己的哥哥威廉，很想爲他辯解，臉漲紅了起來。「就會寫很長的信。」

「普萊斯小姐有位兄長在海上，」艾德蒙說：「他時常捎信，所以難免覺得妳的說法太偏頗。」

「在海上？那一定是在皇家海軍吧？」

芬妮寧願請艾德蒙幫她說明，但他故意沉默，逼得她不得不自己開口。她說到她哥哥的職業還有他曾到過的海外基地，聲音略帶興奮，但在提到他離家有多少年頭時，兩眼竟不禁含淚。克勞佛小姐禮貌性地祝他早日升官。

「妳認識我表弟的艦長嗎？」艾德蒙問道：「馬歇爾艦長？我想妳在海軍一定有很多熟人吧？」

「我是認識不少將官，不過……」她的表情有種自命不凡，「階級低一點的軍官，我們就不太知道了。軍艦的艦長，人通常都不錯，可是跟我們少有往來。如果是將官的話，我倒是可以提供很多情報，包括他們的私事、派系、薪俸等級，以及彼此間的猜忌和糾葛。不過一般來說，都沒有受到重用，得不到發揮的機會。當然我住在我叔叔家的時候，也認識不少海軍將官，什麼少講（將）啦、中獎（將）啦，我見得可多了，噢，我用的是雙關語，千萬別見怪哦。」

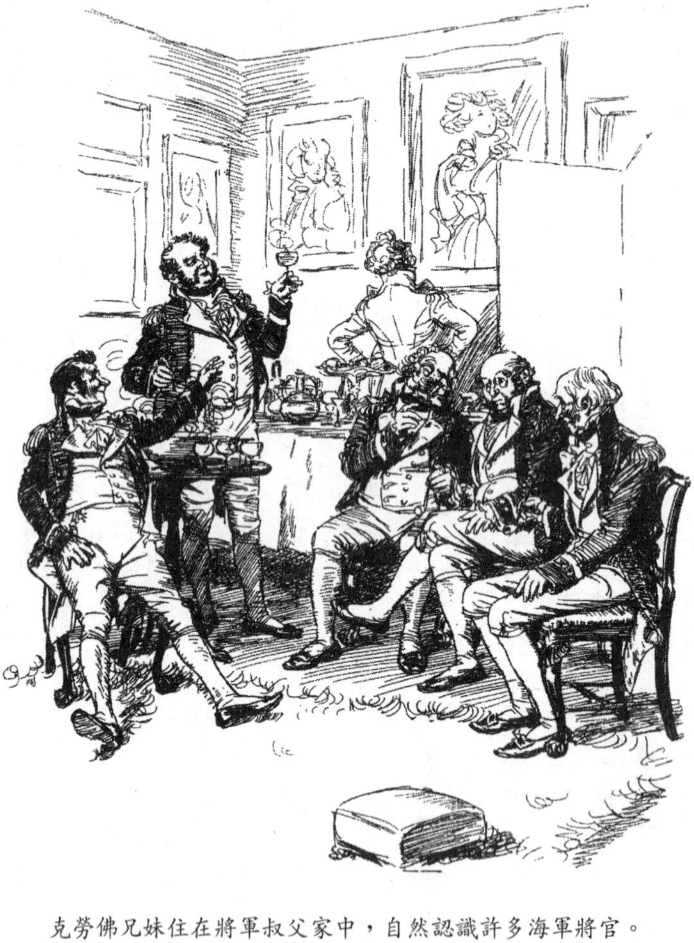

克勞佛兄妹住在將軍叔父家中，自然認識許多海軍將官。

艾德蒙心情一沉，單單回答了一句：「這是份高尚的職業。」

「沒錯，這種職業只在兩種情況下才可能有錢，一是發財，二是不亂揮霍。不過簡而言之，我個人很不欣賞這一行，對它從來欠缺好感。」

艾德蒙把話題轉移到豎琴上，想到很快就能聽到她演奏，心情又好了起來。

這時其他人還在討論莊園整修的事。雖然克勞佛先生正在聽茱莉雅·柏特倫小姐說話，但葛蘭特太太仍忍不住對她弟弟說：「親愛的亨利，你對莊園的整修工程，難道一點意見也沒有嗎？你不是也整修過自己的莊園嗎？而且我還聽說艾芙林翰足以媲美英國的任何一座莊園。我相信那兒的自然景色一定十分優美。以前我就認爲艾芙林翰莊園很美，有一大片漂亮的土地和林子，我眞想再去看看。」

「聽見妳這麼說，我眞榮幸。」他回答：「不過恐怕要讓妳失望了，妳會發現它並不如妳想像的那麼好。以面積來說，它實在上不了檯面，妳會很驚訝它不夠大。至於整修的部分，我做得其實不多，事實上是太少了。我眞希望能再多做一點。」

「你喜歡整修房子嗎？」茱莉雅問。

「非常喜歡，不過因爲我那座莊園的天然條件還算不錯，只需要做點簡單的改變就行了，連小孩都看得出來該怎麼做。我後來的確做了些修繕，我成年後不到三個月，艾芙林翰莊園就改成現在這個樣子了。當初我的整修計畫是在西敏寺區制定的，也許在劍橋大學唸書時又做了點修正，正式動工是在我二十一歲的時候。我眞的很羨慕盧斯沃先生對整修計畫那樣樂在其中，不像我以前草草解決。」

「聰明人做事較果決明快，」茱莉雅說：「你不會沒事做的，與其羨慕盧斯沃先生，倒不如幫他出點主意？」

葛蘭特太太一聽見這話的後半段，大表贊成，極力說服大家相信沒有人比她弟弟更具鑑賞力；柏特倫家大小姐也贊同這說法，全力支持，她說找朋友和公正的第三者來商量整修的事，絕對比直接交給專業人員處理來得好。盧斯沃先生非常樂意請克勞佛先生幫忙，後者謙讓了一番之後，亦表示願意全力效勞。盧斯沃先生於是請克勞佛先生賞光蒞臨索瑟頓，在那兒住下來，幫他拿點主意。這時諾利斯太太似乎看出兩個外甥女不太願意克勞佛先生就這樣被霸佔走，於是提出折衷方案。

「克勞佛先生當然很樂意，不過我們爲什麼不多一點人去？何不辦場小型聚會呢？親愛的盧斯沃先生，這裡有很多人頗關注你的整修計畫，都很想到現場聽聽克勞佛先生的意見，也有意見要提供給你，或許會有點幫助。就我個人來說，我自己早就想再去探望你母親，只是苦於沒有馬車，才遲遲未成行，不過現在我可以去啦，我去那裡陪盧斯沃老夫人坐一坐，你們年輕人就到處看看，商量怎麼整修，再一塊回來。雖然時間會有點晚，還是可以回來這裡吃晚餐，不然也可以在索瑟頓吃，我想你母親可能會希望我們留在那裡吃晚餐吧，然後餐後就在月光下快樂地搭車回家。我想克勞佛先生一定願意讓我陪兩個外甥女搭他的四輪馬車。我說妹妹啊，就讓艾德蒙自己騎馬去吧，芬妮可以留在家裡陪妳。」

柏特倫夫人沒有反對，想去的人也都欣然同意，只有艾德蒙從頭聽到尾，一語不發。

譯註：

①考柏（William Cowper，一七三一至一八〇〇），英國詩人、讚美詩作家、書信作家，同時也是翻譯家。

「嘿，芬妮，妳覺得克勞佛小姐如何？」艾德蒙對這問題深思了一番，第二天才這樣問。「妳喜歡她的人嗎？」

「很好呀，非常喜歡。我喜歡聽她說話，會讓人覺得開心，她長得又漂亮，光是看著她，就很賞心悅目。」

「她的容貌漂亮，表情生動，可是芬妮，妳會否覺得她有些話說得不太妥當？」

「是啊，她不該那樣說她叔叔，我當時也非常驚訝。畢竟她在她叔叔家住了這麼多年，無論他犯過什麼錯，終究很疼她哥哥，據說他把他當親生兒子看。我眞不敢相信。」

「我就知道妳也聽不慣，這樣很不應該……太失禮貌了。」

「我覺得她不懂得感恩。」

「不懂得感恩這句話說得過重了點。我不知道她叔叔是否於她有恩，不過她嬸嬸無疑對她有恩，她可能是太想念嬸嬸了，才會出現那種言論。她的處境是有點尷尬。她的感情豐富，個性又活潑，心疼嬸嬸之餘，難免會對那位將軍有些微詞。我不敢妄加論斷他們之間的不和究竟該歸咎於誰，不過將軍現在的行徑的確會讓旁人覺得是他妻子有理。所以克勞佛小姐認爲她嬸嬸完全沒錯，也是合乎常理。我並非在指責她的那些看法，純粹是認爲在大庭廣眾下說，不太恰當。」

芬妮想了一會兒後說：「克勞佛小姐是克勞佛太太親手帶大的姪女，難道你不覺得她的言談不當，克勞佛太太也要負一點責任嗎？不管將軍的行為正不正當，她顯然沒有灌輸她姪女正確待人的觀念。」

「這話說得有道理。沒錯，誠然是她嬸嬸間接造成她言論的不當。這也說明了她成長的環境有多麼不好。我倒是認為她現在住的環境對她來說會有幫助。葛蘭特太太十分懂得待人處事。克勞佛小姐在提到她哥哥時，也感覺得出他們兩人手足情深。」

「是啊，只是抱怨他信寫太短。她說到這段時，我差點笑出來，不過我對那位做哥哥的行為一點也不欣賞，他和妹妹分別後，竟然連封像樣的信都懶得寫給她。我相信不管在任何情況下，威廉都不會這樣對我。還有她憑什麼說如果是你出門在外，也不會寫長信回來？」

「芬妮，那只是她個性太活潑了，看到什麼有趣或逗人發笑的話題，便直接拿來說。只要她沒染上壞脾氣或粗魯的惡習，其實無傷大雅。克勞佛小姐的舉止態度都沒受到壞的影響，說話並不尖刻，也不會粗聲大氣，行為表現向來端莊，只除了我們剛剛批評的那件事。不管怎麼說，在那件事情上，完全是她冒犯。我很高興妳和我的看法一致。」

芬妮的觀念長期受到艾德蒙的影響，對他又早有了愛慕之心，自然很容易認同他的想法，只不過在這個問題上以及從這個時間點開始，他們的意見從此相左，原因是艾德蒙漸漸喜歡上克勞佛小姐，這一點勢必造成芬妮日後不再願意聽信他的話。克勞佛小姐的魅力難擋。豎琴運到了，她優雅彈奏，音符起落，風情顧盼，恰到好處，每曲奏完，還會說幾句珠璣妙語，更添嬌媚，同時讓人見識到她的風趣與幽默。艾德蒙每天必到牧師公館報到，欣賞他最喜愛的豎琴演奏，而這位小姐也樂意有人當她聽眾，於是聽完早上的，又被邀明天再來，感情逐漸加溫。

想像一下有位年輕漂亮又活潑的小姐，憑窗優雅地坐在豎琴旁，落地窗面向戶外的草坪，時值夏日，草坪周圍是蓊鬱的灌木林，畫面之美足以擄獲任何男人的心。這季節、這景致、這氣氛……無來由地讓人溫柔多情了起來，連在旁繡花的葛蘭特太太都成了好點綴，一切是如此的賞心悅目。當愛情開始萌芽時，每樣東西都添加了情趣，連放三明治的盤子和正在盡地主之誼的葛蘭特博士，也值得一瞧。只不過艾德蒙並沒有認眞想過這是怎麼回事，根本不知道自己在做什麼，於是來往了一個星期後，竟就墜入了情網。至於這位小姐値得人稱許的地方或許在於儘管眼前這位男士既不老成練達，又非長子，不懂恭維，也不會說逗趣的話，但她還是無條件地喜歡上他。她沒想到自己會喜歡他，完全不懂自己心思，但她眞的對他有感覺。按常理來看，他不是那麼討人喜歡。他說話正經，不愛恭維人，總是堅持己見，就連獻殷勤的時候，也是一臉冷靜，惜話如金。或許在他的誠懇、穩健和正直裡頭，藏著某種吸引她的魅力，她感受得到，又說不出來。她不願多想，只要他現在能討她歡心，而她也喜歡有他爲伴，這就夠了。

芬妮並不奇怪艾德蒙每天早上老往牧師公館跑的行徑，因爲如果可以不必受邀就去聽琴，她也想去啊。至於每次黃昏散完步後，兩家人道別時，艾德蒙都堅持送葛蘭特太太和她妹妹回家，克勞佛先生則自願留下來陪莊園裡的夫人和小姐們，對於這一點，她也不覺得奇怪，只是認爲這樣對調很不好，因爲艾德蒙若不在家幫她調酒，她就提不起喝酒的興致。眞正令她頗感驚訝的是，自從艾德蒙每天花那麼多小時陪在克勞佛小姐身邊之後，便再也看不到那位小姐的缺點了，可是每當她自己和克勞佛小姐在一起時，還是會因這位小姐身上的某些特質而想起那些缺點，偏偏他卻再也沒感覺了，他變得愛找她聊克勞佛小姐的事，似乎認爲克勞佛小姐再也沒有抱怨過將軍，算是件好事，於是芬妮也不好意思再向他提起克勞佛小姐都在她面前說了什麼，免得他認爲自己不夠厚道。克勞佛小姐第一次惹芬妮不快，肇因於她想學騎馬。這位小姐剛來到曼斯菲爾德時，發現莊園裡的小姐個個都會騎馬，於是興起想學的念頭，後來艾德蒙和她熟稔後，更是鼓勵她學學看，並主動提到他有一匹溫和的母馬很適合初學騎馬的她，還說在兩個馬廄裡，就數這匹馬最適合初學者。當然他在提出這個建議時，並非故意要惹他表妹難過或生氣，她還是可以每天照常騎馬，一天都不會少，只是趕在她騎之前，先把母馬牽到牧師公館，借克勞佛小姐騎半個小時。而芬妮第一次聽見這提議時，還因艾德蒙先來詢問她而備感尊重。

克勞佛小姐第一次的確很守信，沒有造成芬妮任何不便。艾德蒙親自把母馬牽過去，再趕在芬妮或她的馬夫還沒準備就緒之前就先送回來，因爲平常若表姐們不能陪她騎，都是由這位馬夫跟著芬妮。但第二天的情況就有點難辭其咎了。克勞佛小姐騎得興起，欲罷不能。她的個性本就外向活潑，膽子又大，個子雖小卻很結實，似乎天生便是騎馬好手。除了騎馬本身的樂趣之外，或許是因爲有艾德蒙的親自作伴和指導，再加上她進步神速，深信自己的騎術馬上就要超越其他小姐，於是變得不願意下馬。而這廂的芬妮早就整裝等在那裡，諾利斯太太也開始數落她怎麼還不去騎馬，可是她遲遲沒聽到馬兒回來的消息，艾德蒙也沒出現。於是她走了出去，避開姨媽的嘮叨，想去找表哥。

雖然這兩家人的屋子相距不到半英里，仍是無法直接遙望彼此，必須從前廳門口往前走五十碼路程，順著莊園往下看，才能將牧師公館及附近園景盡收眼底。公館就坐落在道路盡頭的地勢隆起處。她一眼便看見葛蘭特博士家的草地上有一小群人，艾德蒙和克勞佛小姐並轡而行，葛蘭特博士和葛蘭特太太則和有兩三個馬夫的克勞佛先生在旁觀看。在她看來，那猶如快樂的聚會，所有人都把注意力放在同一個目標上……毫無疑問的，他們都很開心，嘻笑聲大到連她都能聽見。但她不開心，不懂艾德蒙怎麼會忘了她，她心裡一陣酸楚，直愣愣地瞪著那片草地，想看清楚那邊的狀況。一開始是克勞佛小姐和她的同伴繞場騎了一圈，那一圈的範圍可眞不小，接著應是在那位小姐的提議下，兩人催馬小跑了起來。天生膽子小的芬妮看見她騎得那麼好，甚是驚訝。幾分鐘過後，他們停了下來，艾德蒙靠那位小姐很近，正在對她說話，顯然是在教她怎麼控制馬轡。芬妮看見他抓起對方的手！又或者這只是她的想像？對於這些動作，她本來不該感到奇怪，艾德蒙向來助人為樂，對誰都很好，這是很自然的事，不是嗎？只是她會忍不住想，為什麼不讓克勞佛先生自己去教妹妹呢？何必麻煩艾德蒙？做哥哥的親自教妹妹騎馬不是再恰當不過嘛。克勞佛先生老愛吹噓自己的脾氣多好，騎術多佳，卻不懂得親自去教妹妹，明顯在助人為樂方面，一點也比不上艾德蒙。她開始擔心起那匹母馬，心疼牠得負擔雙倍的工作量。或許她被遺忘，那匹可憐的母馬就可以稍微喘息一下了。

這時她看見草地上的人群散開了，於是趕緊收拾起紛亂的情緒，讓自己平靜下來。克勞佛小姐這時仍騎在馬背上，艾德蒙步行跟在旁邊，他們穿過一道門，走上小路，進入莊園，朝她站著的地方過來。芬妮不禁擔心起來，她是否表現得過於沒禮貌又沒耐心了，於是急忙地迎上前去，免得他們起疑。

「親愛的普萊斯小姐，」克勞佛小姐一走到彼此聲音傳得到的地方，便立刻說道：「我是專程來向妳道歉的，害妳久等了，不過我實在沒理由為自己開脫，因為我明知時間拖太晚了，還是不肯下馬，我眞是差勁，請妳務必原諒我。妳知道，自私是一定要被原諒的，因為這是個無可救藥的毛病。」

芬妮的回答非常客氣，艾德蒙也跟著搭腔，他相信表妹不趕時間。「就算她今天想騎得比平常遠一倍的距離，時間仍是綽綽有餘，」他說：「更何況妳讓她晚半個小時動身，反而可以讓她騎得舒服點，因為現在天空才有一些雲，騎馬的時候比較不會那麼熱，倒是妳騎了那麼久，希望沒把妳累壞，而且妳還得走回去，要是不用再走回去就好了。」

「相信我，騎馬一點也不累，」她說，並在他攙扶之下下了馬。「我身體很好，只要是做我喜歡的事，就一點也不覺得累。普萊斯小姐，真不好意思，害妳久等了，希望妳騎得愉快，也希望這匹漂亮可愛又討人喜歡的母馬一切安好。」

老馬夫一直牽著自己的馬等在旁邊，這時走過來扶芬妮上馬，一起動身前往莊園的另一頭。芬妮回頭看見那兩人相偕下坡，往村裡走去，本來沉重的心情更加沉重了，這時老馬夫又在旁邊不停誇獎克勞佛小姐騎得多好，讓她更不是滋味。克勞佛小姐剛剛騎馬時，馬夫也像芬妮一樣一直在旁認眞觀看。

「看那位小姐騎得這麼開心，眞是有趣！」他說：「我還從沒見過有哪位小姐騎得像她這麼穩的，她好像一點也不怕。芬妮小姐，她和妳眞的很不一樣。等到復活節的時候，妳學騎馬也學了六年了吧，我還記得湯瑪斯爵士第一次把妳抱上馬背時，妳抖得好厲害呀。」

客廳裡的克勞佛小姐正受到大家的稱許。兩位柏特倫小姐都對她與生俱來的好體力和勇氣讚賞不已，說她像她們一樣熱愛騎馬，而且一開始就騎得很好，這點也跟她們相仿，兩人不停地誇她。

「我就知道她會騎得很好，」茱莉雅說：「她天生是騎馬的料，身材和她哥哥一樣勻稱。」

「是啊，」瑪莉雅也附和道：「她也和她哥哥一樣活力十足，我總認爲一個人擅不擅長騎馬，和精神體力頗有關係。」

晚上道別時，艾德蒙問芬妮明天要不要騎馬。

芬妮說：「我不知道，如果你想要用馬，我就不騎了。」她這樣回答。

「我自己倒是不用，」艾德蒙說：「不過如果妳想待在家裡，我想克勞佛小姐會很樂意騎久一點，簡而言之，就是騎一整個早上吧。她一直很想騎到曼斯菲爾德的共用牧場那裡，因爲葛蘭特太太老跟她說那裡的景色很美，我也相信她騎得到。但其實隨便挑哪一天都行。她不想妨礙妳騎馬，她會覺得不好意思。如果眞的妨礙到妳，那就是她不對了，畢竟她騎馬純粹是爲了好玩，而妳卻是爲了鍛練身體。」

「我明天眞的不騎，」芬妮回說：「我最近太常出去了，所以想待在家裡。你也知道我現在身體不錯，很能走路。」

艾德蒙聽她這麼說，心裡很高興，芬妮看見他那麼高興，自然也感到欣慰，於是第二天早上，前往曼斯菲爾德共用牧場的事，便如期進行。所有年輕人都參加了這場聚會，唯獨芬妮沒去。他們玩得非常愉快，到了晚上，還在開心地談論早上的事。一般來說，這類計畫如果成功實現，就會再引出下一個計畫，於是他們在去過曼斯菲爾德共用牧場之後，又開始興致勃勃地構思第二天還能去哪裡。這一帶本來就有許多美景可以欣賞，雖然天氣炎熱，但到處都有蔭涼的小徑，更何況對一群年輕人來說，要找到蔭涼的小徑也非難事，於是就這樣連著四個晴朗的早晨，他們帶著克勞佛兄妹到處遊賞這一帶最優美的風景。一切都很順利，大家玩得十分開心，連炎熱的天氣也只被拿來當笑料談，一直到第四天，有個人的心情被蒙上了陰影，那是柏特倫家的大小姐。原因出在艾德蒙和茱莉雅都被邀請到牧師公館吃晚餐，唯獨沒邀她。這本是葛蘭特太太的好意，因爲她考慮到盧斯沃先生那天可能會去莊園，沒想到反而令瑪莉雅自尊受創，回家的路上，她只能故作優雅地盡量掩飾心中的不平與憤慨，結果沒想到盧斯沃先生竟然也沒來，這令她更加火大，因爲這樣一來，她就不能靠使喚盧斯沃先生來發洩自己的怨氣。最後她只能擺臭臉給她母親、姨媽還有表妹看，害她們的晚餐和甜點都吃得悶悶不樂。

到了十點多，艾德蒙和茱莉雅走進客廳，看起來容光煥發，心情愉悅，與坐在那裡的三位女士的表情完全迥異。瑪莉雅正在看書，連頭都沒抬，柏特倫夫人在打瞌睡，諾利斯太太則是被她外甥女的壞脾

柏特倫三兄妹領著克勞佛兩兄妹，
騎馬遊覽曼斯菲爾德一帶的美景。

氣鬧得心神不寧，她問了一下今晚的晚宴情形，見沒人搭理，似乎也就決定不再作聲。至於那兩兄妹因為一直不停稱讚今天晚上有多好玩以及天上星光有多璀璨，以至於根本沒空注意其他人的異樣。直到話題暫歇，艾德蒙才環顧四周問道：「芬妮呢？她睡了嗎？」

「沒有啊，我想沒有吧，」諾利斯太太回答：「她剛剛還在這兒啊。」

這時芬妮輕柔的聲音從房間的另一頭傳來，她說她坐在沙發上。諾利斯太太一聽，當場開罵。

「芬妮，妳一整個晚上都坐在沙發上打混，這習慣太糟了，為什麼不過來這裡坐，學我們一樣做點活兒呢？如果妳沒有自己的活兒可忙，我可以拿濟貧籃裡的活兒讓妳做啊，上星期買的印花布到現在都還沒動呢，我剪這些布剪得腰都快斷了。妳應該學著多為別人著想。我說的話，妳要聽進去，年紀輕輕，老是懶洋洋地躺在沙發上，真是不像話。」

她話還沒說到一半，芬妮就回到桌子旁邊，做起活兒來了。茱莉雅因為快活了一整天，心情頗佳，於是幫芬妮主持起公道：「姨媽，我必須說句公道話，芬妮坐在沙發上的時間其實比這屋子裡的任何人都來得少。」

「芬妮，」艾德蒙仔細看了她一下之後說：「妳是不是頭痛？」

她沒有否認，只說不太嚴重。

「我不相信，」他接著說：「我一看妳的臉色就知道了。妳頭痛多久了？」

「晚餐前不久才開始的，因為天氣太熱了。」

「大熱天的，妳出去了嗎？」

「是出去啦，當然要出去。」諾利斯太太說：「這麼好的天氣，你要她待在屋裡啊？我們也都出去啦，就連你母親也在外面待了一個多小時。」

「是啊，艾德蒙，」柏特倫夫人被諾利斯太太尖銳斥責芬妮的聲音給吵醒，於是跟著說：「我也出去了一個多小時。芬妮在剪玫瑰花的時候，我就在花園裡坐了三刻鐘左右，眞是舒服極了，只是太熱了。但涼亭裡很涼快，說實在的，我還不想回家呢。」

「芬妮一直在剪玫瑰，是嗎？」

「是啊，因爲我想這恐怕是今年最後一次開花。可憐的芬妮，她覺得很熱，可是花開得這麼茂盛，不能再等下去了。」

「這也是沒辦法的事，」諾利斯太太換成輕柔的語調，插嘴說道：「不過妹妹啊，我懷疑她的頭痛可能是那樣才引起的，在大太陽底下一會兒站，一會兒彎腰，最容易頭痛了，不過我相信明天就好了。要不，妳把妳的香醋拿給她喝，我老是忘了裝我的香醋。」

「她喝過了，」柏特倫夫人說：「她去妳家第二趟之後，我就給她喝了。」

「什麼？」艾德蒙嚷了起來，「她除了剪花之外，還要她跑腿？姨媽，妳讓她頂著大太陽穿過莊園到妳家去？而且還去了兩趟？難怪她會頭痛。」

諾利斯太太正在和茱莉雅說話，佯裝沒聽見。

「我當時也擔心她太累，」柏特倫夫人說：「可是玫瑰已經剪好了，你姨媽也想要，所以得把玫瑰送過去啊。」

「那也不必跑兩趟啊？有那麼多玫瑰嗎？」

「是沒有。可是芬妮把花放到空房間去風乾的時候，忘了鎖房門，還忘了把鑰匙帶回來，只好再跑一趟。」

艾德蒙起身在屋內走來走去，嘴裡唸道：「我說姨媽，妳就不能找別人代勞，非得要芬妮去做嗎？這件事實在處理得很不好。」

「我也不知道要怎麼做才比較好，」再也無法裝聾作啞的諾利斯太太這樣嚷道：「除非我自己親自跑一趟，可是我當時無法抽身啊，我正在和葛林先生討論你母親牛奶房裡的女工問題，而且還是你母親要我去談的。我也答應了約翰・葛魯姆要幫他寫信給傑弗利太太談他兒子的事，那可憐的傢伙已經等了我半個鐘頭了。所以誰都沒有理由指責我偷懶不做事，我只是分身乏術。至於芬妮也只是幫我跑跑腿，回家辦個事而已，路程也不過四分之一英里又多一點，我不認為我要她幫忙有哪兒不對，我也常一天跑三趟啊，不分早晚，無所謂日曬雨淋，但可從沒抱怨過什麼。」

「姨媽，我希望芬妮的體力有妳一半好。」

「如果芬妮按時運動，就不至於才跑兩趟便累了。她已經很久沒去騎馬，我認為如果她沒騎馬，就該出去多走走。要是她天天騎馬的話，我才不會叫她跑那一趟路呢，我當時以為她是在玫瑰花叢裡彎腰彎太久了，應該累了，去走一走會讓她精神好一點，雖然太陽很大，但其實沒多熱啊。艾德蒙，有句話我要私下跟你說……」她說的同時，還朝他母親那兒耐人尋味地點個頭，「她的頭痛其實是因為剪玫瑰和在花園裡走來走去才引起的。」

「恐怕眞是這樣，」柏特倫夫人無意中聽見，於是直率說道：「我想她的頭痛八成是在那裡引起的，因為天氣很熱，我都快受不了。我坐在那裡一直叫哈巴狗過來，要牠別往花壇裡鑽，光這點事就快把我累死了。」

艾德蒙沒再理會這兩位女士，反而悶聲不響地走向另一張桌子，上頭的餐盤還沒撤走，他拿了杯馬德拉白葡萄酒給芬妮，要她喝掉大半。她本來不想喝，但這時的她因爲百感交集，淚眼汪汪，對她來說，把酒喝下去可能會比要她開口說話來得容易點。

艾德蒙儘管對母親和姨媽很不滿，但最氣的還是自己。因爲他已疏忽了芬妮好幾天，所以其實比她們兩個更可惡，要是他曾適時地想到芬妮，這事就不會發生了，但她卻被他整整遺忘了四天，沒有機會運動，沒有權利選擇同伴，也找不到藉口躲開她那兩位姨媽可能提出的各種不合理要求。他想到芬妮一連四天無馬可騎，便覺得慚愧，於是下定決心，就算再怎麼不想掃克勞佛小姐的興，也絕不能再讓同樣的事情發生。

芬妮上了床，心事重重，一如當年剛來到莊園的心情一樣。她的身體微恙，恐怕多少也是心理因素造成，因爲她覺得自己這幾天來受到了冷落，於是一再壓抑心中的不滿和怨妒。她躲到沙發裡，其實是不想被人看見，她的心痛程度早就超過頭痛的程度，偏偏那時艾德蒙突然又關心起她來了，害她差點不知如何自處。

第二天，芬妮又開始騎馬，這天早上空氣涼爽宜人，沒有前幾天來得熱，艾德蒙相信她應該會騎得更舒服，身體也會很快恢復健康。她才剛出去，盧斯沃先生便陪著他母親來了。盧斯沃老太太此行目的，是想讓大家知道她有多重禮數。兩個星期前，大夥兒就計劃要到索瑟頓作客，卻因她不在家而暫時擱置，如今她專程來訪，就是要催促他們快點成行。諾利斯太太和兩個外甥女很高興這計畫再度被提起，也都同意早日動身，並約好了日子，不過還是得看克勞佛先生有沒有空，才能拍板定案，畢竟小姐們並未忘記克勞佛先生和對方當初的約定，所以雖然諾利斯太太願意先一口答應下來，兩位小姐卻不肯讓她作主，不想冒險隨便答應。最後在柏特倫小姐的提點下，盧斯沃先生才想到，最好的辦法就是他親自到牧師公館拜會克勞佛先生，問他星期三是否有空。

盧斯沃先生還沒從牧師公館返回，葛蘭特太太和克勞佛小姐竟先來訪。原來她們已經外出一段時間，因爲是從另一條路來的，所以沒碰到盧斯沃先生。不過她們要他們別擔心，克勞佛先生就在家裡，盧斯沃先生一定可以找到他。當然大家又提起了索瑟頓之行的計畫，其他話題幾乎插不進去。諾利斯太太對這件事的興致高昂，盧斯沃老太太則是個心地很好又懂禮貌的女士，有點愛講客套話，愛擺排場，只要跟她母子倆有關的事，她都極爲重視。她一再勸說柏特倫夫人一起去索瑟頓作客，柏特倫夫人不斷謝絕，可是因爲她謝絕的態度過於溫和，以至於盧斯沃太太誤解她其實想去，直到諾利斯太太用拔高的音調說了一大串話，才說服她相信柏特倫夫人並非在跟她客氣。

「親愛的盧斯沃太太，請相信我，這對我妹妹來說會很累的，眞的太累了。妳也知道這一去就是十英里，回來又十英里，這次妳就別勉強她去了，由我陪兩個外甥女去吧。雖說目前爲止，她唯一想去的地方就是索瑟頓，可是她眞的不行。她在家裡有芬妮．普萊斯陪她，所以不會有問題的。至於艾德蒙，他現在不在家，所以不能代他發言，不過我敢說他一定很樂意加入我們，他可以自己騎馬去。」

盧斯沃老太太只能語帶遺憾地同意柏特倫夫人留在家裡。「少了柏特倫夫人，眞是遺憾哪，不過如果年輕的普萊斯小姐想去的話，我也非常歡迎，畢竟她還沒去過索瑟頓，如果這次又不去，實在太可惜了。」

「老夫人，您人眞是太好了，」諾利斯太太嚷道：「不過芬妮日後還有機會去索瑟頓，以後時間多的是，不急在這一時。柏特倫夫人離不開她的。」

「是啊，我眞的離不開芬妮。」

盧斯沃老太太總以爲每個人都想去索瑟頓瞧瞧，於是把目標轉向下一個，改邀克勞佛小姐。雖然葛蘭特太太搬來這裡之後，還沒拜訪過盧斯沃一家人，仍是客套回絕了盧斯沃老太太的邀請，但倒是很樂意成全她妹妹，幫她找些樂子，於是經過適當的勸說，瑪麗答應了對方的邀約。盧斯沃先生從牧師公館大功告成地回來，艾德蒙也在這時出現，得知星期三的索瑟頓之行已經談定，於是送盧斯沃老太太上馬車，又陪葛蘭特太太和她妹妹走了一半的路程。

等艾德蒙回到早餐室時，發現諾利斯太太正在擔心讓克勞佛小姐一起跟去，不知是好是歹，要是她也坐她哥哥的車，天曉得能不能擠得下。兩位柏特倫小姐笑她想太多了，開口向她保證以四輪馬車來說，坐四個人是綽綽有餘，更何況駕駛座旁邊還可以再坐一個人。

「可是爲什麼非得要勞動克勞佛先生的馬車？」艾德蒙說：「爲什麼只用他的車？不用我母親的小馬車？前幾天提出這計畫時，我就不明白自家人外出爲什麼不用自家的車？」

「什麼？」茱莉雅嚷道：「這麼熱的天，不坐四輪大馬車，卻要我們三個人去擠那台小馬車？不，親愛的艾德蒙，我可不答應。」

瑪莉雅接著說：「再說克勞佛先生當眞以爲要載我們去，這是一開始就講妥的，他以爲我們已經答應他了。」

「親愛的艾德蒙，」諾利斯太太跟著補充道：「一輛馬車坐得下，卻動用到兩輛，這不是多此一舉嗎？而且不瞞你說，我們的馬夫討厭走曼斯菲爾德到索瑟頓的那條路。他總是氣呼呼地抱怨說那條小路太窄，會刮壞馬車，你也知道我們都不希望讓親愛的湯瑪斯爵士回來後發現他的馬車被刮壞了。」

「不過我們也不是因爲這樣才非坐克勞佛先生的車子不可，」瑪莉雅說：「實在該怪威爾考斯那老傢伙笨頭笨腦的，根本不會駕車。所以我相信如果星期三是坐克勞佛先生的馬車，肯定不會因爲路窄而碰到什麼麻煩事。」

「我想駕駛座旁邊那個位置，坐起來應該不會不舒服吧？」艾德蒙說。

「不舒服？」瑪莉雅嚷道：「噢，親愛的哥哥，我相信那是公認最好的位置，可以一覽沿途風光。說不定克勞佛小姐會挑來坐呢。」

「這麼說來，就沒理由不讓芬妮跟你們一起去了，反正車上還有座位。」

「芬妮？」諾利斯太太接著說：「我親愛的艾德蒙，我們沒打算要帶她去啊，她要留下來陪二姨媽，我已經跟盧斯沃老夫人打過招呼，她知道芬妮不去。」

「母親，我想不出來有什麼理由不讓芬妮去，」他對他母親說：「除非是妳希望有人留在家裡服侍妳。可是如果有別人在家服侍妳，妳就不會想把她留在家裡了，對吧？」

「我當然不會想把她留在家裡，可是沒人在家陪我啊。」

「如果我留在家裡陪妳，她就可以去了吧，我是說真的，我打算留下來。」

大家聽了，都不約而同地大叫一聲。

「沒錯，」他繼續說：「我根本不需要去，所以打算留在家裡。芬妮一直很想去索瑟頓看看，我知道的，既然她難得有出去玩的機會，我相信母親一定很樂於成全這美事吧。」

「哦，是啊，我非常樂意，只要你姨媽沒意見就行了。」

諾利斯太太早就準備搬出一條最正當的反對理由，那就是他們已經跟盧斯沃老太太說好芬妮不會去，要是又把她帶去，人家會覺得很奇怪，所以她認爲這事頗難辦；芬妮的出現非常怪，這樣做未免太沒禮貌，對盧斯沃老太太實在不敬，人家可是很有教養和講究禮數的，總之她覺得這作法十分不合宜。諾利斯太太對芬妮本就感情淡薄，自然說什麼都不會爲芬妮著想，只是她對艾德蒙的提議之所以堅決反對，主要導因於這件事是由她一手策劃，她自覺已安排得極其妥當，任何改變都不如原先計畫好。所以當艾德蒙趁她還有耐心聽的時候，告訴她無須擔心盧斯沃老太太的想法，因爲他送她上車時，就在前廳跟她提到普萊斯小姐可能會去的事，也當場代替表妹接受對方的熱情邀約。諾利斯太太乍聽之下，竟氣得不顧禮貌地說出：「好吧，好吧，隨便你，愛怎麼樣就怎麼樣吧，反正我不管了。」

「好奇怪啊，」瑪莉雅說：「芬妮不留在家裡，反而是你留在家裡。」

「我想她一定很感激你。」茱莉雅說完便離開房間，心想芬妮應該主動提議自己想留在家裡。

「該感激時，她自然會感激。」艾德蒙只回了這句話，不願再多談。

芬妮聽見這消息時，感激的成分遠大於興奮的程度。艾德蒙的好，對她來說已非感動二字可以形容，只不過他無法體會她的這種心情，因為他根本不知道她已對他產生無可救藥的愛慕之情。他為了她，主動放棄這次出遊的機會，這令她有些苦悶，畢竟艾德蒙不去，她去索瑟頓又有什麼意思呢？

曼斯菲爾德的兩家人第二次碰面時，又對這次出遊計畫略作些修改，並獲得一致同意，原來葛蘭特太太提議那天由她代替艾德蒙陪伴柏特倫夫人，葛蘭特先生也會過來和她們共進晚餐。柏特倫夫人很滿意這樣的安排，小姐們又開心了起來，就連艾德蒙也甚是感激，因為這樣一來，他就能去了。諾利斯太太當然覺得這主意不錯，她本來也打算這樣提議，不巧正要提的時候，被葛蘭特太太搶先說了。

星期三風和日麗，早餐過後沒多久，克勞佛先生就駕著馬車前來，車上載著他的兩位姐妹。大家都準備好了，只等葛蘭特太太下車，其他人便可上車入座。只不過這馬車上最好的座位，也是人人眼紅、最有面子的那個座位，還不知道會由哪位幸運兒坐上去。兩位柏特倫小姐表面上雖然互相禮讓，心裡卻都在暗自盤算怎麼讓自己坐上那個位置。正在下馬車的葛蘭特太太卻三言兩語就解決了這問題。「你們總共有五個人，所以最好有個人去坐亨利旁邊那個位置，茱莉雅，妳最近常說妳想學駕車，不如趁這機會坐上去學學看吧。」

這可樂壞了茱莉雅！氣壞了瑪莉雅！妹妹很快坐上車頂，姐姐則垂頭喪氣，一臉鬱色地坐進車裡。然後馬車就在兩位女士的目送告別以及哈巴狗的汪汪叫聲中緩緩駛離。

他們一路上經過令人心曠神怡的鄉間風景。芬妮就算騎馬也未曾騎得這麼遠過，因此車行沒多久，便完全認不出眼前的路，她看著窗外新奇的景色，目不暇給，心裡很是開心，沿路風光旖旎，令她讚嘆不已。車內的其他乘客很少找她搭話，她也不想說話。對她來說，她的思緒和感受才是她最好的朋友。她仔細觀察鄉間風貌、道路狀況、土質差異、收割情形，她看見村舍、家畜、孩童，一路樂在其中，心想要是艾德蒙能坐在旁邊聽她聊聊感受，一定會更快樂。而這也是她和鄰座小姐唯一的相似處。從各方面來看，克勞佛小姐和她幾乎截然不同，唯一相似處只有兩人都很在乎艾德蒙。克勞佛小姐不像芬妮心思那麼細膩，感情那麼豐富。在她眼裡，大自然單調又無趣，不會令她感動，她的興趣只在於男男女女的身上，最擅長的是淺白有趣的人事物。不過每當她們回頭看見艾德蒙落後她們一大截或正爬上長坡追趕馬車時，就會不約而同地大喊「他在那裡」，還不止一次。

啓程後的前七英里路，柏特倫小姐心裡一直不太痛快，目光不時瞄向並肩坐在前面說說笑笑的克勞佛先生和她妹妹身上，只要看見克勞佛先生笑容可掬地把臉轉向茱莉雅或者聽見茱莉雅開心大笑時，心裡更是氣結，只是礙於身分才勉強沒發作。每次茱莉雅回頭看她們，表情也總是喜孜孜的，不管開口說什麼，淨是一副雀躍模樣。她嘴裡說「從我這裡看出去的視野眞是漂亮，多希望妳們也能看到」等諸如此類的話，但僅向克勞佛小姐提過一次交換座位的建議，那時他們剛爬上長坡，抵達山頂，她也只是虛衍說：「從這裡看出去的鄉間景色好美，我眞希望妳上來坐坐這位置，不過我敢說妳八成不想，勸妳還是趕快把握機會換一下位置吧。」結果沒等克勞佛小姐回答，馬車又飛快地走了。

等他們進入索瑟頓莊園的範圍內，柏特倫小姐的心情才稍微好一點，這或許有點像是一把琴弓同時被兩根弦拉著，心一半給了盧斯沃先生，另一半給了克勞佛先生。進入索瑟頓之後，她的心漸漸往前者靠攏，畢竟盧斯沃先生所坐擁的這一切，未來也是她的。她忍不住對克勞佛小姐說：「這些林子都屬於索瑟頓。」然後又漫不經心地說：「我相信路兩旁的這些土地也都是盧斯沃先生的。」她笑臉盈盈，表

四位小姐和諾利斯太太搭乘克勞佛先生的馬車，艾德蒙騎馬隨後，一同前往索瑟頓莊園。沿途鄉野風光令芬妮陶醉。

情得意。越是接近盧斯沃家族世代坐擁且兼作地方民事法庭的那棟古老豪宅，就越是喜不自勝。

「克勞佛小姐，從現在起，路不會再坑坑洞洞，後面的路好走多了，因爲自從盧斯沃先生繼承家產之後，就把這裡的路修平了。村子是從這裡開始，村舍眞的很簡陋。不過大家都認爲那座教堂的尖塔很漂亮。我很高興這裡的教堂不像其他古老莊園那樣挨近大宅，因爲教堂鐘聲實在擾人清靜。那是牧師公館，房子看起來相當整齊，據我所知，牧師夫婦都是正派人士。那邊是救濟院，聽說是家族裡的某位仁兄蓋的。右邊是管家的屋舍，人挺體面的。我們快到莊園門口的門房了，不過還得再走將近一英里的路，才算穿過整座莊園，妳看，這頭的風景不錯吧，這片林子多漂亮，只是大宅的坐落地點有點糟，得走半英里的下坡路才能到，眞是可惜，要是這裡的路好走一點，這地方就會漂亮許多。」

克勞佛小姐頗會察言觀色，她看穿柏特倫小姐的心思，抓準時機大大誇獎了一番，聽得柏特倫小姐喜上眉梢。諾利斯太太也說得眉飛色舞，就連芬妮也不時誇上幾句，柏特倫小姐聽在耳裡，更是暗自竊喜。芬妮極目遠眺，不放過眼前任何一處美景，好不容易望見大宅，忍不住說：「這幢建築一看就令人肅然起敬。」然後又說：「林蔭道在哪裡呢？我看得出來這幢宅第是面東，所以林蔭道一定是在宅子的後面，因爲盧斯沃先生說過那條路是面西的。」

「是啊，林蔭道確實是在宅子後面，離屋後有一小段距離，往上坡爬個半英里就可以到達莊園的盡頭了，妳從這裡或許可以看到一點，遠處有些樹，那全是橡樹。」

柏特倫小姐現在說話的語氣活像她對這裡的環境很熟，不像以前盧斯沃先生徵詢她意見時那樣一問三不知，當他們的馬車駛向正門前方氣派的石階時，她已經被驕傲和虛榮給沖昏了頭，得意到整個人都飄飄然的。

盧斯沃先生早就等在門口恭迎他美麗的未婚妻，當然也很有禮貌地歡迎其他人到來。他的母親則在會客室裡熱情接待他們。母子倆一如柏特倫小姐所期待地對她分外親熱。賓主寒暄過後，第一件要務當然是先用餐。眼前幾扇門順勢打開，引領客人穿過一兩個房間，來到指定的餐廳，裡頭早就備齊豐盛的餐點。大家盡情交談，縱情享用，一切順利，接著開始討論這次要辦的正事。克勞佛先生打算怎麼考察莊園？又要怎麼去？盧斯沃先生提議用他的雙輪輕便馬車，克勞佛先生卻建議最好搭兩人座以上的馬車。「如果只有我們倆去，卻不讓其他人跟去看看，分享他們高見，那未免太掃大家今日興致了。」

盧斯沃老太太提議把另一輛輕便馬車也駕去，但大家都沒表附和。幾位年輕的小姐默不作聲，臉上毫無笑容，於是她又提議讓沒來過索瑟頓的人先參觀一下大宅，這主意倒是挺受大家歡迎。柏特倫小姐樂得趁機炫耀一下這棟豪宅，其他人也很高興能有事打發時間。

於是大家站了起來，在盧斯沃老太太的帶領下一連參觀了好幾個房間，每間都很氣派，多數空間寬敞，全是五十年前的裝潢風格，有光潔明亮的地板、厚實的紅木傢俱，上頭鋪著富麗堂皇的錦緞，有大理石、鍍金、刻花，樣樣美不勝收。屋裡還有許多畫作，其中不乏上乘作品，但大多是家族畫像，這些畫中人是誰，只有盧斯沃老太太清楚，而這些來歷全是女管家以前傳授她的，她可是是費了好一番工夫才記起來，如今也幾乎能像女管家那樣侃侃介紹大宅的歷史。這次她的解說對象主要是針對克勞佛小姐和芬妮，只不過這兩人的專注度完全無法相提並論。畢竟克勞佛小姐早見多這類大宅，所以根本提不起興趣，僅是礙於禮貌而假裝專心聽講，至於芬妮則對每樣東西甚感興趣，在她眼裡，一切都很新奇，所以非常專心聆聽盧斯沃老太太的解說，包括這個家族的過往、它的興起、它的輝煌時代，曾有哪些君主駕臨，又有多少先祖為王室立過大功，她興致高昂地將聽來的故事和學過的歷史串連起來，發揮豐富的想像力去重塑當年場景。

由於這棟房子的所在地勢不佳，所以不管從哪個房間望出去，都沒有宜人的窗景，因此每當芬妮等人跟著盧斯沃老太太參觀各個房間時，克勞佛先生總是臉色沉重地站在各扇窗前搖頭嘆息。西面每個房間望出去的窗景，只看見草地，遠一點就是高欄杆和莊園大門，那邊即是林蔭道的開端。

他們又參觀了更多的房間，但看不出來這些房間的用途何在，只是多繳了窗戶稅①，再不然就是為了讓女僕有事可忙。「我們現在要進去禮拜堂了，」盧斯沃老太太說：「照理說，我們應該從上面進來，然後往下看，但反正都是自己人，只要你們不見怪，我就從這裡帶你們進去。」

於是他們走了進去。在芬妮的想像中，禮拜堂應該是很雄偉堂皇的地方，但這裡卻只是個長方形的大房間，為了充當禮拜堂而做了些必要的布置而已，除了房裡的紅木傢俱以及樓上家族雅座所鋪設的深紅色天鵝絨墊之外，再不見其他更莊嚴或吸引目光的物品。「表哥，我有點失望，」她小聲對艾德蒙說：「這和我想像中的禮拜堂不一樣，我以為它會令人望而生畏，莊嚴之餘還帶點陰鬱的氛圍，但這裡什麼也沒有，沒有走道、沒有拱門、沒有碑文、沒有旗幟……表哥，我的意思是說怎少了那種可供『夭國夜風吹動』的旗幟，也少了碑文刻著『地下有蘇格蘭國君長眠』②。」

「芬妮，妳忘了，這些都是最近才蓋的，只供這個家族的人使用，與城堡和寺院裡那些古老的禮拜堂比起來，用途當然沒有那麼多。我想他們的先人應該都是葬在教堂的墓地裡，若想看他們的旗幟和功勛，得到那裡去找。」

「我眞笨，竟然沒想到這一點，不過我還是有點失望。」

盧斯沃老太太開始開口介紹。「這禮拜堂是在詹姆斯二世③時期才布置成這樣，據我所知，在那之前，椅子均是用壁板做的，而且據推測，講壇和家族座位的襯裡及墊子很可能是用紫布。這座漂亮的禮拜堂以前常常使用，很多人可能還記得那時家庭牧師常在這裡唸禱文，可是前一位盧斯沃先生決定廢了這座禮拜堂。」

「每一代的人都會改變一些事情。」克勞佛小姐笑臉盈盈地對艾德蒙說。

盧斯沃老太太走了過去，把剛剛說過的話再向克勞佛先生說一遍，留下艾德蒙、芬妮和克勞佛小姐站在原地。

「眞可惜，」芬妮嚷道：「這麼好的傳統竟被中止了。我覺得這種舊日傳統非常有意義。我總以為古老的大宅一定配有禮拜堂和牧師，所以這房子也應該有，全家族的人按時集會禱告，感覺會很好！」

「的確很好！」克勞佛小姐笑著說：「這確實給了主人家很大的方便，這樣一來，他們可以強迫可憐的僕人放下工作和休閒時間，一天兩次來這裡禱告，自己卻找藉口不來。」

「這不是芬妮心裡所想的那種家族禮拜，」艾德蒙說：「如果男女主人都缺席，這種傳統便就失去意義了。」

「不管怎麼說，做禮拜的事還是讓大家自己決定怎麼做比較好。每個人都有自己的方法，最好自己選擇在什麼時間、用什麼方式來禱告。如果是強迫參加、拘泥形式、過多限制，甚至規定時間……那會很可怕，沒人會喜歡的。以前跪在樓上聽眾席裡打呵欠的好教友們，若能未卜先知地料到將來一早頭痛欲裂地醒來，就算想多賴在床上十分鐘，再也不會受到責怪，因爲禮拜堂廢置了，他們一定會開心地跳起來，嫉妒後人的好命。你恐怕無法想像當年盧斯沃家族裡那些美麗的夫人、小姐們是多麼心不甘情不願地拿錢出來修繕這座禮拜堂。不管是年輕的艾林諾太太還是布里居太太，雖然表面一副虔誠樣，但腦袋裡其實都在想別的事，尤其要是那可憐的牧師長得不好看的話。我想在那個年代，牧師的地位一定遠不如今日的牧師吧。」

她的這番話，令表兄妹倆有好一會兒都不知道該怎麼接話。芬妮漲紅著臉看著艾德蒙，心裡著實氣惱對方這種論調。艾德蒙稍微整理了一下思緒，才開口說：「妳的想法很有趣，連這麼嚴肅的話題都可以被妳說得難以嚴肅起來。妳爲我們勾勒出一幅很有趣的畫面，照常理來說，這不是不可能，畢竟我們都有不專心的時候，但如果妳認爲這種事常發生，換言之，是因個人疏忽而養成了習慣，那麼我想我們對這些人也不必抱任何指望了。既然他們在禮拜堂裡禱告都會胡思亂想了，妳還寄望他們在私人密室裡獨自禱告會更專心嗎？」

「是啊，很有可能。不過如果照自己的方式來禱告，至少有兩個好處，一是注意力較不會受到外面事物的干擾，二是時間不用拖那麼長。」

「我覺得如果沒辦法約束自己胡思亂想的念頭，那麼就算換了環境，注意力還是一樣會被別的事物干擾。但和教友們一起做禮拜，反而能在周遭環境和教友們的潛移默化下，幫忙沉澱心情，產生始料未及的效果。不過我承認有時做禮拜的時間太長，注意力會很難集中，所以難免希望它能早點結束，可是我才剛離開牛津不久，所以還記得那裡做禮拜的情況。」

他們還在討論這話題的時候，其他人已經各自散開，在禮拜堂裡閒逛。茱莉雅叫克勞佛先生看她姐姐。「你看盧斯沃先生和瑪莉雅並肩站在那裡，好像在舉行婚禮哦，簡直像透了，是不是？」她嚷道。

克勞佛先生微笑默認，同時走到瑪莉雅那裡，用小到只有她能聽見的聲音說：「我眞不願意看見柏特倫小姐離聖壇這麼近④。」

這位小姐被他的話嚇了一跳，本能地後退兩步，但迅即鎮定下來，勉強笑了笑，以同樣低的聲音問他：「你是否願意把我交給他④？」

「由我來做，恐怕會很尷尬。」他表情曖昧地回答。

這時茱莉雅走了過來，繼續開那個玩笑。

「依我看，現在不舉行婚禮眞是太可惜了，要是這裡有人可以證婚就好了，反正大夥兒都在，絕對很有趣。」她毫無顧忌地說笑，盧斯沃先生和他母親都聽見了。身爲未婚夫的立刻和她姐姐咬起耳朵來，盧斯沃老太太則是禮貌一笑，一本正經地說不管什麼時候舉行婚禮，她都很開心。

「要是艾德蒙當上牧師就好了！」茱莉雅嚷道，同時朝艾德蒙、克勞佛小姐和芬妮所站之處跑去，「我親愛的艾德蒙，要是你老早當上牧師就好了，那麼你就可以幫他們主持婚禮了。眞可惜你還沒接受聖職，人家盧斯沃先生和瑪莉雅都已經準備好了。」

茱莉雅的這番話，令乍聞此消息的克勞佛小姐十分吃驚，看在不知情的第三者眼裡，恐怕會覺得頗有意思。芬妮不免有些同情她，心想：「她一定很懊惱剛剛說過那些話。」

「什麼？接受聖職？」克勞佛小姐說：「你要當牧師？」

「是啊，等我父親回來，我就會接受聖職，可能是聖誕節的時候吧。」

克勞佛小姐強打起精神，恢復鎭定，淡淡地回答他：「要是我早知道這件事，剛剛談到牧師職務時，就會更謹愼點了。」說完隨即換個話題。

不久之後，大家紛紛走出禮拜堂，於是這間少有人進出的內室又恢復了往日平靜。柏特倫小姐因爲很氣她妹妹多嘴，所以第一個步出禮拜堂，其他人也都覺得在裡面待得夠久了。

大宅裡最底層的房間已全部介紹過，盧斯沃老太太仍興致昂然地打算往主樓梯走去，想帶客人參觀樓上的房間，幸好盧斯沃先生及時阻止她，說時間恐怕不夠。「如果花太多時間參觀屋子，可能沒有時間到戶外看看，現在已經兩點多了，五點就要吃晚餐了。」這麼簡單的道理，只要腦袋清楚的人都想得到。

盧斯沃老太太同意她兒子的看法，但至於由誰去勘查莊園？又要怎麼去？恐怕又要引起熱烈討論。諾利斯太太此刻正在想該坐哪輛馬車比較好，至於那群年輕人則已經來到一扇通往戶外的門前，那門是洞開的，門外的階梯下方就是草坪、灌木林還有遊樂場。他們都想快點出去呼吸新鮮空氣，活動一下筋骨，於是全走了出去。

「我們從這裡下去吧。」盧斯沃老太太很客氣地跟著大家走了出去。「園子裡大部分的花草都種在這裡，還有很珍奇的野雞。」

「請問一下，」克勞佛先生環目四顧，「我們是不是先在這裡看看有什麼需要整修的地方，等一下再往前走？依我看，這裡的牆可以好好整修一下，盧斯沃先生，我們先站在這草坪討論如何？」

「詹姆斯，」盧斯沃老太太對她兒子說：「我想大家應該都沒去過那片野地，兩位柏特倫小姐也沒去過吧。」

對於盧斯沃老太太的提議，大家都不反對，只是有那麼一會兒工夫，好像都沒移動腳步的意思，起初大夥兒只是看看花草或野雞，然後笑呵呵地各自散開，四處走動。克勞佛先生第一個往前走，他想看看房子的那一頭有什麼需要修繕的地方。草地兩邊圍有高牆，越過第一座花園，就是玩滾木球的草地，再過去是一條很長的梯道，後面有鐵欄杆，站在那裡可以俯瞰對面野地上的大片樹林，非常適合用來探勘莊園有哪些待改善的缺失。柏特倫小姐和盧斯沃先生快步地跟上克勞佛先生，過了一會兒，其他人也都各自三兩帶開。艾德蒙、克勞佛小姐和芬妮很自然地走在一塊兒，當他們來到梯道時，發現克勞佛先生、柏特倫小姐和盧斯沃先生正在那裡熱烈討論，嘴裡唸唸有詞，又是惋惜又是抱怨地說整修有多困難，他們聽了一會兒便離開，繼續往前走。至於盧斯沃老太太、諾利斯太太和茱莉雅則遠遠落在後面。對茱莉雅來說，她今天的好運似乎用完了，如今只能跟在盧斯沃老太太旁邊，耐著性子、放慢腳步，配合老太太慢吞吞的步調。至於她的姨媽則還在後面找餵雞的管家聊天。可憐的茱莉雅，現在是九人當中情緒最不滿的一個，偏偏又脫不了身，垂頭喪氣的模樣簡直和先前坐在馬車前座上的她判若兩人。礙於教養，她不可能趁機開溜，但偏偏她所受的教育並未教會她如何行事穩重，明辨是非，多替別人著想，因此她表面上雖然陪著盧斯沃老太太，心裡卻萬般委屈。

「這裡真是熱得讓人受不了，」他們一行人在梯道上走了一回，再度朝通往野地的那扇門走去，克勞佛小姐這時如此說道。「我想應該沒人反對讓自己涼快一點吧，那裡有片林子，不如我們進去吧。不知道那門有沒有上鎖？要是沒上鎖就好了。照常理，應該會上鎖，像這麼大的宅子，通常只有園丁才有鑰匙可以隨意去他們想去的地方。」

所幸那道門沒有上鎖，於是三人興高采烈地走了出去，躲開炙熱的太陽，走下長長的階梯，來到野地。這片人工培植的林子，面積大約兩英畝，主要樹種是落葉松和月桂樹，至於山毛櫸則被砍伐殆盡。

雖然林相太過整齊，但非常蔭涼，而且和滾木球場及梯道比起來，較富有自然美。待在林蔭下的他們頓時覺得涼爽許多，於是一邊散步，一邊欣賞。過了一會兒，克勞佛小姐才又開口問道：「柏特倫先生，我很驚訝你竟然想當牧師。」

「怎麼會呢？我總該有個職業吧！妳或許已經看出來，我既不像律師，也不像軍人，更不像水手。」

「是沒錯，但話說回來，我從沒想過你會當牧師。你也知道，做叔叔伯伯的，或者做爺爺的，通常會爲次子留下一筆財產。」

「這方法確實挺好，」艾德蒙說：「但不是那麼普遍，我就是個例外。既然是例外，當然得自己找份工作來做。」

「可是你爲什麼要當牧師呢？我從前都以爲這種職業是兄長眾多的么兒才會選擇的工作，因爲前面的哥哥們把好工作先挑走了。」

「所以妳認爲沒有人會選牧師這一行？」

「『沒有人』這三個字太極端了點，不過沒錯，所謂『沒有人』就是『很少人』的意思，我的確這麼認爲。因爲我實在想不通，在教會裡能做出什麼名堂？男子漢大丈夫都喜歡出人頭地，不管哪一行都可能做到出人頭地，唯有在教會裡，牧師是無足輕重的。」

「我想大家嘴裡說的『無足輕重』，和『沒有人』一樣有程度上的差別。牧師當然不可能神氣活現地走在時代尖端。他不可能當眾人的領袖，也不可能帶頭穿上華服。不過我不認爲這就叫做無足輕重。對人類來說，他所肩負的責任，不管是從個人還是從群體來看，也不管是只看眼前還是從長遠來看，都有非常重要的意義。他的責任是守護宗教與道德，以及從其中所衍生出來的各種習俗規範。所以妳不能說這份工作無足輕重。如果有人把牧師這份工作做到無足輕重的地步，那是因爲他自己怠忽職守，沒有做到應盡的本分。」

「你把牧師的功能看得太重要了，這和一般人聽說的不一樣，就連我也不太理解你的意思。老實說，現在一般人都看不太出來牧師的影響力和重要性了，事實上他們連牧師的影子都鮮少見到，哪裡還談得上什麼影響力和重要性？即便講道內容值得一聽，即便他聰明到用布萊爾⑤講道的那一套，但一個星期只佈道兩次，怎麼可能發揮得了你說的那種影響力？難道他要利用剩下的那幾天來管教徒們的行爲，要他們遵守禮教規範嗎？可是一般人根本很少在講壇以外的地方看見牧師。」

「你說的是倫敦，我說的是全國普遍的狀況。」

「我想首都應該算得上是其他地方的表率吧。」

「不，我覺得如果以善惡比例來看整個大英帝國，就不能以首都爲表率。在大都市裡，我們通常找不到最高的道德標準。不管哪一個教派，大部分的善行均仰賴教派裡眾望所歸的人士所爲，卻不一定發生在大都市裡，而牧師的影響力也不見得只在大都市裡才感受得到。好的牧師會受到愛戴，有人追隨。一個能在自己教區裡發揮影響力的好牧師，不是只因爲他講道講得好，而是因爲人們瞭解他的品性，看到他日常的作爲。在倫敦，這種情形很罕見，因爲在那裡，教民非常多，牧師早被淹沒了，大多數人只知道他是牧師而已。至於說到牧師們對公眾言行舉止的影響力，克勞佛小姐，請別誤會，我的意思並不是說他們有資格去評斷別人的教養好不好，也不是說他們很會制訂各種禮儀和規矩，更不是說他們在生活禮儀的造詣遠勝一般，我所謂的言行舉止，確切說起來，或許就是行爲而已，可能他們的行事特別有原則，換言之，他們的職責就是去彰顯宗教教義加諸在他們自己身上的成效。我相信不管到哪裡，都有恪遵職守和怠忽職守的牧師，其他職業也一樣。」

「當然是這樣囉。」芬妮輕聲稱是，表情認真。

「你看，」克勞佛小姐嚷道：「普萊斯小姐已經完全被你說服了。」

「我希望我也能說服得了克勞佛小姐。」

「我想你永遠說服不了我的，」她帶著調皮的笑容說：「你要當牧師這件事，我到現在還是跟剛剛知道時那樣震驚。我覺得你比較適合去從事其他還不錯的職業，不如就改變一下主意吧，現在還不算太晚，乾脆去當律師吧。」

「律師？妳說得倒容易，好像在勸我來這片野地走走那麼簡單。」

「我想你現在可能會說，律師這門行業比這片野地還要野蠻，不過我已經先替你說出來囉。」

「妳別急著堵我的嘴，妳只是怕我油腔滑調地回話，放心好了，這方面我沒天分，我這個人一向實話實說，一就是一，二就是二。如果強要我說俏皮話，就算搜腸刮肚半個小時，恐怕也擠不出來。」

接著一陣沉默，三人都若有所思。芬妮率先打破沉默說：「眞奇怪，在這麼漂亮的林子裡散步，竟也會讓我覺得累。如果你們不反對的話，等一下若有地方可以坐，我想休息一下。」

「親愛的芬妮，」艾德華立刻將她的手臂挽進自己胳臂裡，嘴裡嚷道：「我眞是太不體貼。希望妳別累著了。」然後轉身對克勞佛小姐說：「我的另一位女伴應該也願意給我面子讓我挽著手吧？」

「謝謝你，不過我一點也不累。」她雖然這麼說，還是挽住他的手臂，他見她聽話照辦，心裡很是開心，再加上這是他第一次與她的親密接觸，更是得意到差點把芬妮忘了。「妳根本沒挽住我啊，」他對克勞佛小姐說：「害我一點也沒派上用場。女人胳臂的重量和男人比起來眞是差太多了！早在牛津的時候，我就很習慣讓一個大男人依靠我走一整條街，比起來，妳只像飛蛾一樣輕。」

「我眞的不累耶，不過我也覺得奇怪，我們少說也在這林子裡走了一英里了，你不覺得嗎？」

「還不到半英里。」他的回答很篤定，畢竟他還沒被戀愛沖昏頭，所以衡量起距離和時間，仍不至於像女人一樣沒有概念。

「不，我們繞了好多路了，這路彎彎曲曲的，是你沒算準。林子裡的直線距離應該就有半英里長了，因爲自從我們離開第一條大路之後，還沒看到盡頭呢。」

「可是妳應該記得，在我們離開第一條大路之前，就能一眼看見林子的盡頭，當時我們還俯看整片林子，發現它的鐵門是關著的，所以這中間的距離應該沒有超過一弗隆⑥。」

「噢，我不懂你說的弗隆是什麼意思，不過我確定這片林子眞的很深，而且自從我們走進來之後，就一直轉來轉去，所以我說有一英里遠，絕對沒有言過其實。」

「我們走到這裡，整整花了十五分鐘的時間，」艾德蒙拿出懷錶說：「妳覺得我們有可能一個小時走四英里的路嗎？」

「噢，別拿你的錶來挑我毛病，錶這種東西不是走得太快，就是走得太慢，我才不會被騙呢。」

他們往前又走了幾步，就走出了剛剛說的林子。樹蔭底下剛好有張舒適的長凳，於是三人坐了下來，目光越過前方矮牆，眺望莊園的景色。

「芬妮，我怕妳太累了，」艾德蒙打量著她說：「妳爲何不早告訴我妳累了呢？如果把妳累垮，今日出遊對妳來說就沒有意義了。克勞佛小姐，芬妮不管從事什麼活動，都很快就累了，除非騎馬。」

「那你上星期還讓我整整佔用她一個星期的騎馬時間，眞是可惡！我替你感到慚愧，但也爲我自己感到很不好意思。以後絕不會再發生這種事了。」

「妳對她這麼關心體貼，簡直教我羞慚至極，我的確照顧不周。看來由妳來照顧芬妮，會比我更穩當。」

「她會覺得累，我一點也不奇怪。我們今天上午做了這麼多事，不累才稀罕呢！我們參觀了大宅，連走了好幾個房間，一直瞪大著眼睛看，豎直耳朵聽那些聽不懂的事，還得開口讚美一些我們不中意的東西，實在太無聊了，普萊斯小姐一定也有同感，只是以前沒遇過類似經驗。」

「我坐一下就好了，」芬妮說：「這麼好的天氣坐在樹蔭底下，欣賞眼前青翠的草木，感覺多麼心曠神怡。」

克勞佛小姐坐了一會兒就又站起來。「我得活動一下，」她說：「坐久了，反而累。而且老是隔著矮牆眺望，看得很不舒服，我想過去從鐵門縫裡看看風景，從這裡看得不太清楚。」

艾德蒙也起身離開座位。「克勞佛小姐，從這裡望過去，妳就會相信這路根本不到半英里長，甚至不到四分之一英里長。」

「可是我一看就覺得距離很遠耶。」克勞佛小姐說。

艾德蒙繼續和她爭辯，但她就是不聽，不願去作精確的計算，也不肯好好比較，只是一逕微笑，不改初衷。不過這種非理性的態度倒也十分迷人，所以兩人談得很愉快。最後雙方同意再進林子走一遭，確定它到底有多長。他們打算從現在所站的位置（矮牆旁邊的樹林底下，還有一條筆直的綠蔭小路）走到林子的另一頭，可能的話，也許中途拐到別的地方走一走，很快就回來。芬妮說她休息夠了，也想活動一下，但艾德蒙不同意，他誠摯地勸她待在原地休息。她不忍拂他好意，只好獨自坐在長凳上，心裡很是高興表哥如此關心她，但又懊惱自個兒的體力不好。她目送他們離去，耳裡聽見他們邊走邊聊，直到兩人身影轉了個彎，消失在視線裡，終於聽不見一丁點聲響。

譯註：

①過去英國曾開徵窗戶稅、壁爐稅等，依據按照房屋窗戶、壁爐數量的多少來定稅負。一七四七年修改法令規定十扇窗基本稅為二先令，超出者隨數量而加收稅金，故此有許多大宅的屋主寧可將窗戶封起來。

②這兩句詩句來自英國詩人、劇作家司各特（Walter Scott，一七七一至一八三二）的詩作〈最後吟遊詩人之歌〉。

③詹姆斯二世（James II of England，一六三三至一七〇一），一六八五年至一六八八年間在位，最後一位信仰天主教的英國國王，最後在清教徒所領導的光榮革命中被逼退位。

④西方婚禮儀式正是在教堂聖壇前舉行，由女方家長將新娘之手交予新郎手上。

⑤布萊爾（Hugh Blair，一七一八至一八〇〇），蘇格蘭愛丁堡大學修辭學學者，尤其善於講道。

⑥弗隆（Furlong），英國長度單位，約八分之一英里。

第十章

Mansfield Park

十五分鐘過去了，二十分鐘過去了，芬妮仍獨自坐在原地想著艾德蒙、克勞佛小姐和她自己的事，沒有人前來打斷她的思緒。她開始奇怪他們爲什麼去了這麼久，希望他們的腳步聲和笑語聲快出現，於是豎耳仔細傾聽，終於聽見有聲音朝她接近，但來的不是她翹首盼望的人，只好自我安慰有人來就好。柏特倫小姐、盧斯沃先生和克勞佛先生這時正從她剛經過的那條路走來，一路走到她面前。

「普萊斯小姐孤零零地在這裡！」「親愛的芬妮，這是怎麼回事？」他們劈頭就問。芬妮只好說出事情原委。「可憐的芬妮，」她的表姐嚷道：「他們竟然怠慢了妳，妳當初應該跟我們在一起的。」

說完，表姐坐了下來，兩位先生分坐兩旁，然後又拾起剛剛的話題，討論怎麼整修莊園。他們一直沒有定出結論，不過亨利．克勞佛倒是提供了不少主意，而且大體來說，不管他提出什麼建議，都會立刻獲得同意，先同意的一定是瑪莉雅，盧斯沃也隨即跟著同意。看來盧斯沃先生的首要任務就是聽從別人的意見，自己完全沒有主見，他淨顧著遺憾他們都沒看過他朋友史密斯的莊園。

就這樣消磨了幾分鐘之後，柏特倫小姐看著鐵門，說她想開門出去到園子裡走走，這樣一來，他們的計畫和想法才能更完善。另外兩人立刻同意，尤其亨利．克勞佛認爲這樣最好，對整個計畫絕對很有幫助。他一眼看到半英里外有座小山丘，說可以從那裡俯瞰大宅，但勢必得穿過鐵門才能到達。可是門上鎖了。盧斯沃先生很是懊悔，因爲他出門前，本來想過要不要把鑰匙帶在身上。他決定以後若是來這裡，便要隨身攜帶鑰匙，但這終究解決不了眼前的問題，他們還是出不去，柏特倫小姐又堅持一定要出去看看，於是盧斯沃先生當機立斷地說他要回去拿鑰匙，說完便立刻行動。

「顯然是目前最好的辦法，因爲我們離大宅實在太遠了。」盧斯沃先生走後，克勞佛先生這樣說。

「是啊，沒別的辦法了。不過老實說，到目前爲止，你不覺得這地方比你原先想像的來得糟嗎？」

「不會啊，事實上剛好相反，我覺得比我想像中的好，而且更氣派，建築風格也很完善，不過這種風格或許稱不上是頂好。而且老實說……」他壓低音量說道：「如果下次再有機會來到索瑟頓，我恐怕不會像這次這麼開心了。就算它明年夏天整修好，我的心情也不可能好到哪裡去。」

柏特倫小姐有點尷尬，過了一會兒才幽幽說道：「你也算懂得人情世故，不可能不在意世俗的目光，所以如果別人都覺得索瑟頓整修得很好，我相信你也會同意他們的說法。」

「我想我恐怕還沒世故到那種程度。我的感情並不像那些眞正精於世故的人那麼說變就變，對於過往的記憶也不像他們那樣容易受到別人左右。」

短暫沉默之後，柏特倫小姐又開口了。「今天早上駕車來這兒的路上，你看起來挺開心的。看到你那麼開心，我也很高興。你和茱莉雅一路都在說說笑笑。」

「我們有一路說說笑笑嗎？應該有吧，我已經完全想不起來當時是在笑什麼了，喔，好像是我提到我叔叔有位愛爾蘭老車夫，他有很多好笑的故事。妳妹妹非常愛笑。」

「你覺得她個性比我開朗嗎？」

「她比較好逗，所以……」他笑了笑，「當然比較好作伴。如果換成是妳，恐怕很難在十英里的車程裡，光靠愛爾蘭的笑話就把妳逗笑了。」

「我的個性其實和茱莉雅一樣開朗，只是我現在要考慮的事情比較多。」

「妳要考慮的事情的確比較多，這時如果還嘻嘻哈哈，也未免太無知了。不過目前看來，妳的前途是一片光明，大可不必那麼垂頭喪氣，對妳來說，眼前應該是一片美景吧。」

「你這句話是要我按字面意義來聽？還是只是在比喻？我想應該是字面意義吧。沒錯，的確是美景，陽光燦爛，庭園賞心悅目，不過遺憾的是，這座鐵門、這面矮牆，都讓我覺得受到拘束，被困住了。就像八哥鳥在說我飛不出去。」她說這話時表情豐富，同時往鐵門走去，克勞佛先生跟在她後面。「盧斯沃先生拿鑰匙怎麼拿得這麼久？」

「是啊，沒有鑰匙，沒有盧斯沃先生的允許和保護，妳是出不去的。不過妳想要出去也不難，只要我幫忙，妳就能輕鬆地從鐵門上面攀過去。如果妳眞的渴望自由，不覺得有違禮俗，倒是可以試試。」

「有違禮俗？胡說！我當然可以爬過去。可是你也知道盧斯沃先生一會兒就回來了，他可能會看到我們。」

「就算沒看到，好心的普萊斯小姐也會轉告他，可以到小山丘附近的橡樹林找我們。」

芬妮覺得這樣不妥，直覺地制止他們。「柏特倫小姐，妳這樣會害自己受傷的。」她嚷道：「那些尖欄杆會劃破妳的衣服，妳會受傷，而且可能會掉進溝裡，最好別爬。」

但她話還沒說完，她表姐已經毫髮無傷的翻爬過去，洋洋得意地笑著對她說：「謝謝妳的關心，親愛的芬妮，可是我和我的衣服都完好無恙，所以再會囉。」

芬妮又一次孤零零地被扔在這裡，心情還是一樣鬱悶，剛才的見聞令她難過，尤其對柏特倫小姐的行徑感到驚駭，克勞佛先生的作爲更是讓人憤慨。他們倆正往山丘走去，選的是條迂迴小徑，在她看來很不合禮俗，由於小路彎曲，兩人身影不久就消失在視線裡。有長達幾分鐘的時間，她既聽不到人聲，也瞧不見人影，整座林子似乎只剩她一個人。她開始懷疑艾德蒙和克勞佛小姐是不是早已離開林子，可是艾德蒙不可能把她忘了啊。

突如其來的腳步聲再度驚醒正懊惱沉思的她。有人正從大路上快步走來。她以為是盧斯沃先生，沒想到竟是茱莉雅，對方一身大汗，氣喘吁吁，表情失望，一看見她就嚷道：「嘿，別人都到哪兒去了？我還以為瑪莉雅和克勞佛先生跟妳在一起呢。」

芬妮說明了原委。

「我敢說他們一定在耍把戲，我看不到他們在哪裡。」她一邊說，一邊神情緊張地用目光搜索園子。「可是他們不可能走遠啊。如果瑪莉雅爬得過去，我應該也沒問題，就算沒人攙扶也行。」

「可是茱莉雅，盧斯沃先生馬上就拿鑰匙來了，等他一下吧。」

「我才不等呢。我這一個早上已經受夠了這一家人了。妳知道為什麼嗎？我剛才好不容易才擺脫掉他那個討人厭的媽媽，妳倒好，一個人閒閒地坐在這裡，我卻在那兒活受罪。當初應該讓妳去陪她的，妳卻聰明的躲掉了。」

這番話指責得毫無道理，不過芬妮不想跟她計較，因為她知道茱莉雅正在氣頭上，而且她性子急，一會兒就好了。於是芬妮沒理她，只問她有沒有看到盧斯沃先生。

「有啊，我們碰到他了，他急急忙忙像救火似的，只匆匆告訴我們他要去做什麼，還有你們都在這裡。」

「可惜讓他白忙了一場。」

「那是瑪莉雅的事，才不關我的事呢。我才不會為了她的過失，把自己也弄得難過起來。討厭的姨媽一直拉著那個管家東扯西扯，害我沒辦法甩開那位老夫人，不過她的兒子我倒是可以甩得掉。」

說完立刻翻過欄杆走了，根本沒回答芬妮的最後一個問題——「妳有沒有看見克勞佛小姐和艾德蒙。」如今坐在原地的芬妮，已經不再去想他們久去不回的原因了，反而開始擔心再見到盧斯沃先生時，該怎麼告訴他？她覺得他們太對不起他了，可是她還是得把事情的經過說給他聽，這感覺很難受。茱莉雅爬過欄杆不到五分鐘，盧斯沃先生就匆匆趕來。芬妮雖然講得十分委婉，但仍看得出來他自覺受到極大的屈辱，非常憤怒。起初他幾乎一句話也沒說，只是表情驚訝，神情懊惱，接著走到鐵門前，站在那裡，好像不知所措。

「他們要我留在這裡，瑪莉雅表姐要我轉告你，你可以到小山丘附近找他們。」

「我不想再走了，」他滿臉怒氣地說：「我現在連他們的影子都看不到，眞等我走到小山丘那裡，說不定他們又到別的地方去了。我路已經走得夠多了。」

然後他在芬妮旁邊坐下來，臉色陰沉。

「我很抱歉，」她說：「眞是太不巧了。」她想說些得體的話來安慰他。

沉默了一陣，他才說：「他們應該等我的。」

「柏特倫小姐說你會去找她。」

「如果她等我，我就不必去找她了。」

這話是沒錯，芬妮緘默不語。過了一會兒，他又繼續說：「普萊斯小姐，請問妳是不是也跟其他人一樣很崇拜克勞佛先生？依我看，他根本不怎麼樣。」

「我並不覺得他長得好看。」

「好看？這麼矮的男生，誰會說他好看？他連五呎九吋都不到，我看或許還不到五呎八吋呢。我覺得這傢伙長得很醜，依我來看，這對克勞佛兄妹根本是多餘的，沒有他們，我們也照樣過得很好。」

芬妮聽到這裡，輕輕嘆口氣，她不知道該怎麼反駁他。

「如果當時我表現得非常爲難，一副不願去拿鑰匙的樣子，那麼他們現在不等我，倒還說得過去。可是她一說要鑰匙，我就立刻去拿啦。」

「是啊，你很配合，而且我敢說，你已經盡快趕回來了。只是從這裡到大宅，再進到大宅裡，然後再回來，的確有段距離；你也知道等人的時候，總是對時間的判斷失準，雖然才過了半分鐘，感覺卻像過了五分鐘。」

他站了起來，又走到鐵門處，嘴裡喃喃說道：「當時要是有帶鑰匙就好了。」芬妮看見他站在那裡時態度似乎有點軟化，於是便試著鼓勵他：「眞可惜你不去找他們。他們是想丘頂那邊的視野最好，可以俯瞰整棟大宅，才好看清楚哪裡需要整修。如果你不去，他們也作不了主啊。」

她現在才發現，原來她打發同伴走的工夫遠遠勝過她留下同伴的能耐。盧斯沃先生被她說動了。「好吧，」他說：「如果妳眞的認爲我去一下比較好，那我就去吧，這樣才不會白白拿了鑰匙。」說完便走了出去，連聲招呼都沒打。

現在芬妮的心思又回到那兩位離開她已久的同伴身上了，她再也坐不住，決定起身去找他們。她循著林裡的小徑，朝他們去時的方向走，才剛轉到另一條小徑，便聽見克勞佛小姐的笑語聲，她循聲過去，越來越近，轉了幾個彎，終於看見那兩個人影。據他們說，他們剛剛才從園子那邊回到林子裡來。原來他們離開她沒多久，便看見一扇沒上鎖的側門，於是忍不住走了進去，在園子裡逛了一陣子，竟逛到芬妮一整個早上都想去看的那條林蔭道。後來他們就坐在其中一棵樹下歇息。顯然他們玩得很愉快，完全忘了已經丟下她很久。艾德蒙對她說，要不是因爲她很累，他一定會回來找她一起去，他眞希望她當時能一塊兒同行。這番話多少安慰了芬妮，可是心裡的委屈還是無法完全撫平，因爲他說過他很快回來，卻讓她等了整整一個小時；她實在很好奇這段時間，他們都在聊什麼，卻又無從得知。最後他們倆都認爲該回大宅了，她不免覺得失望難過。

盧斯沃太太和諾利斯太太來到梯道起點，準備爬到高處，往野地走去，這時算一算離開大宅的時間，已經過了一個半小時。諾利斯太太一路上忙東忙西，所以走得不快。雖然她幾個外甥女的出遊雅興早被一連串的烏龍事件給攪和得減去大半，諾利斯太太整個早上卻是開心得很。因爲管家相當殷勤地帶她認識這裡的家禽，還帶她去乳牛場說明乳牛群的狀況給她聽，然後又給了她一張單據，要她去領包高級的乳酪。茱莉雅離開之後，她們又遇到了園丁。結識這裡的園丁，算是她今天最得意的事啦。因爲園丁的孫子生病，她好心加以指點，說他孫子得的是瘧疾，並答應送他一只護身符來驅走瘧疾，園丁爲了報答她，特地帶她去參觀他所培育的奇花異草，還送了一株珍貴的石楠給她。

這兩夥人在路上碰面之後，相偕回到大宅，他們坐在沙發上或聊天或看《評論季刊》消磨時間，等候其他人回來一起開席。結果等到天都黑了，兩位柏特倫小姐和兩位男士才回來，看樣子，他們在外面玩得並不愉快，對整修計畫沒幫上什麼忙。據他們的說法，他們一直互相找來找去，最後才碰頭，但芬妮看得出來，他們之間已經不太可能恢復以往的和睦關係，而且就像他們說的，一路上根本沒時間對大宅的整修計畫做出任何決定。她看看茱莉雅和盧斯沃先生，心知肚明今天不開心的人不止她而已。這兩人的表情都很陰沉，相形之下，克勞佛先生和柏特倫小姐顯得快活多了。她發現吃晚餐的時候，克勞佛

諾利斯太太告訴園丁說他孫子得的是瘧疾，
答應送對方護身符來祛病。

先生一直想盡辦法要消除那兩人對他的怨恨，於是刻意說了不少笑話，試圖逗樂大家。

餐後沒多久，茶和咖啡隨即送上。因爲回程還有十英里路，沒時間多耽擱，以至於從他們坐上餐桌的那一刻，一直到馬車開到門前爲止，都顯得有些倉促。只見諾利斯太太忙著從管家手裡接過雞蛋和乳酪，嘴裡還不忘跟盧斯沃老太太說幾句客套話，然後起身打道回府。克勞佛先生這時走向茱莉雅，對她說：「我希望我的同車夥伴回程時還願意陪我一起駕馬車，除非她擔心那個座位太空曠，不適合夜裡頭坐。」茱莉雅沒想到他會提出這個要求，但仍是欣然接受。看來這一天的結束對茱莉雅來說會像這一天的開始同等愉快。柏特倫家的大小姐本來另有打算，此刻不免感到有些失望，不過她相信她才是克勞佛先生的最愛。她暗自感到滿足，臨別時還是善盡義務地接受了盧斯沃先生的殷勤道別。而這廂的盧斯沃先生當然很樂意扶她坐進馬車，而不是坐上駕駛座旁的那個位置。他的得意表情證明了他非常滿意這樣的座位安排。

「芬妮，我敢說，妳今天過得不錯吧！」當馬車穿過莊園時，諾利斯太太這樣說道。「妳應該從早到晚都玩得很開心，妳可得感謝柏特倫姨媽還有我哦，是我們答應讓妳來的。妳看妳玩得多盡興啊。」

瑪莉雅心裡本來就不滿，索性藉機發洩出來：「姨媽，我看妳今天收穫頗豐嘛，好像抱回了不少好東西，我們兩人中間的這只籃子，裝的又是什麼啊？老是碰到我的胳臂，眞不舒服。」

「親愛的，那只是一小株漂亮的石楠，是好心的老園丁堅持送我的，要是礙著妳，我把它抱在腿上就行了。喂，芬妮，幫我拿著這包……小心點，別掉了！那是塊乳酪，就是我們晚餐桌上吃的那種高級乳酪。好心的威泰克太太非要我拿一包才肯罷休，我本來堅持不肯的，結果急得她都快哭出來了，我只好拿啦，我知道我妹妹也喜歡吃這種乳酪。威泰克太太眞是個難得的好管家，我問她，他們家的僕人能不能在餐桌上喝酒，她竟然很吃驚。她說以前家裡有兩個女僕擅自穿上白色禮服，就被她辭退了。芬妮，小心拿好乳酪。另一包東西和這籃子就由我自己來拿好了。」

「除了這些，您還白拿了人家什麼好東西？」瑪莉雅說。她聽見索瑟頓受到吹捧，心裡半自得意。

「親愛的，怎麼說白拿呢？不過是四顆漂亮的雞蛋，那是威泰克太太硬塞給我的，我不拿，她就不依。她聽說我一個人住，怕我孤單，說養幾隻小雞，生活會有趣一點。我想也是，我打算叫牛奶房的女工把雞蛋放進正在孵蛋的母雞窩裡；要是孵出來了，我再帶回家，借個雞籠來養，寂寞的時候逗逗牠們，說不定很好玩呢。如果我養得好，以後也送幾隻給妳母親。」

今晚夜色很美，恬靜宜人，在寧靜的大自然裡乘車旅行，感覺格外愜意。諾利斯太太不再開口說話，車裡的他們陷入沉默。大家都累了，可能在各自思索，這一天究竟是甜多於苦，還是苦多於甜？

第十一章 Mansfield Park

對兩位柏特倫小姐來說，索瑟頓的一天縱然不盡如意，總比回到莊園後收到安第瓜的來信好多了。畢竟思念亨利．克勞佛要比思念父親來得有意思，一想到信上說再過不久就要歸來，姐妹倆著實懊惱。

十一月是黯淡無光的月分，因爲她們的父親快回來了。湯瑪斯爵士在信上寫到歸期時，語氣十分肯定，一方面是靠經驗判斷，一方面則是他歸心似箭。他在安第瓜的事情已快辦妥，所以才說會搭九月的船班回來，他一心盼望能在十一月初回到家與親愛的家人團聚。

瑪莉雅比茱莉雅可憐，因爲父親一回來，她就得嫁人了。畢竟父親大人很關心她未來的幸福，所以回到家後定會要她嫁給她當初選的如意郎君。一思及未來，她便覺得前途茫茫，像蒙在一層霧裡，只希望霧散雲開，還能重見光明。雖說父親十一月初會回到家，但極可能耽擱，譬如海上航行不順或者出了點事，總之不敢面對現實的人，多半會靠這種想法來自我安慰。也許會拖到十一月中旬才到家吧，十一月中旬離現在還有三個月，三個月就代表十三個星期。十三個星期內會發生哪些事情是說不準的。

湯瑪斯爵士要是知道女兒們對他即將返家的消息竟是這樣的反應，一定會傷心透頂，即便知道另一位女孩對他返家的消息很感興趣，恐怕也安慰不了他受創的心靈。克勞佛小姐和她哥哥晚上來到曼斯菲爾德莊園作客時，聽見這個好消息，雖然她表面上客套性搭問，虛應地道賀一番，看起來不是頂在意，但其實一直都在仔細聽別人說這件事。諾利斯太太複述完信上的詳細內容後，暫時擱下了這話題。喝完茶後，又被克勞佛小姐提出來問，當時她和艾德蒙、芬妮站在窗前觀賞落日美景，兩位柏特倫小姐和盧斯沃先生及克勞佛先生在鋼琴旁忙著點蠟燭，於是她故意說：「盧斯沃先生看起來好開心呀，一定是在想著十一月的事。」

艾德蒙也轉頭去看盧斯沃先生，但沒說什麼。

「令尊回來是件大喜事耶。」

「的確是，他離家這麼久了，一路上又很危險，所以能平安回來，當然是件喜事。」

「而且這樁喜事還會帶來另一樁喜事哦，譬如令妹出嫁，還有你接受聖職。」

「是啊。」

「你可別生氣哪，」她笑著說：「只是這件事讓我突然想到古代異教的英雄，在外立了戰功平安歸來後，就會有些祭品被犧牲，拿去祭神。」

「這無所謂犧不犧牲的問題，」艾德蒙語氣嚴肅，但仍是含笑回答，同時往鋼琴那頭瞥了一眼。「那是她自願的。」

「噢，我知道她是自願的，我只是開開玩笑。她跟一般年輕小姐一樣做事懂得分寸。我相信她很快樂，我說的是另一種犧牲，你不會懂的。」

「那我可以向妳保證，我和瑪莉雅一樣，是出於自願而接受聖職。」

「那你算幸運嘛，你的工作意願剛好符合令尊的需要，我聽說他在附近幫你保留了一份收入不錯的牧師職位。」

「妳認爲我是因爲那份收入才想當牧師？」

「我知道他絕不是爲了這個原因。」芬妮嚷道。

「芬妮，謝謝妳幫我說話，不過我自己也不敢這樣篤定，相反的，或許就是因爲這個職位可能提供不錯的生活保障，我才有此意願。不過我覺得這想法也無可厚非，我本來就不討厭這工作。誰說如果從小就知道未來會有個不錯的牧師職位等著他，這人就鐵定當不了好牧師？這種說法毫無根據。再說我父母從小就很注重我的教養，沒讓我受到任何不良影響，父親向來認眞負責，相信他不會允許這種事發生的。所以毫無疑問的，我之所以想當牧師，有可能眞是出於妳剛剛說的那個原因，不過我不覺得這有什麼錯。」

「這就有點像是……」芬妮停頓了一會兒後才又說：「海軍上將的兒子想進海軍，陸軍上將的兒子想進陸軍，大家都覺得理所當然，用自家人較好辦事。這種心態很平常，一點也不奇怪，根本不必懷疑他們認眞的工作態度只是表面而已。」

「是啊，親愛的芬妮，妳說得有道理。不管海軍還是陸軍，從妳剛剛那個角度去分析職業是對的，各方面都站得住腳。因爲軍人需要的是勇氣，常有送命的危險，任務繁忙又緊湊，也算是種時髦行業。在上流社會裡，陸軍和海軍一向受到歡迎。男子漢參軍入伍，在大家看來是天經地義的事。」

「可是妳認爲，如果有個男的接受了一份俸祿不菲的聖職，他的動機就値得懷疑？」艾德蒙說：「在妳看來，要想證明自己的動機純正，最好是在不確定有無俸祿的情況下接受聖職。」

「什麼？沒有俸祿還去當牧師？不行！這是瘋子才會做的事，太瘋狂了。」

「我可以問妳一個問題嗎？少了俸祿，就沒人想去當牧師，教會怎麼找得到牧師呢？不，這問題還是別問妳好了，因爲妳肯定回答不出來。不過，我必須套用妳的話來爲牧師這行業作點辯解。妳剛剛說陸軍和海軍這種職業是講究英雄主義，做起事業來都轟轟烈烈的，算是時髦行業，牧師這種職業卻缺乏這類特質，所以人們會選擇從軍，不是沒有道理。但如果就是有人不受那方面的名利誘惑，硬是選擇牧師這一行，他的誠心和美意就更不該受到質疑。」

「噢，他當然很誠心，因爲他選擇的是一份有現成收入的工作，不必靠勞力辛苦賺錢，動機亦稱良善，因爲他從此以後就可以吃吃喝喝，把自己養得肥肥的。柏特倫先生，這就是所謂的懶惰！沒錯，懶惰加好逸惡勞……缺乏雄心大志，免於應酬，貪圖享受，就是這些東西引誘大家想去當牧師。做牧師的都是成天無所事事，邋遢得很，只想到自己，不是讀讀報紙、看看天氣，就是跟老婆吵架，工作全由助理牧師代勞了，自己只需要到處趕場赴宴。」

「我不否認是有這種牧師，但畢竟只是少數，克勞佛小姐不能以偏概全。請恕我直言，我懷疑妳這番全面封殺式的陳腐言論並非出於自己的想法，而是聽久了偏頗人士的說法，進而影響到妳的判斷。因爲妳不可能對牧師的內幕有這麼深入的觀察與瞭解。至於那些受強烈指責的人，其實根本沒幾個是妳認識的，妳的這番話都是從令叔餐桌上聽來的吧。」

「我說的的確是一般輿論的看法，就因爲是輿論，所以往往錯不到哪裡去。雖然我沒有親眼見到牧師們私底下的居家生活，不過很多人都目睹過，所以這種說法並非空穴來風。」

「一個有文化的群體，無論名稱是什麼，如果被人這樣以偏概全地指責，肯定是在取材和消息的擷取上有所疏漏，或者（他笑了笑），另有目的。隨軍牧師不論好壞，向來都不受歡迎，令叔和他的將軍朋友們，除了隨軍牧師之外，恐怕對其他牧師並不瞭解。」

「可憐的威廉，『安特威普號』上的隨軍牧師都對他很關照呀。」芬妮突然打斷道，雖然有點離題，卻是眞情流露。

「我很少聽信叔叔的話，」克勞佛小姐說：「我認爲你說得不對……既然你這樣咄咄逼人，那我就老實說了，我也不是全無機會親眼目睹牧師的爲人，畢竟我現在就住在我姐夫家裡，我是說葛蘭特博士。雖然他對我友好，也很照顧我，是位十足的紳士，而我也相信他知識淵博，爲人聰明，佈道有方，受人尊敬，但我不是沒見過他自私懶惰的一面，他太講究美食和生活享受了，光顧著吃，根本不爲別人著想。更過分的是，只要廚子沒把飯菜料理好，他便把脾氣發在他那位好到不能再好的妻子身上。說實話，今晚我和亨利就是因爲看不下去，才來貴宅透透氣，只因爲那隻鵝煮得不夠入味，他便大發脾氣，而我那可憐的姐姐只能待在家裡受氣。」

「也難怪妳會看不慣。這的確是他個性上頗大的缺失，再加上喜歡大吃大喝，更助長了他的壞脾氣。妳這麼善良，看見自己的姐姐受氣，心裡肯定不好過。芬妮，這種行爲是很不可取的，我們絕對不能幫葛蘭特博士辯解。」

「是啊，」芬妮回答：「但我也不會因爲他個人的行爲就全盤否定這門行業。畢竟不管葛蘭特博士選擇哪一行，他都會把自己的……壞脾氣帶進去。如果他加入海軍或陸軍，他的部屬一定比現在還要多，所以會比當牧師的他更有可能害更多人不快樂。再說不管我們希望葛蘭特博士從事哪一行，他的壞脾氣都只會變得更壞而已，因爲那些行業的步調忙碌，終日追名逐利，不可能讓他有時間和義務去省思自我，而且他也可能故意逃避自我反省的機會，我是指反省的次數，不過至少他現在逃避不了。像葛蘭特博士這種聰明人，每個星期都得教誨別人，每星期日都得去教堂兩次並用和藹可親的態度講道，而且講得那麼好，好到他本人難道都不會受到一點影響嗎？想必這些工作和佈道內容常讓他有反省的機會。所以我相信，他做這一行肯定比做其他行更懂得要約束自個兒的脾氣。」

「可是我們當然也沒辦法證明如果他不做這一行，結果會如何……不過我倒是希望普萊斯小姐命好一點，將來千萬別找一個只能靠佈道才能讓自己變得和藹可親的人作丈夫。因爲雖然他每個星期天都能藉助講道來讓自己變得和和氣氣，但從星期一早上到星期六晚上，卻會因桌上的鵝煮得不夠入味而大呼小叫，實在很糟糕。」

「我想能和芬妮吵得起來的人，」艾德蒙柔情地說：「恐怕是那種任何講道都感化不了的人。」

芬妮別過臉去看窗外。克勞佛小姐開心地說：「我感覺得到，普萊斯小姐不習慣別人誇獎她，不過的確很值得誇獎。」但話才說完，克勞佛小姐就被兩位柏特倫小姐熱情地邀去參加三重唱了，她腳步輕快地朝鋼琴走去，留下艾德蒙癡癡地望著佳人背影，反覆回想她種種的好，包括她那謙恭有禮的態度和輕巧優美的步履，均令他深深著迷。

「我相信她的脾氣一定很好，」他當下說道：「脾氣這麼好的人是絕不會去折磨別人的。妳看她走路的姿態多優雅啊！對別人的要求，答應得多乾脆啊！別人一求她，她就過去了。只是可惜……」他思索了一會兒，又加了一句：「她竟有那樣的家人。」

芬妮同意他的說法，也欣喜他沒因三重唱即將開始而移步，還是繼續待在窗邊陪她，而且和她一樣將目光轉向窗外。清朗璀璨的夜空在幽深林影的襯托下，更顯出夜景的靜謐與肅穆。芬妮開口抒發心中所感。「這夜景好美，」她說：「又是多麼安詳恬靜，就是圖畫、音樂也幾乎難以比擬，唯能用詩歌來勉強形容。它能讓你忘卻所有煩憂，爲心靈注入滿滿的喜悅。每當我臨窗眺望這般夜色，就會覺得這世上不再有邪惡和憂傷。就算有，只要多看看大自然的美景，便會陶醉其中，忘卻自我，邪惡和憂傷也跟著消弭。」

「芬妮，我最喜歡聽妳這樣抒發情感。這真是個美麗的夜晚，有些人不像妳，從沒受過薰陶或從小就不懂得欣賞大自然，眞是可惜，他們失去了許多寶貴的東西。」

「表哥，是你教會我怎麼去思索和感受大自然的。」

「我有個聰明的學生啊。妳看，那邊的大角星座好亮！」

「是啊，還有大熊星座，眞希望也能看到仙后座。」

「我們得到草地上才看得到，妳會怕嗎？」

「一點也不怕。我們好久沒去看星星了。」

「是啊，我也不知道爲什麼這麼久沒去看了。」這時三重唱開始了。「芬妮，等她們唱完了，我們再去吧！」說完便從窗邊轉身過去。歌聲揚起，她望著他慢慢朝鋼琴走去，心裡突然一陣酸楚，等到歌聲停歇，他已經走到她們面前，跟大家一起熱烈起鬨，要她們再唱一次。

芬妮獨自站在窗邊嘆氣，直到諾利斯太太責怪她可能受涼，才鬱鬱離開。

芬妮和艾德蒙正站在窗邊欣賞夜空，
大夥兒在鋼琴旁忙得不可開交。

第十二章 Mansfield Park

湯瑪斯爵士十一月就要回來了，他的大兒子也因爲有事而提早返家。九月快到時，獵場管理員收到柏特倫先生的來信，接著艾德蒙也收到一封，八月底他人回來了，還是那麼爽朗、那麼會逗人開心，懂得趁適當場合或應克勞佛小姐的要求，適時獻上殷勤。他不時談到賽馬和威茅斯①，還有他參加過的舞會以及結交的朋友。若是六個星期前，這些內容或許還會引起克勞佛小姐的興趣，但現在，經過實際比較之後，她相信自己喜歡的其實是他的弟弟。

這事令她十分苦惱，甚至有些愧疚，但事實擺在眼前。她現在一點也不想嫁給那位大公子了，甚至不想再誘引他，不過她知道自己天生麗質，一舉一動盡是風情。她想到他一去那麼久，只顧著自己玩樂，什麼事全是他說了算，顯然沒把她放在心上，對她的態度比她對他的態度還要冷淡，就算他現在就能接下曼斯菲爾德莊主一職，成爲名副其實的湯瑪斯爵士，她也不認爲自己想嫁給他。

柏特倫先生是爲了趕上這個時節的活動才回到曼斯菲爾德，克勞佛先生卻回諾福克去了，因爲艾芙林翰莊園每到九月初就少不了要他回去一趟。而他一去便是兩個星期，這對兩位柏特倫小姐來說多麼漫長難熬，不過她們本可趁這段時間稍加自我保護，茱莉雅甚至應該趁此機會弄清楚自己純粹是嫉妒姐姐，至於那位先生的花言巧語，千萬不能盡信，而且期望他最好別再回來。那位先生也應趁這兩個星期的空檔，好好反省自己的動機，別老顧著打獵、睡覺，他應該反思這種無所事事的虛榮行徑究竟有何意義，那麼他就會知道自己不該這麼急著回去。無奈優渥的生活和周遭耳濡目染下的壞習慣早已養就他自私花心的毛病，從來只肯顧眼前安樂，不想未來。這對姐妹花聰明又漂亮，惹得人心癢癢的，尤其對他這顆貪得無饜的心來說，可是極大樂趣。他總覺得諾福克的一切，都比不上回曼斯菲爾德和小姐們廝混來得有趣，於是按原定時間快樂重返，打算繼續陪她們玩下去，當然後者也是興高采烈歡迎他歸來。

克勞佛先生回來之前，瑪莉雅身邊只有盧斯沃先生繞著她轉，成天聽他翻來覆去地說他白天做了哪些打獵活動、玩得多盡興、獵犬有多棒、他多嫉妒鄰居、懷疑鄰居某些資格，還有他是如何追蹤偷獵者等等。但這種話題，除非說話的人可以說得舌粲蓮花，而聽話的人又頗有情意，否則不太容易撥動小姐的心弦，也難怪瑪莉雅會這麼掛念克勞佛先生了。至於沒訂婚又沒事做的茱莉雅，更是有權利想念他。這兩姐妹都以爲自己才是對方的最愛。茱莉雅是在葛蘭特太太的暗示下理所當然地這麼想，畢竟葛蘭特太太說的剛好都是她想聽的。至於瑪莉雅，則是依據克勞佛先生話中暗示來斷定。克勞佛先生回來後，一切回復原狀，他對兩姐妹的態度依舊熱絡，討人歡心，她們也對他情意不減。只是他也不敢黏太緊，舉止尚有分寸，不敢過分關心，以免引起旁人注意。

在這群人裡頭，單有芬妮察覺到不對勁。自從去了趟索瑟頓之後，每回瞧見克勞佛先生和其中一位表姐在一起，她便忍不住從旁觀察，心生懷疑，不以爲然。其實如果她對這件事的看法就像她對其他事的看法那麼有自信，並篤信自己的判斷力，那麼她很可能早就把這件事告訴那位向來和她無話不談的人了。事實上，她曾鼓起勇氣暗示過一次，可是沒有作用。她對艾德蒙說：「我覺得很奇怪，克勞佛先生已經在這裡待這麼久，整整七個星期了吧，可是他還是這麼早就回來了，我以前聽說過他不喜歡長期住在同樣的地方，喜歡到處逛逛、居無定所，這次他離開，我本來以爲一定會有其他的新鮮事把他吸引到別個地方去，他應該比較習慣住在比曼斯菲爾德還熱鬧好玩的地方呀。」

艾德蒙卻回答：「他這次再回來，是頗值得讚許的，相信他妹妹一定很開心，因爲她不喜歡他居無定所的習慣。」

「兩位表姐都好喜歡他呢。」

「是啊，他對女士們禮數周到，自然討人喜歡。葛蘭特太太覺得他對茱莉雅特別有好感，我倒是看不出來，不過我也樂觀其成。相信等到他眞的覓得願意認眞交往的對象時，那些毛病就會改掉了。」

「有時候我覺得如果大表姐沒訂婚的話，」芬妮小心翼翼地說：「他說不定會喜歡上她。」

「或許這也間接證明了他眞的喜歡茱莉雅，只是妳不懂這箇中微妙，因爲一個男人在決定愛一個女人之前，往往會先跟她的姐妹或密友拉關係，反而不敢太親近她本人。克勞佛先生是個明智的人，如果他察覺到自己可能喜歡上瑪莉雅，一定不會繼續待在這裡。更何況我也不擔心瑪莉雅，因爲從她目前的狀況來看，她對克勞佛先生的態度並不熱絡。」

芬妮心想應是自己弄錯了，決定以後不再胡思亂想。她雖然十分願意相信艾德蒙的說法，並不時從旁人的臉色和話裡的暗示感覺得到，大家都認爲克勞佛先生屬意茱莉雅，但她還是無法確信。有天晚上，她無意中聽見諾利斯太太對這件事的想法和期待，以及盧斯沃老太太的看法，不免感到驚訝。當時她心裡想，要是自己不用坐在這裡聽她們講話，那就好了，因爲那時候其他年輕人都在跳舞，她卻陪著幾位年長的太太坐在壁爐邊，心裡頗不是滋味。她希望大表哥會再進來，因爲他是她唯一指望的舞伴。這是芬妮第一次參加舞會，不過並不像其他小姐那樣有充足的時間準備，因爲舞會是下午臨時才決定，僕從室剛來了個新提琴手，他們就找他來演奏，再湊出五對舞伴，柏特倫先生也剛好有個新交的朋友前來拜訪他，於是其中一對就靠葛蘭特太太以及柏特倫先生那位朋友幫忙才湊出數來。即使如此，芬妮還是很開心，她連跳了四場，下場才休息十五分鐘，便覺得時間難捱，很想再上場。但也就在這等待的空檔，當她邊看人家跳舞、邊瞧著門口時，無意中竟聽見了那兩位太太的談話。

「老夫人啊，我在想……」諾利斯太太說，兩隻眼睛淨顧著看盧斯沃先生和瑪莉雅。這已經是他們第二次共舞了。「我們又看到幸福的笑臉了。」

「是啊，諾利斯太太，妳說得沒錯，」另一位故作高貴地微笑說：「眞高興看見他們又一起跳舞了，剛剛看到他們被拆散，心裡眞不是滋味。像他們這種訂過婚的年輕人，不該被拆散跳的。我眞不懂我兒子怎麼不抗議呢。」

「老夫人，我敢說他一定抗議過，盧斯沃先生絕不會忘記這種事的。不過可愛的瑪莉雅是個守禮教的女孩，老夫人，現在要找到一個像她這麼端莊嫻淑的女孩，很難找了，再說她又不想讓別人覺得她對舞伴挑三揀四！親愛的老夫人，妳快看她臉上的表情……這跟剛剛前面兩支舞有多大的不同啊！」

柏特倫小姐看起來的確春風滿面，兩眼發亮，說起話來精神抖擻，茱莉雅和其舞伴克勞佛先生離她很近，幾個人全擠在一塊兒。至於她先前的表情如何，芬妮沒什麼印象，因爲那時她正和艾德蒙跳舞，沒空留意大表姐。

諾利斯太太繼續說：「老夫人，看到年輕人玩得這麼開心又這樣登對，眞教人歡喜。我想湯瑪斯爵士必定也會很高興，老夫人，妳會不會覺得又有對佳偶誕生了？盧斯沃先生樹立了個好榜樣，而這種事情是很容易傳染的。」

盧斯沃老太太眼裡只有她兒子，所以不太懂她在說什麼。

「老夫人，就是那邊那一對啊，妳看得出來他們之間有什麼不太對勁的地方嗎？」

「喔，天啊，妳是說茱莉雅小姐和克勞佛先生！是啊，眞的很登對，他的財產有多少啊？」

「一年四千英鎊。」

「還不錯啦！財產有限的人，一定要懂得知足。一年四千英鎊也是筆可觀的財產了。他看起來是個深具教養又很穩重的年輕人，希望茱莉雅小姐會幸福。」

「老夫人，這事還沒定下來呢，只是我們私底下說說而已，不過我想十之八九會定下來的。他對她越來越殷勤了。」

芬妮再也聽不下去，她不僅聽不下去，甚至也不願去想，因爲這時柏特倫先生又進屋來了。雖然她知道他若來邀舞，等於是給她莫大的面子，但她還是認爲他應該會邀。他眞的走了過來，卻不是來邀舞，反而拉了張椅子坐在她旁邊，跟她說他有匹馬生病了，還有他剛從馬夫那兒聽來的消息。芬妮意識到大表哥不可能請她跳舞了，但個性謙遜的她也覺得自己本不該有此指望。他說完後，隨手拿起桌上報紙，目光越過報紙上方望著她，無精打采地說：「芬妮，如果妳想跳舞的話，我可以陪妳跳。」她客氣回絕，說她不想跳。「那太好了，」他鬆了口氣，隨即把報紙扔回桌上。「我可快累死啦，眞弄不懂這些人怎麼能跳這麼久。他們八成是在談戀愛，才會覺得這種蠢事好玩。一定是的。如果妳仔細觀察，就會發現除了耶茲和葛蘭特太太，其他都是一對一對的。不過這話我只私下對妳說，我覺得葛蘭特太太眞可憐，她一定也像他們一樣需要個情人，她和博士在一起，肯定無聊死了。」他說這話的同時，還朝葛蘭特博士坐的位置那邊扮了個鬼臉，哪裡知道博士就坐在他旁邊，嚇得他趕緊換副表情，改個話題，反應之快令心事重重的芬妮也忍俊不住。「葛蘭特博士，美洲的事情眞是怪異，你覺得呢？說到這種公衆事務，我一定得向你討教。」

「親愛的湯姆，」他的姨媽隨後嚷道：「如果你不跳舞，那我想你應該不反對陪我們打幾回牌吧？」說完便離開座位走到他面前，強要他答應，還低聲補上幾句：「我們想幫盧斯沃老夫人湊一桌，你母親也想，可是抽不出時間，因爲她正在趕著織圍巾。現在有你跟我，再加上葛蘭特博士，剛好就能湊一桌了。雖然我們只賭半克朗②，不過你可以和他賭半畿尼啊。」

「我非常樂意，」他大聲回答，忽地跳了起來，「相信一定很好玩。不過我現在要去跳舞了，來吧，芬妮，」他抓起她的手。「別再拖拖拉拉的，舞會快結束啦。」

芬妮自然很樂意被他帶去跳舞，只是並不怎麼感激，因爲她實在弄不明白究竟是大表哥太任性，還是大姨媽太霸道，不過他自己顯然很清楚。

「她還眞會幫我找事做！」他們離開時，他忿忿不平地說：「竟然想把我押在牌桌上陪他們打牌，她和葛蘭特博士一見面就吵架，而那個老太婆又根本不會打牌。眞希望我那個姨媽可以少開口，竟然當那麼多人的面那樣問我，完全不給我退路，害我差點拒絕不了！我最痛恨這一招！表面上是在懇求，給你選擇的空間，其實就是要你照她的話做，不管什麼事都來這一招，我最討厭她這樣了，幸好我想到要和妳跳舞，不然逃不掉，那就慘了。不過我那姨媽每次想到什麼，就非要去做，從來不肯善罷甘休。」

譯註：

①威茅斯（Weymouth），英國南方海濱的港鎮，是多賽特郡（Dorset）內著名的渡假勝地。

②克朗（crown），為英國貨幣，價值五先令，半克朗即為二先令六便士。一先令（shilling）等於十二便士（pence），一英鎊（pound）等於二十先令。

第十三章 Mansfield Park

新來的朋友約翰・耶茲公子是一位勛爵的次子，有一筆可觀的財產，他衣著講究，出手大方，除此之外，似乎別無其他長處。若是湯瑪斯爵士在家，可能不會歡迎他來。柏特倫先生是在威茅斯認識他的，他們在那裡的社交圈一塊廝混了十天，建立起友誼（如果那就叫友誼的話），後來開口邀他，方便的話，可以到曼斯菲爾德作客，他慨然應允，於是彼此的友誼又進一步升格。這位先生甚至提早來訪，原因是他離開威茅斯之後，便趕去另一位朋友家參加那裡舉辦的大型歡樂盛宴，沒想到因故突然取消，只好敗興離開，轉而來到曼斯菲爾德。當時他滿腦子想的全是演戲的事，原來那是一場劇場式盛宴，他答應出演其中一個角色，原是兩天內就要登台，結果那家人的一位親戚突然過世使得演出中斷，表演的人只能作鳥獸散。換言之，本會有一場歡樂盛宴，本來可以大出鋒頭，本來報上會刊登這場即將在埃克里弗上演的戲碼，而康瓦爾郡的雷文蕭勛爵也將在那裡的社交圈至少名噪一年，哪曉得煮熟的鴨子突然飛了，爲此耶茲先生感到非常痛心，於是一開口就不離這話題。舉凡與埃克里弗有關的事，或是那裡的劇場、演出內容的細節、服裝、排演以及他們開過的玩笑，都成了他一再老調重彈的話題。吹擂過往，成了他唯一的慰藉。

不過算他運氣好，年輕人向來愛看戲，也都巴不得自己能有機會粉墨登場，所以儘管他講得沒完沒了，照樣有人百聽不厭。從初次選角到最後的謝幕詞，全都聽得他們心醉神迷，甚至希望自己也能小試身手，軋上一角。耶茲先生原本要演的是《海誓山盟》（*Lover's Vows*）①這齣戲，他扮演劇中的卡索伯爵。「那是一個小角色，」他說：「一點也不合我的胃口，以後我不會再同意演這種角色了，那時候純粹是不想害人家爲難。因爲在我抵達埃克里弗之前，雷文蕭勛爵和公爵就把最值得演的兩個角色先挑走了，雖然雷文蕭勛爵好心說要讓賢，但各位也知道，我是不可能接受的。不過我眞替他感到難過，因爲實在太不自量力啦，他哪裡配演男爵那種角色，他個頭兒那麼小，聲音又不夠洪亮，每次才說了十分鐘的話，嗓子就啞了，由他來演這角色，只會讓這齣戲貽笑大方而已，可是我當時已經決定不爲難他們了。亨利爵士認爲公爵演不好腓德烈克，但那是因爲亨利爵士自己很想演，當然這角色最後還是交給最適合的人來演。我很訝異亨利爵士的演技竟然那麼糟，還好這齣戲不靠他來撐場面。不過我們的愛葛莎演得實在太好了，很多人都認爲公爵也演得不錯，總而言之，要是這部戲能正式上演，絕對很精采。」

聽者的反應皆是深表同情地說「這眞是太遺憾了」，要不就是來一句「眞是太可惜了」。

「其實沒什麼好抱怨的，只是那可憐的老寡婦死得眞不是時候。害我們不禁會想，要是這死訊再晚三天公布就好了。只需三天就行。我想壓個三天應不爲過吧，她不過是外婆，又死在兩百哩外的地方。據我所知，眞的有人這樣建議，但雷文蕭勛爵不答應，我猜他恐怕是全英格蘭最講求規矩的人了。」

「喜劇沒演成，反倒迎了場餘興笑劇。」柏特倫先生說：「《海誓山盟》無疾而終，只剩下雷文蕭勛爵伉儷合演《我的外婆》（*My Grandmother*）②。或許外婆的遺產多少可以安慰他。但也可能是……我們私底下說說就算了，他擔心自己肺活量不夠，演不好男爵的角色，怕失了面子，所以樂得取消那齣戲。耶茲，爲了彌補你，我想我們應該在曼斯菲爾德辦個小劇場，由你來指揮監督。」

雖然他只是一時興起，但絕非說說而已。經他們這麼一提，大家的興致竟來了，其中最想演的莫過於他本人，反正他現在是一家之主，有的是閒工夫，任何新鮮事在他來說均可試試看，再加上他頭腦靈活，頗有演喜劇的慧根，所以也想親自下海。他的提議被人老是反覆提出來當話題。「噢，要是能有埃克里弗的劇場和布景來演戲，該有多好。」兩個妹妹有感而發地說。至於亨利・克勞佛，雖然不乏玩樂經驗，卻從沒嘗試過演戲這玩意兒，所以對這點子也很熱中。他說：「我相信劇本裡任何角色我都敢演，不管是夏洛克、理察三世，還是滑稽劇裡身穿紅衣、頭戴三角帽、嘴裡唱個不停的主人翁，我都願意放膽嘗試。反正我自個兒覺得什麼都能演，無論是要我咆哮、發怒、嘆氣，還是蹦蹦跳跳，只要說的是英語台詞，無論喜劇悲劇，我全可以。不如我們就來選部劇本演演看吧，哪怕只有半套劇本，甚至一幕或一場也好。這有什麼好怕的？總不會是礙於我們長相欠佳才不演吧？」他看看兩位柏特倫小姐。

「說到劇場，其實有沒有劇場都沒關係，我們只是自娛而已，這宅裡的任何一個房間就夠用啦。」

「我們非要有個拉幕，」湯姆・柏特倫說：「也許只需要幾碼的綠絨布就行了。」

「喔，那很夠了。」耶茲先生嚷道：「我們只要布置出一兩個側景，幾扇房門，三、四場布景就夠了，演這點戲其實不需要什麼，因為我們只是自娛而已，所以根本不用多準備。」

「我覺得可以再簡單一點，」瑪莉雅接話：「我們時間有限，而且可能會再遇到其他問題，所以我覺得克勞佛先生說得沒錯，重點在於演戲本身，而非舞台布景，有很多好戲都不是靠布景撐起來的。」

「不行，」艾德蒙聽到這裡，極為驚訝。「做事怎可這麼馬虎呢。如果要演戲，就得在劇院裡演，要正廳、包廂和樓座一應俱全，從頭到尾完完整整地演好一齣戲。像德文劇，不管是哪一齣，每一幕之間都會穿插滑稽的串場笑劇，譬如舞蹈、號笛和歌唱。若是演得沒埃克里弗好，那還不如不要演。」

「艾德蒙，先別洩氣嘛，」茱莉雅說：「誰都知道你最愛看戲，為了看戲，再遠的路你都會跑去。」

「沒錯，那是爲了看眞正的戲劇演出，眞正純熟的演出。但如果是一群沒受過戲劇訓練的少爺、小姐蹩腳地演戲，就算只在隔壁房間演，我也懶得去看，因爲過去受到的禮教訓練會害他們放不開，不可能演得好。」

過了一會兒，這話題又被提起，而且還越說越起勁，每個人都摩拳擦掌，躍躍欲試，互相感染亢奮的情緒。但就是怎麼談都談不攏劇本，因爲湯姆．柏特倫想演喜劇，他兩個妹妹和亨利卻想演悲劇，看樣子要找一部人人都喜歡的劇本，還眞是難。然而他們是眞的鐵了心要演戲，這決定令艾德蒙很不安。他希望能勸阻得了他們。可是他母親聽到餐桌上的談話，竟毫無反對之意。

這天晚上，他終於逮到機會來測試一下自己的勸阻能耐。當時瑪莉雅、茱莉雅、亨利．克勞佛和耶茲先生都在撞球室裡。湯姆離開他們，獨自進到客廳，艾德蒙站在客廳壁爐旁若有所思，柏特倫夫人則坐在不遠處的沙發上，芬妮緊挨在她旁邊做針線活兒。湯姆一進來便說：「我們家的撞球台眞爛，我相信天底下再也找不到比它更爛的撞球台！我再也受不了啦，再也不想進去打撞球了，不過我剛剛倒是想到一個好主意。我們可以把撞球室拿來當劇場，形狀和長度都剛剛好，屋裡的幾扇門都是互相連通的，所以只要把父親房裡的書櫥挪一挪，五分鐘內就能布置好。如果我們眞的想演戲，這恰好符合我們的需求。父親的房間與撞球室相通，剛好可以當作演員休息室，這簡直就像爲我們專門準備的。」

「湯姆，你不是當眞要演戲吧？」艾德蒙對走到壁爐旁的哥哥低聲問道。

「什麼當不當眞，當然是眞的。你何必那麼驚訝？」

「我認爲這樣做很不妥。一般來說，私人性質的戲劇演出很容易受到外界批評，以我們家的情況來看，這種作法尤其不智，還更糟呢。你想想看，父親此刻離家在外，隨時可能遭遇危險，如果這時候我們演戲，會讓外人覺得我們沒把父親放在心上。而且我也認爲這種作法太欠考慮，我們得替瑪莉雅想想，她都快嫁人了，這是非同小可的事，我們不能不把各種因素考慮進去。」

「你把事情看得太嚴重啦！說得好像大家要在父親回來前，一個星期公演三次，還會廣邀全國人士來觀賞似的。我們又不會這麼做，只是自家人玩一玩罷了，調劑一下生活，試點以前沒做過的新鮮事。我們不需要觀眾，也不必宣傳。你應該對我們有信心，相信我們會順利找到完美的劇本。我想如果我們用某位卓越作家筆下的優美文字來對話，總不會比平常閒聊時的胡說八道來得有害吧。所以我一點也不擔心，也不覺得有什麼好顧忌的。至於父親還在海外未歸這件事，根本無法構成反對的理由，反而成了我們演戲的動機。你想想，母親這陣子望眼欲穿地盼父親早日歸來，心情焦慮難安，我們演齣戲自娛，就能讓她忘掉煩惱，開朗起來。大家都會快樂一點，我相信父親也會贊同。畢竟這段日子對母親來說眞的太煎熬了。」

他說這話的時候，兩人同時望向母親，卻看見柏特倫夫人坐在沙發一角打盹，神情閒適、富泰安詳。芬妮正在幫忙她做那幾件挺費工的針線活兒。

艾德蒙不禁微笑，頻頻搖頭。

「我的天啊，也太不會配合了吧。」湯姆嚷道，哈哈大笑地將自己摔進椅子裡。「親愛的母親，我剛剛才說您心情煎熬，看來我錯了。」

「怎麼啦？」她突被叫醒，迷迷糊糊地說：「我沒睡著啊。」

「喔，親愛的母親，沒有人說您睡著了。喂，艾德蒙，」湯姆看見柏特倫夫人又打起盹來，只得回頭續談剛剛那個話題。「我還是堅持我的觀點，演演戲沒有什麼不好。」

柏特倫夫人坐在沙發角落打盹，已是常見光景。

「我不同意，我相信父親一定會堅決反對。」

「我的想法和你不一樣，父親比誰都樂於見到年輕人發揮所長，而且全力支持。說到演戲、朗誦和辯論，他向來有他的見地，我記得小時候他常鼓勵我們在這些方面多所發揮。記不記得我們曾在這屋裡，為了逗他開心，悼念過多少次尤利烏斯．凱撒的遺體？詠頌過多少次哈姆雷特的『是生還是死』？我還記得有一年聖誕節，我們每天晚上都會說一句『我叫諾維爾』③。」

「你自己也清楚，那完全是另一碼事。父親當時是要小時候的我們多練練口才，但絕不會允許他成年的女兒去演戲，別忘了家規甚嚴。」

「這些我都知道，」湯姆不高興地說：「我跟你一樣瞭解父親，我會小心的，不會讓他的女兒做出敗壞門風的事。艾德蒙，你管好你自己就行了，至於家裡的其他大小事，由我來發落。」

「如果你非要演不可，」艾德蒙堅持己見，「也希望你低調點，別去布置什麼劇場。還有父親不在，千萬別亂動父親房裡的東西。」

「這些事由我全權負責。」湯姆果決地回應：「他的屋子不會受損半分，我會像你一樣小心翼翼。至於我剛提到的那些更動，譬如移一下書櫥，開一扇門，或者一星期不打撞球，把撞球室挪來暫用，不也跟他以前在家的時候一樣，我們偶而會在這房間多待一會兒，早餐室少待一會兒，或者把兩位妹妹的鋼琴從房間這頭移到那頭，道理是一樣的！他那時也沒反對啊，所以你這些理由根本不是理由。」

「就算這些更動本身沒有錯，但你花錢總不會是對的吧？」

「是啊，做這種事，當然得花錢，也許要花上二十英鎊吧！可是我們好歹得有個劇場啊，不過可以盡量簡化……綠色布幕，再加一點木工，就這樣而已。說到木工，我們找克里斯多福．傑克森來家裡做，哪會有什麼花費？胡說八道！而且如果找傑克森來做，湯瑪斯爵士一定不會反對。別以爲這屋裡就你的意見最高明，如果你不想演就算了，別管到別人頭上來。」

「我沒有說我要演，」艾德蒙說：「我也絕對不會演。」

湯姆沒等他說完便撇下他，自己走了出去，艾德蒙沮喪地坐下來，表情失落地撥動著爐火。

一直在聽兄弟倆對話的芬妮，始終站在艾德蒙這一邊，她急著想安慰他，於是放膽說：「也許他們找不到合適的劇本，大表哥和表姐們這方面好像意見不合。」

「芬妮，我是不抱希望了。如果他們執意要演，一定會找到劇本的……我會去找兩個妹妹談，試著勸阻她們，畢竟也只剩這個辦法了。」

「我想諾利斯姨媽應該會站在你這一邊。」

「我相信她會站在我這一邊，可是她的話對湯姆和我兩位妹妹起不了作用。如果連我自己都勸阻不了，也只好任由他們，用不著她去說什麼。一家人最好不要吵架，再怎麼樣也不能讓家裡失和啊。」

第二天一早，他找了個機會勸他妹妹，結果她們也跟湯姆一樣，淨想著玩樂，對於他的勸告和意見完全聽不進去。再說，他們的母親根本不反對，父親又不在家，所以不用怕他不贊成。有這麼多體面人家和大家閨秀演了戲都沒怎樣，那還有什麼好怕的？而且這只是自家兄弟姐妹加幾位親朋好友，關起門來自娛一下，外人又不知道，如果這樣也不對，那未免太神經兮兮了。只不過茱莉雅倒是有意無意地暗示，瑪莉雅情況特殊，可能得小心點，但也不能拿對瑪莉雅的那套標準來要求她茱莉雅，因爲她沒訂婚。瑪莉雅則認爲，就是因爲她訂婚了，才更不用顧慮什麼，因爲她不必再像茱莉雅那樣事事得先徵求父母的同意。艾德蒙雖說不抱希望，還是努力勸說。這時亨利·克勞佛剛從牧師公館來到曼斯菲爾德，他一進屋裡，嘴裡就嚷道：「柏特倫小姐，我們不缺演戲的人手了，就連演僕從的人都不缺啦。我妹妹說她想加入我們，就算要她演年老的保母或溫婉的女伴等任何妳們不想演的角色，她都樂於接受。」

瑪莉亞瞥了艾德蒙一眼，意思像是在說：「你還有什麼話要說？連瑪麗・克勞佛的想法都跟我們一樣，你還敢說我們不對？」艾德蒙無言以對，不得不承認演戲的樂趣魅力的確大到連最聰明的人都可能擋不住。他不願再多想，心上一逕掛著瑪麗・克勞佛的倩影，反覆琢磨她的好，心想她眞是個樂於助人的女孩。

演出計畫繼續進行，任何反對都無效。艾德蒙原以爲諾利斯太太會站在他這邊，沒想到連這一點也估算錯了。她向來拿大外甥和大外甥女沒轍，嘴裡才剛提出一點異議，不到五分鐘就被他們給說服了。事實上她還滿贊成這件事的，因爲整個計畫算起來其實花不了多少錢，她本人更不用花上半毛錢，而且她料定這事免不了得靠她來張羅，自然更能顯出她的重要性。想到這裡，她便喜孜孜的，接著她又想到自己或許可以從中佔點便宜，因爲她在自己家裡已經住了一個月，花的都是自個兒的錢，現在如果要來幫忙張羅演戲事宜，不就得搬到他們家去住了嗎？

譯註：

①德國劇作家柯澤畢（August von Kotzebue）的作品。

②普林斯・霍雷（Prince Hoare）發表於一七九三年的作品。此處有雙關意味。

③引自一齣悲劇的開場白，劇名是《道格拉斯》（*Douglas*），寫於一七五七年，作者是約翰・賀姆（John Home）。

第十四章

Mansfield Park

芬妮的預料顯然比艾德蒙來得準。光是要找部大家都合意的劇本，就夠麻煩了。木匠已接下工作，開始丈量尺寸，並至少建議和解決了兩樣費事的工程，所以這計畫等於又擴大了，開支也增加了。但木匠都動工了，合適的劇本仍沒著落。其他準備工作同步進行中，一大綑綠色絨布從北安普頓送來，諾利斯太太親自裁切（在她的精心算計下，至少省了四分之三碼的布），再交給女僕縫製成帷。劇本依舊沒有下文。就這樣又過了兩三天，艾德蒙不免燃起一線希望，心想他們或許永遠找不到合意的劇本。

說到劇本，要考慮的因素實在太多了，不僅內容得讓每個人都滿意，還得有夠多的好角色供他們挑，最麻煩的是，這齣戲必須是悲劇也是喜劇，所以在劇本的定奪上似乎很難有所共識，反正年輕人做任何事，全是這樣誰也不肯讓誰。

兩位柏特倫小姐、亨利・克勞佛和耶茲先生都想演悲劇，湯姆・柏特倫則想演喜劇，不過他並不人單勢薄，因爲瑪麗・克勞佛顯然也站在他那一邊，只是礙於禮貌不便表態。再說他似乎不需要盟友，因他主意已定，再加上身爲一家之主。可是除了這方面問題之外，他們還要求劇本裡的角色不能太多，而且每個角色都要很吃重，另外要有三個女主角。結果他們找遍了所有一流劇本，全都不符要求，不管是《哈姆雷特》（*Hamlet*）、《馬克白》（*Macbeth*）、《奧賽羅》（*Othello*）、《道格拉斯》還是《賭徒》（*The Gamester*），均令想演悲劇的人不滿意，至於《情敵》（*The Rivals*）、《造謠學校》（*The School for Scandal*）、《命運的轉輪》（*Wheel of Fortune*）、《法定繼承人》（*Heir at Law*）以及其他一堆劇本，更是遭到激烈反對。反正不管提出什麼劇本，總有人挑剔，怎麼樣，都會聽見有人說：「喔，不，絕對不能用這劇本，我們別演那種假惺惺的悲劇——人物太多了——這齣戲裡竟沒有一個像樣的女主角——親愛的湯姆，我們演什麼都好，就是別演這齣——我們到哪兒去找那麼多人來演那麼多角色啊——誰能演得了那個角色哪——從頭到尾，都在講粗話——這部戲要是沒有這個粗俗的角色，或許還能演——如果問我意見的話，我認為這部戲是英語劇裡最平淡無趣的一齣——我不想為難你們，我什麼角色都樂意演，可是我認為不管選哪個劇本，都勝過這部。」

一直在旁觀的芬妮，看見他們個個只想到自己，又急著為自己掩飾，就覺得好笑，也好奇這事不知會怎麼收場。如果純粹只為了她自己的樂趣著想，她倒是很希望他們能找到劇本演，因為從小到大，她連半部戲都沒看過；但如果從道德層面去看這件事，她並不贊成他們演戲。

「這樣永遠也演不成的，」湯姆最後終於說：「我們只是在浪費時間，無論如何，得要把事情定下來，不管怎麼樣，一定要選出個劇本。我們不能這麼挑剔，就算角色太多，也沒什麼好怕的。我們可以一個人分飾兩角，標準別定那麼高。就算角色不起眼，如果演得好，才顯得出本領啊。從現在起，我不會再有意見了，你們叫我演什麼，我就演什麼，只要喜劇就行。我們演喜劇吧，這是我的底限。」

然後他又第五度提出《法定繼承人》這個劇本，唯一令他拿不定主意的是，他究竟該演杜柏利勛爵，還是潘格羅斯博士。他試著說服大家，除了他挑的角色之外，其他人物裡頭也有幾個很棒的角色頗具悲劇性，可是沒人相信他。

在他勸說無效後，大家沉默了一會兒，最後打破沉默的仍是湯姆，他從桌上的眾多劇本裡隨手拿起一本，翻過來一看，突然大嚷：「《海誓山盟》！雷文蕭都能演《海誓山盟》，為什麼我們不能演？我們以前怎麼沒想到呢？我覺得這劇本非常適合，你們覺得呢？耶茲和克勞佛可以演裡頭兩個悲劇人物，至於那位愛作打油詩的管家，如果沒人要演的話，就我來好了。雖然只是小角色，我還是願意演演看，就像我先前說的，你們叫我演什麼，我就演什麼，而且一定盡力演好它。至於其他角色，誰都可以來演，只有卡索伯爵和安哈爾特而已。」

大家全贊成這提議。因爲他們早就厭倦了這段時間的拖拖拉拉，一致同意這個劇本比先前提到的其他劇本來得適合。耶茲先生尤其高興，他在埃克里弗的時候，就一直牢騷滿腹，巴不得能演那個男爵的角色，每次聽見雷文蕭大聲說著台詞，便滿腔怨妒，只好跑回自己房裡重說那段台詞乾過癮。對於演戲，他最大的心願即是飾演維爾登海姆男爵那個角色，他要利用這角色來大秀自己的演技，再加上他早就會背大半的台詞，等於撿到便宜，於是立刻開口要求由他來演這角色。不過他也不是非演這角色不可，因爲他記得腓德烈克也有一些慷慨激昂的台詞，所以表示如果要他演腓德烈克也可以。亨利·克勞佛也想演這兩個角色的其中之一，所以不管耶茲先生挑哪一個，他都樂於演挑剩的那個。兩人於是推讓了一番。柏特倫小姐對劇中的愛葛莎最感興趣，於是主動替他們倆決定，她對耶茲先生說，角色分配時，最好把身高和體型都考慮進去，耶茲先生的個子高，尤其適合演男爵。他們認爲她說得對，於是各自確定了角色，她才放下心來，因爲腓德烈克總算由她中意的人來飾演。如今除了盧斯沃先生，已經有三人分到角色，不過他完全聽瑪莉雅的，什麼角色都肯演。至於茱莉雅也像她姐姐一樣想演愛葛莎，於是故意拿克勞佛小姐來作文章。

「這樣做對不在場的人有失公平，」她說：「這部戲的女主角不多，如果瑪莉雅和我演阿米麗亞和愛葛莎，克勞佛小姐就沒有角色可選了。」

克勞佛先生卻要大家別操心這事，他妹妹其實並不想演戲，只是純粹想幫忙，所以不必爲她考慮太多。不過湯姆・柏特倫立刻出言反對，他稱說如果克勞佛小姐不反對的話，阿米麗亞這角色怎麼看，都最適合她來演。「就像愛葛莎找我其中一位妹妹來演一樣，克勞佛小姐演阿米麗亞是完全合理的，」他說：「其實對她們兩個來說，也沒吃虧啊，因爲那角色有很強烈的喜劇色彩。」

這時出現一陣短暫的沉默，兩姐妹顯得局促不安，因爲她們都想演愛葛莎，暗中希望有人可以出面幫忙說話。亨利・克勞佛這時拿起劇本，看似隨意地翻了翻第一幕，隨即就把這事定了下來。

他說：「我得拜託茱莉雅・柏特倫小姐千萬別演愛葛莎，因爲我和妳對戲，八成會笑場的。拜託妳千萬別演，眞的不能演……（同時轉向她）要是我看見妳表情悲傷淒慘，一定演不下去，因爲我們向來都是嘻嘻哈哈，我會一直想起妳平日的模樣，到時腓德烈克就只能揹著背包，下台去了。」

這話儘管說得客氣又風趣，但茱莉雅心裡在乎的不是他說話的態度，而是背後的意涵，她瞧見他說這話的時候瞥了瑪莉雅一眼，於是更相信，她其實是被他們兩個出賣了。這是陰謀，是種伎倆，他根本不在乎她，他中意的是瑪莉雅。瑪莉雅臉上極力壓抑住得意的笑容，這更證明了她自己心裡也有數。然而正當茱莉雅冷靜下來準備開口之際，她的哥哥又給了她當頭一棒。「是啊，愛葛莎應該由瑪莉雅來演，瑪莉雅演愛葛莎最適合了。雖然茱莉雅說她想演悲劇，但我不相信她能演得好，她身上一點悲劇氣質也沒有，看起來就不像。她的臉不適合演悲劇，她走路快、說話也快，動不動就愛笑，所以最好演鄉下老太婆，就是那個佃農的老婆。眞的，茱莉雅，妳應該演演看，我向妳保證，佃農老婆是個很棒的角色，她心腸很好，完成她丈夫的善行義舉，妳就演佃農的老婆吧。」

「佃農的老婆？」耶茲先生嚷道：「你在開什麼玩笑啊？那是最卑微、最無足輕重又最無聊的角色，庸俗到家，全劇裡沒一句像樣的台詞，你還叫你妹妹去演，這簡直是侮辱。在埃克里弗，這角色是叫家庭女教師來演的。因爲我們當時都同意，不會有人想演那角色的。所以總監先生，你要公平點，如果不能幫劇團裡的人找到好角色，你就不配當總監。」

「我的好朋友，在我的劇團還沒正式演出之前，誰都沒有資格批評我對角色的安排。我不是有意貶低茱莉雅，問題是本來就不能有兩個愛葛莎，可是必定要有個佃農老婆。而且我相信在角色的謙讓上，本人已經樹立了好榜樣。我都肯屈就去演老管家了，她爲什麼不行？雖說這角色無足輕重，但若能把它演好，就證明了她眞的很會演，要是她堅持不想說那些逗趣台詞，那就別講佃農老婆的台詞，改說佃農的台詞好了，反正把這兩個角色的台詞對調也行，我相信佃農那角色夠嚴肅悲傷了吧。而且這樣改，對整齣戲也不致有什麼影響，至於那個佃農，若要改說他老婆的台詞，我倒是很願意演演看。」

「你雖然喜歡佃農老婆這角色，」亨利・克勞佛說：「但也不一定適合你妹妹演啊。我們不能因爲她脾氣好，便把這角色強塞給她，硬要她接受，不能因爲她好說話就這樣對待她。我倒是覺得她很適合演阿米麗亞。阿米麗亞比愛葛莎難演多了。我認爲整齣戲裡，最難演的就數阿米麗亞。要把這角色詮釋得活潑天眞，又不失誇張，需要有很大本領。我看過一些優秀的職業女演員扮演這角色，但都演得不夠好。因爲她們無法掌握住這角色的純眞特質，詮釋不出那份細膩情感，這需要一位大家閨秀來演才行，一位像茱莉雅・柏特倫這樣的大家閨秀。妳願意演吧？」他朝她轉身，表情急迫又懇切，她心裡稍稍好過了一點，只是還在猶豫該怎麼回答時，她哥哥又插話進來，堅持克勞佛小姐更適合這角色。

「不行，不行，不能讓茱莉雅演阿米麗亞。這角色根本不適合她，她也不喜歡演這角色，一定會演不好。她個子太高又太壯，阿米麗亞應該嬌小輕盈，帶點稚氣，活蹦亂跳的，所以只有克勞佛小姐最適合。她的模樣就是如此，我相信她會演得維妙維肖。」

亨利・克勞佛沒理他，繼續懇求茱莉雅。「妳一定要幫幫我們，」他說：「不幫不行。只要妳仔細研究過這角色，就會發現它真的很適合妳。妳雖然想選擇悲劇，看來卻是喜劇選擇了妳。妳會帶著一籃食物到監獄來探望我，妳不會拒絕來探監吧？我可以想像妳提著籃子走進來的模樣。」

他的聲音感染了她，茱莉雅動搖了，可是他會不會只是安慰她，要她別介意先前受到的屈辱？她不相信他，他剛剛明明對她很侮慢，現在也許只是在開她玩笑。她面有疑色地看了姐姐一眼，瑪莉雅的表情就是最佳答案。如果瑪莉雅看起來既吃驚又氣惱，就表示是她誤會他了……可是沒有，瑪莉雅一副怡然自得的表情。茱莉雅心知肚明，她一定正被人捉弄，否則瑪莉雅不會出現那種表情。她當場發怒，激動地對克勞佛說：「看來你不怕我提著籃子進去時，會惹你笑場，雖然話是這麼說，不過恐怕只有我演愛葛莎，才會讓你笑得上氣不接下氣吧。」她沒再繼續說下去，亨利・克勞佛已被嚇得傻愣愣的，不知道該接什麼話。湯姆・柏特倫這時又開口了。

「阿米麗亞一定要克勞佛小姐來演，她會演得很出色。」

「別擔心我會搶那角色，」茱莉雅怒氣沖沖地說：「不讓我演愛葛莎，我就什麼都不演，至於阿米麗亞，我最憎恨的就是這角色，我討厭她，一個令人作嘔、矮不隆咚、不懂禮貌、矯揉造作又厚顏無恥的女人。我從來就不喜歡喜劇，而這是一齣再糟糕不過的喜劇。」說完便衝了出去，留下滿室尷尬，可是沒有人同情她，除了芬妮之外。芬妮一直默默旁觀這整件事，知道茱莉雅是被嫉妒給害得情緒失控，不免心生同情。

茱莉雅走後，大家沉默了半晌。過了一會兒，湯姆打破沉默，談起了正事和劇本。他急忙翻著劇本，在耶茲先生的幫忙下，決定布景的安排。這時，瑪莉雅正和亨利在旁邊說著悄悄話，然後突然大聲說：「我本來很想把這角色讓給茱莉雅的。不過，雖然我可能演得不夠好，但我覺得她一定會演得比我糟。」話說完後，別人自然送上一陣恭維。

過了一會兒，大家開始散去。湯姆和耶茲先生相偕走到已改稱爲劇場的房間裡作進一步討論。柏特倫小姐則決定親自到牧師公館邀克勞佛小姐演出阿米麗亞這個角色，芬妮則獨自留在原地。

芬妮孤零零的，她做的頭一件事，就是拿起桌上的書，翻閱她剛聽到的那個劇本。她的好奇心被挑起，迫不及待地從頭讀到尾，中間不時驚訝地停頓一下，心想怎麼會選這種劇本？怎麼會有人建議在自家劇場裡演這種戲呢？而且大家還欣然接受？在她看來，愛葛莎和阿米麗亞的行徑並不適合在家裡演出，不管是其中一個的身世，還是另一個的言語，都不適合找正經小姐來表演。她懷疑表姐們到底瞭不瞭解自己想演的角色。艾德蒙絕對會站出來反對，希望她們能趕快覺醒。

第十五章 Mansfield Park

克勞佛小姐欣然同意接演阿米麗亞。柏特倫小姐才剛從牧師公館回來，盧斯沃先生就到了，於是也順便派給他一個角色。起初她要他在卡索伯爵和安哈爾特之間選一個，但他不知道該選哪一個，便請柏特倫小姐替他出主意。可是後來等他弄懂了這兩個角色的類型完全不同，才想到自己曾在倫敦看過這齣戲，並記得安哈爾特是個蠢材，於是當下決定演卡索伯爵。柏特倫小姐亦表贊同，原因是她希望他背的台詞越少越好。他原本希望伯爵能跟愛葛莎一起出場，可是她不同意，就連他拿起劇本一頁頁翻找那一幕時，她也感到不耐，不過仍相當客氣地將他的劇本拿來，把能縮短的台詞全部縮短。此外還要求他必須挑選衣帽，盛裝打扮。盧斯沃先生一想到自己可以穿上華美的戲服，雖然表面裝作瞧不起這種東西，心裡還是不免得意。他一直想像舞台上的他會是什麼樣子，自然沒空去管別人的事，也沒看出這中間有什麼問題，完全沒有不快。對於這一點，瑪莉雅早就料想到了。

整件事大致談定，但因爲艾德蒙整個上午都不在家，所以全無所聞。直到晚餐前，他走進客廳，才聽見湯姆、瑪莉雅和耶茲先生正在高談演戲的事，盧斯沃先生則興沖沖地走上前來告訴他這個消息。

「我們終於找到劇本了，」他說：「是《海誓山盟》，我要演卡索伯爵，我出場的時候會先穿一套藍色戲服，再加一件粉紅色的緞面斗篷，然後再換上另一套花俏的獵裝，不知道到時我會不會喜歡這種打扮。」

芬妮聽到時有點緊張，她心跳加速，兩眼緊盯著艾德蒙，細看他的表情，頗能體會他當下的感受。

「《海誓山盟》！」他的語氣驚訝，只對盧斯沃先生拋出這句話，便朝他哥哥和妹妹轉身，彷彿料到一定會有人出聲反駁。

「是啊，」耶茲先生嚷道：「我們爭論了很久，克服了許多困難才找到《海誓山盟》這個劇本，它最適合我們演，也最無懈可擊。奇怪的是，我一開始竟然沒想到。我眞是太笨啦。演這齣戲的好處是，我在埃克里弗就已經把這齣戲的演出方式弄得十分清楚，所以只要如法炮製便行了。能有個範本，眞的很好用。我們的角色差不多都選定了。」

「可是小姐們的角色怎麼安排呢？」艾德蒙臉色陰沉地看著瑪莉雅問道。

瑪莉雅不由得臉紅，她回答他：「我演雷文蕭夫人演的那個角色（她眼神大膽了一點），克勞佛小姐演阿米麗亞。」

「我認爲這劇本裡的角色，不適合我們來演。」艾德蒙說完，隨即轉身走向壁爐（他的母親、姨媽和芬妮都坐在那裡），然後滿臉惱色地坐下來。

盧斯沃先生跟在他後面說：「我一共出場三次，有四十二句台詞，還不賴吧？不過我不太習慣華麗裝扮，穿上那身藍色戲服和粉紅色斗篷，恐怕會讓我認不出自己。」

艾德蒙不知要怎麼回應。過沒多久，湯姆被人叫了出去，說是木匠有問題；耶茲先生陪他出去，過了一會兒，盧斯沃先生也跟著出去。艾德蒙趁機說：「當著耶茲先生的面，我不方便說出我對這齣戲的看法，因爲我怕有損他在埃克里弗那群朋友的面子。不過親愛的瑪莉雅，我還是必須提醒妳，我覺得這齣戲極不適合在家裡演，我希望妳別參加。我相信只要妳把劇本仔細讀過一遍，就不會想演了。要不然妳把第一幕的戲大聲唸給母親或姨媽聽，看她們是否贊成。我相信這種事用不著寫信給父親請他裁示，因爲他無疑也會反對。」

「我對這事的看法和你不一樣，」瑪莉雅嚷道：「我很熟悉這齣戲，相信我，只要刪掉其中一些橋段，根本看不出有什麼不妥的地方。別擔心，我們一定會刪，更何況，又不是只有我一個年輕女孩認爲這齣戲適合闔家演出。」

「這一點我感到很遺憾，」他只這樣說：「可是在這件事情上，妳是帶頭者，所以必須當個榜樣。如果有人犯錯，妳有責任導正她們，讓她們知道什麼才是端莊的行爲。以禮儀和規矩上，妳的行爲必須做爲她們的表率。」

向來喜歡當老大的瑪莉雅聽見這番抬舉的話，很是受用，心情好過許多，於是說：「艾德蒙，我非常感激你，也相信你是好意，但我還是認爲你看得太嚴重了。我眞的沒辦法在這件事情上對著別人高談闊論地說出這一堆大道理，我覺得這樣很沒禮貌。」

「妳以爲我要妳跟他們說大道理？不是的，我只是要妳用行爲證明給他們看。妳只要說，在仔細研究過這角色後，妳覺得自己不適合演，因爲妳發現需要花很大的工夫，而且要有十足自信才行，妳恐怕做不到。妳只要用堅定的語氣說這些話就夠了，任何一個頭腦清楚的人都會明白妳的意思，然後他們就會放棄，妳也會得到該有的尊重。」

「親愛的，別去演任何有失體統的戲，」柏特倫夫人說：「湯瑪斯爵士會不愉快的。芬妮，去搖鈴吧，我要用餐了，我相信茱莉雅應該打扮好了。」

艾德蒙沒讓芬妮搖鈴。「母親，我相信湯瑪斯爵士不會喜歡的。」

「親愛的，妳聽見艾德蒙說的話了嗎？」

「如果我不演這角色，」瑪莉雅火氣又被挑了起來。「茱莉雅也會演的。」
「什麼！」艾德蒙嚷道：「就算她知道妳不演的理由是什麼，她也會演？」
「她可能會覺得她和我不一樣，畢竟我們的處境不同，所以不必像我那麼有所顧忌。我相信她八成會這樣說。不行，你們一定要原諒我，我不能收回我的承諾，這事已經說好了，如果我反悔，他們都會失望的，湯姆也會生氣。如果我們老是這麼挑剔，永遠也演不了戲。」
「我正想這麼說，」諾利斯太太說：「如果見一個劇本就反對一個劇本，那什麼也甭演啦，準備工作可不白做了，錢也白花了。而且我相信這會很丟臉。我是不懂這齣戲，不過就像瑪莉雅說的，如果有什麼橋段太失分寸，只要刪掉就行啦。大部分的劇本也都有啊。艾德蒙，我們就別太苛求了。既然盧斯沃先生都要演出，應該是無傷大雅。我現在只希望木匠開工的時候，湯姆能多注意一點，因爲光那些邊門，就讓他們多拿了半天工錢。不過布幕倒還好，女僕們的縫工挺不錯的，我想說不定還能退掉幾十個鉤環呢，因爲沒必要做得那麼密。我希望我能幫忙監點工，減少一些浪費，盡量物盡其用。畢竟年輕人太多，總需要有個老練一點的人在旁監督才行。喔，我忘了告訴湯姆我今天遇到一件事。我去養雞場晃了一下，出來的時候，剛好看見迪克．傑克森手裡拿著兩塊松木板，往僕人房的大門走，一定是拿去給他爸爸的。他媽媽偶爾會叫他送信給他爸爸，所以他爸爸就吩咐他順道拿兩塊板子過來，因爲他有需要。我知道他們在耍什麼把戲，那時候僕人的開飯鈴響了，而我又最討厭這種愛佔便宜的人。我以前就說過傑克森一家人最愛佔人便宜了，貪心不足蛇吞象的那種。所以我就直接了當地對那男孩說：『迪克，我幫你把這兩塊板子拿給你爸爸吧，你快點回家。』那男孩看起來傻里傻氣的，一句話也沒吭，轉身就走了。我想是因爲我話說得很不客氣吧。不過我敢說，他會有一陣子不敢再來大宅裡偷東西了。我最討厭這種貪心不足的人了。你父親待他們這一家人這麼好，一年到頭都有工作給那家的男主人做，結果還吃裡扒外。」

大家都懶得接她的話。沒多久其他人也回來了，看來艾德蒙無力阻止他們，但至少他苦心勸過了。晚餐桌上的氣氛頗是沉悶。諾利斯太太舊話重提她成功修理迪克・傑克森的經過，但有關演戲或劇場的準備工作，卻無人敢提，因爲連湯姆都感覺得到艾德蒙的強烈反對，只是不肯承認罷了。至於瑪莉雅則因爲缺少亨利・克勞佛在旁邊替她加油打氣，也覺得最好避開這話題。耶茲先生在餐桌上極力討好茱莉雅，但只要一說到他很遺憾她沒能參加演出，她就不高興。盧斯沃先生一心只想著自己的角色和戲服，這兩個話題已經快被他說爛了。

因爲劇場裡還有很多事情有待解決，再加上餐後又喝了點酒，膽量頓時大了起來，於是過了一兩個小時後，湯姆、瑪莉雅和耶茲先生又開始討論起演戲的事。他們三人聚在客廳裡，圍著一張桌子坐下來，桌上攤著劇本，打算好好研究。這時克勞佛先生和克勞佛小姐突然來訪，打斷他們的談話，當時其實時間已晚，天色又暗，道路泥濘難走，但這兩兄妹還是忍不住前來拜訪。對於他們的來訪，在場幾個人可是欣喜萬分，求之不得，十分熱烈地歡迎他們。

一陣寒暄後，開始了這樣的對話。「你們進行得如何啦？」「你們解決了哪些問題？」亨利・克勞佛隨即坐進那三人裡頭，他妹妹則走向柏特倫夫人，用愉悅的聲調向她恭維：「夫人，我要向您恭喜，」她說：「因爲劇本已經選好了。雖然您一直大人大量地容忍我們，但我相信其實您早被我們的吵鬧和爭論給惹得心煩。不過現在劇本定下來了，不只演員們高興，旁觀的人也一定很慶幸。我衷心預祝夫人還有諾利斯太太，以及所有曾受干擾的人從此都能開開心心、快快活活。」她在說這話的同時，目

臨時劇團成員一看見克勞佛兄妹來訪，都欣喜萬分。

光半帶畏怯半帶狡猾地越過芬妮，瞄向艾德蒙。

柏特倫夫人客氣稱謝，艾德蒙則一句話也沒說。他承認他的確只是個旁觀者。克勞佛小姐又和坐在壁爐旁的幾個人聊了幾分鐘，才轉身回到桌旁那群人身邊，站著那裡聽他們說話，似乎對他們的討論頗感興趣。直到她突然想到什麼似的出聲大嚷：「親愛的夥伴們，你們老顧著談那些農舍和酒店的布景要怎麼弄，外面又要怎麼弄，但也拜託讓我知道一下我的角色命運是什麼。誰要演安哈爾特？還有幸運的我將和你們當中哪位先生談情說愛啊？」

一時之間都沒人接話，然後又突然異口同聲地告訴她壞消息：他們還沒找到人演安哈爾特。「盧斯沃先生演的是卡索伯爵，可是安哈爾特這角色還沒有人演。」

「本來我打算在這兩個角色裡選一個來演，」盧斯沃先生說：「後來我覺得我比較喜歡演卡索伯爵，雖然他身上的戲服太華麗，讓我不太習慣。」

「我相信你的選擇是明智的，」克勞佛小姐笑咪咪地說：「安哈爾特這角色的台詞不少。」

「可是伯爵也有四十二句台詞，」盧斯沃先生回敬道：「也不少啊。」

克勞佛小姐停頓了一下，才又說：「我一點也不驚訝安哈爾特這角色沒人演，阿米麗亞命該如此，年輕女孩的個性這麼放浪，男人不被嚇跑才怪。」

「如果可以的話，我倒很樂意接下這角色，」湯姆嚷道：「可不巧的是，管家和安哈爾特會一起出場。偏偏我又不想放棄這角色，讓我再想想看有沒有別的辦法，我得再看一下劇本。」

「應該找你弟弟來演這角色，」耶茲先生低聲說：「你認為他不會演嗎？」

「我才不問他呢。」湯姆態度冷淡，語氣堅定地說。

克勞佛小姐又說了一些別的事之後，才回到壁爐旁那些人的身邊。「他們不喜歡我在那裡，」她說，同時坐了下來。「因爲我只會給他們出難題，他們只好跟我說客套話。艾德蒙．柏特倫先生，既然你沒演，那你應該算是公正的旁觀者囉，所以我要來請教你，安哈爾特這角色怎麼解決？是不是該找哪位一人分飾兩角？你的看法如何？」

「我的看法是……」他冷靜地說：「你們換個劇本好了。」

「我不反對換劇本，」她回答：「但如果角色搭配得好，也就是說如果一切順利的話，我其實不反對演阿米麗亞。我可不想因爲我的關係造成大家不便。不過既然坐在那張桌上的人都不聽你的勸（她回頭看了看），想必也不可能聽你的話換劇本吧。」

艾德蒙沒有吭氣。

「若要說你適合演哪個角色，我想應該就是安哈爾特吧，」這位小姐停頓了一下才又頑皮地說：「因爲他也是牧師耶。」

「我絕不會因爲這樣就想演那角色，」他回答：「我不希望它被我的蹩腳演技演成一個可笑人物。要我把安哈爾特這位佈道者演得活潑，恐怕很難。以佈道爲業的人，可能都不太願意上台去演牧師吧。」

克勞佛小姐沒說話，她覺得他不給她面子，心裡不太高興，於是動作很大地將椅子移向茶几，注意力轉到仍坐在那裡忙做活兒的諾利斯太太身上。

「芬妮，」湯姆從桌子那頭嚷道，那頭的人一直都氣氛熱絡地在開會，對話聲沒有斷過。「我們需要妳幫忙。」

芬妮以爲要她幫忙跑什麼腿，趕忙站了起來。雖然艾德蒙曾一再告誡他們不要使喚芬妮，但這些人的習慣還是改不掉。

「喔，我們不是要妳現在離開座位，也不是要妳幫忙跑腿，只是希望妳能參與演出，妳來演佃農的老婆好了。」

「我！」芬妮喊道，滿臉驚慌地坐下來。「饒了我吧，我不會演戲，不行，我眞的不會演戲。」

「可是妳一定得演，我們不能沒有妳。妳不用怕，這角色微不足道，總共不過五、六句台詞，就算觀眾聽不到妳說什麼也沒關係，就算聲音小得像耗子也無妨，反正舞台上一定要有妳。」

「不過五、六句台詞，妳就嚇成這樣，」盧斯沃先生嚷道：「要是像我一樣，妳怎麼辦？我有四十二句台詞耶。」

「我並不怕背台詞，」芬妮說了這句話之後才驚訝地發現，這屋裡只有她一個人在說話，她感覺得到幾乎所有眼睛都在瞪著她看。「我是眞的不會演。」

「會的，會的，妳一定會演得很好的，只要記住台詞，剩下的我們會教妳。妳只有兩場戲，那個佃農由我來演，該上台時，我會帶妳上去，該往哪裡走，我也會提醒妳，我保證妳一定會演得很好。」

「眞的不行，柏特倫先生，你饒了我吧。你不瞭解我，我眞的不會演戲，如果我去演，一定會讓你失望的。」

「得了，得了，別再忸忸怩怩了，妳會演得很好，而且不管演得怎麼樣，我們都不會怪妳，我們又不要求妳演得十全十美。妳只要穿一件褐色長裙，紮一條白圍裙，綁頂頭巾，再幫妳畫上幾條皺紋，就很像一個小老太婆了。」

「你們饒了我吧，拜託饒了我吧。」芬妮激動嚷道，臉都漲紅了。她一臉苦惱，無助地看著艾德蒙，後者愛莫能助地望著她，不願介入，不想再惹惱他哥哥，只給了她一個鼓勵的微笑。而湯姆根本不理會她的懇求，又把剛才的話再說了一遍，而且現在逼她的人還不只湯姆，連瑪莉雅、克勞佛先生和耶茲先生也在旁邊催她答應，只是語氣上比湯姆溫和客氣一點。這幾個人的連番催促，令芬妮簡直招架不住，她還沒來得及喘口氣，諾利斯太太竟又給她一記悶棍，故意用別人都聽得見的耳語惡狠狠地說：「這種小事也要人家這樣大費周章地勸妳！我眞是爲妳感到慚愧，平常妳表哥表姐對妳這麼好，妳竟然還拿這點小事爲難他們。妳就爽快答應吧，拜託妳，別再讓大家爲了這件事吵個沒完。」

「姨媽，您不要逼她，」艾德蒙說：「這樣逼她是不公平的。您也看得出來她不喜歡演戲，就讓她跟我們大家一樣自己拿決定，我們應該要相信她的判斷力，別再逼她了。」

「我不會逼她，」諾利斯太太語帶尖酸地說：「但如果她堅決不理睬她姨媽、表哥和表姐的要求，那我會認爲她是個既固執又忘恩負義的女孩，十足忘恩負義。」

艾德蒙氣得說不出話來。克勞佛小姐驚訝地看看諾利斯太太，又看看已經淚眼汪汪的芬妮，於是意有所指地說：「我不喜歡我現在這個位置，這位置對我來說有點熱。」說完，便把椅子移向桌子對面，靠近芬妮的地方，然後坐下來，親切地對芬妮低聲說：「親愛的普萊斯小姐，別難過，今晚大家的脾氣都不好，容易動肝火，我們別跟他們計較。」她陪芬妮說話，想讓芬妮心情好過一點，只是她自己的心情也好不到哪裡去，她給她哥哥使了個眼色，要他們那個劇團別再勉強芬妮了。艾德蒙看見她對芬妮這麼友善，原本失去的好感，很快又回復了。

芬妮雖然不喜歡克勞佛小姐，但此刻的關心，令她十分感激。克勞佛小姐細細端詳她的刺繡，說自己要是也能繡這麼好，那就好了，她跟她討刺繡的花樣，還猜說她一定是在爲正式進入社交圈預作準備，因爲等表姐結了婚，當然就輪到她展開社交了。然後她又問起那當海軍的哥哥最近有沒有捎信來，還說她對他懷有好奇，想見見他，在她的想像中，他應該是個英俊的小伙子。她還建議芬妮，下次哥哥出海前，可以找個人幫他畫張像。芬妮不得不承認克勞佛小姐的這些奉承話實在窩心，所以她不僅聽得仔細，還很熱絡地回應。

那群人還在繼續討論演戲的事。這時湯姆的一席話把克勞佛小姐的注意力從芬妮身上吸引了過去。他告訴她，他眞的很遺憾沒辦法一人分飾安哈爾特和管家兩個角色，他很想演，但看來不行，他放棄了。「不過要找個人來演這角色，其實不難，」他補充道：「只要我們開口，多的是人讓我們挑，這附近六英里就至少有六個年輕人巴不得加入我們這個劇團，其中有一兩個也算配得上我們的身分。我相信奧利佛兄弟和查爾斯．馬德多斯這三個人，隨便哪一個都可以演得好。湯姆．奧利佛是個聰明的傢伙，查爾斯．馬德多斯則算得上是一位翩翩君子。所以我決定明天一大早就騎馬到斯托克一趟，找他們其中一個商量。」

湯姆說話的同時，瑪莉雅不安地回頭去看艾德蒙，擔心他會出言反對，因爲這已經完全違反當初說好閉門演戲的約定，但艾德蒙一句話也沒吭聲。克勞佛小姐思考了一下，才冷靜地說：「對我來說，只要你們認爲可行，我都不反對，只是這幾個年輕人我見過嗎？我想起來了，那個叫查爾斯．馬德多斯的年輕人，曾來我姐姐家吃過晚餐，對不對，亨利？我記得他，他看起來挺穩重的。如果可以的話，就找他來吧，因爲這總比要我和一個完全沒見過的陌生人演戲好多了。」

於是找查爾斯來演戲的事就這樣定了下來。湯姆說他明天一早會動身。這時很少開口的茱莉雅先瞥了瑪莉雅一眼，再看看艾德蒙，然後語帶奚落地說：「看來曼斯菲爾德的戲劇演出要在這地方上轟動上演了。」艾德蒙還是沒說話，只是回以陰鬱的臉色。

「我對這齣戲不抱希望了，」克勞佛小姐想了一會兒後，對芬妮低聲說道：「排演之前，我要告訴馬德多斯先生，我要盡量刪減他的台詞，也要大大刪減我的台詞。這齣戲會變得索然無味，和我當初想的完全不一樣。」

第十六章 Mansfield Park

雖然被克勞佛小姐勸慰過，芬妮還是無法眞正釋懷。她深夜就寢時，仍在想著這件事。大庭廣眾下，湯姆表哥的咄咄逼人，害她到現在情緒依舊無法平復，而大姨媽的指責和辱罵更是令她難過。被人大呼小叫，和這比起來，算是小巫見大巫，畢竟她早被他們支使慣了，但現在竟逼著她去演戲，還說她頑強固執、忘恩負義，然後又影射她寄人籬下的身分，這種種責難令她痛苦難捱。此刻孤零零的她，當時情景依稀歷歷在目，她尤其害怕明天晚上他們又會舊話重提。克勞佛小姐今夜只能暫時保護她，要是明晚他們再逼她接受那角色，而艾德蒙又剛好不在，那該怎麼辦？這種事湯姆和瑪莉雅是絕對做得出來的。她苦思解決辦法，想著想著，最後竟不小心睡著了，第二天一早醒來，她還是不知道該怎麼解決。自她搬來二姨媽家之後，就一直睡在白色小閣樓裡，但這地方顯然無助於她釐清思緒。於是她穿好衣服，走到另一個房間，希望能在那裡找到答案，因爲另一個房間比較寬敞，適合在裡頭走來走去和思考，現在也幾乎歸她在使用。本來這裡是兩位柏特倫小姐的教室，但她們不准別人說它是教室，只是後來還是把它當教室用。起初是李小姐住在這裡，她們則到這兒來讀書寫字，聊天說笑，直到三年前李小姐辭職離開，這房間突然沒人用，荒廢了好一陣子，倒是芬妮依舊常來。因爲小閣樓的空間太小，放不了什麼東西，所以她就把自己養的花草和一些書寄放在這個房間裡，不時過來看一下或拿本書。漸漸的，她越來越喜歡這裡，不斷把自個兒的東西往這裡擺，也越來越常待在這裡，再加上也沒礙著誰，於是便自然而然地佔用了這間房，如今大家也都公認這房間是她的。自從瑪莉雅滿十六歲之後，這地方就被改稱爲東屋，如今這兒就像白色小閣樓一樣成了芬妮的房間。因爲小閣樓太小，所以再給她一個房間也不爲過。至於兩位柏特倫小姐的房間，那就豪華多了，既然她們的優越感獲得了滿足，自然不會去計較芬妮使用東屋，倒是諾利斯太太規定那房間不能因爲有芬妮住就生起爐火，就因爲有這但書，諾利斯太太才答應讓這間沒人住的房間歸芬妮使用。不過偶而提起這件事時，她還是說他們太寵芬妮，那口氣活像在暗示它是大宅裡最好的房間似的。

房間的座向是不錯，對芬妮這樣一個容易滿足的女孩來說，就算不生爐火，每逢早春和晚秋時節，還是可以趁上午的時候偶而來這兒坐坐。只要能有一絲陽光照進來，就算冬天，她也捨不得離去。她曾在這房間度過許多悠閒時光，獲得極大的慰藉。每當在樓下不順心時，她都會上這兒來找點事做，或者想想心事，情緒很快便能獲得舒解，這裡有她種的花、買的書（自從她有了自己的一先令之後，便開始買書），還有她的書桌，她爲慈善團體做的藝品和繡花，全都在她觸手可及的地方。就算她沒有心思工作，什麼事都不想做，只想沉思，房裡的景物也能爲她帶來快樂回憶。因爲每樣東西都是她的朋友，再不然就是能讓她聯想到某位朋友。雖然她有時受到嚴重傷害，常被人誤解，或者不理會她的感受，不重視她的想法，飽嘗冷嘲熱諷，被人無理對待，可是每當她受到委屈時，總會有人出面安慰她。譬如柏特倫姨媽就曾幫她說話，李小姐也一直鼓勵她，而最常爲她加油打氣，和她感情最要好的，莫過於艾德蒙表哥，他一直在背後守護她，做她的朋友，支持她的任何決定，理解她的想法，告訴她不要哭，向她證明他有多疼她，讓她破涕爲笑……過去種種，如今全交織融合在一起，時間久遠，往日的痛苦遂都披上一層迷人的面紗。雖然這房間本就簡陋，再加上曾被孩子們糟蹋到不成樣子，但對她來說卻是珍貴無比，就算拿大宅裡最精美的傢俱和她換，她也不肯。房間裡幾件雅緻的擺設分別是茱莉雅一幅有點褪色的腳凳畫；鑲在窗子下方三只窗格裡的雕花玻璃；以及一組家族人物側面像。腳凳畫是因爲畫得不好，不適合掛在客廳裡，才改掛在這兒；窗格裡的雕花玻璃則是在雕花玻璃技術最風行的時候製作的，中間那塊雕的是廷特恩寺①，旁邊兩塊雕的是義大利的巖窟和坎柏蘭②的湖面月色；至於那組家族人物側面像，則是因爲掛在哪兒都不合適，只好改掛在這房間的壁爐架上。側面像的邊牆上也釘著威廉四年前從地中海寄來的一小張船艦素描，圖的下方有英國船艦「安特威普號」的英文字樣，字母大到幾乎和主桅杆一般高。

此刻芬妮來到了這專屬於她的安樂窩，想稍稍撫平原本躁動不安的心，她望著艾德蒙的側面像，試圖從中獲得一點啓示；再不然就是把自己種的天竺葵拿出去透透氣，心想或許能從中得到一點精神上的力量。但問題是她現在不止擔心自己無法堅持下去，也開始懷疑接下來該怎麼辦。她在屋裡走來走去，疑慮反而逐漸加深。他們好心求她、拜託她，她拒絕人家，這樣對嗎？她向來對他們言聽計從，而演戲計畫對他們來說又這麼重要，她卻不答應人家，這樣做妥當嗎？這是不是代表她心腸不好、爲人自私，怕自己出洋相？難道就因爲艾德蒙不贊成，說湯瑪斯爵士一定會不高興，她就能拿這來當理由來拒絕他們嗎？她太害怕在大庭廣眾的場合上台演戲了，以至於不免懷疑自己眞是出於道德上的考量才拒絕對方嗎？她環顧四周，表哥表姐送給她的禮物一件件地進入眼簾，兩扇窗中間的那張桌子上擺滿針線盒和編織盒，幾乎全是湯姆表哥前前後後送給她的，她愈發覺得自己應該感恩圖報。畢竟收了人家那麼多禮，不知欠下多少人情。就在她還悶頭思索如何償還這些人情債時，門叩叩地響了，她輕聲說了句：「請進。」來者竟是她向來一有疑難便會去請教的那個人。她眼睛一亮，望著艾德蒙。

「芬妮，我可以跟妳說句話嗎？只要幾分鐘。」他說。

「當然可以。」

「我想找人求教，想聽聽妳的意見。」

「我的意見？」她受寵若驚，不自覺地縮起身子，心裡其實很開心。

「是的，我想聽聽妳的意見和看法。我不知道該怎麼辦。妳也知道，這個演戲計畫眞是越來越離譜，他們選了糟糕的劇本不說，現在竟還要去找一個我們不認識的人來湊一腳，這樣一來，當初說好自家人演給自家人看的計畫，不就全毀了。我知道查爾斯・馬德多斯沒什麼不好，但找他來跟我們一起演，肯定會拉近彼此的關係，我沒辦法答應。因爲這不只是拉近關係而已，也會變得很隨便，我無法容忍。對我來說，這種事很嚴重，我一定要加以阻止。妳是否也這麼認爲？」

「是啊，可是我們能怎麼辦？大表哥的態度這麼堅決。」

「芬妮，現在只剩一個辦法了，我得親自下海去演安哈爾特這角色，我很清楚只有這個辦法才能讓湯姆罷休。」

芬妮沒有說話。

「我也是被逼的，」他繼續說：「沒有人喜歡這樣反覆無常。他們一開始就曉得我反對這件事，但現在他們完全越線了，我卻決定加入他們，這實在太荒唐可笑，可是我又想不出別的辦法。妳有想到辦法嗎，芬妮？」

「沒有，」芬妮遲疑地說：「我一時之間還想不出來，不過……」

「不過什麼？我看得出來妳不認同我的辦法，可是妳想想看，一個陌生的年輕人突然被帶進宅子裡來，和我們生活在一起，有權進出我們家門，完全不受拘束，這對我們會造成多少不便和不快呢？只要想到每排演一次，對方就可以更放肆一點，那不是很糟嗎？芬妮，設身處地的爲克勞佛小姐想一想，如果要妳對著一個陌生人演阿米麗亞這角色，妳會是什麼滋味？大家應該要同情她，因爲她顯然也不甚情願。我聽見昨晚她對妳說的話了，所以我很明白她眞的不甚願意跟陌生人演戲，當初她之所以答應，也許是因爲她不知道事情會演變成這樣，也或許是她當初根本未考慮清楚後果，所以如果在這種情況下，還讓她下海受罪，我們就太不應該了。她的感受應該受到尊重，芬妮，難道妳不這麼認爲嗎？妳在猶豫？」

「我也爲克勞佛小姐感到難過，但我更爲你感到難過，因爲大家都知道你堅決反對這齣戲，也說過姨丈不會高興，但你現在卻被捲了進來，做你最反對的事，我想他們一定會很得意的。」

「等到他們看見我的差勁演技，就得意不起來了。不過當然還是有人會得意，但我必須面對。如果能因爲我的關係，而讓這齣戲只是關起門來演給自家人看，別弄到人盡皆知，我就覺得值得了。我現在這樣子，不管說什麼，他們都不會聽進去，所以我一點轍也沒有。畢竟我得罪過他們，他們怎麼可能聽我的，可是如果我做點讓步，說不定他們一高興起來，就會聽我的勸，縮小演出的範圍，這樣總比他們現在這麼高調行事來得好吧。這樣一來，我也等於取得了實質上的勝利。我的目標是把演出範圍局限在盧斯沃老夫人和葛蘭特一家人身上，妳覺得這目標值得爭取嗎？」

「是啊，這一點很重要。」

「可是妳還是沒有同意，妳可有別的辦法可以讓我達成同樣的目標？」

「我想不出其他辦法。」

「那就支持我吧，沒有妳的支持，我心裡不踏實。」

「噢，表哥。」

「如果妳反對，我一定會懷疑自己的……但我絕不能讓湯姆這樣騎著馬去外頭到處拉人來演戲，也不管對方是誰，只要看起來像個上等人，就要人家加入。我也以爲妳應該能體會克勞佛小姐的心情。」

「我相信她一定會很高興，大大地鬆了口氣。」芬妮說，語氣盡量表現得熱絡。

「昨晚她對妳那麼好，所以我也應該幫幫她。」

「她眞的對我很好，我很高興她不用再跟陌生人……」

她這句好心的話還沒說完，便有自知之明地先打住了，不過艾德蒙已經夠滿意了。

「吃完早餐後，我就去找她，」他說：「我相信她一定很高興。親愛的芬妮，我不打擾妳了，我知道妳要看書，只是如果不來跟妳說一聲，我會拿不定主意，心裡也不踏實。不管是睡著還是醒著，腦袋裡一直想著這件事，總覺得不安。不過現在我已經知道怎麼把這件事的可能傷害降到最低了。湯姆起床後，我會直接去找他，把事情談妥，這樣一來，我們這幾個一塊做蠢事的人就可以開開心心地吃早餐了。我猜妳等一下要去中國旅行，是吧？馬戛爾尼勛爵的旅途③還順利嗎？（他隨手打開桌上一本書，接著又另外拿起幾本）如果妳讀巨作讀累了，可以看看克雷布④的《故事集》（*Tales*）和《懶漢》（*Idler*）⑤輕鬆一下。我很羨慕妳有這座小小的書庫，等我一走，妳就可以忘掉演戲這種無聊事，舒舒服服地坐在桌前看書了，但別待在這裡太久，免得著涼了。」

他說完就走了。但芬妮並沒有去中國旅行，也靜不下心來看書，因爲他剛告訴了她一件最離奇、最難以想像又最壞的消息。她根本沒有心思再去想別的事，他要去演戲了！他不是堅決反對嗎？他不是很理直氣壯嗎？畢竟她聽過他的理由，看過他的表情，瞭解他的感受。所以怎麼會這樣呢？艾德蒙怎麼可以變卦？他是不是在自欺欺人？他是不是錯了？天啊，這都得怪克勞佛小姐。她親眼見過她的每句話對他所造成的影響，她覺得很難過。剛剛聽他說話時，她暫時忘卻了先前的擔憂與疑慮，此刻比較起來，自己原先那些問題反而微不足道了。因爲現在有更大的煩惱吞沒了她，不過也只能聽天由命，她不願再多想。她的表哥表姐或許還會繼續逼她，但不至於老纏著她不放，他們終究會拿她沒轍。就算最後她被迫屈服，也無所謂，因爲情況再糟也比不上現在。

譯註：

①廷特恩寺（Tintern Abbey）西元一一三一年建於蒙茅斯郡（Monmouthshire），是英國史上第二座西篤會修院。

②坎柏蘭（Cumberland）位於蘇格蘭高地，是英國行政區與著名湖濱區，此地帶散佈著大大小小的湖泊，風景優美。

③馬戛爾尼（George Macartney，一七三七至一八〇六）正是清乾隆朝時英國使華的代表，他返國後將此趟經歷著成《使華日誌》一書。

④克雷布（George Crabbe，一七五四至一八三二），英國著名詩人與自然學家。

⑤英國文豪約翰遜博士（Samuel Johnson，一七〇九至一七八四）所著的散文小品集，一七六一年出版。

對柏特倫先生和瑪莉雅來說，這的確是他們大獲全勝的一天。他們萬萬沒想到竟然能打敗吹毛求疵的艾德蒙，所以更是得意洋洋。從今以後，再也不會有人阻擾他們的計畫。他們私下彼此道賀，並以為之所以出現這麼戲劇化的改變，全是因為他太嫉妒他們了。如今的他們簡直諸事順利。艾德蒙或許還是板著臉，說他不喜歡這套演出計畫，尤其不喜歡這齣戲。但畢竟目的已達到，他還是得下海演出，所以他們並不在意他說什麼，反而認定他是出於私心才會答應。他們親眼看見堅守道德標準的他竟然自打嘴巴，更是得意十足，自以為了不起。

不過當著艾德蒙的面，他們還是很客氣，除了微微上揚的嘴角之外，臉上絲毫不敢露出得意的神情，而且也都認為能把查爾斯·馬德多斯拒之門外，實屬萬幸，彷彿他們當初想叫他來，是迫不得已的作法。「我們本來就說過這場戲只局限在自家人的圈子裡，如果找個外人來，會讓大家都很彆扭的。」艾德蒙趁機暗示他希望觀眾的範圍也需要設限。而那夥人因為心情大好，所以什麼事都答應他。諾利斯太太提議要幫他製作戲服，耶茲先生也保證會幫安哈爾特和男爵的最後一幕加點戲，盧斯沃先生也在幫忙查他到底有多少句台詞。

「也許芬妮現在比較願意幫我們忙了，」湯姆說：「你應該說服得了她。」

「不，她立場很堅定，一定不會演的。」

「好吧！」湯姆沒再說什麼，不過這也讓芬妮又想起自己的處境其實頗危險。她本來已經忘了這件事，現在又開始擔心起來。

艾德蒙答應演出後，牧師公館也跟莊園一樣充滿喜悅歡騰的氣氛。克勞佛小姐笑得尤其燦爛，她帶著欣喜的心情前來，也讓艾德蒙有了這樣的體會：「看來我尊重她的感受，這一步是走對了，眞高興我做對了決定。」這一天上午過得快樂又甜蜜，只不過這種快樂仍不夠穩當。倒是芬妮有了意想不到的收穫，原來在克勞佛小姐的懇求下，性情向來溫順的葛蘭特太太終於答應代芬妮去演那個佃農老婆。這件事是一天當中最令她開心的事了，但即便如此，當艾德蒙轉告她的時候，還是多少刺痛了她的心，因爲他說這事多虧克勞佛小姐幫忙，芬妮應該心懷感謝，而且在說到對方的功勞時，還一副眉飛色舞的欣賞模樣。她雖然不消再擔心上台演戲的事，但也沒有因此得到心靈的平靜，反而變得比以前更焦躁不安。她知道自己沒有做錯，心情偏偏卻靜不下來。對於艾德蒙的決定，無論從感情或理智的角度來看，她都無法苟同。她不能原諒他說變就變，雖然這一變，他是寬心了，但她心裡卻難受得很。她充滿嫉妒與不安。克勞佛小姐春風得意地走來，親切地找她說話，而她根本靜不下心來回答，反而覺得對方是故意在羞辱她。她周圍的人，個個都很興奮忙碌，因爲他們都有各自該做的工作，腦袋想的也都是自己的角色和戲服，還有最喜歡的場景，以及要好的朋友和對戲的夥伴。只見他們或商量討論或開玩笑。只有她獨自一人悶悶不樂，感覺無足輕重，什麼事都沒有她的份，要走要留都可以。她可以待在這裡繼續聽他們吵吵嚷嚷，也可以回到東屋，守著自己的寂寞，就算她留下來，也沒有人注意她，她不在，也不會有人想念她。她覺得自己現在的處境簡直再糟糕不過。相形之下，葛蘭特太太反倒成了重要人物，大家一再稱許她的好意，處處顧及她的感受和她的時間，堅持要她到場，不是向她求教，就是圍著她轉，老在誇獎她。起初芬妮有些嫉妒葛蘭特太太接下這角色，不過後來仔細想想，葛蘭特太太本來就有資格贏得眾人的尊敬，而這種尊敬是她永遠希冀不到的；這樣想之後，心情才稍微好轉，再說就算給她最重要的角色去演，她也不可能演得心安理得，因爲只要想到姨丈，她就覺得根本不該演這齣戲。

當然在這群人當中，難過的並不只芬妮，她很快就發現，茱莉雅也一樣悶悶不樂，不過多少是咎由自取。

雖說亨利·克勞佛玩弄了她的感情，但長久以來，她不也是故意睁一隻眼閉一隻眼地放任對方濫情，甚至倒追人家，當然這都是因爲她和她姐姐爭風吃醋的關係，既然她自己看得出來這三角關係，當初就更應該懂得自制。如今她雖然坦白承認對方喜歡的是瑪莉雅，卻未爲瑪莉雅的處境感到擔憂，也沒想辦法靠平和的理性來恢復自己的情緒，反而陰沉沉地坐在那裡，話也不吭，總是板著一張臉，什麼事都不感興趣，就算有人打趣說笑也無動於衷，只有耶茲先生跟她說話時，才會打起精神，強顏歡笑，出言譏諷別人的表演。

亨利·克勞佛得罪茱莉雅後的那一兩天，還曾努力想要修補，照舊討好她，並不時獻上殷勤，不過他到底不是那麼在意她，在碰了幾次軟釘子之後，便不再自討沒趣，不久之後又因爲忙著演戲，沒時間再去找她調情，於是也就漸漸地不再把那次齟齬放在心上，甚至認爲這樣也好，也等於慢慢澆熄了包括葛蘭特太太在內等眾人對他們兩人的期待。葛蘭特太太看見茱莉雅被排除在劇團之外，獨自坐在一旁，無人聞問，心裡有點難過，然而這畢竟不關她的事，得讓亨利自己作主才行。更何況他也曾微笑著向她澄清過，他和茱莉雅對彼此都沒意思，她也就不好再追問什麼，只能再次提醒他，茱莉雅的姐姐已經訂婚，別自找麻煩地和人家走得太近。然後她便開開心心地和那夥年輕人演戲去了，其實她之所以答應演戲，還不都是爲了讓她的弟弟妹妹開心，畢竟她最疼他們兩個了。

「眞奇怪茱莉雅怎麼會沒愛上亨利？」她問瑪麗。

「她早就愛上了，」瑪麗冷冷地回答：「而且我覺得兩個姐妹都愛上了他。」

「兩個？不行啊，絕對不行。這事千萬別對他說。我們可得爲盧斯沃先生著想啊。」

「妳應該去叫柏特倫小姐多爲盧斯沃先生著想吧，這樣對她可能還比較好。我經常在想盧斯沃先生有這麼多財產，吃穿都不用愁，要是換個人擁有這些財產，不知該有多好。不過我倒是從來沒打過他的主意。沒想到這世上竟然會有人因爲擁有大筆家產，便能當上郡代表，什麼工作也不必做。」

「我相信他很快就能進入國會。等湯瑪斯爵士回來，一定會幫忙他代表某市鎭進入國會的，現在只是缺少人支持他進去而已。」

「等湯瑪斯爵士回來，想必就能成就出一樁又一樁的大事了，」瑪麗停頓一下又說：「妳記不記得霍金斯・布朗曾仿波普①寫過一首菸草歌？『神聖的菸草葉啊，你那芬芳的氣息足以令大律師們謙遜有禮，小牧師們頭腦清楚』，我就來改編一下吧，『神聖的爵士啊，你那威嚴的外表足以令孩子們豐衣足食，盧斯沃先生頭腦清楚』。葛蘭特太太，妳覺得改編得如何？這裡的每件事好像都得等湯瑪斯先生回來才能決定。」

「等妳在他家裡看到本尊，就能理解他爲什麼這樣具有威望了。我總覺得莊園裡沒有他，事情就做得不夠好。他天生有種高貴氣質，適合當大宅的主人，制得住每一個人。他在家的時候，柏特倫夫人講的話還有人聽，他一不在家，柏特倫夫人的話就沒人聽了。至於諾利斯太太，也只有他制得了她。不過，」瑪麗，妳也別自己憑空猜想瑪莉雅在打亨利的主意。我倒是很確定茱莉雅沒有看上亨利，要不然她昨晚也不會和耶茲先生那樣眉來眼去啦。雖然說瑪莉雅現在和亨利很要好，不過我覺得她太喜歡索瑟頓了，不可能會變心。」

「如果亨利是在他們訂婚之前出現，我想盧斯沃先生一點機會也沒有。」

「既然妳這樣懷疑，我們就得防範一下。等這齣戲演完，我們得跟亨利好好談談，問他到底是怎麼想的；如果他根本無意，我們就先送他離開這裡，就算捨不得，也還是得先到別處暫時迴避一下。」

儘管葛蘭特太太沒看出來，家裡的其他人也都沒留意，但茱莉雅的確是深愛著亨利，而且到現在都還愛他，美夢的破滅令她萬分痛苦，雖然這美夢一點也不理性，卻因她性情剛烈、個性高傲，所以可強忍住屈辱，但心裡其實是悲痛的，只能靠憤怒來發洩。本來和她一向要好的姐姐，如今成了敵人，開始互相疏遠。她暗地裡希望還在濃情蜜意的那一對最後不會有好下場，才好懲罰瑪莉雅對她及盧斯沃先生所做的無恥作爲。平常這兩姐妹在沒有利害衝突的時候，倒也還能和和氣氣，意見相同，感情要好；如今遇到這等考驗，姐妹之情早被拋到一旁，也早忘了做人的道理，雙方完全撕破臉。瑪莉雅得意洋洋地追逐著她的目標，根本不在乎茱莉雅怎麼想，而茱莉雅只要看見亨利・克勞佛對瑪莉雅大獻殷勤，便暗自希望最好引來別人嫉妒，掀起紛擾風波。

芬妮可以大致理解和同情茱莉雅的心態，但兩人之間並無交集。茱莉雅不來找她說話，芬妮也不敢貿然攀談。兩人各自咀嚼著憂傷，又或者只有芬妮一廂情願地認爲她們同病相憐吧。

兩個哥哥和大姨媽對茱莉雅完全不聞不問，也不理會她到底在難過什麼，因爲他們自己的事都忙不過來了，哪有餘力管她。湯姆的心思全放在演戲上，其他無關乎演戲的事，一概視而不見。艾德蒙夾在戲劇角色和眞正角色之間，夾在克勞佛小姐的要求和他自己的行爲標準之間，夾在愛情與自我執著之間，一樣無暇他顧。諾利斯太太更是忙得團團轉，她老在指揮一些雞毛蒜皮的事，還不忘監督戲服的製作，要求大家凡事省著花，卻得不到別人的感激，她自恃正義地爲遠在海外的湯瑪斯爵士東省半塊克朗、西省半塊克朗，哪有時間注意他那兩個女兒的行爲或關心她們快樂與否。

譯註：

①霍金斯・布朗（Hawkins Browne，一七〇五至一七六〇），英國詩人，喜愛仿名詩文創作打油詩。波普（Alexander Pope，一六八八至一七四四），英國詩人，曾將荷馬史詩譯成英文版。

第十八章 Mansfield Park

一切順利進行著，劇場的布置、男女演員的排練、戲服的製作，全無什麼大問題，只是才過了幾天，芬妮便發現劇團裡的歡樂氣氛已然不再，以前他們什麼事都意見一致，情緒亢奮，看在她眼裡總覺得有點過頭，但現在熱絡氣氛已經不再，每個人都有煩心的事。艾德蒙的煩惱尤其多，他完全沒料到他們竟從倫敦請來布景畫匠，而且早開始動工，支出大幅增加，更糟的是，還對外張揚這次的戲劇表演。他哥哥本來答應他不請外人來看，如今卻廣發邀請函給與他有往來的每戶人家。至於湯姆自己也有煩惱，他擔心布景畫匠的進度太慢，沒有耐心再等下去。他早就背會了自己的台詞（意思是每個角色的台詞），因爲只要有什麼小角色和男管家的出場時間不會衝突的，他就全包了下來。他迫不及待地想快點正式上演，偏偏又只能無所事事地度過每一天，於是更加覺得他扮演的角色都很沒意思，後悔當初沒選別齣戲來演。

芬妮聽別人說話時，態度向來禮貌，這下成了他們現成的訴苦對象。結果她才知道大家都認爲耶茲先生的大呼小叫很可怕；耶茲先生對亨利．克勞佛的演技感到失望；湯姆．柏特倫的台詞說太快了，台下觀眾會聽不懂；葛蘭特太太總是大煞風景地笑場；艾德蒙連台詞都還沒背熟；盧斯沃先生每句話都需要別人提詞，簡直是找大家的麻煩。她甚至也知道可憐的盧斯沃先生幾乎找不到人願意跟他對戲。他向她訴苦，也向別人訴苦。不過芬妮其實看得很清楚，她的瑪莉雅表姐一直在躲盧斯沃先生，卻又老愛找克勞佛先生排演第一幕戲，但根本沒必要排演這麼多次，害她很擔心盧斯沃先生又會來找她訴苦。換言之，大家都不滿意，且不甚高興。她發現每個人都想得到自己得不到的東西，總是對別人很不滿意，不是嫌自己的戲太長就是嫌太短，從不準時到場排戲，也不記得自己該從哪裡出場；淨顧著抱怨，卻不服從任何指導。

芬妮雖然沒有參與，但還是從這齣戲裡頭獲得八分樂趣。譬如她就覺得亨利・克勞佛演得極好。她會偷偷跑進劇場，看他們排演第一幕戲，這對她來說是件很快樂的事，只除了他對瑪莉雅說的台詞裡頭，有幾句感情太露骨，令她覺得反感。在她看來，瑪莉雅也演得很好，非常棒。常常在經過一兩次排演之後，觀眾席上就只剩下芬妮一人，她有時候會幫忙提詞，有時候只是旁觀，還頗有用處。她認為克勞佛先生無疑是他們當中演得最好的一個，他具有艾德蒙所缺乏的自信，比湯姆來得有判斷力，也比耶茲先生更具備演戲的天分和鑑賞力。她雖然不喜歡他這個人，但不得不承認他是最好的演員。而在這一點上，許多人的看法與她一致。當然耶茲先生是絕不苟同的，他覺得克勞佛的演技平平，淡而無味。有一天，盧斯沃先生終於氣不過地轉過身來對她說：「妳認為他哪裡演得好？老實說，我一點也不欣賞他，我私下跟妳說吧，像他這種又矮又小且其貌不揚的人，竟然被捧成好演員，實在太可笑了。」

打從這一刻開始，他的嫉妒心又回來了。可是瑪莉雅一心只想獲得克勞佛先生的注意，根本不在意他。結果害得盧斯沃先生更是記不住那四十二句台詞，現在大家已經不再指望他把台詞背得像樣了，除了他母親。盧斯沃老太太總是惋惜她兒子的角色不夠重要，於是一再拖延時間，不肯來看他們排戲，直到排演得差不多了，才來看有她兒子出場的每一幕戲。不過其他人對盧斯沃先生已經不抱任何希望，只求他能記住每段台詞的頭一句，剩下的再由其他人想辦法提詞。芬妮向來心腸軟，最是同情他。她花了很大的工夫教他背台詞，極盡所能地幫忙提詞，結果到頭來，她自己把每句台詞都記住了，他還是一無長進。

芬妮有這麼多事要忙，還得花時間做其他活兒，心裡儘管依是焦躁不安，但也意外發現她對他們來說並非一無是處，因爲常有人來找她，佔用她一點時間，求她幫忙。她原以爲自己會孤零零地度過，其實不然。她對大夥兒來說也是有用處的，這使她心情好過許多。

更何況準備工作裡頭也有許多針線活兒要趕，需要她來幫忙，而諾利斯太太總覺得她跟別人一樣閒，這可以從這位姨媽使喚芬妮的態度聽得出來。「過來，芬妮，」她喊道：「妳過得還眞快活，妳不能老在這些房間裡穿梭看熱鬧，我要妳過來幫忙。我正在用緞子幫盧斯沃先生縫件斗篷，縫到我都站不直了，妳應該可以幫我把它們縫合在一起。只有三條接縫，應該一下子就縫好了。如果我只需要出張嘴管管事，那就好了。我告訴妳，這裡頭就數妳最快活了，要是大家都像妳這麼閒，我們的進度一定會大大落後。」

芬妮一聲不響地把活兒接過來，沒有爲自己辯護，好心的柏特倫姨媽還是替她說話了。

「姐姐，妳別大驚小怪，芬妮當然應該快活啊，妳又不是不知道她從來沒看過戲。我們兩個以前不也喜歡看戲嗎？我到現在也還是很喜歡。等我有空，我也要進去看看他們排戲。芬妮，那齣戲是在演什麼？妳都還沒告訴我呢。」

「噢，妹妹，拜託妳不要現在問她，她沒辦法邊做活兒邊說話。那齣戲是在講情人們的誓言。」

芬妮回應柏特倫姨媽說：「我想明天下午會有三幕戲要排，到時您可以一次看到所有演員。」

「妳最好等布幕掛上去了再去看，」諾利斯太太打岔道：「這一兩天，布幕就要掛上去了，演戲沒有布幕，多不好看啊。相信我，再過不久，那裡還要掛上花綵呢。」

柏特倫夫人似乎願意再多等一陣子。芬妮可不像她姨媽那麼從容，她好想看明天的排演。如果明天要排演三場，那麼艾德蒙和克勞佛小姐就會首度一起排戲，第三場是他們的對手戲，也是她最感興趣的一幕。對於他們兩人的表演，她既想看又怕看，因爲整場戲全在談情說愛，男的會講婚姻要建立在愛的基礎上，女的則幾乎都在傾訴愛意。

芬妮帶著迷惑惶恐的心情將這幕戲讀了一遍又一遍，她等著看他們演出，很想一探究竟。她相信他們還沒正式排演過，就連私下也沒有。

第二天到了，晚上的排演計畫未變。芬妮一想到這裡，心情便異常激動。雖然她遵照大姨媽的吩咐，手腳勤快地做著活兒，但其實是用忙碌和沉默來掩飾自己的不安與神不守舍。快到中午時，亨利·克勞佛提議再排一次第一幕的戲，於是她拿起自己的針線活兒溜回東屋，因爲她不想看，總覺得那幕戲根本沒有必要再排演，她想自己靜一靜，偏偏又怕看見盧斯沃先生。可是就在她經過門廳時，竟瞥見兩位女士正從牧師公館那兒走來，她不改初衷，仍是回到東屋做活兒，獨自沉思，不想被人打擾。就這樣過了約一刻鐘，突然有人叩門，克勞佛小姐走了進來。

「我沒走錯吧？對，這裡是東屋。親愛的普萊斯小姐，不好意思，我是來找妳幫忙的。」

芬妮很驚訝，但因自己是這屋裡的主人，還是得客氣招呼，她羞澀地望著那座不能升火的壁爐。

「謝謝妳，我不冷，一點也不冷。我可以在這裡待一下嗎？我想請妳幫忙聽我背第三幕的台詞。我把劇本帶來了，如果妳願意的話，可以和我一起練習，我會很感激的！我今天本來是到這裡找艾德蒙排戲的，我想跟他先練習一下，也好爲晚上做個準備，可是我找不到他。就算碰到，我想我也不好意思找他練習吧，因爲其中有一兩段實在是……不如等我先把臉皮練得厚一點，再去找他練習。妳會幫我的，是不是？」

芬妮客氣應允，但語氣不夠鎮定。

「我說的那一段，妳讀過了嗎？」克勞佛小姐打開劇本，繼續說道：「在這裡，起初我也沒想太多，可是天啊……妳看這段話，還有這段，跟這段。我怎麼敢當著他的面說出這些話呢？妳能說得出口嗎？不過妳和我不一樣，畢竟他是妳表哥。妳一定要陪我練習，我可以把妳想像成他，再慢慢習慣這些台詞。有時候妳的神情看起來挺像他的。」

「有嗎？我會盡力，不過我必須照劇本唸，因為台詞我只記得一點點。」

「妳不必背，我會給妳劇本。現在開始吧。我們需要有兩張椅子讓妳帶到舞台前面去。這裡有兩張……還不錯的學生椅，我敢說這一定不是舞台專用的椅子，滿適合小女生坐在上面一邊踢著腳，一邊上課。要是妳的女教師或姨丈看見我們把它們拿來演戲，不知道會怎麼說？如果湯瑪斯爵士看見我們現在這樣，一定會氣壞的，因為我們把他家的各個角落都拿來當排戲的戲台了。我剛上樓時，還聽見耶茲先生在餐廳裡鬼吼鬼叫地唸著台詞，至於劇場裡想當然耳是被那兩個戲怎麼排都排不累的愛葛莎和腓德烈克給霸佔。如果說他們會演不好，那才怪呢。順便告訴妳，我五分鐘前進去看過他們，剛好演到他們兩個正努力克制互相擁抱的衝動，當時盧斯沃先生就在我旁邊。我看他的臉都快綠了，害我只好趕緊岔開話題，小聲對他說：『我們有個很棒的愛葛莎，你看她舉手投足間都充滿母性的光芒。』我的反應還不錯吧？他聽了馬上就開心起來。現在我們來練習我的獨白吧。」

她開始練習。芬妮想到自己代表的是艾德蒙，於是故意裝出穩重架勢，可是她的臉和聲音都太女性化，一點也不像男人。但對克勞佛小姐來說，面對這樣一位安哈爾特，倒是能讓她放大膽子。她們才排了半場戲，便聽見有人叩門，只得暫停，沒想到來者竟是艾德蒙。

這場意外的會面，令三人又驚喜又尷尬。艾德蒙來的目的跟克勞佛小姐如出一轍，更是令兩位當事人久久驚喜不已。他同樣把劇本帶過來了，也是來找芬妮練習，想做好今晚的準備。他根本不知道克勞佛小姐就在大宅裡。他們各自說出彼此的計畫，都沒想到會在這裡碰見對方，他們開心極了，同聲感謝芬妮的好心幫忙。

但芬妮不像他們那麼開心，她看見他們興高采烈的模樣，心情反而變壞。她覺得她對他們來說不重要，就算他們兩個都是來找她的，也讓她的心情好不起來。現在他們可以自己練習了。這是艾德蒙先提出來的，他不斷懇求對方，那位小姐起初並不答應，後來才接受。芬妮只負責在旁邊幫忙提詞，充當他們的觀眾。雖然他們請她批評和指教，並要她千萬別客氣，一定告訴他們缺失在哪裡，可是她有些畏懼，她不能、不想也不敢這麼做。而且就算她有資格評論，她的良心也不允許自己提出批評。她覺得她的心情很亂，意見一定不夠客觀。更何況光是幫他們提詞就夠她忙了，有時甚至連詞都提不好，因爲她沒辦法一直專心看著劇本。他們排戲的時候，常會令她失了神，因爲艾德蒙那副興奮的表情總是讓她看得心煩，於是一度闔起劇本，別過臉去，他卻在這時候找她提詞。她只好推說自己累了。這理由當然說得過去。他們不停道謝，而且心疼她的疲累，哪裡曉得她現在的心情的確需要人家心疼。最後一幕戲終於排演完了，兩人互相誇獎，芬妮也強打起精神恭維他們。後來終於屋裡只剩下她一個人，這才開始前思後想整件事情。她覺得他們演得很自然，真情流露，肯定能贏得好評，只是看在她眼裡，總覺得心好痛。不管剛剛那場戲帶給她多大的打擊，今天勢必得再承受一次。

前三幕戲的第一次正式排演即將在今晚登場。葛蘭特太太和克勞佛兄妹說好晚餐後就過來。舉凡關心這次排演的人，都滿心期待夜晚的到來。這一整天下來，每個人似乎都笑逐顏開。湯姆很高興這齣戲就快大功告成；艾德蒙也因為早上的那場排演而顯得精神奕奕。大夥兒心裡的不快似乎都不見了。每個人都很緊張，個個迫不及待。不久之後，除了柏特倫夫人、諾利斯太太和茱莉雅之外，女士們全都起身，男士們也跟在後面，提早一個小時來到劇場。蠟燭燃起，照亮了尚未竣工的舞台。只等葛蘭特太太和克勞佛兄妹一到，排演便正式開始。

沒多久，克勞佛兄妹來了，可是葛蘭特太太沒到。她來不了，因為葛蘭特博士身體不舒服，不讓他妻子來，不過他漂亮的小姨子不太相信他生病了。

「葛蘭特博士生病了，」她故作嚴肅地說：「他今天沒吃到野雞，就病了。他說野雞燒得不夠爛，於是把盤子推開，說他人不舒服。」

這眞掃興！葛蘭特太太的缺席實在令人遺憾，因為她向來親切又隨和，人緣極佳，今天的排演更是缺她不可。她沒來，他們就演不好，也排演不成。晚上原本有的愉悅氣氛多少被破壞了。該怎麼辦呢？演佃農的湯姆束手無策。一陣慌亂後，有幾雙眼睛轉向芬妮，其中一兩個人說：「不知道普萊斯小姐是否願意幫忙唸一下那個角色的台詞。」頓時間，她被大家的懇求聲團團包圍，每個人都在求她，連艾德蒙也說：「芬妮，如果妳不介意的話，就幫忙唸一下吧。」

但芬妮猶豫不決，她不敢想像自己上台演戲這種事。他們為什麼不找克勞佛小姐幫忙呢？明明知道留下來看他們排演，只會讓自己更生氣難過，為什麼剛才不早點回房去？那裡才是她的避風港。早知道自己就該先躲開，現在可好，活該受到懲罰。

「妳只要唸台詞就行了。」亨利・克勞佛又求了她一次。

「我相信她每句都會背了，」瑪莉雅補充道：「前天她至少幫葛蘭特太太糾正了二十個地方，所以我相信妳對台詞很熟。」

芬妮無法否認。她看見他們苦苦哀求，連艾德蒙也不斷勸進，他態度懇切，似乎相信她一定會幫忙，她終於答應了，說她盡量。大家才放下心來，開始著手準備，而她還在那兒忐忑不安。

排演正式開始，每個人都埋頭準備，現場一片吵雜，根本沒聽見屋子另一頭有不尋常的聲響傳來。這時門突然打開，茱莉雅站在門口，驚慌失措地喊道：「父親回來了，已經到門廳了！」

第十九章 Mansfield Park

到底該怎麼描繪這群人慌張失措的狼狽場面呢？對多數人來說，這是很恐怖的一刻。湯瑪斯爵士到家了！大家都相信這是真的，不可能造假或訛傳。因爲看茱莉雅的表情就知道了。在一陣驚慌尖叫之後，足足有半分鐘的時間大家都說不出話來，只是神色慌張地你看著我、我看著你。每個人都覺得這消息來得太突然，是個沉重的打擊。當然在耶茲先生看來，不過是遺憾暫時中斷晚上的排演罷了，至於盧斯沃先生倒是覺得很慶幸，其他人的心情則是沉到谷底，不是在懊悔，就是莫名的惶恐，大家都在想：「我們會有什麼下場？接下來該怎麼辦？」一陣可怕的沉默過後，他們聽見了門一扇接著一扇開啓的聲響，還有穿門而過的腳步聲。

茱莉雅是第一個移動腳步和開口說話的人。基於共患難的心理，她曾暫時收起私心，拋開嫉恨。可是當她來到門口時，卻正好瞧見腓德烈克正深情款款地聽著愛葛莎對他傾訴愛意，把她的手按在他的胸膛上。茱莉雅看到了這一幕，甚至目睹到克勞佛先生在聽見那令人震驚的消息時，竟然還保持原來姿勢，沒有鬆開她姐姐的手。她受傷的心靈再次受創，原本嚇白的臉這會兒又被氣得漲紅，於是倏地轉身離開，嘴裡唸道：「我何必怕見到我父親。」

她這一走，大家才大夢初醒似地動了起來。兩個兄弟同時走上前去，都覺得不能再被動地等在原地。目前形勢不容兄弟倆再鬧意見分歧，於是三言兩語就商定好。他們決定立刻到客廳去。瑪莉雅也同意，於是跟著一起去，甚至算得上是這三人當中最有勇氣的。而她的力量全來自於剛剛氣走茱莉雅的那一幕，對她來說，那是最貼心的一種心理支持。在面臨如此重大考驗的一刻，亨利‧克勞佛竟仍緊握她的手不放，她長久以來的不安與懷疑從此煙消雲散。她認爲這是一種誓言的表現。她心花怒放，即便得去面見自己的父親，她也不怕。他們一起往客廳走去，沒理會一旁的盧斯沃先生反覆提問：「我也要去嗎？我是不是最好也去？我去妥當嗎？」他們剛走出房間，亨利‧克勞佛便代他們回答了這個急迫的問題，他鼓勵他趕快去向湯瑪斯爵士致意，於是盧斯沃先生興沖沖地跟上去。

現在這裡除了克勞佛兄妹和耶茲先生外，就只剩下芬妮了。表哥表姐們都沒想到她，而她也不敢奢望自己能像他們一樣受到湯瑪斯爵士的重視，所以索性留下來先定定神再說。儘管這整件事都怪不到她頭上，但因爲她稟性善良，所以比其他人還要忐忑緊張，簡直快嚇得昏過去了。她向來畏懼姨丈，如今那種恐懼又回來了，可是她一想到姨丈看到家裡弄成這樣，一定會很難過，也不免同情起他來了，但又替其他人擔心，尤其掛慮艾德蒙的處境。最後她找了個位子坐下，腦袋裡一直轉著可怕的念頭，緊張到渾身發抖，至於其他三人這時竟開始毫無顧忌地發起牢騷來了。他們埋怨湯瑪斯爵士不該這麼早回來，覺得眞是倒楣到家，他們毫無憐憫之心，氣他回來的路上爲什麼沒被耽擱，或者最好還留在安第瓜。

克勞佛兄妹比耶茲先生更瞭解這一家人的狀況，更清楚這計畫會受到什麼影響，於是談起這問題來愈加顯得忿忿難平。因爲他們知道這齣戲是絕無可能再演了，演戲計畫百分百會取消。耶茲先生卻認爲只是被暫時打斷而已，頂多耽擱一晚，甚至建議等大家招呼完，湯瑪斯爵士喝過茶，有了閒情逸趣想看戲時，就可以繼續排演。克勞佛兄妹聽了不禁大笑，兩人都認爲此刻最好還是溜之大吉，讓這一家人自己去收拾爛攤子。他們建議耶茲先生跟他們一起走，晚上可以住在牧師公館。但耶茲先生看不出來有溜走的必要，因爲根據他過去的交友經驗，根本沒有誰會把父母的話或家人間的信用看在眼裡，於是謝絕他們的好意。他說他覺得留下來比較好，既然老爵士回來了，他就該大方地前去致意，更何況，不告而別是很不尊重人的。

他們還在爭辯不休時，芬妮的情緒已恢復了平靜，覺得自己繼續待在這裡並不妥當，再加上這兩兄妹也託她轉達歉意，於是趁他們走時也起身離開房間，打算完成一件可怕的任務——去見她姨丈。

可是怎麼才轉眼間，就走到客廳的門口了？她停在門外，先爲自己打氣，偏偏心裡清楚，她其實一點勇氣也沒有，只得硬著頭皮打開門。客廳裡燈火通明，家人齊聚一堂，在她眼前出現。她走進去時，正好聽見有人喚她的名字。湯瑪斯爵士環目四顧，嘴裡嚷著：「芬妮呢？怎麼沒看見我的小芬妮？」他一見到她，立刻走來，親切叫她親愛的芬妮，還熱情地親她，誇她長高了。她受寵若驚，無法形容自己的心情，眼睛也不知該往哪裡看，倉皇無措。因爲他從來不曾這麼親切過，從來不曾對她這麼好過。他的態度好像變了，可能是太高興的關係，說話速度變得很快，以前的威嚴感如今似乎都化爲慈愛。他把芬妮帶到燈光下，再次端詳她，還問她身體好不好，但又立刻糾正自己，說根本沒必要問，因爲看外表就知道。芬妮原本蒼白的臉色迅速泛紅，於是他更深信不疑她不僅越來越健康，也出落得更漂亮。接著他又問候她的家人，尤其是威廉。他的關愛令芬妮好生愧疚，暗自責備自己不夠關心這位長輩，甚至不樂見他從海外回來。她鼓起勇氣抬眼看他的臉，發現旅途的勞頓害他瘦了許多，膚色也在熱帶氣候的炙烤下曬黑了，面色有些憔悴，她心疼不已，一想到待會兒還有更多事情令他心煩，不免替他難過。

這一家子的人在湯瑪斯爵士的吩咐下圍坐下來。他成了眾人的中心，精神奕奕，滔滔不絕。他闊別家園，如今終於返家，回到妻兒家小身邊，話自然特別多了起來。他數說著海上旅途的各種見聞，樂意回答兩個兒子提出的任何問題，甚至不等他們提問，就自問自答起來。原來他在安第瓜的事務處理得相當順利，於是沒等定期航班，臨時提早搭上私人輪船去了利物浦，再從利物浦直接回家。他坐在柏特倫夫人旁邊，心滿意足地環顧身邊每一張臉，叨叨說著他此行做過的大小事情和往來行蹤，並不止一次地補上幾句：雖然沒事先通知他們今天會到家，不過回來後看見一家人都在，就覺得自己實在幸福。他在路上一直盼望回到家能見到所有家人，只是不敢抱太大希望。他當然沒忘記盧斯沃先生。他親切地招呼他，和他熱情握手，視他爲曼斯菲爾德最親近的朋友，對他關懷備至。盧斯沃先生的外表並不令人討厭，所以湯瑪斯爵士一開始就對他留下尚佳的印象。

在這一群人當中，自始至終都帶著喜悅心情聽他描述路上經歷的，其實只有他妻子。她太高興見到他了，他的突然歸來，令她十分興奮。她二十年來不曾這麼激動過。頭幾分鐘，還有點不知所措，後來心情雖然仍處在亢奮狀態，頭腦卻很清楚，知道該放下手裡的針線活兒，推開身邊的哈巴狗，挪出沙發上的空間給自己丈夫坐，也把注意力全放在丈夫身上。她向來懶得煩惱別人的事，所以心情愉快，絲毫不受其他事情影響。他不在家的這段日子，她很守本分，沒人可以挑剔她。她織了不少毛毯和花邊，可以問心無愧地面對她丈夫，她自己行爲端正，也敢誇口稱許家裡的孩子都行爲良好，沒有做錯事。與丈夫久別重逢的她，滿心喜悅地聽他說話，覺得每句話都悅耳動聽。她到現在才明白，他不在的日子，她有多想念他，要是他逾期未歸，那會有多可怕。

諾利斯太太的心情則不像她妹妹那般喜悅。倒也不是說她擔心湯瑪斯爵士看見家裡弄成這樣會怪她，畢竟她這人向來就缺乏是非判斷力，頂多本能地在她妹夫進來時，迅速收起盧斯沃先生那件粉紅色緞面斗篷，除此之外，幾乎看不出來她有任何的驚慌，只不過她眞的很氣湯瑪斯爵士這次回家的方式。他竟然沒有派任何事給她做。照理說，他應該先請她出來，讓她第一個瞧見他，再由她把這好消息向大家宣布。湯瑪斯爵士八成是相信他的妻兒們應該承受得起這天大的驚喜，於是到家時，直接去找管家，再跟著管家去客廳，兩人幾乎是同時進到客廳。諾利斯太太向來認爲不管湯瑪斯爵士是平安回家還是在外身亡，這消息都該由她來宣布，此刻的她只覺得自己的角色被剝奪了。她想張羅一下，又沒有事需要她張羅。她想表現她的重要性，但他什麼事都不需要她做，只想安靜。若是湯瑪斯爵士願意吃點東西，她就能去吩咐管家做這做那，或者支使男僕們跑腿，只是湯瑪斯爵士堅持不吃晚餐，什麼也不吃，說要等喝茶時才吃點東西。然而諾利斯太太還是不時插嘴，勸他吃一點。正當他講到回程時最精采有趣的部分，亦即他搭的那艘輪船預警可能遭遇法國海盜船時，她竟突然插嘴要他喝湯。「親愛的湯瑪斯爵士，喝湯比喝茶好多了，你就喝碗湯吧。」

湯瑪斯爵士仍然不爲所動，只告訴她：「親愛的諾利斯太太，妳還是像以前一樣那麼關心大家的需要，可是我眞的只想喝茶。」

「那好吧，柏特倫夫人，妳就叫人上茶吧，最好要巴德利快一點，他今天晚上的動作好像有點慢。」柏特倫夫人同意她的看法，湯瑪斯爵士則繼續說他的故事。

終於他歇了口，因爲能說的話都被他說完了。他環目四顧身邊家人，似乎覺得很滿足，他一下子看看這位，一下子又瞧瞧那位，不過這種沉默並沒有持續太久，因爲柏特倫夫人太興奮了，話也跟著多了起來，根本沒顧慮到她的孩子們要是聽見她說了下面這幾句話，會作何反應。「湯瑪斯爵士，你知道這群年輕人最近都在做什麼消遣嗎？他們在演戲。我們還在忙著張羅這件事呢。」

「眞的嗎？你們演的是哪一齣戲？」

「噢，他們會告訴你的。」

「等一下就告訴您，」湯姆趕緊嚷道，並裝出若無其事的樣子。「不過不必急在這一時，明天再詳細跟您說吧。其實也不是什麼大事，只不過上星期覺得有點悶，再加上想逗母親開心，於是排演了幾場。畢竟從十月以來，這裡就一直下雨，我們已經悶在家裡好多天了，從三日到現在，幾乎都沒動過獵槍。月初的頭三天還活動了一下，後來就什麼事都不能做。我記得第一天，我去的是曼斯菲爾德森林，艾德蒙則到伊斯頓那邊的矮木林，結果我們總共獵到六對野雞。其實就算只有一個人去打獵，也可以獵到比這數量還多六倍的野雞，不過您放心，我們相當聽您的話，很愛護林子裡的野雞，所以您應該會發現到今年林子裡的野雞數量比往年要多，我長這麼大都還沒見過曼斯菲爾德森林裡的野雞數量有像今年這麼多過。希望您最近有空能找一天去打個獵。」

危機暫時解除，芬妮稍稍放下心來，可是茶送上來不久，湯瑪斯爵士便站起身，說要先回自己房間，這下大家又緊張起來，都還沒來得及跟他說房間裡做了什麼改變，好讓他心裡有個底，他人就走了。他前腳才離開，客廳裡的人立刻陷入惶惶不安的死寂氛圍裡，艾德蒙率先打破沉默。

「我們得想個法子才行。」他說。

「我們也該幫我們的客人想想辦法了吧。」瑪莉雅說，到現在她都還忘不了自己的手被按在亨利．克勞佛胸膛的滋味，至於其他事，她根本不在乎了。「芬妮，妳把克勞佛小姐留在哪兒了？」

芬妮說他們已經走了，並把他們的話轉告給大家。

「那就只剩下可憐的耶茲先生了，」湯姆嚷道：「我得去找他，也許事跡敗露後，可以靠他幫我們解圍。」

說完便往劇場走去，卻剛好碰上他父親和他朋友撞見彼此的尷尬場面。湯瑪斯爵士詫見自己房內燈火通明，四下一看，才發現傢俱已經移位，房間像是被人佔用過。最令他驚訝的是，撞球室門前的書櫥被挪走了，他還驚魂未定，突然又聽見撞球室傳出聲響，有人正在裡頭扯著嗓門說話。他聽不出那是誰的聲音，但又不像說話，反而像吶喊。他朝門口走去，看見門是相通的，於是把門打開，竟發現自己站上了劇場的舞台，對面是位年輕人，正扯著嗓門大吼，活像要把他轟倒在地。耶茲先生看見湯瑪斯爵士的時候，正開口在練台詞，而且還很有可能是他練得最好的一次。湯姆·柏特倫這時也從房間的另一頭趕來，竟頭次發現自己也有不知如何應變的時候。他父親生平第一次站上戲台，驚詫慌張之餘，還得顧及自己威嚴的儀態。而那位剛剛還在慷慨激昂的維爾登海姆男爵這下趕緊變回彬彬有禮、笑容可掬的耶茲先生，連忙對著湯瑪斯·柏特倫爵士打躬作揖，那樣子活像演戲一樣，相信如果它眞的是劇中一幕，湯姆絕對捨不得刪掉。不過這會是最後一幕了，而且很有可能是這個舞台的最後一幕，不過他確信一定是最精采的一幕，絕對會贏得全場如雷的掌聲。

只是沒那麼多時間讓他作白日夢了，他得趕緊上前去幫他們兩人介紹，儘管場面有點難堪，還是得硬著頭皮上。湯瑪斯爵士礙於禮貌，佯裝熱絡地歡迎耶茲先生，但心裡其實老大不高興竟然得用這種方式認識對方。事實上，他對耶茲先生的家人及親友略知一二，當他聽見湯姆提到耶茲先生是他最要好的朋友時，立時覺得反感，畢竟他大兒子口中所謂最要好的朋友何止上百個。湯瑪斯爵士在自己家裡被人這樣捉弄，而且還是在極爲荒誕的情況下被迫認識一個他確定不會有好感的年輕人，更可惡的是，那傢伙好像什麼也不在乎，滔滔不絕地說個沒完，不到五分鐘，就一副好像他比湯瑪斯爵士更像這裡的一家之主似的。所幸湯瑪斯爵士才剛回到家，仍在興頭上，對什麼事還能忍耐幾分，所以沒有發作。

湯姆很清楚父親在想什麼，只衷心盼望他的心情可以繼續好下去，千萬別發脾氣。不過他現在也總

湯瑪斯爵士回到房間，
竟看見戲台上站著一個高聲嘶吼的年輕人。

算明白父親的確有生氣的理由。他父親之所以一直瞪著天花板和牆上的灰漆看，不是沒有原因的。他皺起眉頭，用好奇的口氣問他，撞球台到哪兒去了。氣氛頓時凝結了好幾分鐘。後來還是耶茲先生一頭熱地請問湯瑪斯爵士覺得這劇場布置得如何，後者勉爲其難地誇了幾句，三人才相偕走回客廳。大家都注意到湯瑪斯爵士的陰沉臉色。

「我剛從你們的劇場回來，」他坐下後，語氣平和地說：「我沒想到我會闖進去，而且竟然就在我的房間旁邊，完全出乎我意料之外。我沒有想到你們會對演戲這麼認眞，我剛剛就著燭光看了一下，發現你們對劇場的布置的確下了一番工夫，看來我的朋友克利斯多福·傑克森的做工還眞不錯。」說完，他本來想換個話題，平心靜氣地喝杯咖啡，聊點平常的家務事，哪裡知道耶茲先生弄不清楚狀況，或者說他這人天生臉皮厚、不懂分寸，不知道自己是外人，竟然還一再地把話題轉回演戲的事情上，老是拿這些問題去煩他，最後還一股腦兒地要他聽他在埃克里弗演戲時所遭遇的掃興事。湯瑪斯爵士礙於禮貌，耐心聽他說完，卻也不免覺得這人太不懂規矩，對他印象更加惡劣。等到聽完後，也只是微微點頭，沒作任何表示。

「我們就是因爲這個原因，才決定演戲的，」湯姆思索了一會兒，如此辯駁：「我的朋友耶茲把戲癮從埃克里弗帶到這兒，害我們都被傳染了，父親，您也知道，這種情緒很容易被感染，從前您不也鼓勵我們多從事這方面的消遣嗎，所以才會這麼容易被傳染，因爲我們本來就很熟悉戲劇這回事。」

耶茲先生又迫不及待地把話搶了回去，把他們已經完成和正在做的事，悉數告訴湯瑪斯爵士；還提到他們的計畫是如何逐步擴展，又是如何完滿地克服第一道難關，目前的狀況又是如何順利。他說得興致勃發，周遭一切全視而不見，不僅沒發現在座的朋友們個個坐立難安，臉上難看，咳聲不斷，就連他目不轉睛盯著看的那張臉所露出的不耐表情，也絲毫不察。他竟然沒發覺湯瑪斯爵士正不時皺眉，轉頭用探詢的目光，望著自己兩個女兒和艾德蒙，尤其是艾德蒙，彷彿正用某種申斥話語加以責怪，艾德蒙也完全懂父親的意思。芬妮的不安不亞於艾德蒙，她把椅子悄悄挪到姨媽沙發的後面，避開眾人注意，仍可看見眼前的一舉一動。她沒有想到姨丈會用那種目光看著艾德蒙，似乎在說：「艾德蒙，我本來很相信你的判斷力，可是你到底在做什麼？」她覺得艾德蒙受到不白之冤，心裡十分爲他叫屈。她好想跪在姨丈面前，鼓起勇氣對他說：「噢，別用那種目光看他，要怪也應該怪別人，不該怪他。」

耶茲先生還在滔滔不絕。「老實說，湯瑪斯爵士，您晚上回來的時候，我們正要排演前三幕戲，所以整體來說，也不算不成功。只是我們的夥伴克勞佛兄妹已經回家了，今晚是演不成了，不過如果您明天晚上願意賞光看我們排演，一定沒問題的，但也要請您多包涵，因爲是年輕人演戲嘛，所以千萬要多包涵。」

「我會包涵的，」湯瑪斯爵士板著臉回答：「只不過不用再排演了。」他隨後笑一笑，溫和地說：「我回到家來自然是希望開開心心的，所以當然會多包涵。」說完轉過身去，像是特地針對某人，又像在對所有人平靜問話：「我從曼斯菲爾德接到的最後幾封信裡頭，常看見你們提到克勞佛先生和克勞佛小姐，你們相處得很好嗎？」

在場人士只有湯姆勇於回答這問題，他雖然不太瞭解這兩人，但至少從私人感情或演戲這兩方面來看，他都不嫉妒這兩兄妹，所以可以大方誇獎他們。「克勞佛先生是個文雅的紳士，克勞佛小姐則是位性情溫柔、個性活潑的甜美女孩。」

盧斯沃先生再也無法保持緘默。「我不是說克勞佛先生不像紳士，但你應該告訴你父親，他的個子連五呎八吋都不到，不然你父親還以爲他長得有多俊俏呢。」

湯瑪斯爵士不太明白這話的意思，於是一頭霧水地看著他。

「我是實話直說，」盧斯沃先生繼續說：「在我看來，一再重複排戲實在是件討人厭的事情，這就像是好東西吃多了會膩一樣。我現在已經不像起初時那樣有興趣演戲了，還不如坐在這裡，什麼事都不做，都比演戲來得舒服。」

湯瑪斯爵士看了看他，笑著稱許道：「我很高興我們在這方面有相同的看法。我身爲一家之主，行事自然比較謹慎小心，看問題也比較仔細，顧慮也比孩子們多，所以理所當然比他們更重視家居生活的寧靜，不喜歡家裡勞師動眾地弄出一堆吵鬧的活動。不過你年紀輕輕就有這樣想法，實屬難能可貴，我很高興能遇到這樣一位和我想法雷同的人。」

湯瑪斯爵士本想用更漂亮的檯面話來稱許盧斯沃先生的這番見解，偏偏一時之間想不出來。他八成也知道盧斯沃先生不是什麼天才，但還是認爲這年輕人夠懂事、有規矩，口才雖然不好，至少明事理，所以很欣賞他，在座許多人則不禁莞爾。盧斯沃先生聽了這番讚美，一時之間竟有些受寵若驚，他眉開眼笑，沒再多說什麼，只是在心裡不斷玩味這幾句讚美。

第二十章

Mansfield Park

艾德蒙第二天一早的首要任務就是單獨面見父親，坦白招出這整個演出計畫，並解釋自己爲何參與演出，試圖說明自己的動機出於正當，不過也承認他的讓步效果不如預期，害得自己的立場變得十分可疑。他急著爲自己辯解之餘，並沒多說別人的壞話，而在他們當中，只有一個人完全不需要他來幫忙辯解或掩飾。「我們都該受到責罵，」他說：「唯獨芬妮除外，只有她自始至終不曾犯錯，從頭到尾堅守立場，反對演戲。她沒有忘記過您立下的規矩，您會發現只有芬妮最聽話。」

湯瑪斯爵士正如他兒子所料，認爲這群人選在這時候演這種戲，實在不成體統，他氣到說不出話來，只跟艾德蒙握握手，決定盡快抹去這段令他不快的回憶，拋開自己曾被家人遺忘的事實，於是要求徹底清除可能勾起這段回憶的所有東西，物歸原位。他沒有開口責怪另外三名子女，他情願相信他們自己知道錯在哪裡，不想再追根究底，只叫他們立刻停止，把演戲用的東西全數清理掉，這懲罰對他們來說也夠受的了。

不過這屋裡還有一個人不能光靠這些舉動來點醒，那就是諾利斯太太，他得用最直接的方法告訴她，他對她很失望，她明知演戲不妥，竟然沒有挺身而出阻止他們。年輕人做事縱然有欠考慮，但他們畢竟年輕，才會做出這麼輕率的決定，畢竟在他眼裡，除了艾德蒙之外，其他人都還不太有定性，所以才會做出這種蠢事，弄出如此受爭議的活動，這一切尚情有可原，想不到的是她竟然默許後輩胡爲，可就令他太驚訝了。諾利斯太太被他指責得有些驚慌失措，不知如何回應，一來她羞於說自己不像他那樣覺得此事不成體統，二來也不願承認自己的影響力其實沒那麼大，就算勸阻也不會有人聽，所以只好盡快岔開話題，多聊點會讓湯瑪斯爵士覺得開心的事。她搬出一堆例子來證明她有多麼盡心盡力地照顧這一家人，她費了多大力氣，又犧牲掉自己多少時間，譬如寒冬時，她沒待在家裡生火取暖，反而天天出來爲他的家人奔波，還向柏特倫夫人和艾德蒙提出許多節約開支的建議，結果眞的省了很多錢，甚至揪出一個手腳不乾淨的僕人。不過她的最大功勞是在索瑟頓，盧斯沃的這門親事全是靠她的奔走和撮合才攀上的，這一點她功不可沒。盧斯沃先生會看上瑪莉雅，該算她的功勞。「要不是我這麼積極，」她說：「挖空心思地去認識他母親，再說服我妹妹去拜訪人家，我敢說，絕對不會有這麼好的姻緣。因爲盧斯沃先生這年輕人生性靦腆，非得靠女方主動才行，畢竟打他主意的女孩很多，如果我們怠惰點，就沒下文了。不過我的工夫沒白費，我拚了老命說服妹妹。你知道索瑟頓離我們多遠嗎？那時又正值寒冬，路幾乎不通，而我還是把她給說服了。」

「我知道柏特倫夫人還有孩子們都很聽妳的話，也應該聽妳的話，所以我才認爲妳更應該——」

「親愛的湯瑪斯爵士，你要是知道那天路況很糟，就曉得我們那一趟有多辛苦了。當時我還在想，雖然我們是搭四輪馬車，但恐怕到不了那裡。不過心地善良的老車夫基於職責，堅持送我們去。他其實有關節炎，不太能久坐在駕駛座上，自從米迦勒節①之後，我就一直在幫忙他治療，最後是治好了，只不過一整個冬天下來，他的關節炎還是頻頻發作。那天天氣很差，出發前我特地跑到他家一趟，勸他少冒這個險，那時他正在戴假髮，我就對他說：『車夫啊，你最好別去了，夫人和我不會有問題的，你也知道史蒂芬駕車還算穩當，查爾斯也會騎著馬在前面帶路，我相信大可放心。』偏偏我怎麼勸他都不聽，執意要去，我這人又不喜歡讓人覺得我太囉嗦和多管閒事，所以就打住了。可是每次車一顛簸，我就替他擔心，等我們到了斯托克時，那裡路面很崎嶇，加上又是積雪又是結霜的，你眞的沒辦法想像，我那時好心疼他，也心疼可憐的馬，看牠們死命地拉著馬車，眞令人難過。你知道我一向愛護馬兒，所以到了桑德克洛夫山腳下時，你猜怎樣？不怕你見笑，我索性下車自己爬上山去。我眞的這麼做了。或許這幫馬兒減輕不了多少負擔，不過多少能減輕一點吧，我眞的不忍心坐在車裡增加馬兒的負擔，結果害我得到重傷風，不過我不在乎，至少我拜訪的目的達到了。」

「希望這家人眞值得我們費那麼大的周章去結識，雖然盧斯沃先生的言談舉止並無出眾之處，不過我倒滿欣賞他昨晚對那件事的看法。他明白指出他喜歡一家人安安靜靜地聚在一起，甚過於吵吵鬧鬧地演戲，這種見地實屬難得。」

「是啊，沒錯，你越瞭解他，就會越喜歡他。他這人外表雖然並不特別出眾，但其實優點很多。他非常仰慕你，結果別人還笑我，說都是我教他這樣的。葛蘭特太太昨天還說：『諾利斯太太，我相信就算盧斯沃先生是你親生兒子，對湯姆斯爵士的仰慕程度也不可能比現在更多了吧。』」

湯瑪斯爵士被她搬出的一堆遁辭和奉承話哄得昏頭轉向，只得卸下武裝不再質問她，反而自己幫她找到理由，認爲她之所以縱容孩子們演戲，全是因爲太溺愛他們，才失去了平常該有的是非判斷力。

這天上午他一逕在忙，忙到只能和每位家人說一點話。他忙著重新接管曼斯菲爾德的日常工作，拜訪他的財產管理人和地方長官，該查的查，該算的算，還得趁辦事的空檔去馬廄、花園以及離曼斯菲爾德最近的種植園看看。由於他做事講究效率方法，所以晚上在以一家之主的身分坐上餐桌之前，不僅辦完以上所有事情，還命木匠拆光撞球室的舞台，解僱了布景畫匠，效率之快，可以從被解僱的畫匠現已抵達北安普頓這麼遠距離的地方看出一般。畫匠走了，卻弄髒了房間地板，用壞了馬車夫所有的海綿，還害得五個僕人無活兒可做，心生不滿。湯瑪斯爵士希望在這一兩天內就把家裡演過戲的痕跡悉數清除掉，甚至全數銷毀屋內還沒裝訂好的所有劇本，他現在是見一本燒一本。

耶茲先生總算明白湯瑪斯爵士的決心，只是仍無法理解理由何在。他大半個上午都跟他朋友揹著獵槍在外頭，湯姆於是趁機向他解釋父親的個性及其可能的處置方式，並適度表達歉意。耶茲先生的憤怒可想而知，連續遭逢兩回這麼掃興的事，著實令他惱火，他在曼斯菲爾德林子裡的時候，還有在回來的路上，心裡都不斷在想，若非看在他朋友與其么妹的份上，他一定衝去找湯瑪斯爵士理論，斥他行事荒唐，不講道理。可是後來當他們圍坐在同一張桌上用餐時，湯瑪斯爵士的威嚴令他立時打退堂鼓，覺得自己還是別提算了，就讓那位爵士繼續做蠢事吧。他以前就見識過不少討人厭的父親，總是驚訝他們爲什麼老愛管兒女們的閒事，不過這還是他平生頭一回遇見像湯瑪斯爵士這麼頑固又獨裁的父親，要不是看在他孩子的面子上，哪會這麼忍氣吞聲。耶茲先生之所以還願意待在曼斯菲爾德，得感謝湯瑪斯爵士的漂亮女兒茱莉雅。

這天晚上表面上看起來平靜，但其實每個人心裡都有點疙瘩。爲了掩飾屋裡的不安，湯瑪斯爵士特地要求兩位女兒爲大家彈琴。瑪莉雅心裡尤其焦躁，她現在只心煩克勞佛先生爲什麼還不快表明他的態度，她擔心日子一天拖過一天，卻進展全無。她整個早上都在盼著他來，連晚上也在盼。盧斯沃先生一大早便回索瑟頓去報告這裡的重大消息了，而瑪莉雅還在天眞盼望克勞佛先生的態度能盡快明朗，這樣盧斯沃先生就不用再回來了。可是牧師公館那裡一直不見人來，連個人影都沒有，只收到一封葛蘭特太太寫給柏特倫夫人的信，信上客氣表達恭賀與問候之意。這還是近幾個星期來，兩家人頭一次沒聚在一起，因爲自從八月初以來，他們幾乎每天都會爲了一些額外小事碰頭。這一天對瑪莉雅來說，是傷心焦慮的。第二天雖然盼到了亨利・克勞佛，但焦慮程度依舊不減，因爲欣喜若狂的時間僅有片刻，隨後竟又是長達數小時的痛苦煎熬。亨利・克勞佛是來了，但他是跟著急切探望湯瑪斯爵士的葛蘭特博士一起來的。他們一早便被請進早餐室，家人們大多也在。不久，湯瑪斯爵士出現了，瑪莉雅看著心上人被引薦給自己的父親，心情興奮到難以形容。等到後來聽見亨利・克勞佛的那番話，心情更是起伏難安。當時他就坐在她和湯姆的中間，低聲詢問湯姆，那部戲被湯瑪斯爵士歸來的喜事臨時中斷之後（說到這裡，他還很有禮貌地看了湯瑪斯爵士一眼），不知是否還有機會繼續演出，因爲如果還要繼續演的話，他就得算好時間趕回曼斯菲爾德。反正什麼時候需要他，他就什麼時候回來。因爲他現在得馬上到巴斯②去找他叔叔會合，可是如果《海誓山盟》有任何復演的機會，他一定會拋下所有事情，回來繼續效力。他會跟他叔叔說好，只要他們需要他回來演，他就一定得回來。千萬別因爲他不在這裡，便決定不演這齣戲了。

「無論我到哪裡，不管是巴斯、諾福克、倫敦還是約克，」他說：「只要接到通知，一定在一個小時內趕回來。」

還好這時候該回話的是湯姆而非他妹妹。湯姆立刻語帶輕鬆地說：「眞遺憾你要走了，我們的戲眞的玩完了……徹底玩完了（他意有所指地看了他父親一眼）。畫匠昨天就被打發走了，劇場到明天也都差不多拆光了。從一開始，我就知道逃不過這種結果。你現在到巴斯去還太早，可能會見不到人哪。」

「我叔叔常常這時候去。」

「那你什麼時候動身？」

「可能今天就會趕到班伯里。」

「你在巴斯是用誰的馬廄啊？」這是湯姆的第二個問題，而瑪莉雅就趁他們討論時刻意低下身段，盡量用冷靜的語氣參與其中。

不久，他把臉轉向她，重複剛剛對湯姆說過的話，只是態度更溫柔了點，表情更懊惱了點，但光有這種態度和表情又有何用？他就要走了，即便不是他自願走的，但還是打算要走啊。雖然說這可能是他叔叔的意思，可是他的事向來不都是自己作主嗎？儘管他說他是不得已才走，但她知道他這人一向都是自行其事，不聽命於人。他曾經將她的手緊壓在他胸口，如今那隻手和那顆心已經全冷掉了。她心裡痛苦，卻好強地硬撐起精神。她沒想到他竟然言行不一。礙於禮教，她強忍住翻騰的心情。而他又忙著應酬別人，沒再理她，後來他向大家公開表明此行目的是來道別的，這場帶有告別性質的造訪遂很快落幕。他要走了，這是他最後一次碰她的手了。臨別時，他向她一鞠躬，從此她只能與孤獨為伴了。亨利．克勞佛走了，他離開大宅了，兩個小時後，也將離開這地方，他的自私與虛榮心曾在瑪莉雅和茱莉雅的心湖裡激起一圈又一圈的漣漪，如今全化為泡影。

茱莉雅倒是慶幸他走了，因為她已經開始討厭看到他。既然瑪莉雅沒得手，她索性冷靜下來，不再試圖報復。她才不願趁姐姐被人拋棄之際，還去揭她瘡疤。畢竟亨利．克勞佛人已離去，她反而可憐起她姐姐來了。

個性純真的芬妮聽見此消息很高興。她是在吃晚餐時聽見的，直覺地認為這是好事。其他人提到這事時，則顯得依依不捨，幾乎每個人都在誇獎他，包括艾德蒙和他母親在內。艾德蒙是基於愛屋及烏的心理，誠懇地誇獎對方，而他母親卻是漫不經心地隨聲附和。至於諾利斯太太則是先看看四周的人，心裡納悶他和茱莉雅怎麼沒下文了？擔心是不是自己沒有盡力促成這樁好事？不過話說回來，她有那麼多事得費心，哪有可能件件都如願？

又過了一兩天，耶茲先生也離開了。他這一走，等於稱了湯瑪斯爵士的心。他早就想關起門來，好好過自家人的日子，就算有一個比耶茲先生還要高貴的人想住進來，他都受不了，更何況是這樣一個自大、囉嗦、懶散又奢靡的傢伙，他對他反感極了，尤其令他生氣的是，這討人厭的傢伙竟然還自稱是湯姆的朋友和茱莉雅的追求者。儘管湯瑪斯爵士對克勞佛先生的去留不太在乎，但能親自送耶茲先生到門口，祝他一路順風，卻是再開心不過的事。耶茲先生是一直待到親眼看見劇場的所有準備工作悉數取消，演戲道具全數清除，才終於死心，離開曼斯菲爾德，而且他的離去等於還給這棟宅邸眞正的寧靜。湯瑪斯爵士看著耶茲先生走出去，在他眼裡，耶茲先生和那場演戲計畫脫不了干係，所以最令他嫌惡，最想除之而後快。如今除掉這最後一個障礙物之後，曼斯菲爾德就再也沒任何東西可以讓他想起家裡曾經演過戲的事實。

不過可能還有件東西會礙他的眼，只是諾利斯太太早已想辦法先搬回家去了，沒敢讓他瞧見。原來她搬走的是她花了不少工夫張羅的布幕，而她家剛好缺塊綠色絨布。

譯註：

①英國節日，每年九月二十九日。

②巴斯（Bath），字面即「沐浴」之意，英國著名的溫泉鄉、旅遊勝地，溫泉設施建置始於西元一世紀的羅馬帝國時期。

湯瑪斯爵士的歸來，不僅害《山盟海誓》停演，也給家裡的氣氛帶來了極大改變。在他的重新掌理下，曼斯菲爾德變了個樣。以前的小團體走掉了一些人，還有些人從此悶悶不樂。與過去相比，家裡氣氛沉悶許多，少有喜逐顏開的時候，連和牧師公館也少有往來了。湯瑪斯爵士平常就不喜與外人密切交往，尤其現在這時候，但盧斯沃家例外，他只想與這家人交好。

艾德蒙對於他父親的這種作法並不奇怪，也不特別難過，只是覺得不該把葛蘭特一家人排除在外。

「應該讓他們來的，」他對芬妮說：「他們就像是自己人一樣，已經成了我們的一分子。我眞希望父親能瞭解，他不在家的時候，那一家人有多關心照顧母親和妹妹。我擔心他們以爲我們看不起他們，其實是父親不夠瞭解他們。他有差不多一年的時間不在英國，那段期間都是他們來陪我們，如果父親能更瞭解，就會贊成和他們多多來往，事實上，他們正是父親素來欣賞的那種人家。我們家裡向來缺少生氣和活力，兩個妹妹看起來總是無精打采的，連湯姆也神不守舍。如果葛蘭特博士夫婦能造訪，應可給家裡帶來一點生氣，讓夜晚時光過得快活些，連父親也會受到感染。」

「你是這麼想嗎？」芬妮說：「可是在我看來，姨丈不會喜歡外人來的。他最重視的就是你說的那種平靜生活，他只是希望自己可以安安靜靜地待在家裡。而且我不覺得我們現在的生活比以前來得死板。我的意思是和姨丈出國之前比起來，沒什麼差別。因爲自我有記憶以來，這個家一直都是這樣。他在家的時候，我們一向不敢放聲談笑。若說眞有什麼差別的話，我想也是因爲他離家很久，最近剛回來，大家難免有點生疏。可是我記得以前家裡晚上的氣氛，本來就是這麼嚴肅啊，只有姨丈去倫敦的日子，才會稍微輕鬆點。我相信只要家裡有個德高望重的人坐鎮，年輕人就不敢造次。」

「芬妮，我想妳說得沒錯，」他思索了一會兒說道：「我們家只是恢復往日狀態，其實根本沒什麼不同。前陣子之所以覺得新奇，是因爲日子過得太過快活。是啊，才短短幾個星期，就讓我們留下這麼深刻的印象。感覺上我們以前好像從來沒有過那樣的生活。」

「我想我可能比別人古板吧，」芬妮說：「因爲我並不覺得這幾天晚上有多難熬。我喜歡聽姨丈講西印度群島的事情，我可以連續聽他講上一個小時仍覺津津有味，比做其他事情都來得有趣。不過我想那是因爲我跟別人不太一樣。」

「妳爲什麼這麼說呢？（他笑笑）妳是否很想要我說，妳和別人不一樣的地方在於妳較有智慧？比較穩重？不過芬妮妳也知道，我向來不懂怎麼讚美別人，不管是對妳，還是對其他人。所以如果妳想聽讚美，還是去找我父親吧。他一定能讓妳滿意。妳只要問問妳的姨丈，他對妳持有什麼看法？妳就會聽到很多讚美。雖然大多是在讚美妳的外表，還是將就著聽吧，而且一定要相信他早晚會看出妳的內在優點。」

這番對話對芬妮來說很新奇，害她有點不好意思。

「親愛的芬妮，妳姨丈覺得妳長得漂亮，這本來就是事實，只是每個人聽見這句話，都會大驚小怪，只有我不會。每個人都喜歡聽別人讚美自己長得漂亮，只有妳不喜歡。不過老實說，妳姨丈以前也沒看出來，是現在才發現的。妳的氣色比以前好許多，外貌也變漂亮了，至於身材……芬妮，別不好意思，他是妳的姨丈哪。如果連姨丈的讚美妳都受不了，以後可怎麼辦？妳要學著臉皮厚一點，大方接受別人的讚美，別擔心自己變漂亮了。」

「噢，你別說了，別再說了。」芬妮嚷道，心情五味雜陳，非他所能想像。他看她不高興，便不再往下說，只是一本正經地多補了兩句：「妳姨丈在各方面都非常欣賞妳，所以我希望妳多跟他說話。晚上一家人聚在一起的時候，總有些人不太愛說話，妳就是其中之一。」

「可是我已經比以前更常找他說話。眞的！你有沒有聽到我昨天晚上在問他奴隸買賣的事？」

「我聽到了，而且希望妳可以再多問一點。多問一點，妳姨丈才會開心。」

「我也想啊，可是大家都不說話。表哥、表姐坐在旁邊悶不吭聲，好像對那問題不太感興趣，所以我就不敢再多問。我想姨丈一定希望是自己的女兒來問這問題，如果淨是我在問，我怕別人會說我在自抬身價，把別人踩在腳底下。」

「克勞佛小姐說得一點也沒錯。前幾天她說到妳，她說別的女人都怕別人冷落自己，就只有妳好像特別怕別人多注意或誇獎妳。我們在牧師公館談到妳，她是這樣告訴我的。她的觀察眞是敏銳，在我認識的人裡頭，還沒有一個人像她這麼識人善辨。對一個年輕小姐來說，實在不簡單！她肯定比妳的舊識更瞭解妳，至於她對其他人的看法，我其實偶而可從她一時興起的暗示裡頭或不經意流露的話語當中聽出究竟，要不是她有所顧忌，不便直說，其實絕對可以準確說出許多人的個性。我就很好奇她對我父親的看法是什麼。她應該會稱讚他儀表堂堂、文質彬彬、威嚴穩重，但也可能因爲很少見到他而覺得他這人保守到有點令人討厭。要是他們能多相處，相信一定很投緣。他會喜歡她活潑的個性，而她那過人的識人本領則會讓她懂得欣賞他的才幹與能力。我希望他們能常見面，也希望她不會以爲他不喜歡她。」

「她一定知道你們都很重視她，」芬妮半帶感嘆地說：「所以不會那樣想的。湯瑪斯爵士只是因爲剛回來，想跟家人多聚聚，所以也是情有可原，她不會埋怨的。我相信過了一陣子之後，我們又會像以前一樣常常見面，只是換了季節而已。」

「她長這麼大，還是第一次在鄉下度過十月時光，我不認爲湯布里奇或卻爾頓納算是鄉下。只是十一月的景致就更蕭條了，我看得出來，葛蘭特太太很擔心她妹妹會嫌冬天的曼斯菲爾德無趣乏味。」

芬妮本來還有很多話想說，但覺得保留不說較好。對於克勞佛小姐的急智反應、教養、個性、自大，以至於其交往的朋友，她都不想著墨，免得一不小心說錯話，反而顯得自己失禮。更何況克勞佛小姐總是對她不吝讚美，看在這一點上，也該知所感激地不要計較太多，於是她刻意岔開話題。

「明天姨丈要去索瑟頓赴宴，你和大表哥也要去，這樣家裡就剩下沒幾個人了。希望姨丈會喜歡盧斯沃先生。」

「芬妮，這是不可能的，過了明天，他就不會那麼喜歡他了，因爲我們得跟他共處五個小時。我眞的很怕明天會很無聊，更糟的是，湯瑪斯爵士對他的印象應該欠佳，他不可能再自我欺騙下去。我眞爲他們感到遺憾，可是盧斯沃先生和瑪莉雅當初根本不該交往。」

湯瑪斯爵士的確感到失望。儘管他對盧斯沃先生保持友善，儘管盧斯沃先生也一直對他畢恭畢敬，湯瑪斯爵士還是很快識破眞相——盧斯沃先生是個愚蠢的年輕人，無論是書本知識還是商業知識，全都不懂，凡事欠缺主見，且對自己的缺點一無所知。

他沒有想到自己未來的女婿會是這樣，不免替瑪莉雅感到憂心，他想瞭解她的想法究竟爲何，於是做了一點必要的觀察，結果發現他女兒對這件事並不在乎。她對盧斯沃先生的態度看起來很冷淡，一點也不關心他。所以她不可能喜歡他，眞的不喜歡。湯瑪斯爵士決定找她好好談談。儘管兩家聯姻對他來說會有好處，再加上訂婚也有一段日子，早就傳遍鄉里，但也不能因爲這樣就犧牲掉女兒的幸福。或許是因爲她跟他認識沒多久便貿然訂婚，進一步瞭解他之後，才有點悔不當初。

湯瑪斯爵士找她深談了一次，神情嚴肅，態度和藹。他談到他的掛慮，詢問她的想法，要她誠實以告，還保證如果她覺得這門親事難以帶給她幸福，那麼他定會想辦法解除婚約，幫她解脫。瑪莉雅一邊聽，心裡一邊掙扎，等她父親說完話後，她卻立刻給了他明確的答案，這中間完全看不出來情緒有過任何波折。她感謝他的關心與疼愛，但他完全誤會了，她並無半點解除婚約的念頭，自從訂婚後，她的心就不曾動搖過。她非常敬重盧斯沃先生的人品與性情，相信他們婚後會共享幸福。

湯瑪斯爵士總算寬心了。他很高興聽到令他滿意的答案，因此未像平常一樣用自身判斷力再追問下去。假若放棄這門親事，對他來說可是大損失，於是他說服自己，盧斯沃先生年紀還輕，仍有進步空間，只要以後多與有識之士來往，終究會有長進。既然瑪莉雅這麼堅定地相信他們會幸福，且非出於愛情的盲目和偏見才這樣說，那就相信她的話吧。她對盧斯沃先生的感情或許不深，事實上他也不認爲她對盧斯沃先生有特殊感情，不過她的幸福不致因此折損。只要她不強求自己的丈夫非要才華出眾，出人頭地，那麼她應可滿足於現狀。心地善良的年輕女孩，如果不是爲了愛情而結婚，婚後就會更想念娘家。索瑟頓離曼斯菲爾德這樣近，想必她將經常走動，娘家肯定成爲她日後的快樂泉源。以上種種，都是湯瑪斯爵士心裡打的如意算盤。他很高興女兒沒有毀婚，這代表他不會遭到別人的質疑、議論和譴責，更何況這樁體面親事對他的事業來說亦是有益無害，多虧他女兒的性情好，才能順利保住這門婚事；想到以上種種好處，他不禁十分得意。

對於此回談話結果，他女兒跟他同樣滿意。她高興的是她終可掌握自己未來的人生，不須留戀過往，她決定再去一趟索瑟頓，絕不讓克勞佛先生洋洋得意地以為他仍能左右她的行為和毀掉她的前途。她躊躇滿志地回到房裡，決定從此以後對盧斯沃先生的態度要更節制點，免得父親又起疑心。

如果湯瑪斯爵士是在亨利・克勞佛剛離開曼斯菲爾德的那三、四天向女兒求證，她的答案或會截然不同，因為那時她的心情尚未平復，對克勞佛先生也還沒完全死心，或者說仍沒能下定決心要屈就於盧斯沃先生。可是經過了三、四天的音信全無，心上人不見蹤影，毫無依依不捨的跡象，也無別離後的相見可期，終使她的心漸漸冷卻，冷到必須靠驕傲來武裝自己。她決心報復，藉此撫慰受傷的心靈。

亨利・克勞佛毀了她的幸福，但她絕不會讓對方知道，也絕不讓自己的名聲、美貌和前程毀在他手裡。他休想以為她會守在曼斯菲爾德，眼巴巴地等他回來，為他放棄索瑟頓和倫敦，放棄盧斯沃的豐厚家產與榮耀。她現在變得比以前更巴不得立刻坐擁巨大家產，她越來越覺得沒有獨立家產，是多麼的可悲。她再也受不了父親施加的約束，父親去國期間她所享受的那種自由，對她而言已變得不可或缺。她必須盡快脫離父親的掌控，脫離曼斯菲爾德，她要去過浮華生活，她要到處交遊，開眼界、見世面，藉此療癒受創的心靈。她的心意已決，不會再改變。

既然主意已定，便不想再把婚事拖下去，甚至不想為了籌辦婚禮而耽擱日子。倒是盧斯沃先生不像她那樣急著完婚。可是在心理上她已完全做好結婚準備了，因為她討厭她的家，討厭家人對她的束縛，討厭家裡的死氣沉沉，再加上情場失意，意中人輕忽她的感情。她覺得其他小事緩辦無妨，新馬車和新傢俱的採買均可等到來年春天處理，等她有興趣的時候再到倫敦購置。

既然這方面的主要問題都解決了，婚禮前的準備工作只需幾個星期便能告成。

盧斯沃老太太極其樂意把女主人的位置讓給寶貝兒子所挑的媳婦，於是早在十一月初便照著孀居貴婦的老規矩，坐上輕便的四輪馬車，帶著貼身男女僕搬到巴斯去了。她將在那裡的晚宴向客人吹噓索瑟頓的美景，並像以往一樣在牌桌上享受人生。不到十一月中，婚禮鐘聲響起，索瑟頓迎進新的女主人。

婚禮豪華隆重，新娘雍容華貴，兩位伴娘相形遜色得恰如其分。她的爵士父親把她交到新郎的手裡；她母親手裡拿著嗅鹽①，隨時準備激動得昏倒；她的姨媽使勁地想擠出眼淚；葛蘭特博士則把婚禮祝禱朗誦得十分感人。鄰居們後來聊起這場婚禮，成認一切盡善盡美，除了那輛把新郎、新娘和茱莉雅從教堂門口載到索瑟頓的馬車已有一年車齡，堪稱可惜。除此之外，婚禮上的其他細節皆經得起最嚴格的檢驗。

婚禮大功告成，賓客已全散去。湯瑪斯爵士開始出現為人父常有的焦慮心情；而他的妻子原本以為自己會在婚禮上因過度激動而昏倒，沒想到只是杞人憂天；諾利斯太太一整天下來都在開開心心地幫忙嫁娶事宜，她到莊園安慰妹妹，向盧斯沃夫婦敬酒時也多喝了兩杯，心情快樂到了極點，只因這門親事全靠她促成，她的功勞第一。她自信滿滿、洋洋得意，那神情活像是這輩子從沒聽說過不幸婚姻，也讓人看不出她壓根不瞭解她自小看著長大的外甥女眞正脾性。

按照計畫，這對新婚夫妻過幾天後會前往布萊頓②，在當地租屋住上幾星期。瑪莉雅從沒去過公共娛樂場所，對她來說，布萊頓的冬天幾乎跟夏天一樣熱鬧好玩。等到把那裡的新鮮玩意兒全玩遍，她將接著去倫敦開眼界。

茱莉雅也要跟他們去布萊頓，兩姐妹不再爭風吃醋，漸漸恢復了往日情誼，至少兩人目前很願意像朋友般互相作伴。對盧斯沃先生的新婚妻子來說，多一個人陪她去是正符所望，而對茱莉雅來說，她跟姐姐一樣想多瞧點新奇有趣的東西，只不過她不必像姐姐那樣得經過一番情海滄桑才有所覺悟，所以算是心甘情願跟著他們開心上路。

曼斯菲爾德因兩姐妹的離去而有了另一番大改變，家裡一下子少了許多人，留下來的缺口恐怕得靠時間來填補。雖然這兩位柏特倫小姐稱不上家中開心果，但大家還是很想念她們。就連她們的母親都叨念不已，更何況是心腸一向柔軟的表妹。她在屋裡走來走去，思念表姐們，不過這兩姐妹對她可就沒這麼有感情了。

譯註：

①指碳酸銨，用來喚醒昏厥過去的人。

②布萊頓（Brighton），英國東薩西克斯郡（East Sussex）西側濱海的觀光勝地。

第二十二章

Mansfield Park

兩位表姐走後，芬妮的地位頓時提高不少。現在客廳裡只剩下她一個年輕女孩，以前有趣的三人組合裡，她只是個毫不起眼的老三角色，如今只剩下她，勢必會比以往受到更多關注。於是「芬妮到哪兒去了？」便成了時常聽到的問題，即便沒什麼事找她幫忙，也常會被問起。

不僅如此，她在牧師公館的身價也提高了。本來自從諾利斯先生過世後，她就一年裡難得上那兒一兩次，但現在卻成了受歡迎的常客。一開始是十一月的某個陰雨天，她逢偶然機會上那兒拜訪，受到瑪麗·克勞佛的熱情接待，從此便經常受邀作客。追根究底，其實是葛蘭特太太急著想爲她妹妹解悶，於是採用最簡單的自我欺騙法，自認爲邀芬妮過來是在做好事，也等於提供對方重要的上進機會。

原來那天諾利斯太太派芬妮去村裡跑腿辦事，結果在牧師公館附近遇上大雨。他們隔著窗戶看見芬妮站在牧師公館屋外的橡樹下躲雨，便邀她進來。一開始芬妮謝絕僕人的好意，可是後來葛蘭特博士竟親自拿傘出來，害她很不好意思，只好趕快進去。當時可憐的克勞佛小姐正沮喪地望著窗外的秋風苦雨，懊惱這天早上的戶外計畫全泡湯了，接下來的二十四小時恐怕除家人之外再也見不到其他人，卻在這時忽然聽見前門傳來聲響，然後就看見渾身滴水的普萊斯小姐走進門廳。她開心極了。鄉下的陰雨天裡能有客人上門，實在難得。這位嬌客被硬帶到她面前，她的精神爲之一振，熱情招呼對方，發現來者衣服濕透了，趕緊找來乾淨衣服提供更換。芬妮起初不肯，最後還是接受了人家的好意，讓那兩位女主人和女僕們幫她更衣，但雨還在下，她不得不回到樓下客廳枯坐一個小時，等候雨停。對克勞佛小姐來說，普萊斯小姐突然造訪所帶給她的新鮮感，一直持續到更衣用餐時間。

兩姐妹對芬妮十分親切客氣，若不是芬妮擔心打擾到他們，又若是她能預見一個小時後天氣將放晴，她就不必在主人家堅持之下坐葛蘭特博士的馬車回去，那麼她對這次作客之事心裡肯定會好過些。至於她被這種天氣困在外面會否引起家人著急，她倒是一點也不緊張，因爲兩位姨媽都知道她出門，而她很清楚她們絕不可能爲她擔心。只要諾利斯姨媽順口說一句她應會在哪座農舍避雨，柏特倫姨媽定深信不疑。

天色開始放晴，這時芬妮看見屋裡有座豎琴，便隨口問了幾句。又過了一會兒，她坦承自己很想聽豎琴演奏，還說從豎琴送抵曼斯菲爾德以來，她都沒機會聽克勞佛小姐演奏。她們不相信，但對芬妮來說，這是很平常的事情，因爲自從豎琴送來後，她就很少來牧師公館，也沒有理由來。這時克勞福小姐才突然想起以前曾說過要彈給她聽，她爲自己的疏忽感到不好意思，趕緊和氣地問她：「我現在彈給妳聽好嗎？」「妳想聽什麼？」

她如芬妮所願地彈奏起來，很高興又得到一位聽琴的知音。至於芬妮則是滿懷感激，不停讚美對方琴藝，顯示出她並不乏音樂品味。克勞佛小姐一直彈到芬妮的目光移向窗外已然晴朗的天色，暗示她該告辭了，才暫時歇手。

「再聽十五分鐘好了，」克勞佛小姐說：「順便再觀察天氣如何，不要雨停了就走，那幾朵雲看起來挺嚇人的。」

「烏雲已經飄過去了，」芬妮說：「我剛剛一直在注意。這場雨是從南邊過來的。」

「不管是南邊還是北邊，烏雲就是烏雲，我一眼就看得出來。太不保險了，妳還是再等等，再說，我還想彈另一首曲子給妳聽，很動聽哦，也是妳表哥艾德蒙的最愛。妳一定要留下來聽聽妳表哥最愛聽的曲子。」

芬妮還是覺得自己應該離開，其實就算克勞佛小姐沒對她說那句話，她也已經滿腦子都在想著艾德蒙了，如今經她這麼一提醒，更是止不住地想。她可以一遍又一遍地想像他坐在這房裡的情景，也許就坐在她現在的位置上，百聽不厭他最喜歡的曲子，而且在她想像中，克勞佛小姐彈給他聽的時候，琴聲更爲悠揚，神態也更嬌美。儘管她喜歡這首曲子，也很高興和他有相同喜好，但聽完曲子後，她卻更急著要走。克勞佛小姐見她執意回去，便熱絡地邀她下次再來，下次有空散步時，也可順道走到這兒來聽自己的演奏，芬妮被這番誠意感動，說只要家裡不反對，她一定再度來訪。

這就是她們在柏特倫小姐們離去後半個月，逐漸發展出來的友誼。而這種友誼的形成，主要是因爲克勞佛小姐想找點新鮮事來做，至於芬妮對克勞佛小姐亦不具有眞正的感情，卻仍三天兩頭地往葛蘭特家跑，彷彿中了邪似的，不去那裡便覺得不安心，但芬妮其實並不喜歡克勞佛小姐，也沒想過要喜歡對方，就算克勞佛小姐常請她去聽琴，她也不覺得有什麼好感激，反正現在也請不到別人來聽。她在和克勞佛小姐談話時，也不覺得有趣，偶而才會覺得有點意思。而所謂的有點意思，往往是因爲聽見對方拿那些理當敬重的人或重視的事來說笑打趣，她只好跟著屈從幾句。儘管如此，她還是常去牧師公館。最近的天氣本來應該冷了，卻異常溫暖，這陣子她們常在葛蘭特太太的灌木林裡散步，一走就是半個小時，有時甚至不顧天氣已涼，仍相偕坐在無濃蔭覆頂的長凳上老半天。有一次，芬妮正以輕柔的語調讚嘆深秋情趣時，突然一陣冷風襲來，刮落樹上黃葉，她們被凍得當場跳起來，趕緊走一走，試圖暖和身子。

「這裡很美，眞的很美。」有一天她們又坐在長凳上，芬妮環顧四周這樣說：「我每次來這裡，都感覺到樹又長高了，林子更美了。三年前，這裡只有一排不像樣的樹籬，想不到三年後，會變成這麼漂亮的林蔭步道，所以實在很難說這片林子之好究竟是爲人們提供了方便，還是美化了環境。也許三年後，我們又會忘了或記不清楚它原來的樣子。時間的作用和人心的變化眞是奇妙無比！」過一會兒，她又自顧自地繼續往下說：「如果說人類有什麼奇妙無比的天賦本領，那一定就是記憶力了。人的記憶力可強可弱，並不一定，比起其他知覺來說尤其顯得不可思議。我們的記憶力有時很牢固、很管用、很聽話，有時又很糊塗、很專橫、很微弱，有時候也很霸道、很難操控！當然人有許多地方是十分奇妙的，但記憶力和遺忘力尤其奇妙無比。」

克勞佛小姐心不在焉地聽著，毫無反應。芬妮覺察到了，於是把話題轉移到對方有興趣的事物上。

「也許我不太會讚美，但我眞的很佩服葛蘭特太太在這方面的品味，這條林蔭步道設計得很好，看起來幽靜樸實，沒有太多人工雕琢的痕跡。」

「是啊，」克勞佛小姐漫不經心地回應：「對這種鄉下地方來說，應該算不錯了。反正這兒的人要求也不高。這話我只跟妳私底下說，在來曼斯菲爾德之前，我從沒想過一個鄉下牧師竟然還有雅興去布置出灌木林園這種東西出來。」

「這裡的冬青叢長得多好，眞是賞心悅目！」芬妮回答：「我姨丈的園丁常說這邊的土質比他那裡的好，從月桂樹和冬青叢的生長情況來看，確實不錯。妳看，這些冬青叢多美、多討人喜歡，好奇妙啊！仔細想想，大自然的變化眞是令人驚豔！我知道在一些鄉區，這種葉子的樹木都屬於同一品種，但同樣的土質、同樣的陽光所培育出來的植物卻在同樣的生存法則下出現這麼大的差異。妳或許覺得我瘋了，可是每當我來到戶外，尤其在戶外靜坐時，很容易就會浮現出這些奇怪的念頭。即便是大自然裡最平常的產物，只要細心觀察，都能爲無邊無際的幻想提供飽足的食糧。」

「老實說，」克勞佛小姐說：「我有點像法王路易十四宮廷裡那位有名的總督，只知道自己走在灌木林裡，對其他東西一概不好奇。一年前如果有人告訴我這地方以後是我家，我得像現在這樣日復一日地住在這裡，我想我一定不會相信。可是我已待在這裡五個月了，還是我這一生中過得最清閒的五個月。」

「我想對妳來說是太清閒了點。」

「理論上，我應該這麼想，不過……」說到此處，她的眼睛頓時亮了起來，「整體來說，也算是我這一生中最快樂的夏天。只是……」她若有所思，壓低音量：「只是不知道以後會怎麼樣。」

芬妮的心跳開始加速，她不敢去猜她接下來想說什麼，也不敢求她繼續說下去。克勞佛小姐又活潑了起來，繼續把話說完。

「我發現我竟然比原先想像的還能適應鄉下生活，甚至覺得在鄉下住上半年也不錯，在某種情況下，其實倒滿愜意。譬如若能有一棟大小適中的雅緻房舍，平日能常與四周親友往來，然後在附近鄰里自成一個上流社交圈，這樣或許還比那些財大氣粗的有錢人家更能在當地引領風騷，受人尊敬呢，而且交際應酬完之後，還能和這世上與妳最投緣的人促膝談心，這不是很美好嗎，普萊斯小姐？若能有這樣一個家，何須去羨慕新婚的盧斯沃太太呢。」

「羨慕盧斯沃太太？」芬妮只重複了這句話。

「算了，算了，我們也別對盧斯沃太太過刻薄，這樣不厚道，再說，我還巴望著以後靠她來幫我們辦點好玩的聚會呢。我想明年我們應該會常去索瑟頓，柏特倫小姐的這樁婚姻對我們大家來說是個福祉，因爲身爲盧斯沃先生的妻子，最大的樂趣應該就是讓家裡高朋滿座，有事沒事在鄉下舉辦幾場歡樂舞會。」

芬妮沉默不語。克勞佛小姐則又陷入沉思，幾分鐘過後突然抬起頭來大嚷：「啊，他來了。」她說的不是盧斯沃先生，而是艾德蒙，他和葛蘭特太太正相偕朝她們走來。「是我姐姐和柏特倫先生。我眞高興妳的大表哥不在，這樣我才能喚他柏特倫先生。我總覺得艾德蒙·柏特倫先生這稱呼聽起來太古板、太微不足道，像么兒的名字，我不喜歡。」

「我們的想法可眞不一樣！」芬妮嚷道：「對我來說，柏特倫先生這稱呼聽起來太冷漠、太呆板、太沒個性，欠缺親和力，只知是個男士的名字，僅此而已。可是艾德蒙聽起來就很高貴，有英勇和威望的意思，是王公貴族常取用的名字，聞得到騎士精神與大愛的味道。」

「我承認這名字本身不錯，『艾德蒙勛爵』或『艾德蒙爵士』聽起來也算好聽，但如果降一級，只加個先生，那麼『艾德蒙先生』就比『約翰先生』或『湯瑪斯先生』這兩個名字強不到哪兒去。好了，這麼冷的天，我們還坐在外頭，我看最好趁他們還沒數落我們之前，趕緊起身吧。」

艾德蒙很開心遇見她們。他聽說她們越來越要好，心裡說不出的高興，而這還是他頭次看見她們兩人單獨在一起。他最在乎的兩位女孩成爲彼此的好友，他求之不得，而這都得歸功於他情人的大方與體恤（姑且說她是他的情人吧），不過他也不認爲在這段友誼裡，芬妮是唯一或較大的受益者。

「唉呀，」克勞佛小姐說：「你們該不會罵我們太不懂得照顧自己？我們一直坐在外面，就是等著聽訓的，等著你們過來，求我們下次別再這樣。你們說呢？」

「如果是妳們其中一個單獨坐在這裡，」艾德蒙說：「我可能眞的會罵人。不過既然是兩個一起犯錯，倒是可以原諒。」

「她們坐在這裡應該沒多久吧，」葛蘭特太太嚷道：「我上樓去拿披肩的時候，從樓梯間的窗戶看見她們那時還在散步。」

「老實說，」艾德蒙補充道：「天氣相當溫暖，妳們坐在這裡才幾分鐘，不致於讓人覺得不懂得照顧自己。畢竟我們不能光靠日曆來判斷天氣狀況，有時十一月甚至還比五月溫暖呢。」

「我的天啊，」克勞佛小姐嚷道：「你們兩位眞是我所見過最讓人失望又最沒感情的朋友！竟然完全都不擔心。你們可知道我們剛剛有多慘啊，快凍僵了！不過我早知道柏特倫先生不易上女人們的當，所以一開始便對他不抱希望，可是妳，葛蘭特太太，我的親姐姐，我還以爲我可以嚇唬到妳呢。」

「親愛的瑪麗，別自以爲是啦，妳嚇唬不了我的，我當然也有掛心的事，不過和妳想的完全不同。要是我眞有本領改變天氣的話，一定召來刺骨寒風，吹得妳坐也坐不住。妳知道嗎，羅伯覺得夜裡不冷，非要我把我的幾盆花放到屋外去，不過我已經料到最後結果啦。天氣一定會突然大變，瞬間下起霜來，害大家措手不及，這點羅伯可想不到，然後我的花就全凍死了。更糟的是，廚子方才告訴我由於天氣太熱，火雞放不到明天，本來我打算等星期天再煮來吃，因爲我知道葛蘭特博士星期天忙了一整天，肯定特別有胃口。這些事才是我要擔心的，我總覺得這天氣實在熱得反常。」

「看來在鄉下料理家務還挺有趣呢，」克勞佛小姐淘氣地說：「不如把我介紹給種苗圃的或賣家禽的販子吧。」

「我的好妹妹，妳先推薦葛蘭特博士去當西敏寺或聖保羅教堂的院長，我就介紹做苗圃的和賣家禽的人給妳。不過曼斯菲爾德可沒有這種販子和工人，所以妳要我怎麼辦？」

「噢，不用怎麼辦，妳現在的事情忙都忙不完了，不時還要受點氣，又從來不對人家發脾氣。」

「謝謝妳，不過不管我們住在哪裡，總會遇到這些不大不小的煩惱。我敢說就算妳住在倫敦，我去看妳，也會發現妳有妳的煩惱，即便妳有了自己的苗圃工和家禽販子，拿不準也會給妳惹麻煩呢。譬如他們住得遠，不準時上工，或者索價太高，老騙妳的錢，這些都會讓妳叫苦連天。」

「我覺得只要有錢，何必在乎這些小事。確保幸福的萬靈丹就是可觀收入，如此才能保證要長春花就有長春花，要火雞就有火雞。」

「妳想要家財萬貫？」艾德蒙說，那神情看在芬妮的眼裡顯得異常嚴肅。

「當然，難道你不想嗎？有誰不想？」

「我不會去想我不可能辦到的事。克勞佛小姐大可去想自己要坐擁何種程度的財富，一年想要幾千英鎊就有幾千英鎊，至於我的願望，只要不窮就行了。」

「我懂了，像你這種年紀，財力有限，又欠缺人脈，所以最好的方法當然是節約度日和量入爲出囉。你要的不過就是還算像樣的生活而已。你的年紀不小，而你的親戚不是幫不了你的忙，就是用他們的有錢有勢來襯出你的寒酸，所以你還是安安分分地做個貧窮的老實人好了。不過我可不羨慕你，甚至可能看不起你，我看得起的是那些有錢的老實人。」

「我不在乎妳對有錢或沒錢的老實人看不看得起。我的意思並不是我想當窮人，我當然也不想窮，可是我希望妳別瞧不起那些中等階級的老實人。」

「但如果有機會向上爬，卻不肯爬，我就會瞧不起他們。明明可以出人頭地，卻甘於默默無聞，這種人我一向瞧不起。」

「可是要怎麼往上爬？我這個老實人又該怎麼出人頭地？」

這問題不容易回答，這位漂亮小姐沉吟良久才說：「喔，你應該進入國會，要不，十年前就該選擇從軍。」

「現在說這話也無濟於事了吧？說到進國會，我想恐怕得等他們有個專爲沒錢的么子所設的國會，我才進得去吧。不過克勞佛小姐，妳錯了，」他用一種嚴肅的語調說道：「出人頭地的門路固然有，我也不是可憐到連一點機會都沒有，只不過那種出人頭地的性質不太一樣。」

他說這話時，神情顯得有些局促不安，克勞佛小姐則是帶笑看他，態度也有點不自然。此情景看在芬妮眼裡，很不是滋味。她和葛蘭特太太並肩而行，跟在他們兩個後面，她發現自己不想再待下去，只想快點回家，卻無勇氣開口。這時曼斯菲爾德的大鐘響起，敲了三下，她才想到自己這次出來太久了，於是剛剛心裡的那番自問自答——是否該立刻告辭？要怎麼告辭？——立刻有了答案。她毫不猶豫地向他們開口道別，艾德蒙這才想起來他母親在找芬妮，他是來牧師公館找芬妮回去的。

芬妮這下更急了，她本來打算自己先回去，不指望艾德蒙陪她一起走。但大家都跟著加快腳步，陪她穿堂過去，結果在門廳遇見葛蘭特博士。他們停下來和他聊了一會兒，她這才從艾德蒙的話裡聽出他眞的想陪她一起回去，因爲他也在向主人道別。她好生感激。偏偏正要走的時候，葛蘭特博士突然開口邀艾德蒙明天過來吃羊肉大餐。芬妮正覺得心裡不是滋味，葛蘭特太太突然想起了她，轉身邀她明天也一塊來。芬妮不知所措，因爲她這一輩子還從沒被人這麼重視過。她驚喜萬分，結結巴巴地表示感謝，但又說「自己恐怕作不了主」，眼睛同時望向艾德蒙，想尋求他的意見與幫忙。艾德蒙欣喜她也受到邀請，於是一邊看著她，一邊回覆說，只要她姨媽不反對便無理由不來，而他母親是不可能多加攔阻的，所以建議她接受邀請。雖有他的鼓勵，芬妮還是不敢貿然答應，事情就這樣順勢敲定，只要沒另外通知說她不來，就表示一定赴約。

「你們知道明天的晚餐是什麼嗎？」葛蘭特太太微笑說：「是火雞，而且保證是隻不錯的火雞哦，因為親愛的，」她轉身對她丈夫說：「廚子堅持這隻火雞明天一定得上桌。」

「好啊，好啊，」葛蘭特博士嚷道：「那太好了。我很高興聽到家裡有難得的美味料理。不過我相信普萊斯小姐和艾德蒙·柏特倫先生是有什麼就吃什麼的。我們不必聽什麼菜單啦，只是朋友聚會，又不是在擺宴席。火雞也好、鵝也好、羊腿也好，就由妳和廚子決定吧！」

兩個表兄妹結伴回家，才踏出葛蘭特家的大門，就談起了明天的聚會。艾德蒙開心地說他很高興她和他們走得這麼近，在他看來是件好事。說完後，便久久沉思不語，兩人一路默默走回家去。

第二十三章

Mansfield Park

「葛蘭特太太爲什麼要請芬妮去？」柏特倫夫人說：「她怎會想到要邀請芬妮呢？從來沒有人請過芬妮。我不能讓她去，我相信她也不想去。芬妮，妳不想去，對不對？」

艾德蒙搶在他表妹開口前嚷道：「您這樣問她，她當然會說不想去。親愛的母親，我相信她想去，另外我看不出來她有什麼理由不去。」

「我就是想不明白葛蘭特太太爲什麼要請她。她常常請你兩個妹妹，但從來沒請過芬妮。」

「姨媽，如果您離開我不行的話……」芬妮用種認命的語調說。

「我母親很願意由我父親代替妳陪她一個晚上。」

「可以的話，我當然願意啊。」

「那不如聽一下父親的意見吧。」

「這主意很好，就這麼辦。艾德蒙，等湯瑪斯爵士一回來，我就去問他，沒有芬妮陪我行不行。」

「母親，您要怎麼問都可以，不過我在想是否該問父親，按常理來看，芬妮應不應接受人家的邀請？我想他一定會認爲，無論對葛蘭特太太還是芬妮來說，第一次受到邀請，理當要接受。」

「我不曉得哪。我們問問看吧。不過他一定會很驚訝葛蘭特太太怎麼邀芬妮去呢？」

這話題被他們暫時擱下，直到湯瑪斯爵士返家後再說，畢竟再多說什麼也解決不了問題。不過柏特倫夫人心裡仍記掛著此事，因爲這會影響到她明天晚上作息的舒適性。半小時後，湯瑪斯爵士從種植園回來，正要到更衣室的途中進來打聲招呼，就在他關門即將離去時，突然被柏特倫夫人叫了回來：「湯瑪斯爵士，先別走，我有事要問你。」

她的語調慵懶，聲音很小，必須仔細聽才聽得到，於是湯瑪斯爵士又折回來。柏特倫夫人正要問起這件事，芬妮馬上溜了出去。她不敢聽下去，因爲姨丈姨媽討論的事情和她有關。可是她又十分緊張討論的結果，甚至緊張到有點過了頭，因爲這關係到她究竟能不能去牧師公館赴宴。萬一姨丈遲遲不做決定，還板著一張臉，陰沉地看著她，告訴她不能去，她恐怕自己會無法裝出順從聽話的模樣。事情其實討論得很順利。一開始柏特倫夫人就說：「我有件你意想不到的事要告訴你。葛蘭特太太要請芬妮去他們家用餐。」

「喔。」湯瑪斯爵士似乎不覺得這句話有什麼好驚訝，所以在等下文。

「艾德蒙想讓她去，可是我沒有她不行啊。」

「她是會回來得晚一點，」湯瑪斯爵士說，同時拿出懷錶，「可是妳究竟在煩什麼？」

艾德蒙覺得自己該開口，於是幫他母親把沒講清楚的地方說了一遍，柏特倫夫人只多加了一句：「眞奇怪，葛蘭特太太以前從沒請過她啊。」

艾德蒙卻說：「這很正常啊，葛蘭特太太只是想找她妹妹喜歡的客人來家裡同樂。」

湯瑪斯爵士想了一下說：「的確如此，就算不是爲她妹妹著想，我也認爲很正常。葛蘭特太太純粹只是對普萊斯小姐，也就是柏特倫夫人的外甥女表示禮貌，這沒什麼好驚訝的。我比較奇怪的是，對方怎麼到現在才第一次邀請她。芬妮沒有當面答應人家是對的，不過我認爲她應該會想去，畢竟年輕人都喜歡玩在一起。我看不出有什麼理由不讓她去。」

「可是湯瑪斯爵士，我沒有她不行啊！」
「我想妳應該可以的。」
「你又不是不知道，我姐姐缺席的時候，都是芬妮在幫我泡茶。」
「妳姐姐應該很高興來這裡陪我們一天吧，更何況我也在家啊。」
「那就好，艾德蒙，芬妮可以去了。」
好消息很快傳入芬妮耳裡。艾德蒙回房途中，敲了敲她的門。
「芬妮，事情解決了，妳姨丈毫不猶豫就答應了。他只有一個答案，就是妳應該去。」
「謝謝你，我眞高興。」芬妮直覺回答，可是當她轉身把門關上時，心裡不禁想：「我有什麼好高興的？去那兒，只會親眼看到一些讓我難過的事，不是嗎？」
雖然這麼想，心裡依是喜孜孜的，因爲這種邀請在別人眼裡看來算不了什麼，對她而言卻是既了不得又新奇。畢竟她這輩子除了去索瑟頓作客過一天之外，還從沒去別人家用過餐。儘管這次的邀約得讓她走上半英里路，且只有三個人等她去，可也算是出門赴宴啊。更何況出門前該準備的一些瑣碎工作，也挺有趣的。只是那幾位本當爲她感到高興、理當教她如何梳妝打扮的人，竟完全不體恤她，遑論願意幫她忙。柏特倫夫人那就不用說了，是從來不幫別人忙的，至於第二天一早就被湯瑪斯爵士登門請來的諾利斯太太，心情似乎很差，存心要她不好過。
「說實話，芬妮，妳這麼受人抬舉，眞是妳三生有幸，可得好好謝謝人家葛蘭特太太，也要謝謝二姨媽肯讓妳去，希望妳心裡放明白，這可是非同小可的事，因爲原來根本沒必要讓妳去人家家裡作客，甚至出外赴宴的，妳別妄想還有下一回，也別以爲人家請妳是因爲妳很重要，其實人家是看在妳二姨丈、二姨媽還有我的面子上才請妳去。葛蘭特太太是爲了討好我，才會對妳另眼相看，要不然她怎麼會想到請妳去用餐。如果妳表姐茱莉雅在家的話，我敢說她怎麼樣也不會請妳去的。」

諾利斯太太這番話，瞬間將葛蘭特太太的美意抹煞得一乾二淨，芬妮知道自己應當回話，但也只能委曲地說她很感激柏特倫姨媽肯讓她去，她會盡量把柏特倫姨媽晚上需要的東西先準備好，免得她不在時害姨媽不方便。

「噢，妳放心好了，妳二姨媽沒有妳也行，要不然哪會讓妳去。我會在這裡，所以妳不必爲妳二姨媽操心，希望妳今天過得愉快，非常愉快哦。不過我必須說，五個人坐在一起用餐，這人數還眞怪。我實在很訝異，葛蘭特太太不是向來講究嗎？這次怎麼考慮不周全，還圍著他們家那張大桌子用餐，那張桌子都快把房間給佔滿了。要是葛蘭特博士稍有常識點，就會用我以前留下的那張餐桌，省得用他自己那張不倫不類的新餐桌。這樣得體許多了，別人也會比較尊敬他，他那張餐桌比你們家這張還大。芬妮啊，妳千萬要記住，做事不得體絕得不到別人尊重。才五個人，那麼大一張桌子才坐五個人！我敢說，那張桌子坐十個人用餐都綽綽有餘。」

諾利斯太太喘口氣，又繼續說：「有些人自以爲了不起，喜歡去做一些逾越身分的事，眞是無聊又愚蠢，所以芬妮，我要提醒妳，這次妳是自己去作客，我和二姨媽都沒陪在妳身邊，所以我拜託妳千萬別冒冒失失的，也別隨便發表意見，以爲自己的身分和兩位表姐一樣，自以爲是盧斯沃太太或茱莉雅。千萬不可以這樣。妳要記住，不管人在哪裡，妳的身分都是最低的，排在最後。所以即使克勞佛小姐在某種程度上算是牧師公館裡的主人而非客人，妳也不能搶了人家的風采。還有晚上要幾點回來，由艾德蒙決定，他說幾點走就幾點走。」

「是的，姨媽，我會遵從您的吩咐。」

「另外有可能會下雨，非常有可能，我這一輩子還從沒見過像今天這麼陰沉的天氣，到時妳可得自己想辦法回來，別妄想我們會派馬車去接。今晚我肯定不能回家啦，所以不會有馬車爲了我而先備妥。妳最好有心理準備，把該帶的東西先帶一帶。」

她的外甥女覺得她講得頗有道理，因爲自己本來就像諾利斯太太說的那樣無足輕重。所以不久之後，當湯瑪斯爵士推門進來提議：「芬妮，妳要馬車什麼時候來送妳？」芬妮竟然嚇到說不出話來。

「親愛的湯瑪斯爵士，」諾利斯太太氣急敗壞、滿臉通紅地嚷道：「芬妮自己走路去就行了。」

「走路去？」湯瑪斯爵士走進屋裡，用嚴肅的口吻重複了一句。「這種季節，叫我外甥女自己走路去赴宴？四點二十分送妳去，可以嗎？」

「可以的，姨丈，」芬妮怯生生地回答，總覺得這句話會冒犯諾利斯太太，於是趕緊跟著姨丈走出去，不敢繼續留在房裡，深怕人家以爲她洋洋得意。她耳裡仍聽見諾利斯太太在後面氣結地嚷道：「根本沒必要嘛！心腸也太好了吧！不過艾德蒙也要去，沒錯，一定是爲了艾德蒙的關係，星期四晚上我還聽見他聲音有點啞呢。」

但芬妮並不相信大姨媽的話，她覺得這馬車是專程派給她用的，姨丈是因爲聽見大姨媽數落她，才進來插手，表示關切。她獨自一人，想起姨丈對她的好，忍不住掉下幾滴感激的淚水。

車夫準時將馬車趕到，艾德蒙隨後下樓來。行事謹慎的芬妮因爲怕遲到，早在幾分鐘前就坐在客廳等候。湯瑪斯爵士遵照平日的守時習慣，看著他們準時出發。

「來，芬妮，讓我看看妳，」艾德蒙帶著兄長般的笑容說：「我一定要告訴妳，我有多喜歡妳，即

諾利斯太太要芬妮步行赴宴，遭湯瑪斯爵士嚴正駁回。

便在這樣的光線下，我還是看得出來妳多可愛迷人。妳穿的是什麼衣服啊？」

「是表姐結婚時，姨丈慷慨送我的新衣服。希望別人不會覺得我太盛裝打扮了。可是我總覺得我應該抓住機會穿它，要不然這整個冬天恐怕都沒機會穿了。你會不會覺得我過度打扮啦？」

「不會，一點也不，妳打扮得恰到好處，女孩子不管在任何場合，只要穿得一身白，都不會讓人覺得太過度打扮。妳的禮服非常漂亮，我喜歡上面的亮片，克勞佛小姐是不是也有一件類似的？」

快到牧師公館時，他們的馬車經過了馬場和車庫。

「啊，」艾德蒙嚷道：「妳看，這裡還有另一輛馬車，他們也請別人來了。到底是邀請誰來陪我們呢？」他打開車窗，仔細看，「是克勞佛的，我敢確定那是克勞佛的四輪馬車。他的兩個僕人正把馬車往他以前停車的地方推呢。一定是他來了。芬妮，眞是想不到呀，很高興又能見到他。」

芬妮的想法和他截然不同，不過她也沒機會說。一想到屋裡多了雙眼睛投注，令她頓時覺得步入客廳這件事成了某種可怕的儀式，心情更加忐忑不安。

克勞佛先生的確在客廳，他來得很早，正準備要用餐。另外三人面帶微笑地圍著他而站，個個看來極歡迎從巴斯來的他在這裡住上幾天。他對艾德蒙親切打招呼，每個人都相當開心，除了芬妮。不過他的到訪對芬妮來說其實不無好處，因爲每多增加一個人，就多減少其他人對她的注意，她才能靜靜地坐在一旁。沒多久，她就覺察到這一點了。因爲雖然有諾利斯姨媽的再三告誡，但基於禮貌，她還是勉強自己擔任起女主客的角色，也受到了小小的禮遇，不過在坐定之後，就發現大家都在侃侃交談，並沒有人要求她加入談話。克勞佛兄妹倆聊巴斯；兩個年輕人聊打獵；克勞佛先生和葛蘭特博士聊政治，至於克勞佛先生和葛蘭特太太更是無所不談地暢聊，她則是靜靜坐在旁邊聽，悠閒度過這段時光。葛蘭特博士建議克勞佛先生在曼斯菲爾德多住些日子，提說自己可以派人去諾福克把他的獵馬送來。艾德蒙也勸克勞佛先生留下來，他的姐姐和妹妹更是不斷勸說，他很快便動了心，不過似乎希望芬妮也說幾句鼓勵他留下的話，可是芬妮絲毫沒有意願，根本不想恭維他。就連他問她覺得好天氣還能持續多久，她也只是禮貌性地給了他一個簡短又淡漠的答案。她根本不希望他留下來，也不想跟他說話。

只要看見他，她就想起離家在外的兩位表姐，尤其是瑪莉雅，而他竟不會憶起舊事心生一絲慚愧，還敢和旁人說笑。好歹他也是回到了曾經有感情糾葛的地方，卻表現得活像就算少了兩位柏特倫小姐，他也同樣快活似的樂意待下來，彷彿早就忘卻曼斯菲爾德先前的種種。她回到客廳時，才聽見他淡淡問起她們的事。這時艾德蒙正專心地在和葛蘭特博士商討別的事情。葛蘭特太太則在茶几旁品茶。克勞佛先生於是向他姐姐認真問起那兩位小姐的事。他意有所指地笑著說：「所以說，盧斯沃先生和他漂亮的新娘已經去布萊頓了，我瞭解了，他真幸福。」芬妮厭惡他的那種笑容。

「是啊，他們去那裡已經有兩個星期了，是不是，普萊斯小姐？茱莉雅也跟他們去了。」

「我猜耶茲先生應該離他們不遠吧。」

「耶茲先生？喔，我們沒有耶茲先生的消息，我想曼斯菲爾德莊園的信，裡頭應該不太可能提到耶茲先生吧，是不是，普萊斯小姐？我想我的朋友茱莉雅不會拿耶茲先生的事去逗她父親，這一點她心裡清楚得很。」

「可憐的盧斯沃先生和他那四十二句台詞！」克勞佛先生繼續說：「沒有人忘得了他背台詞的樣子，那傢伙眞可憐！他那股拚命勁兒和絕望的神情，對我來說，到現在都還歷歷在目。要是改天可愛的瑪莉雅叫他唸那四十二句台詞給她聽，那才叫跌破眼鏡呢。」他正經了一會兒，又繼續說：「她條件太好了，他根本配不上她。」隨即又換成殷勤的語調，對芬妮說：「妳以前是盧斯沃先生最好的朋友，總是不厭其煩地幫忙他記台詞，想給他一個生來就沒有的頭腦，為他融會貫通台詞的內容。妳的好心與耐性，令人難忘。倒是他自己沒那個腦袋去體會妳的用心，但我敢保證其他人都很佩服妳。」

芬妮臉紅了，沒有答腔。

「這猶如一場夢，很快樂的夢，」他思索了幾分鐘，又開始嚷道：「我永遠忘不了我們的演戲體驗。那時大家的興致多高昂啊，多有朝氣啊，又是多麼快樂啊！每個人都浸淫在那種氣氛裡，活力十足，每分每秒都有很多事情要做，總是抱著希望，當然也有一堆需要操心奔忙的事，多少也會有些質疑、難處等我們去克服，但我從沒那麼快樂過。」

芬妮沉默不語，滿肚子氣，在心裡不斷對自己說：「從沒這麼快樂過？你明知自己做錯了事，還敢說從沒那麼快樂過。明明無情無義、卑鄙無恥，竟說從沒那麼快樂過！天啊，這人的心多壞啊！」

「普萊斯小姐，我們運氣實在不好，」他繼續說道，但為了怕艾德蒙聽見，還特地壓低音量，私毫不察她的心情。「真的很不好，老天爺其實只要再多給我們一星期，再多一個星期就夠了。我在想，如果我們能擁有呼風喚雨的本領——如果能讓曼斯菲爾德在秋分時候有一兩個星期的風雨使喚權，結果一定大不同。我們也不是要興起什麼可怕的風暴來威脅湯瑪斯爵士的安全，只要颳起一陣風速平穩的逆風，或者讓海上完全不起風就好了。普萊斯小姐，我相信那時只要大西洋有一星期的時間完全不起風，我們包准能盡興演完那場戲。」

他似乎打定主意要她回答，於是芬妮轉過臉去，以少有的堅定語氣說：「先生，我從來不希望看見我姨丈的行程受到耽擱，晚一天也不行。那天我姨丈一回到家，就堅決反對演戲的事，所以在我看來，那些事情都做得太過火了。」

她從來沒有跟他說過這麼多話，也從沒對任何人這麼生氣過，所以說完之後，竟是全身發抖，滿臉通紅，不懂自己哪來這麼大的膽子。克勞佛先生很是驚訝，先是沉默不語，琢磨了一會兒，才用較冷靜嚴肅的口吻回答她，彷彿已經坦然知錯：「我想妳說得對，我們的確很不懂規矩，只知玩樂，鬧得太過分了。」然後就換了話題，想跟她談別的事，但她回答得頗爲勉強，也很羞澀，他根本沒辦法和她繼續談下去。

兩眼一直盯著葛蘭特博士和艾德蒙看的克勞佛小姐，這時終於開口：「那兩位先生一定在討論什麼有趣的事。」

「這世上最有趣的事，」她哥哥回答：「莫過於如何賺錢和如何提高收入。葛蘭特博士是在教柏特倫先生關於牧師的維生之道，因爲再過幾個星期，他就要接受聖職啦。剛剛在餐廳裡，他們就正討論著這件事。看來柏特倫先生馬上要過好日子了，我眞爲他高興。他將有一筆可觀收入可供他花用，而且得來不費太大工夫。我估算他一年的收入將不下七百英鎊。對一個么兒來說，一年七百英鎊算不錯了。他吃住肯定還在家裡，所以這筆收入等於純粹供他自己使用，我想他只需要在聖誕節和復活節各佈道一次就夠了。」

他妹妹笑一笑，試圖掩飾心裡的眞正想法：「我覺得你最好笑的是，自己比別人闊綽，卻還笑說別人有錢。亨利，要是你的個人開銷被控制在一年七百英鎊以內，你八成會驚慌失度吧。」

「有可能。不過妳說的全是相對比較下的結果。其實這得看一個人生來就有的權利是什麼，還有個人的習性而定。對一個么兒來說，即便來自男爵家族，能擁有柏特倫先生這般收入也算富裕了。

二十四、五歲的時候，一年就有七百英鎊收入，而且得來不費工夫。」

克勞佛小姐本來還想說，要掙到這筆收入其實是得費點力的外加吃點苦頭，並不輕鬆，不過她打住沒說。這時兩位先生走了過來，她故意擺出一副冷淡不在乎的模樣。

「柏特倫先生，」亨利・克勞佛說：「我一定會專程到曼斯菲爾德來聽你的第一次佈道，對你的初試啼聲好好打氣。你什麼時候佈道啊？普萊斯小姐，妳會和我一塊去為妳表哥加油打氣嗎？妳是不是也會去聽他佈道，然後全程目不轉睛地盯著他看，像我一樣專心，而且聽得一字不漏，只有在記筆記時才移開目光。我們一定要先準備好紙筆。什麼時候佈道啊？應該在曼斯菲爾德吧，這樣湯瑪斯爵士和柏特倫夫人才能參加啊。」

「克勞佛先生，我會想辦法不讓你來的，」艾德蒙說：「因為你可能會害我覺得很糗，我並不想讓你得逞。」

「他不會當眞這麼想吧？」芬妮心想，「不會的，他才不會去想這種無聊的事。」

這時大家已重聚在一起，話多的人互相聊了起來，芬妮仍舊默不作聲。喝完茶後，體貼的葛蘭特太太為了讓她丈夫開心，特地吆喝起大家打牌。克勞佛小姐則彈起豎琴，沒事可做的芬妮只能充當聽眾，她一整個晚上的心情還算平靜，無人來打擾，只除了克勞佛先生不時問她問題，或者要她發表點意見，她只好虛應幾句。克勞佛小姐還在懊惱剛剛聽到的最新消息，根本無心做其他事，只好彈琴娛樂朋友，也算藉琴消愁。

艾德蒙即將接下聖職，這對瑪麗來說是個打擊。以前雖聽聞過這件事，但畢竟懸而未決，以至於她仍抱著希望，認為一切還沒談定，仍有轉圜空間。結果今晚聽到這消息時，她簡直快要惱羞成怒，暗自氣憤艾德蒙。原來她高估了自己對他的影響力。她本已對他傾心，甚至心意已決，但現在她也要像他一樣冷淡以對，因爲他顯然未認眞考慮他們之間的種種，對她不夠眞心，才會執意去做明知她會反對的事。從今以後，她也要用冷漠的態度回應他。就算他再怎麼對她獻殷勤，她也只是虛以委蛇。既然他能控制得住自己的感情，她也不願再做情感的奴隸。

第二十四章 Mansfield Park

第二天一早，亨利・克勞佛下定決心，要在曼斯菲爾德多住半個月，於是差人去把他的獵馬送來，又寫了封短信向他那位當將軍的叔叔解釋一番。他封好信，交了出去，回頭看妹妹一眼，見四下無人，便笑著說：「瑪麗，妳知道我不打獵時，準備要如何自我消遣嗎？我已經不年輕了，一個星期頂多打三次獵，閒下來的時間，我有個計畫，妳知道我的計畫是什麼嗎？」

「當然是陪我散步和騎馬囉。」

「不完全是，雖然我很樂意陪妳散步、騎馬，不過那只是身體上的運動，我還得充實一下心靈。再說騎馬和散步純粹是簡單娛樂，不必費什麼心，但我才不想終日無所事事呢。所以，我的計畫是讓芬妮・普萊斯愛上我。」

「芬妮・普萊斯？你在胡說什麼？不行，不行，你有她那兩位表姐就該滿足了。」

「可是不在芬妮・普萊斯的心上戳個小洞，我是不會滿足的。妳好像沒注意到她那番話有多吸引人。昨晚我們談到她的時候，你們好像全沒注意到，過去這六個星期來，她的容貌發生了多奇妙的變化。妳每天都見到她，自然不會察覺，可是我敢跟妳保證，她跟秋天時的容貌相比，簡直判若兩人。那時她還只是個安靜靦腆、長相普通的女孩，現在卻漂亮極了。我以前常覺得她臉色不好，表情又呆板，不過現在妳看她那柔嫩的皮膚，昨晚還不時泛起紅暈，實在太美了，而且根據我的觀察，當她真想表達一些事情時，那雙眼睛和那張小嘴更是十足動人了。還有她的氣質、她的神態。反正她給人的印象完全變了！我敢說她十月以後，一定又長高了兩吋。」

「得了吧，那只是因爲昨晚沒有高個子女孩在旁邊跟她比，再加上她穿了件新衣裳來，你以前從沒見過她這麼盛裝打扮過吧？相信我，她還是跟十月一樣沒有變。所以眞相是：昨晚只有她一個女孩，而你又一定要有個女孩當你的目標。我向來都覺得她很漂亮，但不是令人驚豔的那種，而是秀氣耐看的那種。她的眼珠可以再黑一點，不過她的笑容很甜，至於你說的那種奇妙變化，我相信那只是因爲她昨天裝扮過的關係，再加上你又沒別的女孩可以分散注意，所以別想說服我你是因爲她長得美才要追求，你不過是出於無聊和愚蠢才想對她下工夫。」

她哥哥對此批評一笑置之。過了沒多久，他又問道：「我不太知道芬妮小姐是個什麼樣的女孩。我眞的不太瞭解她。昨晚我看不出來她到底在想什麼。她的性情究竟如何？她很不苟言笑嗎？還是很古怪？是不是太拘謹了點？她爲什麼總是畏畏縮縮的，對我也老是板著臉？我根本沒辦法讓她多開口。我這輩子還沒遇過這樣的女孩，花了那麼久的時間想討她歡心，卻碰了一鼻子灰。我從沒遇過有小姐會對我板著臉。我一定要扭轉過來。她的表情告訴我：『我不喜歡你，我絕對不會喜歡你。』但我要說的是，我會讓她喜歡我。」

「傻瓜！她之所以吸引你，原因就在這裡：因爲她不在乎你，所以你才會覺得她皮膚水嫩、個子變高，整個人看起來優雅又迷人。我希望你別害了她。給她一點愛的滋潤或許能讓她多點朝氣，對她多少有好處，但我不許你害她陷得太深，她是個難得的好女孩，感情豐沛。」

「不過半個月罷了，」亨利說：「如果才短短半個月就能要她的命，那也未免太弱不禁風了，就算本少爺不去招惹，她恐怕也活不了太久。絕不會的，我不會害她，她是個可愛小精靈！我只是希望她能對我友好些，給我一點笑容，看到我會臉紅，要她不管到哪裡，都不忘在身邊幫我留個位置。當我坐下來跟她說話時，她會情緒亢奮。還有她得和我想法相通，對我的財產和娛樂方式深感興趣，想盡辦法要我在曼斯菲爾德待久一點，當我離開時，她會覺得再也快樂不起來。我的要求只有這樣。」

「你的要求還眞不高耶！」瑪麗回說：「不過看來也沒什麼好顧慮的了，好吧，你有的是機會去爭取她的好感，因爲我們最近形影不離。」

她不再反對，扔下芬妮獨自面對未來的命運，不過她沒料到的是，芬妮早因兩位表姐的前車之鑑而多少有了防備，不然的話，恐怕也是招架不住。儘管總會有十八歲青春少女任憑別人如何費盡心機、獻盡殷勤、甜言蜜語，仍然追求不到（要不然就不會有那麼多故事可寫了），但我不認爲芬妮是這類女孩，若非她另有所愛，遇到像克勞佛這種人的追求，儘管先前印象不好，追求時間也僅有兩個星期，但向來性情溫和、感情豐沛的她，恐怕也很難芳心不亂。可是因爲她現下愛的是另一個人，再加上本來就鄙視眼前這位追求者，所以即使對方熱烈追求，她的心湖還是平靜無波。可是克勞佛仍持續獻上殷勤，甚至盡量顧及她那溫文又靦腆敏感的個性，結果沒多久，她就不再那麼厭惡他了，儘管還是沒忘記他的過去，仍像以前一樣看不起他，卻沒辦法抵禦他的魅力，畢竟他這人風趣，再加上言行舉止亦改了不少，變得懂禮貌、守規矩，甚至客套到無可挑剔的地步，所以她也只能客客氣氣地以禮相待。

話說才幾天下來，就有了這樣的成效。而後來又發生一件令她萬分高興的事，見了誰都眉開眼笑，他因此更有機會去取悅她。原來是她那位久在海外、最親愛的哥哥威廉終於回來了。她收到他的一封信，當時他的軍艦剛進入英吉利海峽，便匆匆忙忙寫信報佳音，軍艦剛在斯皮特黑德①拋下錨，他就把信交給第一艘從「安特威普號」下海的小艇，再輾轉寄到普茲茅斯來。所以當克勞佛先生手拿報紙走進來，正打算把這則刊登在報上的重要消息告訴她時，才會發現她正捧著信紙興奮地發抖，整個人看上去精神奕奕，一臉感激地聽著她姨丈口述內容，回信邀約威廉前來家裡作客。

克勞佛是在前一天才知道她有位兄長在軍艦上服役。他聽到後頗感興趣，本來打算回倫敦後再打聽「安特威普號」何時回英國，結果碰巧第二天讀報時看到了這艘船的消息，眞是老天爺幫忙，給了他這大好機會來取悅芳心，看來他對海軍上將叔叔的孝心總算沒有白費，畢竟他這麼多年來訂這份報紙的目的，無非是看在上頭有登海軍新聞的份上。但可惜他來得太遲了，原本想當第一個送上驚喜的人，沒想到她早已收到信，雀躍全寫在她臉上。不過她還是十分感激他的關心與好意，且是非常感激，因爲她對哥哥威廉的愛讓她忘卻了平時該有的羞怯。

再過沒多久，親愛的威廉就要來曼斯菲爾德了。毫無疑問的，他應該很快獲准休假，畢竟他還只是個海軍見習軍官。但因他父母就住在靠港的地方，所以想必已經見到他了，甚至天天見到他。按常理來說，他准假之後，應會直接來這裡探望他妹妹和姨丈，因爲在這漫長的七年裡，她常常寫信給他，而姨丈也是盡全力在幫他，替他爭取晉升機會。果然她的信很快獲得回覆，並確定了最快的來訪日期。話說十天前，芬妮還懷著興奮的心情在門廳等著馬車初次載她出外赴宴，如今則抱著更興奮的心情站在門廳的階梯上，等著馬車載她哥哥到來。

馬車終於在她殷切的期盼下來到。威廉一走進屋裡，她立刻撲進他懷裡，無所謂禮數，也不在乎會否耽誤他與其他親戚見面的時間。兩兄妹重逢，眞情流露，難得沒有人打擾，也沒人看見，就算有，也只是那幾個負責打開各道門的僕役。而這機會還是湯瑪斯爵士和艾德蒙好心安排的，他們甚至勸諾利斯太太留在原地，免得她一聽見聲響就衝到門廳去。

湯瑪斯爵士和艾德蒙表哥成功攔住諾利斯姨媽，
讓芬妮得以先迎接哥哥威廉。

過了不久，威廉和芬妮來到他們面前，湯瑪斯爵士欣見這位七年前在他保護下的晚輩，脫胎換骨長成一位彬彬有禮、開朗活潑、直率大方、感情豐富的有爲青年，他也因此更堅信這位年輕人一定可以成爲他的朋友。

對芬妮來說，先前那三十分鐘的殷切期待和相見時的激動情緒，過了許久之後才終於沉澱，恢復原本的喜悅之色。本來她覺得他樣子變了，心裡難免失落，後來發現他依舊是原來的威廉，一如她多年來的盼望，仍能與她談心，情緒才不再低落。只是這種心情的轉折是漸進的，在兄妹間的友愛裡漸漸釋放開來，不必畏縮，無關文雅。她是他最愛的妹妹，雖然他意氣風發、脾氣剛烈，對她的愛卻是自然流露，任誰都感受得到。第二天，他們外出散步，領略眞正的重逢之樂，後來更是天天出外散步談心。湯瑪斯爵士不用艾德蒙告知，早將一切看在眼裡，很是欣慰。

芬妮的哥哥親密待她，猶如知己，兩人的相處毫無拘束、沒有煩憂，芬妮從來不曾這麼快樂過。若眞要比較，恐怕也只有幾個月前她因艾德蒙對她分外體貼而得到莫大的喜悅，或可相提並論。威廉向她坦言，他非常渴望獲得晉升，但也知道得之不易，所以萬分珍惜晉升的機會，不過希望有多大，恐懼就有多深。他告訴她他會如何爭取晉升機會，接著也把父母親和弟弟妹妹們的近況告訴她，這些都是她平常很少聽到的消息。而他也帶著興味聽芬妮訴說她在曼斯菲爾德各種幸與不幸的遭遇。對於這家人，他的看法和妹妹大致相同，唯獨在提到諾利斯姨媽時，在背地裡比她衝動地多罵了那女人幾句。兄妹倆回憶起小時候的種種（這或許是他們倆最愛沉緬的事情），歡喜追憶過去的快樂與痛苦，越聊越起勁，感情要好到尤甚於尋常夫妻。他們來自同一家庭，有相同的血緣，有相同的往事與習性，這種手足間的感情是在其他關係裡尋求不到的。一般來說，珍貴的兒時情誼，唯有在長期刻意疏離或未能及時修補裂痕的情況下，才有可能被徹底遺忘。其實這種事也很常見。雖然手足之情可以勝過一切，有時卻是一文不值。但是對威廉和芬妮．普萊斯來說，他們的感情一如當初那般美好，未受到任何利益衝突的傷害，也沒有因各有歸屬而降溫冷卻，反倒在時間與空間的距離下更拉近了彼此的感情。

這種眞摯的兄妹情感令每一位懂得珍惜美好事物的人都爲之感佩。亨利．克勞佛也像其他人一樣動容，相當欣賞這位年輕水手對妹妹的眞情至意，看見他毫不矯飾對妹妹的那份疼愛，甚至親眼見到他將手伸向芬妮的頭，驚奇地說：「妳知道嗎？我開始喜歡這種奇怪髮型了。以前第一次聽到英國有人梳這種頭時，我簡直不敢相信，所以當布朗太太和別的女士都梳著這種髮型到直布羅陀的地方首長官邸時，我本來還認爲她們瘋了。不過現在我也開始喜歡這種髮型了，芬妮就是有辦法讓我對任何事物都不再大驚小怪。」芬妮聽見她哥哥說起海上碰到的各種危險或壯觀景色時，也是顯得精神奕奕、興致勃勃、全神貫注，而且兩眼發亮，令亨利．克勞佛欣羨不已。

對亨利．克勞佛來說，從倫理道德的角度來看，這是一幅值得珍藏的畫面，而在這個畫面裡，芬妮變得異常有魅力。她的豐沛情感滋潤了她的容貌，令她容光煥發，更加動人。他相信她是多情的，情眞意切。若能被這樣的女孩愛上，對他產生初戀情懷，那將是多麼可貴！於是他對她的興趣漸漸超出原先期待，他覺得半個月還不夠，他要無限期地在這裡長住。

威廉常應姨丈要求講述自己的海上見聞，湯瑪斯爵士總是聽得津津有味，不過他的目的其實是想更瞭解這個年輕人，試圖從對方的歷練裡去認識其人。他聽見外甥生動地詳述自身經歷，覺得十分滿意。爵士從威廉的經歷裡看出這個年輕人爲人正派，具備專業知識且渾身充滿活力，膽量十足，性情開朗；在在證明他將來必是可造之材，必有一番作爲。雖然他還年輕，閱歷卻頗豐富。他去過地中海和西印度群島，然後又回到地中海，艦長格外器重他，每到一處，必帶他上岸參觀。於是七年間，他已見識過各種海上與戰爭的危險。也因爲他累積這麼多不凡的經歷，所以談吐內容更加値得一聽。雖然諾利斯太太老是在她外甥講到船難或海戰時起身走動，干擾別人，一會兒問這位要一根線，一會兒問那位要顆襯衫鈕釦，但其他人都聽得聚精會神，就連柏特倫夫人聽到這些可怕經歷時，都會嚇得從自己的針線活兒裡抬頭嚷道：「天啊，多可怕啊，我眞不明白怎麼會有人想去當水手。」

但亨利．克勞佛不這麼想，他巴不得自己也能去海上見識那些場面，受些苦難。他情緒澎湃，想像力馳騁，對眼前這位小夥子，年紀尚不到二十就飽嘗過海上各種艱難險阻，展現過人智慧，不禁心生敬佩。他想到威廉的英勇無畏、吃苦耐勞、爲國效命、艱辛奮鬥，再對照自己只會吃喝玩樂，簡直羞愧無比。他眞希望他能成爲另一個威廉．普萊斯，像對方那樣充滿自信與熱忱，靠自己的力量奮鬥，建功立業，而不是像現在這樣。

可是這想法來得急也去得快。當艾德蒙問到明天的打獵要怎麼安排時，他立刻從往事的回顧與悔恨中驚醒過來，覺得當一個有馬車、有僕從的有錢人其實也不賴。從某方面來說或許還更好，譬如當他想施惠別人時，就有這本錢去做。威廉向來對什麼事都興致勃勃，毫無畏懼，勇於嘗試，因此一聽說要打獵，也想跟去試看看。對克勞佛來說，爲威廉準備一匹打獵專用的馬並非什麼難事，只不過得先說服湯瑪斯爵士，讓爵士消除疑慮，因爲爵士顯然比其外甥更瞭解欠人家人情會有多難還，此外，也得說服芬妮放心。但她就是放心不下，即使威廉跟她說過，他在許多國家都騎過馬，參加過很多次越野活動，也騎過不少脾氣火爆的野馬和騾子，有很多次差點從馬上摔下來的經驗，她還是不相信他能駕馭得了一匹肥壯的獵馬去獵狐，更不相信他能毫髮無傷地平安回來，所以說什麼也不肯答應她哥哥去冒險，更不可能感激那位願意借馬給她哥哥的克勞佛先生。而後者原本是想藉借馬之舉來博取她的好感。幸好後來事實證明威廉安然無恙，她才總算願意承認對方是一片好意，因此當克勞佛先生慷慨說著下次還要借馬給威廉騎，並極其熱情地堅持要威廉接過馬兒，好方便他在北安普頓郡作客期間騎用時，她甚至回以微笑。

譯註：

①斯皮特黑德（Spithead），英國南部沿岸軍港，位於漢普斯郡（Hampshire）。

第二十五章

Mansfield Park

這段期間，兩家人又恢復了像秋季時那麼頻繁的往來，這是熟知兩家交情的人都始料未及的。追根究底，亨利・克勞佛的歸來與威廉・普萊斯的到訪對此事的催化功不可沒。不過這中間當然也有很大程度歸因於湯瑪斯爵士已經願意通融他們與牧師公館之間的往來。現在的他不再那麼擔憂，他的心境悠閒，開始發現葛蘭特夫婦和那兩位年輕後輩其實滿值得交往。儘管他完全沒考慮到自己的孩子和那家的少爺、小姐結親的可能和未來的利多，甚至就算有誰眼快地看出這種可能性，他依然一副不以爲然的態度，但自己卻在不經意之間，注意到克勞佛先生對他外甥女頗有意思，也許就是基於這個原因，他才會一次又一次地答應那邊的邀約。

牧師公館的人曾多次討論要不要邀請曼斯菲爾德莊園的朋友過來作客用餐，他們不確定這樣做到底好不好。「因爲湯瑪斯爵士似乎不太願意，而柏特倫夫人又懶得出門。」最後還是決定提出邀約，沒想到湯瑪斯爵士竟欣然同意。不過他會答應，純粹是出於禮貌和敦親睦鄰的心態，以及讓大夥兒輕鬆一下，跟克勞佛先生全無關係。然而就在那次作客時，他才頭一遭意識到，任何人只要有心觀察，皆不難發現克勞佛先生看上芬妮・普萊斯了。

聚會上，大家都玩得盡興，因爲愛說話的人和不愛說話的人比例分配得恰到好處。而根據葛蘭特家平日的待客之道，餐桌上的菜色一定是既豐盛又講究，還多到令大夥兒吃得無暇多顧，只有諾利斯太太除外。她一會兒嫌餐桌太大，一會兒又嫌菜色太多，且只要有僕人從她椅子後面經過，總要挑人家一些毛病，離席後，更不忘發表另一條高見，說菜這麼多，八成會有幾盤涼掉。

晚上的時候，大家發現若是照葛蘭特太太和她妹妹的安排，那麼組成一桌惠斯特橋牌之後，剩下的人還可以再湊成一張牌桌，這樣一來，自然是人人都得參加，沒有選擇的餘地。他們當下決定一桌玩惠斯特橋牌，另一桌玩投機牌戲①。柏特倫夫人立刻陷入兩難，他們要她自己選，她卻猶豫不決，不知該玩哪一種，幸虧湯瑪斯爵士就在她身邊。

「湯瑪斯爵士，我該玩哪一種呢？惠斯特還是投機？哪種比較有趣？」

湯瑪斯爵士短暫考量後，建議她玩投機。至於他自己則是惠斯特的愛好者，或許是因爲他擔心跟她一起打牌沒意思吧。

「很好，」柏特倫夫人滿意地說：「那我就玩投機吧。不過我不會玩，芬妮得教我。」

芬妮一聽，趕緊解釋她也不會，說她長這麼大還沒玩過或見人玩這種牌戲。於是柏特倫夫人又猶豫了，但每個人都在向她保證很容易學，是牌戲中最簡單的一種。這時亨利．克勞佛走上前來，要求坐在柏特倫夫人和普萊斯小姐中間，說他可以同時教她們兩位，問題於是解決。就這樣，湯瑪斯爵士、諾利斯太太、葛蘭特博士和葛蘭特太太這幾個老練的牌精圍坐一桌，剩下的六個人在克勞佛小姐招呼下圍坐另一張桌子。這樣的安排令亨利．克勞佛十分滿意，他挨著芬妮坐，兩隻手忙得不可開交，既要教兩個人，還得看自己的牌。雖然不到三分鐘，芬妮就完全明白牌的打法，他還是不忘激勵她下手要膽大些、貪心些、狠一些，可是這種玩法對她來說有點難，尤其在和威廉競爭的時候。至於柏特倫夫人的牌則是整晚的輸贏都由亨利．克勞佛來負責，一發牌，也不等她看牌就幫她打出去，從頭到尾都由他在下指導棋。

他興致高昂，如魚得水，每張牌都翻得瀟灑，出得敏捷，還不時耍點賴，爲牌桌製造些好玩輕鬆的氛圍。相形之下，另外一張牌桌上的人則都默不作聲，嚴肅地打牌。

湯瑪斯爵士兩度詢問他的夫人玩得開心與否、輸贏如何，但沒得到確切的答案，因爲每局停頓的時間都很短，容不得他這樣慢條斯理地探聽，直到葛蘭特太太來到夫人面前恭維她，大夥兒才知道詳情。

「夫人玩得還開心吧。」

「噢，親愛的，很開心啊，眞的很有趣。這種牌還眞怪，我都不知道該怎麼打，我根本來不及看牌，多虧克勞佛先生幫我打。」

過了一會兒，克勞佛先生玩得有點累了，於是趁機對艾德蒙說：「柏特倫，我昨天自己獨自騎馬回來，路上遇到的事都還沒跟你說呢。」原來他們昨天一起騎馬去打獵，途中亨利・克勞佛突然發現他的馬蹄鐵掉了一只，於是抄近路折返回來。「我跟你說過，我不愛問路，所以過了那座四周栽有紫杉樹的舊農舍之後，我就迷路了。不過我沒告訴你，運氣向來極佳的我，竟然歪打正著，走著走著就來到我以前一直很想去的地方。我才在陡坡上轉個彎，眼前竟然就出現一座幽靜的村子，剛好坐落在兩座小山丘之間，前面有條清澈小溪，右邊的圓形山丘有一座教堂，又大又漂亮，相當醒目，教堂不遠處有一棟上等人家的房舍，我想應該是牧師公館吧，除此之外，看不到任何一棟像樣的房子。換言之，我是到了桑頓拉瑟了。」

「聽起來很像是那裡，」艾德蒙說：「不過你過了西威爾的農場後，是轉進哪條路？」

「你別問我這種瑣碎的不相干問題，我不會回答你的。就算你問了我一個鐘頭，我也回答了一個鐘頭，你還是無法證明它不是桑頓拉瑟，因爲它本來就是啊。」

「你問過當地人嗎？」

「我說過，我從來不問路的。不過我跟一個正在修籬笆的人說這裡是桑頓拉瑟，他也說是啊。」

「你的記性不錯，我都忘記自己跟你提過那地方了。」

桑頓拉瑟是他即將就任的教區，這一點克勞佛小姐很清楚，此刻的她，正打算搶走威廉・普萊斯手裡的那張傑克。

艾德蒙接著說：「你覺得那地方怎麼樣？」

「很不錯。你這傢伙眞走運，那地方至少要花五個夏天的時間進行修繕，才能住人吧。」

「不用，不用，沒那麼糟。我同意農場的畜欄一定要移走，不過其他東西倒是無所謂。那屋子的狀況不算差，等畜欄遷走後，可能再修一條像樣的路通進去。」

「畜欄絕對要全部清掉，再多種些樹來隔開鐵匠鋪，還有得把房子的座向從面北改成面東，我的意思是房子的正門和幾個大房間必須面向有景觀的那一面。我相信這樣就夠了。當然也得照你說的，造出一條路，穿過現在的花園。另外還得在屋子後面東南向的斜坡上再蓋座新花園，這樣一來，屋子的外觀就完整了，再配上當地的景色，簡直是渾然天成。當時我騎著馬，沿著教堂和那棟屋子中間的小徑往上爬了五十碼，想瞭望一下四周景觀，結果才看一下就知道該怎麼整建，非常容易。新舊花園以外的草地，換言之就是從我所在的小徑，一直到東北方向那條穿越村莊的主要大路，全可以連成一片，再點綴一些林木。我想那幾塊地應該屬於牧師的產業，如果不是，你一定要買下來。至於那條溪——也得好好利用，我已經想到兩三個點子，但還沒決定採用哪一個。」

「我也有兩三個點子，」艾德蒙說：「其中一個是不要完全照辦你的整建計畫。我偏好樸實一點的東西，所以只打算花少許錢來整理那棟屋子，讓它住起來舒服，看上去就像是上等人家住的，這樣我就滿足了，也希望那些關心我的人會覺得滿意。」

克勞佛小姐懷疑他最後說到自己的願望時，那語調以及有意無意瞟來的目光，似乎是針對她。她有點光火，草草結束她和威廉．普萊斯之間的鬥牌，一把抓住他的傑克，大聲說：「我要拿出女人的魄力，把老本全賭上，絕不瞻前顧後。我才不是那種只會坐在那裡，什麼辦法都拿不出來的人。就算要輸，也要奮力一搏。」

這局她贏了，不過贏來的籌碼還抵不上她付的籌碼。下一局隨即展開，亨利．克勞佛再度提起桑頓拉瑟。

「我的整建計畫也許不是最完美，畢竟那時沒有太多時間好好盤算，不過你一定要下點工夫。那地方值得你下工夫，若不下足工夫，我相信你自己也不會滿意的。（對不起，夫人，您不用看您的牌，只要把牌蓋在您前面就行了。）柏特倫，那地方眞的值得你下工夫。你說你要讓它看起來像是上等人家住的地方，要做到這一點，得先移開農舍畜欄不可，只要沒有那討厭的畜欄，我倒是看不出來有哪棟屋子比它更像上等人家住的，它看起來不像是一年收入只有幾百英鎊的牧師公館。它不是那種土里土氣、四四方方的農舍，只把幾間低矮的小房間拼在一起，弄得屋頂跟窗戶一般多，反而看上去有豪宅的大氣，牆壁堅固，空間寬敞，別人還以為那是一棟起碼有兩百年歷史的古老宅第，年年要投入兩三千鎊維修費用。」克勞佛小姐聽得仔細。艾德蒙也同意他的說法。「所以只要下點工夫，就能改造得像是上等人家的宅第。（瑪麗，先讓我看看。柏特倫夫人出一打牌要這張皇后，不，不，不値得用一打來換皇后。柏特倫夫人不出一打了，她不要這張牌了，過，過。）如果你照我的建議來進行整建，屋子的價

克勞佛先生向路人詢問此地是否就是桑頓拉瑟。

值定會大大提升。我也不是要你完全照我的話來做，不過我相信不會再有人想出更好的辦法了。你可以把它變成地標，不只是上等人家住的屋子，相信經過適當的整建後，它會變成一棟有素養、有品味又時髦的居家，交往的朋友也都是上等人士。這些皆可從屋子的外觀看得出來，路上經過的人一看那屋子，就會認定這家主人是這個教區的大地主，尤其附近又沒有真正的地主房子與之媲美，自然不會懷疑。我私下告訴你吧，除了剛剛說的好處之外，還可以享受到某些特殊待遇和自治權。希望你同意我的看法。

（他轉身用溫柔的語調問芬妮）妳去過那地方嗎？」

芬妮急忙否認，將注意力拉回她哥哥身上，試圖隱藏她對剛剛那個話題的興趣。她哥哥正在跟她討價還價，想騙她上當，但亨利・克勞佛緊接著說：「不行，不行，妳不能賣掉妳的皇后，當初買的代價太高了，妳哥哥出的價都還不到它的一半。先生，不行，不要動，不要動，你妹妹不賣皇后，她已經拿定主意了。這一盤是妳的了（他隨後又轉向她），妳贏定了。」

「可是芬妮情願讓威廉贏，」艾德蒙笑著對她說：「可憐的芬妮，連想故意輸都不行。」

「柏特倫先生，」過了幾分鐘後，克勞佛小姐說：「你知道嗎，亨利是個一流的環境改造專家，如果你想對桑頓拉瑟弄出像樣的整建，沒有他幫忙是辦不到的。還記得那次在索瑟頓，他幫了多大的忙啊，想想看，那麼熱的八月天，我們大夥一塊乘車去索瑟頓看他施展長才，最後的成果多了不起！我們去了又回來，可是做了什麼，卻不能告訴大家。」

芬妮神情嚴肅地瞟了一眼亨利・克勞佛，帶點譴責的味道，可是一與他四目交接，目光就趕緊撇開。他似乎意識到什麼，於是朝他妹妹搖頭笑道：「我不敢說我幫了索瑟頓什麼忙，只是那天很熱，我們一直在走路，一直在找人，找得頭都昏了。」大家頓時你一言我一語地議論起來，於是他趁人聲嘈雜之際，低聲對芬妮說：「眞抱歉，他們竟拿索瑟頓那天的表現來評定我的能力。不過我現在對事情的看法已經不同了，千萬別再拿我那天的表現來評斷我。」

諾利斯太太對「索瑟頓」這幾個字最感興趣，這時她剛剛和湯瑪斯爵士合力贏了葛蘭特夫婦倆手裡的好牌，情緒還正高昂，於是開心嚷道：「索瑟頓，是啊，那裡的確是個好地方，那天我們在那裡玩得眞愉快。威廉，你來得眞不巧，希望你下次來的時候，盧斯沃先生和盧斯沃太太都在家。我敢跟你保證，他們一定會熱情招待你，你的表姐絕不會怠慢親戚，更何況盧斯沃先生也很隨和。你知道嗎，他們現在在布萊頓，住的是最上等的房子，反正盧斯沃先生有的是錢，當然住得起。我是不知道布萊頓離普茲茅斯到底有多遠，要是不太遠的話，你回普茲茅斯後不妨去探望他們。我有個小包裹想託你帶給你那兩位表姐。」

「大姨媽，我很樂意去，可是布萊頓比較靠近比奇角，我大老遠地跑去，那種時髦的地方恐怕不會歡迎我這個小小的實習軍官。」

諾利斯太太才剛急忙開口保證他一定會受到熱情的招待，要他放心，就被湯瑪斯爵士以權威的口吻打斷道：「威廉，我不建議你去布萊頓，因爲我相信你們很快便有見面的機會，不過無論在哪裡，我的女兒們都會很高興見到自己的表弟和表妹，你也會發現盧斯沃先生向來把我們的親戚當成自己親戚一樣熱情招待。」

「我倒寧願他是海軍大臣的私人祕書。」威廉低聲地嘀咕了一句，不想讓人聽見。這話題於是就此打住。

目前爲止，湯瑪斯爵士還看不出克勞佛先生的行爲有什麼值得注意的地方。不過這時惠斯特橋牌剛結束第二局，已經解散了，只剩葛蘭特博士和諾利斯太太還在爲上一局爭論不休，於是湯瑪斯爵士把注意力轉到另一桌，結果發現他的外甥女正被人大獻殷勤，成了某人表白的對象。

亨利．克勞佛又爲桑頓拉瑟想出了另一套計畫，可惜引不起艾德蒙的興趣，於是正眉飛色舞地向鄰座漂亮的芬妮解說。他的計畫是明年冬天親自租下那棟房子，這樣他在這附近就有自己的落腳處了。因而他租房子的目的，不光是爲了打獵（他本來告訴她是爲了打獵用），不過這當然也佔了部分因素。因爲他覺得葛蘭特博士雖然對他很好，但自己老是連人帶馬地住進來，恐怕會給人家添麻煩。他之所以喜歡這附近的環境，不是只爲了打獵或只住一個季節而已，他是打定主意想在這裡有個安身之所，這樣隨時想來都可以來。他想要有棟自己的小農舍，假日時能來這裡渡假，也才好和曼斯菲爾德莊園的這一家人繼續來往，培養感情，增進關係，因爲他越來越重視他在這裡所得到的友誼。湯瑪斯爵士在旁邊聽，未察覺這番對話有何不妥。這位年輕人的話並不輕浮，芬妮的應對也很得體，端莊的態度看在爵士眼裡無可挑剔。她話不多，只是偶而點點頭，略表同意，對於他的恭維絲毫沒有當之無愧的樣子，也沒跟著附和他對北安普頓的讚美。亨利．克勞佛這時發現湯瑪斯爵士正在一旁看他，便轉頭跟他再次談起這話題，語氣雖較先前平穩，但仍然感性。

「湯瑪斯爵士，您剛剛或許聽見了我對普萊斯小姐說的話，我想做您的鄰居。您允許嗎？您能允許令郎把房子租給我嗎？」

湯瑪斯爵士客氣地頷首回答：「我希望你能當我們永遠的鄰居，只是那地方不行，因爲我相信艾德蒙很快就要住進他在桑頓拉瑟的家。艾德蒙，我會不會說太多了？」

艾德蒙聽見他父親問他，趕緊先弄清楚他們在說什麼，然後很快回答：「您說得沒錯，父親，我已經決定住在那裡了。不過，克勞佛，雖然我婉拒租房子給你，但還是歡迎你以朋友身分到我那裡玩。每年冬天，你都可以把半幢房子當成自家，我們可以照你的整建計畫增建馬廄，再根據你今年春天可能想到的其他計畫，進行全盤整修。」

「他搬出去，是我們的損失，」湯瑪斯爵士繼續說：「雖然新家離我們只有八哩路，但對我們來說等於少了個親人。不過如果我的孩子沒有在工作崗位上好好發揮自己的能力，我會覺得是種恥辱。當然，克勞佛先生，你在這方面不會去想太多，但做牧師的一定要長時間駐守在教區，才知道教區內的缺乏和需求，光靠代理人是不夠的。雖然艾德蒙大可像別人說的那樣只在桑頓拉瑟佈道，平日住在曼斯菲爾德莊園，每逢星期天再騎馬去他名義上住的那棟房子帶大家做禮拜，若不心虛的話，也可以每七天才去一趟桑頓拉瑟當三、四個小時的牧師。不過他肯定心裡會不安。因爲他明白人性的教導不能單靠每星期講一次道就解決得了。如果不長期陪伴教區居民，關心他們，做他們的朋友，在背後支持他們，又怎能幫助教民或自己呢？」

克勞佛先生點頭同意。

「我再說一遍，」湯瑪斯爵士補充道：「除了桑頓拉瑟之外，不管克勞佛先生長住在這附近的哪棟屋子，我都十分歡迎。」

克勞佛先生點頭表示謝意。

「毫無疑問的，」艾德蒙說：「湯瑪斯爵士非常瞭解教區牧師的職責所在，希望他的兒子不會令他失望。」

且不管克勞佛先生有沒有把湯瑪斯爵士那番簡短的訓話聽進去，在場倒是有另外兩個人，也是聽得最專心的兩位（克勞佛小姐和芬妮）都在聽完之後，感到不安。其中一個從沒想到桑頓拉瑟這麼快就會成爲他日後的家，因此正低頭想著要是以後不能天天見到艾德蒙，日子會變成什麼樣。另一位則剛從美夢中驚醒，原本她還沉醉在她哥哥描繪的願景裡，幻想著桑頓拉瑟未來的種種光景，完全排除教堂和牧師的工作，只看見一棟極講究的時髦大宅，有錢的主人偶爾會來住上幾天，但現在湯瑪斯爵士的一席話將這一切化爲泡影，她氣不過，唯礙於他那高高在上、自以爲是的態度，只能吞忍下來，不敢出言放肆嘲笑，這使得她備感痛苦。

就在那一個小時裡，她的如意算盤全落空了。聽完長篇大論的說教之後，牌自然也無法再打下去，她趁機結束牌戲，站起身來，換個地方坐，想調適一下自己的心情。

這時大部分的人都隨意地圍坐爐火旁，等待聚會結束。只有威廉和芬妮坐得最遠，仍待在牌桌上忘情聊天，直到被亨利·克勞佛發現他們還坐在那裡，於是把椅子轉向他們，靜靜地看了他們一會兒，而這時，正站著陪葛蘭特博士聊天的湯瑪斯爵士也在旁邊觀察他。

「今天晚上有軍中舞會，如果我在普茲茅斯，或許會去參加。」

「威廉，你不會眞的希望自己在普茲茅斯吧？」

「當然不希望呀，芬妮。如果妳不在那裡，我才不想待在普茲茅斯呢，也不想參加那裡的舞會。反正去參加也沒什麼意思，因爲我可能連個舞伴都找不到。普茲茅斯的女孩們只瞧得起軍官，我這個實習生根本一文不值。妳還記得葛雷哥利家的女孩嗎？她們都長大了，個個明豔動人，偏偏見了我卻愛理不理，因爲追他們家露西的是個少尉呢。」

「噢，眞可惡，眞是可惡！威廉，別放在心上（她氣得滿臉通紅），不值得放在心上。這又不是你的錯。那些最偉大的海軍將領以前年輕時也曾經歷過這種事，沒什麼好奇怪的，別在意。你就當成是水手們都會遇到的困難和麻煩就好了，這就像海上的惡劣天候和艱苦生活，都是無可避免的，不過這也有好處，因爲總有結束的時候。總有一天，你不必再忍受這種事。等你當上少尉就行了！你想想看，等你當上少尉之後，哪會去計較這種小事？」

「芬妮，我總覺得我一輩子也當不上少尉。每個人都升官了，就我升不上去。」

「噢，親愛的威廉，別這麼說，別這麼灰心喪志。姨丈雖然沒說什麼，但我相信他一定會想辦法拉你一把。他和你一樣清楚這件事有多重要。」

這時她突然看見姨丈其實就在他們附近，趕忙住口，改換別的話題。

「芬妮，妳喜歡跳舞嗎？」

「喜歡，非常喜歡。可是我很容易累。」

「我好想和妳一起參加舞會，看妳跳舞。妳在北安普頓從沒有參加過舞會嗎？我眞想看妳跳舞，如果妳願意的話，我可以陪妳跳，反正這裡沒人認識我，我可以再當妳的舞伴。以前我們就常跳舞，記不記得那時街上還有手風琴？我舞跳得很好，別具一格，不過我敢說妳跳得比我好。」接著轉身對剛來到他們跟前的姨丈說：「姨丈，芬妮舞跳得很好吧？」

這突如其來的問題令芬妮著實吃驚，害她不知道眼睛該往哪兒看，也不知道等一下要怎麼接姨丈的回答。她想姨丈一定會厲聲斥責，要不就是冷眼以對，害她哥哥難堪，也令她無地自容。未料得到的回應卻是完全相反，他只是淡淡地說：「很抱歉，我無法回答你，因爲芬妮從小到大，我都還沒看過她跳舞，不過我相信她跳起舞來，舞姿一定很像大家閨秀。也許不久的將來，我們都會有機會看到。」

「普萊斯先生，我倒是很幸運，曾看過你妹妹跳舞，」亨利．克勞佛探身過來，「如果你對這方面有什麼問題，儘管問我就行了，我一定回答到令你滿意為止。不過我想（他看見芬妮面露不悅之色），還是改天再找時間說吧，因為在座有個人不喜歡被人家這樣說來說去。」

是沒錯，他的確看過芬妮跳過一次舞，所以就算他現在回答，芬妮的舞步有多曼妙優雅，也不可能錯到哪裡去。不過他其實根本不記得她跳舞的樣子，只知道她去過舞會，其他什麼也不記得。

還好他誇獎過芬妮的舞姿後，就再也沒人追問下去。湯瑪斯爵士並未顯得不悅，反而繼續繞著跳舞的話題聊，大談安第瓜的舞會，同時聽他外甥描述自個兒對各種舞蹈的所見所聞，他聽得入神，興致高昂到連僕人通報他馬車到了都沒聽見，直到看見諾利斯太太起身張羅，才驚覺到該走了。

「喂，芬妮，妳在做什麼？我們要走了。妳沒看見二姨媽已經起身了嗎？快，快，讓老威爾考斯在外頭久等，我會過意不去的，妳得替車夫和馬多想一想啊。親愛的湯瑪斯爵士，我們決定回頭再讓馬車來接你和艾德蒙還有威廉。」

湯瑪斯爵士當然同意，因為這本來就是他當初的安排，之前就告訴過他妻子和大姨子了，但諾利斯太太似乎忘了這一點，自以為這一切俱是由她來作主。

芬妮臨去時，心裡有點不快，因為艾德蒙本來已從僕人手裡不聲不響地接過披肩，準備要為她披上，卻被克勞佛先生手快地一把搶過去。面對這麼露骨的殷勤之舉，她卻還得當面稱謝。

譯註：

①投機牌戲是將王牌互相買賣的牌戲，等最後揭曉誰持有的王牌最上位，則可贏走所有賭金。

威廉想看芬妮跳舞的心願，竟被他的姨丈牢記在心裡。湯瑪斯爵士既然說了有機會看到，自然得想辦法促成。他打定主意要實現威廉的心願，也滿足其他人想看芬妮跳舞的期許，同時也給這裡所有的年輕人一次痛快玩樂的機會。於是在經過思考之後，暗自做下決定。第二天一早用餐時，他趁機重提外甥說過的話，並補充說：「威廉，我希望在你離開北安普頓之前，能有機會參加舞會，這樣我才有機會看你們兄妹倆跳舞。你曾提過北安普頓的舞會，你的表哥表姐們以前也曾去參加，不過那裡的舞會現在不太適合我們去，你姨媽恐怕會覺得太累。所以我想我們就別考慮北安普頓的舞會了，不如自己在家辦，假如——」

「啊，親愛的湯瑪斯爵士，」諾利斯太太打斷他的話，「我知道接下來你要說什麼了，假如親愛的茱莉雅在家，或者親愛的盧斯沃太太在索瑟頓，就有理由可以辦場舞會了。你是想幫年輕人在曼斯菲爾德辦場舞會。我就知道你會。要是她們倆在家，一定能爲舞會增色。所以你要在今年聖誕節舉辦舞會。快謝謝你姨丈，威廉，快謝謝人家。」

湯瑪斯爵士鄭重其事地反駁道：「我的兩個女兒在布萊頓有她們自己的娛樂，一定玩得很愉快。至於我想在曼斯菲爾德辦的舞會，是專門爲她們的表弟和表妹而辦，全家人若都在，當然很好，但也不能因爲有人不在家，就不讓其他人有點娛樂吧。」

諾利斯太太見湯瑪斯爵士態度堅決，也不好再多說什麼，但心裡其實又驚又惱，過了好幾分鐘，才回復平靜。他的女兒都不在家，竟然選這時候決定辦舞會，而且事前也沒徵詢她的意見！不過沒多久，她就自我安慰地告訴自己，舞會的事百分百會全權交給她來張羅，柏特倫夫人自然不可能去操心這種事，所以責任全會落在她身上，交由她來主辦。一想到這裡，心情又好了起來，旁人都還沒來得及表達謝意和欣喜之情，她就已經跟大家談笑風生。

一如湯瑪斯爵士所料，艾德蒙、威廉和芬妮一聽說要辦舞會，個個喜形於色，只是高興的原因各自不同。艾德蒙是為他們兄妹感到高興，雖然他父親以前也幫過別人不少忙，做過不少好事，但從不曾像此回這麼令他開心。

柏特倫夫人很是滿意地靜靜坐在一旁，沒有發表意見，因為湯瑪斯爵士向她保證過，不會給她帶來什麼麻煩，但她也告訴過他，她其實不怕麻煩，只不過她也想不出來會有何麻煩。

諾利斯太太正想跟湯瑪斯爵士建議哪些房間最適合當作舞池，卻發現場地早就選定，當她想對舞會日期發表點意見時，也發現日期已經選好。原來湯瑪斯爵士老早制定一套周延的計畫，只等諾利斯太太安靜下來才要宣布。他把準備邀來的賓客寫成一份名單，唸了出來，但即使通知得有點倉促，算算消息往返時間，最後應該會有十二到十四對年輕人參加。他還說明了舞會為什麼最好訂在二十二日的理由，因為威廉二十四日得趕至普茲茅斯，所以二十二日等於是他在這裡的最後一天。更何況籌備時間本來就不太夠，所以也不宜把日子再往前挪。諾利斯太太不得不滿意這樣的安排，她心想她本來也是打算建議二十二日，因為只有這一天最合適。

舞會確定舉辦，消息迅速傳開來，還不到黃昏，與舞會有關的人幾乎都聽說了。請帖迅速發出，許多女孩當晚聽見消息，開心到睡不著覺，芬妮也一樣。不過對她來說，除了開心之外，還有其他事得煩惱，畢竟她年紀小，涉世未深，沒有飾品美服供她挑選，對自己的品味也缺乏信心。「我該怎麼打扮呢？」這件事令她苦惱不已。她只有一件飾品，那是威廉從西西里島帶回來送她的一只琥珀十字架，卻成她最大的苦惱來源，因爲她沒有鍊子繫這只十字架，只有一條緞帶。雖然以前也這樣戴過，可是她覺得別的女孩在這次舞會裡應該都會戴上昂貴的首飾，她總不能戴著那條緞帶，置身在她們中間吧？那乾脆不戴算了！可是威廉本來想再幫她買條金項鍊的，只因爲錢不夠才沒買，要是她不戴的話，他肯定會自責。這些顧慮令她心煩到即便舞會是爲她辦的，也提不起精神來。

而這時，舞會的準備工作正持續進行。柏特倫夫人依舊坐在她的沙發上，無須心煩任何事情，只是管家多跑來了幾趟，還有女僕忙著幫她趕製新禮服。至於湯瑪斯爵士則負責下令，諾利斯太太負責跑腿，這一切當然不會麻煩到柏特倫夫人，所以就如她當初所料：「這種事一點也不麻煩。」

艾德蒙這陣子心事重重，因爲有兩件人生大事盤據他心裡：接受聖職和結婚。這些都是何其重要的事，其中一件將於舞會過後馬上進行，所以他其實不像其他人一樣把這次舞會看得如此重要。因爲二十三日那天，他就要去彼得鎮附近拜訪一位朋友，然後兩人一塊在聖誕節前後那一週接受聖職，從此一生的命運也就決定大半了。至於另一件大事可能沒那麼順利。他的工作雖有著落，但能否找到一位能與他同甘共苦的妻子，卻是一點把握也沒有。他知道自己心屬於誰，但就是不確定克勞佛小姐是否也同樣心屬於他。在某些問題上，他們意見相左，有時甚至對他不假辭色，儘管如此，他還是相信她愛他。現在只等眼前的工作全都安置妥當，確定自己能給她什麼，就可以向她求婚了，不過他還是焦慮不安，對於最後的結果心存疑慮。他確信她對他有感情，常想起她對他的諸多暗示與鼓勵，更何況她並非看在錢的份上才與他交往。然而他仍不免擔憂，因爲她曾經說過她不喜歡隱居鄉野，也說過她比較喜歡住在倫敦——這不是擺明了在拒絕他嗎？除非他犧牲自己，改投別行，或許她就能接受了，可是良心不允許他這麼做。

所以這整件事卡在一個問題上：她對他的愛是否深到足以不在乎這些事情？不認為構成障礙？他不斷在心裡反問自己，雖然回答常是肯定的，但有時也會出現否定。

克勞佛小姐就快離開曼斯菲爾德，所以這陣子他的心老是在肯定與否定的答案之間輪番交戰。她收到一位好朋友的來信，邀她到倫敦長住，好心的亨利已答應會留到一月，再順道送她去倫敦。當她提到朋友的信以及亨利的好意時，他看得出來她眼裡閃著喜悅的光芒。而當她談到即將成行的倫敦之行時，他也從她興奮的語氣裡，多少聽出了「否定他」的答案。不過這種感覺只出現在她決定成行的第一天，或者說只出現在她得知消息後的第一個小時裡，因為那時她滿腦子想的都是倫敦的那些朋友。可是後來他就發現她不再表現出急切想去的樣子，她的想法有了變化，似乎懷著千頭萬緒。他聽見她告訴葛蘭特太太，她捨不得離開姐姐，她認為無論是倫敦的朋友還是娛樂，都絕對比不上曼斯菲爾德所帶給她的美好經驗。儘管她知道自己非去不可，但不管玩得多開心，還是會很想快點回曼斯菲爾德。這些話裡頭難道沒有半點「肯定他」的意思嗎？

正因為艾德蒙有這麼多心事，再加上那麼多的事情等他安排，以至於不像其他家人那樣一心盼著舞會到來。他根本不在乎這場舞會。若不是看在他表弟表妹的面子上，這場舞會在他心中的分量，還不如兩家人的聚會來得重要。以往兩家人聚會時，他都會抱著希望，試圖從聚會裡收集一些克勞佛小姐對他有意的蛛絲馬跡，可是像舞會這種紛亂的場合，恐怕不利於她傳情達意。他覺得這場舞會唯一堪慰的地方只在於他可以先跟她約好前兩支舞。所以儘管從早到晚都有人在他身邊張羅舞會的事，他卻滿心淨想著和她跳那兩支舞。

舞會訂在星期四舉行，可是到了星期三早上，芬妮還是不知道自己該穿什麼，於是決定去找見多識廣的葛蘭特太太和克勞佛小姐商量，她們的品味向來受人欣賞，聽她們的準沒錯。更何況艾德蒙和威廉都去北安普頓了，她猜克勞佛先生應該也不在家，於是往牧師公館走去，絲毫不擔心自己有沒機會與她們單獨交談。對她來說，這次的私下求教很重要，因為她羞於讓人家知道自己這般在意舞會上的打扮。

她在離牧師公館幾公尺遠的地方遇見了克勞佛小姐，後者才剛出門，正要前往曼斯菲爾德探望她。但因為她的來訪，克勞佛小姐勢必得再折返回家，可是芬妮感覺得到她朋友好像很想出外散步，於是趕緊說明自己的來意，還加註如果對方願意幫忙出點主意，在外頭談或在家裡商量皆無妨。

克勞佛小姐似乎很高興芬妮來找她幫忙，她思考了一會兒，這才熱絡地催芬妮跟她進屋去。葛蘭特夫婦都在客廳裡，為了怕打擾他們，她建議到樓上房間密談，這提議完全符合芬妮所願。芬妮萬分感激她的好意，兩人相偕上樓去，不久便切入主題。克勞佛小姐很高興芬妮來找她求教，於是毫無保留地將自己所知傾囊相授，在她的建議下，事情變得簡單多了，她不時給予鼓勵，芬妮才稍微放下心來。禮服的問題解決了。「可是妳要戴哪一條項鍊？」克勞佛小姐問：「妳應該戴妳哥哥送的那條十字架項鍊吧？」她邊說邊打開一只小包裹。先前在門外相遇時，芬妮便注意到她手裡拿著這只小包裹。

芬妮坦白告知自己的想法和疑慮，她不知該戴還是不戴好。她得到的答案竟然是眼前一只裝著幾條金項鍊的小首飾盒，要她自己選一條。

原來這就是克勞佛小姐剛剛拿在手裡的東西，她去看芬妮的目的正是要把這些項鍊送過去。她催促芬妮挑出一條搭配十字架，順便留作紀念。

芬妮乍聽，嚇了一跳，臉色驚慌。對方卻再三勸她，親熱地要她不必顧慮。

「妳看我有好多條，」她說：「有一半根本用不上。我又不是買新的給妳，這些都是我平常戴過的，只不過送妳一條舊項鍊。我這麼冒昧，妳千萬別介意，就答應我吧。」

芬妮仍然不肯收，她打定主意絕不接受，因爲這禮物太昂貴了。可是克勞佛小姐不肯作罷，誠懇地說理給芬妮聽，要她爲威廉、爲十字架、爲舞會，也爲自己著想。她終於被說動。其實芬妮是看對方態度極誠懇，再加上被誤以爲她瞧不起對方，不夠朋友或者給她安上其他類似罪名，才勉強同意。她開始挑選，仔細詳看，想看出哪一條最便宜。最後她選了一條，因爲這條是克勞佛小姐常戴的，所以應該比較舊。那是一條十分精緻的金項鍊，雖然芬妮覺得另一條偏長、花樣簡單的鍊子更適合搭配她的十字架，不過她還是選了前面那一條，她覺得克勞佛小姐可能比較不想要留著。克勞佛小姐笑著表示同意，幫她把鍊子戴上去，要她看看合不合適。

芬妮覺得好看極了，能得到一條這麼合適的項鍊，自然開心，仍不免有點良心不安，寧願這份人情是欠在別人身上。但又覺得自己不該這麼想。克勞佛小姐事先就考慮到她的需要，還對她如此親切，足以證明的確是她的好朋友。「以後我戴著這條項鍊時，一定會常想到妳對我的好。」她說。

「以後妳戴這條項鍊時，也要想著另一個人對妳的好才行啊。」克勞佛小姐說：「妳要想著亨利，因爲這條項鍊當初是他買給我的，我轉送給妳，所以妳也要記得最初的贈送人哦！這也算是我們家送的紀念品，妳想到妹妹的時候，也要想到哥哥。」

芬妮聽了嚇了一跳，她不知如何是好，想立刻退回項鍊。要她拿別人收受的禮物，而且還是對方哥哥送的，她怎麼能收？不！絕不能收！她急忙把項鍊取下，放回原來的墊子上，決定換另一條，要不然

克劳佛小姐送的項鍊戴在芬妮頸子上十分好看，
芬妮卻惶恐不安。

乾脆一條都不要。

芬妮那副尷尬又慌張的模樣看在克勞佛小姐眼裡，覺得很有意思，她心想，她這輩子還從沒見過臉皮這麼薄的人。「我親愛的小姐，」她大笑說：「妳怕什麼啊？妳以為亨利看到會點出這條項鍊是我的嗎？還是怕他認定妳是用不當手段得來的？又或者妳認為亨利看見這條項鍊戴在妳那美頸上，會覺得太受抬舉？其實在他還沒看到這世上這麼美的脖子前，項鍊早就擺在這裡三年了。或者……」她露出調皮的神情，「妳以為這是我們兄妹倆串通好的詭計？是他要我這麼做嗎？」

芬妮面紅耳赤，辯稱自己絕無這般聯想。

「那好吧，」克勞佛小姐不全然相信她的話，於是慎重地說：「為了證明妳沒懷疑我在暗中耍詭計，還是像以前一樣信任我，那就什麼話也別說，盡管把項鍊收下來。總不能因為這項鍊是哥哥送我的，我就不能拿去送人吧，同樣的，也不能因為是他送我的，妳就不接受吧。他經常送東送西給我，禮物多到數也數不清，我不可能樣樣都當成寶，至於他送過那些，自己恐怕也忘了。說到這條項鍊，我想我應該戴不到六次吧。它確實漂亮，但我從未曾放在心上。雖說首飾盒裡的鍊子，不管妳挑哪一條，我都願意送妳，但老實說，妳真的剛好挑到我最捨得也最願意送人的那一條。所以妳就別再多說啦，這不過是件小事，不值得我們費這麼多脣舌。」

芬妮不敢再推辭，只好再次稱謝，卻已不若起初那般喜悅，因為克勞佛小姐眼裡的某種神情令她感到很不舒服。

芬妮哪可能不明白克勞佛先生對她的態度有了大轉變。她早就看出他想討她歡心。他殷勤待她，像以前待她表姐們那樣。她心裡想，或許他也有意耍弄她，就像當初耍弄表姐們一樣。所以不管這條項鍊跟他有無關係，她都不相信他不知情。因爲克勞佛小姐只關心她哥哥，從來不懂得體貼朋友。

回家的路上，她翻來覆去地想，滿肚子疑問。雖然已經得到自己想要的東西，卻一點也不開心。先前來時路上的煩惱完全沒有減輕，只是變了方向而已。

第二十七章 Mansfield Park

芬妮一回到家，便立刻上樓進東屋，打算將剛剛意外獲得的禮物，也就是那條啓人疑竇的項鍊，放入專門用來存放小東西的盒子裡，但她一開門，竟意外發現艾德蒙表哥正坐在桌前寫字。這是從沒見過的景象，她又驚又喜。

「芬妮，」他放下筆，起身迎了上來，手裡拿著某樣東西，直接開口對她說：「請原諒我擅入妳的房間，我是來找妳的。本來以爲妳很快回來，就在這裡等了一會兒。我正在寫字條，想把我的來意告訴妳，字條上的開頭內容妳自己看就行了，現在我直接告訴妳吧，我是來求妳接受我的一點心意，這是條可以用來掛威廉十字架的項鍊，本來一個星期前就要拿給妳，可是我哥哥到倫敦的時間比我預料的晚了幾天，所以我剛剛才在北安普頓收到。芬妮，我希望妳會喜歡。我知道妳喜歡式樣簡單的東西，所以就根據妳的喜好選了這一條，希望妳能瞭解我的用心，就當成是來自一位老朋友的好意，同時做爲象徵這段情誼的紀念。」

他說完，便急忙離去。芬妮百感交集，不知該說什麼，只顧著開口喊道：「噢，表哥，等一下，請你等一下。」

他轉身過來。

「我不知道要怎麼謝你，」她異常激動地說：「我也不知道該說什麼。我眞的好感激，但又不懂怎麼表達我的感激，你處處爲我著想，你對我的好已經超出……」

「芬妮，如果妳是要說這個……」他笑一笑，轉身要走。

「不，不光是爲這個，我還有事想找你商量。」

她幾乎是下意識地解開剛剛交在她手裡的小包裹，精緻程度唯獨珠寶商才有辦法達成。盒子裡有條造型簡單的金項鍊，她忍不住叫了出來：「噢，眞的好美！我就是想要這種款式的金項鍊，我從沒想過可以擁有這麼漂亮的首飾，好配我的十字架！兩樣定要互相配，我一定要戴在一起。而且禮物來得正是時候，噢，表哥，你不知道我有多喜歡。」

「親愛的芬妮，這是我小小的心意，妳別看得那麼重。我很高興妳喜歡，明天又正好能派上用場。不過妳不必這樣謝我，請相信我，我最大的快樂就是看見妳開心，這種快樂很眞實，完全發自內心，沒有任何矯飾。」

芬妮聽見他眞情流露的表白，感動到久久說不出話來，直到艾德蒙問她：「妳不是要找我商量事情嗎？」她才猛然回神。

是關於那條金項鍊的事，她現在更急著要退回去了，她希望表哥同意她的作法。於是她把剛剛去牧師公館的經過告訴他，結果反而害自己的心情一下子跌到谷底。因爲艾德蒙聽她說完前因後果後，心頭不禁一震，百分欣喜克勞佛小姐的這番好意，還很得意他們之間的默契竟然如此之好，作法幾乎不謀而合，連芬妮都感覺得到他的喜不自勝，心裡不免有點不是滋味。艾德蒙仍沉浸在甜美的回憶裡，不時脫口而出幾句讚美克勞佛小姐的話，壓根沒注意芬妮到底說了什麼，也沒回答她的問題，等他如夢初醒地終於聽進表妹說的話時，竟然堅決反對她把項鍊退回去。

「把項鍊退還？不行，親愛的芬妮，絕對不能退。那會嚴重傷害她的自尊心。這世上最令人不快的事，莫過於好意送朋友禮物，以為會令對方高興，結果卻遭退還。她也是本著助人為樂的心情在幫妳，怎麼可以澆她冷水？」

「如果這項鍊當初就是送給我的，我當然不會退還，可是這是她哥哥送妹妹的禮物。現在她知道我不需要了，再收回去，不是很合情合理嗎？」

「她不會認為是妳不需要了，至少不會這麼想。就算是她哥哥送她的，也沒關係，她還是有權轉送，妳也還是可以接受，不會有問題。那條項鍊想必比我這條更漂亮，更適合戴在舞會上。」

「不，不比你的漂亮，那條項鍊並不比你的漂亮，也不像這條那麼適合我。這條鍊子很配威廉的十字架，她那條比不上你的。」

「就戴一個晚上吧，芬妮，一個晚上就好，即便妳覺得委屈，戴她那條沒有這條好看，可是我相信妳情願自己受委屈，也不願讓這麼關心妳的人傷心。克勞佛小姐對妳這麼好，妳絕對可以當之無愧地接受……至少我是這麼認為。更何況她從以前就對妳很友善，自始至終沒有變過。所以如果妳把項鍊退還回去，會讓人覺得妳不知感恩，不過我相信妳絕無那個意思，這也不是妳的個性。明天晚上就照原來計畫戴她那條項鍊吧。至於這條，本來就不是為了明日舞會特地買的，所以留到平常時再戴。這是我的建議。看見妳們兩個感情這麼融洽，我好高興。妳們的個性本來就相像，心地都很善良，懂得體貼人，雖然有一點點不同，但那是後天環境造成的，並不妨礙妳們成為好朋友。我不希望妳們之間的友誼有任何一絲陰影存在，」他聲音低沉地重複道：「我真的不希望我最愛的這兩人，彼此間的友誼有任何一絲陰影存在。」

他說完就離開了，留下芬妮獨自一人，極力壓抑情緒。他說他最愛的兩個人，而她是其中一個——

這句話當然令她寬慰，可是另一個人呢？另一個人一定在他心目中佔據第一位。她從沒聽他說得這麼露骨過，雖然只是說出她早已心知肚明的事實，仍不免令她心痛。因爲這等於明白宣告他的決定，他要娶克勞佛小姐。儘管這個結果早在她意料中，她的心還是會痛。她茫然地一遍遍說著他最愛的兩個人，她是其中之一，但又不知道自己究竟在說什麼。要是克勞佛小姐眞的配得上他，那也就算了——感覺肯定大不同，心裡也會好過許多。可是他根本沒把她看透，他只是情人眼裡出西施，沒看清楚她眞正的一面，她的缺點依然如故，他卻讓自己盲目。她爲他的識人不明痛哭了一場，許久之後心情才平靜下來。爲了不想繼續沮喪下去，她只好全力爲他的未來祈福。

她決定調整心情，盡量剔除自己對艾德蒙的私情，她認爲她有責任這麼做。她不能把艾德蒙的心有別屬當成是自己的不幸或失落，因爲如果這麼想，未免太自我抬舉，太自作多情。她謙卑的天性不允許她這麼想，她自認沒有資格像克勞佛小姐那樣對他充滿期待。對她來說，這是荒唐的。無論在何種情況下，她都不該對他有非分之想，頂多當他是朋友。可是爲什麼她的腦袋裡老是縈繞著這種該受譴責的禁忌念頭呢？這種想法不該出現，她一定要盡量保持頭腦清楚，才能正確判斷克勞佛小姐的爲人，用理智去眞誠關懷艾德蒙。

她鼓起該有的道德勇氣，決心守好本分，但她畢竟年輕，感情仍然豐富，也難怪縱然已下定決心要克制感情，還是一把抓起艾德蒙剛剛沒寫完的那張字條，當作寶貝一樣，柔情似水地讀著他寫的字句：「我最親愛的芬妮，請妳務必接受……」她把這張字條連同項鍊一起鎖進百寶箱裡。對她來說，這紙條比項鍊還要珍貴，恐怕是艾德蒙這輩子唯一寫給她接近信函的東西，以後再無可能了。再也不會有別的東西像這張字條這樣在形式上或意義上都令人無比珍愛。再有名的作家也寫不出比這更值得珍惜的字句；再癡情的傳記作家所收藏的資料也不如這張字條值得珍藏。一個女人對愛的執著，可以超越傳記作家對其作品的執著。對她來說，不管這兩行字想要表達的是什麼，筆跡本身就珍貴無比。雖然艾德蒙的字很普通，卻是這世上獨一無二的字跡。儘管是在匆忙情況下寫的，卻一個字都沒寫錯，開頭那七個字「我最親愛的芬妮」，寫得多得體啊，她百看不厭。

就這樣，她的理智與軟弱巧妙地融合在一起，思緒整理好了，情緒也安撫好了，這才準時下樓，坐在柏特倫姨媽身邊做針線活兒，一如往常地恭謹順從，看不出情緒有任何波折。

期待已久的歡樂星期四終於到來，芬妮一掃前幾天揮之不去的心中陰霾，因爲早餐過後沒多久，克勞佛先生便給威廉捎來一封友好的短箋，說他明天一早必須去倫敦幾天，想邀威廉結伴同行；只要威廉願意比原定計畫提早半天動身，就可以順道搭他的馬車。克勞佛先生打算趕在叔叔吃晚餐的時間抵達倫敦，所以決定邀請威廉和他一起前去將軍家裡作客。威廉聽見這提議很高興，想到可以和一位個性開朗又聊得來的朋友一起搭驛馬車回去，自然十分欣喜，當下立刻答應，他覺得這等於坐專用馬車回去，既體面又有趣。芬妮也爲他高興，但理由不同。因爲如果按原定計畫，威廉勢必得趁第二天夜裡從北安普頓搭郵車出發，再轉乘公共馬車前往普茲茅斯，這樣一來，中間連一個小時的休息時間都沒有。雖然克勞佛先生的提議會要威廉提前幾個小時離開她，卻能爲他免去舟車勞頓之苦，所以她很高興，也就不再計較其他。湯瑪斯爵士深表同意，卻是基於其他理由，理由是他相信這樣一來，他的外甥就有機會被引薦給將軍，這對威廉來說十分得利，畢竟將軍的勢力不容小覷，所以總的來說，這是一封再令人開心不過的信。芬妮有半天上午都因此事而喜孜孜，部分原因是寫這封信的人也很快就要走了。

至於眼前的舞會，她其實相當恐懼不安，不見小姐們該有的興奮與期盼，或者說不像別人認爲的那麼興奮。很多女孩都在期盼這場舞會的到來，不過她們的心情顯然比她輕鬆多了，畢竟這種舞會在她們眼裡並不算新奇，不像芬妮那樣覺得別具意義，感激在心。應邀參加舞會的賓客，只有一半的人知道普萊斯小姐這號人物，所以這算是她第一次在社交場合中公開露面，勢必將成爲當晚的頭號嬌客，有誰會比普萊斯小姐更開心呢？但問題是普萊斯小姐從來沒學過社交技巧，要是她知道這場舞會對她個人的未來聲望有多重要，恐怕會加深她原有的不安，使她更擔心自己舉止失當，害怕被人眾目睽睽地盯著看。如今她最大的心願就是等一下跳舞時，別太引人注意，不會立刻覺得累，至少要有體力撐完半場舞會，而且每支舞都有人請她跳，能和艾德蒙多跳幾支舞，少跟克勞佛先生跳舞，看見威廉跳得開心，盡可能避開諾利斯姨媽……僅僅這樣，她就心滿意足。這些均是她最大的願望，但不見得全能如願。更何況那整個漫長的早上，她全程陪在兩位姨媽身邊，不時受到她們情緒上的負面影響。威廉出外獵鷸了，因爲今天是他在曼斯菲爾德的最後一天，自然想要玩得痛快一點。至於艾德蒙，在她想來，八成是到牧師公館去了。所以只剩下她留在家裡忍受諾利斯太太的脾氣。諾利斯太太很不高興女管家自行其事地安排晚餐，可是女管家總有辦法避開諾利斯太太，她卻不行，反而被大姨媽折騰得對舞會興致全無。後來她被趕去換衣服，根本是有氣無力地走向自己房間，完全快活不起來，彷彿這舞會是人家的，和她一點關係也沒有。

她慢慢地走上樓去，想起昨日情景。昨天她也是在這時候從牧師公館回來，驚喜發現艾德蒙正在東屋等她。「希望今天也能在這裡遇見他！」她自言自語，沉浸在幻想裡。

「芬妮，」這時候，一個聲音從不遠處傳來。她心上一驚，抬眼望去，目光越過剛走過的門廳，看見艾德蒙站在另一道樓梯的頂端，朝她走來。「芬妮，妳看起來很累，是走太久了嗎？」

「沒有，我根本沒出去。」

「那妳就是在屋裡累著了，這不是更糟嗎？妳最好出去走走。」

向來不喜抱怨的芬妮，覺得還是別答腔比較好。雖然他看起來和平常一樣親切，但她相信他很快就會忘了她的問題，因爲他看起來頗沒精神，好像正在心煩一些和她無關的事。他們的房間都在同一層樓，於是兩人相偕走上樓去。

「我剛從葛蘭特博士那裡回來，」艾德蒙馬上接著說：「芬妮，你應該猜得出來我去那裡做什麼。」他看似有點羞赧，芬妮想也明白一切，心裡頗不是滋味，不太想說話。「我想先跟克勞佛小姐約好，請她當我頭兩支舞的舞伴。」這是他給的答案。芬妮發現艾德蒙在等她回話，於是提起精神，詢問了一下結果。

「她答應了，」他回答：「她答應和我跳，可是（他勉強一笑）她說這將會是最後一次與我共舞。她不是當眞的吧？我認爲、我希望……我相信她不是當眞的！我很不願聽見這樣的話。她說她從來沒跟牧師跳過舞，今後也不會。如果從我個人的角度來看，我情願沒有這場舞會，我意思是不要在這星期或今天舉辦，因爲我明天就要離開家了。」

芬妮努力提起精神說：「很遺憾你今天過得不大順利，本來姨丈的意思是要我們開心一下。」

「喔，是啊，是啊，今天一定會很開心。我只是一時心煩意亂而已，等一會就沒事了。事實上，我並不認爲這舞會時間選得差。我也不知道自己在說什麼？可是芬妮……」他拉住她的手，要她停下腳步，然後神情肅穆地低聲說：「妳知道這到底是怎麼回事嗎？妳應該看得比我清楚，能不能告訴我，我爲何如此心煩？或許妳比我更清楚。妳可否聽我說點心事，妳心地善良，只有妳願意聽我說。我被她今天早上的態度弄得好痛苦，心裡亂紛紛的。我知道她就像妳一樣本性純良，無可挑剔，可是礙於以前環境的影響，讓她變得好像……她說起話來或發表意見時，有時總讓人覺得有失分寸。她其實並無惡意，只是口無遮攔，當玩笑話在說。雖然我知道那都是玩笑話，但還是傷了我的心。」

「是過去的教育帶給她的影響。」芬妮溫柔地說。

艾德蒙非常同意她的說法。「是啊，她的叔叔和嬸嬸，是他們污染了她美好的心靈！芬妮，老實說，有時候我覺得不止是她說話的問題，好像連她的心靈都受到了污染。」

芬妮猜他是想聽聽她的意見，於是想了一會兒才說：「表哥，如果你只是要我當個聽眾，我會盡我所能地滿足你。但我沒有資格替你出主意，所以不要問我意見，我沒有辦法。」

「妳說得沒錯，芬妮，妳不肯幫忙是對的。不過，妳不用替我擔心，這種問題，本來就不該請別人幫忙出主意，最好還是別問別人，其實應該很少有人會拿這種事去問別人吧，除非他們不願跟著自己的直覺走。我只是來找妳聊聊，抒發一下情緒而已。」

「還有一件事，請恕我直言：你最好小心你對我說的話，千萬不要說出任何將來可能會後悔的話，因為早晚……」

她說這話時，臉不由得紅了起來。

「我親愛的芬妮，」艾德蒙嚷道，還將她的手按在自己的唇上，熱情程度宛如他在吻克勞佛小姐的手一樣。「妳眞是太體貼了，不過妳不必擔心這種事，不會有什麼早晚的問題，妳暗示的那種事不可能發生。我已經開始覺得我跟她是不可能了，機會越來越渺茫。就算眞有那麼一天，我們也不會記得今天說過什麼，所以不必擔心，因為我從來不覺得自己這些顧慮有哪兒可恥，若想要我毫無顧慮，除非她把個性改了，可是這種改變得靠她時時反省以前的錯誤才有可能辦到。不過我剛剛說的那番話，只會對妳一個人說。芬妮，妳本來就知道我對她的看法，妳可以為我作證，我這人並不盲目。我們不是好幾次都在討論她的缺點嗎？所以妳不必擔心。反正我也快放棄她了。無論我和她的結局如何，我都很感激妳的體貼與關心，不然我就是個十足的呆瓜了。」

他說得夠多了，多到足以讓一個年僅十八歲的女孩忘掉過往的不快經驗，多到令芬妮一掃前陣子的低落心情，再度開心起來，且神采奕奕地回答他：「是啊，表哥，雖然有人不相信，但我相信你不會。所以不管你現在想說什麼，我都不擔心了，你就別藏在心裡，想說就說吧。」

他們已經上到三樓，這時女僕出現，他們也不方便再說下去。此刻的芬妮感到十分欣慰，因此這段談話等於是在她情緒最高昂的時候戛然打住。要是他能再多說個五分鐘，克勞佛小姐的缺點恐怕全會被他數落光，並承認自己對她徹底絕望。他雖未繼續往下說，但兩人分手時，艾德蒙的感激之情全寫在臉上，芬妮也是一臉感動。對芬妮來說，這幾個小時以來，就數這一刻最令她快活了。這段時間以來，除了克勞佛先生寫給威廉的那封信曾帶給她短暫快樂之外，她的心情一直很低落，看不見任何堪慰的事情，毫無希望可言。如今她的笑容又回來了，她再次想起威廉的幸運，感覺比第一次聽見消息時還要開心。即將到來的舞會也令她開心。這將是個多美好的夜晚！她為了舞會而雀躍！像一般女孩那樣滿心期待它的到來，懷著亢奮的情緒著手打扮。一切都順逐，她覺得自己的外表順眼多了，等到要戴項鍊時，更是欣喜地發現克勞佛小姐送的那條項鍊根本無法穿進十字架的鉤環裡。本來她看在艾德蒙的面子上，已經決定要戴克勞佛小姐送的項鍊，沒想到它太粗了，穿不進去，所以她勢必得戴艾德蒙的。她開心地將艾德蒙的項鍊和威廉的十字架穿在一起戴上脖子，這是她最親愛的兩個人送給她的禮物，這兩件珍貴禮物無論從實質還是意義來看，都十分相配。她覺得戴上這兩樣東西，等於宣告她與威廉、艾德蒙的感情有多深，所以不介意再多戴一條克勞佛小姐的項鍊。她覺得這樣做才對。她不該拂逆克勞佛小姐的好意，畢竟後者再也無法阻擾某人對她的好。她現在比較能持平看待克勞佛小姐，甚至很高興自己可以這麼做。這條項鍊眞的出色。芬妮心情暢快地走出房間，此刻的她很滿意自己，也滿意周遭的一切。

這時的柏特倫姨媽才突然想起她，頭腦難得清楚地想到她一定正在梳妝打扮，若光靠樓上的女僕幫忙恐怕不夠，於是主動派自己貼身女僕上去幫忙。當然，這決定來得太晚，根本派不上用場。查普曼太太才上到閣樓，就發現普萊斯小姐已穿戴整齊的從房裡出來，兩人只是客氣地寒暄了一下。雖然柏特倫夫人和查普曼太太沒來得及幫上忙，芬妮還是感受到了姨媽對她的關心。

第二十八章

Mansfield Park

芬妮下樓時，她的姨丈和兩位姨媽都在客廳。她的出現頓時引起湯瑪斯爵士的注意。他看見她儀態優雅、容貌出眾，心裡非常高興。不過當著她的面，卻只誇她的衣著整潔得體，沒多久，她離開了客廳，他隨即改口誇她變漂亮了。

「是啊，」柏特倫夫人說：「她是很漂亮，是我派查普曼太太去幫她打扮的。」

「是漂亮啊，」諾利斯太太嚷道：「背後有這麼好的親戚幫襯，當然變漂亮了。她是在我們這種好人家長大，又有兩個表姐作她榜樣。親愛的湯瑪斯爵士，你想想看，你和我幫過她多少忙啊。你剛看到的那件禮服就是盧斯沃太太結婚時，你慷慨送她的禮物。還有要不是我們當初把她要來，她現在會是這副模樣嗎？」

湯瑪斯爵士沒有說話，可是等大夥兒在餐桌前坐定，他便從兩位年輕男士的眼裡看出，待女士們離席，男士們一定會含蓄地誇獎芬妮。芬妮發現眾人都對她投來欣羨的目光，再加上她也意識到自己變好看了，整個人更是精神百倍。她是有很多事情值得喜悅，而且更高興的事情還等在後頭呢。她在陪著兩位姨媽走出去時，站在旁邊開門的艾德蒙趁她經過時，跟她說：「芬妮，待會兒妳一定要陪我跳舞，隨便妳挑兩支，只要不是最前面那兩支就行了。」芬妮聽見他這麼說，開心極了。她從來沒有這麼開心過，簡直是欣喜若狂。她現在終於明白以前兩位表姐參加舞會前為什麼會那麼興奮了。她現在也覺得舞會這玩意實在迷人，甚至會趁諾利斯太太正忙著調小管家升起的爐火而無暇他顧時，在客廳裡偷偷練起舞步。

時間又過了半小時，如果在別的情況下，她恐怕早就意興闌珊了，但現在的她仍舊興致高昂，一直想著剛剛和艾德蒙的對話。至於諾利斯太太早已坐立難安，柏特倫夫人則是呵欠連天。

男士們都進來了，沒多久，大家開始興奮等待馬車抵達，屋裡洋溢著輕鬆歡樂的氛圍，他們隨意四處站著，說說笑笑，在歡欣與期盼中度過分分秒秒。芬妮總覺得艾德蒙在強顏歡笑，不過很高興他掩飾得好。

可是等到她真的聽見馬車聲，賓客們開始湧入時，原本雀躍的心竟一下子沉了大半。眼前有太多陌生人了，嚇得她又縮回原來的自己。第一批進門的賓客全都板著面孔，拘謹到連湯瑪斯爵士和柏特倫夫人都沒轍，除此之外，芬妮還得容忍另一件很糟的事，那就是她姨丈一會兒向這位客人介紹她，一會兒又向那位客人介紹她，害她得被迫聽別人說一堆廢話，還不時得屈膝答禮，客氣回話。這對她來說是件苦差事，每次她被姨丈叫去時，總忍不住回頭去看正在後面悠閒走動的威廉，巴不得能跟他在一起。

葛蘭特夫婦和克勞佛兄妹的來到，讓氣氛有了轉化。他們的好人緣和親和力很快驅散了會場上的拘謹氛圍，大家開始三兩聚集，自在交談。芬妮也蒙受其利，從沒完沒了的應酬裡脫身。但要不是她的目光老忍不住往艾德蒙和瑪麗．克勞佛那裡瞟，肯定會很開心。克勞佛小姐看起來俏麗極了，難怪總是情場得意。這時她突然察覺到克勞佛先生竟站在她面前，思緒被他打斷，他才說了幾句話，便開口邀她陪他跳前兩支舞，她心神爲之紊亂。這場舞會讓她情緒總是起起伏伏。起初她覺得早點確定前兩支舞的舞伴也不錯——因爲隨著舞會即將開始，缺乏自信的她難免會想，如果克勞佛先生沒事先邀她，恐怕在場女孩全被邀走也輪不到她，而且說不定還得靠別人的詢問、奔走和穿針引線才能幫她找到舞伴；若果真這樣，那未免太可怕了。但問題是克勞佛先生邀她時態度太露骨，她很不喜歡。她還看見他眼裡帶笑地盯著她的項鍊看了許久。她覺得他在笑，沒錯，他是在笑，害她臉都紅了，好生狼狽。雖然後來他沒有再去看項鍊，雖然他的目的似乎只是想暗地裡討好她，反令她感到尷尬。一想到他早注意到那條項鍊，她便局促不安，直到他轉身走開去找別人，她的心才稍稍安定下來，然後始覺得趁舞會尚未開始前先找到舞伴，而且還是一個自動找上門的舞伴，其實也不是件壞事。

等賓客們陸續移往舞會大廳時，她才逮住機會接近克勞佛小姐，對方也像其兄長一樣，兩眼帶笑地看著她的項鍊，還開始聊起這話題，芬妮恨不能趕快結束談話，於是匆忙解釋了一下第二條項鍊的由來，也就是有十字架的那條。克勞佛小姐聽得仔細，甚至忘了自己原本要對芬妮說幾句含沙射影的恭維話，腦袋裡竟只有一個念頭，那雙原本就明亮的黑眸更是炯炯發亮，她又驚又喜地嚷道：「是嗎？眞是艾德蒙送的啊？這的確像是他做的事。別人才不會想到呢，我簡直無法用言語形容我對他的佩服。」她環顧四周，似乎急著想當面告訴他。但他不在附近，正在廳外陪著一群女士。葛蘭特太太朝她們走來，左右各攬一個，跟在其他人後面一起進入舞會大廳。

芬妮的心直往下沉，不過也沒有時間去琢磨克勞佛小姐在想什麼了。她們已經進到舞會大廳，小提琴的樂聲揚起，她的思緒隨琴聲飄忽不定，根本無法專心去想嚴肅的問題，因爲她得留意廳內的安排，注意舞池裡的進行狀況。

幾分鐘後，湯瑪斯爵士走了過來，問她是否已有舞伴。「有的，是克勞佛先生。」這答案正合他意。克勞佛先生剛好在不遠處，於是湯瑪斯爵士招他過來，交代了幾句，意思是要芬妮帶頭跳開場舞。她從沒想過這項任務會落在她頭上。在此之前，每當她想到今晚舞會的細節時，都以爲應該是由艾德蒙和克勞佛小姐帶頭跳開場舞，她從來都是這麼想，以至於當她姨丈開口要她帶頭跳開場舞時，她不禁驚叫出聲，直覺自己不適合，要姨丈饒了她。她竟敢當面違逆她姨丈的意思，顯見這件事對她來說有多不可思議。她剛聽聞到這消息時，驚恐到只能直愣愣地看著姨丈，希望他另擇他人，可是湯瑪斯爵士不為所動，他笑著試圖鼓勵她，隨即又板起面孔，斬釘截鐵地說：「親愛的，就這麼決定了。」芬妮哪敢再說什麼，沒過一會兒工夫，便被克勞佛先生帶上舞池，站在那裡等待眾人結伴加入，準備開舞。

她幾乎不敢置信。她竟然和這麼多漂亮女孩站在一起，對她來說，這份殊榮實在太高了，等於是把她當表姐那樣同等對待。她不由得想起遠在外地的兩位表姐，由衷遺憾她們把位置讓給了她，沒能在這裡跟他們一起跳舞。以前她常聽她們說，家裡若能辦個舞會，一定會很開心。但現在舞會有了，她們卻離家在外……還要她開舞，而且是和克勞佛先生一起開舞！她只希望她們不會太嫉妒她得到的這份殊榮。她回顧今年秋天，想起當時這屋裡跳舞的情景以及主人賓客間的關係，再對照此情此景，就覺得這一切對她來說彷若如夢。

舞會開始了，這次舞會對芬妮而言，與其說是快樂，倒不如說是一種榮耀，至少第一支舞是如此。她舞伴的情緒非常高昂，極力想要感染她，偏偏對於這支舞，她的心情卻是惶恐大於享受，一直到她認為不再有別人盯著她看，才開始放鬆下來。不過由於她年輕漂亮，舉止文雅，所以即便有點局促不安，也不失其身段的優雅。在場許多人都打從心底讚賞她。她美麗動人，嫻淑端莊，又是湯瑪斯爵士的外甥女，沒多久，大家都聽說克勞佛先生愛慕她。這些盡成了她傲人的地方。湯瑪斯爵士看見芬妮翩翩起舞，覺得無比欣慰。他為自己的外甥女感到驕傲，儘管他不像諾利斯太太那樣把芬妮的美貌全歸功於自己的收養，仍感欣慰她是因為他才受到良好教育，成為大家閨秀。

芬妮被克勞佛先生領著開舞，
身段優雅引起在場眾人的驚豔。

克勞佛小姐窺出湯瑪斯爵士的心思，雖然覺得他害她個人受了不少委屈，但還是希望能留給他好印象，於是趁機走上去說了幾句芬妮的好話。她這廂熱情地對芬妮讚譽有加，他那廂也如其所願地欣然接受，盡量展現禮貌來附和她的誇獎，語調溫吞，態度謹慎，看來顯然比他的夫人更樂於讚美自己的外甥女。過沒多久，瑪麗發現柏特倫夫人就坐在不遠處的沙發上，於是趕在跳舞之前，走過去稱讚芬妮漂亮，試圖討她歡心。

「是啊，她眞的很漂亮，」柏特倫夫人平和回道：「是查普曼太太幫她打扮的。我派查普曼太太去幫她。」她高興的原因不是芬妮受人讚美，而是她好心派查普曼太太去幫過忙。

克勞佛小姐非常瞭解諾利斯太太，知道不能當著她的面誇獎芬妮，於是見機行事地迎合她說道：「噢，諾利斯太太，要是今晚親愛的盧斯沃太太和茱莉雅也在，那就好了。」諾利斯太太即使忙得不可開交，身上攬了一堆事，既得幫忙湊牌搭子，又得不斷提醒湯瑪斯爵士一些該注意的事，還得幫忙將小姐們的隨侍女伴帶到舞會大廳旁的適當角落裡，依然有工夫抽出時間，回以微笑，向克勞佛小姐絮叨了一堆客氣話。

只不過當克勞佛小姐試圖討好芬妮本人時，竟犯了一個嚴重的錯誤。她本來是想逗逗芬妮那顆仍在亢奮的心，給她一點自以爲得意的機會，卻誤解了對方臉紅的眞正原因，還以爲自己的目的已達成。當時頭兩支舞結束後，她朝芬妮走去，意有所指地說：「也許妳可以告訴我，我哥哥明天爲什麼要去倫敦。他說有要事得辦，偏不肯告訴我是什麼事。這可是他平生第一次不願意透露他的祕密給我。不過這一天遲早會來的，遲早都會有人取代我們在哥哥心目中的地位。所以我現在只能向妳打聽消息，亨利到底去倫敦做什麼？」

芬妮表情尷尬，言明自己一無所知。

「好吧，」克勞佛小姐笑著回答：「我想一定是專程送妳哥哥，好順道在路上談談妳的事情。」

芬妮一臉困惑，這種困惑其實源自於不滿。但克勞佛小姐卻還納悶對方爲什麼不笑，心想八成是太緊張了，不然就是她爲人古怪，總之她百般揣測，就是沒有想到亨利的殷勤根本打動不了芬妮的心。今晚芬妮的確玩得痛快，可這和亨利的殷勤沒有關係，反倒不太高興他和她跳過舞之後，立刻又回來邀她，她甚至懷疑他先前向諾利斯太太打聽晚餐時間，也是爲了想趁那時候親近她，但問題是她又躲不掉。他一直把她捧在手心上，對於這一點，她承認自己並不反感。再說他的態度舉止不算輕浮，有時談到威廉時，也讓人覺得他並不討人厭，他對威廉的熱心熱腸，更是一種加分。可是不管他再怎麼殷勤，畢竟不是她眞正快樂的來源。只有當她看見威廉玩得起勁時，她才覺得打從心底歡喜。每隔五分鐘，她都會陪威廉走一走，聽他聊他的舞伴。她知道大家都在讚美她，心裡十分高興，並懷著興奮期待的心情等著和艾德蒙跳兩支舞。這次的舞會，有大半時間都有人競相邀她跳舞，於是只好不斷延後她與艾德蒙的共舞時間。等到他們眞的可以結伴跳舞時，她的心裡無比雀躍，雀躍的原因不是因爲他跳舞的興致仍然高昂，也不是因爲他今天早上曾對她掏心剖肺。其實他看起來有點累了，但她很開心他眞的把她當朋友看，因爲只有在她面前，他才能眞正放鬆自己。

「我已經被這些應酬給累垮了，」他說：「一整個晚上，我一直在說話，根本是無話找話說，可是芬妮，跟妳在一起，我總算可以安靜一下了。妳不會要我一直說話，所以就讓我們享受一下沉默的樂趣吧。」芬妮甚至省掉贊同的贅語，直接閉上嘴巴。艾德蒙此刻的倦怠恐怕有很大程度是因今天早上的那些情緒所引起，芬妮自然特別小心，於是兩人表情嚴肅地默默跳完兩支舞，看在旁人眼裡，根本不會認爲湯瑪斯爵士收養這位女孩的目的是要給他二兒子當媳婦。

今天晚上，艾德蒙不怎麼開心，克勞佛小姐陪他跳前兩支舞的時候，心情其實挺好的，但她的喜悅提振不了他的情緒，反而多添苦惱。後來他又忍不住去找她，可是一談及他未來的工作，她的說法卻傷透了他的心。他們或討論或沉默，他訴之以理，她加以嘲諷，兩人最後不歡而散。一整晚下來，芬妮免不了偷偷觀察他們，頗爲滿意自己看到的狀況。她看見艾德蒙痛苦，心裡反而得意，這似乎有點殘忍，但見他碰了釘子，依然忍不住竊喜。

等她和艾德蒙的兩支舞跳完之後，體力也差不多耗盡了。湯瑪斯爵士看見她在那越來越短的舞陣裡垂著雙手，氣喘吁吁，幾乎都用走的，而不是在跳舞，於是命令她坐下來休息。這時，克勞佛先生也坐了下來。

「可憐的芬妮，」威廉本來在和他的舞伴使勁地跳舞，這會兒走過來探望她，嘴裡嚷道：「妳怎麼這麼快就累了！嘿，精采的才剛要開始呢。我希望我們能再盡情地跳上兩個鐘頭，妳可以怎麼這麼快就累了？」

「這麼快？我的好朋友，」湯瑪斯爵士小心翼翼地掏出懷錶答說：「現在三點了，你妹妹從來沒有這麼晚睡過。」

「這樣好了，芬妮，明天我走之前，妳不用起來送我了，儘管睡，別管我。」

「噢，威廉。」

「什麼？她還想在你動身之前起床？」

「是啊，姨丈，」芬妮嚷道，她趕忙起身，站到姨丈跟前。「我一定要起床和他吃早餐，您也知道

芬妮跳舞跳到體力不支。
威廉對妹妹嚷說，她竟然這麼快就累了。

那是最後一次早餐，也是最後一個早上。」

「妳最好別起來，他九點半吃過早餐就動身了。克勞佛先生，我想你會九點半來接他吧？」

但芬妮堅持不肯，急得眼淚都流出來了，湯瑪斯爵士只好答應，最後慈愛地對她說：「好吧，好吧！」算是應允了。

「是啊，九點半。」克勞佛向正要離開的威廉說：「我一定會準時到，因為我沒有一個好妹妹一大早起床幫我送行，」然後低聲對芬妮說：「我只能靜悄悄地從家裡出發，然後明天妳哥哥就會發現我的時間觀念和他不一樣。」

湯瑪斯爵士考慮了一下，隨即提議克勞佛先生第二天別一個人吃早餐，可以到曼斯菲爾德陪他們同桌享用，他也會作陪。克勞佛爽快答應。這讓湯瑪斯爵士更相信自己當初的揣測不是毫無根據。他必須承認，他之所以舉辦這場舞會，有大半原因是基於這個揣測：克勞佛先生愛上了芬妮。湯瑪斯爵士非常看好這樁婚事。不過他的外甥女並不感激，因為她本盼望能在最後一個早上和威廉單獨相處，這是種難以形容的不捨心情，不過願望就算無法達成，她亦無微詞，反正從以前就沒人在意過她的喜好或照她的話做過，所以她並不埋怨這次的事與願違，反而很驚訝她竟然也能對這件事情表達看法，所以滿欣喜的。

過了一會兒，湯瑪斯爵士又小小地管了她一下，建議她最好立刻去睡，雖然是用「建議」二字，卻帶有絕對權威。她只得起身。克勞佛先生趕緊熱絡地與她話別。她悄悄離去，在門口逗留了一會兒，彷若布蘭克斯賀姆大宅的女主人「但求多留片刻」①，回頭再看一眼身後歡樂的場景，最後一次環顧那五、六對打算跳到舞會結束的男女，然後才慢慢走上樓去。鄉村舞的音樂仍在耳邊迴蕩，她的心裡有期待，也有憂慮，她不捨舞會裡的醇酒甘露與熱湯佳餚，她雙腳疼痛、身體疲累，心浮氣躁又亢奮不安，但即便情緒如此起伏，她還是覺得舞會確實讓人快樂無比。

湯瑪斯爵士之所以催芬妮去睡，或許不光是爲了她的健康著想，也可能是覺得克勞佛先生坐在她身旁夠久了，又或者是想讓他見識一下這位小姐有多溫順聽話，多適合做人妻子。

譯註：

①引自司各特〈最後吟遊詩人之歌〉的詩句。

第二十九章

舞會結束了，早餐很快吃完，臨別前的親吻也吻過了，威廉終於走了。克勞佛先生果然依約準時上門。這頓早餐時間顯得相當緊湊，但賓主盡歡。

芬妮目送威廉離去，直到看不見人影，才心情沉重地走回早餐室，感慨景物依舊而人事已非。她的姨丈大概是覺得那兩位年輕人剛坐過的椅子仍然溫熱，恐怕會惹她傷感，於是好心留她一個人在早餐室裡靜靜哭泣，只不過他以爲威廉餐盤裡剩下的冷豬排和芥茉，恐怕不及克勞佛先生餐盤裡的碎蛋殼來得令她傷感。果如她姨丈所料，芬妮坐在那裡傷心哭泣，不過她是因爲哥哥離去才哭，不是爲了別人哭。威廉走了之後，她才意識到，他來探望她的這段期間，她竟把一半時間白白浪費在一些沒有意義的煩惱和與他無關的掛慮上。

芬妮生性仁厚，個性善良到即便想到諾利斯姨媽獨自鬱鬱寡歡地住在小屋裡，也會難過到自責上次和姨媽在一起時，爲什麼沒多關心她一點，所以現在的她一想到這兩個星期來她對威廉的忽略，就覺得自己不夠盡心盡力。

這是沉重又沮喪的一天。第二頓早餐用完沒多久，艾德蒙跟著向他們告別，獨自騎馬前往彼得鎮，預計一個星期後回來。這下所有人都走了，徒留昨夜回憶，而這些回憶卻乏人可分享。她必須找個曾參加過舞會的人說一說，於是說給柏特倫姨媽聽，可是她姨媽不怎麼注意舞會的過程，也不太有興趣知道其中內容，所以和她聊很沒意思。柏特倫夫人只記得自己穿了什麼、晚餐時坐在哪裡，別人的事一概不知。對於昨天的舞會，姨媽說得最清楚也最長的幾段話就只有：「我不記得是誰在跟我說馬克多斯小姐的事了；普列斯考特夫人好像有談起芬妮，但我不記得她說了什麼；我不確定哈里森上校說舞池裡最帥的小伙子究竟是克勞佛先生還是威廉；不知道誰在我耳邊說了什麼，我不懂那句話的意思，結果也忘了問湯瑪斯爵士。」除此之外，都只是無精打采地回答：「是哦……是哦……很好啊……妳眞是這樣嗎……他眞是這樣嗎……我沒看見耶……我分不出來。」實在令人失望，充其量只比諾利斯太太的尖酸回答好一點罷了。而諾利斯太太早就回家去了，她帶走所有剩餘的肉凍，說是要拿給一個生病的女僕吃。所以家裡根本剩下沒幾個人，不過雖然沒有什麼特別令人高興的事，但至少過得平靜。

這天晚上一如白天般沉悶。「我不知道自己怎麼了！」茶具撤走後，柏特倫夫人這樣說：「總覺得頭昏昏沉沉的，一定是昨晚太晚睡了。芬妮，妳得想個辦法讓我別睡著，我沒辦法做針線活兒。去拿牌來吧。我頭好昏哦。」

於是芬妮把牌拿來，陪姨媽玩起了克里比奇牌①，一直玩到就寢時間。湯瑪斯爵士靜靜地坐在旁邊看書，兩個小時下來，屋裡除了算牌的聲音之外，未聞半點聲響。「這應該夠三十一分了吧，手裡有四張，廢牌八張，該您發牌了。姨媽，要我幫您發嗎？」芬妮不斷回想這二十四個小時內的變化，昨天夜裡，這房間還有整棟屋子，不管屋內屋外俱是燈火通明、人聲鼎沸、笑語不斷，此刻卻死氣沉沉。

經過一夜好眠，芬妮的精神好多了。第二天再想起威廉時，情緒已經不再低落。而且這天早上，她是和葛蘭特太太及克勞佛小姐在一起，總算有機會可以好好聊聊星期四晚上的那場舞會。她們放縱自己的想像，回味舞會裡的點點滴滴，說到開心處便放聲大笑。她的心情因此放鬆下來，回復到平常，也終於適應了這星期的寂靜生活。

芬妮和克勞佛小姐、葛蘭特太太
回味著星期四舞會的點點滴滴。

一整天下來，她總覺得家裡的人少得可憐。以前家人聚會或一齊用餐時，她都會很開心，因爲有他在家，如今他不在了，她得學會習慣這件事，畢竟再過不久，他就會常常離家在外。還好現在看見姨丈時，不管是聽他說話，還是回答問題，都不再像以前那樣令她局促心慌。

「兩個年輕人走了，倒挺教人想念呀。」一連兩天，吃完晚餐後，湯瑪斯爵士面對寥寥無幾的家人，感慨萬千地這樣說。第一天，他看見芬妮眼淚盈眶，不好多說什麼，只提議爲大家的健康舉杯，到了第二天話多了一點，便誇獎威廉，希望他獲得晉升。「我們有充分的理由相信，」湯瑪斯爵士補充道：「從今以後，他將會有更多的時間來探望我們。至於艾德蒙，以後恐怕會長年不在家了，這將是他在家度過的最後一個冬天，我們得學著習慣。」「是啊，」柏特倫夫人說：「可是我希望他別離開我們。我總覺得他們都要離開我們了，我希望他們都留在家裡。」

她這句話主要是針對茱莉雅說的。茱莉雅當初說她要和瑪莉雅一起去倫敦，湯瑪斯爵士覺得這對兩個女兒都好，於是答應了她。而柏特倫夫人天生耳根子軟，自然也不會攔阻，可是如果按照當初說好的計畫，現在也該回來了，所以柏特倫夫人是在埋怨茱莉雅不該改變歸期。湯瑪斯爵士好言相勸，要妻子別太介意。他說她天生體貼子女，又說她總是對他們疼愛有加，常爲他們著想，希望他們快樂。柏特倫夫人淡然回答「是啊」表示贊同，然後沉默了十五分鐘，又突然主動說：「湯瑪斯爵士，我一直在想，他們現在人都走了，不過幸好我們收養了芬妮。我覺得我們當初眞是做對了。」

湯瑪斯爵士也立刻肯定地回應：「妳說得沒錯。所以我們應該當面誇她，讓她知道她在我們心目中是多麼乖巧。現在也只有她能陪我們了，她對我們來說變得很重要，如果我們對她好，她也一樣會對我們好的。」

「是啊，」柏特倫夫人立即接腔：「一想到她可以永遠陪著我們，我就覺得好安慰。」

湯瑪斯爵士停頓一下，微微笑了笑，瞥了他外甥女一眼，然後語重心長地說：「我也希望她永遠不要離開我們，除非她找到另一戶好人家，願意許給她一個更美滿幸福的生活。」

「湯瑪斯爵士，這太不可能吧，誰會這樣做呢？瑪莉雅當然很願意偶而請她到索瑟頓作客，但不會希望她在那裡長住。我相信她待在這裡會比較好，再說我也離不開她。」

這一個星期下來，曼斯菲爾德大宅裡的生活非常平靜，但牧師公館可不同，至少兩位小姐的心情大不相同。會令芬妮感到平靜、欣慰的事，對瑪麗來說卻是苦惱、無趣的。原因或許出在兩人性情和習性不同。一個容易滿足，另一個遇事無法容忍，不過最主要的原因可能還是在於境遇有別。在某些問題的利害關係上，她們的想法完全南轅北轍。拿艾德蒙的離家外出這件事來說吧，芬妮認爲他離家的動機和目標是值得稱許和欣慰的，但對瑪麗來說卻是痛苦的。她幾乎無時無刻都渴望再見到他，以至於一想起他此去的目的，便不由得氣惱。她哥哥走了，威廉也走了，他偏偏也選在這時候走，害他們這個向來生氣勃勃的小圈子一下子徹底瓦解。他想顯出自己的重要性，也不能用這種方法啊！她感觸良深，如今家裡只剩下三個可憐兮兮的人，還被連串的風雨及大雪給關在家裡，無事可做，毫無樂趣可言。但縱然她再怎麼氣艾德蒙一意孤行，行事作爲沒有顧及她的感受（就是這原因，他們才會在舞會裡不歡而散），偏偏他離家之後，她還是忍不住想他，不停回味他的好、他的款款深情，一心盼望能再像以前一樣天天見到他。他沒必要離開這麼久。他根本不該選在她快離開曼斯菲爾德的時候，離家一個星期。然後她又開始自責，後悔最後一次和他談話時口氣太衝，後悔在談到牧師工作時，言語那麼輕蔑。那是一種很沒教養的行爲，她由衷懊悔。

一個星期過去了，她還在懊惱。本來已經夠心煩了，現在更是愁上加愁。星期五到了，艾德蒙沒有回來。星期六到了，他還是沒回來。星期天雖然和他家人聯絡了一下，知道他有寄信回來，但卻是通知家人他要在朋友家再多打擾幾天，延後歸期。

如果說她曾悔不當初自己曾說過的話，擔心那些話過分刺激到他，那麼現在的她更是多了十倍的懊悔與擔心，除此之外，她還得跟另一種她從未經歷過的情緒博鬥，那就是嫉妒。因爲他的朋友歐文是有妹妹的，或許他會喜歡上人家的妹妹。照理說，她馬上要去倫敦了，可是他到現在還不回來，不管怎麼樣，她心裡就是充滿不安，已快要承受不住。若按亨利當初所允諾，三、四天後就回來接她去倫敦，她現在早就動身離開曼斯菲爾德了。她覺得有必要去找芬妮打聽一下。她不能再這樣自艾自憐下去，於是朝大宅走去，想探聽一點消息，哪怕只是聽聽他的名字也好。如果是一個星期前，她絕對不會單爲了這件事就跑上一趟，她會覺得這條路太難走。

芬妮陪在柏特倫夫人身邊，所以前半小時等於白白浪費了，因爲除非與芬妮單獨相處，否則別想指望聽見什麼消息。柏特倫夫人終於走了出去，克勞佛小姐迫不及待地開口，但仍盡可能地裝出得體的語調：「妳的艾德蒙表哥離家這麼久，妳心情還好嗎？現在家裡只剩下妳一個年輕女孩，我想妳一定很悶吧，應該很想他。妳也沒有料到他會延遲歸期，對不對？」

「我也說不出來自己的心情如何，」芬妮躊躇地說：「是啊，我是沒料到。」

「也許他以後都會這樣，拿不準什麼時候回來，年輕人都這樣。」

「他以前不會，他以前也去過一次歐文家。」

「也許這次他覺得那家人更好相處了。他自己也是個很有……很有人緣的年輕人，我擔心我去倫敦之前恐怕見不到他，現在看來可能眞的見不到了。我在等亨利回來，他一回來，我就會離開曼斯菲爾德。我承認，我眞的很想再見艾德蒙一面。妳一定要幫我轉達我對他的敬意，是的，我想應該是敬意吧。普萊斯小姐，妳會不會覺得在我們的語言裡，還缺少一種介於敬意與愛意之間的詞彙來表達這種長久相處下來所培養出來的感情？我們已經認識好幾個月了。不過也許用『敬意』這兩個字來表達就夠了。他寫給你們的信很長嗎？有沒有詳細告訴你們他現在在做什麼？他是不是想留在那裡過聖誕節？」

「信是寫給我姨丈的，我只聽了一部分的內容，不過我相信寫得不長，我確定只有短短幾行。我聽說他朋友強留他多住幾天，他答應了。但究竟是多住幾天還是多住一陣子，我就不確定了。」

「噢，原來是寫給他父親。我還以爲會寫給柏特倫夫人或妳呢。不過如果是寫給他父親，當然會寫得很短。誰敢在寫給湯瑪斯爵士的信上，扯一堆閒話啊？如果是寫給妳，一定會寫得很詳細，那妳就會知道那邊的舞會或宴會情形。說不準還會向妳詳述每件事和每個人。妳知道他們有幾位歐文小姐呢？」

「有三位已經成年了。」

「她們都擅長音樂嗎？」

「我不知道，我沒聽說。」

「妳知道嗎，女孩子如果會演奏樂器……」克勞佛小姐故意用輕快的語調說，假裝無所謂。「當她在打聽別的年輕小姐時，都會先問這個問題。不過這樣打聽三位初長成的小姐，實在很愚蠢，因爲不用說也知道她們是什麼樣子——全都多才多藝，討人喜歡，其中一位肯定很漂亮，因爲每戶人家裡都會出個美女，這是不變的定律。其中兩個會彈鋼琴，一個會彈豎琴，個個都會唱歌，我是說如果有人教她們的話，但也可能因爲沒人教，反而唱得更好……諸如此類等等。」

「我對這幾位歐文小姐沒有特別印象。」芬妮淡淡地回答。

「常言說得好，少知道少操心。這句話對極了，既然沒見過對方，自然不會在意什麼。唉，等妳表哥回來，一定會覺得曼斯菲爾德變得好安靜。因爲那些愛笑鬧的人都走了，包括妳哥哥、我哥哥還有我。我也快走了，一想到要離開葛蘭特太太，我就難過，她不希望我走。」

芬妮覺得自己這時總得說幾句話。「妳走了之後，一定會有很多人想念妳的，」她說：「大家一定都會想妳。」

克勞佛小姐的目光移向她，似乎想再聽她說下去，但隨即笑著說：「是啊，大家都會想我，就像本來很吵的聲音突然不見了，一開始絕對有人不習慣，所以就會想念那個聲音。不過妳別恭維我，我並不是在繞著圈子討人恭維。到時若眞的有人想我，一定看得出來。其實不管誰想見我，都能找得到我的，我又不會住在什麼神祕地帶或遙不可及的地方。」

此刻的芬妮已經提不起勁說話，克勞佛小姐有點失望，她本來以爲芬妮很瞭解她的魅力何在，所以想多聽點恭維話，結果事與願違，害她現在的心情變得很低落。

「那幾位歐文小姐……」不久，她又說：「要是其中一位的終身大事在桑頓拉瑟訂了下來，妳覺得怎麼樣？這不是不可能，我敢說她們八成在爭取。不過這也是當然的，因爲那算是一份不錯的家業。所以我毫不覺得奇怪，沒什麼好指責的。每個人都有權利爲自己著想。湯瑪斯・柏特倫爵士的公子畢竟也是有頭有臉，現在又成了歐文家的同行。她們的父親是牧師，哥哥也是牧師，同行一家親嘛，所以也算是親上加親。芬妮，妳都沒說話。普萊斯小姐，妳爲什麼不說話呢，妳老實說，妳是不是也這麼認爲？」

「沒有，」芬妮語氣堅定地說：「我不這麼認爲。」

「妳不這麼認爲？」克勞佛小姐欣喜嚷道。「這倒奇了。不過我敢說，妳對這種事很清楚。我一直以爲妳……也許妳認爲他根本不可能結婚，或者現在不可能結婚。」

「是啊，我是這麼想。」芬妮輕聲說道，她希望自己的想法沒有錯，也希望這樣的承認沒有錯。

她的同伴目光熱烈地看著她，雙頰飛紅，精神一振，只說了句：「他最好是這樣。」然後轉換了話題。

譯註：

①克里比奇（cribbage），以木板計分的一種牌戲，視哪方先達成三十一分算一局。

第三十章

Mansfield Park

這次的談話結果令克勞佛小姐的心裡不再忐忑不安，她興高采烈地走回家去，心情好到就算再多下一星期的雨，日子照樣過得冷冷清清，她也熬得下去。不過也沒機會證明了，因爲當天晚上她哥哥就從倫敦回來，看起來和平常一樣神采奕奕，甚至過之而無不及，所以她也沒必要再自艾自憐。他還是不肯說他去倫敦的目的爲何，不過她沒生氣，反而覺得有意思。如果是前一天，她也許會生氣，但現下在她看來，這只是個有趣的玩笑。她懷疑哥哥之所以不透露，定是打算給她個驚喜。到了第二天，果真發生一件她沒料到的事。亨利說他要去柏特倫家跟他們問候，十分鐘就回來，但一去竟過了一個小時還不見人影。一直在花園裡等他回來陪她散步的克勞佛小姐快要不耐煩了，最後好不容易在彎路上遇見他，於是嚷道：「親愛的亨利，這大半天你跑哪兒去了？」他只好說他一直在陪柏特倫夫人和芬妮。

「陪她們坐了一個半小時啊！」瑪麗嚷道。

但令她驚奇的事情還在後頭。

「是啊，瑪麗，」他說，同時挽住妹妹的手臂，沿著彎路繼續往前走，彷彿忘了自己身在何處。「我走不開啊，芬妮看起來好可愛。我已經決定啦，瑪麗，我打定主意了。可有嚇到妳？不會的。妳應該早就知道我已經打定主意要娶芬妮．普萊斯了。」

這個驚喜眞是夠徹底了！她雖然多少猜出他的心思，但怎麼也沒料到他會有這個打算。她看起來眞的很吃驚，他只好用嚴肅的態度將剛剛的話完整地重述一遍。她弄清楚了他的決定之後，倒也不反對，甚至還挺開心。瑪麗想到以後就要和柏特倫家結爲親家了，心裡其實暗自得意，並未因這樁婚事算是低就而有絲毫不滿。

「是啊，瑪麗，」亨利向她保證。「我眞的墜入情網了。妳也曉得我一開始只是因爲無聊才去追求她，結果卻演變成這樣。不是我在自誇，我已經贏得她相當程度的好感，但我也完全陷了進去。」

「眞是個幸運的女孩，」瑪麗心情稍微平靜之後，又開始嚷道：「她眞是攀上一門好親事！親愛的亨利，這是我聽見這消息後的第一個直覺想法，而我的第二個想法是，我要誠摯地告訴你，我完全贊同你的決定，由衷祝福你們未來幸福快樂。你將有個可愛的小妻子對你百依百順，滿懷感激。你們兩個簡直是佳偶天成！諾利斯太太總是說她運氣好，不知這會兒她聽到這事又會怎麼說？這的確是他們家的大喜事！她在柏特倫家裡有幾個很好的朋友，一定都會爲她高興！你得把故事從頭到尾跟我講清楚，不准瞞我，你到底是從什麼時候開始對她認眞的？」

雖然大家都喜歡問這種問題，但卻是最難回答的問題。他無法完整說出「那悅人的煩惱是如何偷襲他的心」這類的詩句，只好用類似的字眼反覆表達同樣意思，只是才說不到三遍，就被他妹妹迫不及待地打斷：「啊，親愛的亨利，你就是爲了這件事才去倫敦！你是爲了辦這件事，對不對？你一定是先和將軍商量好了，才做出決定的。」

他堅決否認這一點。他太瞭解他叔叔了，才不會拿自己的婚姻大事去徵詢他的意見。將軍最討厭婚姻這碼事，他認爲一個財務獨立的年輕人想結婚，簡直是不可原諒。

「等他認識了芬妮，」亨利繼續說著：「一定會喜歡她的。她可以破除他的成見，因爲她正是他口中那種世間少有的女子，如果眞有什麼精妙語句可以形容，那應該說，她正是他口中那種不可能存在的女子。不過在還沒塵埃落定之前，還沒成事、無變數之前，絕對不能對他透露半點風聲。再說瑪麗，妳剛猜錯了，妳沒猜到我去倫敦的眞正目的。」

「夠了，夠了，我已經夠滿意了。至少我現在知道這事和誰有關啦，所以其他的事，我也不急著知道。芬妮．普萊斯！太妙了！眞是太妙了！曼斯菲爾德竟然讓你改變了這麼多！你竟然在曼斯菲爾德找到了自己的最愛。不過你做得對，你選擇的對象太好了。這世上再也找不到比她更好的女孩，反正你也不缺家產。至於她的親戚們，又豈是一個好字可以形容。毫無疑問的，在國內，柏特倫家也算得上是有頭有臉的人家，而她又是湯瑪斯爵士的外甥女，光憑這一點，就夠令人刮目相看了。不過，你再多說一點，再多告訴我一點，你的計畫是什麼？她知不知道自己喜事已近？」

「不知道。」

「你還在等什麼？」

「我在等……等一個比較適當的時機，瑪麗，她不像她那兩位表姐。不過只要我提出來，應該不會碰壁。」

「噢，不會，不可能。就算你沒那麼討人喜歡，就算她還沒愛上你——不過不太可能——也是萬無一失的。她個性溫柔，又懂得知恩圖報，一定會馬上答應你。我相信如果她不愛你，就絕對不會嫁給你。這世上若要說有哪個女孩不為虛榮所動，那一定非她莫屬。不過只要你求她愛你，她一定不忍心拒絕。」

她激動的心情好不容易平靜了下來，他才又興高采烈地把始末說給她聽，兩人說得開心極了，不過他說來說去，全只是在說自己的感受以及芬妮的魅力，除此之外，根本說不出個所以然來。

芬妮美麗的臉蛋、曼妙的身材、端莊的儀態和善良的心地被他一提再提。她的文靜、她的謙遜、她的溫柔都被拿來一一細數。對男人來說，女人一定要溫柔才行。雖然他愛上的女人有的也稱不上溫柔，但他從來不承認。至於她的脾氣，在他看來更是好得沒話說，因爲他從以前就常看見她被人磨著性子。那一家人裡頭，除了艾德蒙之外，有哪個不是在磨著她的耐性和脾氣？她的感情顯然也很豐富，看她對她哥哥那麼好，就足以證明她不僅溫柔，還有豐沛的情感。這對一個即將擄獲她心的男人來說，無疑是種鼓勵。此外，她的聰穎無庸置疑，反應快又頭腦清楚。至於她的言談舉止，也十足顯出她的端莊與教養。而且優點還不止這些。雖然亨利・克勞佛向來不擅於認眞思索問題，以至於說不清楚好妻子究竟該具備哪些美德，但至少他夠聰明，知道娶到一個好太太會有什麼好處。他談到她的端莊、她的彬彬有禮、她對禮教的尊重，認爲這些特質足以保證她將來必忠於丈夫，因爲他知道她做人謹守原則，又有虔誠的信仰，於是有感而發地說了出來。

「我可以充分信任她，」他說：「我要的就是這樣的妻子。」

他妹妹也認爲他對芬妮・普萊斯的這番誇獎並不爲過，所以也很看好這段婚姻。

「我越想這件事，」她嚷道：「就越相信你做得很對。雖然我從來沒想到你會迷上像芬妮・普萊斯這樣的女孩，不過我現在完全相信只有她能讓你幸福。你本來只是想逗逗她，要她爲你心神不寧，卻沒想到成就出這麼好的姻緣，你們兩個以後一定會幸福的。」

「她是這麼好的女孩，而我當初竟還居心不良，實在太可惡了。不過那時我並不瞭解她，可是瑪麗，從現在起，我一定會讓她幸福的，比她以前還要幸福，比她所見過的人都要幸福，這樣她就沒理由來怨我當初爲什麼有那種壞念頭。我不打算叫她離開北安普頓，我要把艾芙林翰租出去，在這附近租幢房子，也許就租史坦威克斯的宅第。我打算幫艾芙林翰打份七年的租約，我相信只要我一開口，一定找得到好房客，其實現在就有三個人符合房客的條件，而且一定會很感激我把房子租給他們。」

「哈，」瑪麗嚷道：「住在北安普頓！太好了，這樣我們就可以在一起了。」

她話才說出口，便立刻後悔，不過也不必緊張，因爲她哥哥以爲她的意思是她會繼續住在曼斯菲爾德的牧師公館，因此親切邀她以後要常來他家裡作客，且一定要以他家爲優先。

「妳一定要把一半時間分給我們，」他說：「妳不可以一視同仁地對待我們和葛蘭特太太哦，因爲妳要以我和芬妮爲優先。芬妮百分百會是個好嫂子。」

瑪麗只能表示感激，含糊答應，其實在她心裡，是既不願長期寄居哥哥家，也不願長住姐姐家。

「你打算每年都要在倫敦和北安普頓各住一陣子嗎？」

「是啊。」

「這就對了，你在倫敦一定要有自己的房子，別再和將軍一起住了。親愛的亨利，離開將軍對你是有好處的，這樣你才不會學到他的壞習慣，誤信他那些愚蠢的見解，或學他那樣吃喝玩樂。你對他已經到了盲目崇拜的地步，所以不會明白離開他對你有多大好處。不過在我看來，如果你早點結婚，或許還有救。因爲每次我看見你在言行舉止和神態上越來越像將軍時，我的心都快碎了。」

「好啦，好啦，對於這一點，我們的看法本來就不同。將軍是有他的缺點，但他畢竟是個好人，而且待我比親生父親還好。很少當父親的能像他那樣不管我做什麼，都支持我。妳可別影響芬妮，害她對他有偏見啊。我希望他們兩個未來能和睦相處。」

瑪麗沒把後面想說的話吐出來，其實她覺得那兩人的個性和教養根本不一樣，不過以後他就會明白了。但她還是忍不住說出她對將軍的看法：「亨利，我對芬妮的評價很高，所以如果讓我發現到新任的克勞佛太太像我那可憐的孀孀一樣，因受虐待而憎恨克勞佛太太這個頭銜，哪怕被虐的程度只有她的一半，我都會盡可能地全力拆散這樁婚姻。不過我很瞭解你，我相信被你愛上的女人一定是最幸福的，即便你對她的愛已經消退，她還是可以在你身上看見一位紳士該有的慷慨與風度。」

他當然是口才便給地說他會永遠愛芬妮，保證給她最完整的幸福。

「瑪麗，但願妳今天早上看到就好了，」他繼續說：「她對她姨媽眞是體貼又有耐心，不管她姨媽的要求有多愚蠢，她都一一照做，陪著她、幫著她做針線活兒。她彎腰工作時，臉上泛起美麗的紅暈，接著又到桌上幫那愚蠢的女人寫信。她就是這麼百依百順，毫不做作，似乎完全不要求有自己的一點點時間。她的頭髮總是梳得整整齊齊，只有寫信時，前額會有一小撮鬈髮垂下來，不時被她甩回去，而且在過程中，還不忘記趁空檔陪我說幾句話或聽我說話，不管我說什麼，她好像都很喜歡聽。瑪麗，如果妳看到那幅景象，就會知道她對我的魅力永無消失的一日。」

「親愛的亨利，」瑪麗嚷道，又突然停住，笑嘻嘻地看著他：「看見你對她這麼深情，我眞是爲你高興，不過盧斯沃太太和茱莉雅會怎麼說？」

「她們說什麼、想什麼，我都不在乎。不過這下她們總該明白我喜歡什麼樣的女孩了吧，還有聰明的男人會被什麼樣的女人拴住心。我希望這個發現可以讓她們多少學著點。我要讓她們知道她們的表妹應該得到什麼樣的對待，我要她們爲以前的怠慢和冷酷感到羞愧。她們會很生氣吧。」他停了一會兒，才用比較冷靜的口吻補充道：「盧斯沃太太一定很火大，對她來說，這是帖苦藥，不過就像其他苦藥一樣，總會苦上一段時間，吞下去之後就忘掉了。雖然她喜歡我，但我這個花花公子還沒笨到去相信她的感情會比其他女人來得堅貞長久。我的芬妮肯定會感受到大家對她的態度有了改變，而且每天都有變化，每分鐘都在變。一想到這一切都是我帶來的，我能讓她得到該有的對待，多令人開心。但她現在只能寄人籬下，照顧不了自己，沒有朋友，受人冷落，被人遺忘。」

「才不是呢，亨利，才不是每個人都沒把她放在眼裡，也不是每個人都遺忘她。她不是沒有朋友，她的艾德蒙表哥才不會忘了她呢。」

「艾德蒙！沒錯，我相信他很照顧她，大體而言。就連湯瑪斯爵士也待她不薄，不過再怎麼樣，他也只是個有錢有勢、自以爲高人一等、老愛長篇大論、做事一意孤行的姨丈，用他自以爲是的方法在照顧她。若是說到她未來的幸福、快樂、地位和尊嚴，我想湯瑪斯爵士和艾德蒙兩個人加起來所能做的事還沒我多呢。」

第三十一章 Mansfield Park

亨利・克勞佛第二天早上又來到曼斯菲爾德莊園，而且比平常來訪的時間還早。兩位女士都在早餐室，幸運的是他進來時，柏特倫夫人正要出去，她已經快走到門口，不想再折回去，於是客氣招呼後便推說有人等她，然後吩咐僕人「稟報湯瑪斯爵士」，就繼續往外走了。

亨利見她要走，自然是喜不自勝。他躬身行禮，目送她出去，然後抓緊時機轉身朝芬妮走去，從身上掏出幾封信，眉飛色舞地說：「我必須說，我實在太慶幸自己能有機會與妳單獨見面，妳絕對無法想像我有多盼望這樣的機會。我非常瞭解妳做妹妹的心情，所以我相信妳一定希望自己比家裡其他人更早得知我要告訴妳的消息。他升官了，妳的哥哥當上少尉了。我衷心向妳祝賀。消息來源是這些信，我剛收到，也許妳想看看。」

芬妮說不出話來，不過他也不需要她說什麼，因爲光從她的眼神和臉色變化，就能看出她的心情，那是從懷疑到慌張，再到欣喜若狂，一切都看在他眼裡。她接過他遞過來的信。第一封是將軍寫給他姪子的，只有寥寥數行告知他姪子，小普萊斯升官的事已經辦妥，裡面還附上另外兩封信，一封是海軍大臣的祕書寫給將軍委託處理的那位朋友，另一封信則是那位朋友寫給將軍的。從信上內容看得出來，海軍大臣欣然批准了查爾斯爵士的推薦函；查爾斯爵士也很高興能有機會向克勞佛將軍表達自己的敬意。看來威廉・普萊斯被拔擢爲英國海軍戰艦「畫眉鳥號」少尉一事，正在這個由大人物組成的社交圈裡散播歡樂的氣氛。

她拿著信，雙手發抖，兩眼來回看著這幾封信，心情激動不已。克勞佛先生則急著告訴她，他是如何用心良苦地促成這件事。

「這件事的促成並不容易，但我不想多說自己開心的程度，因爲我只在乎妳高不高興。畢竟有誰比妳更有資格爲這件事感到高興？妳是最有資格先得知此消息的人，我不該僭越妳的權利，不過我半刻也沒耽擱就送過來了。郵差今天來遲了一點，可是我一收到，就馬上送來。我不想告訴妳我等這封信等得有多急、多不安、多不耐煩。我在倫敦時，這件事還沒辦好，害我當時眞是急死了，覺得好失望。我在那兒待了一天一夜，就是要等這事辦妥，要不是因爲它對我來說重要之至，我怎麼可能離開曼斯菲爾德這麼久的時間。雖然我叔叔答應了我的請求，很熱心地立刻著手去辦，但一開始還是有點不順，因爲其中一個朋友不在家，另一個又有別的事，最後我實在等不下去，我知道我已經託給可靠人士在辦，於是星期一就動身回來，因爲我相信過不了幾天必定會收到信。我叔叔是這世上最棒的大好人，如我所料，他見過妳哥哥之後便決定大力幫忙，十分喜歡他。昨天我故意沒告訴妳他們那天見面有多投緣，也沒把將軍對妳哥哥的誇獎一一說給妳聽。我是想等過一陣子再說，等有結果之後，就能證明我所言屬實，而今天總算足以證明。現在我可以告訴妳，那天晚上他們見面時，我叔叔就主動對威廉・普萊斯產生了莫大興趣，對他的事情很熱心，不停稱許他。」

「這一切都靠你幫忙促成？」芬妮嚷道：「天啊，你人眞好！不過究竟是你幫忙，還是將軍主動幫忙……不好意思，我有點弄糊塗了。是怎麼辦到的，我都糊塗了。」

能有機會把這事情的來龍去脈說個清楚，亨利可是高興得很。他從頭開始說起，尤其強調他幫了哪些忙。這次去倫敦，不爲別的，只爲把她哥哥引薦進希爾街，說服將軍盡量運用人脈加以拔擢。這就是他去倫敦的目的，他誰也沒說，一點口風都沒漏，甚至沒告訴瑪麗。因爲當時他尙不確定結果如何，所以不敢高興得太早，不過這事的確是他促成的，他感嘆當時他有多擔心，言語間用了一些強烈的字眼，譬如「最深的關切」、「雙重目的」、「難以啓口的目標與願望」。如果芬妮用心聽，不可能聽不出來他話裡的含意，可是因爲她太興奮、太驚訝，以至於根本沒聽完全他在說什麼，即便他提到威廉，她也只是不住地道謝：「你眞好心，太好心了，噢，克勞佛先生，我們對你眞是感激不盡。我親愛的威廉，我最親愛的威廉！」她突然站起，急忙往門口走去，嘴裡嚷道：「我要去找姨丈，這件事應該盡快讓姨丈知道。」但他不能放她走，機會難得，他絕對不能讓它溜走，於是趕緊追上去。

「妳先別走，再給我五分鐘。」他抓住她的手，將她帶回座位上，向她解釋。她弄不清楚他爲什麼留她下來，等她終於弄清楚對方意圖，終於明白對方是要她相信他對她動了情，他爲威廉所做的一切，全是爲了證明他對她的愛無止盡。她嚇得久久說不出來，覺得他在胡說八道，亂獻殷勤，是一時興起的逢場作戲。她直覺他對待她的方式不夠得體，太過卑劣，不該這樣對待她。不過他一向不都這樣嗎？她以前早就見識過了。她強抑住心裡的不滿，不願形之於外，畢竟他有恩於她，所以不管他的行爲有多不可取，她還是不能忘記這份恩情。她的心噗通噗通地跳，仍在爲威廉感到高興，以至於不願去計較他對她的傷害。她兩度縮手回來，也兩度試圖轉身擺脫他，但都沒有成功。最後她站起來，激動地說：「別再說了，克勞佛先生，求你別再說了，我求求你，我不喜歡聽你說這些話，我得走了，我聽不下去了。」可是他還是繼續說。他不停傾訴他對她的深情，求她回報，話露骨到連她都聽得懂其中含意，他說他要把他的人、他的一生、他的財產、他的一切都獻給她。他的確這麼說，而且也說出來了。芬妮驚慌失措，她不知道他說的是眞是假，她被嚇得快站不住腳。他卻催她給他一個答案。

「不，不！」她掩面嚷道：「這太荒謬了，你別讓我這麼痛苦，我不想再聽下去。你對威廉的好意，我不知道該如何感激，可是我不想聽你再說這些了，我聽不下去，我就是不要聽。不，不要再說我的事了，你千萬別再提到我，我知道你只是在尋開心。」

她掙脫了他。剛好這時他聽見湯瑪斯爵士朝房裡走來的聲音，途中還和一個僕人對話，看來他是沒時間再作表白了，只得先放她走，雖然這對他來說有點殘酷，因爲在他看來，她只是害羞才沒立刻答應他。他的想法似乎太過自信、樂觀。芬妮沒有走姨丈進來的那扇門，反而從對面的門溜出去，上樓回到東屋，心慌意亂地在房裡踱步。而樓下的湯瑪斯爵士這時可能還沒跟客人寒暄完，又或者剛剛才聽聞訪客送來的好消息。

芬妮的情緒五味雜陳，身上止不住地發抖，腦袋裡不停轉著各種念頭。她的心情有激動、有快樂、有愁苦、有感激，也有憤慨，眼前的一切令她難以置信。他眞是不可原諒，難以理解！可是這不就是他一貫的作風嗎？做什麼事都攙了一點邪念。他先是讓她快樂到無以復加，然後再羞辱她。她不知道自己該說什麼，也不知道該怎麼看待。她不相信他是認眞的，但若只是戲弄她，何苦說出那堆話，許下那樣的承諾？

不過威廉被拔擢爲少尉，卻是不爭的事實，一點不假。她只想牢記這件事，其他的通通忘掉。克勞佛先生肯定不會再對她說出同樣的話，他已知道她有多不欣賞他的這種作法。若眞是這樣，她必須好好感激他爲威廉所做的一切。

在沒確定克勞佛先生離開之前，她只敢在東屋和樓梯口活動。直到她確定他走了，才急忙下樓來找姨丈，分享喜悅，聽姨丈講講或猜猜威廉現在會在哪裡。如她所料，湯瑪斯爵士非常開心，他態度慈藹地與她暢所欲言，聊起威廉時尤其熱烈，讓她幾乎忘了剛剛的煩惱，直到談話快結束時，她才聽見姨丈提到克勞佛先生說好今晚要過來用餐。這是她最不願聽到的消息，或許克勞佛先生可能已經忘了剛剛的事，但這麼快又看見他，不免彆扭。

她試著讓自己平靜下來。隨著晚餐時間的逼近，她只能更努力地壓抑住不安的情緒，故作平常，可是當客人進屋時，她還是忍不住地發窘，表情極不自然。她萬萬沒想到在聽見威廉升官的第一天，便會遇到令她如此痛苦的事。

克勞佛先生不僅進了門，還很快走到她身邊。他有一封他妹妹寫的信要轉交給她。芬妮沒抬眼看他，但從他的語調裡聽不出來他對上午的蠢話有任何羞愧之意。她立刻把信打開，很高興手邊能有點事情做，也暗自慶幸讀信時，有前來這裡用餐的諾利斯姨媽在她面前走動，多少幫忙擋住了視線。

我親愛的芬妮，為了從今以後可以這樣稱呼妳，不必再像過去六個星期來只能笨嘴笨舌地稱呼妳普萊斯小姐，我決定寫上寥寥幾句祝賀之語，請我哥哥轉交給妳，以表達我最喜悅的心情與讚許之意。親愛的芬妮，不要害怕，妳一定要勇往直前，沒有什麼克服不了的問題。我相信我的支持與讚許應該有些作用吧，所以今天傍晚，妳大可用妳最甜美的笑容去迎接他，讓他抱著比去時還要快樂的心情回到我身邊。

妳親愛的瑪麗

這番話對芬妮一點幫助也沒有，她讀得太快太急，以至於看不太懂克勞佛小姐真正的意思，不過很明顯的，她應該是在恭賀她贏得她哥哥的心，甚至還挺認真的。她不知道該怎麼辦，也不知道該怎麼想。她一想到他們這麼認眞，就覺得痛苦。她心中滿是疑惑，忐忑不安。每次克勞佛先生跟她說話，她就覺得心煩，可是他又偏偏愛找她說話，而且和她說話的口吻態度，都有別於和別人說話的樣子，這讓她尤其苦惱，也害她那天晚上胃口全失，幾乎什麼都吃不下。湯瑪斯爵士開玩笑地說，她一定是太高興了，所以才沒胃口，害她羞得滿臉通紅，深怕克勞佛先生有其他聯想，雖然他就坐在她右手邊，她卻看都不看他一眼，不過她感覺得到他的眼睛老盯著她。

她比往常還要沉默，就算有人提到威廉，她也不太答腔，只因威廉的升官全拜右手邊那人之賜，一想到這點，她就有苦說不出。

她總覺得柏特倫夫人這次在席的時間比以往都來得長，不免開始擔心這頓晚餐永遠不會散席。還好他們終於起身回到客廳，兩位姨媽自以爲是地聊起威廉的事，她才有機會好好靜下心來思索。

諾利斯太太之所以對威廉升官的事感到開心，全是看在能幫湯瑪斯爵士省錢的份上。「現在威廉可以養活自己了，這對他二姨丈來說，可是件好事啊，以前他爲了威廉花很多錢，而且說實在的，以後我也能省下不少錢。我很高興他這次走的時候，我送了東西給他。雖然我手頭不寬裕，但還是很高興能送他這麼多東西。不過我財力有限，所以我覺得我送的已經夠多了，希望他能好好利用來布置他的艙房。我知道他是一定得花錢的，他得買很多東西，雖然他父母可以幫他買到便宜貨，我還是很高興自己盡了點力。」

「我也很高興妳送給他不少東西，」柏特倫夫人毫不懷疑，以平淡語調說著，「因爲我只給了他十英鎊。」

「眞的啊！」諾利斯太太紅著臉嚷道。「相信我，他的口袋一定裝得滿滿的，況且去倫敦的路上也不需要他花錢。」

「湯瑪斯爵士告訴我十英鎊就夠了。」

諾利斯太太一點也不想深究十英鎊到底夠不夠，趕緊換個話題。

「想想還眞是可怕，」她說：「妳看我們爲這些年輕人花了多少錢！把他們撫養長大，再送他們進入社會，他們卻很少想到這得花掉多少錢，或者他們的父母、姨丈姨媽一年得花掉多少錢。拿我妹妹普萊斯家的孩子來說，把他們全部加在一起，一年得耗掉湯瑪斯爵士多少費用啊，更別提我給他們的幫助了。」

「妳說得沒錯，姐姐，但孩子們也可憐啊，他們也是無奈。更何況妳又不是不知道，這些錢對湯瑪斯爵士來說稱不上負擔。芬妮，威廉如果去了東印度群島，一定要記得幫我帶條披巾回來，有什麼其他好東西，也幫我帶回來。我眞希望他能去東印度群島，這樣我就有披巾啦。芬妮，我想我要兩條。」

此刻的芬妮一心只想著克勞佛兄妹究竟在打什麼主意，所以只有必要時才開口。這兩兄妹向來不曾對這世上的任何一件事認眞過，可是他這次說的話和態度似乎很眞誠。不過從他們本身的習慣和思考模式來看，總覺得這件事不合常理，不可盡信，再加上她本身條件又不好，他怎麼可能愛上她，他又不是沒見過條件比她好的對象，更何況有那麼多人傾慕他，和他調過情的人也不知強過她多少倍。她們竭盡心思取悅他，他都沒有被打動過。他把男女之間的事看得很隨便，從來不曾眞正動情。每個人都看重他，他卻對任何人瞧不上眼。至於他妹妹在婚姻觀點上，向來以家世和利害得失作首要考量，怎會心血來潮想幫她哥哥促成這門婚事呢？反正不管怎麼看，這件事都不合常理。芬妮總覺得這樣懷疑人家，實在過意不去，但仍認爲太陽底下雖無新鮮事，唯獨愛上她這件事是絕無可能發生的，他妹妹也不可能眞心贊成。湯瑪斯爵士和克勞佛先生走進客廳之前，芬妮原已非常篤定自己對這件事的看法，只是等克勞佛先生一踏入客廳，她的信念又開始動搖，她完全無法解讀他朝她投來的目光，裡頭究竟是何含意。若是別人那樣盯著她，她會覺得那裡頭含藏殷切明確的愛意。她還是情願相信那只是他慣用的伎倆，也曾用在她那兩位表姐和另外五十個女人身上。

他伺機避開別人耳目欲找她說話的企圖，芬妮心知肚明。她感覺得到他整個晚上都在找這樣的機會，譬如湯瑪斯爵士走出去時，或者湯瑪斯爵士聚精會神地和諾利斯太太說話時。但她一直小心防著他，不給他任何可乘之機。

最後芬妮的緊繃情緒好像總算可以鬆懈下來，而且幸好沒有拖太晚，因爲他說他要告辭了。正當她如釋重負之際，他竟馬上轉頭對她說：「妳有什麼東西要給瑪麗嗎？妳不回信給她嗎？她要是沒收到妳的回信，會很難過的。拜託妳回個信吧，就算短短一行也好。」

「噢，是啊，應該的。」芬妮說完，趕緊起身走開，擺脫這窘迫的場面。「我馬上就寫。」

於是她走到常替姨媽寫信的那張桌前，提筆準備寫信，但又不知該寫什麼。克勞佛小姐的信，她僅瀏覽過一遍，不太懂信中意思，所以現在要她回信，實在傷神。她從沒寫過這種信，還好時間匆促，讓她沒時間想太多，只能提筆就寫，因爲如果眞給她時間認眞琢磨的話，就會顧慮太多，反而無法下筆了。如今她只有一個念頭，就是希望對方讀了信之後，不再以爲她對他有意思。於是渾身不住發抖的她，寫了這樣一封信：

親愛的克勞佛小姐，我很感激妳對威廉的祝賀之意，至於其他，我知道妳別無他意，我深感自己配不上令兄，希望以後別再提起此事。我和克勞佛先生相識已有一段時日，對他的爲人十分瞭解，倘若他也同樣瞭解我，應該不會再有此舉。我已不知該作何回覆，若能不再提起此事，將不勝感激。承蒙來信，謹致謝意。親愛的克勞佛小姐，我還是……

信末究意如何收尾，紛亂的她已記不清楚，因爲她發現克勞佛先生正以拿信爲藉口，朝她走來。

「妳別誤會，我並非來催妳。」他看見她慌張地將信摺進信封裡，於是這樣低聲說：「我沒有催妳的意思，別急，慢慢來。」

「噢，謝謝你，我剛寫完，馬上就好了。如果你能將這封信轉交克勞佛小姐，我會很感激。」信被遞了過來，他順勢收下。芬妮隨即目不斜視地走到眾人圍坐的壁爐旁，克勞佛先生只好無奈地走開。

芬妮覺得自己從來不曾像今天這麼心浮氣躁過，她很痛苦，但也很快樂。還好這種快樂不會隨今天的逝去而消失，因爲威廉的升官已成既定事實，以後的每一天，她都能爲威廉感到快樂；至於痛苦，她希望能就此勾銷。她知道她那封信寫得很糟，語句措辭恐怕還不如一個小孩，可是沒辦法，畢竟她當時心煩意亂，不過起碼能讓他們明白，克勞佛先生的百般殷勤誘騙不了她，也擄獲不了她的心。

克勞佛先生收下芬妮遞過來的信。
芬妮希望這封信可以讓他打退堂鼓。

第三十二章 Mansfield Park

芬妮第二天早上醒來，還是沒能忘掉克勞佛先生，尤其記得她寫的那封短信。對於那封短信，她仍像昨晚一樣抱著樂觀心態。她現在最大的願望就是克勞佛先生快點離開此地，照他原定計畫，帶他妹妹一起離開。他回曼斯菲爾德來，不就是爲了這任務嗎？她不明白爲什麼他們還不啓程？至少克勞佛小姐一定很想趕快離開。芬妮本來希望他昨天來訪時，會提到明確的日期，可是他只說他們不久就要走。

就在她樂觀認定她的短信會發揮大用時，突然驚見克勞佛先生又再度上門來，且跟平常一般早。他的來訪或許與她無關，不過她最好避開，於是正要上樓的她，決定就待在樓上等他走，除非有人叫她才下來。還好諾利斯太太仍在家裡，所以應該不會有人找她。

她心神不寧地坐了好一會兒，全身發抖，豎直耳朵，深怕隨時被召喚下去。結果一直沒聽見有腳步聲朝東屋走來，她才逐漸恢復鎮定，坐下來做點事，希望克勞佛先生此回來訪不需要她露面招呼。

將近半個小時過去了，就在她終於放下一顆心來的時候，突然聽見一陣腳步聲直奔而來。這步伐聲相當沉，很少出現在東屋，因爲那是姨丈的腳步聲，她很熟悉他的腳步聲和說話聲。以前每次聽見他的聲音，她都會發抖，現在一想到他上這兒來，八成有話要交代，又不禁發起抖來，無論姨丈要說什麼，都令她害怕。來者的確是湯瑪斯爵士。他打開門，問她人在嗎，他是否方便進來。以前他偶爾會上東屋來考她試，所以芬妮總覺得他好像又來考她法語和英語，於是那種恐懼又上身了。

她恭敬地搬了張椅子請他坐，歡迎他大駕光臨。但因心神不寧，沒注意到自己的房間有什麼問題，結果他進來後，突然停下腳步，驚訝地問她：「妳今天怎麼沒生火？」

屋外早已白雪覆地，她披了條圍巾坐著，欲言又止。

「我不冷，姨丈，這種季節，我通常不會在這個房間待太久。」

「可是……妳平常會生火嗎？」

「沒有，姨丈。」

「怎麼會呢，這中間一定出了什麼問題。我從前以爲妳要用這房間，是因爲想取暖。我知道妳自己的臥房不能生火。這問題很嚴重，必須好好解決。如果這裡沒有生火，就算一天只待在這兒半小時也不行，妳身體單薄，妳看妳凍成這樣。妳姨媽不知道這件事嗎？」

芬妮本來不想說，最後不得不說，又怕冤枉她最愛的那位姨媽，於是勉強說了幾句話，話中聽得出來是「諾利斯姨媽」。

「我懂了，」她姨丈知道原因了，他不想再聽下去，於是大聲嚷道：「我明白了，妳的諾利斯姨媽向來認爲不能太寵孩子，可這也要有個限度。她自己本身太講究節省，自然而然影響到她對別人生活需求的看法。其他事也一樣，我都可以理解。我懂她的想法，原則本身是沒有錯，但我認爲用在妳身上可能就太過頭了，我知道有時候在某些事情上，會出現一些不該有的差別待遇，不過芬妮，我對妳有很高的評價，相信妳不可能因此記仇。妳很懂事，遇到事情不會只看片面，反會用全面的角度去看整件事情，妳會考慮到時間性、人的互異性以及各種可能性。妳相信那些提供妳教育和中等物質生活的人是爲妳著想，妳也合該擁有這一切。雖然有時他們的過度謹慎小心，最後證明根本缺乏意義，但畢竟他們的立意良善，這一點妳大可放心。畢竟以前要是能吃過小小的苦頭，受到一點小小的約束，那麼等到妳日後富有時，就更能體會自己當下有多幸福。我相信我沒有看錯人，妳不會因此就怠慢或不尊重妳的諾利斯姨媽。好了，不說這些。親愛的，快坐下來，我必須跟妳談一談，不耽擱妳太久的。」

芬妮順從地坐下，紅著臉，垂著眼。湯瑪斯爵士歇了口氣，似乎正強忍笑意，然後才又繼續說話。

「妳也許不曉得我今天早上有位訪客。吃完早餐後，我才剛回到自己房裡，克勞佛先生就來了。他來的目的，妳大概知道吧。」

芬妮的臉更漲紅了。她姨丈以爲她出於害羞才不敢開口、不敢抬眼，於是移開自己的目光，侃侃說起克勞佛先生此次來訪的目的。

克勞佛先生是來求婚的，他說他愛她，希望姨丈能點頭，因爲爵士就如同她的親生父親。湯瑪斯爵士覺得對方禮數周到，坦率大方又得體，而他給對方的回答和意見也很得當。他非常開心，所以決定過來把這段談話內容悉數告訴她，絲毫不察他外甥女心中想法，還以爲她肯定急著想知道他們談了什麼。他就這樣口若懸河地講了幾分鐘，芬妮不敢打斷他，也不想打斷他，因爲此刻她的心情亂到了極點。她換個坐姿，凝神望著其中一扇窗戶，沮喪不安地聽著姨丈說話。姨丈說完了，她好一會兒都沒察覺。他從椅子上起身對她說：「芬妮，我已經完成我的任務，讓妳知道這一切都沒有問題，不用擔心，現在我只需要勸妳陪我下樓，雖然我自認妳剛剛並不討厭聽我說話，不過有一個人說起話來肯定更動聽，那就是克勞佛先生。也許妳早就料到他人沒走。他還在我房間，希望能見妳一面。」

一聽此話，芬妮當場花容失色，驚叫出聲，嚇了湯瑪斯爵士一跳。但更令他驚訝的是，她竟然嚷道：「噢，不，姨丈，我不能下去，我眞的不能下去見他。克勞佛先生應該明白，他必須明白。我昨天已經跟他說了很多，他應該清楚。他昨天就找我談過這件事，當時我就明白告訴他我不同意，恐怕無法回報他的好意。」

「我不懂妳的意思，」湯瑪斯爵士又坐了下來。「無法回報他的好意？這是怎麼回事？我知道他昨天跟妳說過，但就我所知，那是因為妳給了他適度鼓勵，他今天才會再來。當然從他所言，我很爲妳的表現感到欣慰。妳的應對得體，値得稱許。不過現在，他都已經正式提出了，妳還顧慮什麼呢？」

「您錯了，姨丈。」芬妮一時心急，竟口無遮攔地嚷說她姨丈錯了。「您完全弄錯了，克勞佛先生怎會這樣說呢？我昨天根本沒有鼓勵他，相反的，我還告訴他……我忘了我實際說出什麼，不過我敢保證，我直言我不想再聽他說下去，我眞的不喜歡聽，我求他從此不要再提。我相信我說的不止這些。我應該再多說一點的。如果我早知道他這麼執著，就會再多說幾句來徹底打消他的念頭，可是我當時眞的不願也不敢相信他是認眞的，我還以爲他只是說說而已，說過就算了。」

她再也說不下去，氣差點喘不過來。

「妳意思是指，」湯瑪斯爵士沉默了一會兒，然後問：「妳打算拒絕克勞佛先生？」

「是的，姨丈。」

「拒絕他？」

「是的，姨丈。」

「拒絕克勞佛先生的求婚？爲什麼？什麼原因？」

「姨丈，我、我不喜歡他，我不能嫁給他。」

「這太奇怪了，」湯瑪斯爵士語氣冷靜，但有些不悅。「我有點無法理解。現在有個年輕人想向妳求婚，他各方面的條件都出奇優越，不僅有地位、有財富、品性好，而且待人和氣，人緣又佳，妳應該也知道，你們又不是第一次見面，你們已經認識好一陣子了。更何況，他妹妹也是妳的好朋友，再說他還幫了妳哥哥那麼大的忙。不說別的好了，光憑這一點，也該打動妳的心吧。因爲若是單靠我的人脈關係想讓威廉升官，天知道要等到什麼時候，但他卻辦到了。」

「是啊。」芬妮有氣無力地說道，羞愧地低下頭去。被姨丈這麼一說，她眞的覺得自己很可恥，竟然不喜歡克勞佛先生。

「妳應該早察覺到，」湯瑪斯爵士繼續說：「克勞佛先生對妳的態度與其他人明顯不同。所以會向妳求婚，妳應該也不意外。妳一定注意到他常常向妳獻殷勤，雖然妳接受對方殷勤的方式也算得體，在這方面我無話可說，但我也從沒見過妳有不悅的樣子。芬妮，我覺得妳恐怕不是非常瞭解自己的感情歸向。」

「噢，不，我完全瞭解。他對我的那種殷勤，我眞的不喜歡。」

湯瑪斯爵士萬分驚訝地看著她。「我不懂，」他說：「妳最好解釋清楚。妳年紀尚輕，幾乎沒遇過多少人，難不成妳已心有……」

他停頓了一下，兩眼盯著她，看見她嘴型像在說不，但聲音沒有出來，而且滿臉通紅，一個嫻靜女孩會出現這種表情，顯見她是完全無辜的。他這才滿意地補了句：「不，不，我知道這種事不可能，完全不可能。好了，我們就別再多說吧。」

他有長達幾分鐘的時間默默無語。他陷入沉思，他的外甥女也在沉思，因爲她怕姨丈會繼續盤問下去，所以正做好心理準備，寧死也不透露眞相。她希望經過一番自省之後，自我意志能夠更堅定，絕不露出任何一絲破綻。

湯瑪斯爵士又開口說話了，語氣回歸平靜。「我很贊成你們結婚，除了考慮到這門婚事所帶來的好處之外，他肯這麼早婚，也是我贊成的原因之一。我向來認爲年輕人只要結得起婚，都應該早點結婚。只要收入夠了，過了二十四歲就應該結婚。這是我一向的主張。所以每次想到我的大兒子，你的大表哥柏特倫先生不能早點結婚，我就很難過。在我看來，他目前根本沒有結婚的打算，而且連想都不想。要是他能考慮成家就好了。」說到這裡，他瞥了芬妮一眼。「至於艾德蒙，無論從個性還是習慣來看，應該會比他哥哥早婚。說實在的，我最近覺得他似乎有對象了。至於我的大兒子，我相信還沒有。我說得對嗎？親愛的，妳同意我的說法嗎？」

「我同意，姨丈。」

她的語氣溫和平靜，聽起來不像對哪位表哥有意，湯瑪斯爵士這才不再起疑。可是他的不起疑對他的外甥女來說一點好處也沒有，因爲這更證明了她的拒絕是毫無理由的，這令他更不悅。他站起來，在房裡來回走動，芬妮可以想見他一定眉頭緊蹙，她不敢看。過了一會兒，她聽見他以威嚴的口吻說：「孩子，妳是不是覺得他脾氣不好。妳可有什麼根據嗎？」

「沒有，姨丈。」

她本來想說「我覺得他品性不好」，但一想到說完之後恐怕有得解釋，而且可能還說不贏姨丈，便沒有勇氣說了。她對克勞佛先生的負面印象主要來自於平日的觀察，但這問題牽涉到兩位表姐，她不敢吐出實情。瑪莉雅和茱莉雅都曾被克勞佛先生的行爲誤導，差點做錯事，尤其是瑪莉雅。如果要她說出對他品性的看法，勢必得提到兩位表姐。她原本以爲像姨丈這樣一位目光敏銳、個性耿直又好心腸的人，只要聽見她坦白承認不願嫁那個人就行了，未料事情沒那麼簡單，她覺得很難過。

她渾身發抖，楚楚可憐地站在桌邊，湯瑪斯爵士朝她走來，態度冷峻嚴肅。「我看得出來，再說下去亦是於事無補，這場難堪的對話最好就此打住吧。我不能讓克勞佛先生空等，但對於妳的這種行爲，我有責任說出我的看法，我只想再多說幾句：妳辜負了我對妳的期許，妳的個性和我想的完全不一樣。芬妮，自從我回英國之後，妳應該從我的態度看得出來，我對妳有深切期許。我本來以爲，妳不是個任性驕橫的女孩，不會一味追隨潮流，學那些不三不四的女孩那樣要求自主和獨立，那種德性實在令人反感、厭惡。但妳今天的表現卻讓我發現原來妳的個性這般任性固執，自行其事，一點也不尊重或考慮長輩立場，甚至不徵求他們的意見。從這裡看得出來，妳跟我想像的完全不一樣。在這件事情上，妳似乎沒把自己家人，包括妳父母、妳的兄弟姐妹衡量在內。妳想這門親事會帶給他們多大好處？會讓他們多開心？這些對妳來說全不值得在乎。妳只想到自己。現在的年輕人都對美好婚姻抱著不切實際的幻想，妳只是因爲沒在克勞佛先生身上找到足以激起妳幻想的條件，便立刻拒他於門外，連考慮一下都不肯，甚至不願花點時間冷靜下來，仔細想清楚自己究竟要的是什麼。光憑著自己的衝動，便放棄一門好親事。這門親事既門當戶對又體面，這輩子妳恐怕再也碰不到第二次。這位年輕人頭腦、人品、脾氣、教養、財富無一不缺，又那麼青睞妳，甚至還正式跟妳求婚。我告訴妳，芬妮，就算妳在這世上再活個十八年，恐怕也碰不到下一個有克勞佛先生一半財產和十分之一優點的對象。我要是有個女兒可嫁給他，我絕對很高興。瑪莉雅已有好歸宿，但如果克勞佛先生想娶茱莉雅，我也舉雙手贊成，而且會比瑪莉雅那門親事更教我開心。」他停頓一會兒又說：「不管我哪一個女兒遇到的對象有妳遇到的一半好，卻不徵求我的意見就斷然拒絕，我一定很吃驚。這種作法教我難過不解，我會認爲這相當不孝。但我不會拿同樣標準來要求妳，畢竟妳到底不是我女兒，不必對我盡該有的孝道。不過芬妮，如果妳覺得自己沒有忘恩負義的話……」

他停住沒再往下說，因爲芬妮這時已經哭了出來，他再怎麼生氣，也不忍繼續說下去。她的心快碎了，她沒想到在他眼裡，她居然成了這種人，他把這麼沉重的罪名加在她身上，她如何承受得了。在他心目中，她任性固執、自私、忘恩負義，他就是這樣認定她。她辜負了他的期許，自毀她在他心中的形象。她該怎麼辦？

「我很對不起您，」芬妮淚流滿面，嗚咽地說：「我眞的很對不起您。」

「對不起？是啊，我也希望妳眞有悔意，不然妳恐怕就得爲今天的事情永遠抱憾了。」

「我要是能答應的話……」她強打起精神說道：「可是我眞的認爲我不能帶給他幸福，我自己也會很痛苦。」

她又一次淚如雨下，不過儘管她哭得很傷心，儘管她用了「痛苦」這樣的字眼，湯瑪斯爵士卻開始在想，若是他不逼問得太緊，若是他改變一下態度，或許會有轉機。要不然讓那個年輕人親自跟她說，也許有效。他知道她生性靦腆、容易緊張，於是心想，若是對方追她追得再久一點、再勤一點、再多點耐心，但不忘偶而催促；總之適當調和這些因素，一定可以打動她的心。只要那位年輕人肯堅持下去，只要他是眞心愛她，願意鍥而不捨，還是有希望的。想到這裡，湯瑪斯爵士又開心了起來。「好吧，」他用有點嚴肅但不帶怒氣的語調說：「孩子，把眼淚擦乾，哭也沒用，對妳沒好處。我們已經讓克勞佛先生等太久了。妳現在就跟我下樓去，親自答覆他，不然他不會滿意，妳只要跟他說，很遺憾他誤會妳的意思了。這種事不適合由我去說。」

可是芬妮一聽說要下樓去見他，立刻表現出很不願意又極痛苦的模樣。湯瑪斯爵士考慮了一會兒，決定還是先由著她好了。他橫豎看，都覺得這一對是沒希望了。他看見他外甥女哭成淚人兒樣，心想這樣下去露面也不妥當，於是輕描淡寫地說了幾句話後便獨自離開，留下他可憐的外甥女一個人淒楚地坐在那裡，為剛剛的事情掩面哭泣。

她心亂如麻，過去、現在和未來對她來說都是可怕的。但最令她痛苦的莫過於惹來姨丈的的一陣怒斥。在他眼裡，她成了一個自私自利又忘恩負義的人，這罪名將令她永世不得翻身。沒人當她後盾，沒人替她出主意或幫她緩頰。她唯一的朋友也缺席。如果他在的話，也許能安撫他父親的脾氣，但他們恐怕都會認定她是個自私自利又忘恩負義的女孩。她以後得一再忍受這樣的指責，不斷耳聞、目睹或感受到周遭人士對她的譴責。她不由得憎恨起克勞佛先生來了。可是，如果他真的愛她，現在一定也很痛苦。為什麼這些悲慘不幸的事全攪和在一起了。

十五分鐘過後，她姨丈回來了。她一看見他，差點又要昏過去。不過他說話的態度很平靜，並不嚴厲，也不帶譴責，這才讓她的心情稍稍好過一點。他態度和藹地安慰她：「克勞佛先生已經走了。他剛剛離開。我不需要再重複他說過的話。為了不影響妳的心情，我就不告訴妳他的想法了。我只想說，他十分有紳士風度，非常大器，也更讓我堅信他是個心地善良的人，富有同情心，脾氣和善。我跟他說了妳的心情之後，他立刻體貼地不再堅持見妳。」

已經抬頭的芬妮，聽到這裡，眼睛又垂了下去。「當然，」她姨丈繼續說：「可想而知，他還是希望有機會能再跟妳單獨談一談，哪怕只有五分鐘也好。這要求不為過，所以我答應他了，不過還沒說定是什麼時候，也許明天，或者等妳心情平復後再和他見面吧。現在妳只需要設法讓自己平靜下來，別再哭了，會哭壞身體的。我在想，如果妳還願意聽我的話，就別再感情用事，好好運用自己的理智，打起精神。我勸妳最好出去戶外走走，新鮮空氣對妳有益。灌木林裡沒有別人，妳去那裡的小徑散散步，呼吸點新鮮空氣，順便運動一下。還有芬妮（他又轉頭過來），我在樓下不會提方才發生的事，甚至連對妳的柏特倫姨媽都不會多講。沒必要把這件掃興的事告訴別人，妳自己也別說。」

這是芬妮求之不得的一道命令，她由衷感激姨丈的好意。這樣一來，就不會聽見諾利斯姨媽沒完沒了的指責！她滿心感激。她最怕聽見她大姨媽責罵，就算跟克勞佛先生見面，也沒她大姨媽的責罵來得可怕。

她聽從姨丈的話，直接走出屋外。她決定乖乖聽他的話，於是擦乾眼淚，設法讓自己心情平復，不再軟弱。她要他知道，她希望他開心，希望他能像以前疼愛她。再說他也給了她另一個良好動機讓自己盡快平靜下來，那就是別讓姨媽們知道這件事。她現在最要緊的事就是別讓姨媽們瞧見她現在的模樣而心生懷疑。只要不讓諾利斯姨媽知道，要她做什麼都甘願。

等她散步結束、返回東屋時，她嚇了一跳，而且是極大的震撼。屋裡竟然有一爐熊熊烈火等著她。屋裡生火了！姨丈對她實在太好，這種時候還不忘寵她，她感激到幾近心痛，但也不免奇怪湯瑪斯爵士怎有時間想到這種小事。過沒多久她就發現，這裡以後天天都會生火了，這是來生火的女僕告訴她的，說是遵照湯瑪斯爵士所吩咐。

「我要是忘恩負義的話，就真的不是人了。」她自言自語道：「老天幫幫忙，千萬別讓我忘記他的恩情。」

那天直到吃晚餐時，她才又見到姨丈和諾利斯姨媽。她姨丈盡可能像平常一樣對待她，她知道姨丈不希望有任何改變，只是她的良心總覺得不安。沒多久，大姨媽開始對她大聲責罵，她聽得出來大姨媽只是在怪她沒說一聲就自行跑到外頭逍遙那麼久。她知道全多虧了姨丈，才沒因爲另一件事而遭到大姨媽更多的責罵。

「要是早知道妳要出去，我就叫妳去我家幫我跟保母吩咐幾件事，」諾利斯太太說：「結果害我親自跑一趟，妳難道不知道我多忙嗎？如果妳好心一點，早告訴我說妳要出去，就可以省掉我的麻煩了。不管是到灌木林裡散步，還是到我家走一趟，我想對妳來說應該都沒什麼差別吧。」

「是我建議芬妮去灌木林裡走走，那裡比較乾燥。」湯瑪斯爵士說。

「喔，」諾利斯太太克制了一下自己。「湯瑪斯爵士，你人眞好，不過你也許不知，往我家的那條路也很乾燥，我敢向你保證，芬妮去我家跑一趟，對她一樣有益處，而且還能多做點事，幫她姨媽一點忙。這都是她不對，如果她出去時先告訴我們一聲就好啦！芬妮這人有點怪，我以前就看出來了，她老愛自行其事，不喜歡照別人的話做，一逮到機會就自己跑出去散步，神祕兮兮的，個性太獨立又太愚蠢。我勸她要改掉這些毛病。」

湯瑪斯爵士回想一下，心想雖然今天自己也提過類似說法，但總覺得這番指責對芬妮來說不盡公平，於是試圖改變話題，卻落得屢試屢敗。因爲諾利斯太太生性駑鈍，從以前到現在都沒看出來湯瑪斯爵士其實很欣賞外甥女，不喜歡靠貶低外甥女來突顯自己女兒的好。但她偏偏說個不停，長達半頓飯的時間都在批評芬妮私自外出的行爲。

終於她罵完了，這時夜幕也已經低垂。芬妮的心情在歷經早上的風暴之後，慢慢恢復過來，心情比預期來得平靜愉快。不過她也想通了，首先她知道自己沒錯，判斷正確，因爲她的動機純正。第二，她希望她姨丈的怒火會消，等他不再那麼生氣時，或許就能較爲公允地看待這件事。因爲只要是心地善良的好人都知道，缺乏愛情的婚姻有多麼可悲、多麼無望、多麼不道德，又多麼不可原諒，她姨丈是好人，肯定也會認同。

她雖然擔心明天的碰面，但她相信，等碰過面後，問題就會完全解決。只要克勞佛先生離開曼斯菲爾德，一切都會恢復正常，彷彿從未發生過。她不相信這段感情能讓克勞佛先生痛苦多久。他不是這種人。倫敦將迅速治癒他。相信他回倫敦後，不消多久便會對自己的曾經癡情感到可笑，並慶幸還好她頭腦清醒，沒讓他陷進泥淖。

芬妮懷抱著樂觀的希望，這時她姨丈才喝完茶沒多久，就被人找了出去。這是很司空見慣的事，所以她未多加留意，也沒放在心上，結果十分鐘後，男管家又進來，且直接走向她，對她說：「小姐，湯瑪斯爵士請妳到他房裡跟他談一談。」她想會有什麼事呢？心裡開始起疑，雙頰泛紅。不過她還是立刻站了起來，準備聽從召喚。諾利斯太太這時卻突然嚷道：「等一下，芬妮，妳要做什麼？妳要去哪裡？別那麼慌張，湯瑪斯爵士一定是找我，不是找妳。（她看看男管家）妳也太愛搶風頭了吧。湯瑪斯爵士找妳去能做什麼？巴德利，你的意思是找我吧？我馬上就去。巴德利，我相信你是在說我。湯瑪斯爵士找的是我，不是普萊斯小姐。」

然而巴德利篤定地回答：「不是找您，太太，是找普萊斯小姐，我很確定是找普萊斯小姐。」說完還微微笑了笑，意思像在說「我想您去也沒用」。

諾利斯太太自討沒趣，只好強作鎮定，繼續回去做她的活兒。芬妮懷著不安的心情走了出去，果如她所料，一分鐘後，她就發現自己竟和克勞佛先生單獨共處一室。

諾利斯太太嚷著阻止芬妮，
執意認爲湯瑪斯爵士要找的人是自己才對。

第三十三章

Mansfield Park

這場會面不如她預期中的短，也不如她想像中的一次便把問題解決。這位先生不是那麼容易打發。他就像湯瑪斯爵士所寄望的那樣不怕挫折。一開始他自負地以爲她也愛上了他，只是她自己不知曉而已，但後來他不得不承認她對感情事其實並不糊塗，但他相信假以時日，定能如他所願地擄獲芳心。

他墜入了情網，且是深深墜入情網，這種愛以樂觀主動又積極的形式推動著，熱情有餘，謙遜不足。因爲遭到拒絕，更顯出這份感情的彌足珍貴，也使他下定決心非要讓她愛上自己，對他來說，贏得她的愛，是何等光榮與快樂。

他不願絕望，也不願放棄。他有充分理由相信他會對她死心塌地。他知道她品德好，可以帶給他所渴望的幸福。她的拒絕說明了她這人沒有貪念，心思纖細（他認爲這是最罕見的特質），於是對她的愛慕加深，也更堅定了自己的決心，完全不察他想擄獲的這顆芳心其實早另有所屬。他一點都沒往這方面想，還以爲她只是情竇未開，無須擔心她芳心別屬的事。因爲她仍是青春少女，心靈純潔，她之所以不懂他的殷勤，是因爲她生性靦腆，才會被他突如其來的求婚給嚇到現在還沒恢復過來。

不過等她瞭解他之後，就會成功了。他信心滿滿。像他這種人，不管愛上誰，都以爲只要堅持不懈，定能得到回報，而且指日可待。他一想到不久之後她就會愛上他，簡直得意極了，所以即便她現在不愛他，也不覺得有何好難過。對亨利．克勞佛來說，克服這一點困難不算什麼，反而更令他來勁。以前他總能輕而易舉地擄獲小姐芳心，所以眼前的挑戰對他來說格外新鮮，更能激起他的鬥志。

但對芬妮而言，這輩子令她順心的事本來就少，所以不懂這股越挫越勇的勢態，反而難以理解他的想法。她發現他聽她說完後，仍是執意追求，她完全不解他怎會這樣。她告訴他，她不愛他，也不能愛他，而且相信永遠都不會愛他，還說這是不可能改變的。她說這件事造成她的痛苦，她拜託他永遠別再提了，求他現在就讓她離開，事情到此結束。但對方還是一再逼問，她只好再次重申，她覺得他們兩人個性不合，毫無可能相愛，不管是性格、教養或習慣都格格不入。她說了這麼多，也說得這麼懇切，但一點用也沒有，因爲他立即否認兩人個性不合，也不同意彼此間地位懸殊，甚至明確篤定地說，他還是愛她，而且會繼續下去。

芬妮很清楚自己的想法，態度上卻不懂得如何拿捏，她總是表現得彬彬有禮，全然不知這份溫雅嫻淑會淡化了她心意已決的堅定模樣。她的靦腆、她的感激、她的溫柔，俱讓每次回絕都顯得她似乎是在壓抑自己的情感，她的痛苦並不亞於他。眼前這位克勞佛先生已不再是以前那位克勞佛先生了，以前的他是瑪莉雅的祕密愛慕者，陰險狡猾又不可靠，當時芬妮討厭他，不喜歡跟他說話，認爲他一無可取，即便大家都說他人緣好，她一點也不覺得。而現在這位克勞佛先生正在向她傾訴他熾熱的愛意，他對她的感情既崇高又誠懇，他相信幸福應建立在有戀愛基礎的婚姻上。他滔滔細數她的優點，再三描述他對她的愛，搜盡枯腸地想用言語證明他堅定不移的情意，將其才華施展在言詞、語調和表情上。他追求她，是看中她的溫柔賢慧，最重要的是，他也是威廉升官的背後推手。

他的改變，以及她所虧欠的人情，這些勢必都會影響到她對他的態度。她本來可以像在索瑟頓和曼斯菲爾德劇場裡那樣，極有尊嚴地怒斥他，可是他現在有權要求她對他另眼相看。所以她必須彬彬有禮、必須體恤對方、必須自覺受到抬舉，必須看在哥哥的份上，感激對方。正因爲如此，她回絕的態度給人感覺可憐兮兮，帶有不安，話裡總夾雜著一點感激和關切之意，這一切看在自信十足和懷抱著滿腔希望的克勞佛先生眼裡，她的拒絕動機不免值得懷疑，至少在態度的堅定上就有待商榷。所以談判結束後，他才會宣布要再接再勵地繼續追求她，並不全然如芬妮想的那般毫無理性。

他心有未甘地讓她離去，但從他臨別的態度來看，絲毫沒有放棄的意思，他會說到做到。看來要他理智地懸崖勒馬，是不可能了。

她生氣了，對他的厭惡越來越深，因爲她覺得他太自私、太不替人著想，一味糾纏她。以前那個令她驚異嫌惡、不懂得體諒尊重人的克勞佛先生又出現了。她又看見他以前最令她不屑的德性，只在乎自己快活與否，完全不在乎別人的感受。唉，這種人本來就寡廉鮮恥，她不是早就知悉的嗎？但只要她的感情能像從前般任憑自己支配，他就休想得到她。

芬妮陷入沉思，她總算看清眼前的事實，心裡難過之餘卻不失冷靜。她坐在那裡，想著樓上的那爐火，覺得自己太受寵愛，太過奢侈，她不明白過去和現在的境遇何來如此差別，更好奇將來會遇到什麼。她心裡忐忑，想不出個所以然，唯一能確定的是，不管如何她都不可能愛上克勞佛先生，另外是她終於有爐火可以倚著沉思和取暖，這是何等幸福的事。

湯瑪斯爵士被迫等到第二天，或者說勉強自己耐心等到第二天，才去打探那兩位年輕人的談話細節。他見到了克勞佛先生，聽了他的說法，直覺反應是失望。他本以爲有轉機，心想以芬妮脾氣之好，若被克勞佛先生這麼優秀的年輕人哀求個一小時，定會改變心意。不過當他看見這位求婚者的態度依然堅決，依舊抱持樂觀，心情遂又好了起來。既然當事人都這麼有信心，他也沒理由好不放心。

對他來說，他能幫的全幫了，譬如周到的禮貌、適度的讚美、體貼關照。他讚揚克勞佛先生對感情的堅定不移，也不忘稱許芬妮的美德。兩人的結合是他最樂見之事。曼斯菲爾德莊園將永遠歡迎克勞佛先生——無論過去、現在或未來，他想什麼時候來都行，全由他自己作主，隨他心情而定。對他外甥女的家人和朋友來說，他們只有一個想法，一個目標。而每一個愛她的人，都會發揮自己的影響力，朝同一個目標前進。

該鼓勵的話，他全說了，對方也欣然接受了每句勉勵話。臨別時，兩位先生儼然成了好朋友。

湯瑪斯爵士看見這事前景可期，已經有了穩固的基礎，覺得非常滿意，於是不再逼迫他的外甥女，也不再公開干預。他覺得以她的性情來說，企圖影響她，最好的辦法就是多關心她。就算想要求她什麼，也得從某個方向著手。毫無疑問的，她最在乎的是家人，所以只要家人多寬容她，就有可能促成此事。本著這般原則，湯瑪斯爵士於是趁著跟她說話時，用一種頗爲溫和的嚴肅口吻勸說了她幾句，試圖打動她：「芬妮，我又見到克勞佛先生了，他告訴我你們之間的情況。他這個年輕人眞與眾不同，不管這件事的發展如何，妳必定感受到他對妳的用情非常之深，不過畢竟妳太年輕，還不懂一般人談起感情來，往往都是曇花一現、朝三暮四，所以就算妳看見他這麼鍥而不捨，卻不會像我這樣感觸良深。他對感情的付出的確太一廂情願了，這麼做對他根本沒好處，也不値得讚揚。不過因爲他對象選得好，所以讓人覺得他這種不屈不撓的精神値得敬佩。要不是他追求的對象很完美，我恐怕也會對他的堅持不懈感到不以爲然。」

「說實在的，姨丈，」芬妮說：「我很遺憾克勞佛先生還是這麼堅持。我知道他給我極大的面子，我根本不配他這樣抬舉我。不過我確信，而且我也跟他說過了，我永遠不可能……」

「親愛的，」湯瑪斯爵士打斷她的話，「別再說了，我很清楚妳的想法，妳也很清楚我對這件事情的期許與遺憾，所以沒必要再多說什麼或多做什麼。從現在起，我們兩個都別再談這件事了。妳不用擔心，也不必爲此感到不安，更不必怕我會逼著妳嫁人，我在乎的僅是妳未來的幸福以及妳將來過得好不好，其他別無所求。我只希望要是克勞佛先生又來勸妳答應，求妳相信嫁給他一定很幸福，妳務必要容忍一下，聽他說下去。因爲求婚成不成，由不得他，全由妳自己決定。我只是答應他，不管他什麼時候來，都可以像以前一樣見到妳，假裝這件事不曾發生過。妳可以和我們一起見他，態度跟以前一樣。盡量忘掉過去那些不愉快的事吧，再說他馬上要離開北安普頓了，就算要妳做點小小的犧牲，也沒幾次了。至於未來如何，沒有人可以預料。親愛的芬妮，這話題在我們倆之間就此正式打住吧。」

如今唯一令芬妮滿意的是，克勞佛先生即將離開曼斯菲爾德。她雖然感激姨丈的好言寬慰與包容，但自己的頭腦仍是相當清楚。她知道姨丈其實有很多事情並不知情，所以才會那樣要求她。不過她也別指望他能理解兒女情長的眞正意義，因爲從他把瑪莉雅嫁給盧斯沃先生這件事就可以看得出來，他的爲人還是有點勢利。不管怎樣，她得先盡好自己的本分，剩下的或許只能交給時間來幫她慢慢解決了。

她雖然只有十八歲，卻非常篤定克勞佛先生對她的愛不可能長久。她相信只要常讓他碰壁，這事遲早會結束。但到底得花多久時間，事情才能眞正了結？這又是另一個問題了。不過，去問一個年輕女孩如何估算這件事的眞正落幕，肯定沒準。

儘管湯瑪斯爵士決意保持緘默，但還是跟他外甥女說他打算把這件事告知她的兩位姨媽，所以要她先做好心理準備。本來他不想說的，可是克勞佛先生似乎無意隱瞞。所以他只好先告訴她們。克勞佛先生向來喜歡找他姐姐和妹妹討論未來的事情，尤其喜歡和她們分享情場進展，所以這件事在牧師公館早就眾所皆知。湯瑪斯爵士知道這情況之後，決定盡快告訴他的妻子和大姨子，只不過他也顧及到芬妮，跟她一樣怕說出去之後，諾利斯太太在言語上饒不過她。在他來看，諾利斯太太這人用意雖好，卻常成事不足、敗事有餘，令他很頭痛。

不過這回諾利斯太太倒是頗讓他放心，他要求她要包容外甥女，一句惡言都不准說。她不僅答應，也做到了，只是臉色不太好看。因爲她很生氣，氣到極點，不過她氣的並非芬妮拒絕了克勞佛先生的求婚，而是氣惱怎會有條件這麼好的人向芬妮求婚。這等於是傷害和打擊了茱莉雅。茱莉雅才是克勞佛先生應該求婚的對象。除此之外，她本來就不喜歡芬妮，她覺得芬妮不把她放在眼裡，所以極不願意見到她想踩在腳底下的人，受到如此抬愛。

湯瑪斯爵士認爲諾利斯太太這次的表現夠穩重，於是大加稱許，芬妮也很感激大姨媽只給她臉色看，沒開口罵人。

柏特倫夫人的態度則不一樣。她從以前就是個美人胚子，而且這一生都過得順遂富裕，所以在她看來，只有美貌和富有值得人尊敬。因此在得知芬妮正被一個富家公子追求時，不禁對芬妮另眼相看了起來。這件事證明芬妮長得很漂亮（雖然過去她並不覺得），即將攀上一門好親事，讓當姨媽的她頓時覺得臉上有光。

「嘿，芬妮，」她好不容易等到只剩下她們兩人時才急切地說，表情生氣勃勃。「芬妮啊，我今天上午聽說了一件事，讓我驚訝又開心，我一定要說出來。我告訴過湯瑪斯爵士我只說一次，以後就不再提。親愛的外甥女，我眞是爲妳感到高興。」她得意洋洋地看著她，又追加了一句：「我們這一家人的確美貌出眾。」

芬妮頓時臉紅，不知該說什麼才好，後來心想也許該從她的弱點下手，於是故意這樣說：「親愛的姨媽，我相信您一定贊成我的作法，您不會希望我結婚的。因爲您會想念我，對不對？沒錯，我相信您一定會想念我，不希望我結婚。」

「不，親愛的，如果有好姻緣向妳報到，我就不能去考慮以後會不會想妳這種事。如果妳能嫁給像克勞佛先生這樣的富家公子，就算妳以後不能陪我也沒關係。芬妮，妳要知道，任何年輕女孩遇上千載難逢的求婚者，都會立刻點頭的。」

算一算，芬妮也陪了她二姨媽八年半的時間了，這幾句話幾乎算是二姨媽這八年半來唯一給過她的良心建議，也是唯一拋出的行事準則。芬妮沒有吭氣，因爲她知道再爭辯也無益，如果二姨媽不同意她的看法，就算與她爭辯，也不會有結果。此刻的柏特倫夫人變得特別健談。

「妳聽我說，芬妮，」她說：「我想他一定是在那場舞會中愛上妳。我相信一定是那天晚上埋下愛苗。因爲妳那天好漂亮，每個人都這麼說。湯瑪斯爵士也這麼說。因爲有查普曼太太幫妳打扮啊。我很高興我派了查普曼太太去幫妳。我一定要告訴湯瑪斯爵士，是那天晚上種下的愛苗。」過了一會兒，還在得意想著這件事情的她，又補了幾句：「芬妮，妳聽我說，下次要是哈巴狗生了小狗，我一定要送妳一隻，我從來沒有送給瑪莉雅過呢。」

第三十四章

Mansfield Park

艾德蒙剛回來就聽聞了一些大事。有許多驚喜正等著他。頭一件驚喜，也是他最得意的事情，就是他才騎馬進村，便看見亨利・克勞佛和他妹妹相偕走在路上。他原以爲他們已經離開曼斯菲爾德。而他當初之所以故意拖了兩個多星期才回來，正是爲了不想再見到克勞佛小姐。在回曼斯菲爾德的途中，他本已做好心理準備，以爲回到家後便得終日沉緬在傷心往事裡，天天觸景傷情，卻沒想到一進村裡竟就看見她娟秀的身影挽著她哥哥的手臂，現身眼前。他發現她神情熱絡地歡迎他回來，他本來還以爲她人已不在這兒，遠在七十英里外的地方，離他甚遠，猶如隔著海角天涯。

就算他曾料到會相遇，也沒預期她見到他會這麼高興。他出門辦完事後正要回家，沒想到在路上遇見那張可人的笑臉，聽見她悅耳動聽的聲音，令他心花怒放。結果回到家後，又意外得知另一件好消息，頓時覺得事事圓滿。

威廉的升官和其中的細節，他很快都知道了。原本偷偷喜悅的心，因爲聽聞這件事而更顯欣喜。他這頓晚餐吃得十分開心，心情一直保持愉悅。

晚餐後，趁旁人不在時，他父親又把芬妮的近況告訴他，於是這兩個星期來曼斯菲爾德發生的大小事，他大概全知道了。

芬妮猜到他們在說什麼，因爲他們在餐廳裡待了比平常還久的時間，所以料準必是在談她。到了茶點時間，他們終於起身去喝茶。她一想及艾德蒙馬上就會看到她了，頓時緊張起來。他來到她面前，坐

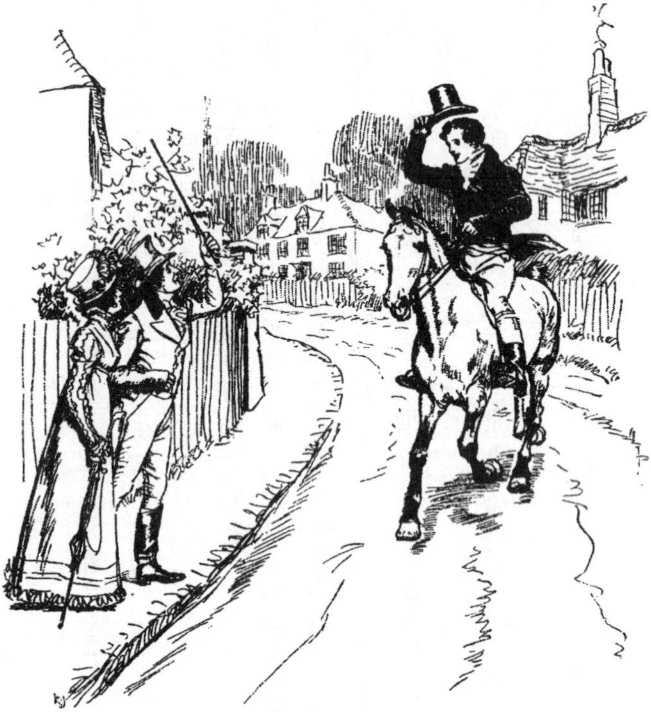

艾德蒙沒料到一回曼斯菲爾德就遇到克勞佛兄妹，
尤其克勞佛小姐見到他是如此高興。

在旁邊，執起她的手輕輕握著。這一刻，要不是大夥兒正忙著吃茶點，她想她的感情定會一發不可收拾地宣洩出來。

然而他來找她的目的並非如她所想的是爲了讚許她或支持她，他僅是表示他全知道了，也告訴她，他已經聽說了那件韻事。其實就那件事來說，他完全站在他父親那邊。只不過他不像他父親那樣驚訝於她竟回絕了克勞佛，因爲他知道她不喜歡克勞佛，所以會有這種結果並不意外，他想像得出對方提出求婚時，她的心理一定毫無準備，但他比湯瑪斯爵士更看好這門婚事。他覺得從各方面來看，這門婚事都十分可取。所以儘管他比湯瑪斯爵士要來得贊同芬妮對這門婚事的反應和作法，但也忍不住地熱切盼望和樂觀相信他們最後能成爲一對佳偶。等到他們兩個眞的開始相愛，進而步入禮堂之後，就可以看得出來這兩人的性情有多合，未來會有多幸福了。他仔細思量他們的事情，覺得克勞佛當初太唐突了點，沒有給她足夠的時間去培養感情。克勞佛開頭的方法就錯了。但是對方的條件這麼好，她的性情也這麼好，所以艾德蒙相信結局終究會圓滿。不過他一看見眼前的芬妮面有窘色，只得小心翼翼，不敢用言語、目光或動作刺激到她。

克勞佛第二天來訪，湯瑪斯爵士爲了慶祝艾德蒙的歸返，於是自作主張留他吃晚餐。這面子當然得給，克勞佛也當然會留下來。艾德蒙趁機從旁觀察他和芬妮間的互動，想知道她在態度上給了他多少鼓勵，結果很少（每次克勞佛有機會接近她時，得到的反應都是窘迫不安。她那一臉的慌張，讓人看不出他們的感情有哪點進展的可能），少到他都開始懷疑他的朋友爲什麼要堅持下去。芬妮是值得追求，也值得人耐心和用心追求，但換作是他，不管追求誰，要是對方的眼神也像芬妮那樣不肯給他任何一點鼓勵，他早就打退堂鼓了。他希望克勞佛能看清楚這一點。這是他整頓飯觀察下來的結論。

到了晚上，事情出現轉機，他覺得又有希望了。當時他和克勞佛走進客廳，他的母親和芬妮正安靜地做著針線活兒，對其他事情彷彿不感興趣。他看見她們太安靜了，忍不住問了幾句。

「我們剛剛有說話啊，」他母親回答：「芬妮本來在朗讀給我聽，聽到你們來了才擱下。」桌上的確有本莎士比亞的書，看樣子剛剛才闔上。「她常常從這些書裡頭挑些段落朗讀給我聽。聽見你們腳步聲的時候，她剛好在讀一段很精采的台詞。芬妮，那角色叫什麼？」

克勞佛拿起書。「請容我有幸爲您朗讀完這一段。」他說：「我可以很快找到。」他仔細翻閱，才翻了一兩頁就找到了，他一提到紅衣主教沃爾賽①這名字，柏特倫夫人立即回說正是這段，顯得滿意。倒是芬妮看都不看他，不幫忙找就算了，也不說對或不對，只是專心地做自己的針線活兒，似乎打定主意對其他事情概不過問。但她畢竟太熱愛朗讀了，撐不到五分鐘，便忍不住豎耳傾聽。他讀得悅耳，而她又愛聽優美的朗讀聲。只不過她也聽習慣了優美的朗讀，因爲她的姨丈很會朗讀，表哥表姐也會，艾德蒙更是朗讀得美妙，可是像克勞佛先生這種朗讀方法，她還是頭一次聽到，覺得有種獨特韻味。他輪流讀著國王、王后、白金漢公爵、沃爾賽、克倫威爾的台詞，技巧熟練，隨性一翻，便能找到最精采的一幕和最棒的台詞，不論是要表現威嚴還是驕傲，不論是要表達柔情還是悔恨，他都拿捏完美。這是如假包換的舞台藝術。他的表演令芬妮首次領略到戲劇能帶給人們多大喜悅。他的朗讀讓她想起他過往的演戲經驗，不過這次她很開心，因爲他的朗讀是臨時起意的，不像以前看見他在台上和柏特倫小姐那樣刻意對戲，令人看不下去。

艾德蒙看到芬妮的注意力有了變化，只見她慢慢放下手邊的針線活兒，他也跟著緊張起來。一開始，她好像只專注自己的工作，接著手裡的活兒慢了下來，從手中滑落，身子卻坐定不動，最後那雙直在迴避對方目光的眼睛，終於轉了過來，輕輕落在克勞佛身上，盯著他看了幾分鐘，直到克勞佛闔起書，停止迷人的朗讀，目光移向她，她才彷若大夢初醒，滿臉通紅，趕緊拾起針線活兒繼續做。不過這一切看在艾德蒙的眼裡，不禁對他朋友的追求情事再度重拾起信心。他在誇獎克勞佛的同時，也希望能代爲說出芬妮內心的眞正想法。

「這必定是你最喜歡的劇本，」他說：「因爲從你的朗讀聽起來，似乎對這劇本相當熟諳。」

「我相信從此時此刻起，它將成爲我最喜歡的劇本，」克勞佛答道：「不過在我十五歲之前，我從來沒有完整讀過一部莎士比亞的故事，我只記得好像看過《亨利八世》這齣戲，還是曾聽過某個看過這齣戲的人跟我說過故事，我不太記得了。但一般人不也都是在不知不覺中熟悉莎士比亞的嗎？這或許是英國人的一種天性。在英國，莎士比亞的思想及其作品的美無處不在，隨時都能接觸得到，自然而然地被潛移默化。只要是有點頭腦的人，隨便翻到任何一部劇本的精髓處，就會馬上跌入莎士比亞思想的洪流之中。」

「毫無疑問，很多人自小都知道莎士比亞，」艾德蒙說：「大家都愛引用精采的片段，在我們讀的書裡頭，有一半會引用他的文句。我們也都愛談論莎士比亞，運用他的比喻，拿他的形容詞來作形容，不過這和你朗讀時維妙維肖地表現出莎士比亞劇裡的意涵不盡相同。一般人都只略懂皮毛，若想徹底瞭解，並不容易，更何況還能把他寫的劇本朗讀得這麼好，這非得有過人才華才行。」

「先生，承蒙你賞識了。」克勞佛故作正經地鞠個躬。

兩個人同時瞥了芬妮一眼，想看她會不會也開口稱許一番，但看來不可能。她剛才注意聽他朗讀，就已經算是某種讚許，他們也該滿足了。

柏特倫夫人倒是高度讚賞：「簡直就像眞正在演戲一樣，」她說：「可惜湯瑪斯爵士錯過啦。」克勞佛不勝喜悅。連向來知識匱乏、精神懶散的柏特倫夫人都懂得欣賞，想必那位知識豐富、精神奕奕的外甥女八成也在心裡讚譽有加。想到這裡，他不禁飄飄然。

「克勞佛先生，我相信你有演戲的天分，」柏特倫夫人不久又說：「我想你遲早會在諾福克的家建一座劇場。我的意思是等你在那裡定居之後。沒錯，我就是這意思。我想你將來應該會在諾福克的家裡布置出一座劇場。」

「您眞的這麼想嗎？夫人？」他很快嚷道：「不，不，您誤會了，艾芙林翰莊園不會有劇場的！不，不會有。」然後意味深長地微笑看著芬妮，意思像是在說，這位小姐絕對不允許艾芙林翰有劇場。

艾德蒙將一切盡收眼裡，他看得出來芬妮打定主意不加理會克勞佛說什麼，這等於表明她其實聽得懂對方話中含意，也知道是在恭維她。艾德蒙倒是覺得這總比根本聽不懂來得好。

朗讀的話題繼續被討論著，但只有這兩位年輕人在聊。他們站在爐火邊，抱怨學校普遍忽視孩子的朗讀訓練，以至於造成他們長大後，縱然頭腦聰明、見多識廣，這方面卻顯得無知，這就是學校不重視朗讀所造成的結果。而有些人這方面的無知程度甚至到達匪夷所思的地步。譬如當這些人突然被叫起來朗讀時，他們根本無法控制自己的聲音，不懂抑揚頓挫，結結巴巴，錯誤百出，目光短淺，缺乏判斷力，這些都是早年不重視朗讀、沒養成朗讀習慣所造成的後果。芬妮再次聽得津津有味。

「即便在我這一行，」艾德蒙帶笑地說：「也很少有人會去研究朗讀的藝術！很少有人會去注意儀態表現和說話方式。不過我說的是過去的現象，現在好多了，已經有點改進。可是那些二十、三十、四十年前老一輩的佈道者，從其佈道方法來看，就知道大部分的人皆認為朗讀是朗讀，佈道是佈道。但現在不同了，大家會較客觀地看待這件事，他們感覺得到即使在傳播眞理時，也需要靠咬字清楚的朗讀技巧，再精神飽滿地說出來。更何況現在和以前比起來，這方面的品味、鑑別力以及批評能力都越來越普遍了。每次做禮拜，台下聽眾大多具有這方面的知識，所以都會有所判斷和批評。」

艾德蒙接受聖職之後，已經主持過一次禮拜。他說完自己的想法後，克勞佛先生也對他提出各種問題，包括詢問他的感想，佈道成不成功——純粹以朋友的立場在問這些問題，感覺就像是你來我往的機智問答，毫無取笑之意、輕浮之心，若是帶有輕浮取笑之意，艾德蒙知道芬妮一定會不高興。他樂於回答克勞佛的問題，於是後者進一步請教他，佈道中的某幾段經文應該怎麼朗讀，同時也道出自己的看法，而且還是頗有見地的看法，艾德蒙越聊越起勁。這才是擄獲芬妮芳心的正途，因爲若是欠缺高貴的情操，又不懂得感性，不懂面對重要問題時態度必須嚴肅，那麼就算態度殷勤、口才機智、個性溫良，也贏不了她的芳心。

「我們的禮拜儀式非常美妙，」克勞佛評論道：「所以就算朗讀時馬虎了點，也無所折損。只是有些冗長和經常重複的地方非要朗讀得好，才不致令人不耐。至少拿我自己的例子來說，我必須承認我並非每次都聽得很專心（他講到這裡，瞥了芬妮一眼），二十次裡頭有十九次，我會去想這段禱詞該怎樣朗讀才較好，希望自己能上台代爲朗讀。妳說什麼呢？」他匆匆走向芬妮，用溫柔的語調問她。聽到她說「沒有」，又連忙問：「眞的沒有嗎？我剛才好像看到妳嘴唇在動，還以爲妳是在告訴我，我聽佈道時應該要專心一點，不可以胡思亂想。妳是不是打算這麼說？」

「眞的沒有，你自己知道該怎麼做，無須我……即使……」

她停下來，覺得很糗，儘管對方一再追問，她還是什麼話都不肯說。他只好回到原位，繼續跟艾德蒙聊，彷彿不曾發生過這段溫柔的小插曲。

「佈道要講得吸引人，比把祈禱文朗讀得好要難多了。佈道的內容寫得好，不算稀奇。講得好比寫得好才眞的厲害。因為常有人在研究寫作的技巧和規則。但一篇寫得精采的佈道詞，若也可講得精采，一定能帶給聽眾極大的喜悅，每次我聽到這樣的佈道，就會不由自主地敬佩起對方，甚至也想接受聖職，上台佈道。牧師在講壇上的口才若是出色，絕對值得讚許與尊敬。如果一名牧師可以把其他牧師講過的內容，賦予新意，感動形形色色的信眾，引起眾人傾聽，不讓人倒胃口或反感。這種有號召力的牧師最值得人敬佩。我希望我也能成為這樣的人。」

艾德蒙大笑起來。

「我說的是眞的。每次我聽到優秀的牧師講道，就心生羨慕。不過如果要我佈道，得先有一批倫敦的聽眾班底才行。我只想對有教養的人佈道，他們必須有本事評論我的講道內容。我不知道自己喜不喜歡經常佈道，也許大家會希望我一連五、六個星期天都在佈道，不過我可能偶爾為之吧，或者春季時佈道個一兩次，但不能恆常佈道，恆常可不行。」

坐在一旁的芬妮，被迫聽見他們的談話，搖了搖頭。克勞佛先生立刻走到她身邊，追問她搖頭是什麼意思。他拉過來一把椅子，挨著她坐下。艾德蒙察覺到這將會是一波聲音與表情並用的完美攻擊，於是識相地靜靜走到角落，背對他們，拿起報紙，暗自希望親愛的小芬妮能被說服，好歹給她那位熱情的追求者一個滿意的解釋。他盡量利用自己的讀報聲來掩護他們之間的對話，他讀著各式各樣的廣告：

「『南威爾斯最令人嚮往的地產』、『致父母與監護人』、『當季頂尖的獵馬』。」

這時的芬妮好氣自己只懂得控制嘴巴不開口，卻沒能控制住自己的頭不搖，她難過艾德蒙居然不幫她解圍，只好在禮貌範圍內盡量拒絕克勞佛先生。她迴避他的目光和提問，他卻越挫越勇地一再問個不停，兩眼盯著她看。

「妳搖頭是什麼意思？」他追問：「那表示什麼？我想是不贊成吧。可是不贊成什麼？我是不是說了什麼話惹妳不高興？妳覺得我這樣問很不恰當嗎？還是太輕浮了？沒有抓住重點？如果是這樣，妳得告訴我，如果我有什麼錯，妳可以告訴我。我希望能改正。別這樣，我拜託妳，把針線活兒先放下來，妳搖頭到底是什麼意思？」

可是沒用，她重複了兩次「先生，求求你，不要這樣，求求你，克勞佛先生」。她想走卻走不成，對方還是用低沉又熱切的聲音，緊挨在她身旁，不斷重複剛剛的問題。這使她越來越不安，加深不悅。

「先生，你怎麼能……你嚇到我了。我覺得很奇怪，你怎麼能……」

「我嚇到妳了？」他問道。「妳覺得很奇怪嗎？我提的問題，妳有什麼不明白的地方？我可以立刻解釋我爲什麼一再追問妳，爲什麼我對妳的表情和動作這麼感興趣，爲什麼我這麼好奇。這樣妳就不會覺得奇怪了。」

她微微一笑，但還是沒說話。

「妳是聽到我說我不喜歡經常佈道，才搖頭的嗎？沒錯，就是那個字眼：『恆常』。我不怕對別人說出這兩個字，我拼得出這兩個字，也會讀寫這兩個字。我看不出來這兩個字有什麼可怕的，妳認爲我應該覺得它可怕嗎？」

「也許吧，先生，」芬妮終於被煩怕了，於是開口說：「也許我是覺得你平常並非那麼瞭解自己。」

無論如何，克勞佛很高興終於把她逗開口了，於是決定讓她繼續說下去。可憐的芬妮原本以為剛剛的反駁可以讓他閉上嘴巴，卻發現自己犯了可悲的錯誤，他竟然換個問題繼續問。他總是能找到其他問題要她多作解釋。這機會對他來說簡直是千載難逢，自從在她姨丈房裡與她見面之後，還從沒遇過這麼好的機會。而且在他離開曼斯菲爾德之前，也恐怕不會再有這麼好的機會了。柏特倫夫人就坐在桌子另一邊，不過這沒關係，因為那位夫人的精神向來不好，至於艾德蒙則在自顧自地讀著廣告，所以情勢對他來說是有利的。

「喔，」在經過一陣盤問和勉強回答之後，克勞佛說：「我現在快樂多了，因為我現在比較清楚妳對我的看法。妳認為我這人不夠穩重，常常一時興起，容易受到誘惑，動輒放棄。也難怪妳會對我持有這種看法。但我們等著瞧吧，我會努力證明妳冤枉我了，不過我不會靠嘴巴來向妳證明我對妳的感情始終不渝，而是用我的行動來證明不管距離多遠、分別多久，我的心都不會變。我的行動會證明如果妳是值得被擁有的，那麼擁有的那個人絕對是我。就品德來說，妳的確超越我，這些我都同意。妳擁有一些我認為在別人身上不可能找到的特質。妳有天使般的心腸，妳的好，超乎一般人的想像，因為從來沒見過這麼好的人。我不會氣餒的。因為要贏得妳的芳心，不一定得跟妳一樣好才夠資格，而是要懂得欣賞和崇拜妳，對妳死心塌地，才夠資格獲得妳的愛。我的信心就是打這兒來的。光憑這一點，我就相信自己配得上妳。我非常瞭解妳，所以我知道只要等妳明白我對妳的感情如同我所表白，我就有希望了。我最親愛、最甜美的芬妮，不——（這時他看見她表情不悅地往後退），請原諒我，也許我現在還沒有資格這樣喚妳，不過妳要我怎麼稱呼妳呢？妳知道在我心中，沒有人比得過妳嗎？我現在白天想的、夜裡夢的全是『芬妮』這個名字。這名字因為妳而變得甜美，再無任何形容詞足以適用。」

芬妮簡直快要坐不住，她想拂袖而去，不過她知道別人一定不贊成這種舉動。還好由遠而近的腳步聲幫她解了圍。她一直在等這聲音，早就奇怪怎麼還沒出現。

巴德利領著一群僕役浩浩蕩蕩地走進來，送上茶盤、茶壺、蛋糕和器皿，也等於把她從桎梏中解救出來。克勞佛先生不得不移動位置，她終於得到自由，趕緊起身張羅，找到了掩護。

艾德蒙也終於可以大方回到人群中與他們談笑。雖然他覺得這兩人說話的時間未免久了一點，而且還看見芬妮漲紅著臉，面帶惱色，但他依舊認定既然都談了許久，開口說話的那一方肯定很有斬獲。

譯註：

①莎士比亞歷史劇《亨利八世》中的人物。

第三十五章

Mansfield Park

對於芬妮和克勞佛之間的事，艾德蒙原本打定主意若是芬妮不主動提，他就絕對不提。但礙於父親一再催他，於是忍了一兩天之後，還是改變主意，希望藉由自己的一點影響力多少來幫幫朋友。克勞佛兄妹動身的日子已經確定，且馬上就快到了。湯瑪斯爵士心想，不如趁克勞佛先生走之前，再幫他一次忙，以鞏固他對芬妮的感情。

湯瑪斯爵士懇切希望克勞佛先生具有完美品性，並寄望他能成爲專情的典範，爵士認爲要實現這個目標，最好的辦法就是不要給他太長的考驗時間。

艾德蒙倒也樂於幫忙，他很想知道芬妮有什麼想法。以前芬妮遇到困難時，總會找他商量。再說，他又這麼疼愛她，若她眞有心事，他怎忍心置之不理？他希望他幫得上忙，也相信自己對她會有幫助，畢竟她除了找他商量之外，還能找誰呢？就算她不想找人商量，也需要有人安慰她。芬妮最近顯得相當疏遠，常常一聲不響，和平常不太一樣。他必須打破這種僵局，也相信芬妮希望他來打破。

「父親，我會跟她談的，一有機會，我就私下找她談。」他思索了一會兒後這樣回答。湯瑪斯爵士告訴他，芬妮現在正獨自在灌木林裡散步，於是他趕緊去找她。

「芬妮，我來陪妳散步。」他說：「好嗎？（他挽起她的手臂）我們已經很久沒一起散步了。」

她情緒低落，沒有說話，但神情表示同意。

「不過，芬妮，」他隨即補充道：「要想愉快地散步，不是光一起走路而已，妳得跟我說話。我知道妳有心事，也猜得出妳在想什麼。妳該不會以爲沒有人告訴我吧？每個人都跟我說了，難道芬妮不跟我說嗎？」

芬妮突覺沮喪。她回答：「表哥，如果大家都跟你說了，我還有什麼好說呢。」

「也許我不是要妳交代事發由來，而是要妳吐訴自己的想法。芬妮，妳的想法只有妳能告訴我。但我不能強迫妳，如果妳不願意說，我就不勉強。我只是在想，如果妳能說出來，心裡可能會好過點。」

「我怕我們想法不同，就算說出來，我心裡也不會好過。」

「妳覺得我們想法不同？我不這麼認爲，我敢說，只要拿出來稍作比較，就會發現彼此還是像以前想法相近。拿這件事來說好了，如果妳接受克勞佛的求婚，我會認爲這是一門難得的好親事，我也知道家裡的人都希望妳能接受。但如果妳拒絕了，我也認爲妳的回應堪稱得體。所以我們之間的想法有哪兒不同呢？」

「噢，沒有的，只是我以爲你會怪我，不贊同我的作法。但你的這番話對我來說是莫大的安慰。」

「芬妮，如果妳早點告訴我，就可以早點讓我安慰妳了。妳怎麼以爲我會反對呢？又怎麼認爲我會贊成沒有愛情作基礎的婚姻呢？也許在這方面我是粗心了點，但這事關妳的幸福啊，妳認爲我會拿妳的幸福來冒險嗎？」

「可是姨丈認爲我做得不對，我知道他一定跟你說過。」

「芬妮，到目前爲止，我覺得妳做得很對。當然我會覺得有點可惜、有點訝異，不過這也很難說，因爲妳對他還沒有感情。可是我覺得妳做得很對，沒什麼好質疑。如果質疑妳，那才可恥呢。妳並不愛他，當然沒理由接受他的求婚。」

芬妮的心情已經好久不曾這麼釋懷。

「目前為止，妳的行為無可挑剔，如果有誰反對妳的作法，那是他們錯了。不過事情不會就此結束。克勞佛對妳用情很深，他不肯放棄，他想改變自己的形象，但我們知道這需要時間，不過（他親切地笑一笑），芬妮，我們最後還是讓他成功好了。讓他成功吧，這樣一來，妳不僅問心無愧，也證明了妳心地善良，知恩圖報，是女性的完美典範，我從以前就認為妳天生就是這種典範人物。」

「噢，不，不可能，他不可能成功。」她語氣激動，艾德蒙心上一驚。她漲紅著臉，試圖讓自己鎮定下來。她看見他臉上驚訝的神色，耳裡聽見他說：「不可能？芬妮，妳怎會這麼肯定？這不像妳，不像理智的妳。」

「我的意思是說……」她難過地修正剛剛的說法，「如果我能掌握得了自己的未來，那麼這種事就絕對不可能發生。我想我永遠無法回報他的愛。」

「我應該往好處想。因為我很清楚，尤其比克勞佛清楚，要贏得妳的愛並不容易，就算妳已察覺對方意圖。因為妳對曼斯菲爾德懷有很深的感情，已經習慣這裡的環境，不可能說放就放。在他贏得妳的芳心之前，必須先想辦法釋放妳對這裡的牽絆，這些牽絆部分有生命，部分沒有，只是這麼多年下來，早就成為妳生命中不可或缺的一部分，妳一想到得和它們分開，就更想緊抓住不放。我知道妳擔心妳得離開曼斯菲爾德，而這種擔心成了妳拒絕他的理由。要是他沒有這麼唐突地直接向妳求婚就好了，要是他能像我這麼瞭解妳就好了。不過芬妮，我私底下認為……我們還是可以讓妳轉化心意。因為憑我的理論再加上他的行動，應該不會失敗。他必須照我的計畫來做。不過我想，只要他繼續堅持，證明他是值得妳愛的，我相信如此，最後一定會成功。我認為妳最後不可能不愛他，因感激而昇華為愛，這是很自然的事。妳一定也曾被他感動，若完全無動於衷，相信妳也會難受。」

「我和他完全不同，」芬妮避開問題直言道：「我們的喜好和處事方法都不同。即便我喜歡上他，在一起也不可能幸福。我們的個性相差大，興趣愛好全不同，在一起只會痛苦。」

「妳錯了，芬妮，你們之間的不同並不像妳想像的差異那麼大，你們其實很像，有共同的興趣，也有共同的道德觀念和文學素養。你們都有一顆熱情善良的心。而且芬妮，那天晚上他在朗讀莎士比亞的劇本，妳不也在一旁傾聽嗎？妳怎會認爲你們不適合呢？難道妳忘了？我承認你們的個性的確不同。他比較活潑，妳比較嚴肅，不過這樣也好，個性上可以互補。妳比較容易沮喪，常把眼前的困難看得很嚴重，他的開朗正好彌補妳這部分。他向來認爲天下無難事，他的樂觀會成爲妳最好的支柱。芬妮，你們倆之間的差異並不代表你們將來不可能幸福。千萬別這麼想。我個人倒認爲這是個有利條件，我覺得兩個人的個性不一樣比較好，我是指在活潑度和態度上，一個喜歡交朋友、一個不喜歡交太多朋友，一個愛說話、一個不愛說話，一個嚴肅、一個開朗。我認爲在這些方面有點不同，婚姻反而幸福。我反對太極端的東西，如果個性太相像，就可能造成極端。若能有點不同，且繼續保持下去，就能避免極端行爲和極端態度的出現。」

芬妮很清楚他心裡正在想什麼。克勞佛小姐的魅力又回來了。打從他進家門的那一刻起，他就一直得意地把她掛在嘴邊。他已經不再躲她。昨天晚上，他甚至還去牧師公館吃晚餐。

芬妮任由他浸淫在自己的愉悅思緒裡，過了幾分鐘後，她才把話題拉回來，說：「我認爲我和他不止個性不合而已。雖然這方面我們的確南轅北轍，我受不了他那麼活潑，不過還有一點，我到現在仍無法認同。表哥，我必須告訴你，我不欣賞他的品性。打從排戲那時起，我就對他的印象極差。他的行爲在我眼裡很不恰當，從不為別人著想。現在事過境遷了，我想我應該可以一吐為快，他對可憐的盧斯沃先生很惡劣，似不在乎會讓人家多難堪，或者會傷到別人，還一再對瑪莉雅表姐大獻殷勤。總而言之，我永遠抹不去他在排戲那段期間留給我的印象。」

「親愛的芬妮，」艾德蒙沒等她說完，就搶著回答：「我們別再拿那段胡鬧的日子來評判自己或別人了。那是一段我最不願回想的時光。瑪莉雅是不對，克勞佛也不對，我們都有不對，不過錯得最離譜的人是我。和我比起來，他們犯的錯都不算什麼。我卻是明知有錯還去做。」

「我身為旁觀者，」芬妮說：「看得恐怕比你清楚。我真的認為那時候盧斯沃先生有好幾次氣到近乎妒恨的程度。」

「很有可能，這也難怪。最不得體的還是演戲這整件事。每當我想到瑪莉雅竟然會去演那種戲，就覺得好驚訝，不過既然她都能接下那種角色，會這麼做也就不足為奇了。」

「如果我沒弄錯的話，演戲之前，茱莉雅一直以為她才是克勞佛先生獻殷勤的對象。」

「茱莉雅？以前不知誰跟我說過，克勞佛愛的是茱莉雅，不過我看不出來呀。芬妮，雖然我也想為我那兩位妹妹說幾句好話，但我想很可能其中一個人或者說她們兩個人都希望得到克勞佛的青睞，於是直接地表現出來，不夠矜持。我記得她們都很喜歡跟他在一起，而像克勞佛這麼活潑的男士，一遇到對方主動，的確有可能沒想太多就一頭栽進去。這沒什麼好奇怪的，因為現在事情已經明朗，他沒有自命風流，他的心只屬於妳。而我必須說，就因為他的心只屬於妳，我才完全對他另眼相看，開始尊敬他。因為這證明他重視家庭的幸福和純潔的愛情，也證明他沒有被他叔叔帶壞，總而言之，他的為人和我所期許的一樣，並未沾染到我所擔心的那些惡習。」

「我覺得有些嚴肅的問題，他沒認眞去思考。」

「倒不如說，他從來不去思考那些嚴肅問題，我想這樣說比較傳神吧。問題是他在那種教育下長大，又有那種叔叔給他作榜樣，他能怎麼辦呢？我想認爲在那種環境下，他們兄妹倆會變成那樣，其實不足爲奇。我承認克勞佛太感情用事，不過還好他僅是感性而已，至於其餘，可以跟妳互補。他運氣眞好，愛上一個這麼講究原則的女孩，個性溫柔，一定能夠薰陶他。難得有人像他這麼走運，挑到這麼好的對象。芬妮，他會讓妳幸福的，我知道他會，而妳也會讓他非常幸福。」

「我承擔不起。」芬妮語調畏縮地說：「這責任太重大了。」

「妳看妳，又像平常一樣覺得勝任不了，以爲自己一定做不好。好吧，我改變不了妳的想法，但我相信妳會改變的。我眞心希望妳會改變。其實我也很關心克勞佛的幸福。芬妮，除了妳的幸福之外，我最關心的就數他了。妳也知道，我向來很關心克勞佛。」

對於他的說法，芬妮了然於心，無話可說。兩人相偕走了約五十碼的路，一路默默，都有些心不在焉。艾德蒙再度打破沉默說：「昨天她也提到這件事，我很高興她對這件事的態度。不過最讓我高興的是，我沒想到她對事情的看法這麼有見地。我以前就知道她喜歡妳，但我還是擔心她會嫌妳配不上她哥哥，我以爲她會懊惱他沒找一個更有錢、更有地位的女人。我擔心她聽慣了世俗的勢利看法，受到影響。但是沒有。芬妮，她談到妳的時候，回應得體，也跟我還有妳姨丈一樣樂見這門親事的促成。我們就這問題談了很久，雖然我一直想知道她對這件事的看法，但我本來並不想提，結果沒想到我才進門不到五分鐘，她就主動提起，態度跟以前一樣親切開朗又率眞。葛蘭特太太笑她性子太急了。」

「這麼說，葛蘭特太太也在屋裡。」

「是啊，我到的時候，發現兩位姐妹獨自在家。我們一說到妳，就聊個沒完，後來克勞佛和葛蘭特博士才回來。」

「我已經有一個多星期沒見到克勞佛小姐了。」

「是啊，她也在抱怨呢，不過又說這樣也好。她離開曼斯菲爾德之前，妳一定會見到她。芬妮，她對妳很生氣，妳最好有心理準備。她嘴裡是說她很生氣，不過妳應該明白她為何生氣。她是人家的妹妹，當然會替哥哥感到不平和不捨，總以為她哥哥要什麼就該有什麼。她自覺受到傷害，不過換作是威廉，妳也會這樣。可是她還是很愛妳，很尊敬妳。」

「我就知道她會氣我。」

「親愛的芬妮，」艾德蒙嚷道，同時挽緊她的手。「別因為聽說她生氣就覺得難過。這種生氣只是說說而已，未必當眞。妳也知道，她天生心軟，不擅忌恨。我眞希望妳能聽聽她當時如何誇妳，她說妳應該嫁給亨利，當他老婆，妳應該看看她那時臉上的表情。我注意到當她提到妳時，總是直呼妳『芬妮』，以前她從來沒有這樣過，聽起來好像妳們眞是姑嫂似的。」

「葛蘭特太太有說話嗎？她說了什麼？她一直在場嗎？」

「她在啊，她完全同意她妹妹的說法。芬妮，妳的拒絕似乎令她們非常驚訝，她們無法理解妳居然拒絕了亨利・克勞佛公子這樣的人。我盡量幫妳解釋，不過老實說，就像她們所言，妳最好快點改變主意，證明妳是理智的，不然她們永遠不會滿意。我純粹是在開玩笑，我的話說完了，別不理我嘛！」

「我本來以為……」芬妮恢復鎭定之後，才強打起精神說：「每個女人都應該知道，就算有個男的再怎麼人見人愛，還是會有人不認同他、不喜歡他，不管他再怎麼完美，也不能因此認定他想愛誰，誰就要答應。就算克勞佛先生像他的姐妹說得那麼好，也不能硬性規定他一說他喜歡我，我就得馬上把心掏出來給他。他當時眞的嚇了我一跳。因爲他以前對我的態度，根本看不出來他對我有意思。他看起來並沒有在注意我，我當然也不會去自作多情。畢竟像我這種身分的人，如果對克勞佛先生有任何奢想，也未免太自不量力了。而且我當時認爲，如果他只是隨口說說，其實根本無意，他那兩位姐妹又那麼看重他，最後一定會認爲是我自己自不量力。所以我怎麼可能……一聽他說他愛我，我就馬上去愛他？我怎麼可能在他一提出要求的時候，便立刻對他產生感情？他那兩位姐妹也該爲我想想啊。他的條件越好，我就越不應該對他有非分之想。更何況、更何況……如果她們以爲一個女人只要有人愛，就應該很快地掏心給人家，那就表示我和她們對女人的看法有極大出入，不過她們好像眞的這麼想。」

「親愛的芬妮，我現在知道怎麼回事了，我知道其中的眞相了。妳會這麼想是應該的。我以前就知道妳是這樣的人。我能理解妳的作法。我也是這樣向妳的朋友和葛蘭特太太解釋，她們聽了之後，已經比較能夠釋懷。不過妳那位好朋友還是因爲太過偏袒亨利而有點忿忿不平。我告訴她們，妳是那種喜歡照一定作息習慣來過日子的人，不喜歡太新奇的事物，所以克勞佛用這般出其不意的方式來求婚，自然不討好。他的求婚太貿然，當然不會成功。因爲妳受不了那種太有違習性的事情。我作了很多這方面的解釋，讓她們明白妳的個性。克勞佛小姐也提出了一套鼓勵她哥哥的計畫，我們聽了之後都大笑。她要他不要灰心，繼續追求下去，千萬別放棄，因爲遲早會被接納，還笑說他的告白方式恐怕得等結了婚，過了十年的幸福生活之後，他的妻子才會習慣和接受。」

芬妮勉爲其難地微笑應和，但心裡其實很反感。她擔心自己做錯了，說多了，也擔心她對一些自認爲有必要小心的事情太過小心翼翼，結果變得過度反應，反倒惹出其他麻煩，所以才會聽見他把克勞佛小姐的玩笑話搬出來講。這種玩笑話聽在她耳裡，其實是種冒犯。

艾德蒙看見她臉上的疲憊與不悅，於是決定就此打住，除非是她感興趣的話題，否則連克勞佛這名字都不再提。基於這原則，過了一會兒他才又說：「他們星期一要走了，所以不是明天就是星期天，妳會見到妳的朋友。他們眞的星期一要走了。我差一點也要在雷辛比住到星期一才回來，眞的差點就答應他們。要是我沒回來，情況肯定大不同。如果我在雷辛比再多住個五、六天，一定會遺憾終生的。」

「你差點要在那裡住下去？」

「是啊，我受到熱情的招待，差點就同意留下來。如果當初我有收到曼斯菲爾德的信，告知我你們的近況，我可能眞的會繼續住下去，可是我已有兩個星期沒有你們的消息，所以總覺得在外頭住太久了。」

「你在那裡過得愉快嗎？」

「很愉快，如果不愉快，也是我自己的問題。他們人很好，不過我不知道我在他們眼裡，算不算人也很好。我總覺得不太自在，怎麼樣都擺脫不了那種感覺，回到曼斯菲爾德就好了。」

「歐文家的小姐呢？你喜歡她們吧？」

「喜歡啊，她們都很開朗風趣，不忸怩作態。不過芬妮，我身邊向來圍繞聰明的女子，所以被寵壞了，光是風趣和不做作，已吸引不了我。因爲層級不同。妳和克勞佛小姐把我的品味養刁了。」

但芬妮還是精神不濟，一臉疲憊。他從她的表情看得出來，再多說也無益，於是不再說話，當起她的監護人，送她回屋裡。

不管是從芬妮那兒聽來的，還是自己猜的，艾德蒙都認爲自己大概捉摸清楚芬妮的想法了。他很滿意。這一切就像艾德蒙當初判斷的——是克勞佛太操之過急才會壞事，他應該先給她一點時間去習慣他的想法，讓她慢慢接受；她必須先習慣他愛她的這件事實，這樣過不了多久，或許她就會掏心掏肺地回報他的愛。

艾德蒙把談話結果告訴他父親。並建議別再對她多說什麼，別再去影響她或試圖說服她，這一切都得靠克勞佛的不懈努力，才能慢慢改變她的心意。

湯瑪斯爵士同意照辦，他贊同艾德蒙對芬妮個性的看法，她會有那種想法也是應該，可是他又覺得這種個性對她來說恐怕是種不幸，他畢竟不像他兒子那麼樂觀，總有點擔心如果她需要這麼久的時間來習慣，那麼等她終於願意接受時，人家可能已經不願再提了。偏偏他又無計可施，只好隨她去，自己則盡量往好處想。

她的朋友允諾要來看她（「朋友」這兩字是艾德蒙自己幫她冠上的），但對芬妮來說，這件事其實頗爲可怕。她心裡戰戰兢兢。那位小姐是人家的妹妹，又那麼偏袒自己的哥哥，而且還忿忿不平，說話又那麼沒顧忌，向來盛氣凌人、自以爲是，所以不管從哪方面來看，都是個令芬妮畏懼和頭痛的人物。芬妮懼怕她的喜怒、她的犀利，只希望見面那天，還有其他人在場。於是芬妮盡量不離柏特倫夫人左右，不留在東屋，也不敢單獨到灌木林裡散步，小心翼翼地避開任何可能被這位小姐單獨突襲的機會。

芬妮成功了。克勞佛小姐來訪的時候，她正安全無虞地和姨媽待在早餐室裡，第一關算是熬過去了，因爲不管從表情還是言語來判斷，都看不出克勞佛小姐有什麼不同於平常的表現。芬妮開始以爲只要再忍半小時，這些小小的不安就可以結束。但她的如意算盤打錯了。克勞佛小姐哪裡是省油的燈，她是吃了秤鉈鐵了心，非要找芬妮單獨談談不可，於是過了不久，便聽見她悄悄地對芬妮說：「等一下我們找個地方單獨聊聊吧。」芬妮一聽見這話，全身發麻，神經緊繃。她根本躲不掉，再加上她向來聽人使喚慣了，竟本能地立刻站起來，領著克勞佛小姐走出早餐室。

她們一進到門廳，克勞佛小姐馬上換副表情，對芬妮搖搖頭，用淘氣嬌嗔的模樣執起她的手，像是有滿肚子話要說，但什麼也沒說，只說了一句：「可憐啊，可憐的女孩，我眞不知道要從何罵起。」然後小心吞下還沒說出口的話，準備到四下無人的地方再說。芬妮想當然耳地轉身上樓，帶著客人走進早被打理得極爲舒適溫暖的東屋。只是她開門的時候，一想到待會兒在這屋裡恐怕不好受，心裡便難過起來。克勞佛小姐當下卻改變主意，因爲她發現自己竟然來到東屋，一時之間感慨萬千，芬妮預期的那場「秋後算帳」這才有了喘息延後的空間。

「哇！」克勞佛小姐精神一振，「我又回來這裡了。是東屋耶！以前我只來過一次！」她停下腳步，四處張望，似乎在追憶往事，然後才又開口：「只來過一次，妳還記得嗎？我來這裡排演那場戲，妳表哥也來了。我們一起排演，妳還是我們的觀眾兼提詞員呢。那次排演眞愉快，我一輩子也忘不了。我們就在這裡，就在屋裡的這個角落，妳表哥在這裡，我在這裡，然後這兒還有椅子……噢，爲什麼美好的往事一去不復返呢？」

算芬妮好運，因爲她並不要求芬妮回答，逕自陶醉在甜蜜的往事裡。

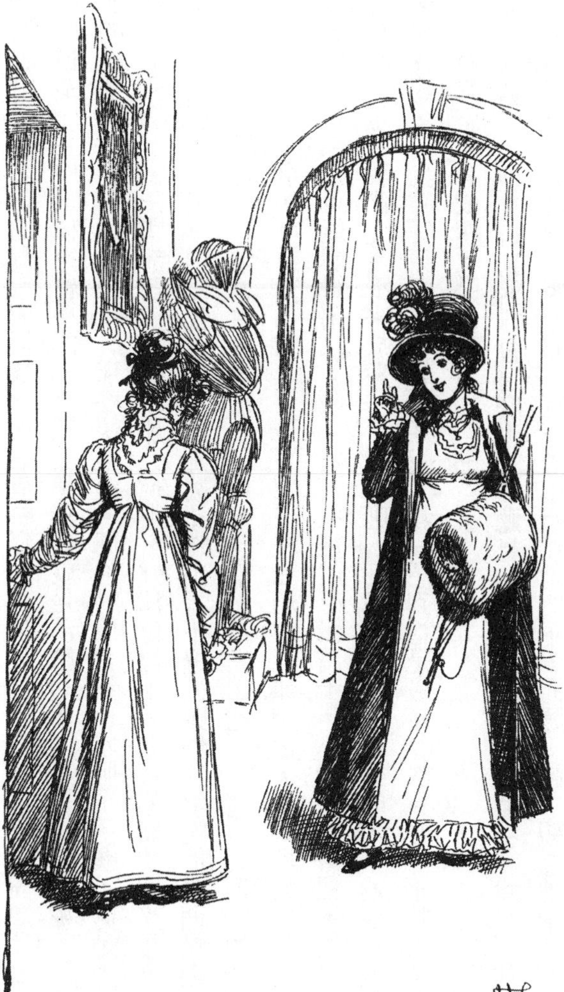

芬妮將克勞佛小姐迎進東屋，
準備領受一番斥責，不料卻勾起對方的甜蜜回憶。

「我們排演的那一場眞是棒極了！那場戲的主題實在太、太……我該怎麼說呢？那時他正要向我描述婚後生活，要跟我求婚。當時的情景歷歷在目，他背誦那兩段長長的台詞，就像安哈爾特那麼沉著穩重。『當兩顆眞情相悅的心結合時，這種婚姻生活才叫做幸福。』我想不管這件事過了多久，都抹滅不了記憶中他說這兩句話時的聲音與模樣。想想眞奇怪，我們居然是在排演那一幕戲！在我有生之年，若有人要我回憶這一生中最値得留戀的一星期，那無疑就是演戲的那個星期了。芬妮，隨便妳怎麼笑我都行，但眞的是那個星期。我從來沒有那麼快樂過。倔強的他竟然也屈服了。噢，眞是美妙到無以言喻。可是也是在那天晚上，一切都毀了！就在那天晚上，妳那位最不受歡迎的姨丈回來了。可憐的湯瑪斯爵士，誰想看見您啊？芬妮，別怪我現在說到妳姨丈時出言不遜。雖然我恨過他幾個星期，不過現在已經能持平看待他了。他身為一家之主，會那麼做也是應當。不光如此，在這令人傷感的時刻，我突然覺得我好愛你們每一個人哦。」說完，臉上帶著芬妮從沒見過的羞赧神色，溫良地轉過身去平復情緒，樣子看起來嬌媚極了。「妳可能看得出來，我一進這屋裡就感慨萬千，」過了一會兒，她又恢復嘻笑說道：「不過現在好多了。我們先坐下來放鬆一下自己吧。芬妮，我是來罵妳的，不過現在沒那心情了。」她親熱地抱住芬妮。「我的好芬妮，文靜的芬妮，我一想到這是最後一次見妳，不曉得多久以後才能再見到妳，心裡對妳就只有愛了，哪還罵得出口啊。」

芬妮被感動了。她沒料到對方會這麼說。一聽見「最後一次」這幾個字，竟忍不住悲從中來，哭了起來，彷彿她也很愛克勞佛小姐似的。克勞佛小姐見她哭了，心腸一軟，親熱地抱住她說：「我也不想離開妳啊。不管我到哪裡去，都再也找不到像妳一半好的人了。誰說我們不能成為姑嫂？我知道我們一定可以的。我覺得我們生來就是要當姑嫂，芬妮，妳的眼淚更令我相信妳也同意我的看法。」

這話令芬妮心生警惕，頓時覺到不妥，趕緊半帶推拖地回答：「妳不過是去別的朋友家住，而且還是妳很要好的朋友。」

「是啊，是沒錯。福雷瑟太太的確是我多年來的好朋友，但我一點也不想去。我心裡就只有這裡的這些朋友……譬如我的好姐姐，妳，還有柏特倫一家人。你們比誰都重感情，我覺得我可以信任你們，我們可以做知己，我和其他人交往時從來沒有這感覺。我眞希望我曾和福雷瑟太太說好復活節過後再去看她，那個時間去會比較好一點，可是我不能再往後拖了。我去她那兒住上一陣子之後，還得去拜訪她姐姐家史托納威夫人，因爲史托納威夫人跟我的交情更好，不過這三年來，我都沒把她放在心上。」

說完這段話後，兩個女孩沉默不語坐在那兒，若有所思了好一會兒。芬妮想的是這世上的友誼眞是有千百種，瑪麗想的事情倒沒有那麼深奧，於是先開口說話的是她。

「我還記得我前回決定上樓來找妳的情景，我根本不知道東屋在哪裡，就自己摸路上來，我也還記得我在來的路上，心裡正在想什麼。我探頭進來，看見妳正坐在桌旁做針線活兒，然後妳表哥開門進來，看見我也在這兒，一臉吃驚的模樣。老實說，那天晚上妳姨丈突然回家來，眞的好掃興。」

她出神想了一會兒，又回神過來，去逗她的同伴。

「喂，芬妮，妳一副漫不經心的模樣，是不是在想那個老想著妳的人啊？噢，我眞想帶妳去倫敦的社交圈轉一轉，妳就知道征服亨利的這件事，在他們的眼裡有多了不起！多少人眼紅嫉妒妳。他們聽見這消息時會有多驚訝，多不敢相信！因爲說到祕密戀情這種事，亨利就像古老傳說裡的男主人翁一樣，會心甘情願地接受愛情枷鎖的束縛。妳應該去一趟倫敦，就知道別人有多羨慕妳的大獲全勝。眞希望妳能親眼目睹別人是如何奉承他，他們甚至會看在他的面子上也跑來討好我哪。不過我已經有心理準備了，福雷瑟太太恐怕會因爲你們的事而不再對我像以前那麼好。等她知道眞相之後，說不定還會把我趕回北安普頓，因爲福雷瑟先生的第一任妻子有個閨女，急著想嫁出去，希望亨利娶她。哼，她追亨利追得可兇呢！至於妳呢，成天安分守己地坐在這裡，個性單純天眞，根本不知道自己惹起了多大的騷動，有多少人想看妳一眼，我又得應付多少長串問題。可憐的瑪格麗特．福雷瑟一定會追著我問妳的眼睛是什麼顏色，牙齒好不好看，梳什麼樣的髮型，鞋子都是找誰訂做的。爲了我那可憐的朋友著想，我當然希望瑪格麗特趕快嫁出去，因爲在我看來，福雷瑟夫婦跟多數夫妻一樣婚姻不幸福。不過對珍妮特來說，當年能嫁給福雷瑟先生，也算是她的福氣呢，我們都替她高興。因爲福雷瑟先生很有錢，而她什麼都沒有，所以也只能嫁給他囉。誰知後來他脾氣變得越來越壞，越來越苛刻，也不想想他那漂亮的老婆才二十五歲，竟還要求她得學他一樣行事沉穩，不能有情緒起伏。我那朋友完全管不動自己的丈夫，好像也不知道該拿他怎麼辦。她丈夫又常常動不動就發脾氣，顯然教養欠佳。我想我要是住到他們家去，一定會時常想起曼斯菲爾德牧師公館裡那種相敬如賓的夫妻關係。因爲即便是葛蘭特博士，也懂得信任我姐姐，會顧及到她的想法，讓人多少覺得他們倆是恩愛的。可是我在福雷瑟夫婦身上，完全看不到這一點。芬妮，我眞想永遠待在曼斯菲爾德。以我的標準來看，我姐姐是十全十美的妻子，湯瑪斯爵士是十全十美的丈夫。可憐的珍妮特當年是上當了，不過她也沒做錯什麼啊，她又不是沒經過考慮就貿然答應嫁給人家，她也看得很遠，她也是經過了三天的深思熟慮，還請教過身邊親朋好友的經驗和意見，甚至還找了我那位已故的嬸嬸討教。我嬸嬸見多識廣，認識她的年輕人都很尊敬她的看法；她也是舉雙手贊成福雷瑟先生的這門親事啊。可是看來，這世上好像沒有什麼事情能一定保證婚姻的幸福。至於我另外一位朋友芙洛拉，我就懶得多說了。當年她拋棄了皇家禁衛騎兵隊裡一位正派的年輕人，害人家痛不欲生，然後嫁給那個討人厭的史托納威爵士，當時我就覺得她那一步走錯了，芬妮，因為那個爵士的腦袋就跟盧斯沃先生一樣，而且長得比他還醜，像個凶神惡煞似的，一點紳士派頭也沒有，現在我很確定她當初眞的嫁錯了。順便告訴妳，芙洛拉剛進社交圈的那年冬天，簡直把亨利當成獵物了。不過說實在的，若要我把愛過他的女人全列舉出來，恐怕永遠說不完。這世上就只有妳芬妮那麼冷淡，對他無動於衷。不過妳眞的像妳本身所言的那樣對他一點感情也沒有嗎？不，我看不會吧。」

芬妮滿臉通紅，看在早已有先入為主觀念的克勞佛小姐眼裡，根本就是不打自招。

「妳眞是可愛！我不再逗妳了。一切就順其自然吧。不過呢，親愛的芬妮，妳必須承認妳並不像妳表哥說的那樣對這件事毫無半點心理準備。那是不可能的，妳一定想過這件事，也暗自稍加揣測過，早就看出來他拚命討妳歡心，對妳獻殷勤。那次舞會上，他不是老跟著妳轉嗎？還有在舞會之前，不也送了那條項鍊給妳嗎？妳也把它當成他送的禮物收下了。妳心裡早就有底啦，我記得很清楚。」

「妳的意思是說妳哥哥事前就知道那條項鍊的事？噢，克勞佛小姐，這是不對的。」

「他當然知道，那全是他安排的，是他想出來的法子。說起來眞不好意思，這點子不是我想到的，但為了妳們兩個好，我還是樂意地照他的意思辦了。」

「老實說，」芬妮回答：「我當時有點害怕那條項鍊是令兄送的，因為妳的表情裡有某種意味讓我感覺事情不單純，但不是在一開始的時候……我一開始完全沒懷疑，眞的完全沒懷疑，這是千眞萬確的。我要是先想到這一點，說什麼也不會接受那條項鍊。至於令兄的行為，我當然也察覺有點不太對勁，那種感覺已縈繞一陣子了，約莫從兩三個星期前吧，可是那時候我認為他不是認眞的，所以沒掛慮，因為他的作風本來就如此，我從沒想過他會認眞。克勞佛小姐，去年夏天至秋天，令兄和曼斯菲爾德宅第裡的一些人所發生的事，我不是沒注意到。雖然我嘴裡不說，但我眼睛沒瞎。我一直看見克勞佛先生在向女人獻殷勤，卻未付出眞心。」

「啊，這一點我不否認。他這人有時眞是個可悲的花蝴蝶，完全不管會不會擾亂了女孩們的芳心。爲了這事，我也常罵他，不過他也只有這個缺點而已，不過有一點非得說清楚不可，值得人愛的女孩眞的很少。所以芬妮，既然他是女孩們夢寐以求的男人，而妳卻能逮到他，也算是爲妳的姐妹同胞爭口氣了。如果拒絕這個榮耀，我想應該不符女人的天性吧。」

芬妮搖搖頭。「我對玩弄女人感情的男人，難以等閒視之，他們帶給女人的痛苦，遠超乎旁人想像。」

「我不想爲他辯護，我就完全把他交給妳處置吧。等他把妳娶入艾芙林翰之後，妳要怎麼教訓他，我都不管。不過有一點我必須聲明，他雖然樂於招惹女人愛他，但從不曾對哪個女人眞正動心過，所以這項缺點對做妻子的而言，應總比他老愛上別的女人要來得安全多了吧。我相信他是眞的喜歡妳，他從來沒有這麼喜歡過一個女孩。他全心全意地愛妳，而且將盡可能地永遠愛妳。如果說這世上有哪個男的會永遠愛一個女人，那一定就是亨利和妳了。」

芬妮淡淡一笑，覺得沒什麼好再說下去。

「亨利把妳哥哥升官的事情辦成之後，開心極了，」瑪麗不久又說：「我從沒見他那麼開心過。」

她顯然故意去戳芬妮的痛處。

「噢，是啊，我眞的很感激他。」

「我知道他一定是花費很大精神才辦成，因爲我太瞭解他必須求助的那些人了。將軍向來怕麻煩，又最不屑去求人幫忙。更何況有那麼多年輕人都希望他關照，這可不是靠普通的朋友關係和能力就能辦到的。威廉一定很高興。眞希望我們能再見到他。」

可憐的芬妮再度被拋進痛苦的深淵。每次想到威廉受他幫忙，她就覺得自己不該拒克勞佛先生於千里外，決心多少受到動搖。她坐在那裡苦思這件事。瑪麗起初洋洋得意地看著她，後來好像想到別的事，於是突然對著芬妮嚷道：「我很願意坐在這裡陪妳聊一整天，可是別忘了樓下還有其他女士們，所以我們就在這裡先說再見吧，我最親愛的、可愛的芬妮，雖然等一下我們還會在早餐室正式道別，不過那是屬於形式上的道別，所以我們現在就先在這裡說再見吧。希望我們還能快樂相見，而且等再相見的時候，那件事已經有了轉機，這樣我們以後就可以做最推心置腹的好朋友了，再也沒有任何芥蒂。」

她說完後，親熱地擁抱芬妮，神情看起來有些激動。

「不久我就會在倫敦見到妳表哥，他說他很快將前往那裡。我敢說湯瑪斯爵士春天也會去。至於妳的大表哥、盧斯沃夫婦還有茱莉雅，我應該也會常常碰到，偏只有妳是我碰不到的。芬妮，我有兩件事要拜託妳，第一是妳要寫信，一定要寫信給我啊，第二是我走了之後，幫我常去探望葛蘭特太太，安慰她。」

芬妮眞希望對方沒提出這兩個要求，至少第一個要求對她來說是百般不願的，但她又不能拒絕，甚至還馬上答應人家。畢竟人家表現得這麼熱絡，她怎好拒絕。她的個性天生就是只要誰對她好，她一定加倍回報，再說也向來很少有人對她這麼好，所以對克勞佛小姐的親熱舉止自然感到有些受寵若驚。更何況克勞佛小姐這次的談話，並未如原先預料地故意讓她不好過，所以芬妮多少感激在心。

這件事總算過去了，她沒有受到指責，也沒有露餡兒，算是逃過一劫。她的祕密仍舊只有她一個人知道，她心想，既然如此，其他事情也就不必太計較了。

到了晚上，又是另一場道別戲碼。亨利·克勞佛來了，陪他們坐了一下。她有點心軟起來，意志不再像以往那般堅定，因爲他看起來彷彿眞的很難過，一點也不像平常的他，幾乎沒說什麼話，顯然在壓抑自己。芬妮爲他感到難過，不過還是暗自希望以後別再相見，等到他成了別人的丈夫再見面好了。

臨走時，他執意要握她的手，但什麼話也沒說，也可能是她沒聽見他說什麼。他走出屋子，兩人的友誼算是暫時劃下休止，她的心情逐漸放鬆。

隔天，克勞佛兄妹啓程離去。

第三十七章 Mansfield Park

克勞佛先生走了，湯瑪斯爵士的下一步棋是要讓芬妮開始想念對方。他自信滿滿地認定，當初人家在的時候，他的外甥女對人家的殷勤毫不在乎甚或嫌惡，現在沒人對她殷勤了，或許會讓她覺得有點空虛，畢竟她已經嘗過被人捧在手心的滋味。他暗自希望如果再沒有人將她捧在手心裡，她又變得像以前一樣無足輕重，或許就能給她當頭棒喝，讓她感到無比懊悔。湯瑪斯爵士就這樣打著如意算盤地從旁觀察，可卻完全看不出計謀得逞的跡象，也看不出她情緒有任何改變，她還是那麼溫順靦腆，看不出來心境上有何變化。他不瞭解她，也不知道從何瞭解起，於是央求艾德蒙告訴他，這件事對芬妮的影響如何，她比以前快樂還是不快樂。

艾德蒙也看不出她有任何懊悔，他覺得父親太心急了，才三、四天怎麼可能看出變化。

不過最令艾德蒙詫異的是，克勞佛的妹妹是她的好朋友兼好姐妹，人家曾經對她那麼好，但走了之後，她卻沒有表現得特別難過，甚至很少聽見她提起對方的名字，也沒主動提到她很難過與其分隔兩地。

唉，他哪會知道芬妮的不幸全是拜克勞佛的妹妹，也就是那所謂的好朋友和好姐妹之賜。要是她能確定瑪麗的未來和曼斯菲爾德一點關係也沒有，就像她打定主意不讓瑪麗的哥哥得逞一樣；要是她能確信那位小姐的歸期也和她哥哥一樣遙遙無期，那麼她的心情一定會快活許多。但根據她的經驗判斷和平日觀察，她逐漸相信克勞佛小姐嫁給艾德蒙的可能性很大。以男方來說，他對這件事的渴望越來越強，而女方在態度上也越來越明朗。他以前的抗拒理由或曾有的顧忌，似乎都不存在了，理由不詳。而對方曾有的疑慮和猶豫，也一樣不復存在，一樣理由不詳。這一切或許只能用愛情的魔力來解釋。在愛情面前，他的高尚情操和她的道德瑕疵全被降服，他們必然會結合。他決定一等桑頓拉瑟那邊的事情處理完就去倫敦，應該不出兩個星期，便能成行。他提過他的倫敦之行，而且不止一次的提。芬妮相信等他再見到她時，接下來會發生什麼事，已可預見。他一定會向她求婚，她也一定會接受，然而芬妮依然忘不掉他們之間存在的道德差異，所以一想到他們的未來便憂心忡忡，但又由不得自己。

在她們最後一次的談話裡，克勞佛小姐雖然對芬妮親切友善、舉止親密，但她畢竟還是克勞佛小姐，心仍不在正途上，仍被魔鬼迷惑，完全不知道自己錯在哪裡。她的心是陰暗的，卻自以為光明。她或許很愛艾德蒙，但除此之外，根本配不上他。芬妮認為他們毫無共通之處，心想戀愛時，艾德蒙都改變不了她的想法，矯正不了她的觀念，未來結了婚，更無可能讓她改得過來。換言之，這個好男人的高尚品格終將葬送在這個女人手裡。芬妮相信古聖先賢應該也會同意自己的看法。

不過經驗告訴我們，這種年輕人的前景未必完全沒有希望。因為克勞佛小姐的個性儘管如此，倒也具有一般女人的天性，換言之她會聽從心上人的意見，接受他的觀念。但芬妮不這麼想，只要一提到克勞佛小姐，她心裡就不好受。

在此同時，湯瑪斯爵士仍繼續抱著希望，從旁觀察他的外甥女，因為以他對人性的瞭解，他還是認定會看見其外甥女因不再有人捧她和在乎她而感到難過。他相信她會渴望再被人捧在手心上，偏偏這些跡象皆沒出現，於是他把這一切原因歸咎於不久之後即將來訪的一名客人身上。因為他的外甥女勢必會因這位訪客的到來而精神大作，這人就是威廉。威廉請准十天假要來北安普頓與他們分享最近升官的喜悅，同時炫耀新制服。由於剛升官的關係，現在的他堪稱是最快活得意的少尉。

他來了。他本來想秀制服給他們看，但軍中規定除非值勤，否則禁穿軍服，於是新的制服被留在普茲茅斯。艾德蒙心想，等芬妮有機會看到他穿軍服時，那套制服恐怕早褪色了，要不然就是新鮮感已經不在，因爲如果當上少尉後，一兩年內仍無法獲得晉升，別人卻趕在自己之前一個個成了校級軍官，那麼那套制服就會成了丟臉的標誌，看起來既難看又寒酸。艾德蒙是這樣想的。至於他的父親則想出一個點子，保證能讓芬妮現在就看到皇家海軍「畫眉鳥號」少尉軍官的那套光鮮制服。

他計劃讓芬妮陪她哥哥回普茲茅斯去，陪她的家人住上一陣子。這主意是湯瑪斯爵士深思熟慮後所想出來的，他認爲這辦法甚好也很可行。但決定之前，還是先徵詢了一下他兒子的意見。艾德蒙再三考慮後，也覺得這樣做很對，算是件好事，加上時機恰當，他相信芬妮絕對很高興。湯瑪斯爵士聽了之後，當下做了決定，說了句「那就這麼辦了」，一切便塵埃落定。湯瑪斯爵士暗自得意地回到房間，沒把這個主意背後的眞正動機告訴他兒子，原來他的目的並非眞的要她回去探望父母，享受天倫之樂，而是希望她是在自願的情況下返家，可是在探親還沒結束之前，便開始厭惡起自己的那個家。他認爲讓她暫時告別曼斯菲爾德莊園的優渥生活，可以促使她頭腦清楚一點，從此懂得珍惜仰慕者雙手奉上的豪門婚姻。

湯瑪斯爵士一直認爲他外甥女的腦袋八成是出了問題，才會拒絕克勞佛先生，所以這是他的治療方法。他想她一定是好日子過太久了，才會失去判斷力。她生父的居住環境可以讓她認清收入的重要性，他相信，經過這番實驗之後，她肯定會變得更聰明，未來也會比較幸福。

倘若說芬妮特愛狂喜的感覺，那麼乍聞她姨丈的計畫後，肯定又是一次狂喜體驗。他要她在威廉的陪伴下，回去探望分別了近半輩子的父母和弟弟妹妹，回到她童年居住的地方，住上一兩個月，換言之，她可以天天看到威廉，直到他上船出海爲止。若說有什麼事是値得她情緒高亢的，那絕對非此刻莫屬，因爲她眞的太高興了。不過她的喜悅是深沉的、是漲滿的，是一聲不響的那種。她的話本來就不多，感情最有起伏的時候，反而更不願意說話。當時她僅是稱謝和表示接受，直到後來漸漸適應了這條驚喜的消息，才把自己的感受大致說給艾德蒙和威廉聽，但還是有些微妙的情緒無法用言語表達。她仍記得童年的歡樂，也記得離家時的痛苦，這些回憶全湧上心頭，彷若回去一趟便能治好當年別離所種下的痛苦因子。她就要回到小時候的家了，那裡會有很多人愛她，給她比以前更多的愛，她可以無所顧忌地接受他們的愛，再也不必擔心矮人一截，或害怕有誰會在她面前提起克勞佛兄妹，更不必恐懼會有人爲了那兩個兄妹而以責備的目光看著她。她滿心歡喜地想著未來的日子，但又不敢全說出口。

此外，她也將離開艾德蒙兩個月（或許可以答應她待滿三個月），這樣也好，距離遠一點，就不會再去在乎他的目光和他的一舉一動，也不必因爲瞭解他的心情和聽見他的心事而徒增自己的煩惱，或許她能從此平靜下來，以平和心情去思索他在倫敦的種種，不再自艾自憐。總之她在曼斯菲爾德無法忍受的事，到了普茲茅斯，都會變成小事一樁。

唯一令她不安的是，她離開後，柏特倫姨媽會不習慣。她對其他人來說或許毫無用處，但對柏特倫姨媽而言，她不能隨侍在旁，勢必造成姨媽某種程度的不便，她不忍去想。她走之後，該如何安頓柏特倫姨媽，這將會是湯瑪斯爵士最棘手的問題，但也只有他能解決。

湯瑪斯爵士是曼斯菲爾德莊園的一家之主，他下定決心要做任何事，就一定貫徹到底，所以此刻的他，正就這個問題和妻子長談，他說芬妮應該偶爾回去探望家人，他說服了妻子放外甥女回去。不過她也不算是心服，僅是屈服，只因她認爲既然湯瑪斯爵士覺得芬妮應該回去，那就讓芬妮回去吧。可是等她回到寂靜的穿衣間，不用再聽她丈夫那似是而非的道理，而是平心靜氣地自己客觀思索這問題時，卻認爲芬妮的父母都已經這麼久沒和芬妮聯繫，根本沒必要再回去，反倒是她自己離不開芬妮。可是諾利斯太太說就算芬妮不在，也沒有人注意到。這種說法是否屬實，恐怕有待日後查證，至於柏特倫夫人本身則是堅決反對她姐姐的說法。

湯瑪斯爵士試圖從理智、良心和尊嚴的角度去說服她，他要她犧牲點，發發慈悲。諾利斯太太則勸她就算沒有芬妮，也不會有事（必要的話，她願意犧牲自己所有時間來陪她），簡而言之，就是有沒有芬妮都無所謂。

「姐姐，妳說得也許對，」柏特倫夫人這樣回答：「可是我相信我一定會想她。」

接下來就是和普茲茅斯那邊的人聯絡了。芬妮自己寫信過去，說她想回去看看，她母親的回信雖然只有寥寥數語，卻嗅得出爲人母者因即將見到久違的孩子而自然散發的母性與喜悅，這證明她女兒的想法沒錯，她和母親會有快樂的重逢。她相信她會在這位「母親」身上找到溫暖的愛，媽媽一定不會再像以前那樣不疼她。她猜想過去母親之所以不疼她，可能是她自己的錯，不然就是自己太敏感了。或許她得不到母愛的原因，是因爲小時候的她太膽小了，太焦慮不安，母親不喜歡這樣的女兒，又或許是她太不懂事，妄想在這麼多需要母愛的孩子裡頭多分到一些愛。但現在的她已懂得助人和忍讓，而她的母親也不必再被滿屋子需索無度的孩子們給折騰，空閒時間多出了許多，所以她們應該很快能恢復正常的母女關係。

威廉和他妹妹一樣熱中於這計畫，這代表他上船出海之前能天天見到她，甚至初次巡航回來，都還能見到仍在家中的她，他開心極了。再說，他也希望能讓她看看出海前的「畫眉鳥號」（在服役的軍艦裡頭，「畫眉鳥號」無疑是最漂亮的一艘）。另外海軍船塢也在改建，他也希望帶她去遊覽。

他甚至無所顧忌地說，若她能回家住一陣子，對大家都有好處。

「我不知道我為何這麼想，」他說：「不過我們好像眞的很需要妳來幫忙改變一下父親的習性，讓家裡變得有條不紊，整齊一點。因為家裡頭老是亂七八糟的，我相信妳會整理得舒適整潔。妳可以告訴母親怎麼做比較好，妳還可以指導蘇珊，教育貝琪，讓弟弟們懂得如何愛妳、在乎妳。這樣多好啊！」

他們收到普萊斯太太回信時，在曼斯菲爾德逗留的時間已剩不到幾天。但就在啓程前幾日，這兩位兄妹竟又虛驚了一場，原來就在他們討論要如何回普茲茅斯時，為了幫妹夫省錢的諾利斯太太，自然是在旁邊極力暗示芬妮選擇乘坐廉價的交通工具回去，可是湯瑪斯爵士沒採納她的意見，決定讓他們搭驛馬車回去。結果當她看見湯瑪斯爵士拿錢要給威廉坐車時，竟心血來潮地說，反正馬車裡有三個座位，她可以順道跟他們一起去探望她那可憐的妹妹普萊斯。她說她很想和這兩個年輕人一起回去，對她來說，這會是趟開心的旅行，因為她已經二十多年沒見過她的親妹妹普萊斯了。她年紀大，有歷練，路上可以順便幫忙照顧兩個年輕人。再說機會這麼難得，要是她不去，她那可憐的妹妹定會認為她太不掛念手足之情了。

這想法嚇壞了威廉和芬妮。

原本愉快的旅行看來全毀了。他們面面相覷，表情愁苦。幾乎有一兩個鐘頭的時間都深陷憂慮，沒人表示歡迎，也沒人表示反對。這事得由諾利斯太太自己決定。結果後來她又覺得自己暫時走不開，因為曼斯菲爾德莊園需要她，湯瑪斯爵士和柏特倫夫人全得靠她幫忙，少她一個星期都不行，所以還是決

一聽到諾利斯太太有意跟他們兩兄妹回家，
威廉和芬妮嚇壞了。

定犧牲自己出遊享樂的時間，留下來幫忙，這決定令她的外甥和外甥女歡喜不已。

其實她眞正的想法是，去普茲茅斯雖然不用花自己一毛錢，可是回程時少不了要自個兒出旅費，所以只得放棄這機會，讓她那可憐的普萊斯妹妹失望了，至於下次機會，恐怕得再等二十年吧。

艾德蒙的計畫也因芬妮的普茲茅斯之行而有點變動，他和他姨媽一樣得爲了曼斯菲爾德犧牲一下個人事務。他原本打算這幾天去倫敦，可是看見他父母身邊重要的人一個個走了，深深覺得自己不該也選在這時候離開，於是克制住想立刻前往倫敦的衝動，將攸關終生幸福的倫敦之行硬是往後拖延了一兩個星期。

他把這項安排告訴了芬妮。既然她知道的事情都這麼多了，索性把一切全告訴她吧。於是這個祕密話題再次出現在他們的談話裡。芬妮聽了不是滋味，但也感覺得到這恐怕是他們最後一次如此掏心談論克勞佛小姐。後來，他又拐彎抹角地再說了一次，原來那天晚上柏特倫夫人正告訴她的外甥女到家後就寫信給她，而且一定常來信，並答應自己也會常捎信過去，艾德蒙便趁機在芬妮耳邊悄悄補上幾句：「芬妮，如果我有什麼消息値得告訴妳，或者我直覺妳很想知道，但又沒法從別人嘴裡很快得知，我就會寫信告訴妳。」這幾句話再明白不過，就算芬妮當下沒聽懂他的意思，但抬起頭來，看見他那一臉容光煥發的模樣，也約莫明白了。

看來芬妮要讀他那封信，恐怕得先做好心理準備。沒想到連接艾德蒙的信，都得變得這麼戰戰兢兢。她開始覺得在這無常的世界裡，人的想法與感覺原來是會隨著時間流逝和環境的變遷而不斷改變，畢竟她的人生閱歷不深，仍未完全參透世間人心的變化無常。

可憐的芬妮，縱然她再怎麼甘心情願、迫不及待地想離開曼斯菲爾德莊園，臨別前的最後一晚，卻也是離情依依。她爲即將來至的別離感到難過，屋裡的每個房間都令她傷感，屋裡住的每一個人都令她落淚。她摟住姨媽，知道她會想念她。她嗚咽親吻姨丈的手，難過自己曾惹他生氣。而最後和艾德蒙道別時，她既不說話也不看他，腦筋一片空白，只知道他以兄長身分親切與她話別，然後一切就結束了。

以上的道別全在前一晚進行，第二天一早，他們就啓程出發了。家裡的成員從此變得更少，當他們一塊吃早餐時，開口閉口都在談已經走了一段路的威廉和芬妮。

第三十八章

Mansfield Park

他們漸漸遠離曼斯菲爾德莊園，因旅途尚有新鮮感，再加上與威廉同行，芬妮的心情迅速振奮了起來。等來到第一站，她跳下湯瑪斯爵士的馬車時，已能眉開眼笑地向老車夫道別，請他帶口信回去。

兩兄妹一路上聊個沒完，心情愉快。威廉興致昂然，看見任何事都開心不已，每次說完嚴肅的話題，後面就添點笑料逗她，內容幾乎繞著「畫眉鳥號」打轉，包括猜測這艘船的下一趟任務是什麼，他打算如何大顯身手（萬一上尉出了什麼事的話——威廉對上尉一向沒好話），才好盡快獲得拔擢，再不然就是揣想自己若立功獲獎，要如何慷慨均分獎金給家人，也打算留些錢買棟舒適的小平房，供他和芬妮以後養老。

可是當他在談到芬妮的事情時，卻隻字不提克勞佛先生。他知道那件事的經過，雖然也認爲對方是世上心腸最好的人，並難免遺憾他妹妹對他的恩人如此冷淡，但因爲他自己現在也正處於愛情至上的年紀，所以不忍苛責她。他明白她的心思，所以隻字未提，避免惹她心煩。

她自己也知道克勞佛先生仍沒忘記她，因爲自從那兩兄妹離開曼斯菲爾德後，三個星期來，她不斷收到他妹妹的來信，每封信的末尾都會被克勞佛先生附上幾句堅貞不二的熱情話語，一如他平日說話的語氣。這樣的信不出所料地令芬妮非常不快，因爲她除了得讀克勞佛先生的附言之外，還必須看克勞佛小姐信上那一貫熱情活潑的虛華內容，這對她來說是一大折磨。偏偏艾德蒙又堅持要聽信裡主要說了什麼，等她唸完之後，還得再聽他對克勞佛小姐文采的當面讚美，誇說文情並茂之語。但其實她信裡寫的全是刻意放出的消息和各種暗示，再加上一點對曼斯菲爾德的追憶。芬妮不由得懷疑這信的目的根本是寫給艾德蒙聽的。她覺得自己成了對方耍弄心機的工具。她不只得被迫看她不愛的男人所寫來的東西，還得忍受自己心愛的男人在她面前讚美和欣賞另一個女人，這簡直是種酷刑。所以就這一點來看，離開曼斯菲爾德對她來說是好的。她相信只要她不再和艾德蒙同住一個屋簷下，克勞佛小姐就不會有那麼大的動力，不嫌麻煩地一而再再而三地寫信給她。等她到了普茲茅斯，她們之間的通信就會變少，最後甚至完全告終。

芬妮就這樣心亂如麻地一路乘車趕路，旅途還算平安順利，二月的道路泥濘中馬車向前奔馳，車速尚在路況允許的情況下。他們駛進牛津，經過艾德蒙以前就讀的學院時，她也只是匆匆瞥了一眼。路上他們沒有停留，直到抵達紐柏里才停車休息，享用了一頓舒服的晚餐，結束一天既愉快又疲憊的旅程。

第二天，他們照樣一大早出發，毫無耽擱，旅途堪稱平順，抵達普茲茅斯近郊時，天色仍亮，芬妮環顧四周，看見櫛比鱗次的新建築，不免讚嘆。他們駛過吊橋，進入市區，暮色將至，威廉大聲吆喝，馬車答答地離開大街，轉入狹窄巷弄，最後在一棟小屋前面停下來，這裡就是普萊斯先生的住所。

芬妮情緒激動，心噗通噗通跳得厲害。她既期待又緊張。馬車一停下，一個模樣邋遢的女僕走上前來，似乎早等在門口準備迎接他們，但她上前來的目的又好像只為報信，而非來幫忙。她開口就說：「先生，『畫眉鳥號』今天上午出港了，有位軍官來這裡……」這時一個長相清秀、年約十一歲的高個兒男孩從屋裡跑出來，一把推開女僕，打斷她的話。威廉才打開車門，便聽到那男孩嚷道：「你們回來得正好，我們已經等半個小時了，今天早上『畫眉鳥號』出港了，我看見它啦，真漂亮。他們認為它這一兩天就會接到命令。坎貝爾先生四點鐘來找過你，他向『畫眉鳥號』要來一艘小艇，準備六點鐘離岸回艦上去，他要你先準備好，到時跟他一起回去。」

威廉幫忙扶芬妮下車，男孩瞥了她一眼，算是給她面子，當她親吻他時，他沒有躲開，只是嘴裡仍唸唸有詞「畫眉鳥號」出港的情形。其實他對「畫眉鳥號」這麼感興趣並不奇怪，因為再過不久，他也要上那艘船去展開他的海上生涯。

過了一會兒，芬妮走進狹窄的大門，投入母親懷裡。芬妮的母親帶著滿心歡喜迎接女兒的到來，她長得很像柏特倫姨媽，這讓芬妮更加愛她。兩個妹妹也出現了，一個是十四歲的蘇珊，已經長成標致的大女孩，另一個是家裡最小的貝絲，約莫五歲。她們都很高興見到漂亮的大姐姐，只是不太懂待客的禮貌，但芬妮並不計較，只要她們愛她，她就滿意了。

接著她被帶進起居室，室內空間很小，起初她以為只是個過廳，於是站了好一會兒，等著被領到較寬敞的空間。後來才發現這裡沒有第二扇門，而且有住過人的痕跡，這才驚覺自己錯了，難免內疚，深怕他們發現她的想法。不過因為她的母親沒有久留，又回到大門口去迎接威廉，所以沒看出什麼蹊蹺。

「噢，親愛的威廉，我真高興見到你。你聽說『畫眉鳥號』了嗎？它已經出港了。三天前，我們都還沒想到它會這麼快就出港。我不知道要幫山姆準備什麼東西帶上船，不過現在也來不及了。說不定明天就奉命起航，我都被弄得不知道該怎麼辦。現在你還得馬上去斯皮特黑德，坎貝爾來過這裡，他擔心你趕不及。現在我們該怎麼辦呢？本來我還想跟你好好聚一晚的，但現在……一下子冒出來這麼多事情。」

她的兒子心情愉悅地回答她所有問題，並告訴她一切都會妥善解決。就算他得走得這麼匆忙，也沒什麼關係。

「我當然希望它沒有離港，那樣我就能和你們多聚幾個小時，不過既然有小艇靠岸了，我還是馬上走比較好，這也是沒辦法的事。可是『畫眉鳥號』停在斯皮特黑德的什麼地方？靠近『老人星號』嗎？不過無所謂啦。芬妮還等在客廳裡，我們爲什麼要站在走廊？進來吧，媽媽，您都還沒好好看看您親愛的芬妮呢。」

兩人一起走進起居室，普萊斯太太再次慈愛地親吻她的女兒，說她個子長高了，然後又想到他們兩個這趟旅程下來應該又累又餓。

「可憐的孩子，你們兩個一定累壞了，想吃什麼？我剛剛還以爲你們來不了啦。我和貝絲已經等了半個小時。你們是什麼時候吃飯？現在想吃什麼？我也不知道你們來了之後，是想吃肉還是喝茶，不然的話，就先給你們準備起來。現在我想幫你們弄點牛排，又怕等一下坎貝爾突然來了。我們這附近沒有肉舖，實在很不方便，以前住的舊房子比這裡方便多了。還是你們想喝茶？茶很快就可以上了。」

兄妹倆都說喝茶比較好。「那麼貝絲，快去廚房看看蕾貝卡有沒有在燒水，叫她快把茶具拿來。我們的鈴壞了，還沒修。不過貝絲倒是個挺好用的信差。」

貝絲乖乖去了，想在她漂亮的姐姐面前顯點本事。

「我的天啊！」焦慮的母親繼續說：「這火怎麼一點也不旺。我敢說你們兩個一定凍壞了，把椅子挪近點。我的天啊，我眞不知道蕾貝卡在忙什麼。我確信我半個鐘頭前才告訴她，再多加點煤。蘇珊，妳怎麼沒好好看著火呢？」

「媽媽，我剛上樓搬東西去了。」蘇珊爲自己辯解，語氣毫不畏懼，這讓芬妮很驚訝。「您剛才不是說，我和芬妮姐姐得搬到另一個房間去嗎？可是蕾貝卡又不來幫我忙。」

家裡頭忙成一團，於是她們沒再爭辯下去，先是趕車的來要車錢，接著山姆搬他姐姐的行李上樓時，因爲堅持按自己的方式搬而和蕾貝卡吵了起來。最後普萊斯先生走進屋裡，人還沒到，嗓門先到。他一邊咒罵，一邊踢開過道上他兒子的皮箱和他女兒的帽盒，大聲嚷著他要蠟燭，但蠟燭還沒拿來，人已經進來了。

芬妮不知如何是好，她站起身迎接，又發現自己站的地方光線昏暗，對方看不見她，也不可能想到她，於是索性又坐下去。普萊斯先生熱情握住兒子的手，以急切的口吻說：「哈！兒子，歡迎你回來，眞高興見到你。你聽到消息了嗎？『畫眉鳥號』今早出港了，而且聽說下令要全員待命。瞧，你回來得正是時候，那個軍醫才來找過你，他要來一艘小艇，準備六點前離岸去斯皮特黑德，你最好跟他一起走。我已經去過透納的店催你的裝備，就快好了。其實就算你們接到命令出航，我也不會太驚訝，不過如果你們要往西去，現在這種風恐怕沒辦法啓航。瓦爾西艦長認爲你們一定是跟『大象號』一起出發，往西巡航。眞是，我希望你們的船開得出去。可是史庫利老頭剛剛說，他覺得你們會先被派到『特克賽爾號』上去。管他的，反正我們老早準備好啦。眞可惜你今天早上不在，沒看到『畫眉鳥號』出港的那副威風模樣。就算給我一千英鎊，我也不想錯過看它出港的盛況。史庫利老頭是在我吃早餐時跑來告訴我的，說它正在起錨，我聽了立刻跳起來，三步併作兩步地跑到那裡看。要說這世上若眞有什麼無懈可擊的船，那一定非它莫屬了。它現在就停泊在斯皮特黑德。每個英國人都認爲它一小時可以航行二十八海里。今天下午，我站在平台上看了它整整兩個小時。它停在『安迪米安號』的後面，『克里歐帕特拉號』就在它的左舷處。」

「哈！」威廉嚷道：「如果是我，我也會把船停在那地方，那可是斯皮特黑德最棒的停泊地點。爸，這是芬妮，您還沒看到吧。」他轉身將芬妮拉了過來。「這裡太暗了，您可能看不到她。」

普萊斯先生嗓門大，言行粗魯，
他進門時邊咒罵邊踢開兒子的皮箱和女兒的帽盒。

他承認他都忘了她了，現在才想起來，於是熱情擁抱，誇她長大，八成很快要嫁人啦，然後又把她給忘了。

芬妮縮回自己位置，父親滿嘴的酒味和粗魯的言語令她傷心。他只跟他兒子講話，只談「畫眉鳥號」。威廉雖然對這話題很有興趣，卻也不止一次地提醒父親說芬妮就在旁邊，話裡暗示她離家多年，一路旅途勞累。

他們坐了好一會兒，蠟燭才終於拿來，但茶還是沒端來。根據貝絲從廚房來的回報，還得等段時間才能燒好。於是威廉決定先去換衣服，把上船前的必要東西準備好，等一下再從容喝茶。

他走出去之後，兩個臉蛋紅潤，但衣衫襤褸、渾身髒兮兮的八、九歲男孩衝進屋內，他們是湯姆和查爾斯，兩人剛剛放學便趕回來看大姐姐，順道告知「畫眉鳥號」出港的消息。查爾斯是在芬妮走後才出生，湯姆卻是她以前常幫忙照顧的弟弟，所以尤其高興再見到他。兩個男孩都乖乖地讓她親吻。可是當她想留住湯姆，好好看看他，追憶一下那個她曾愛過、逗過以及從來只纏著她抱的小嬰兒時，湯姆卻執意不肯。他回來不是爲了站在那兒不動，聽別人嘮叨，他是回來跑跑跳跳、吵吵鬧鬧的。於是兩個男孩一溜煙地從她身邊跑開，大門一摔，震得她太陽穴都痛了。

家裡的人，她大致都見到面，現在只剩下排行夾在芬妮和蘇珊中間的那兩個弟弟還沒見過。其中一個在倫敦的政府機關當辦事員，另一個則在一艘來往印度的商船上當候補生。雖然她見過家裡所有人了，但還沒見識過他們製造出來的噪音。大概過了一刻鐘後，家裡如常地開始喧鬧起來。威廉在二樓的樓梯口喊他母親和蕾貝卡，因爲他找不到留在家裡的東西，他的鑰匙不見了，貝絲動過他的新帽子，本來答應要幫他改不合身的制服背心，也忘了沒改。

普萊斯太太、蕾貝卡和貝絲全都上樓去爲自己辯解，她們嘰嘰喳喳地說個沒完，其中就數蕾貝卡的嗓門最大。最後決定盡快趕製出來。威廉試圖趕貝絲下樓，但怎麼趕都沒用，只好要她乖乖待著，別妨礙別人做事。這屋裡的每扇門都敞開著，樓上的吵嚷聲在客廳裡聽得一清二楚，只偶爾會被樓梯間山姆、湯姆和查爾斯跑上跑下的追逐聲和跌跌撞撞的吵鬧聲給掩蓋。

這些聲音吵得芬妮頭昏腦脹，屋裡空間狹小，牆壁很薄，每個聲音聽起來都像近在耳邊。再加上旅途勞累和近來的種種焦慮，她簡直快要受不了。不過客廳倒是很安靜，因爲蘇珊後來也跑去找他們，廳裡就只剩下她和父親。父親掏出一張顯然是從鄰居家借來的報紙，開始讀起來，似乎沒有注意到她的存在。他把唯一的蠟燭放在他和報紙之間，完全不在乎她是否也需要一點光線。不過反正她沒事做，所以並不介意他把燭光擋掉，也免得照到她那一直發疼的頭。她就這樣茫然地坐在客廳裡，陷入斷斷續續的悲愁思緒裡。

她回到家了，可是……唉！這不是她想像中的家，也不是她想像中的歡迎場面。她自我省思，覺得自己的要求太不合理，她憑什麼要求家人對她另眼相待？她離家這麼多年，早就喪失了權利，威廉才是他們最親的家人，一直以來都是，他才有這個權利。不過這樣乏人聞問，甚至無人打聽曼斯菲爾德莊園的事，完全被人遺忘，還是教她感到難過。畢竟曼斯菲爾德那裡的親戚幫了家裡不少忙，而且還是他們很親的親戚！但看來他們此刻只在乎一件事，其他一概不重要。他們現在只關注「畫眉鳥號」的動向。但也許一、兩天之後，這種熱度就過了，是她自己想太多。但如果在曼斯菲爾德，這種事一定不會發生。在姨丈家裡，凡事都要有分寸規矩，每個人都會被照顧和關心，不像這兒。

她就這樣沉思了快半個小時，才突然被她父親的聲音打斷。不過他的目的不是爲了安慰她，而是

普萊斯太太、蕾貝卡和貝絲全都跑上樓，
嘰嘰喳喳地為自己辯解。

因為走廊裡太吵，又是腳步聲又是喊叫聲的，逼得他厲聲喝斥：「你們這些小兔崽子，吵什麼吵啊？山姆，你的嗓門比誰都大，以後去當水手長好了。嘿，山姆，你給我聽好，別再喊了，小心我揍你。」

但他的斥罵顯然不奏效，因為孩子們雖然跑進客廳裡乖乖坐了五分鐘，但芬妮知道那只是他們暫時累了，這可以從他們滿身大汗、氣喘吁吁的樣子看得出來。不過他們沒有就此安靜，還是在父親的眼皮底下，用腿在桌底下互相踢打，沒一會兒又吵嚷了起來。

這時門又開了，送來等候多時的茶點，芬妮本來還以為今晚肯定喝不到茶呢。蘇珊和一名女僕送上了茶點該用的東西，那位女僕的卑微模樣令芬妮頗是吃驚，她才知道先前看到的另一位女僕其實是管家。蘇珊把茶壺擱在爐上，同時瞄了她姐姐一眼，那神情似乎包含兩種意思，一來是為自己的能幹感到得意，二來則是擔心她做這種活兒會降低了自己在姐姐眼裡的身分地位，於是開口解釋：「我剛到廚房去催莎莉，還幫她烤麵包和塗奶油，不然不知道要等到哪時候才能送上茶點。我相信姐姐經過長途旅行後，一定很累了。」

芬妮十分感激，承認自己的確想喝茶。於是蘇珊馬上動手沏茶，似乎很高興能包攬這份工作，她張羅了一下，還不忘警告弟弟們安靜些，表現得相當得體。芬妮在蘇珊的招呼下，精神變得好多了，頭也不再痛。蘇珊個性開朗又明白事理，頗像威廉。芬妮希望蘇珊性情也像威廉，和威廉一樣對她很好。

等到屋裡安靜了一點，威廉才又走進來，母親和貝絲跟在後面。他已經穿上少尉制服，看起來英俊挺拔，風度翩翩。他滿臉笑意地朝芬妮走來。芬妮站起身來，以讚賞的目光默默地看了他一會兒，然後張開臂膀，摟住他脖子，流下歡喜的淚水。

她怕家人以為她哪兒不高興，趕緊擦掉眼淚，鎮定下來，好好欣賞他身上那套光鮮的制服，並提起精神聽他說話。他說啓航之前，希望每天都有時間上岸來看她，還說想帶她去斯皮特黑德看那艘軍艦。

這時突然出現一陣吵雜，「畫眉鳥號」的軍醫坎貝爾先生走進屋裡，他是位舉止莊重的年輕人，特地前來找他朋友。他們在擁擠的屋裡找了張椅子請他坐下，旁邊的年輕女僕趕緊多洗一份杯碟給他。兩名年輕人熱切地談了一刻鐘左右，隨即起身準備出發，這下家裡更是鬧哄哄的，大人小孩全在屋裡走動。終於要出發了，一切準備就緒，威廉向家人道別，就要離去。三個男孩不聽母親的勸，硬是要送哥哥和坎貝爾先生到港口，普萊斯先生也要去鄰居那兒還報紙。這會兒家裡的男人一下子全走掉了。

現在屋裡總算可以圖個安靜。蕾貝卡奉命撤去茶具，普萊斯太太到處翻找一只襯衫袖子，最後是貝絲在廚房的抽屜裡找到。這一群女人總算安靜了一會兒，但過了不久，母親又開始抱怨，說來不及給山姆做件襯衫。又過了一會兒，才終於注意到她眼前的大女兒，想起曼斯菲爾德的親友們。

她問了芬妮幾個問題：「我姐姐柏特倫都是怎麼管理僕人的？是不是也像我一樣爲了找不到好僕人而傷透腦筋？」說完又把北安普頓郡拋在腦後，只想到自家的煩惱，不停抱怨普茲茅斯的僕人品性有多差，尤其她那兩個僕人更是差到不行。她只顧數落蕾貝卡，完全忘了感激柏特倫一家人的恩情。蘇珊也同樣數落蕾貝卡的不是，小貝絲更是舉出一堆例子。芬妮心想，聽起來，蕾貝卡似乎一無可取，也許母親是想等蕾貝卡做滿一年就辭退她。

「做完一年！」普萊斯太太嚷道。「那得等到十一月才滿一年，可是我現在就想辭掉她。親愛的，普茲茅斯的僕人眞是夠麻煩了。如果能用上半年，就算是奇蹟啦。我不敢奢望找到更好的僕人，因爲要是我把蕾貝卡趕走了，說不準換來的人更糟。我覺得我這個主人也不是很難侍候，她在這兒已經夠輕鬆了，下面還有個丫頭供她使喚，再說有一半的活兒都是我在幫她做。」

芬妮看著貝絲，沒有吭聲，倒不是因爲她也認同僕人的問題不好解決，而是她想起了另一個妹妹……一個很漂亮的妹妹。她離家去北安普頓時，那個妹妹才小現在的貝絲沒幾歲，後來過了幾年就夭折了。她是個很可愛的妹妹，芬妮當時對她的疼愛程度更勝對蘇珊，所以當死訊傳到曼斯菲爾德時，芬妮曾經十分傷心，如今看見小貝絲，不禁又讓她想起了以前的小瑪麗。但她不願提起，深怕傷她母親的心。正當她還在沉思時，不遠處的貝絲竟拿起某樣東西想吸引她注意，又同時故意擋著不讓蘇珊看見。

「小可愛，妳手裡拿的是什麼東西？」芬妮說：「拿過來給我看吧。」

原來是把銀色小刀。蘇珊一看見，突地站起，伸手就要去搶，說那是她的。貝絲跑到母親那兒要她保護。蘇珊只好在旁邊斥責她，語氣很不悅，顯然希望芬妮爲她說話。「那是我的刀，不給我沒道理。那是小瑪麗姐姐臨死前留給我的，本來就該歸我。可是媽媽都不肯給我。她答應過我不給貝絲的，卻常拿給貝絲玩。等到玩久了，就變成她的啦。可是媽媽已經答應過我，不會給貝絲啊。」

芬妮很訝異她妹妹和母親的對話完全沒有母女間該有的尊重與體恤。

普萊斯太太大聲埋怨：「妳給我住嘴，蘇珊，妳怎麼這麼愛生氣，老是爲了這把刀吵架。妳不要那麼愛吵架，行不行？可憐的小貝絲，蘇珊對妳這麼兇！不過親愛的，我只叫妳去抽屜裡拿樣東西，爲什麼把這把刀也拿出來了呢？我不是告訴過妳，別碰它嗎？蘇珊一看見就會生氣的。貝絲，下次我要把它藏起來。可憐的瑪麗臨死前交給我保管的時候，一定沒想到你們會像狗爭骨頭一樣搶這把小刀。可憐的小寶貝，她用很微弱的聲音跟我說：『媽媽，我死了以後，這把刀子就送給蘇珊。』眞讓人心疼，可憐的小親親！她多喜歡這把刀，芬妮，自從她臥病不起後，就把刀子一直放在床邊。那是她過世前六個星期，她的好教母馬克斯威爾將軍夫人送給她的禮物。可憐的小東西！不過這樣也好，死了也是種解脫。

我的貝絲（她撫摸著小女兒），妳的運氣就沒那麼好了，沒有那麼好的教母，諾利斯姨媽離我們太遠了，怎麼會想到妳這個小東西呢？」

芬妮的確沒從諾利斯太太那兒帶來任何禮物，只帶了一個口信，要她教女當個好孩子，好好讀書。有一次她曾在曼斯菲爾德宅第的客廳裡聽見有人私下討論，要不要送本祈禱書給貝絲，但後來便沒再聽說這件事。不過諾利斯太太的確放在心上回到家去，把她丈夫用過的兩本祈禱書拿下來，但掂在手裡看了一下，那股慷慨念頭竟就消失了。她覺得其中一本書字體太小，對小孩眼睛不好，另一本太笨重，不適合帶來帶去。

芬妮這時已經累到不行，所以一聽到有人請她上樓休息，立刻感激地接受。貝絲因爲今天大姐姐回家來，被允許可以晚睡一點，可是只能晚睡一個小時，結果爲此哭鬧不已，一直等她哭鬧完了，芬妮才上樓去，但樓下還是吵吵鬧鬧的，一片混亂。男孩們嚷著要吃烤過的起司，她的父親也喊著要他的蘭姆酒和水，而蕾貝卡呢，不管做什麼，都令他們不滿意。

芬妮和蘇珊同住的房間很窄小，沒什麼傢俱，她的心情更是好不起來。她沒想到樓上樓下空間都這麼小，走廊和樓梯也窄到不行。相形之下，她在曼斯菲爾德莊園的那間小閣樓雖然被嫌小而沒人要住，但也大多了。

第三十九章

Mansfield Park

要是湯瑪斯爵士知道他外甥女寄給姨媽的第一封信，是在何種心情下提筆，定會覺得他這步棋下對了。因爲儘管她有過一夜好眠，也有個愉快的早上；儘管她可能很快再見到威廉；儘管湯姆和查爾斯上學去了，山姆也在忙自己的事，她父親像平常一樣四處閒晃，她終於可以用較快樂的心情來描繪家中情景，其實她心裡明白，這裡有太多令人不快的事，可是她不願讓曼斯菲爾德的人知道。她回來才住不到一個星期，就快受不了了，要是被她姨丈知道她的心事，一定會認定克勞佛先生成功在望，更會爲自己的明智決定沾沾自喜。

果不出所料，還不到一個星期，令人失望的事情接踵而至。先是威廉走了，因爲「畫眉鳥號」接到命令，再加上風向也變了，於是在他們抵達普茲茅斯的第四天，威廉便跟著船艦起程出航了。而在那四天內，她只見過他兩次面，每次都是趁他上岸辦公務時匆忙見上一面，根本沒空聊天，也沒能到堤岸上散步，沒參觀過船塢，更沒帶她去看「畫眉鳥號」。反正曾經計劃和盼望的事，一樣也沒實現。這裡的每樣事皆令她失望，只有威廉除外。他離家臨行前都還想著她，走了幾步又回到門口對他母親說：「媽，好好照顧芬妮，她身子比較嬌弱，不像我們過慣了苦日子，所以我拜託您，好好照顧芬妮。」

威廉走了，芬妮不得不承認，他走後的這個家，在各方面都和她盼望的截然不同：吵吵嚷嚷，亂七八糟，毫無規矩；每個人都不守本分，每樣行事均不妥當。她無法打從心底去尊敬父母。對於她的父親，她本來就不抱任何希望，只是沒想到他比她想像中還要糟，不僅不關心家人，習慣不好，言行更是粗魯。他並非沒有能力，但除了他的本業之外，他一概沒興趣，也不想知道。他只讀報紙和海軍艦隊一覽表，話題總離不開海軍船塢、港口、斯皮特黑德和大堤。他愛講粗話，愛喝酒，骯髒又粗野。在她印象中，她不記得他曾溫柔對待過她，僅記得他的粗魯，而現在他幾乎也是正眼不瞧她，只會對她開粗俗的玩笑。

至於她的母親，她就更失望了。本來她抱著深切期望，結果完全落空。普萊斯太太其實人不壞，只是不怎麼關心大女兒，不對她說心事，和她不太親近，只有第一天剛來時曾客氣招呼過她，後來就再也沒有特別注意她。普萊斯太太的母愛只夠滿足自然本能，她的心和時間早被佔滿，哪有閒暇或多餘的愛去分給芬妮。她向來不重視女兒，只喜歡兒子，尤其是威廉，不過小女兒貝絲倒是個例外，被她寵得不像話。威廉是她的驕傲，貝絲是她的心肝，至於剩下的母愛則全分給了約翰、理察、山姆、湯姆和查爾斯，為他們喜也為他們憂。這幾個孩子早瓜分了她的心。至於她的時間則大多給了這棟屋子和她的僕人。她的日子是在耗時耗力的忙碌中度過，儘管忙，卻什麼事都做不好，老是拖拖拉拉，一逕埋怨，又不肯改變方法；想精打細算地過日子，又不懂算計，毫無條理；對僕人不滿，又拿不出辦法改掉她們的毛病。不管她有無幫上忙，也不管她是斥責還是放任她們，僕人們就是不尊重她。

和她的兩位姐姐比起來，普萊斯太太在個性上其實更像柏特倫夫人，而非諾利斯太太。她是不得已才去管理家務，但卻缺乏諾利斯太太料理家務的天生本領和勤快勁頭。她的個性偏向柏特倫夫人，散漫慵懶，如果她也和柏特倫夫人一樣嫁入富貴人家，大可終日無所事事，那麼一定會比她現在這樁魯莽的婚姻更適合她的個性，她現在的生活只有操勞與自我否定。她的性情其實比較像柏特倫夫人那樣適合過悠哉的日子，至於諾利斯太太，就算家裡收入微薄，也絕對有本領勝任九個孩子的媽媽。

對於這些現象，芬妮心裡其實比誰都清楚，只是礙於顧慮，不願說出來，但也心知肚明她的母親非常偏心又是非不分，而且懶散邋遢，對孩子從不管教，家裡裡裡外外都亂七八糟，讓人待不住。她沒有什麼才藝，嘴巴又笨，對她的大女兒毫無感情，也沒興趣多去瞭解，更不稀罕芬妮的示好，也不想要芬妮陪，要不然她那些煩心事或許可以少一點。

芬妮很想幫忙，不希望讓人覺得自己高高在上，或者讓家人覺得她受過教育，不適合或不樂意幫忙家務。於是她主動拿起針線活兒縫製山姆的衣物。她早起晚睡，不停地趕工，終於趕在那男孩登船遠航之前，將他需要帶去的內衣大致縫製完畢。她很高興能為家裡盡點力，無法想像要是沒有她幫忙，他們該怎麼辦。

山姆雖然嗓門大，個性蠻橫，但他走的時候，她還是頗不捨，因為這孩子十分聰明伶俐，要他去城裡辦事，他都很樂意跑腿，雖然老愛和蘇珊唱反調，但倒不是因為意見不合，而是因為提的時機不對，態度不好。不過他後來也開始被芬妮影響，漸漸能把她的話聽進去。於是她發現這次離開家的，竟然是最受她倚賴的弟弟。至於湯姆和查爾斯，因為比較小，在理智上和感情上尚不到和她做朋友的年齡，也不懂得少教人討厭一點，所以她沒多久就失去耐心，認為這兩個小鬼根本不可能受教。她不是沒趁自己心情好的時候規勸過他們，可是他們什麼好話也不聽，照樣下午放學後在屋裡四處玩耍、大聲吵鬧，因此每逢週六下午他們上完半天課快回家之前，她都不免長吁短嘆。

貝絲也是個被寵壞的孩子，一提到要學寫字母便極度排斥，父母放任她和僕人們廝混，又縱容她在背後說僕人的壞話。芬妮對她幾乎絕望，完全幫不上忙，也很難敞開心房去愛她。至於蘇珊的火爆脾氣也令她頭疼，她和母親總是意見不合，又動不動愛跟湯姆、查爾斯吵架，或者對貝絲發脾氣。這些事在在令她心煩。雖然她承認蘇珊發脾氣有其理由，可是這麼愛吵架，性情怎麼可能好得起來，情緒又怎麼可能平穩下來。

她沒想到她的家竟然是這副模樣，她本來想靠這個家來幫她暫時忘卻曼斯菲爾德，抑制她對艾德蒙表哥的情感，結果反而令她更想念曼斯菲爾德以及莊園裡每一個她愛的人，也想念那裡的快樂氛圍。那裡與這兒的一切完全不同，對比強烈。她無時無刻不在懷念曼斯菲爾德的優雅環境、禮貌周到、規律生活、和諧氣氛，尤其是那份洋溢其中的詳和與寧靜。

芬妮身子單薄，個性怕生，住在太喧鬧的環境裡，對她來說尤其痛苦，這種環境就算再怎麼風雅或協調也於事無補，不堪忍受。她在曼斯菲爾德，從沒聽過誰在爭搶東西或誰在喊叫喧鬧，更不曾見識過誰突然大聲咆哮或胡蹦亂跳。一切都井然有序，各守本分，每個人的意見都受到重視。若是性情不夠溫良體貼，也會靠良好的教養和充足的見識來補強。雖然諾利斯姨媽偶爾令人不快，與她現在這個吵鬧的家比起來，已淪爲小巫見大巫，猶如拿小水滴與大海相比一樣。在這裡，每個人都吵吵嚷嚷（也許她母親除外吧，她說起話來像柏特倫夫人一樣語調輕柔、聲音平淡，只是生活的磨難讓她的脾氣變得煩躁不安），不管缺什麼東西，一律高分貝呼叫，僕人們的回話也都是直接從廚房裡喊回來。門總是乒乒乓乓地摔來摔去，樓梯也是砰砰作響地常有人上下，反正做什麼事都要帶點聲響，沒有人肯安分地坐上一會兒，也沒有人肯聽別人說幾句話。

芬妮根據這一週來的印象，將這兩個家做了比較，最後試著借用約翰遜博士對結婚和獨身的說法來評論這兩個家：雖然曼斯菲爾德莊園會讓人覺得有點痛苦，但普茲茅斯卻是毫無快樂可言。

第四十章

果如芬妮所料，克勞佛小姐如今來信已不像當初那樣頻繁，令她意外的是，她並沒因爲這樣心情覺得好過一點，因爲她的心裡起了微妙的變化。她收到信時，竟仍有些欣喜，那是因爲她剛從上流社會放逐出來，曾經有趣的一切變得離她十分遙遠，在這種情況下，若能收到一封那個圈子寄來的信，自然高興，更何況那封信又寫得那麼文情並茂。克勞佛小姐信裡是用「最近很忙」這類常見的藉口來解釋自己爲何沒能早點來信。

我眞怕我現在寫信給妳，會讓妳覺得索然無味，因爲信尾不再有史上第一癡情男子亨利・克勞佛附上的示愛話語。他去諾福克了，十天前他有事前往艾芙林翰，或許他是佯裝有事，故意趁妳外出旅行時也出去一趟。不過他此時眞的身在艾芙林翰。順便告訴妳，他妹妹最近之所以信寫得少，其實和他的缺席不無關係，因爲再也沒人催我：「喂，瑪麗，妳什麼時候才要給芬妮寫信啊？妳不是該寫信給芬妮了嗎？」另外，經過多次努力，我終於見到了妳那兩位表姐，「親愛的茱莉雅和最親愛的盧斯沃太太」。她們昨天來訪的時候，我剛好在家裡。我們很高興終於又見面了，我眞的很開心，大家好像也滿開心的，似乎都有許多話想說。妳想不想知道當我提到妳的名字時，盧斯沃太太是什麼表情？我一向認爲她這人滿沉穩的，但昨天卻顯得沉不住氣。相形之下，茱莉雅的臉色好看多了，至少在提到妳的名字之後是如此。從我一提到「芬妮」這名字，而且以小姑的口吻提到妳時，盧斯沃太太的臉色就沒好看過。不過她春風得意的日子也快到了，因爲她要在二十八日那天舉辦第一次舞會，我們已經收到請帖。她要在溫波爾街上一棟最氣派的大宅裡舉辦舞會，到時一定會盛裝打扮。兩年前我就去過那棟大宅，那時候那裡住的是拉賽爾夫人。它是我在倫敦見過最豪華的大宅。說句低俗點的話，到時盧斯沃太太就會知道她付出的代價雖大，但得到的報酬也不少哦。要是嫁給亨利，他哪裡租得起那麼大的房子給她辦舞會啊。希望她別忘了這一點，該滿足啦，就安安分分地當一位住在豪華皇宮裡的皇后吧，別再管國王到底上不上得了檯面。我不想刺激她，所以沒敢在她面前再提起妳的名字，她會慢慢冷靜下來的。根據我聽來的消息和自己的臆測，那位維爾登海姆男爵還在追求茱莉雅，但我不知道他到底有沒有得到茱莉雅的鼓勵和暗示。不過我認爲她應該挑一個更好的，光頂著頭銜有什麼用？我看不出來這位可悲的男爵有哪兒值得人愛，除了會呱呱叫之外，根本什麼都不會。差一個字還眞的差很多，要是他不光說話會「呱呱叫」，連租金收入也「頂呱呱」，那就好了。妳的艾德蒙表哥仍遲遲未到，可能是教區的事害他脫不了身，也或許是桑頓拉瑟有哪個老太婆需要他說服改教。我可不願意想像他是因爲有了另一個年輕貌美的對象，而把我忘了。再會了，我親愛的芬妮，這封信是從倫敦寫的，妳可要給我好好回一封信哦，好讓亨利回來時開心一下，還有妳一定要講清楚妳爲了他到底放棄了多少位年輕英俊的艦長。

這封信裡有很多訊息可供她咀嚼和思索，而且大半內容都令人不快。不過讀完之後，雖然感覺不太好，但因爲可以幫她連繫遠方的消息，告訴她最想知道的人與事，所以倒也樂得一個星期接這樣一封信。不過她最喜歡通信的對象還是柏特倫姨媽。

至於普茲茅斯的社交生活，根本無法彌補家居生活的缺憾。不管她父親的朋友還是她母親的舊識，她全無好感。這裡沒有半個她談得來的人可以幫她放開自己或克服害羞。在她眼裡，男的個個粗魯，女的不懂禮貌，全都缺乏教養。舊識也好，新知也罷，不管和誰應酬，她都不甚滿意。這裡的年輕女孩心想她來自男爵家，所以一開始都帶著幾分崇拜前來認識她，可是因爲她看起來不像千金小姐，隨即又冷眼相待，畢竟她不會彈鋼琴，也沒穿珍貴的皮大衣，怎麼看都覺得她沒比她們優越多少。

她在家裡的處境雖然不順心，卻有一件事情令她感到寬慰和稱許，並相信會持續下去，那就是她對蘇珊終於有了更多的瞭解，所以或許有機會可以幫忙教導這女孩。蘇珊向來待她不錯，只不過芬妮對蘇珊的潑辣態度不敢恭維，一直等到過了兩個星期之後，才開始慢慢瞭解這位性情與自己南轅北轍的妹妹。蘇珊看不慣家裡的事情，她想要改變，但她終究只是個十四歲的小女孩，在沒人幫她的情況下就妄想改變家裡的現況，也難怪在方法上會有不當之處。

芬妮發現蘇珊小小年紀便懂得明辨是非，因此很欣賞其天資的聰穎，不再苛責妹妹作法不當。蘇珊強調的原則和秩序，本就是她認同的，只是蘇珊比較大膽，敢站出來嗆聲，不像她個性軟弱、畏縮不前，遇到事情只會躲起來哭。而且她也看得出來蘇珊多少發揮了點作用，因爲若不是蘇珊敢出面干涉，本來已經很糟的事恐怕會變得更糟。母親和貝絲的種種放縱及粗俗行爲也才得以有所收斂。

蘇珊每次和她母親爭辯，理由其實都相當站得住腳，只是母親從來不用母愛去感化她。她不受寵愛，自然沒有嬌寵的後遺症。過去沒人疼她，現在也沒人愛她，所以她不用對任何人感恩，自然也見不得別人被過分溺愛。

芬妮對這一切漸漸明白，開始同情起蘇珊，甚或還攙了點欽佩的心理。可是芬妮覺得蘇珊的態度不對，而且是非常不對，常常選錯方法和時機。此外，芬妮也認爲蘇珊的表情和措辭常常十分不當，開始希望她能改過來，且發現蘇珊其實也在寄望姐姐來幫她改變，常想聽姐姐的意見。雖然芬妮從沒試過這種權威式的指導和協助，還是決定必要時提點一下蘇珊，並盡量利用自己受過的教育來教她一些待人處事之道，讓她的爲人行事明智些。

芬妮對蘇珊的影響力起因於某次友好的行爲，或者說是因爲當時她意識到自己有能力幫忙，於是及時善用了自己的能力。在做那件事之前，她也是猶豫許久，最後才鼓足勇氣去做。她很早以前就想到，也許只要花點小錢，就能解決掉那把銀色小刀所帶來的惱人紛爭。畢竟離開曼斯菲爾德之前，她姨丈給了她十英鎊，這筆錢讓她可以想大方就大方。只是她從沒對人施恩惠過，除了特別窮的人。她也從來沒有糾正過同輩的不良行爲或者向同輩施惠過，她擔心別人以爲她想自抬身價，所以花了很久的時間猶豫該不該買把小刀當禮物，深怕讓人覺得她的舉動很不得體。最後她還是買了一把銀色小刀送給貝絲，貝絲喜出望外地收下，因爲它是新的，怎麼看都比舊的那把好。那把舊刀終於完全歸蘇珊所有。貝絲也慷慨宣布，她現在有了一把更好看的小刀，不會再要那把舊刀了。她的母親也很開心，絲毫沒有責怪的意思。而芬妮本來還在擔心母親會不高興呢，沒想到這方法完全奏效，家裡的糾紛根源徹底消除。

蘇珊的心從此向芬妮打開，也讓芬妮看見了她可愛有趣的一面。蘇珊的心思其實很細膩。爲了那把銀色小刀，她起碼爭了兩年，今天總算得以眞正擁有，心裡自然高興萬分，但又怕姐姐對她印象不好，責備她不懂事地去跟妹妹爭，要不是買了把新刀，家裡永不得安寧。於是個性坦率的她，索性向姐姐坦承她的顧慮，怪自己當初不該去爭。從那一刻起，芬妮才眞正瞭解到她性情的可愛之處，並看出她有多希望姐姐能給她意見和指導，於是再度感受到親情之愛，也希望自己能對這樣一個需要幫助又值得幫助的妹妹有所助益。

芬妮慷慨提供意見，內容不僅中肯且合理，舉凡有腦袋的人都不會反對，加上她在提意見的時候，態度向來溫和，脾氣再壞的人聽了都不會生氣。她很高興她的意見屢屢得到正面回應，心中有說不出的高興。她看見蘇珊漸漸明白做人的道理，開始懂得謙恭禮讓和吃虧就是佔便宜的道理，也學會盡量克制自己的壞脾氣。只不過這些要求對蘇珊這樣一個小女孩來說著實不容易，芬妮能夠體諒，所以並未對妹妹設下太高的標準。但不久之後，她就有了新發現：不是蘇珊聽不進她的意見或不夠尊重她的看法，而是蘇珊本身即有許多很棒的見地與想法；在一個無人管教和沒有規矩的環境下長大，並沒有艾德蒙表哥來幫她指正或灌輸她道德觀念，自己竟能建立起這麼多正確的見解與觀念。

她們開始變得親密了起來，這對兩人都有好處。她們會一起待在樓上，避開家裡的吵鬧。芬妮因此得到片刻的寧靜，蘇珊也開始能領會靜靜地做活兒，其實也是種樂趣。她們的房裡沒有生火，不過芬妮對這種艱苦環境早就習以爲常，她常因此聯想到曼斯菲爾德的東屋，心裡多了一點踏實與暖意。但其實這房間和東屋只有這一點相像，至於空間、光線、傢俱和窗景則毫無相似之處。她每每想到她在東屋的藏書、百寶盒和各種舒適的擺設，便不禁嘆起氣。漸漸的，兩個女孩的上午時光大多是在樓上度過。起初，她們只是做做針線活兒、聊聊天，過了幾天，芬妮因爲越來越想念東屋那些藏書，終於忍不住，決定找點書來看。她父親家裡連一本書也沒有，而人身上若有了一點閒錢，自然會想揮霍，膽子也跟著變大起來，於是她把一部分的錢給了一間流通圖書館①，成了那間圖書館的訂戶。她很驚訝這個新的身分，沒想到自己居然成了租書者和選書人，她選出來的書竟然也能幫忙提升別人的素養。畢竟蘇珊什麼書都沒讀過，芬妮更是渴望讓妹妹也嘗嘗自己曾體驗到的閱讀樂趣，於是鼓勵蘇珊讀她最喜歡的傳記和詩歌。

另一方面，她當然也希望藉由閱讀來幫助自己暫時忘卻曼斯菲爾德，因爲她的手指雖然忙著做活兒，心裡卻仍想著曼斯菲爾德的事，尤其這時候，她更需要藉閱讀來轉移自己的注意力，別再想著已經去了倫敦的艾德蒙。根據她姨媽最近的來信，他已經動身前往倫敦，至於結果如何，她自己其實很清楚。她的腦袋還在想他說過的那件事，所以每當有郵差敲鄰居的門，她便驚慌不已。就算閱讀只能幫忙她把那件事忘掉半小時，對她來說也是件好事。

譯註：

①當時英國的圖書館多半限專家學者使用，不提供外借服務。流通圖書館（circulating library）由一般讀者集資成立，以互助方式運作，除可借閱外，亦可出資選購圖書以擴充藏書量。

第四十一章

Mansfield Park

芬妮那天才在推測艾德蒙應該已到了倫敦，轉眼間一個星期又過去，她還是沒收到他的任何消息。她推估他沒來信的原因有三，而且每個原因都被她輪番認定有極大的可能。一是他又再一次拖延了啓程的日期，二是還沒找到機會可以和克勞佛小姐獨處，三是他開心到連信都忘了寫。究竟是哪個原因呢？芬妮反覆揣想。

芬妮離開曼斯菲爾德快要四個星期，幾乎每天都在數算自己來了多少日子。有天早上，她和蘇珊像往常一樣正要上樓，突然聽見敲門聲，最喜歡開門的蕾貝卡趕緊跑去開門，害她們倆來不及迴避，只好硬著頭皮迎客。

門口傳來一位紳士的聲音，芬妮聞之臉色發白，克勞佛先生走進屋內。

她以爲自己會嚇得說不出話來，但畢竟她也算是見過場面的人，必要時的臨場表現仍不致於太差，所以還能冷靜地將他介紹給母親，並提醒母親，來客是威廉的朋友。至少現在大家都知道他是威廉的朋友了，這樣對她來說也好。只是等介紹完畢，大家重新坐定後，她又開始擔心起他此次來訪的目的，緊張到以爲自己隨時會昏厥過去。

這位客人像以往一樣目光灼灼地看著她，不過他夠機伶，一見到她嚇得快昏倒，趕緊移開目光，等她恢復，改而專心地與她母親寒暄交談，態度極爲斯文友善，或至少表現出興致昂然的模樣，舉止表現簡直無可挑剔。

普萊斯太太也很有禮貌。她看見兒子有這樣一位朋友，心裡著實高興，希望自己也能在她兒子的朋友面前表現得體。她說了連串感激的話，語氣誠懇，出自母愛，讓人聽了不會不快。她為普萊斯先生不在家致上歉意和遺憾。芬妮終於恢復鎮定，她可一點也不遺憾她父親不在家，因為這個家已經讓她夠丟臉了，要是父親也在，肯定更難堪。她或許氣自己出身貧賤，可氣也無用。她是覺得丟臉，但最令她丟臉的莫過於她的父親。

他們聊到威廉，這話題是普萊斯太太最百聽不厭的。克勞佛先生熱情地誇獎威廉，普萊斯太太聽得心花怒放。她覺得她這輩子從沒見過像他這麼好的人，而且很驚訝這位上流紳士來普茲茅斯的目的，竟不是為了探望港口司令，也不是來拜訪地方長官，更不是想到島上觀光或參觀海軍船塢。他的目的不是來擺闊或炫耀身分地位，這與她想的都不一樣。他是昨日深夜抵達的，打算住上一兩天，目前落腳在克隆旅店。他來之後，曾巧遇一名海軍軍官和兩位舊識，不過他並非為了見他們才來。

他說完這些話之後，可以想見，眼睛自然是盯著芬妮，顯然要把下面的話說給她聽。此刻的芬妮已能忍受他的目光，於是聽見他說他離開倫敦前的那個晚上，在他妹妹那兒待了半小時，但他妹妹來不及寫信，於是託他口頭向她致上最誠摯的問候。他認為他能與他妹妹相聚半小時，實屬幸運，因為他從諾福克回到倫敦時，停留時間還不滿二十四小時就動身來這裡。據他瞭解，她的艾德蒙表哥已經到倫敦好幾天了，雖然沒見到他，但聽說他過得很好。他離開曼斯菲爾德時，家人們也都安好。昨天還和福雷瑟一家人吃晚餐。

芬妮鎮定地聽他說完，就連聽到最後那幾句時，也還算鎮定。不管怎麼樣，總算有了消息，這對她那顆早就不堪折磨的心來說，也算是種解脫。「這樣說起來，那件事應該已經定下來了。」她心裡這樣想，臉上泛起微微紅暈，沒有太明顯的情緒表現。

他們又談了一下曼斯菲爾德。她對這話題最感興趣。克勞佛也在這時開始暗示她，可以趁早上時光出去走走。「今天早上天氣很好，這種季節中天氣往往說變就變，最好抓緊時間出去活動一下。」他的暗示沒有引起任何回應，於是他索性明白建議普萊斯太太和她的女兒們抓緊時間出外散步。對方才意會過來。可是普萊斯太太說，她除了星期天之外，幾乎足不出戶，並把原因歸咎於家裡孩子太多，沒時間外出。「那麼您是不是可以勸勸您的女兒們，趁現在天氣好，出去走走，並允許我陪伴她們？」

普萊斯太太非常感激，滿口答應。「我的女兒們總是待在家裡，因爲普茲茅斯這地方很糟，所以她們很少出門，不過我知道她們得到城裡辦點事，所以會很樂意出去走走的。」

結果不到十分鐘，芬妮就發現自己正和蘇珊及克勞佛先生往大街走去，她滿臉尷尬，心裡著實苦惱。

但沒多久，就碰上了一件更令人尷尬又惱火的事。他們才走上大街，便遇見她父親，她父親的樣子並沒有因爲今天是星期六而打扮得比較整齊。他停下腳步，那樣子看上去一點也不像紳士。芬妮不得不把他介紹給克勞佛先生。她可以想像克勞佛先生吃驚的程度。他肯定十分不屑，很厭惡眼前這個人，想必也會很快放棄她，不願再提起這門婚事。雖然她一直希望他別再糾纏她，但這種嚇阻方法未免太糟。相信在大英帝國裡，不會有女孩願意靠親人的粗鄙樣來嚇跑年輕小伙子的熱烈追求。

不過克勞佛先生大概不是用衣著典範的標準來衡量未來老丈人。更何況她父親在外表現也和家裡判若兩人（芬妮立刻看出來，心裡頗感欣慰），面對這位尊貴的陌生人，立時變成了另一個普萊斯先生，言談舉止雖稱不上優雅，但還算上得了檯面。他神情愉悅、生氣勃勃，頗有男子漢氣概，說起話來像個

在路上遇見了父親，芬妮尷尬之餘，
不得不把他介紹給克勞佛先生。

疼愛子女的慈父，似乎頗通情達理。他的大嗓門在戶外聽起來沒那麼刺耳，也沒口出髒話。他見到風度翩翩的克勞佛先生，便直覺地肅然起敬。反正不管如何，至少芬妮當下是放了心。

兩位先生打過招呼後，普萊斯先生主動提議要帶克勞佛先生去參觀海軍船塢，雖然克勞佛先生老早去過不下一兩次了，但因爲想多陪芬妮一會兒，於是表明只要兩位普萊斯小姐不嫌累，他很樂意奉陪。兩位小姐倒也不介意，至少從動作上來看是如此。總之他們一行人全都決定要去。普萊斯先生本來要直接帶他們前往船塢，完全沒考慮到兩個女兒得先上街辦點事，還好克勞佛先生夠細心，建議先讓小姐們去店裡辦事，不會耽擱太多時間。更何況芬妮向來也怕給人添麻煩或讓人家等太久，所以當兩位先生站在門口，才剛要聊起最近頒布的海軍條例及現役的三層甲板軍艦時，她們便已辦完事，從店裡出來了。

一行人隨即往海軍船塢走去，不過若由普萊斯先生來帶路，恐怕不太好（克勞佛先生是這樣認爲），因爲他發現普萊斯先生走得太快，根本不管後面兩位小姐跟不跟得上。他想改變一下，雖然可能達不到他的紳士標準，但至少在走到十字路口或人多的地方時，他會專程折回去陪小姐們，不像普萊斯先生只是喊幾聲：「喂，孩子們！喂，芬妮！喂，蘇珊！小心點，要注意哦！」

一進到海軍船塢，克勞佛先生就發現自己或許有機會可以和芬妮單獨聊聊，因爲他們進來沒多久，便碰到一位常和普萊斯先生廝混的朋友來這裡做例行查核，這人顯然比他更適合陪普萊斯先生。果不其然，兩位軍官樂呵呵地兜在一起聊起彼此感興趣的話題，其他年輕人則在天井的木墩上坐下來，要不就是去參觀造船台，或在船上找個位置坐下。芬妮需要休息，這給了克勞佛先生一些機會，他巴不得她常常覺得疲累，想坐下來，但最好離她妹妹遠一點。像蘇珊這種年紀的女孩，往往是最討人厭的電燈泡，因爲她和柏特倫夫人不同，她可是耳聰目明得很，有她在這裡，他根本不敢吐露心底話，只能說些檯面話，逗逗蘇珊開心，並不時向心裡有數的芬妮使個眼色暗示一下。他最常提到的話題就是諾福克，他已經在那裡住了一段時間，那兒經過他最近一番整建之後，變得更不得了了。他這人就是這樣，不管從哪裡來，從誰家來，都能扯出一堆有趣的事。他的旅行經驗、他的舊雨新知，全成了他談天說地的素材。蘇珊從來沒有這麼開心過。他除了搬出聚會上的趣事之外，也會說些別的事情來博取芬妮的歡心。為了贏得芬妮的稱許，他還特地提到自己為什麼破例選在這時候回諾福克去。他是眞的回去處理事情，目的是重簽一份租約，原因是原來的租約可能會害老實的租戶吃虧（他是這樣認為），他懷疑他的代理人欺騙他，於是決定親自跑一趟，看到底是誰在耍詐。他去了，結果出乎意料地做了許多好事，受到幫助的人比原先計劃的還要多。他覺得自己盡了力，對得起自己的良心，値得自我慶賀一番。而在這之前，他也主動結識了一些佃農，拜訪過幾家農舍，雖然這些農舍都在他的莊園裡，但他以前從來不知道。這些話是故意說給芬妮聽的，而且收到了效果。他話說得義正詞嚴，芬妮聽了很歡喜，心想他竟會為窮人和受壓迫的人著想！對芬妮來說，再也沒有別的事情比這事更令她開心。她正想給他一個讚許的目光，又被他給嚇得倒縮回來，因為她聽到他後面補了一句，希望不久將來，能有個幫手兼良師益友陪他一起處理艾芙林翰的家族事業或慈善計畫，共同把艾芙林翰及周遭的一切治理得更好。

芬妮別過臉，希望他別再說下去。她承認他的品格比她想像中要好許多，也開始相信他最後會成為一個好人，可是他眞的一點也不適合她，永遠都不適合，所以根本不該考慮她。

這時他也覺得艾芙林翰的事說得夠多了，該談點別的事了，於是把話題轉向曼斯菲爾德。這題目眞是選得再好不過，他才一開口，就把她的注意力和目光全吸引過來。的確，不管是聽人家說起曼斯菲爾德，還是自己說，都讓她格外入迷。她離開那塊熟悉的地方和人事已有一段時日，如今聽見他提起，就好像聽到一個老朋友在說話。他讚美曼斯菲爾德的美景和悠閒生活，她也跟著連聲讚嘆，他誇獎住在那裡的人，說她的姨丈聰明睿智、心地善良，說她姨媽個性溫柔、親切可人，她聽了也滿心歡喜。他說他很捨不得離開曼斯菲爾德，希望將來能常去那裡消磨時光，長住下來，或者住在附近也好，甚至還特別指出，希望今年夏天和秋天都能在那裡愉快地度過。他覺得這可以辦得到，也相信會實現，他更相信會過得比去年更開心，和去年一樣多采多姿、熱鬧有趣，尤其希望有些狀況可以比去年更好。

「不管是在曼斯菲爾德、索瑟頓、桑頓拉瑟，」他繼續說：「我們都能玩得盡興，說不定到了米迦勒節的時候，還會再增加一個去處，然後還能在每座宅第的附近建造小型狩獵屋。至於桑頓拉瑟……雖然艾德蒙曾熱情地邀我同住，但我可以預見會有人搬出兩個理由來反對，而這兩個理由都很絕妙，也很難反駁。」

芬妮聽到這裡，更加沉默了，沒過一會兒，便後悔剛剛沒鼓起勇氣承認她其實聽得懂其中一個理由，這樣他才會再多講一點他妹妹和艾德蒙的事情。她應該多提問才對，無奈總是畏畏縮縮，因而錯過了機會。

普萊斯先生和他朋友已看過他們想看的東西，再也沒其他事情可做，於是大夥兒決定打道回府。回去的路上，克勞佛先生逮住機會，與芬妮說了句悄悄話，他說他來普茲茅斯的唯一目的就是想看看她，他之所以會在這裡待上一兩天，也全是爲了她，因爲他受不了長久分隔兩地。芬妮總覺得對他很抱歉，打從心底抱歉。雖然有幾句話是她極不願聽到的，但她還是覺得他跟以前比起來，改變了許多，比在曼斯菲爾德時來得誠懇和文質彬彬多了，也開始懂得體貼別人，而她從來沒見過他這麼平易近人……或者應該說是近乎吧。他對她父親的態度無可挑剔，對蘇珊的關心亦稱得體。他顯然改變不少。她只希望明天過後，一切船過水無痕，他只待一天就走。不過他這次的來訪並不像她原先想像的那麼糟，兩人在聊到曼斯菲爾德時，其實還挺愉快的。

臨別前，她不得不再感激他另一件事，而且還不是件小事。因爲她父親請他來家裡吃羊肉，把她嚇壞了，不知道怎麼反應是好，幸好聽見他及時推說已經有約在先，克隆旅店遇見的幾位舊識執意要請他用餐，他無法推辭，不過他隔日上午會再來拜訪他們，然後就道別了。芬妮這才避開了一場可怕的災難，心裡暗自慶幸。

一想到要請他上門用餐，讓他看見家裡的寒酸樣，她就覺得可怕。蕾貝卡做的料理根本難以下嚥，端菜上桌的態度也令人不敢苟同，還有貝絲的吃相更是慘不忍睹，完全不懂規矩，看見好吃的東西，盡往自己碗裡塞。芬妮早看不慣這一切，常常因此食不下嚥。她之所以看不慣，純粹只是因爲她天生觀察入微，但他卻是個向來講究吃喝，享盡榮華富貴的公子哥兒。

第二天普萊斯一家人正要前往教堂做禮拜時，克勞佛先生再度來訪。他來的目的不是爲了作客，而是陪他們上教堂。他們邀他一起去駐軍教堂做禮拜，這正合他意，於是一夥人齊往那裡走去。

這一家人今天看上去很有精神。上天待他們不薄，他們的長相原本就好看，再加上星期天個個都洗得乾乾淨淨，又穿上最好的衣服，所以每逢星期天，芬妮就感到相當寬慰，今天尤其開心。她那可憐的母親平常看起來不太像是柏特倫夫人的妹妹，今天便有模有樣。芬妮每每想到她母親和柏特倫夫人的迥異處境，便覺得難過，她們的性情沒多大差異，環境卻天差地別。她的母親其實和柏特倫夫人一般漂亮，甚至比姨媽還小幾歲，但比起柏特倫夫人，面容卻較爲憔悴，衣著也較邋遢寒酸。然而一到星期天，母親就變成一個面帶笑容、模樣體面的普萊斯太太，帶著一群漂亮孩子步出家門，拋開平日的煩惱，只有在看見孩子調皮過頭可能惹禍上身，或者看見蕾貝卡的帽子上插著一朵花從她身邊走過時，才顯得心煩。

到了教堂，他們被迫分開坐，克勞佛先生卻刻意坐得離女眷近一點。做完禮拜後，他還是繼續陪著他們到大堤上散步。

普萊斯太太每逢星期天，只要天氣好，都要上大堤散步，而且是一做完禮拜就直接上那兒去，一年四季皆然，直到晚餐時間才回去。這裡是她的社交場所，她會在這裡遇見熟人，聽聽小道消息，說說僕人的壞話，再重新打起精神，回家繼續面對新一波的忙碌生活。

看見蕾貝卡戴著插著花的帽子從其身旁經過，
會惹普萊斯太太心煩不快。

今天他們又來到這裡。克勞佛先生開心極了，認為兩位普萊斯小姐理當交由他照顧，於是來到大堤沒多久，不知不覺就走到兩姐妹中間，一邊一個的挽起她們的手，芬妮完全沒料到會這樣，她不知道怎麼拒絕，也不知道如何收場。她一度感到不自在，但當天風和日麗，景色宜人，心情倒也還算愉快。

這一天的天氣格外美好，雖然還是三月，但空氣溫暖、微風輕柔、陽光燦爛，偶有雲彩掠過，猶如四月一般。在這麼美麗的天空下，萬物看起來如此美好，斯皮特黑德的船艦和遠方海島間似有光影追逐，正漲潮的海水色彩千變萬化，澎湃湧向大堤，浪聲悅耳動聽，猶如在芬妮身上施了魔法，令她逐漸忘卻眼前的不快。再說，要是沒有他的手臂借她挽，她一定走不完兩個鐘頭的路，她很快便意識到自己的確需要挽住他的手臂。她已經一個星期沒有運動，難怪她走不動。自從芬妮來到普茲茅斯後，就中斷了平日的運動習慣，現在開始嘗到苦果，覺得身體大不如前。要不是有克勞佛先生的扶持以及這宜人的天氣，她恐怕撐不了這麼久。

他和她一樣領略到這天氣的美好與風光的宜人，他們常常很有默契地同時停下腳步，倚牆而立，欣賞並讚嘆眼前美景。雖然他不是艾德蒙，但芬妮必須承認，他一樣懂得欣賞大自然的美景，也能充分表達自己的觀感。有好幾次她出神在想事情時，他就偷覷她的臉，沒敢讓她察覺，他發現她雖然還是像以前一樣迷人，不過氣色不若以前好。她卻說她身體無恙，不願承認自己的不適，但從各方面來觀察，他還是覺得她在普茲茅斯過得並不好，對她健康有害。他希望她能回曼斯菲爾德，在那裡她會快活許多，也方便他常看到她。

「我想妳來這裡有一個月了吧？」他說。

「沒有，還不滿一個月。到明天為止才四個星期。」

「妳算得真清楚，要是我，就說一個月。」

「我是星期二晚上到的。」

「妳打算在這裡住兩個月，是嗎？」

「是的，我姨丈說兩個月，我想不會少於兩個月吧。」

「那妳到時要怎麼回去？誰來接妳？」

「我不知道，姨媽在信上沒提到。也許我會在這裡多住一段時間，因爲才住兩個月就來接我，對他們來說可能不太方便。」

克勞佛先生想了一下，然後回答：「我很瞭解曼斯菲爾德，那裡的情況我很清楚。我覺得他們待妳不夠好，來接妳回去，竟得看他們方不方便。說不定他們已經把妳忘了。我擔心要是湯瑪斯爵士因爲下一季的計畫已經安排好，無法更動，以至於沒空親自來接妳或者妳姨媽的女侍走不開來接妳，就會讓妳在這裡一個星期又一個星期地空等下去。這樣不行，兩個月太久了，我覺得六個星期就夠了。我是在擔心妳姐姐的健康，」他轉向蘇珊，「我覺得普茲茅斯這裡缺乏活動的場所，這對她的身體很不好，她需要常常呼吸新鮮空氣，常到戶外運動才行。如果妳像我一樣瞭解她，就會同意我的看法。鄉下空氣新鮮，空間寬敞，這兩樣東西對她來說很重要。（然後又轉頭對芬妮說）如果妳覺得自己身體不舒服，不想住滿兩個月，而要回曼斯菲爾德又有困難時，別想太多，只管寫信給我妹妹，暗示她一下，說妳覺得身體不如從前，不太舒服，我會和她立刻趕來接妳回曼斯菲爾德。妳知道這對我來說僅僅是舉手之勞，更何況我樂意之至。而且妳也知道在那種情況下，會讓人多心焦。」

芬妮謝過他，一笑置之。

「我是認眞的，」他回答：「妳應該很清楚。我希望妳若覺得身體微恙，千萬別瞞著我們，眞的，不可以瞞著我們，也瞞不了。妳寫給瑪麗的信，向來都說妳很好，我知道妳不會說謊，也不會寫信騙人，所以這些日子以來，我們都以為妳身體很好。」

芬妮再次謝過他，但心情已經被他弄得有點煩，變得有點低落，她不想再說什麼，也不知道該說什麼。這時他們就快走到終點，他一直陪她們走到家門口，才道別離去。他知道他們馬上要吃晚餐，於是推說自己另外約了人。

「我希望妳別太勞累了，」這時其他人都進屋去了，他仍在門口纏著她說話。「希望我沒把妳累著。妳有任何事需要我去城裡幫妳辦嗎？我還在考慮要不要再跑諾福克一趟。我對麥迪森非常不滿，我相信他仍在背著我耍詐，他要把他的一個表親送進磨坊裡工作，頂替掉我安排的人，我非得跟他講清楚不可，我得讓他明白在艾芙林翰，不管是南邊還是北邊，誰都別想耍我。我的財產由我自己作主，以前是我沒跟他說清楚。莊園裡若有這樣一個人在作怪，對地主的信譽和窮人的生計來說，都有難以想見的危害。我眞想立刻趕回諾福克一趟，把事情全安排妥當，讓他以後無縫可鑽。麥迪森是個聰明人，要是他不再耍我，我就不會開除他。被一個我不欠分毫的人耍弄，不是很傻嗎？如果我還聽任他找個心腸壞又貪婪的人來頂替另一個我原本應承的好佃農，那我不是更傻了嗎？妳覺得我該不該回去？請給我一點意見吧。」

「要我給意見？你自己知道該怎麼辦。」

「沒錯。只是如果妳能幫我出點意見，我就更知道該怎麼做，妳的意見是我判斷是非的標準。」

「噢，不，別這麼說，我們每個人都有自己的行為準則，只要堅守，一定比光聽從別人的意見好。

再見了，祝你明天旅途愉快。」

「有沒有任何事要我去倫敦幫妳辦呢？」

「沒有，謝謝你。」

「要不要捎個信給誰？」

「請幫我代爲問候你妹妹，如果看到我表哥……艾德蒙表哥，麻煩你跟他說一聲，我希望能盡快收到他的來信。」

「我一定照辦，如果他懶得寫或忘了寫，我會寫信告訴妳原因。」

他不能再說下去了，因爲芬妮得進屋去，於是他緊緊握了握她的手，再看一眼，這才離去。離開後，他去和另一個朋友消磨了三個小時，最後在一家頭等餐廳享受佳餚。芬妮則回自家屋裡吃了一頓簡單的飯菜。

她家裡的日常飲食和他完全不同。要是他知道她在她父親家，除了缺乏運動之外，也被剝奪了很多事情，就不會奇怪她的臉色爲何這麼糟了。蕾貝卡做的布丁和肉末洋芋泥都不合她胃口，裝菜的盤子也很不乾淨，刀叉更是骯髒，她時常藉故拖延上桌的時間，躲掉那些菜餚，到了晚上，再請她弟弟去給她買點餅乾或小麵包回來裹腹。她是在曼斯菲爾德長大的，現在回普茲茅斯學著過苦日子，已嫌太遲。雖然湯瑪斯爵士當初的目的是想讓他外甥女吃點苦頭，才會懂得珍惜克勞佛先生對她的一片深情和雙手奉上的財富，但要是他知道她吃的苦頭有多少，恐怕就不會繼續這種實驗，因爲這方法可能會鬧出人命。

芬妮進屋後，心情一直不好。雖然說可以不用再見到克勞佛先生，但情緒依舊低落。儘管在某方面來說，她很高興他走了，不過這人畢竟是她朋友，而她現在就像被大家遺棄了一樣，就某種程度上來說，猶如又一次切斷與曼斯菲爾德的連繫。她想到他回倫敦後，一定會常和瑪麗及艾德蒙碰面，不免產生幾近嫉妒的心理，但她又恨自己竟有這種想法。

可是周遭發生的事情對提升她的心情絲毫無半點助益。平常她父親總會有一兩個朋友上門來找他，如果沒跟他們出去，他們就在家裡不停喝酒、喧鬧，從晚上六點一直鬧到九點半。這讓她的心情更加沮喪。唯一令她寬慰的是，她發現克勞佛先生的性情改了許多，只不過她沒考慮到以前她是在曼斯菲爾德那個圈子裡見到他，現在則是在普茲茅斯見到他，兩個圈子對比之下，感受上自然會有很大的差異。她相信他變得比以前彬彬有禮，也變得更關心別人。所謂知微見著，他既然這麼關心她的健康和生活，又這麼會為別人著想，或許過不了多久，他就會為了怕她心煩，而不再執意追求她。

第四十三章

Mansfield Park

克勞佛先生第二天應該是回倫敦去了，因爲他沒再出現於普萊斯先生家。兩天後，芬妮收到他妹妹的來信，證明他的確是第二天走的。芬妮收到信後，趕緊打開，但不是爲了知道克勞佛先生是否去了倫敦，而是急著想知道另一件事的進展。

我親愛的芬妮，我必須告訴妳，我知道亨利去普茲茅斯探望過妳了。他上星期六陪著妳一起愉快地到海軍船塢參觀，更值得一提的是，第二天他又和妳一起到大堤上散步。據我瞭解，那天天氣宜人，海面風光耀眼奪目，配上妳那可愛的臉龐與甜美的話語，怎不令他心醉神迷，即便他現在回想起來，亦仍欣喜不已。他要我寫信給妳，但我不知道該寫什麼，只好提提他這次的普茲茅斯之行，還有他曾見過妳的家人，尤其是妳有位漂亮的小妹，一個十五歲的妹妹，她也和你們一塊在大堤上散步。我猜她現在應該已經學會愛情的第一課了。我時間有限，所以就不再多言，但即便我有充裕的時間，也不宜多說，因爲我有正事要談。親愛的芬妮，妳知道如果妳此刻就在我身邊，我有多少話要告訴妳嗎？我有太多的話想告訴妳，也有太多的主意需要妳幫我拿定。縱然有再多的話想說，這篇信紙哪容得下其中的百分之一，不如就別寫了，任憑妳自己去猜吧，我沒有什麼消息要告訴妳，政治上的消息就不用說了，但如果要我把連日來參加過的舞會和應酬過的人一一列舉給妳聽，妳恐怕也會嫌煩。本來我應該把妳大表姐第一次舉辦舞會的經過原原本本地告訴妳，可是我當時懶得動筆，現在又已經事過境遷了，總而言之，舞會辦得相當成功，親朋好友均感滿意，她的穿著與儀態備受稱許。我的朋友福雷瑟太太愛死了那棟房子，換成是我，我也會很滿意呀。復活節過後，我去了史托納威夫人那裡一趟，她心情很好，非常開心，我想一定是因爲史托納威爵士在家中脾氣變得和善許多的關係。我覺得他現在的樣子沒以前可怕，其實長相比他可怕的人還多著呢。如果他站在妳表哥旁邊，自然是遜色許多。對於我剛提到的這位出眾人物，我該怎麼說呢？如果我完全不提他，妳一定也會懷疑。那麼我就說一點吧，我們見過兩三次面了，我這裡的朋友都對他印象很好，說他風度翩翩，一表人才。我朋友福雷瑟太太的眼光向來不差，她說像他這種外貌、這種身高和氣質的男士，在倫敦這麼久，她只見過三位。我必須承認，那天他來這裡吃晚餐時，在座十六個人裡頭，沒有一個長得比他體面。幸虧現在的衣服看起來都沒什麼好壞之分，服裝掩去了他的聖職身分，可是……可是……

妳最親愛的朋友

對了，我差點忘了一件重要的事（這都怪艾德蒙，他害得我心神不寧），我和亨利都想把妳接回北安普頓。我的小可愛，爲了妳的美貌著想，別再待在普茲茅斯了。那裡惡劣的海風會毀了妳的健康和美貌。我以前那位可憐的嬸嬸只要離海邊十哩內，便全身不對勁，不過那位海軍上將當然是不相信囉。可是我知道這是千眞萬確的。我只要接到妳或亨利的通知，絕對會在一個小時內動身。我很贊成這計畫，我們可以繞個道，順便去看看艾芙林翰，妳大概不會反對我們穿過倫敦，到漢諾威廣場上的聖喬治堂去參觀吧。只希望妳的艾德蒙表哥別在這時候來找我，我怕被他攪亂了心思。

信寫得太長了，對了，再告訴妳一件事，我發現亨利又去了一趟諾福克，說是去辦一件妳很贊同的事。不過他下星期三之前走不成，也就是說，得等到十四日以後才能去，因為我們那天晚上有舞會。妳絕對想像不到在這種情況下，像亨利這樣的男人有多受歡迎，對不對？所以就讓我來告訴妳吧，他受歡迎的程度簡直無法估算。他在舞會上將見到盧斯沃夫婦。我承認我不反對他去見他們，畢竟他也有點好奇。縱使他不承認，但我認為他就是好奇。

她刻不容緩地把信讀了一遍，然後又再細細地讀一次，思索其中的內容，卻更百思不解。從信上看，唯一可以肯定的是，一切尚未成定局。艾德蒙還沒跟她求婚。克勞佛小姐到底存著什麼心思？她到底想怎麼做？她會放棄自己的原則嗎？抑或違背自己的原則行事？對她而言，艾德蒙仍像他們分別之前那般重要嗎？如果已經不是那麼重要，那麼是會變得越來越不重要？還是又會變得重要起來？這些都是她反覆揣想的問題。幾天下來，她就這樣思來想去，還是沒理出個所以然來。她腦子裡最常出現的一個念頭就是，克勞佛小姐回到倫敦後，重新進入以前的社交圈，對他的熱情就冷卻了下來，決心也受到動搖，不過可能因為太喜歡艾德蒙，以至於仍不捨放棄他。縱然她再怎麼愛他，仍無法扼止她對世俗名利原有的企圖心，於是她可能猶豫、可能取笑他，可能開出條件或提出各種要求，可是最終還是會接受他的求婚。這是芬妮心裡最常出現的結論。她一定會要求他在倫敦得有棟房子吧？不可能！不過話說回來，克勞佛小姐有什麼不敢要的？在她的想像中，她表哥的處境越來越糟。那女的談到他，竟然只談他的外表，這算哪門子的愛啊？她和他都交往半年了，竟還得靠福雷瑟太太的誇獎來肯定這段感情。她真為她感到害臊。至於信上提到芬妮自己和克勞佛先生的部分，她倒是一點興趣也沒有。克勞佛先生究竟是在十四日之前或之後去了諾福克，她完全不在乎，不過從各種跡象來看，他應該沒有耽擱。可是克勞福小姐居然要他和盧斯沃太太見上一面，這種行爲眞是太惡劣了，根本居心不良。她希望他不會因此墮落，畢竟他說過他對盧斯沃太太毫無感情。他對感情的態度顯然比他妹妹健康多了，他妹妹應該相信他說的話才對。

自從收了這封信之後，她更急著想再接到倫敦的來信。一連幾天，她都心神不寧，老想著那些已經寫來的信和可能寫來的信，以至於沒有心思像平常一樣陪蘇珊閱讀和聊天。她想轉移注意力，但辦不到。如果克勞佛先生記得把她的口信轉告她表哥，那麼她想她表哥一定會寫信給她。表哥向來疼她，所以不會不寫信的。她就這樣心神不寧地等了三、四天都沒接到來信，這才慢慢斷了念。

她的心情好不容易平靜了下來。她必須把這件事暫拋腦後，不想爲它過分傷神，害自己什麼事都做不了。時間或許多少發揮了作用，她的自我克制力也可能發揮了作用，她終於又把注意力轉回蘇珊身上，像以往那樣關心妹妹。

蘇珊現在越來越喜歡姐姐，雖然她不像芬妮小時候那麼愛讀書，也不像芬妮那樣天生坐得住或天生求知若渴，但因爲她很不願意讓自己看起來太無知，再加上頭腦本就聰明，理解力又強，所以很用心地學習，進步十分神速，對芬妮尤其感激。芬妮成了她的偶像，姐姐的解說和評論成了她看每篇文章或每則歷史故事的必要補充。芬妮口中講的歷史比哥德史密斯①寫的書更能令她牢記在心，她還誇姐姐寫的文章比任何一位作家都棒。其實她比不上她姐姐的地方只在於小時候沒能養成讀書習慣而已。

她們之間的話題廣泛，不只局限於歷史、道德，也會談其他話題，其中最常聊起也聊得最久的，就是曼斯菲爾德莊園，她們聊那裡的人、那裡的規矩、那裡的娛樂和那裡的習慣。蘇珊向來欣賞溫文儒雅、講究禮貌的人，所以聽得津津有味，芬妮也說得欲罷不能。她希望她的作法沒有錯，只是過了一陣子之後，蘇珊開始羡慕起姨丈家的一切，恨不能也去北安普頓瞧瞧，芬妮覺得這都得怪自己，她實在不該鼓勵妹妹去妄想那些得不到的東西。

可憐的蘇珊和姐姐一樣無法適應自己的家，對此芬妮完全能理解，並開始在想，等她離開普茲茅斯時，心情一定好不起來，因爲蘇珊不能跟她一起走。她不免惋惜一個可塑性這麼強的好女孩竟然得留在這種環境。要是她自己有個家，能把妹妹一起接去，那該多好。她想如果她肯回報克勞佛先生的愛，他一定不反對她接妹妹去住，這樣一來，她會覺得很寬慰。她心想他脾氣這麼好，應會支持她這麼做。

譯註：

①哥德史密斯（Oliver Goldsmith，一七三〇至一七七四），愛爾蘭詩人、作家，以小說《威克菲牧師傳》（*The Vicar of Wakefield*）和詩集《荒村》（*The Deserted Village*）聞名於世。

第四十四章

過了七個星期，也就是近兩個月之後，芬妮總算等到盼望已久的艾德蒙來信。當她打開信，看見信那麼長時心想，定是通篇詳述他的喜悅與幸福，讚美那位主宰他命運的幸運兒，傾訴他對那位幸運兒的愛意。

親愛的芬妮：

請原諒我到現在才提筆寫信。克勞佛曾轉告我，妳正盼望著我的來信，但我在倫敦沒辦法寫信給妳，我相信妳應該能理解我何以沉默。若眞有好消息可回報，我絕不會拖延不寫，但問題就出在沒有好消息啊。我當初離開曼斯菲爾德時，心裡本還頗有把握，如今回來後，卻一點把握也沒有了，我的希望已經渺茫。妳或許已猜到我在說什麼。畢竟克勞佛小姐很喜歡妳，應會把心裡話告訴妳，所以妳八成猜得到我的心事。不過這並不妨礙我直接提筆寫信告訴妳。我們倆都信任妳，這中間並不會有衝突。我不會向妳打聽她說了什麼。不管我和她的意見有多分歧，至少我和她仍有一位共同的朋友，我們都同樣愛妳，也因爲愛妳而讓我們倆之間有了連結，每每想到這一點，就感到無比寬慰。我很願意告訴妳我目前的狀況以及現在的打算，假若我還能有打算的話。

我是星期六回到家的。我在倫敦待了三個星期，我人在倫敦的時候，還算常見到她。福雷瑟夫婦如我所料地非常照顧我。但我必須說，我實在太不聰明了，竟然以爲我們仍可像在曼斯菲爾德那樣密切交往。不過問題是出在她的態度，而非出在見面的頻率上。若不是因爲我見到她時，發現她和以前不一樣了，我也不會在此抱怨。打從我們第一天在倫敦見面，我就覺得她變了，她接待我的態度極令我意外，害我差點決定馬上離開倫敦。具體的過程，我就不詳述了。妳也知道她性格上的缺點，所以應可想見她的那種情緒和表情是如何傷透我的心。她生性本就活潑，身邊又都圍著一些思想不健全的人，結果可想而知。我不大欣賞福雷瑟太太。她是個冷漠無情且愛慕虛榮的女人，根本是圖她丈夫的財富才嫁給他，導致婚姻不幸福，卻不自省自己當初動機不良、性情不佳或雙方年齡太過懸殊的問題，反倒抱怨是因爲別的朋友都比她有錢，尤其是她妹妹史托納威夫人。總之只要扯上攀高結貴的機會，她便不吝在背後慫恿支持。克勞佛小姐和這兩位姐妹走得近，對她和我的未來而言是一大不幸。這些年來，她們一直害她走偏了路。要是能拆散她們就好了，有時候我覺得這其實也並非辦不到，因在我看來，她們之間的友誼都是那兩姐妹主動，她們很喜歡她，但我相信她對她們的喜愛不若對妳。每當我想到她待妳那麼好，像姐姐一樣無私，變了個人似的，處事磊落光明，我就怪自己不該苛責她。她不過是太愛開玩笑而已。

芬妮，我沒辦法放棄她，她是我在這世上唯一想娶的女人。當然如果她對我沒有感情的話，我就不會這樣說了，可是我確定她對我是有感情的。我相信她喜歡我，我沒有嫉妒任何人，我嫉妒的是這個花花世界對她的不良影響，我擔心的是財富帶來的不良習性。她對金錢的觀念其實並無超出她自身財產所能允許的範圍，只不過就算把我們兩個人的收入加在一起，恐怕也達不到她要求的標準。但對我來說，這樣也好，假若是因爲我不夠有錢才失去她，也總比因爲我的職業才失去她，要來得令我好受一些。這證明她對我的愛經不起半點犧牲。老實說，我也沒有資格要求她爲我犧牲，所以如果我被拒絕，我想多半便是這原因吧。我總覺得她以前偏見沒有這麼深。

親愛的芬妮，我把我的想法如實以告，其中或許難免矛盾，卻都是我眞正的想法。既然都說了這麼多，我就乾脆全說出來好了。我不想就這樣放棄瑪麗・克勞佛，我們已經交往這麼久，我希望能繼續走下去，因爲放棄她，就等於放棄了幾個對我來說最要好的朋友，也等於斷絕了會在我低潮時安慰我的朋友以及可做爲避風港的屋舍。我知道如果失去瑪麗，就等於失去了克勞佛和芬妮妳。但若已成定局，確實遭到她的拒絕，我也希望自己能熬過這種打擊，知道怎麼盡快擺脫她對我的影響，然後在未來的幾年內……我在胡說什麼啊！要是我被拒絕了，我一定會熬過去的，但尚未遭拒絕之前，我絕不放棄，我會繼續爭取，這才是正確的作法。唯一的問題是怎麼爭取？什麼方法最切實可行？我有時在想是否等復活節過後，再去倫敦一趟？有時又想等她回曼斯菲爾德再說。她說她六月就會回曼斯菲爾德，可是六月太久了，也許我應該先寫信給她，我想透過書信來表明心跡。我的目的是想早一點把問題弄清楚。我目前的處境眞的尷尬，多方考慮下，還是覺得透過書信解釋較妥，畢竟有許多話不便當面說，但可以寫於信箋，她也比較有時間從容思索後再答覆我。我想經過她從容思考後的回答，會比她憑一時衝動所作出的回答要來得讓我放心一點。我最擔心的是，她會去請教福雷瑟太太的意見，而我又鞭長莫及，沒法爲自己辯解。她會拿著我的信向身邊的愚蠢姐妹淘請教意見，在她未下定決心之前，要是有不當人士給她出了任何餿主意，她恐怕會做出日後可能後悔的事。所以我對這件事得再仔細思量。

這麼長的一封信，淨在談我的事情，就算小芬妮對我再好，也會受不了的。我最後一次看見克勞佛，是在福雷瑟太太的宴會上。根據我的觀察，我發現自己越來越欣賞他了，他的決心始終沒有動搖，他瞭解自己心之所向，並化意志爲行動，這種個性實屬難得。我看到他和我大妹同在一室，就不免想到妳從前提醒過我的話。但我可以告訴妳，他們看起來並不友好，我妹妹的態度很冷漠，兩人鮮少交談。我看到他有點縮了回去，像被嚇到的樣子。我很遺憾盧斯沃太太還在耿耿於懷她身爲柏特倫小姐時所受到的冷落。妳也許想問我瑪莉雅婚後幸不幸福，我看她滿快樂的，我想他們夫妻倆應該相處得還不錯。我去溫波爾街用過兩次餐，本來應該常去的，但妳也知道有盧斯沃這樣的妹夫，總讓我覺得些許丟臉。

茱莉雅似乎在倫敦玩得非常愉快。我卻一點也不開心。回到曼斯菲爾德後，心情更是鬱悶。家裡死氣沉沉的，眞希望妳在家。我對妳的想念無法用言語表達，我母親也時時惦記著妳，盼望妳快點來信，嘴裡老唸著妳，一想到還要再過好幾個星期，她才能見到妳，我就爲她感到難過。我父親打算親自去接妳回來，但得等到復活節過後他去倫敦料理事務時，再順道接妳。我希望妳在普茲茅斯過得愉快，但以後別再每年回去了，希望妳能一直待在曼斯菲爾德，這樣一來，桑頓拉瑟那邊出了什麼問題，我才能就近徵詢妳。我想我會等桑頓拉瑟確定有女主人入住後，才會有心思去整建。我想我一定會寫信告訴妳的。葛蘭特夫婦已確定要去巴斯，他們星期一就從曼斯菲爾德出發。我爲他們感到高興。我最近心情欠佳，不想與人來往。不過妳二姨媽運氣似乎不太好，葛蘭特夫婦要離開的這條曼斯菲爾德頭號消息，竟然是由我來寫信告訴妳，而不是由她。

此致最親愛的芬妮，妳永遠的摯友

書於曼斯菲爾德莊園

「我再也不要……接到任何一封信了，」這是她讀完信的感想。「這些信除了帶給我傷心和難過之外，還能帶來什麼？要等到復活節過後才來接我？我怎麼受得了？我可憐的姨媽正時刻思念著我啊。」

芬妮竭力壓下這些念頭，可是不到半分鐘又開始想：湯瑪斯爵士不管對她還是她姨媽都太苛刻了。至於這封信的主題，更是無法平息她的怒氣。她對艾德蒙非常火大。「再拖下去有什麼好處？」她說：「為何不乾脆一次解決？他瞎了眼嗎？為什麼就是看不清楚，事實都擺在眼前了，他還是視而不見。他一定會娶她的，從此過著悲慘的日子。願上帝保佑他，別讓他被她帶壞了！」她又把信讀了一遍。「『喜歡我』？這簡直是胡說八道，她根本誰都不喜歡，只在乎她自己和她哥哥。『這些年來一直害她走偏了路』？我看是她害她們走偏了路吧。也許她們根本是互相帶壞，如果她們喜歡她的程度甚過於她喜歡她們，那麼應該是她的受害程度較輕才對啊，只不過她們的阿諛奉承恐怕會大大害了她。『是這世上他唯一想娶的女人』？這一點我完全相信。他這一輩子恐怕都要被這段感情害慘了，不管是接受還是拒絕，他的心早已永遠屬於她啦。『失去瑪麗，就等於失去了克勞佛和芬妮妳』？艾德蒙，你未免太不瞭解我了。若非你跟他們走得近，柏特倫和葛蘭特這兩家人又怎麼可能經常來往呢？唉，你要寫就寫吧，一次解決也好，別再這樣懸吊在半空中。你就乾脆定下來，陷進去，自己去受罪吧！」

這種近乎妒恨的情緒，當然不可能長久盤據芬妮的心，她自言自語了一會兒，又馬上心軟下來，為他傷起心。她想到他對她的好、他對她的關心、他與她的無話不談，在在觸動她的心，她覺得他對每個人都太好了。總之到最後，這封信又成了她千金不換的至寶。

舉凡那些愛寫信又乏話題可寫的人（至少許多婦女是如此），應該都會為柏特倫夫人感到遺憾，因為她運氣太差，葛蘭特夫婦要走了，這對曼斯菲爾德來說是何等的大事，她卻沒能好好利用這題材，反而讓這條消息落在她那不識趣的兒子手裡，只在信上三言兩語地草草帶過，眞是令人氣結，因爲如果由她來寫，至少會洋洋灑灑地寫上大半張紙。柏特倫夫人之所以擅長寫信，追根究底，是因爲她結婚之初無事可做，再加上湯瑪斯爵士又常置身國會，於是開始養成寫信的習慣，練就一身在信上洋洋灑灑的本領，一點芝麻綠豆大的小事也能被她寫得滿篇滿紙。但不管怎麼說，還是得有素材讓她寫，否則也孵不出來，即便只是寫給她外甥女也一樣。而且再過不久，葛蘭特博士的痛風病和葛蘭特太太上午來訪等這類素材，馬上就要成爲過去式，所以最後一次提筆大書特書的機會竟被她兒子奪走，對柏特倫夫人來說著實不好受。

不過她很快就得到了補償。柏特倫夫人又有寫信的新素材了。芬妮接到艾德蒙的信沒多久，便又收到她姨媽的來信，信上說：

我親愛的芬妮：

我要告訴妳一件驚人的消息，我相信妳一定非常關心這件事。

這個素材絕對比告知葛蘭特夫婦即將遠行的消息來得強多了，因爲它的新聞性足夠她寫好幾天的份。就在幾個小時前，他們收到一封快遞，說她大兒子病重。

原來湯姆和一幫朋友從倫敦去紐馬奇①的途中，不愼從馬上摔下，這還不打緊，他後來竟大肆酗酒，結果發起高燒，等到這幫朋友散去時，他已經無法動彈，獨自躺在其中一個朋友的家裡，只剩僕人陪伴。他原本以爲病好了，就能立刻追上他的那幫朋友，哪裡曉得根本好不了。沒過多久，他就發現自己病情加劇，於是在醫生的建議下，捎信至曼斯菲爾德。

柏特倫夫人把主要內容寫完之後，又繼續寫道：

妳可以想像得到，這不幸的消息有多令人不安。我們被這消息嚇壞了，很爲他擔心。湯瑪斯爵士怕他病危，艾德蒙於是提議由他立刻前往照顧。還好湯瑪斯爵士答應絕不在這令人害怕的時刻離開我，不然的話，我恐怕會承受不住。家裡人本來就少了，現在連艾德蒙也要走，我們一定會想念他的。不過我相信也希望艾德蒙到了那裡之後，會發現病情不如我們想像的那麼嚴重，可以盡快把湯姆帶回曼斯菲爾德。湯瑪斯爵士經過多方考量之後，也認爲應該盡快帶他回來。我只希望可憐的病人能經得起旅途勞頓，不會造成任何不便或帶給他任何傷害。親愛的芬妮，我知道妳很掛心我們，這陣子眞是讓人心煩意亂，不過我會盡快再寫信給妳。

芬妮此刻的心情，的確比她姨媽這封信的文體風格要來得更激動緊張。她眞的很爲他們擔心。湯姆病危，艾德蒙要去照顧他，曼斯菲爾德只剩下寥寥幾人。她因爲太掛慮他們了，以致忘了那些本來令她心煩的事，或者幾乎忘了，頂多剩下一點點私心，偷偷在心裡猜，不知道他出發之前，有沒有先給克勞佛小姐寫信。除此之外，她心裡的焦慮和掛念都是非常眞誠無私的。她的姨媽並沒有忘記她，寫來一封又一封的信，說他們不斷接到艾德蒙來信告知消息，於是再把他信上的內容轉述給芬妮，內容冗長，充滿猜測、盼望、憂慮與驚恐，這些因素互爲因果地糾纏在一起，變得有點像在自己嚇自己。柏特倫夫人沒有親眼見到她那生病的兒子，全憑自己想像。在湯姆還沒被送回曼斯菲爾德之前，在她還沒親眼見到大兒子的病容之前，她大可淡定地洋洋灑灑寫出自己的焦慮與不安。直到後來的最後一封信，結尾風格突然大變，語調驚慌，情緒毫無矯飾，彷彿當面跟她說話一樣。

親愛的芬妮，他剛到家了，正被抬上樓去。我剛看到他的時候，嚇了一跳，不知道怎麼辦才好。他眞的病得很重。可憐的湯姆，我爲他感到難過，也好害怕，湯瑪斯爵士也是。要是妳能在這裡安慰我，那該多好。湯瑪斯爵士說湯姆明天應該會好一點，他說可能是路上太累的關係。

然而這位母親的掛慮，並沒有立刻消失，因爲可能是湯姆急著想回曼斯菲爾德的關係，再加上以前身體無恙時，從不把家掛在心上，現在生病了，才終於體會到在家千日好的道理，於是回到家後，精神一鬆懈，竟又發起燒來了，一整個星期下來，病情越來越嚴重，把他們都嚇壞了。柏特倫夫人將她每日的恐懼寫在信上，告知她外甥女。芬妮現在等於是靠這些信來過活，她的時間全拿來擔心今天的信上內容和期盼明天的來信。其實她對大表哥沒有什麼感情，只是因爲心腸軟，才擔心他熬不過去。而且她的掛慮裡還攙了一些道德標準，覺得他這一生眞是白活了。

不管是這種非常時刻，還是平常時候，總是蘇珊陪在她身邊，耐心傾聽，適時獻上同情。至於其他人則根本不關心百哩外的親戚有誰得了病。就連普萊斯太太也不關心此事，頂多是在看見她女兒手裡拿著信時，順道問上兩句，或者只是平淡地說：「我那可憐的柏特倫姐姐，現在一定很難過。」

畢竟這兩個姐妹分開這麼久，處境又如此不同，當年的手足之情早已蕩然無存。姐妹間的感情就像她們恬淡的性情一樣疏遠，完全有名無實。普萊斯太太不會去關心柏特倫夫人究竟如何，柏特倫夫人也一樣，要是普萊斯家的孩子有個什麼三長兩短，只要不是芬妮或威廉出事，就算死光了，柏特倫夫人也不會在乎，諾利斯太太甚至還可能挖苦說孩子走了，對她那可憐的妹妹來說或許是件好事，因爲這代表那幾個孩子不必再受苦了。

譯註：

①紐馬奇（Newmarket），位於倫敦北邊的小鎮，是馳名英國的賽馬場地。

第四十五章

Mansfield Park

湯姆被送回曼斯菲爾德後，過了約莫一個星期才終於脫離險境，醫生說他平安無事了，他的母親這下總算放下心來。但因爲她之前看慣了他臥床不起的病重模樣，再加上她聽見的淨是些好聽的檯面話，所以從來沒想過這話裡有弦外之音，再加上她生性恬淡，凡事都不緊張，聽不懂別人的暗示，所以只要醫生稍微一哄，便開心得不得了。燒退了！既然之前是因爲高燒才生病，現在燒退了，當然表示他很快就會好起來。柏特倫夫人自覺沒事了，芬妮聽了她姨媽的話也以爲沒事了，直到收到艾德蒙表哥寫來的短信，才知道病情不單純。艾德蒙是特地寫信來告訴她湯姆的病情和他們的掛慮，因爲醫生說湯姆燒退後似乎出現了肺結核的徵狀。他們決定先不讓柏特倫夫人知道，以免她擔心受怕，因爲這或許只是虛驚一場，不過沒有理由不讓芬妮知道眞相。所以他們現在擔心的是他的肺。

艾德蒙只用了短短幾行字，便把病人和病房裡的情況交代得清清楚楚，遠比柏特倫夫人信上的長篇累牘來得清楚扼要。在曼斯菲爾德莊園裡，任何人對病情的觀察都比她來得精準，在病人的照顧上，任何人也都比她管用，她什麼事都不會做，只會悄悄溜進來看看兒子。等到湯姆能開口溝通，或者想找人朗讀給他聽時，他只要求艾德蒙陪他。畢竟大姨媽只會問長問短，令人心煩，湯瑪斯爵士則是不懂得壓低音量，輕聲細語。病人變得離不開艾德蒙。芬妮相信艾德蒙一定會好好照顧、服侍和安慰病中的哥哥，於是對他更加敬佩。她現在才知道，湯姆不止身體虛弱，需要艾德蒙照顧，就連他的精神也受到打擊，低落的情緒極需艾德蒙的撫慰與提振。此外，她也想到他的某些觀念的確需要艾德蒙來導正。

她雖然爲大表哥擔憂，但想到這家人從來沒有肺結核病史，所以相信他定會好轉。只不過一思及克勞佛小姐，心裡便犯嘀咕，因爲她總覺得克勞佛小姐是個幸運兒，也許上天會爲了滿足克勞佛小姐的私欲，而讓艾德蒙成爲獨子。

艾德蒙即便守在病榻前，也沒忘記幸運兒瑪麗，他在信中的附言裡寫道：

關於我上回提到的那件事，我本已開始動筆，但因湯姆生病，只好暫時擱下筆，先動身去探望他。不過我現在又改變主意了，我擔心她被那些壞朋友影響，所以決定還是親自去一趟倫敦。等湯姆狀況好一點，我就去。

這就是曼斯菲爾德目前的現況，一直到復活節前，都沒什麼太大變化。艾德蒙偶爾會在他母親寫來的信裡加點附言，便足以讓芬妮瞭解那裡的情況。簡而言之，湯姆的病情好轉得很慢。

復活節到了。芬妮總覺得今年的復活節來得特別慢，那是因爲先前她聽說等過了復活節，才有可能接她回普茲茅斯。可是現在復活節到了，她還是沒收到要接她回去的消息，甚至沒聽說她姨丈要前往倫敦，因爲他的倫敦之行是她回去的前奏。她的姨媽常說正盼著她回去，可是決定的人是姨丈，而她到現在都沒接到任何通知或消息。她猜想可能是姨丈離不開大兒子，這樣的耽擱對她來說是殘酷又可怕。四月快過去了，本來說只住兩個月，但自從離開他們，來這裡過清苦的日子，轉眼間竟也快三個月了。她不想讓他們知道她在這裡過得不好，因爲她太愛他們，不願他們操心。可是再這樣下去，他們要到什麼時候才會來接她回去呢？

她焦急又不耐，渴望回到他們身邊，於是老想起考柏《學徒》（*Tirocinium*）裡頭的詩句，嘴裡總是唸著「她多麼渴望回到自己的家」，藉此表達她對曼斯菲爾德的懷念，她覺得任何學徒對家的懷念都不及她來得強烈。

當初她動身前來普茲茅斯時，總愛把這裡稱爲自己的家，總喜歡說她要回家了。「家」這個字眼對她來說是如此親切。現在這字眼依舊親切，只不過它指的是曼斯菲爾德，那裡成了她的家，普茲茅斯則終歸是普茲茅斯，曼斯菲爾德才是她眞正的家。她心裡早就偷偷認定。每次看見姨媽寫出以下類似的信，她就十分窩心：「我一定要告訴妳，我這段日子過得很痛苦，妳又剛好不在家，我都快受不了啦。我相信妳以後不會再離家這麼久了。我衷心如此盼望。」這是她最鍾愛的句子。不過她還是把她對曼斯菲爾德的思念藏在心裡，不敢聲張，因爲怕刺傷父母的心。她小心翼翼，不敢在他們面前表現出她對那裡的偏愛，所以用辭遣字總是這樣：「等我回到北安普頓」，或是「等我回到曼斯菲爾德，我會怎樣又怎樣……」。她在言語上小心翼翼了好一陣子，但最後還是因爲太想念那裡，一不小心說溜嘴，口裡竟冒出等她回到「家」之後，她會怎樣又怎樣……。話才說完，她就深感內疚，滿臉羞愧，忐忑看著自己的父母。但其實根本不必擔心，因爲從他們的臉上完全看不出有任何不快，甚至沒聽見她在說什麼。他們一點也不嫉妒曼斯菲爾德。她想回曼斯菲爾德，就回曼斯菲爾德，一切隨她。

對芬妮來說，若無機會領略春天的樂趣，是件憾事。從前她不曉得在城裡度過三四月時節，會是多麼無趣，也不曉得萬物復甦、草木新綠能帶給她多大的喜悅。以前在鄉下，春天的天氣雖然變化無常，但景色總是宜人，她時常懷著雀躍心情欣賞季節的推移，看著四周的景致日益豔麗。在姨媽的花園裡，向陽區的花朵會提早綻放，至於姨丈的種植園和林子，則是處處新芽嫩綠，滿園春色，令她精神一振。

如今失去了這些，對她來說是極大的損失，然而這也就算了，更糟的是她得生活在狹小吵雜的密閉空間裡，空氣污濁，氣味難聞，沒有自由，沒有新鮮空氣，沒有芬芳的花朵，沒有青翠的草木。但因爲她心心念念曼斯菲爾德的親友，渴望回去幫他們分勞解憂，所以沒把這些損失掛在心上。

要是她現在在家，就可以幫家裡人的忙了。她相信她會有用處的，她可以爲每個人分憂解勞。就算只是回去安慰一下柏特倫姨媽也好，至少可以幫她排遣寂寞，也幫忙她擺脫那個老愛瞎忙和多管閒事，喜歡靠小題大作來突顯自我重要性的姐姐。她喜歡想像如果她在家的話，可以怎麼爲姨媽朗讀、怎麼陪她說話好讓她放寬心，甚至幫她做好不怕一萬、只怕萬一的心理準備。她還想到她可以節省姨媽許多時間，幫忙跑上跑下地替她送信。

她驚訝湯姆已經病了這麼多星期且情況時好時壞之餘，他那兩個妹妹竟還能心安理得地繼續待在倫敦。對她們來說，回曼斯菲爾德不是件難事，她們要回隨時可以回去，可是爲什麼不回家呢？她百思不得其解。就算盧斯沃太太有事走不開，茱莉雅也可以隨時離開倫敦吧。雖然姨媽曾在一封信上寫到，茱莉雅提過如果需要她回來她就回來，但也僅是提提而已，顯然她還是情願待在倫敦。

芬妮不免感嘆倫敦這地方眞會帶壞人的品性。兩位表姐如此，克勞佛小姐的例子更是如此。克勞佛小姐對艾德蒙的一往情深令人敬佩，算是她性格中最可貴的一點，至於她對芬妮的友誼，也算無可挑剔。只是她的這兩個優點都到哪去了？芬妮已經很久沒有接到她的來信，不免開始懷疑她過去所謂的友誼究竟是眞是假。這幾個星期來，芬妮只從曼斯菲爾德那裡得知一點有關克勞佛小姐和她親友的消息，至於克勞佛先生究竟有沒有再去諾福克，她想除非她本人再見到他，否則這一輩子恐怕不會知道了。她也認爲今年春天應該不會再接到他妹妹的來信。但就在這時候，她竟收到了下面這封信，信上內容不僅喚起她過往的回憶，也令她的心情開始不安起來。

親愛的芬妮，很久沒給妳寫信，請務必原諒我，這樣的要求應該不爲過吧，因爲妳心腸最好了，不管我怎麼樣，都會獲得妳的原諒。所以拜託妳看完這封信之後，立刻回信給我好嗎？我想知道曼斯菲爾德的情況，我相信妳一定最清楚內情，可以把所有實情告訴我。任何人聽說他們的不幸，都會爲他們感到難過，除非是鐵石心腸。根據我聽來的消息，可憐的柏特倫先生痊癒的機會恐怕渺茫。起初我沒把他的病放在心上，因爲我一直以爲像他這種人，隨便生個病都會讓人大驚小怪，自己自然也會跟著大驚小怪起來，所以我比較關心的是那些在他身邊照顧他的人。可是現在大家都說，他眞的病得很重，而且每況愈下，至少家裡有些人也意識到這一點。若果眞如此，我相信妳一定是瞭解實情的少數人之一，所以我想麻煩妳告訴我，這消息到底有幾分正確？想必我無須多說若是消息有誤，我會爲他們感到多高興，但這件事情已經傳得沸沸揚揚，聽得我都開始心驚膽跳了。想到這樣一個生龍活虎的年輕人，若眞的在風華正茂的時候撒手人寰，那有多令人扼腕和傷心啊。可憐的湯瑪斯爵士會有多麼心痛。我爲此深感不安。芬妮啊芬妮，我知道妳在偷笑，不過我發誓我眞的沒有買通醫生。可憐的年輕人，若他死了，這世上就等於少掉兩個可憐的年輕人，但我敢理直氣壯地對每個人說，曼斯菲爾德的財產和家業將因此交給一位更符合資格的人來繼承。去年聖誕節，他是一時愚蠢，才魯莽做了決定，不過也只錯了幾天而已，還是有機會改正。所謂回頭是岸，只要把名字後面的「先生」二字去掉就成了。

芬妮，我對他的感情深到不會去計較其他太枝微末節的事。但請妳務必回信給我，妳應該能瞭解我有多焦急，不可能不當回事。請妳把源頭處聽來的消息確實告訴我。妳我此刻千萬別再羞於表達心裡眞正的想法。相信我，這些想法是仁慈的，是合乎常理的，也是合乎道德的。妳憑良心想想，如果是由「艾德蒙爵士」來掌管柏特倫家族的全部財產，是不是會比其他可能當上爵士的人更懂得拿來做好事呢？其實要是葛蘭特夫婦在家，我就不用麻煩妳了，可是現在我只能向妳打聽，因爲我也聯繫不上他的兩位妹妹。盧斯沃太太到特威肯翰和艾爾默一家人共度復活節去了（相信妳應該早就知道），還沒回來，茱莉雅去貝德福廣場附近的表親家了，但我忘了那個表親的名字和住址。不過即便我可以立刻從她們那裡打聽到消息，我還是情願問妳，因爲她們給我的印象就只會玩樂，對眼前的事根本視而不見。我想盧斯沃太太的假期就快結束了，毫無疑問的，這個假期還眞是讓她玩得夠盡興了。艾爾默一家人都熱情有餘，再加上她丈夫也不在身邊，所以她當然是痛快玩樂。她催她丈夫到巴斯接她婆婆回來住，這點倒是値得稱許，只不過我很懷疑她能和那個老寡婦和睦地同住一個屋簷下嗎？亨利不在我身邊，所以我不知道他對這事的看法是什麼。如果不是因爲家裡有人生病，妳認爲艾德蒙會來倫敦嗎？

妳永遠的朋友瑪麗

我才剛摺好信，亨利就來了，不過他也沒有確切的消息，所以我還是照常寄出這封信。據盧斯沃太太所言，情況不甚樂觀，亨利是今天早上見到她的，她今天才回到溫波爾街，因爲老夫人來了。妳別胡思亂想，他和盧斯沃太太之間沒什麼，他只是到里奇蒙去住了幾天，他每年春天都會去那裡。放心吧，除了妳，他誰也沒放在心上。此刻的他，恨不能馬上見到妳，成天忙著盤算用什麼方法才能快點再見到妳，一直在想能讓妳快樂，也讓他自己快樂兩全其美的辦法。我這麼說可是有根據的，因爲他一再提到他在普茲茅斯說過的話，他說要接妳回家，而且比以前還急。我完全支持他的想法。親愛的芬妮，妳就直接寫信要我們去接妳吧，這對我們大家都好。妳知道他和我可以住在牧師公館，不會給曼斯菲爾德莊園的朋友添麻煩的。我眞的很想再見到他們。多一點人幫忙，對他們亦有好處。至於妳，妳也應該知道他們有多需要妳。如果妳有辦法回去卻不回去，良心上也說不過去啊（妳當然是很有良心的）。亨利要我轉告的話很多，我沒有時間和耐心一一轉述，但請妳相信，他的每句話裡都只有一個意思，那就是堅定不移的愛。

這信的大半內容都令芬妮感到厭煩，她眞的很不願意撮合艾德蒙表哥和這位寫信的人。因此對於信末的提議，她不知道該不該接受。對她個人來說，這提議當然誘人，也許只要三天就能回到曼斯菲爾德，倘若如此，當然是件開心的事。可是反過來想，這種事竟得靠他們兩個來成全，便不免有些顧慮。現在她已經看清楚這兩人的思想和作爲有多可鄙了。做妹妹的冷酷無情，做哥哥的自私虛榮，不爲別人著想，或許到現在都還和盧斯沃太太藕斷絲連，她何必自取其辱呢？虧她還以爲他變好了呢。但還好她不必像克勞佛小姐那樣在兩種相互矛盾的意圖裡掙扎，她根本不必去煩惱該不該讓艾德蒙和瑪麗繼續分隔兩地，只要按規矩做就行了。按姨丈的規矩，聽他的話照做就行了，所以她知道自己該怎麼辦。她會回絕這提議，因爲如果她姨丈覺得有必要，自然會派人來接她。就算她主動要求早點回去，在她看來，無疑是冒犯姨丈的權威。於是她在信上謝過克勞佛小姐，態度堅定地否決了對方的提議。

據我所知，我姨丈若認爲有必要的話，應會派人來接我。我表哥病了這麼多星期，他們都不需要我回去，如果現在執意返回，想必不會受到歡迎，恐怕反而被嫌礙事。

接著她又照她的所知，將大表哥的病情詳述了一遍，她心想，向來樂觀的克勞佛小姐讀過信之後，一定會以爲事情有譜。看來只要艾德蒙擁有財富，就算他想當牧師也沒關係，以前的任何成見均可拋開，而他還會因此感激她呢。反正克勞佛小姐是金錢至上，其他一概無所謂。

第四十六章

Mansfield Park

芬妮知道她的回信肯定會令克勞佛小姐大失所望，她深知那位小姐的脾氣，所以相信對方絕對會再來信催她。但一個星期過去了，仍沒有收到信，她還是相信她會寫來，果然信來了。

她接到信時，心想信一定寫得不長，從表面看，像是一封匆忙寫就的事務信函。看來這封信的目的很明顯，她三兩下便判定，這封信說不定只是通知她，他們要來接她了，或許當天就到。這下該怎麼辦？她心裡不禁慌了起來，但又隨即想到，也許克勞佛兄妹早先徵求過她姨丈的同意，於是放下心來把信打開。信的內容如下：

親愛的芬妮，我寫這封信的目的，是因爲我剛聽到一則最荒唐又最惡毒的謠言，所以想提醒妳，如果這謠言傳到妳那裡，千萬別相信。這中間八成有誤會，再過一兩天，定能水落石出。反正不管怎麼樣，亨利都沒有錯，就算他一時失去理智，心裡也只有妳而已，沒有別人。妳千萬別對任何人提這件事，也別去聽信別人說什麼，或自己胡思亂想，更別跟別人私下討論，等我下次寫信來再說。我相信這件事不會張揚出去的，怪只怪盧斯沃太笨，就算他們一起走了，我也擔保，他們只是回曼斯菲爾德而已。況且茱莉雅也和他們在一起。不過誰教妳當時不讓我們去接妳？希望妳不會深感懊悔。

妳永遠的朋友

芬妮嚇得呆站原地。根本沒有什麼惡毒荒唐的謠言傳到她耳裡啊，她完全不懂信中所指為何。她只知道這事一定和溫波爾街及克勞佛先生有關，所以只能揣測大概是那裡發生了什麼不光彩的事，惹得眾所皆知。而且克勞佛小姐認為萬一被她聽到了，肯定會吃醋。其實克勞佛小姐大可不必為她緊張，如果消息真的傳得那麼廣，她其實只會為當事人和曼斯菲爾德感到難過，而她希望不致如此。從克勞佛小姐的話裡判斷，好像是盧斯沃夫婦相偕回曼斯菲爾德去了，若真是這樣，應該不會有什麼不好的消息傳開來，至少不會引起別人的注意。

至於克勞佛先生，她倒是希望他可以藉此事看清楚他本身的個性，明白自己根本不可能忠於任何女人，從此再也沒臉來糾纏她。

說也奇怪，她本來差點以為他是愛她的，對她是真心的。他妹妹還說他心裡沒有別人。可是他必然是對她表姐殷勤到不知檢點的程度，不然他妹妹怎麼可能會那麼緊張。

她坐立不安，看來在接到克勞佛小姐的下一封信之前，她的心情會一直不安下去。她無法將信的內容從腦海裡抹去，也找不到人吐露心事。其實克勞佛小姐大可不必這麼緊張地叮嚀她。她知道利害關係，為了表姐，她當然會保密。

翌日，第二封信並沒有寄來。芬妮感到失望，整個上午都心神不寧，到了下午，她父親像平日一樣帶了份報紙回來，由於她從不寄望從他那裡獲得什麼消息，心思遂飄到別的地方去了。

她陷入思緒，想起頭一日來到這兒的情景，她父親那天晚上看報紙的模樣歷歷在目。不過現在不需要蠟燭了，離太陽下山的時間還有一個半小時。而這陽光令她真實感受到自己在這兒已經待了三個月。

刺眼的陽光探進客廳，並沒有爲她帶來喜悅，反而惹來哀愁。在她看來，城裡和鄉下的陽光完全不同。城裡的光是眩目刺眼的，令人生厭的，只會讓漫天飛舞的塵埃無所遁形，一點也不健康，一點也不歡樂。她坐在沉重刺眼的陽光下，坐在飛舞的塵埃中，放眼望去，只看見四面牆和一張桌子，牆上有她父親習慣用頭倚牆，久而久之留下的污跡，桌面被弟弟們刻得坑坑洞洞，桌上的茶盤從沒乾淨過，杯子和碟子仍留有擦過的痕跡，牛奶表面浮著一層藍色的塵灰，蕾貝卡做的奶油麵包隨著時間分秒過去，緩緩滲出油來。茶還沒有端上來。她的父親正在看報，母親像平常一樣抱怨地上的破地毯，要蕾貝卡有空去補一補。這時父親突然喚了芬妮一聲，她回過神來，原來他讀到一段新聞，想了一想，哼了一聲，才開口問她：「芬妮，妳在倫敦的那個闊表姐，夫家姓什麼？」

芬妮愣了一下才回答：「盧斯沃。」

「他們是不是住在溫波爾街？」

「是啊。」

「那他們眞是丟臉丟到家了，妳看（他把報紙遞給她），這些闊親戚眞讓妳臉上『增光』啊。不曉得湯瑪斯爵士會作何感想，他這人只顧著當官、當紳士，自己女兒都不好好管管。天殺的，要是她是我女兒，我非用鞭子抽她不可，不管男的女的，要預防這種事，最好的方法就是用鞭子抽。」

芬妮接過報紙看：

本報本著關心大眾的立場，在此向世人發布一樁溫波爾街R姓人家所發生的婚姻糾紛。剛新婚不久的R太太，天生貌美，本來極有可能成爲社交界女王，卻在日前隨著先生的密友，也就是著名

父親將刊登盧斯沃家醜聞的報紙遞給芬妮，
並諷刺說這親戚讓她添光采。

的風流人物C先生離家出走，至於去向如何，本報尚未獲得進一步消息。①

「他們弄錯了，」芬妮立刻說：「一定是弄錯了。不可能是眞的。一定是指別人。」

她這麼說其實是在逃避，不過是絕望中的本能反應罷了，因爲她說的話連她自己都不相信。其實她在讀報時，就已經對這件事深信不疑，她非常震驚，事實眞相如排山倒海而來，當時她怎麼還有辦法開口說話？還能喘氣？她事後想來都覺得奇怪。

普萊斯先生不很關心這條消息，所以沒多過問。「有可能全是謊言，」他評論道：「不過現在許多闊太太都喜歡胡搞瞎搞，所以誰知道是眞是假。」

「是啊，我也希望這不是眞的，」普萊斯太太哀聲嘆氣地說：「不然的話，就太可怕了。我已經跟蕾貝卡說地毯的事不下十幾次了，是不是啊，貝絲？她要是來補的話，也費不了十分鐘的工啊。」

芬妮確信這件醜事是千眞萬確的，單純如她，聽見這種事自然十分驚恐，擔心後果不堪設想。一開始，她只是嚇呆了，後來才驚覺這醜事十分駭人聽聞。她一點也不懷疑其眞實性，不敢奢望這則報導是假的。克勞佛小姐的那封信，她讀了很多遍，都快背得滾瓜爛熟了，信上的內容與這則驚世駭俗的消息完全吻合。對方在信上急著爲她哥哥解釋，希望不要張揚，顯然是爲這件事情感到不安，由此可見問題的嚴重性。在她看來，如果說這世上有哪個良家婦女會把此等滔天大罪看成小事一樁，並想輕描淡寫地加以掩飾，不願讓犯錯的人受到懲罰，那自然非克勞佛小姐莫屬。芬妮現在才知道自己當初沒弄清楚誰走了，或者是誰要走了。原來不是盧斯沃夫婦走了，是盧斯沃太太跟克勞佛先生走了。

芬妮似乎從來沒遇過這等令人驚駭的事。她的心神怎麼也平靜不下來，整個晚上的情緒都很低落，坐立難安，連夜裡也難成眠。一開始她以爲是自己病了，後來竟嚇到發起抖來，先是不斷發燒，然後又發冷。這件事令她驚駭到一度不敢相信，她怎麼想都覺得不可能。女方才結婚六個月，男方還在信誓旦旦地說非誰不娶，要娶的人還是女方的近親。這兩家人關係匪淺，是彼此的朋友，而且是要好的朋友！這等齷齪的事實在太可怕了，太令人作嘔。又不是野蠻人，怎會做出這種可怕的事。可是她的理智告訴她，這是眞的。他對感情本來就缺乏定性，看到誰都想追，瑪莉雅又對他一片癡情，再加上兩人向來不懂得分寸，所以會發生這種事，不無可能。更何況克勞佛小姐的信也證實了這一點。

這件事會有什麼不良後果？誰會受到傷害？誰又會受到影響？又有誰會從此不得安寧？她想到克勞佛小姐，也想到艾德蒙，但再想下去恐怕只會更惶惶不安，於是只敢把思路局限在這件事帶給家人的不幸影響上。萬一這是眞的，而且公諸於世，家裡的每個人都會受到牽連。做母親的會痛苦，做父親的也會痛苦，想到這裡，她不禁傷心起來，然後她又想到茱莉雅、湯姆和艾德蒙，更爲他們感到難過。這件事將嚴重打擊到兩個人，一個是向來關心兒女且重視榮譽與道德的湯瑪斯爵士，一個是爲人正直、講究原則、本性善良且不喜猜忌的艾德蒙。在她看來，這等丟臉的事一定會令他們覺得沒臉活下去，對盧斯沃太太的娘家來說，這世界若能瞬間毀滅，反倒是件值得額手稱幸的事。

日子過去了一天、兩天，兩班郵車來過了，均未帶來任何闢謠的消息，也沒接到私人信件，報上也毫無新聞，完全沒有跡象可以幫忙舒緩芬妮的情緒。克勞佛小姐沒有再來信解釋，曼斯菲爾德那裡也是音信全無，可是照理說，她的姨媽早該寄信來了。這是個不祥的徵兆。她開始絕望，情緒得不到紓解，心情低落，臉色蒼白，渾身發抖。這種異狀，舉凡做母親的只要有點警覺，都應該看得出來，只有普萊斯太太除外。到了第三天，前門響起了令人揪心的叩門聲，一封信遞到她手裡，信上蓋著倫敦的郵戳，是艾德蒙寫來的。

親愛的芬妮：

我想妳應該獲知我們現在處境悲慘，但願上帝與妳同在，爲妳分擔此不幸的打擊。我們已經來倫敦兩天，卻是一籌莫展，他們去向依舊未明，不過還有個打擊妳恐怕尚未聽說……茱莉雅也私奔了，她和耶茲逃到蘇格蘭去了，是在我們抵達倫敦的前幾個小時才走的。倘若這事發生在其他時候，可能是個嚴重的打擊，但和眼前的事比起來，似乎成了小事一樁，不過也是雪上加霜。還好我父親沒有被氣昏，尚能清楚地思考問題，展開行動，他要我寫信叫妳回家，急著召妳回去照顧我母親。我會在妳收到信的第二天趕到普茲茅斯，還望妳盡快做好出發的準備。我父親也希望妳能帶蘇珊回來同住幾個月。這事由妳自己決定，妳覺得該怎麼辦就怎麼辦。在這種時候，他提出這建議，自然是出於好意，我想妳應該能懂。雖然我也不太明白他的用意，不過他自有他的考量。至於我目前的處境，妳或許想像得到。不幸的事接踵而來，彷彿沒完沒了。我會搭郵車，所以明天一早就到。

妳的艾德蒙

這一陣子，芬妮特別需要別人安慰，而這封信比什麼都來得令她開心。就是明天了！明天就可以離開普茲茅斯了！只是她擔心她可能會在大家仍難過的時候，一不小心洩露出欣喜神色。沒想到這場不幸對她來說竟是好事一樁！她覺得自己對這場禍事未免太麻木不仁。這麼快就能回去了，而且還是這麼好心地要來接她回去安慰姨媽，連蘇珊也能一起回去，這種種好運加在一起，令她不由得心花怒放，一時間，所有痛苦都被拋到腦後，連她最關心的人所承受到的痛苦，她也無暇多顧，不願多想。畢竟茱莉雅的私奔雖然令她吃驚，但還不至於到掛慮的地步。她只能勉強自己多少擔點心，故意把事情想得很可怕，免得在她忙著做動身前的準備工作時，腦袋裡只是開心地一逕想著自己快回家了。

若想解憂消愁，最好的方法莫過於讓自己忙碌。忙碌可以驅走憂傷的情緒，更何況她是在為美好的未來而忙。她有很多事要忙，忙到連盧斯沃太太私奔的醜事（這事已經獲得百分之百的證實）都影響不了她的心情。她沒有時間去難過。她希望再過不到二十四個小時，她就能離開這裡。她得跟她父母話別，也得給蘇珊一點時間準備，還有成堆事情等著她做，一天的時間幾乎不夠用。他們聽到她要回去的消息，都很開心，並不在乎信中報憂的部分，她的父母欣然同意讓蘇珊同行，弟弟妹妹更是舉雙手贊成，蘇珊本人也是欣喜若狂，這一切都令她十分滿意。

柏特倫家的不幸並未引起普萊斯一家人太大的同情。雖然普萊斯太太也叨念了一下她那可憐的姐姐，不過主要關心的還是在於該拿什麼東西來裝蘇珊的衣服，因為家裡的行李箱都被蕾貝卡弄壞了。對蘇珊來說，她從來沒想到夢想竟會成眞，至於那些犯了錯或正在傷心的人，反正她一個也不認識，而對一個十四歲的孩子來說，只要她能從頭到尾地克制住自己，不要在那些人面前老眉開眼笑的，就已經很不容易了。

一切都準備得差不多了，再也沒有什麼事需要普萊斯太太出主意或蕾貝卡幫忙。兩個女孩就等著明天出發。本來應該在動身前好好睡上一覺，可是她們怎麼也睡不著，一想到表哥已經在路上，心情怎麼也定不下來。一個是滿心歡喜，一個則是情緒說不出來的五味雜陳。

早上八點，艾德蒙來到普萊斯家。兩個女孩在樓上聽見他進門的聲音。芬妮隨即下樓。相見在即，再加上她知道他心裡有多苦，於是前些日子的悲傷情緒又湧了上來。他離她很近，看起來相當憂傷。她一走進客廳，差一點就站不住。客廳裡只有他一人，他看見她，立刻迎上前來。一會兒她就發現自己被他抱進懷裡，聽見他嘴裡唸著：「我的芬妮……我唯一的妹妹，現在就只有妳能安慰我了。」然後久久說不出話來，她也說不出話來。

他轉過身去，平復情緒，等他再度開口時，聲音雖然仍在顫抖，但看得出來已能控制住自己的情緒，而且決定有話直說。「吃過早餐沒？什麼時候可以動身出發？蘇珊可以去嗎？」他一連問了幾個問題，一心只想早點出發上路。因爲一想到曼斯菲爾德，時間頓時變得寶貴起來。對他來說，現在唯有立刻行動才能令他心裡好過。於是大家說好，由艾德蒙去叫車，半小時後在門口上車。芬妮必須在半小時內吃完早餐，做好出發前的準備。艾德蒙早先吃過早餐，所以不想待在屋內等她們用餐，情願到附近大堤走走，待會兒再跟馬車一起過來接她們。於是他又走了，連在芬妮的身邊也不願久留。

他看起來氣色很不好，顯然是因爲心裡承受極大的痛苦，又必須自我壓抑的緣故。她知道一定是這樣，只是看見他那樣，心裡還是萬分難過。

馬車來了，他再度走進屋裡，還有時間可以和這一家人多相處幾分鐘，親眼看看他們在送別兩個女兒時，態度有多無動於衷，不過他現在根本無心觀察，對什麼事都打不起精神。他進屋時，這家人才剛圍著餐桌坐下來，因爲今日情況特殊，所以都顯得相當有規矩，等馬車從門口駛走時，早餐才全部擺上桌。芬妮在父親家裡吃的最後一餐跟她剛到時吃的第一餐完全相同，就連送她走的態度也跟迎接她來時一樣。

當馬車駛出普茲茅斯時，芬妮心裡有說不出來的高興與感激。蘇珊自然也是喜笑顏開，但因爲坐在前面，又有帽子遮著，所以看不見她的笑臉。

看來這會是一次安靜的旅行。芬妮不時聽見艾德蒙長吁短嘆。如果只有他們兩人，那麼不管他如何自我壓抑情緒，都會把心事告訴她，唯此刻礙於蘇珊在場，只能把心事埋在心底，試著說些不相干的事，但又沒有太多話可說。

芬妮一直看著艾德蒙，關心溢於言表，偶爾捕捉到他的目光，也僅見到他對她親切一笑，但多少令她感到寬慰。只是在第一天的旅途中，他隻字不提那件沉重的打擊，到了第二天早上，才稍微吐露了一些。當時他們還沒從牛津出發，旅館裡有一家人正要離開，蘇珊站在窗口聚精會神地看著那家人，他們倆則站在壁爐旁。艾德蒙看見芬妮面容如此憔悴，很是驚訝，他不知道她在她父親家過得很苦，還以爲是因爲最近發生的事害她變成這樣。於是他執起她的手，感性地低聲說：「也難怪了！妳一定很痛苦，一個曾經愛妳的人，竟然把妳拋棄了，不過妳的……妳的感情還沒投入那麼深。只要想想我，芬妮，妳就知道自己並沒有那麼慘。」

第一天行程耗了他們一整日的時間，到達牛津時，大家都疲憊不堪。第二天行程則是很早結束，晚餐時間還沒到，他們的馬車已經駛進曼斯菲爾德的郊區。等馬車快到最後目的地時，兩個姐妹的心情開始沉重。芬妮是難過自己竟得在家門蒙羞之際與姨媽和大表哥相見，蘇珊則是緊張等一下就得實際拿出自己最好的儀態來展現剛學來的規矩，她的腦袋不斷回想有無教養的行爲差異，以及粗俗文雅之分，同時也在心中默想有哪些銀製餐具、餐巾和洗指杯。芬妮沿路上注意到，自她二月離開後，這裡的鄉間景色起了很大的變化。尤其進入莊園之後，她的感受與喜悅更形強烈。她離開這裡已有三個月，冬天早

艾德蒙以爲芬妮遭受背叛情傷，
執起她的手低聲安慰。

已換成夏天。放眼望去，處處可見草地翠綠，種植園裡林木蒼鬱，儘管仍未成蔭，但賞心悅目，美景可期，景致盡收她眼底，至於其他，則留待想像。她只能自得其樂，因爲艾德蒙無心分享。她看見他靠在椅背上，比以前更鬱鬱寡歡，雙眼緊閉，彷彿無法承受這裡的明媚風光，只想置身於外。

這令她心情又沉重起來，再度想到莊園裡的人所承受的痛苦，就連眼前這棟景觀優美的大宅也被陰影籠罩。只是她沒想到，大宅裡的人雖然個個愁苦，卻有一個人正望眼欲穿他們的歸來。芬妮才剛從愁眉苦臉的僕人身邊走過，柏特倫夫人便從客廳裡趕過來迎接她，一反平日慵懶的模樣，上前一把摟住她脖子說：「親愛的芬妮，看見妳，我的心總算安了。」

譯註：

①盧斯沃（Rushworth）的首字母應為R，克勞佛（Crawford）的首字母應為C。

第四十七章

Mansfield Park

被留在曼斯菲爾德的三個可憐蟲，都自認是最可憐的一個。但其實受傷最深的應該是諾利斯太太，因爲她對瑪莉雅最有感情，也和瑪莉雅最親。她最疼瑪莉雅，尤其那門親事還是她一手促成的，非常引以爲傲，總是沾沾自喜，逢人便說。現在出了這種事，對她的打擊之深可想而知。

她像是變了個人似的，不再話多，也不再精明能幹，對每樣事情都提不起勁。照理說，平常遇到這種時候，她應該可以大顯身手，親力親爲地照顧妹妹和外甥，掌管家務，但現在卻再也不去支使別人，再也拿不出主意，甚至覺得自己一點用也沒有。這是她心最痛的時候，所有的熱情一併消失，完全沒有心去幫忙柏特倫夫人和湯姆，甚至連試都不想試。事實上，她能給他們的幫助還沒他們倆自己互相扶持來得多。他們三個都很寂寞無助。現在終於有人回來了，諾利斯太太卻成了境況最慘的一個，因爲另外兩位同伴都覺得鬆了口氣，她卻得不到任何安慰。湯姆看見艾德蒙回來了，那股高興勁兒絲毫不亞於柏特倫夫人見到芬妮時的興奮程度。至於諾利斯太太不僅得不到一絲寬慰，甚至在看見芬妮時還更加惱火。憤怒蒙蔽了她的雙眼，她竟把芬妮看成是這起禍事的元凶。她認爲要是芬妮早點答應克勞佛先生的求婚，那件事就不會發生了。

她也看蘇珊不順眼，一臉反感，連看都懶得看她，她覺得她是闖入者，是來監視她的，是個窮外甥女，怎麼看怎麼討厭。至於另一位姨媽，卻對蘇珊相當友善，雖然沒在她身上花很多時間，也不太跟她說話，但覺得她是芬妮的妹妹，當然有權利來曼斯菲爾德住。她想親親她，歡喜接納。蘇珊也很開心，因爲她來這之前，就已經有了心理準備，知道諾利斯姨媽不會給她好臉色看。不過她在這裡非常快活，覺得自己幸運極了，至少從此可以避開許多討人厭的事，所以就算別人對她再冷淡，她也不在意。

從現在起，蘇珊有很多時間可供自己支配，她想辦法讓自己熟悉這裡的宅第和林園，日子過得逍遙自在。至於那幾個理當照顧她的人卻成天關在屋裡，不是忙著自己的事情，就是全心照顧最倚賴自己的那個人，彼此互相安慰。譬如艾德蒙全心照顧哥哥，藉此忘卻自個兒的痛苦，芬妮悉心伺候柏特倫姨媽，像以往一樣盡心盡力，因爲她認爲姨媽此刻非常需要她，所以做再多也願意。

現在柏特倫姨媽的最大安慰就是沒事找芬妮來講一點那件事情，爲此傷心難過一下。她只需要有人耐心聽她說，再以溫柔和同情的語調來回答她，她就滿足了，否則其他作法都安慰不了她，她也不容別人安慰。柏特倫夫人看問題雖然從不往深處想，但在湯瑪斯爵士的提示下，還是抓住了這件事的要點，清楚它的嚴重性。她知道事情的經過，不想自欺欺人地認爲這等醜事和罪行沒什麼大不了，所以並不希望芬妮開導她。

不過她對子女的感情本來就淡，再加上個性也不是那麼偏執，所以過了一段時間之後，芬妮就發現自己還是可以把她的思緒導往別處，幫她恢復平日的興趣。只不過每回她提到此事時，總認爲她從此失去一個女兒，家門將永遠蒙羞。

芬妮從她那裡得知了整件事的詳細經過。雖然姨媽講得不是很有條理，但從她和湯瑪斯爵士的書信往來以及她原本就知悉的內情，再加上合理的推斷，於是很快掌握了這事的來龍去脈。

盧斯沃太太去了特威肯翰，與剛結識的某戶人家一起過復活節。這家人個性活潑，交遊廣闊，但對道德和規矩的要求，或許投克勞佛先生之所好，因爲他幾乎一年四季都常到他們家作客。芬妮知道當時他就在那附近。而那時盧斯沃先生已前往巴斯，打算先陪他母親住幾天，再帶她回倫敦。因此瑪莉雅才可以毫無拘束地與朋友們廝混，就連茱莉雅也不在，因爲茱莉雅早在兩三個星期前便離開溫波爾街，到湯瑪斯爵士的一個親戚家去了。根據她父母的推算，她之所以搬到親戚家去，可能是爲了方便與耶茲先生交往。盧斯沃夫婦回到溫波爾街的住處後，湯瑪斯爵士就收到倫敦一位老友的來信，說是在倫敦耳聞目睹到許多事情，所以特地寫信來要湯瑪斯爵士親自跑趟倫敦，阻止他女兒和克勞佛先生之間的曖昧關係繼續下去，因爲這種關係早已爲瑪莉雅招來非議，顯然也令盧斯沃先生感到十分不安。

湯瑪斯爵士收到信後，沒跟家裡任何人提起，正依朋友建議要準備動身之際，突然又接到這位朋友的一封限時信，告知他這兩個年輕人的關係已然進展到無可救藥的地步，原來盧斯沃太太離開了夫家，盧斯沃先生非常憤怒，跑來向他（哈汀先生）訴苦，請他出個主意。哈汀先生擔心他們恐怕已經犯下滔天大罪。盧斯沃老太太的女僕也說得駭人聽聞。他正盡全力要把這事壓下來，希望盧斯沃太太能夠回頭，可是住在溫波爾街的盧斯沃老太太不斷施壓抵制，所以結果恐怕不太樂觀。

這種可怕的消息怎能繼續瞞住其他家人。湯瑪斯爵士隨即出發，艾德蒙也跟他一起去。家裡人心惶惶，沒想到後來又陸續接到倫敦那裡的來信，情形每況愈下。那時候，事情已經張揚開來，毫無挽回的餘地。盧斯沃老太太的女僕掌握了一些證據，再加上老太太在後面撐腰，更是不可能保持緘默。原來盧斯沃家的老太太和少奶奶同住一個屋簷下才沒幾天，兩人就鬧不和，老太太之所以這麼記恨她媳婦，泰半原因可能是媳婦不夠尊重她，另一半原因是她覺得媳婦瞧不起她兒子。

反正誰都拿老太太沒辦法。不過即便她沒那麼固執，對她兒子沒那麼大影響力，她兒子也向來缺乏主見，所以不管前面誰對他說了多少道理，還是會聽信最後一個跟他說話的人。所以這整件事等於已經走到絕路。因爲盧斯沃太太仍然沒有現身，而就在她離家出走的那天，克勞佛先生也藉口出外旅遊，離開他叔叔家，所以有充分的理由相信他們倆一起躲到某個地方去了。

但湯瑪斯爵士還是在倫敦多待了幾天，想找到女兒，儘管他女兒已經名譽掃地，他還是不希望她再繼續沉倫下去。

對於姨丈目前的處境，芬妮不忍去想。幾個孩子當中，就只有艾德蒙沒令他操過心。湯姆在聽到他妹妹的行徑後，大受打擊，病情加劇，復元之日更是遙遙無期。就連柏特倫夫人都看出他病得更重了，於是定期寫信告知她丈夫她有多擔憂湯姆。茱莉雅的私奔是湯瑪斯爵士抵達倫敦後所遭遇的另一個打擊，雖然以當時的情況來看，這打擊相形之下不是那麼沉重，但她知道他一定也很難過。她看得出來，事實也的確如此，因爲從姨丈的來信裡就感覺得到他極其痛心。不管從哪方面來看，這都不是一門他會同意的婚事，更何況還是偷偷摸摸，選上這麼糟的時機來讓生米煮成熟飯，於是更令他不快，覺得他小女兒的行爲太愚蠢。他在信上說，這等於是在最壞的時機，以最壞的方式做了一件最壞的事情。雖然茱莉雅的愚蠢比瑪莉雅的罪行來得較可寬恕，不過他覺得她最後的下場可能會落得跟她姐姐一樣。這就是他對他女兒私奔的看法。

芬妮著實替姨丈難過。現在除了艾德蒙之外，再也沒有別的事情讓他感到安慰。他的其他三個孩子都在撕裂他的心。不過他看事情的方式和諾利斯太太不同，所以芬妮相信姨丈原先對她的不諒解，現在應該消失了。畢竟事實證明她沒有錯，她當初拒絕克勞佛先生是對的。這件事的發生對她來說雖然算是不幸中的大幸，但對湯瑪斯爵士而言卻未必是種安慰。她很怕姨丈因此對她不滿，就算事實證明她當初的決定是對的，就算她再怎麼感激和敬愛自己的姨丈，也幫不上他的忙。說到底，艾德蒙才是他唯一的安慰。

可是她錯了，艾德蒙還是給他父親添了一些煩惱，只不過這種煩惱不像其他孩子那樣令他心痛。因爲湯瑪斯爵士很清楚艾德蒙的幸福恐怕要敗在自己妹妹和他那位好友的手裡了。他勢必不能再和他心儀的女孩繼續交往，就算他很愛她，正在苦苦追求人家，而且很有可能成功，但對方有這樣一個卑鄙的哥哥，怎麼可能去他們家提親呢？在倫敦的時候，湯瑪斯爵士就看出艾德蒙除了在煩家裡的事之外，本身也正承受著莫大的痛苦。他就算眼睛不看，心裡也猜得出來兒子在想什麼，他相信他一定和克勞佛小姐見過面了，但那次見面一點幫助也沒有，只是徒增艾德蒙內心的痛苦。基於這個理由，再加上其他考量，湯瑪斯爵士當機立斷要他離開倫敦，去接芬妮回家照顧姨媽，這麼做不僅對大家有好處，對他也有好處。芬妮不知道她姨丈心裡的想法，湯瑪斯爵士則是不瞭解克勞佛小姐的爲人。要是他知道克勞佛小姐對他兒子說了什麼，就算她的兩萬鎊財產暴增到四萬鎊，他也不會要他兒子娶她。

艾德蒙勢必得和克勞佛小姐斷絕往來，對於這一點，芬妮很確定，但除非她能確定艾德蒙也有同感，否則她也沒把握這兩人一定會分手。她相信他應該有同樣的看法，可她還是想確定一下。以前他總是對她無話不談，縱然那時有些話聽在她耳裡，著實令她難受，但現在如果他也願意把心裡話全告訴她，對她來說會是個很大的安慰。可是她發現這不太容易，因爲她鮮少見到他，幾乎沒有獨處的機會，不過也可能是他有意躲她。這是什麼意思？意思是他正在承受家門不幸所帶來的椎心之痛，而且痛到沒辦法說給別人聽嗎？他一定是這樣想。他決定放棄克勞佛小姐，但因痛苦難言，所以不想開口說話。若要他再重提克勞佛小姐的名字，或者要他像過去一樣和她推心置腹，恐怕得等上一段很長的時間了。

這樣的情況拖了一陣子。他們是星期四到達曼斯菲爾德的，一直到星期天晚上，艾德蒙才眞正開口跟她提那件事。週日夜晚，陰雨綿綿，在這樣的時刻，任誰和朋友在一起，都會把心事掏出來。屋裡除了他母親外沒有其他人，而他的母親在聽完一段感人肺腑的佈道後已哭著入睡，此情此景，表兄妹兩人不可能不開口說話。於是像平常一樣，艾德蒙先起了個頭，但聽不出來他到底想說什麼，然後也像往常一樣請她給他幾分鐘的時間，他說他要說的話很短，而且保證以後不會再拿此事煩她。不過她倒也不擔心他會再舊話重提，因爲這種話題的確不可能再搬出來談。於是他原原本本地道出他的事以及想法，他相信她聽完之後，一定會同情他。

芬妮聽得很仔細，可以想見她有多好奇、多緊張，心情苦樂參半。她注意到他的語調激動，兩隻眼睛不敢看她。他一開口的內容就令她吃驚。原來他已經見過克勞佛小姐了。他是受邀去見她的，史托納威夫人寫了張便條給他，求他去一趟。他想到這可能是他們最後一次以朋友身分見面，也想到身爲克勞佛妹妹的她，此刻的心情肯定是羞愧難當，所以決定去見她一面。他抱著這樣的心情前去，然而在芬妮看來，他這個人心腸這麼軟，對克勞佛小姐又一往情深，怎麼可能會是最後一次呢？當他把事情往下說時，她的顧慮打消了。他說克勞佛小姐看到他時，表情還算嚴肅，眞的很嚴肅，甚至帶點激動。可是他話都還沒說完，她就直接打斷他，跳到那件事，態度之輕蔑著實令他吃驚。「『我聽說你到倫敦來了，』她說：『我想見你。我們談一談那件可悲的事好了，我們那兩個手足眞是蠢到不行。』我沒有回答她，不過我相信我的表情透露出我對她的話略有不滿，有時候我眞覺得她的反應迅捷！她立刻換上一副認眞的表情，用較嚴肅的語氣說話。『我並不是在爲亨利辯護，全把責任推到你妹妹身上。』她開頭是這樣說的，可是後面的話……芬妮，後面的話我實在不方便學給妳聽。我不記得她所有的內容，就算可以，我也不想記住。總之她氣那兩個人太笨，她罵她哥哥不該爲了一個他根本不在乎的女人而失去他眞正愛的女人，至於可憐的瑪莉雅就更笨了，人家早就表明對她無意，她還巴望人家愛她，放著好日子不過，硬是往火坑裡跳。芬妮，妳想我當時聽了這番話，會有什麼感受？這女人就只用一個『笨』字來形容這整件事，一句重話也沒有，說得那麼輕描淡寫，那麼冷靜，一點都不羞愧、不驚恐，這哪像個女人家啊？我敢說她對這種事連起碼的厭惡都沒有。只能說這個社會大染缸眞的把她帶壞了，芬妮，她天生條件這麼好，只可惜被人帶壞了，眞的被帶壞了。」

他思索了一下，才又繼續以絕望但冷靜的語氣說：「我就把一切實情都告訴妳吧，說完後便再也不提了。原來她只把它當成一件蠢事，而之所以蠢，全得怪他們不夠小心、不夠謹慎，才會讓事情曝光。譬如她在特威肯翰的時候，他竟然還去里奇蒙，她也不該被一個僕人牽著鼻子走……總而言之，他們不該被人發現。喔，芬妮，她罵他們笨不是因為她覺得他們做了壞事，而是因爲他們被人發現了。她怪瑪莉雅不夠謹愼，才會事跡敗露，走上極端，最後逼得她哥哥不得不放棄原先美好的計畫，和我妹妹遠走高飛。」

他停了下來。「那麼，」芬妮相信自己應該回點什麼話，「你怎麼說？」

「我沒說話，說什麼她也不會懂的。我就像被人重擊一拳。她還在繼續說，也開始說到妳，沒錯，接著她就說到妳了，她覺得可惜，白白失去了妳這樣一個……她這部分說得很理性。不過她對妳向來挺公道。她說：『他放棄了這麼好的女人，這輩子再也不會碰到第二個，她本來可以幫他把心定下來，讓他一輩子幸福快樂。』親愛的芬妮，我把這段話告訴妳，是想讓妳高興，不是讓妳痛苦，不過說這些也都於事無補了。妳要我別再說下去嗎？如果妳不要我說，只要看我一眼或給我一句話，我就不說了。」

她沒有看他，也沒有吭聲。

「謝謝老天！」他說：「我們當初都還覺得奇怪妳爲什麼要拒絕他，現在看來，這似乎是老天爺的厚愛，不讓老實人吃虧。她對妳是有感情的，談到妳的時候，一直在誇妳，不過即便如此，她還是有點惡毒，因爲她說著說著竟就大聲嚷道：『她當初爲什麼不接受他呢？都是她的錯，眞是笨丫頭，我永遠也不原諒她，要是她當初肯接納他，現在早在準備婚禮啦，如果亨利忙著結婚，心情自然愉快，哪還有時間去找別的對象啊，更不會想和盧斯沃太太恢復交往了。頂多以後每年在索瑟頓和艾芙林翰見到面時調調情而已。』妳能想像她竟說出這種話嗎？她的面具拆穿了，我總算看清楚她的爲人。」

「冷血！」芬妮說：「眞是冷血！都這種時候了，還尋這種開心，說出這種話，而且還是說給你聽，眞是太冷血了。」

「冷血？妳說她冷血？我倒不這麼認爲。不，她生性並不冷血，我不認爲她有意傷害我，她的情況沒那麼單純，她根本不知道也沒察出我眞正的想法是什麼。她以爲用那種心態看問題是很正常的，因爲她聽慣別人這麼說，所以也就跟著說，而且以爲大家都會這麼說。她的問題不在於她的個性，她不是有意要讓別人難過，不過也許是我自己在騙自己，但我就是覺得她不會這樣對我……芬妮，問題是出在她的道德原則出了問題，她錯在她話說得太直率了，錯在她的心被人污染腐化了。或許這樣想對我來說會比較好，我才不會覺得太難過。我寧願承受失去她的痛苦，也不願把她想得那麼壞。我也把這些話都告訴她了。」

「你告訴她了？」

「是啊，我離開她的時候，告訴她的。」

「你們在一起待了多久的時間？」

「二十五分鐘吧。她還說，現在當務之急是讓他們兩個先結婚。芬妮，她說這話的口氣比我還堅定。」他又停頓了一次，才往下說：「『我們一定要說服亨利娶她，』她這樣說：『這是爲了顧全面子，再說芬妮也不可能再要他了，我想他會同意的，他必須放棄芬妮。現在就連他自己也知道，這種好女孩，他是追不到了，所以我想不會有太大問題。我也還算有影響力，我可以去說服他。只要他們結了婚，她娘家畢竟也有頭有臉，若再給她一點適度的支持，他們還是可以在社會上站穩腳步。不過我們也知道，有些圈子她是永遠進不去了，但只要備好大餐、搬出大型宴會，還是有人願意與她來往的，當然大家對這件事的議論也會比以前更直接露骨。我的建議是，叫你父親別插手，別因爲管太多而自毀前程。你去勸勸他，讓他由他們去吧。如果他管太多，亨利就不能保護她，娶她的可能性也跟著降低。我知道怎麼勸亨利。你則必須說服湯瑪斯爵士相信亨利是個顧全面子和有同理心的人。總之，會有完美結局的，但如果他把女兒帶走，問題就難解決了。』」

艾德蒙說完後，情緒頗受影響。芬妮靜靜看著他，有點擔心，後悔不該要他談這問題。艾德蒙久久說不出話來，最後才說：「芬妮，我快說完了。我已經把她說過的大致內容都告訴妳了。當時我一有機會說，就告訴她了，我說我以爲我抱著難過的心情走進這間屋子裡，再不會遇到比這更痛苦的事，沒想到她的話句句傷透我的心。我還說雖然在我們的交往過程中，我常覺得彼此的意見時有分歧，尤其在某些問題上，但我從來沒想過我們的分歧這麼大，包括說到她哥哥和我妹妹的罪行時，她竟然是那樣看待問題；至於這兩人究竟誰該負起最大責任，我不便評論。還有她在談到他們所犯的錯時，她的譴責沒一句有道理，她認爲這件事之所以走到這步田地，全是因爲他們太膽大妄爲、太不謹愼小心。最不應該的是，她竟建議我們委屈求全，對這件事妥協，默認他們的姦情，讓他們將錯就錯才有結婚的可能。

但以我對她哥哥目前作爲的瞭解，我倒是認爲應該阻止他們繼續錯下去。這一切讓我恍然大悟，原來我以前根本不瞭解她，我愛了這麼多個月的克勞佛小姐，全是我自己想像出來的。也許這樣對我來說也好，我才不會惋惜這段友誼和感情的逝去，也才不會對希望的破滅感到難過。可是我必須承認，要是能恢復她在我心目中的形象，在記憶裡仍保有對她的愛與敬意，那麼就算失去她會讓我痛苦，我也心甘情願。這就是我當時說的話，大意是如此。不過妳應該想像得到，當時我說這些話時，並不像現在說給妳聽時這麼鎮定、有條理。她很驚訝，非常驚訝……恐怕連『驚訝』二字仍不足以形容。我看見她臉色大變，滿臉通紅，看得出來她的情緒十分複雜，心裡正在掙扎，不過時間很短。也看得出來她想向道德眞理投降，有些羞愧，不過還是本性難移。相信如果可以的話，她應該想大笑幾聲，但只勉強笑了笑，然後說：『你說得還眞精采，該不會是你上次佈道用的稿子吧？照這情形看來，曼斯菲爾德和桑頓拉瑟的人都會因爲你的佈道而很快悔改。說不定我下次聽到你的消息時，你已經是哪個大教區的傑出牧師或是被派往海外的傳教士了。』她說這話時，故意裝得滿不在乎，但心裡其實是在乎的。我只能衷心祝她好運，希望她不久之後會懂得持平看待問題，從這件醜事裡學會寶貴的教訓，認清自己，也認清做人的道理。說完，我就離開了。芬妮，我才走了幾步，就聽到後面開門的聲音，她喊我『柏特倫先生』，我回頭看她，只見她笑著說『柏特倫先生』，臉上的笑容卻和剛剛的談話格格不入，帶點輕浮，像是在開玩笑，要邀我回去，希望我聽她的話。至少我是這麼覺得。我抵制住這個念頭，只憑著一股衝動抵制，然後繼續往前走。有時候我會有點後悔當時沒回去。不過我知道我做得很對，所以我們應該算是分手了。眞是的，我竟然被他們騙了，被哥哥騙，也被妹妹騙！芬妮，謝謝妳耐心聽我說完，說完之後，心裡痛快多了，以後我們再也不提這件事了。」

克勞佛小姐微笑輕喚「柏特倫先生」，
卻留不住艾德蒙的腳步。

芬妮同意他的說法，但才過了五分鐘，他們又談起此事，再不然就是聊到類似的主題，直到柏特倫夫人醒來，才眞正止住這話題。柏特倫夫人醒來之前，他們一直在聊克勞佛小姐這個人，說她多麼迷戀他，個性有多可愛，如果能在好人家的環境裡長大，一定會變得十分優異。芬妮現在總算可以沒有顧慮地向他明說那女人的眞正個性。她暗示他，克勞佛小姐後來之所以願意與他和好，與他哥哥的健康狀況有很大關係。這不是一個容易讓人接受的暗示，他直覺地抗拒這種說法，畢竟若能把她對他的感情想得單純無私一點，會讓他好受點。但他的理智終究戰勝虛榮，他接受了這個事實，也相信是湯姆的病情使她的態度產生轉變。不過他還是保留了一個較能安慰自我的想法，他認爲互爲矛盾的習性是可以互相抵消的，她想必是很愛他，才會因爲他的關係而沒偏離正道太遠。

芬妮完全同意他的說法，兩人也都認爲，這次的打擊一定會在心裡留下難以磨滅的印象和長遠的影響。不過隨著時間過去，他的痛苦多少會減輕一點，但要徹底忘掉，卻是不太可能。至於說要他和別的女人交往，更是不可能，因爲只要一提此事他就生氣，他現在只需要芬妮的友誼做爲支持。

從現在起，就讓別的作家去描繪罪惡與不幸吧。我要盡快拋開這令人討厭的話題，早點讓那些沒有犯下大錯的人再度回復平靜安樂的生活，至於其他，就不再多言了。

不管怎麼樣，我很高興我的芬妮現在過得很快樂。雖然她還是會為身邊的人所遭遇到的痛苦感到難過，但肯定是快樂的，因為她有太多快樂的理由，包括她又回到了曼斯菲爾德莊園，她能幫上大家的忙，大家也都喜歡她，她再也不會被克勞佛先生苦苦糾纏。湯瑪斯爵士回來時，雖然悶悶不樂，但對她卻頗為稱許，比以前更重視她。這一切都令她感到快樂，即便沒有這些因素，她也一樣快樂，因為艾德蒙終於不再上克勞佛小姐的當了。

沒錯，艾德蒙本人是離快樂這種心情還有段距離，他仍在失望懊悔中，為過去種種感到傷心難過，還在盼著那永不可能實現的事。她知道他的心情，心裡為他難過，不過這種難過是有快樂當基礎的，隨時可以放下，也可以和各種美妙的感覺相兼並容，所以有很多人寧可不要狂喜的經驗，反而喜歡這種點滴心頭似的喜悅心情。

可憐的湯瑪斯爵士充分意識到他為人父的缺失所在，所以痛苦的時間最長。他自覺當初不該答應這門婚事，明知道女兒的心思是什麼，卻還貿然同意，所以相當自責。他覺得他是為了私利而犧牲掉正義原則，動機過於勢利。這種愧疚需要一點時間來撫平。不過時間幾乎是萬能的，盧斯沃太太令家門蒙羞，她那邊雖無好消息傳來，卻讓他意外地在別的子女身上找到些許安慰。

茱莉雅的婚事沒有如他當初預期的那麼糟。她態度謙卑地祈求家人原諒，至於耶茲先生也希望得到這個家的接納，所以決定聽從湯瑪斯爵士的話，盼他能導正他。耶茲先生這人雖然不夠正經，但還是有機會教他收斂起輕浮的態度，至少讓他變得顧家一點，安分一點。更何況，他們發現他的地產其實不少，債務沒那麼多，這才讓湯瑪斯爵士稍微放心。而他也把湯瑪斯爵士當成最好的朋友來對待，時時向他請益。

就連湯姆也給湯瑪斯爵士帶來了些許安慰，他漸漸恢復健康，不再像以前那般只顧自己，不為別人著想。這場病讓他吃足苦頭，也讓他學會凡事三思，反而因禍得福，從此學好。這樣的結果是他始料未及的。對於溫波爾街的醜事，他本身很自責，自覺也有責任，因為要是當初不執意演那齣戲，那對男女就不會因戲裡的親膩之舉而有今日後果。他已經二十六歲了，頭腦不笨，也不缺良師益友，所以他的內疚在他心裡起了良好的發酵作用，使他變得有責任感，懂得為父親分勞解憂，也讓他變得穩重和安分守己，不再自私自利。

這眞是令人感到欣慰！而且就在這些心中大石放下之際，湯瑪斯爵士竟意外發現，他不必再擔心艾德蒙了，因為艾德蒙的心情明顯好多了。這整個夏天，艾德蒙幾乎天天都陪芬妮一起散步，或坐在樹下休息，兩人暢談多日下來，他終於想開，心情豁然開朗。

湯瑪斯爵士的心情漸漸獲得舒緩，又有了希望，不再一味憂傷失去的一切，精神多少振作了起來，不過儘管如此，他還是痛心自己對女兒的教養不當，而這種痛是永遠無法完全消除的。

他如今才意識到以前瑪莉雅和茱莉雅在家裡接受到的是兩種標準截然不同的教養方式，這對年輕人個性的養成非常不好，但已經太遲。姨媽對她們過分溺愛，相形之下，他卻對她們十分嚴厲。他發現他以前的想法錯得離譜，因爲當初他覺得諾利斯太太的方法不對，於是反其道而行，想藉此抵消她對她們的溺愛，沒想到適得其反，只讓她們學會在他面前壓抑眞實的個性，害他無從瞭解女兒們眞正的想法。同時又把她們交給一個只懂盲目寵愛、只會說好聽話的親戚來照顧，才會變得如此驕縱。

他的處置雖然失當，但也逐漸明白，這應不算是他教養方法裡最糟糕的一環，這中間一定還少了什麼，要不然長久下來，她們的壞習慣應該也會被磨掉一些才對啊。他相信一定是少了原則，尤其是好的原則。從來沒有人教她們如何管住自己的任性與脾氣，但若養成了責任感，這些就都不是問題了。她們只學會宗教理論，卻沒被要求在生活中付諸實踐。她們從小培養才藝，學習優雅的舉止，然而這些培養並無助於原則的養成，也提升不了她們的道德思想。他希望她們學好，卻只注重聰明才智的開發與禮貌的培養，而未在她們的性情改造上好好下工夫。他猜想，恐怕從來沒人告訴過她們克己謙讓的重要。

對於這些缺失，他深感痛心，怎麼也不明白何以會造成這種結果。他花了這麼多錢、這麼多心血栽培，但她們長大之後卻不知自己的責任是什麼，而他也對女兒們的品性和脾氣全不瞭解，想來就傷心。

他的大女兒盧斯沃太太尤其心高氣傲，濫情無度，這一點也是出了事之後他才恍然大悟。她說什麼也不肯離開克勞佛先生，還希望嫁給他。他們一直在一起，直到後來才知道希望成空，於是脾氣變得很壞，由愛生恨，兩人水火不容，最後只好分手。

他們同居時，她被男的怪說是她毀了他和芬妮的幸福，因此當她離開他的時候，唯一覺得安慰的是，她眞的拆散了他們。這世上還有什麼事比這種心態更可悲呢？

盧斯沃先生沒費多大工夫就把婚離成了。一場婚姻就此結束，不過當初在那種情況下締結的婚約，本就不用指望會有什麼好結果或好運道。她打從一開始便瞧不起他，心裡愛的是別人，而他也心知肚明。這種因愚蠢而受辱、因外遇而名譽掃地的例子，是不會有人同情的。他因愚蠢而受到懲罰，他的下堂妻則因罪行重大，受到更大的懲罰。離婚後的他自覺丟盡顏面，總是鬱鬱不樂，除非再有別的漂亮女孩打動他的心，二次步入結婚禮堂，才有可能結束這個狀態。他大可再試第二次婚姻，希望第二次會比第一次好。就算受騙，騙他的人脾氣至少也要好一點。至於已是下堂妻的她，則是忍辱懷傷地隱世遁居，名譽掃地，從此絕望。

至於要如何安置她，就成了一件有待大家商榷的棘手問題。諾利斯太太自外甥女做錯事以來，便對她更不捨了，於是主張接她回家來，大家一起鼓勵和支持她，但湯瑪斯爵士堅決反對。諾利斯太太認爲他之所以反對，全是礙於芬妮的緣故，所以更加怨恨芬妮。她一口咬定他之所以有顧慮，是因爲芬妮住在家裡。但湯瑪斯爵士嚴正告訴她，就算家裡沒有這個年輕女孩，就算他自己膝下沒有年幼的孩子，不必擔心會被瑪莉雅帶壞或受到她不良的影響，他也絕對不讓她回來，給這附近的鄰居帶來莫大恥辱，引人側目。她是他的女兒，只要她眞心悔改，他一定保護她，提供她舒適的生活，鼓勵她重新做人。憑他們的家境，這一點一定可以做到，但超出此限恐礙難辦到。瑪莉雅已經自毀名譽，他不會試圖去幫她恢復那永遠恢復不了的東西，以免徒勞，他也不會利用自己的勢力去包容這種罪行，幫她遮羞，把類似的不幸再帶進另一個男人的家中。

最後結論是，諾利斯太太決定離開曼斯菲爾德，全心照顧不幸的瑪莉雅，他們會在偏遠的鄉間幫她們蓋棟房子，讓她們關起門來，與世隔絕地過日子。她們倆一個是心灰意冷，一個是頭腦不清，可以想見這兩個人的脾氣未來兜在一起，肯定不會好過。

諾利斯太太搬出曼斯菲爾德後，湯瑪斯爵士頓時覺得日子輕鬆許多。自他從安第瓜歸返之後，對她的印象就越來越壞，每次和她交涉，不管是日常小事、公事還是私下聊天，對她的評價都每況愈下，他心想她不是老糊塗了，就是自己以前太高估她了，竟然受得了她這樣的態度。他越來越有如芒刺在背的感覺，更糟的是，除非她老死，否則永遠沒完沒了，她似乎成了他的一部分，得永遠揹在身上。因此能擺脫她，實在是件快事。要不是因為她走後，痛苦的回憶仍在，他簡直要為他的因禍得福而額手稱慶。

她的離開對曼斯菲爾德來說，不會有任何人感到遺憾。即便是她最疼愛的人，也對她毫不留戀。自從盧斯沃太太私奔後，諾利斯太太的脾氣就變得非常暴躁，到哪裡都讓人受不了。就連芬妮也沒因諾利斯姨媽要永遠離開這裡了，而掉下一滴眼淚。

茱莉雅的私奔下場之所以沒有瑪莉雅那麼慘，某種程度上，是源於兩人的性情不同且處境亦有別的關係。但更主要的原因是，諾利斯姨媽當初並沒有像待姐姐那樣慣她、捧她，畢竟她的美貌和才藝俱比姐姐差一截，她也自認比不上，所以性情比較溫和；情緒的起落雖然也來得急，但比較能克制得住，沒有被大姨媽完全寵壞。

自從亨利．克勞佛給了她釘子碰之後，她就認命不再強求。本來一開始受他冷落，還不太好受，但等情緒一過，她就決定不再想他。後來她們在倫敦又碰到他，那時他故意常到盧斯沃先生家作客，她便索性抽身出來，專挑那段時間去拜訪其他朋友，免得再度迷上他。所以這才是她去表親家的真正原因，絕不是為了方便見到耶茲先生。雖然她放任耶茲大獻殷勤已有一段時日，但從沒想過要嫁給他。要不是她姐姐出了事，嚇得她不敢回家見父親，深怕回去後會被父親管得更嚴，故為了避開眼前麻煩，才會不顧一切地選擇另一條路，否則耶茲先生恐怕一輩子也追不到她。所以她的私奔是出於自私與恐懼的心理，倒也沒有什麼其他更壞的念頭。那時候的她以為只有這條路可走。所以追根究底，是瑪莉雅的罪行引發了茱莉雅的愚行。

亨利・克勞佛則是壞在自小便繼承家產，家裡的人給他作了壞榜樣，於是久而久之，養成追花逐蜜、薄情寡義的惡習，還引以爲傲。他一開始對芬妮的追求，其實不是出於眞心，但無心插柳的結果，本來可以帶領他走上幸福道路。雖然只是去征服一個溫良女人的心，化解對方的抗拒心理，但要是他肯自足，肯按部就班地贏得芬妮・普萊斯對他的好感與敬重，其實是有很大的機會可以成功和得到最後的幸福。他的苦苦追求已經起了一些效果，她對他的影響，也連帶地讓他對她起了些許影響。如果他再表現得好一點，必然會有更大收穫。尤其如果他妹妹和艾德蒙結了婚之後，芬妮就不會再一心想著艾德蒙，兩人便更有機會在一起。這時倘若他再堅持下去，行事正派一點，那麼在艾德蒙和瑪麗成婚不久之後，芬妮必定會以身相許，且是心甘情願。

如果當時他是按原定計畫，從普茲茅斯回來之後，立刻前往艾芙林翰，那麼幸福或許已在等他了。可是他卻在別人的勸誘下，留下來參加福雷瑟太太的舞會，他之所以留下，是因爲聽信了別人的奉承，相信舞會沒有他必定黯然失色，再加上他也想見見會出席舞會的盧斯沃太太。於是在好奇心和虛榮心的同時驅使下，本來就不習慣爲任何正經事做出半點犧牲的克勞佛，經不起眼前歡樂的誘惑，決定暫時擱延諾福克之行，心想反正那又不是什麼重要的事，只要寫封信就能解決啦，於是留了下來。他見到了盧斯沃太太，當時她對他態度冷漠，本來他們可以從此井水不犯河水，互不往來，但他覺得太沒面子，無法忍受一個原本在感情上完全受他支配的女人竟然對他如此淡漠，所以他無論如何一定要使出本領去治治對方那因妒生恨的傲慢心態。他絕不准許她這麼囂張，他一定要讓盧斯沃太太再像以前的瑪莉雅・柏特倫小姐那樣唯他是從。

他就是基於這種心理才展開攻勢，而且來勢洶洶，堅持不懈，很快又像以前那樣可以親密交談，可以大獻殷勤，可以眉目傳情。本來他的目的也僅止於此而已，但情場太過得意的結果，謹慎的防線竟被衝破。本來他們倆可以懸崖勒馬，哪裡曉得這段因妒恨而再牽起的孽緣，竟讓他再度佔了上風，也重新燃起她的愛意，情感之強烈，甚至超過原先預期。她愛他，想收手已經不可能，於是跟定了他。他被自己的虛榮所害，本來他就沒那麼愛她，更何況心裡也還想著她表妹，所以當務之急是先別讓芬妮和柏特倫一家人知道。之所以要保密，一部分是顧到盧斯沃太太的面子，更大一部分是爲了顧全他自己的面子。等他從里奇蒙回來之後，他本來很高興可以不用再見到盧斯沃太太，哪裡曉得她魯莽行事，他迫於無奈，只好跟她遠走高飛。可是在那個當下，他馬上就後悔了，他想到了芬妮，等一番折騰過後，更是爲拋棄了芬妮而懊悔無比。經過幾個月的比較，他更加覺得芬妮甜美的個性、純潔的心靈和高尚的情操有多麼難得寶貴。

雖然他因這件醜事而被人公諸於世，受到懲罰，但我們知道，這並不算是社會大眾用來保護美德的手段之一。在當今社會裡，這種處罰向來不若我們寄望的那般嚴厲，不過我們雖然不敢冒然去猜他今後的前途如何，但秉公而論，像亨利・克勞佛這樣的聰明人，竟如此報答那家人對他的厚愛，破壞人家裡的平靜，傷害了他最要好、最寶貴又最值得珍惜的朋友，辜負了那位無論在理智上或感情上都令他愛之戀之的女人，他怎麼可能沒有悔恨與遺憾？而有時悔恨會變成自責，遺憾則會化爲痛苦。

在發生了這麼重大的事情之後，柏特倫家和葛蘭特家之間的關係自然深受其害，開始疏遠。在這種情況下，兩家人若還是比鄰而居，一定很不自在，還好離家在外的葛蘭特夫婦故意把歸期往後延了幾個月，最後還很幸運地或者說是識時務地永遠搬離了那個地方。葛蘭特博士本來是不抱希望了，結果竟意外透過某個私人關係，在西敏寺教堂找到工作，也等於爲他們家提供了一個離開曼斯菲爾德的好理由，遷往倫敦的好藉口，更何況收入也比以前多，剛好夠支付他們搬家的費用。這對走的人和留下的人來說，都是件好事。

葛蘭特太太的個性向來隨和，人緣極佳，所以對她來說，要離開熟悉的環境，自然覺得遺憾。不過由於她天性樂觀，無論走到哪裡，與誰相處，都不會覺得乏味。更何況她也必須爲瑪麗提供一個家。瑪麗已經厭倦了她那夥朋友，受夠了這半年來所經歷的虛榮、野心、戀愛與失戀的日子。她需要她姐姐的愛，她需要跟她一起過平靜理智的生活，於是她們住在一起。而葛蘭特博士後來也因爲一個星期連著出席三次慈善機關辦的盛大宴會而中風死亡，從此姐妹倆更是相依爲命。瑪麗雖然下定決心，不再愛上次子身分的男人，可是因爲她在曼斯菲爾德已經養成一定的品味，也見識到了何謂幸福家庭的雛型，但在那群因慕她美貌和兩萬英鎊財產而上門追求的國會議員及閒散成性的法定繼承人當中，就是找不到一個品味旗鼓相當的人，也沒有任何人在品格上和教養上能許她想要的幸福，再不然就是她還忘不了艾德蒙・柏特倫。

在這方面，艾德蒙的情況比她好多了。他的感情空窗無需依靠等待和盼望，自然就有合適的人選來塡補。他才剛釋懷上一段戀情所留下的憾恨，他才剛對芬妮說他再也不會碰到同一類的女孩，竟就突然想到，也許不同類型的女孩很適合他也說不定，甚至可能更好，譬如芬妮，她的笑容，她的行事作爲，不也像以前的瑪麗・克勞佛一樣對他來說變得越來越重要和越來越值得珍惜嗎？那麼是不是有可能說服她，要她把兄妹之愛轉化爲婚姻的基礎。

這一回，我就不再標明具體日期，由大家自己去猜吧，因爲大家都知道要治癒頑固的癡情之症，轉移執著的目標，每個人需要的時間長短不同。我只懇求大家相信，等到時機成熟，不出一個星期，艾德蒙就不會再眷戀克勞佛小姐，開始一心一意只想娶芬妮入門，而這也是芬妮衷心盼望的。

艾德蒙向來很重視芬妮，這種重視其來久矣，始自於她的天眞無邪、她的孤苦無依，後來隨著她長大成人，優點開始一一顯露，她在他心目中的地位也變得日益重要，這種變化不是很自然嗎？從她十歲起，他就非常關心她，指導她、保護她，她的思考模式有很大程度是靠他小心呵護養成的，他的友愛也帶給她極大安慰，他特別關心她，把她看得比誰都重要，曼斯菲爾德莊園裡的人沒有誰比他跟她來得更親。所以現在要做的只是不再去想那雙閃閃發亮的黑眼眸，改愛這雙柔和的淡色眼睛就行了。因爲常陪她，常和她談心事，再加上他最近失戀，那雙淡色眼睛便有了絕好機會在他心中佔穩重要的位置。

一旦邁出了第一步，一旦感覺到自己已經踏上通往幸福的道路，就再無顧忌，再也不必放慢腳步。他對她的人品毫無懷疑，也不擔心兩人興趣不同，更不必操心性情不同會對未來幸福造成什麼影響。因爲她的心地、她的性情、她的見解、她的習性，他都十分瞭解，不會受到蒙蔽，也不必要求她改變。更何況在心智的成熟度上，她更勝他一籌，上次戀愛他還在昏頭的時候，便已承認了這一點。所以現在他是怎麼想的呢？她當然是好到他自覺配不上，不過誰都不會反對去追一個自覺配不上的對象吧？於是他開始堅定熱情地追求這份幸福，而她也不可能要他等太久。儘管她羞怯、不安、多疑，但溫柔的她有時還是會給他強烈的暗示，讓他知道他的追求是成功的。只不過最驚喜的部分，她會留到後面階段再說。當他知道她已經默默愛了他這麼多年時，他的喜悅自是無法用言語來形容。這是一種幸福的喜悅！而對另一顆心來說，也一樣有無以言喻的喜悅。畢竟一個年輕女孩在聽到她夢寐以求的對象向她告白時，那種心情任誰也別想自不量力地去描繪。

失戀後的艾德蒙天天陪芬妮散步，
兩人時常在樹底下談天，終於使他開朗起來。

在確定了彼此的心意之後，後面的事就好辦多了。既不用擔心沒錢，也不愁父母反對。湯瑪斯爵士甚至在他們談定之前，就早有此意。他已經厭煩了豪門婚姻，越來越重視道德與品性，尤其急著想用更穩當的方法把僅有的家人緊緊連繫在一起。所以他早就在得意地盤算，讓這兩個失意的年輕人彼此安慰，所以當艾德蒙一提出來，他立刻欣然同意，答應芬妮當他兒媳婦，如獲至寶似的。這和當年他同意收養這小女孩的態度比起來，簡直有天壤之別。這也應驗了所謂人算不如天算的道理，時間總是帶給人們意想不到的結局，不僅教化了這一家人，也爲鄰居製造了不少有趣的話題。

芬妮的確是他理想中的兒媳婦。當年的善心之舉讓現在的他有了安慰和倚靠，他以前的慷慨如今得到了最豐厚的回報。他對她向來很好，所以理當有此回報。他本來可以讓她的童年生活更快樂的，但礙於他的外表太嚴厲，害她誤會，才沒能在小時候多愛他一點。現在他們已經更瞭解彼此，翁媳間的關係也越來越好。他把她安置在桑頓拉瑟，將她的生活照顧得無微不至，幾乎每天都去那裡探望她，或者接她回家來。

至於柏特倫夫人長久以來爲了自己著想，總是很黏芬妮，所以不願她離開。就算事關兒子或外甥女的未來幸福，她也一樣反對他們倆結婚。不過她現在可能願意放手了，因爲蘇珊留下來頂替了她姐姐的位置，成了長住這裡的外甥女。蘇珊倒也樂得住在這兒。她和芬妮一樣適合陪伴柏特倫姨媽，芬妮性情溫和，懂得回報人家的好，至於蘇珊則是心思敏捷，手腳勤快。所以看來家裡是少不了蘇珊了。她被安頓在曼斯菲爾德，一來是爲了讓芬妮開心，二來是幫芬妮分工，最後則是替代芬妮。從種種跡象顯示，她和芬妮一樣可能長久住下來。她膽子較大，個性較活潑，所以適應得很快。而且她腦筋靈活，沒多久便摸清了周遭人士的脾性。再加上她天生個性開朗，不會把委屈悶在心裡，所以很快受到大家歡迎，成了每個人的幫手。芬妮走後，她便自然地接替姐姐的位置，負起照顧姨媽的責任，漸漸贏得姨媽對她的喜愛，甚過於對芬妮的喜愛。蘇珊勤快，芬妮賢慧，威廉傑出且日漸揚名，家裡其他成員也都身體健康、平安順利、互相扶持，這一切都讓湯瑪斯爵士覺得驕傲。他的付出終於有了回報，他不僅開心，更有理由反覆告訴大家：小時候吃點苦，多點管教才是對的，還有做人千萬不要忘了，人生來就是要奮鬥和吃苦。

這對表兄妹婚後生活非常幸福，世間少有，他們都有良好的品性，又眞心相愛，而且不缺錢和朋友。兩人都同樣愛家，也都愛好田園樂趣。他們的家充滿了愛與詳和。等到他們結婚一段時日之後，正需要多點收入，同時也覺得離父母家太遠，來往不方便時，葛蘭特博士過世了，曼斯菲爾德的牧師俸祿理所當然地交由艾德蒙繼承。這對他們來說眞是一舉雙得。

於是他們搬回曼斯菲爾德。前兩任牧師居住在那裡的牧師公館時，曾讓芬妮害怕到不敢接近，但搬回來沒多久，她就漸漸適應了。在她眼裡，曼斯菲爾德的牧師公館一如莊園裡其他景物那般恬適美好。

珍・奧斯汀　小說選
Jane　Austen

創造雋永而機智的對白，串聯起古典與現代的愛情元素，
最能改變女性對自己評價的作家，在傲慢與偏見、
理性與感性之間，細細品味珍・奧斯汀。

01
傲慢與偏見
Pride and Prejudice

珍・奧斯汀／著　劉珮芳、鄧盛銘／譯
定價:250元

最愛小說票選中永遠高居榜首的愛情經典

BBC票選對女性影響最大的文學作品榜首／英國圖書館員最愛的百大小說榜首／超級暢銷書《BJ的單身日記》寫作範本

一個富有而驕傲的英俊先生，一位任性而懷有偏見的聰穎小姐，當傲慢碰到偏見，激出的火花豈是精采可形容！！

02
理性與感性
Sense and Sensibility

珍・奧斯汀／著　劉珮芳／譯
定價:250元

珍・奧斯汀最峰迴路轉的作品

珍・奧斯汀的小說處女作／英國票選最不可錯過的百大經典小說之一／李安導演金熊獎電影名作《理性與感性》原著

穩重而不善表達感情，她的名字叫「理性」；天真而滿懷熱情，她的名字叫「感性」。當「理性」被感性衝破，「感性」讓理性喚回時，擺盪的情節絕對不容錯過！

03
勸服
Persuasion

珍・奧斯汀／著　簡伊婕／譯
定價:250元

珍・奧斯汀最真摯感人的告別佳作

評價更勝《理性與感性》的愛情小說／BBC 2007年新影片《勸服》原著

一段因被勸服而放棄的舊情，一段因忠於自我而獲得的真愛，迂迴的女性心路肯定值得再三回味！！

國家圖書館出版品預行編目資料

曼斯菲爾德莊園 / 珍 · 奧斯汀 (Jane Austen) 著 ; 高子梅
譯 . -- 二版 . -- 臺中市 : 好讀出版有限公司 , 2021.04
面 ;　公分 . -- (珍 · 奧斯汀小說全集 ; 06)
譯自 : Mansfield park

ISBN 978-986-178-537-0(平裝)

873.57　　　110003435

好讀出版

珍 · 奧斯汀小說全集 06

曼斯菲爾德莊園【經典插圖版】

原　　著／珍 · 奧斯汀 Jane Austen
翻　　譯／高子梅
總 編 輯／鄧茵茵
文字編輯／林碧瑩、林泳誼
美術編輯／謝靜宜、賴怡君、鄭年亨
行銷企畫／劉恩綺
發 行 所 ／好讀出版有限公司
407 台中市西屯區工業 30 路 1 號
407 台中市西屯區大有街 13 號（編輯部）
TEL: 04-23157795 FAX: 04-23144188 http://howdo.morningstar.com.tw
（如對本書編輯或內容有意見，請來電或上網告訴我們）
法律顧問／陳思成律師

總 經 銷 ／知己圖書股份有限公司
106 台北市大安區辛亥路一段 30 號 9 樓
TEL: 02-23672044 / 23672047 FAX: 02-23635741
407 台中市西屯區工業 30 路 1 號
TEL: 04-23595819 FAX: 04-23595493
E-mail: service@morningstar.com.tw
網路書店：http://www.morningstar.com.tw
讀者專線：04-23595819#230
郵政劃撥：15060393（戶名：知己圖書股份有限公司）

印　　刷／上好印刷股份有限公司
二　　版／西元 2021 年 4 月 15 日
定　　價／ 390 元
如有破損或裝訂錯誤，請寄回臺中市 407 工業區 30 路 1 號更換（好讀倉儲部收）

Published by How Do Publishing Co., Ltd.
2021 Printed in Taiwan

ISBN 978-986-178-537-0

讀者回函

只要寄回本回函，就能不定時收到晨星出版集團最新電子報及相關優惠活動訊息，並有機會參加抽獎，獲得贈書。因此有電子信箱的讀者，千萬別吝於寫上你的信箱地址

書名：曼斯菲爾德莊園

姓名：＿＿＿＿＿＿＿ 性別：□男 □女　生日：＿＿年＿＿月＿＿日

教育程度：＿＿＿＿＿＿＿＿＿＿＿＿＿

職業：□學生 □教師 □一般職員 □企業主管

□家庭主婦 □自由業 □醫護 □軍警 □其他＿＿＿＿＿＿＿＿＿＿＿＿

電子郵件信箱（e-mail）：＿＿＿＿＿＿＿＿＿＿＿＿ 電話：＿＿＿＿＿＿＿＿＿

聯絡地址：□□□ ＿＿＿＿＿＿＿＿＿＿＿＿＿＿＿＿＿＿＿＿＿＿＿＿＿＿＿＿

你怎麼發現這本書的？

□書店 □網路書店（哪一個？）＿＿＿＿＿＿＿＿＿＿ □朋友推薦 □學校選書

□報章雜誌報導 □其他＿＿＿＿＿＿＿＿＿＿＿＿＿＿＿＿＿＿＿＿＿＿＿＿＿

買這本書的原因是：＿＿＿＿＿＿＿＿＿＿＿＿＿＿＿＿＿＿＿＿＿＿＿＿＿＿＿

□內容題材深得我心 □價格便宜 □封面與內頁設計很優 □其他＿＿＿＿＿＿＿

你對這本書還有其他意見嗎？請通通告訴我們：

＿＿＿＿＿＿＿＿＿＿＿＿＿＿＿＿＿＿＿＿＿＿＿＿＿＿＿＿＿＿＿＿＿＿＿＿＿

你買過幾本好讀的書？（不包括現在這一本）

□沒買過 □ 1 ～ 5 本 □ 6 ～ 10 本 □ 11 ～ 20 本 □太多了

你希望能如何得到更多好讀的出版訊息？

□常寄電子報 □網站常常更新 □常在報章雜誌上看到好讀新書消息

□我有更棒的想法＿＿＿＿＿＿＿＿＿＿＿＿＿＿＿＿＿＿＿＿＿＿＿＿＿＿＿

最後請推薦五個閱讀同好的姓名與 E-mail，讓他們也能收到好讀的近期書訊：

1.＿＿＿＿＿＿＿＿＿＿＿＿＿＿＿＿＿＿＿＿＿＿＿＿＿＿＿＿＿＿＿＿＿＿

2.＿＿＿＿＿＿＿＿＿＿＿＿＿＿＿＿＿＿＿＿＿＿＿＿＿＿＿＿＿＿＿＿＿＿

3.＿＿＿＿＿＿＿＿＿＿＿＿＿＿＿＿＿＿＿＿＿＿＿＿＿＿＿＿＿＿＿＿＿＿

4.＿＿＿＿＿＿＿＿＿＿＿＿＿＿＿＿＿＿＿＿＿＿＿＿＿＿＿＿＿＿＿＿＿＿

5.＿＿＿＿＿＿＿＿＿＿＿＿＿＿＿＿＿＿＿＿＿＿＿＿＿＿＿＿＿＿＿＿＿＿

我們確實接收到你對好讀的心意了，再次感謝你抽空填寫這份回函

請有空時上網或來信與我們交換意見，好讀出版有限公司編輯部同仁感謝你！

好讀的部落格：http://howdo.morningstar.com.tw/

請填妥後對折黏貼，直接投郵即可，無須貼郵票。

廣告回函
台灣中區郵政管理局
登記證第 3877 號
免貼郵票

好讀出版有限公司　編輯部收

407 台中市西屯區何厝里大有街 13 號
電話：04-23157795-6　傳眞：04-23144188

沿虛線對折

購買好讀出版書籍的方法：

一、先請你上晨星網路書店http://www.morningstar.com.tw檢索書目或直接在網上購買

二、以郵政劃撥購書：帳號15060393 戶名：知己圖書股份有限公司並在通信欄中註明你想買的書名與數量

三、大量訂購者可直接以客服專線洽詢，有專人爲您服務：客服專線：04-23595819轉230 傳眞：04-23597123

四、客服信箱：service@morningstar.com.tw